औरतें

खुशवन्त सिंह के रोमांचकारी बहुचर्चित उपन्यास
The Company of Women का हिन्दी रूपांतर

औरतें

खुशवन्त सिंह

राजपाल

अनुवाद

हरिमोहन शर्मा

₹275

ISBN : 9788170289586

संस्करण : 2015

AURATEN (Novel) by Khushwant Singh

(Hindi translation of *The Company of Women*)

Published by Viking, Penguin Books India (P) Ltd., New Delhi

मुद्रक : जी.एच. प्रिन्ट्स प्रा. लि., दिल्ली

राजपाल एण्ड सन्ज़

1590, मदरसा रोड, कश्मीरी गेट-दिल्ली-110006

फोन: 011-23869812, 23865483, फैक्स: 011-23867791

e-mail : sales@rajpalpublishing.com

www.rajpalpublishing.com

www.facebook.com/rajpalandsons

यह उपन्यास

आदमी जब वृद्ध होने लगता है, उसकी कामेच्छा शरीर-मध्य से उठकर ऊपर दिमाग की ओर बढ़ने लगती है। अपनी जवानी में वह जो करना चाहता था और अवसर के अभाव, घबड़ाहट या दूसरों की स्वीकृति न मिलने के कारण नहीं कर सका, उसे वह अपने कल्पनालोक में करने लगता है।

जब मैं 83 वर्ष का था, मैंने यह उपन्यास लिखना शुरू किया था। जब 85 का हुआ, इसे खत्म कर डाला। इसका शीर्षक यह भी हो सकता था, 'एक अस्सीसाला वृद्ध के दिवास्वप्न'।

इस उपन्यास में कोई भी पात्र वास्तविक नहीं हैं; वे सब मेरे सठियापे की उपज हैं।

–खुशवंत सिंह

आभार

मैं चार महिलाओं का, जो सब अपने ढंग से सुन्दर हैं और जिनसे मैंने इस पुस्तक के विषय में परामर्श किया, इस उपन्यास के लिए कृतज्ञ हूँ : शारदा कौशिक, मृणाल पांडे, उषा अलबुकर्क और शीला रेड्डी। शीला ने खास तौर पर इसकी पांडुलिपि को पढ़ा।

नैना दयाल को मेरा आभार जिसने मेरी सहायता की; और रवि सिंह को जिसने अस्त-व्यस्त पांडुलिपि को प्रस्तुत रूप देकर इसका सम्पादन किया।

क्रम

1.

मोहन कुमार का दूसरा चेहरा

एक नयी शुरुआत

मोहन कुमार के लिए यह एक खुशी का दिन होना चाहिए था, मगर, ऐसा हुआ नहीं।

उस दिन का इंतज़ार वह बारह वर्षों से करता चला आ रहा था। उसकी पत्नी ने, आख़िरकार, उससे अलग होने का फ़ैसला कर ही लिया। उस कटुता और रुखाई के बाद, जो दोनों के बीच महीनों से चल रही थी, उसने इस शर्त के साथ, कि तलाक के बाद अपने दोनों बच्चों की संरक्षक वही बनी रहेगी, वह तलाक देने को तैयार हो गई थी। वह उससे आज़ाद होने के लिए इतना अधिक आकुल था कि अपने दोनों बच्चों के अलावा, उसने बतौर गुज़ारे जो उसने चाहा उसे वह सब कुछ देना स्वीकार कर लिया, वह सारा ज़ेवर, जो उसके पिता ने अपनी बहू को दिय था, फर्नीचर, चित्र आदि, गर्ज कि वह सब कुछ, जिसकी उसने इच्छा की। वैसे, उसने कुछ माँगा नहीं था, और वह खुद भी उससे अलग हो जाने के लिए उतनी ही बेताब थी, जितना मोहन खुद था। वह उसी शाम अपना सब सामान पैक करके, सामान और बच्चों के साथ, कार से अपने अभिभावकों के घर चली गई थी। जाते वक्त उसने उससे अलविदा भी नहीं कहा था। उसके बच्चे भी भाँप गए थे कि वह अपने नाना-नानी के घर हर बार की तरह नहीं जा रहे हैं। अपनी माँ की काले रंग की मर्सीडीज में बैठने से पहले, उन्होंने जरूर अपने पिता को प्यार किया था। उनके कार में बैठते ही, उसने कार बड़ी तेजी से रवाना की, ताकि बच्चों को मुड़कर अपने पिता से अलविदा करने का मौका भी न मिल सके।

अपनी बदमिजाज़ और हमेशा उसका सिर खानेवाली पत्नी से हमेशा के लिए आज़ाद होने पर मोहन कुमार को जश्न मनाना चाहिए था, मगर अपने दुमंज़िला बँगले की बाल्कनी की रेलिंग पर अपने पैरों को विश्राम देते हुए, हवाना सिगार मुँह में दबाए, वह अन्दर से बड़ा ख़ाली-ख़ाली और अकेला महसूस कर रहा था। खामोशी बाहर भी छाई थी, और उसके अन्दर भी। अब उसे कभी अपने बच्चों का शोर सुनाई नहीं देगा। वे उसके सामने कभी लड़ते-झगड़ते हुए दिखाई नहीं देंगे। छः साल

की उसकी बिटिया अब कभी उसके पास भागती हुई अपने बड़े भाई की उस पर धौंस जमाने की शिकायत लेकर नहीं आएगी। और वह कभी भी रुखाई के साथ दोनों को उसे परेशान न करने, और आपस में न झगड़ने का हुक्म नहीं देगा। उनके शोर-शराबे से वह अक्सर चिड़चिड़ा हो जाता था मगर अब वह उनकी कमी महसूस करेगा। उसे अचानक महसूस हो रहा था, जैसे उसके बँगले के बहुत से कमरे एकदम खाली हो गए हैं, और अब आने वाली रातें उसे और ज्यादा लम्बी दिखाई देने लगेंगी। वह बहुत थका हुआ महसूस कर रहा था।

वह पत्नी के साथ अपने सम्बन्धों के बारे में सोचने लगा। उसकी शादी के बारे में लोगों की राय थी कि यह प्यार और परिवार द्वारा निश्चित सम्बन्ध का मिला-जुला रूप था, लेकिन, वास्तव में ऐसा कुछ नहीं था। तेरह साल पहले, जिस दिन वह अमरीका से कम्प्यूटर और व्यावसायिक-प्रबंधन की डिग्रियों के साथ लौटा था, उसके गर्वीले पिता ने उसके विवाह की तैयारियाँ उसी दिन से शुरू कर दी थीं। मध्यम-वर्ग के उसके पिता मध्यम-क्रम के सरकारी मुलाज़िम थे, और अपने पुत्र के बारे में उनके सपने भी मध्यम वर्ग के अनुरूप ही थे। उन्होंने बड़े-बड़े समाचार-पत्रों के कार्यालयों में अपने बेटे के फोटो और बायोडेटा के साथ चक्कर लगाने शुरू कर दिए। अगली सुबह को इन पत्रों में मोहन कुमार के चित्रों के साथ उसकी शानदार मान्यताओं का ब्यौरा प्रकाशित हुआ। और, उसके बाद शुरू हुआ अविवाहित लड़कियों के अभिभावकों द्वारा पूछताछ का सिलसिला। उसे और उसके पिता को विवाह-योग्य लड़कियों के अभिभावकों द्वारा चाय पर बुलाया जाने लगा, मोटी दहेज-राशियों और व्यापार-व्यवसाय में भागीदारी के प्रस्तावों द्वारा रिझाया जाने लगा। इतने वर्षों के अन्तराल के बाद भी मोहन को यह सोचकर आश्चर्य होता है कि उसने कितनी आसानी से अपने को बिकाऊ वस्तु बना दिया था, और अन्ततः सोनू से विवाह करने को तैयार हो गया था।

उसकी नीलामी में सबसे बड़ी बोली रायबहादुर लाला अचिन्त राम ने लगाई थी। वे चीनी की कई मिलों के मालिक होने के अलावा दिल्ली में कीमती ज़ायदादों के स्वामी भी थे। मोहन को उनका प्रस्ताव सबसे अधिक आकर्षक और मोहक लगा, और उसने उसे दो कारणों से स्वीकार कर लिया। पहला और मुख्य कारण था—अपने पिता को सन्तुष्ट करना। दूसरा और दीगर कारण था—सोनू को पत्नी बनाकर, उसके साथ जीवन व्यतीत करने का फैसला। सोनू साधारण सुन्दर, कान्वेंट में शिक्षित, जीवन्त और उत्साही युवती थी। वह कुमारी थी, और कौमार्य-ग्रन्थि से मुक्त होने को उत्सुक भी। दोनों की शादी बड़े ठाटबाट और धूमधाम से हुई। शादी के बाद वे दोनों सोनू के पिता द्वारा भेंट किए गए एक बड़े और फर्निश्ड फ्लैट में रहने लगे। मोहन के पिता भी उनके पास रहने लगे। हनीमून बड़े आनन्द और उल्लास के साथ बीता, जैसा कि नव-विवाहितों के साथ अक्सर होता है। दोनों ने हनीमून का लाभ एक

दूसरे के शरीरों की खोज करके, और उनसे प्राप्त सुख का पूरा उपभोग करने में लगाया। इन्हीं प्रेमोत्पादक और वासना से पूर्ण दिनों में उनकी पहली सन्तान, एक पुत्र ने जन्म लिया।

इसके बाद, दोनों को ही लगने लगा कि दोनों के स्वभाव व मिज़ाज़ में काफ़ी अन्तर है। सोनू के स्वभाव में तुनुकमिज़ाज़ी और चिड़चिड़ापन था, और वह हमेशा मोहन पर हावी रहने के अलावा यह भी चाहती थी कि वह अपना सारा ध्यान उसी पर केन्द्रित रखे। स्वयं उसके पास अब देने के लिए प्रेम भी नहीं था, फिर भी वह ईर्ष्यालु रहती थी। उसे मोहन के पिता का उनके साथ रहना भी नागवार गुजरता था। आखिर वह उसका घर है, उसके पिता ने उसे भेंट में दिया है। उसने एक बार चिढ़कर मोहन से पूछ भी लिया था, "यह बूढ़ा ज़िन्दगी भर हमारे साथ रहेगा ?" मोहन को सोनू का अपने पिता को 'बूढ़ा' कहना नागवार लगा। जब उसने यह बात साफ़-साफ़ सोनू से कही, तो उसने तमक कर फौरन जवाब दिया, "मैंने सिर्फ तुमसे शादी की है, तुम दोनों से नहीं।" तभी, मोहन ने मन ही मन फैसला कर लिया कि रहने की व्यवस्था में बदलाव लाना होगा। अमरीका से लौटने के फौरन बाद, उसने कपड़ों के निर्यात का जो धंधा शुरू किया था, वह अब क़ाफी मुनाफ़ा देने लगा था। इस धंधे से उसने महारानी बाग में एक ऐसा बँगला खरीदने लायक डॉलर बचा लिए थे, जिसमें बगीचा भी था। इस अप्रिय जुनून में उसने दो महीने के अन्दर ही वह बँगला खरीद लिया। जब उसने बँगले के पास एक स्वतंत्र फ्लैट खरीदने, और उसे अपने पिता को देने की पेशकश की, तो उन्होंने हरिद्वार जाकर रहना बेहतर समझा। मोहन मन से नहीं चाहता था कि उसके पिता हरिद्वार जाएँ, मगर उनके जिद पकड़ने से वह लाचार हो गया था। उसे भी सोनू के पिता द्वारा दिए गए फ्लैट से निकलने में राहत महसूस हुई।

अगले दो वर्षों से भी कम समय में मोहन ने अर्ध-क़ीमती रत्नों और चमड़े की वस्तुओं का निर्यात भी आरम्भ कर दिया जिससे उसका मुनाफा तीन गुना हो गया, और उसकी गिनती दिल्ली के सर्वाधिक अमीर लोगों में होने लगी।

लेकिन, उसकी इस नई हैसियत का ज़रा भी असर उसकी पत्नी तथा रिश्तों पर नहीं पड़ा। वह अभी भी उसके लिए एक दुखदाई समस्या बनी हुई थी। वह न स्वयं सुख से रहती थी और उसे भी हमेशा दुखी किए रहती थी, जैसे वह हमेशा उसे कष्ट देने और उसकी निंदा करने पर आमादा हो। अगर वह उसे कभी किसी अन्य स्त्री की ओर तनिक भी ध्यान देते देखती तो उसे 'बेहया, हरामी' और न जाने क्या-क्या कहने लगती थी। शुरू-शुरू में उसने सोचा था कि यह सम्बन्ध बनने का शुरुआती दौर है, और धीरे-धीरे हालात सामान्य हो जाएँगे। विवाह के सातवें वर्ष में वह एक पुत्री का पिता बना लेकिन उसका जन्म भी दोनों को निकट लाने में मददगार साबित नहीं हुआ। आपसी झगड़ों का सिलसिला नियमित-सा हो गया।

शायद ही कोई ऐसी शाम बीतती होगी, जब दोनों के बीच लड़ाई-झगड़ा न होता हो। इन झगड़ों का असर दोनों पर ही पड़ता था, और दोनों ही उनके बाद, थके-माँदे और अन्दर से खाली महसूस करते। कई दिनों तक वे आपस में बोलते तक नहीं थे। उनके हावभाव उनकी इस मजबूरी का बखान करते लगते थे। कभी-कभी उनके शारीरिक सम्बन्ध भी स्थापित हो जाते, मगर ये सम्बन्ध भावना-रहित होते थे। तब वे आपस में बात भी कर लेते थे, मगर सिर्फ कुछ दिनों के लिए।

उन दिनों की एक शाम आज तक उसकी यादों में अंकित है। सोनू ने फोन पर अपने पति को अपनी एक महिला-मित्र से बात करते सुना। उसने फ़ौरन उस पर उस 'रंडी' के साथ अनैतिक सम्बन्ध होने का इल्ज़ाम लगाते हुए, उसे 'लम्पट' तक कह डाला। इस पर, वह अपने गुस्से पर काबू नहीं रख पाया, और उसके मुँह पर एक तमाचा जड़ दिया। क्षण-भर के लिए तो वह सन्न रह गई, मगर बाद में उसने फुफकारते हुए कहा, "तुमने मुझे मारने की जुर्रत की। अब मैं तुम्हें ऐसा सबक सिखाऊँगी जिसे तुम ज़िन्दगी भर याद रखोगे।" और, यह कहकर, वह घर से बाहर चली गई। एक घंटे बाद जब वापस आई, तो उसके साथ एक पुलिस इन्सपैक्टर (जो रिश्ते से उसका भाई लगता था) और दो कांस्टेबुल थे। वे मोहन को एक मामूली अपराधी की तरह पुलिस-स्टेशन ले गए। वहाँ उसका बयान दर्ज किया गया। मोहन को रु. 5000 खर्च करने पड़े, तब कहीं जाकर पुलिस-फाइल में यह लिखा गया कि 'यह घरेलू मामला था'। इस तरह यह कांड पुलिस ने 'रफ़ा-दफ़ा' किया। इस कांड के दौरान सोनू एक महीने से अधिक अपने माता पिता के साथ रही।

इस कांड के बाद, मोहन ने अन्य स्त्रियों के साथ अपने सम्बन्धों को याद किया। सोनू के साथ शादी करने से पूर्व, उसके सम्बन्ध जिनके साथ थे उनमें से एक पाकिस्तानी स्त्री को छोड़कर, सभी अमरीकी और यूरोपियन थीं। इनमें से कोई भी सम्बन्ध ऐसा न था, जो या तो स्थायी होने के इरादे से स्थापित किया गया हो, और न उनमें से किसी के साथ कोई शर्त जुड़ी थी। वे जब तक क़ायम रहे, मनोरंजन के साधन बने रहे। उसे लग रहा था कि वे सम्बन्ध इस स्थायी सम्बन्ध से कहीं बेहतर और खुशनुमा थे, जो हर किस्म का तक़ाज़ा और माँग करने वाली स्त्री से हमेशा के लिए स्थापित हो गए हैं, और जिसने उसे एक दुष्चक्र में घेर लिया है। जिस एक बात का उसे बड़ी तीव्रता के साथ अहसास हो रहा था, वह यह थी कि स्त्री हो या पुरुष, उसके पास जीने के लिए सिर्फ एक ही जीवन होता है, और इसलिए वह अपने जीवन के श्रेष्ठतम वर्ष किसी ऐसी स्त्री के साथ बिताने के लिए अभिशप्त नहीं है, जो उसे कभी-कभी भावना-रहित शारीरिक सम्बन्ध के अलावा और कुछ नहीं देती। इसलिए, यदि यह वैवाहिक सम्बन्ध समाप्त हो जाए, तो दोनों ही बड़ी राहत महसूस करेंगे। बेशक, दोनों बच्चों को इससे जबरदस्त मानसिक आघात

लगेगा। मगर, आगे चलकर वे भी एक ऐसे शान्त घर में राहत और सुख महसूस करेंगे, जिसका संचालन या तो केवल माँ करे या बाप, और जहाँ दोनों में रोज झगड़े न होते हों। बड़े होकर उन्हें भी यह समझ आ जाएगी कि तलाक पति, पत्नी और बच्चों, सबके लिए राहत देने वाला साबित हुआ था।

मोहन कभी आत्मचिन्तक नहीं था लेकिन इस तूफ़ानी विवाह ने उसे विवाह और प्रेम के मामले में छोटा-मोटा दार्शनिक बना दिया था। उसने यह जान लिया था कि यह कहावत एकदम गलत है कि किसी स्वर्ग में बैठा कोई देवता विवाहों के बारे में अन्तिम निर्णय लेता है। इसके बरखिलाफ़, सच्चाई यह है कि दुनियावी कारणों के तहत विवाहों का निर्णय दुनिया में दुनिया के लोग ही करते हैं, और इस मामले में पहला महत्व धन को दिया जाता है, भले ही वह सम्पत्ति के रूप में हो, लाभदायक व्यापार के रूप में हो, या ऊँची कमाई करने वाली नौकरी के रूप में हो। और नव-विवाहितों को भी यह जाँच-परख करने की जरूरत महसूस नहीं होती कि यह सुनिश्चित कर लें कि भावी जीवन-साथी उनके लिए सही और उपयुक्त सिद्ध होगा या नहीं। जब उनसे यह पूछा जाता है कि वे एक दूसरे को पसन्द करते हैं या नहीं, वे किशोर होते हैं, उनकी कामेच्छाएँ ही ज्यादा प्रबल होती हैं, और उनकी सबसे बड़ी उत्सुकता एक दूसरे के शरीरों के गुप्त ज्ञान को जल्दी से जल्दी हासिल करने की ही रहती है। इस तरह, कुछ शुरुआती महीने गुज़र जाते हैं और तभी कल की नव-वधू को मालूम पड़ता है कि वह गर्भवती हो गई है। तब उसकी यौनभावना क्षीण होने लगती है। तब भले ही वे दोनों गर्भ-निरोधक उपायों का प्रयोग करने लगे हों, प्रेम और काम का आवेग और आग्रह पहले जैसा नहीं रहता। अब वे लोग, जिन्हें उन दोनों ने अपनी प्रबल कामुकता के दिनों में हाशिये पर रख दिया था, वे उनकी कल्पनाओं में विचरण करने लगते हैं, भले ही ऐसे लोग उनके निकट-सम्बन्धी क्यों न हों। अपनी एकरस कामुकता को सुखदायी बनाने की प्रबल इच्छा उन्हें उनमें से किसी के साथ अवैध यौन-सम्बन्ध करने को मजबूर करने लगती है और, जैसे ही उनमें से किसी एक को एकान्त में अवसर मिलता है, वे उसका शिकार बन जाते हैं।

मोहन इस बात का क़ायल अवश्य था कि कभी-कभी इस प्रकार के अवैध यौन-सम्बन्धों से कोई वैवाहिक सम्बन्ध नष्ट होने के कगार पर न पहुँचे। उसके विपरीत, ऐसे यौन-सम्बन्ध कभी-कभी ऐसे वैवाहिक सम्बन्धों को, जहाँ पति अपनी पत्नी को उस मात्रा में यौन-सुख प्रदान नहीं कर पाता, जितनी की उसे अपेक्षा रहती है, सुदृढ़ बनाने में भी सहायक सिद्ध होते हैं। उसकी दृष्टि में अवैध यौन सम्बन्धों को सरासर लज्जाजनक मानकर उसकी निन्दा करना मूर्खतापूर्ण है, क्योंकि वे कभी-कभी समाप्तप्राय वैवाहिक-सम्बन्धों को टूटने से बचा लेते हैं। ऐसा कोई अवैध यौन सम्बन्ध स्वयं उसका वैवाहिक जीवन टूटने से रोक सकता था।

जिस बात से मोहन सबसे ज्यादा चिन्तित था, वह यह थी कि उसके मित्र, जो काफ़ी संख्या में थे, जानते थे कि उनका वैवाहिक जीवन अच्छी तरह से नहीं चल रहा है, और वे इस बारे में तरह-तरह की बातें करने लगे हैं। बहुत सी घटिया बातें उसे तलाक से पूर्व से ही सुनने को मिलने लगी थीं। उसे याद आया कि एक बार उसे क्लब-बार में अकेला देखकर उस उषा मल्होत्रा ने ज़रूरत से ज्यादा तेज़ आवाज़ में, सबको सुनाते हुए पूछा था ''सोनू कैसी है ? क्या कहीं बाहर गई है ?'' यह पूछते समय उसकी भंगिमा कटाक्ष से भरपूर थी। मोहन समझ गया कि असल में वह क्या कहना चाह रही थी। उसने बड़े क्रोधपूर्ण शब्दों में पूछा, ''और आपके पति और आपके जिगरी दोस्त के क्या हाल हैं ?'' यह सुनकर वह और उसके जैसे और सब लोग खामोश हो गए थे। वह इस सच्चाई से वाक़िफ़ था कि उसके मित्रों में से किसी एक का भी वैवाहिक जीवन सुखी नहीं था। वे बस, अपने विवाह की गाड़ी को किसी तरह खींचे चले जा रहे थे, और हमेशा झींकते रहते थे। मगर अपने विवाह को तोड़ने की हिम्मत उनमें से किसी में न थी। भाड़ में जाएँ सबके सब ! और यह सब सोचते समय वह अपनी कनपटी को गुस्से में भड़कते हुए महसूस कर रहा था।

जब तक सूरज अस्त नहीं हो गया, मोहन बाल्कनी में ही बैठा रहा। उसने अपने नौकर को सिटिंग रूम की बत्तियाँ 'ऑन' करते हुए देखा। फिर उसने नौकर को अपने सामने व्हिस्की, ग्लास, सोडा और बर्फ की बाल्टी रखते देखा। उसका मन नहीं कर रहा था कि वह ऐसे खाली कमरे में जाए जहाँ बच्चे झगड़ न रहे हों, और जहाँ उसकी रूखी और चिड़चिड़ी बीवी, बिला वजह इधर-उधर घूम न रही हो।

उसने सिगार पीना शुरू किया, और तब तक पीता रहा जब तक उसका ठूँठ ही बाकी न रह गया। फिर उसने उस टुकड़े को बाग में फेंक दिया, जहाँ झींगुर बोल रहे थे। उसने खामोश सिटिंग रूम में आकर समाचार सुनने के लिए टीवी 'ऑन' कर दिया। मनपसंद 'कट-ग्लास' के गिलास में स्कॉच की काफ़ी बड़ी मात्रा उँड़ेली और टीवी स्क्रीन पर निगाहें जमा दीं। उसके नेत्र ज़रूर स्क्रीन पर थिरकती हुई छायाओं का पीछा कर रहे थे, मगर उसके कानों को, जो वह सुन रहा था, बिल्कुल समझ में नहीं आ रहा था।

स्कॉच का पहला पेग ख़त्म हो जाने के बाद, उसने दूसरा पेग तैयार किया और फिर तीसरा। इस बीच, 'रिमोट कंट्रोल' से वह एक के बाद दूसरे, दूसरे के बाद तीसरे चैनल को बदलता रहा और गाने-बजाने, प्रतियोगिताओं, पशुओं के खेलों को देखने के बाद, राजनीतिक नेताओं को निर्लज्जतापूर्वक झूठ बोलते, गाली बकते और सिने-तारिकाओं को थुलथुल मोटे नायकों के साथ फ्लर्ट करते देखता रहा। उसने बच्चों को देशभक्तिपूर्ण गाने गाते भी देखा लेकिन, उसे कोई भी कार्यक्रम नहीं भाया। उसने फिर स्कॉच का चौथा पेग भी अपने गिलास में उँडेला, हालाँकि उसने अभी

तक, तीसरे पेग से अधिक पीने की हिम्मत नहीं की थी। अब उसे सचमुच लग रहा था, जैसे उसे नशा होता जा रहा है। उसने नौकर को बुलाकर हुक्म दिया कि वह उसका खाना मेज पर लगाकर रसोइये के साथ अपने घर चला जाए। उनके जाने के बाद, उसने एक कुर्सी सामने रख ली, और उस पर पाँव फैला लिए। नशे से उसकी आँखें मुँदी जा रही थीं, और वह टीवी और रोशनियों के स्विच ऑफ किए बिना ही सो गया। सुबह होने से कुछ पहले उसने अपनी गर्दन में कुछ कड़ापन महसूस किया, जिसकी वजह से वह उठ बैठा। उठकर उसने टीवी और रोशनियों को बन्द किया, और अपने डिनर को बिना छुए, लड़खड़ाते हुए अपने बिस्तर में दुबक गया। जल्दी ही, अपना मुँह तकिए में घुसाकर सो गया।

अगली सुबह मोहन ने अपनी नई परिस्थिति से रूबरू होने की कोशिश की। जीवन में जिन चीजों की ज़रूरत होती है, वे सब उसके पास पर्याप्त मात्रा में थीं। अपनी कम्पनी से उसे बीस लाख रुपए प्रति माह की आय होती थी। वह देखने में आकर्षक था, और औरतों को मोहने योग्य नफ़ासत और दुनियादारी भी पर्याप्त मात्रा में उसके पास थी। वह दिल्ली के तीन विशिष्ट क्लबों–दिल्ली गोल्फ क्लब, जिमखाना क्लब और इंडिया इंटरनेशनल सेन्टर का सदस्य भी था। उसके पास कमी थी सिर्फ एक ऐसी स्त्री की, जो हमेशा उसकी हमराह हो, उसके साथ हम-बिस्तर भी हो सके, और उस पर अपना कोई अधिकार न जमाए।

उसने यह पक्का निश्चय भी किया कि भविष्य में वह सोनू के साथ कम से कम सम्बन्ध रखेगा, लेकिन अपने बच्चों से सम्पर्क बनाए रखेगा। उसे इस बात का भी अहसास था कि वह किसी स्त्री साथी के बिना ज्यादा दिनों तक नहीं रह पाएगा। उसका इरादा अपने दोस्तों की बीवियों के साथ अनुचित सम्बन्धों का चक्कर चलाने का क़तई नहीं था। वह अविवाहित लड़कियों के साथ भी इस किस्म का चक्कर नहीं चलाना चाहता था, क्योंकि वे बाद में उसके साथ शादी करने का दबाव डालेंगी। इसी तर्क के तहत उसने जवान विधवाओं के नामों को भी खारिज कर दिया। वह इस तरह का चक्कर, अपनी आयु, यानी चालीसेक साल की, या उससे कम आयु की दुनियादार और परिष्कृत रुचि की स्त्री के साथ चलाने की आशा करने लगा–ऐसी स्त्री जो उसके साथ कुछ हफ्तों या महीनों तक उसकी ही बन कर रहे। वह उसके लिए इन मदों पर खर्च करने को तैयार था–शोफर सहित कार, शापिंग के लिए आवश्यक रक़म, घर का पूरा सुख, क्लबों, सिनेमा और रेस्तराँ की व्यवस्था। स्त्री को इसके अलावा और क्या चाहिए ? ऐसे किसी सम्बन्ध को रखैल या वेश्या संबंध नहीं कहा जा सकता, इसे किसी सम्माननीय स्त्री के साथ ऐसी अच्छी दोस्ती ही कहा और माना जाएगा, जिसका एक अनिवार्य मगर अलिखित मुद्दा यौन-सम्बन्ध है।

अब सवाल यह था कि जिस किस्म की स्त्री की उसे दरकार थी, वह उसे कहाँ और कैसे मिले ? अगले कुछ रविवारों तक उसने 'टाइम्स ऑफ इंडिया', 'इंडियन एक्सप्रेस', 'हिन्दुस्तान टाइम्स', 'हिन्दू' और 'ट्रिब्यून' जैसे राष्ट्रीय दैनिकों के विवाह सम्बन्धी विज्ञापनों को ग़ौर से पढ़ा मगर, जिस किस्म की लड़की की उसे तलाश थी, वह इन विज्ञापनों में उसे दूर-दूर तक नहीं दिखाई दी। इन विज्ञापनों में या तो जाति-विशेष पर बल था या गोरेपन पर, या धन पर, या कुमारीत्व पर, या विधवा होने पर, या तलाकशुदा होने पर और, सबसे ज्यादा जोर वैवाहिक सम्बन्धों पर था। उसे लगा कि उसे खुद इन समाचारपत्रों में अपनी खास ज़रूरतों को दर्शाता हुआ एक विज्ञापन प्रकाशित करवाना चाहिए। संभव है कि उसका विज्ञापन वैवाहिक सम्बन्धों की परिधि में न फिट हो सके, और उसे इन समाचार-पत्रों के विज्ञापन-विभागों द्वारा अस्वीकृत कर दिया जाए, मगर कोशिश करने में हर्ज ही क्या है ? हो सकता है कि कोई समाचार-पत्र उसे छापने को राज़ी हो ही जाए।

अपनी पत्नी के जाने के एक महीने से कम समय में, एक सुबह मोहन ने अपने सोचे हुए विज्ञापन का यह मसौदा तैयार किया :

''इवी लीग कॉलेज (अमरीका) में शिक्षित चालीसवर्षीय आवेदनकर्ता पत्नी और दो बच्चों से अलग होकर, अकेला रह रहा है। तलाक की अर्जी दायर की हुई है। उसे आपस में तय अवधि के लिए एक ऐसी साथिन की आवश्यकता है, जो इस अवधि के लिए उसके साथ रह सके। अपने स्थान से दिल्ली तक का आने-जाने का हवाई जहाज का किराया, और ऊपर के खर्च के लिए रु. 20,000 प्रति माह। तीन नौकरों और शोफर-युक्त घर में रहने व खाने की सुविधा। धर्म का कोई बंधन नहीं। सम्बन्ध की अवधि के दौरान, दोनों पक्षों की ओर से कोई शर्त नहीं रखी जाएगी। इच्छुक महिलाएँ अपने फोटोग्राफ और बायोडाटा के साथ...बॉक्स नम्बर पर आवेदन कर सकती हैं।''

उसने विज्ञापन के मसौदे को कई बार पढ़ा। फिर, मसौदे के शब्दों को गिना, यह जानने के लिए कि प्रत्येक प्रकाशन पर कितना खर्च होगा। वैवाहिक विज्ञापनों के मामले में चूँकि 'हिन्दुस्तान टाइम्स' सबसे ज्यादा महँगा पत्र है, इसलिए उसकी रक़म भी सबसे ज़्यादा आई। उसने 'हिन्दुस्तान टाइम्स' को अपनी सूची से इसलिए भी अलग कर दिया, क्योंकि वह जानता था कि उसके पाठक संकुचित विचारों के होने के कारण उसके विज्ञापन में कोई रुचि नहीं दिखाएँगे। 'टाइम्स ऑफ इंडिया' की प्रसार-संख्या अधिक है, और उसकी पहुँच भी अधिक व्यापक थी। उसके पाठक सारे भारत में फैले हैं। विज्ञापन-दरें भी अपेक्षाकृत कम थीं। यही हाल 'इंडियन एक्सप्रेस' का था। 'हिन्दू' को भी उसने उन्हीं कारणों से अपनी सूची से अलग कर

दिया, जिनसे उसने 'हिन्दुस्तान टाइम्स' को अलग किया था। उसकी दरें अत्यधिक ऊँची थीं, और पाठक-वर्ग संकुचित विचारों वाला था। इसलिए, उसने शुरू-शुरू में 'टाइम्स' और 'एक्सप्रेस' को ही चुना। वह इन दोनों पत्रों के कार्यालयों में अपना विज्ञापन खुद लेकर जाएगा। वहाँ कोई उसे पहचान नहीं पाएगा। उसने यह काम अपनी लेडी-सैक्रेटरी से करवाने की बजाय स्वयं करना बेहतर समझा।

हर रोज़ की तरह उस दिन भी मोहन नौ बजे अपने ऑफिस पहुँच गया। वह खुद ठीक वक्त पर आफिस पहुँच जाता है और अपने मुलाजिमों से भी ठीक वक्त पर आने की अपेक्षा रखता है। उसके स्टाफ में 12 क्लर्क और एकाउंटेंट हैं। वह यह भी जानता था कि उसके वैवाहिक जीवन के बारे में सही-ग़लत खबरें, उनके कानों तक अब तक पहुँच गई होंगी, या जल्दी ही पहुँच जाएँगीं। लेकिन उसके कर्मचारी उसके जीवन के बारे में, उसके ऑफिस में कोई बातचीत करने की जुर्रत नहीं कर सकते थे। वह अपने कर्मचारियों को और कम्पनियों की तुलना में ज्यादा वेतन देता था, और इसलिए वे उससे खुश थे।

उसने अपने नाम एक चेक लिखा और अपनी एंग्लो-इंडियन सैक्रेटरी पॉलिन जोन्स से उसकी रक़म बैंक से लाने को कहा—उस पालिन्स जोन्स को, जो अधेड़ अविवाहिता थी, और कभी मिसेज शर्मा हो सकती थी। उसके जाने के बाद उसने जर्मनी, रूस और अमरीका से आए मेल-आर्डरों को खोला और अपने एजेन्टों को दर्जियों की कम्पनियों के यहाँ भेजा। उसने बीते कल के हिसाब-किताब की जाँच की, और भेजे जाने वाले माल का परीक्षण किया। ग्यारह बजे तक उसने अपनी मेज पर जमा कागजों पर ज़रूरी कार्यवाही पूरी कर ली। कैन्टीन का आदमी सुबह की कॉफी का कप उसके सामने रख गया था। उसने उसे जाने का इशारा करते हुए कहा, "मैं कॉफी के लिए बाहर जा रहा हूँ, और दोपहर तक वापस आऊँगा।"

वह नीचे सड़क पर आया, और वहाँ पहुँचा जहाँ उसकी मर्सीडीज पार्क हुई खड़ी थी। उसने शोफर से कहा, "गाड़ी मैं खुद ड्राइव करूँगा। तुम जाओ। तुम्हारी छुट्टी ऑफिस के बंद होने तक की।"

उसका आफिस नेहरू प्लेस में था, इसलिए उसे बहादुरशाह ज़फ़र मार्ग तक पहुँचने के लिए लम्बी ड्राइव करनी पड़ी। दिल्ली के अनेक अखबारों के आफिस इसी सड़क पर स्थित हैं। हालाँकि दोपहर हो चुकी थी, फिर भी सड़कों पर काफी भीड़-भाड़ थी। उसे 'टाइम्स ऑफ इंडिया' के आफिस तक पहुँचने में आधा घंटा लग गया और वहाँ कार पार्क करने की जगह तलाशने में दस मिनट और। रिसेप्शन पर मौजूद आदमी से उसने 'विज्ञापन-विभाग' के बारे में पूछा। उसने एक काउंटर की ओर इशारा कर दिया। काउंटर पर पहुँच कर उसने एक लिफाफा वहाँ बैठे क्लर्क को थमा दिया। 'मैट्रीमोनियल ?" क्लर्क ने पूछा। मोहन ने अपना सर हिलाकर 'हाँ' का इशारा किया। बिना यह पूछे कि विज्ञापन में क्या लिखा है, क्लर्क ने उसके

शब्दों को गिनना शुरू किया। फिर उसने बताया कि कितनी रक़म देनी पड़ेगी। मोहन ने वह रक़म क्लर्क के सामने रख दी, और उसकी रसीद ले ली। जैसा कि उसने उम्मीद कर रखी थी, सब कुछ ठीकठाक ढंग से हो गया। अब वह 'इंडियन एक्सप्रैस' बिल्डिंग में पहुँचा। वहाँ भी उससे बिना किसी पूछताछ के ज़रूरी रक़म ले ली गई। बाहर आते समय मोहन निश्चिन्त और विजयी मुद्रा में था। पार्किंग-स्थान पर मौजूद आदमी को पाँच रुपए की टिप देकर, उसने अपनी मर्सीडीज आफिस की तरफ़ मोड़ी।

अपने केबिन में आकर उसने शाम का सादा भोजन किया, ठंडे सूप, सलाद और आलू की चटनी का। फिर, केबिन के बाहर 'डू नॉट डिस्टर्ब' की संकेतिका 'ऑन' करके, वह आफिस के सोफे पर आँखें बंद करके लेट गया। लेकिन, दोपहर के इस आराम में खलल डाल रहा था उसके बच्चों का ख्याल। उसे लग रहा था कि सुबह उसने जो फैसला किया था, और फिर जिस तरह उस पर अमल भी किया, उससे उसके और बच्चों के बीच फ़ासला और ज्यादा बढ़ गया है। वह उठा, और अपने सैक्रेटरी से अपने ससुर के घर का नम्बर लगाने को कहा। वे अभी-अभी स्कूल से वापस आए थे, और काफ़ी खुश लगते थे। उन्होंने पूछा, "आप कैसे हैं, डैडी ? हमें देखने के लिए कब आ रहे हैं ?" उसने उन्हें आश्वस्त किया, "मैं इतवार को आऊँगा। फिर हम आइसक्रीम खाने जाएँगे।"

फोन करके उसने काफ़ी हल्का महसूस किया। ऑफिस बंद होने के समय तक वह ऑफिस के काम में ही लगा रहा। जाते समय, उसके मन में क्लब में जाकर एक ड्रिंक लेने का विचार आया था, मगर उसने अन्त में न जाने का फ़ैसला ही किया। वहाँ क्लब का कोई न कोई मेम्बर उससे उसकी पत्नी के बारे में ज़रूर पूछेगा, और तब उसकी सारी शाम बर्बाद हो जाएगी। उसने शोफर से घर चलने को कहा। अब उसे घर, पहले की तरह डरावना नहीं लग रहा था। स्कॉच का स्वाद पहले से ज्यादा मृदु, और टेप किया हुआ पाश्चात्य संगीत कानों को सुखदायी लग रहा था। वह रात की प्रतीक्षा करने लगा, उस रात की जो वह अपनी नई-नई मिली आज़ादी के जश्न के रूप में मना सकेगा। यह जश्न मनाते-मनाते वह बाग की सैर करेगा और झाड़ियों पर जोरदार आवाज़ करते हुए, पेशाब करेगा। शुरू से ही उसकी यह इच्छा रही थी कि हर रात, झाड़ियों में उसी तरह पेशाब करे जैसे कुत्ते करते हैं, इस जगह को अपनी जागीर समझकर। अब जबकि उसकी पत्नी और बच्चे उसके घर में नहीं रहते, वह आखिरकार ऐसा करने के लिए पूरी तरह आज़ाद था।

धन्नो

जिस रविवार को उसका विज्ञापन छपने वाला था, उसमें अभी चार दिन बाकी थे। और फिर, एक और हफ्ता या दस दिन लगेंगे, किसी स्त्री का उत्तर आने में। इसके बावजूद मोहन विज्ञापन के पृष्ठों को गौर से देखता था, यह जानने के लिए कि शायद रविवार के अलावा, बीच में किसी और दिन भी मैट्रीमोनियल विज्ञापन किसी पत्र में छपते हों। मगर, किसी भी समाचारपत्र में रविवार के अलावा ऐसे विज्ञापन नहीं छपते थे।

जैसे ही उसने नाश्ते के बाद का रु. 150/- क़ीमत वाला 'रोमियो एंड जूलियट' हवाना सिगार हाथ में लिया, वैसे ही उसे हाथ में झाड़ू, फिनायल के पानी की बाल्टी और झाड़न लिए भंगन दिखाई दी। वह उससे पूछ रही थी, "क्या मैं फर्श साफ़ कर लूँ ?" अगर सोनू होती तो वह उससे पूछती, "कौन सा कमरा पहले साफ़ करूँ ?" सोनू उससे इस क्रम में कमरे साफ़ कराती थी, सब बैड-रूम, बच्चों का कमरा और सब बाथरूम। सिटिंग रूम और डाइनिंग रूम का नम्बर सबसे बाद में आता था। मोहन ने बिना आँखें ऊपर किए, सर हिलाकर 'हाँ' कर दी।

जैसे ही वह अपने कूल्हे के बल बैठकर फिनायल-मिले पानी से फर्श साफ करने लगी, मोहन को दरार से उसके गोलमटोल नितम्ब दिखाई दिए। वह उन नितम्बों से अपनी आँखें हटा नहीं पाया। उसने आज से पहले कभी उसकी ओर देखने की ज़रूरत नहीं समझी थी, यहाँ तक कि उसे उसका नाम तक मालूम नहीं था। वह उसे एक जमादारनी यानी भंगी की औरत भंगन के रूप में ही जानता आया था। कभी-कभी वह उसके बँगले में अपने तीन बच्चों को भी ले आती थी। बच्चे बाग में खेलते रहते थे, और उनकी माँ अन्दर काम करती रहती थी। उसने देखा कि अब वह उठ कर, उसे देखते हुए, अपने माथे पर लटक आयी बालों की लटों को हटा रही थी। उसने इस बात पर खास तौर से ग़ौर किया कि उसका वक्ष भरा-भरा था और कमर पतली थी। चेहरा काफी साँवला होते हुए भी आकर्षक था। वह फिर कूल्हे के बल बैठ कर कमरे के शेष भाग की सफ़ाई करने लगी। मोहन अखबार

पढ़ने में लीन हो गया।

उसे भारत में अपने कॉलेज के दिन याद आए। इन दिनों एक सहपाठी ने उसे बताया था कि जमादारनियाँ प्यार करने के मामले में सबसे अच्छी होती हैं—बिल्कुल उन्मुक्त और पागलपन की सीमा तक लज्जाहीन और गर्म। उनके साथ ऐसा बेलगाम प्रेम करने से बेहतर अनुभव और क्या होगा ? उसने अपनी आँखों से, जो बिलाशक़ कमज़ोर नहीं थीं, देखा है कि अस्पृश्य कही जाने वाली ये औरतें सबसे अधिक स्पर्श करने योग्य होती हैं। खुद अपने घर में ही एक ऐसी औरत मौजूद है। उसे बैडरूम में आने के लिए तैयार करने में कोई खास दिक्कत नहीं होगी। ऐसे वक्त, जब दूसरे नौकर अपने-अपने क्वार्टरों में हों, या सामान खरीदने के लिए बाहर गए हों, वह आसानी से उसके बैडरूम में आ सकेगी। वह उसकी तनख्वाह दुगनी कर देगा और उसके बच्चों के लिए मिठाइयाँ और खिलौने ले आएगा। मालिक और नौकरानी के ऐसे रिश्ते आम हैं। कम तनख्वाह पाने वाली घरेलू नौकरानियाँ ज्यादा कमाई करने के लिए हमेशा तैयार रहती हैं, और उनके पतियों को भी उनकी इस तरह की कमाई से कोई परहेज नहीं होता। किसी तरह की कोई झंझट नहीं, न प्रेम-अनुनय की, न उन्हें उपहार देने या पार्टियों में ले जाने की। बस, नल खोलिए और पानी हाज़िर। इतने सुविधाजनक यौन-सम्बन्ध अपने को इज्जतदार मानने वाली महिलाओं के साथ स्थापित नहीं किए जा सकते। मोहन ने वहीं के वहीं यह फैसला कर लिया कि यदि वह अन्य मोर्चों पर नाकामयाब रहा, तो वह जमादारनी को अवश्य याद रखेगा। वह सहचारिणी बनने को भी तैयार हो जाएगी, और इस प्रकार उसकी सबसे अहम समस्या भी हल कर देगी।

अगले दिन, सुबह को जब जमादारनी उसका फर्श साफ़ करने के लिए आई तो उसने पहली बार उससे बातें कीं। उसने पूछा, "तुम्हारा नाम क्या है ?" उसने अपनी सलवार एक जगह अटकाते हुए, और कूल्हे के बल बैठकर, फर्श साफ़ करने की तैयारी करते हुए कहा, 'धन्नो।' अपना नाम बताते वक्त उसने मोहन की तरफ नहीं देखा, मगर उसे आशा थी कि उससे और सवाल भी पूछे जाएँगे।

"तुम्हारा मरद क्या करता है ?"

"वह म्यूनिसपैलिटी में भंगी का काम करता है, साहब !"

"कितना कमाता है ?"

"महीने में एक हजार साहब। हमारे तीन बच्चे हैं। मेरी अपनी कमाई से बस, बड़ी मुश्किल से हम सबका खाने-पीने और कपड़ों का खर्च निकल पाता है। मेरा मरद शराबी है, साहब, और अपनी कमाई का ज्यादा पैसा शराब में ही खर्च कर देता है।"

मोहन को नहीं मालूम था कि उसके घर से उसे हर महीने कितना मिलता है। उसकी तनख्वाह उसका ऑफिस देता है, और, दूसरे नौकरों की भी। उसके घर

के सब खर्चों के भुगतान की जिम्मेवारी भी उसके आफिस की है। वह बस हर महीने कुछ चैकों पर दस्तख़त कर देता है। अगर वह धन्नो को कुछ ज्यादा देना चाहे, तो उसे अपने जेब से नगद देना पड़ेगा। उसने बटुए से सौ का एक नोट निकाल कर उसे पकड़ाते हुए कहा, ''लो, यह तुम्हारे बच्चों के लिए है।'' धन्नो ने नोट लेकर, उसे अपने सर पर रखकर, बाद में अपनी चोली में ठूँस लिया। फिर उसने मोहन से एक सीधा सवाल पूछा, ''क्या मेमसाब अब दुबारा यहाँ नहीं आएँगीं ? वे अपने साथ बच्चों के अलावा अपना सारा सामान भी ले गई हैं।''

मोहन उसकी गुस्ताख़ी से दंग रह गया। घरेलू नौकर और नौकरानियाँ इशारों से कुछ नहीं कहते, वे जो कहना चाहते हैं, सीधे और धड़ल्ले से कहते हैं। उसने धन्नो को झिड़कने की मुद्रा में कहा, ''चलो, अपना काम करो।''

जिन लोगों के वैवाहिक सम्बन्ध, या इसी किस्म के दीर्घकालिक सम्बन्ध टूट जाते हैं, उनके पहले कुछ दिन, हफ्ते और महीने बड़ी मुश्किल से बीतते हैं। उन्हें अपने साथ तरह-तरह के समझौते करने पड़ते हैं, अपने अभिभावकों, और उनके साथ उनके सगे-सम्बन्धियों, अपने बच्चों, भाइयों और बहनों जैसे रिश्तेदारों के पुराने सम्बन्धों में सामंजस्य स्थापित करना पड़ता है। उन्हें अपनी मित्र-मंडली के सदस्यों की अनेकानेक जिज्ञासाओं की भूख को भी विस्तार से तृप्त करना पड़ता है। ऐसे सवाल पूछे जाते हैं—गड़बड़ी कहाँ हुई ? क्या तुम दोनों का यौन-जीवन सन्तोषजनक नहीं था ? क्या झगड़े की जड़ में वे औरतें थीं, जिन्हें तुम लाइन मारते रहते थे, और जिनसे तुम्हारी पत्नी नफरत करती थी ? और वह आदमी कौन था, जो हमेशा तुम्हारी पत्नी को कामुक दृष्टि से देखा करता था ? ...मुसीबत यह है कि आप ऐसे लोगों को न तो नज़रअंदाज कर सकते हैं, न झिड़क सकते हैं और न यह कह सकते हैं कि, ''आप अपने काम से काम रखिए।'' आपको उनकी दुष्टता को सहना ही पड़ता है, तब तक, जब तक कि उन सबको खुद अपने तईं यह यक़ीन न हो जाए कि उन्हें पूरे और अन्तिम रूप से यह पता चल गया है कि आपके वैवाहिक जीवन का दुखद अन्त होने का वास्तविक कारण क्या था ? जैसे ही उन्हें यह यक़ीन हो जाता है, वे उसके जीवन में दिलचस्पी लेना बन्द कर देते हैं।

जब ऐसे लोगों ने तलाक के बाद उसे घेरना शुरू किया था, तो मोहन ने कुछ दिनों के लिए दिल्ली छोड़ने का विचार किया था, मगर बाद में इस विचार को त्याग दिया था। उसने सोच-विचार करके यह पाया कि उसके ऐसा करने से इन लोगों की जिज्ञासा और ज्यादा बढ़ जाएगी, तथा उसके लौटने पर वे उसे असली कारण जानने के लिए और ज्यादा तंग और परेशान करेंगे। उसने तय किया कि आगे से वह अपने ऑफिस, घर और क्लब में ऐसे आएगा-जाएगा, जैसे उसके जीवन में सब

सामान्य है। हो सकता है कि वह कुछ दिनों तक क्लब बिल्कुल न जाए, और ऑफिस के बाद अपना शेष समय घर में ही गुजारे, स्कॉच, संगीत और टी वी के साथ।

मोहन को यह महसूस हो गया था कि उसके वैवाहिक जीवन में आए तूफ़ान का पता, उसके ऑफिस के लोगों को भी चल गया है। यह तूफान आने वाला है, इसकी भनक तो उन्हें काफी पहले से थी। पॉलिन जोन्स अब जब उसके हस्ताक्षरों के लिए चिट्ठियाँ लाती, या उससे डिक्टेशन लेती, तब ऐसा जताती जैसे वह उसका अतिरिक्त ध्यान रख रही है। इतने वर्षों में उसने कभी उसे ग़ौर से देखा तक न था। वह देखने लायक थी भी नहीं। गोल चेहरा, भूरे बाल, जो जूड़े के रूप में बंधे हुए थे। नाटा बदन, जिस पर उसका वक्ष, पेट, नितम्ब सब गड्डमड्ड तरीके से मिलकर ऐसे लगते थे, जैसे पीले-सफेद गोश्त का पिंड हों। लेकिन, आजकल जब वह उसके केबिन में आती, तब उसकी चाल कुलबुलाती हुई लगती। ऑफिस के शेष कर्मचारी पहले से ज्यादा दबे हुए से लगते और उससे पहले से ज्यादा सरोकार जताते से दिखाई देते। वह उन सबकी उपेक्षा करता और ऑफिस में देर तक बैठता, और ऑफिस छोड़ने से पूर्व उसकी चाबी रात की डयूटी वाले सन्तरी को देना न भूलता।

एक दिन, घर के लिए ड्राइव करते समय उसने शहर का चक्कर लगाने का निश्चय किया। ऐसा वह एक अर्से के बाद कर रहा था। शाम को ही उसने अपने शोफर को छुट्टी दे दी थी। उसने गाड़ी इंडिया गेट की तरफ़ मोड़ी। वहाँ पहुँचकर वह गाड़ी से बाहर आ गया, और चारों ओर का नज़ारा देखने लगा। पूर्व में उसे पुराने क़िले की स्याह-भूरे रंग की दीवारें ऊपर उठती दिखाई दे रही थीं, जिसे दूसरे मुगल सम्राट हुमायूँ ने बनवाया था। उसके नीचे वाले अर्धांश के नज़ारे में बाधा बना हुआ था स्पोर्ट्स स्टेडियम, जिसे आधी दीवानी वायसरीन लेडी विलिंगडन ने राजवंश में अपना नाम चिरस्थायी रखने के उद्देश्य से बनवाया था। इसका निर्माण लूटिएन्स द्वारा नगर के निर्माण से पूर्व हुआ था। नगर का वास्तुकार लूटिएन्स स्टेडियम को देखने के बाद सिवाय अपने दाँत पीसने के कुछ और नहीं कर पाया। उसने जिस वृक्षाच्छादित चौड़े मार्ग की कल्पना की थी, वह धूलि-धूसरित हो गई। वह वृक्षाच्छादित मार्ग वायसरीगल पैलेस से आरम्भ होकर, वार मैमोरियल आर्क के बीच से होता हुआ किंग जार्ज सिक्स्थ के पत्थर के चंदोबे के नीचे स्थित मूर्ति से पुराने क़िले के भव्य पश्चिमी प्रवेशद्वार तक जाने वाला था। स्वतंत्र भारत के शासकों ने ब्रितानी राजा की मूर्ति को तो हटा दिया, लेकिन चंदोबा अपने नीचे की मूर्ति के बिना अधिक सुन्दर दिखाई देता था। मोहन को याद आया कि कुछ राजनीतिक नेता तो चंदोबे सहित समूचे निर्माण को ही हटाना चाहते थे, क्योंकि वह ब्रिटिश राज का अन्तिम अवशेष था। बेरहम कलाध्वंसक ! वे इस शानदार वार मेमोरियल के मेहराब को तो कोई हानि नहीं पहुँचा सके, सिवाय उसका नाम बदलकर इंडिया गेट करने के। वहाँ उन शहीदों की, जो भारत के लिए लड़ते हुए काम आए, याद में

एक मशाल प्रज्ज्वलित रहती है।

बाकी नगर वैसा ही था, जैसा लूटिएन्स ने बनाया था। हाँ, चौड़े मार्ग का स्थान सचिवालयों ने ले लिया है।

पश्चिमी क्षितिज पर बादल छाए थे। अस्त होता हुआ सूर्य उसके बीच में अपना मार्ग बनाकर, ऊँची-ऊँची इमारतों, पानी की टंकियों और पुष्पों से लदे वृक्षों से बनने वाले दृश्य को अम्बरी रँग में रंग रहा था। मोहन ने स्वयं से कहा, देवताओं के देखने लायक दृश्य है यह। उसके लेखे दिल्ली विश्व का एकमात्र नगर था जहाँ उसे अपनत्व की भावना का साक्षात्कार होता है। ऐसे यादगार दिन पर वह जीवन में स्त्री की कमी को भी भूलने को तैयार है।

उसने वहाँ के एक स्टाल से चार बहुत बड़े रंगीन गुब्बारे और वनीला आइसक्रीम के दो बड़े पैकेट खरीदे। विक्रेताओं की गाड़ियाँ सफेद-हरे रंगों की रोशनी में नहा रही थीं। अपने बच्चों के लिए वह इन्हीं से गुब्बारे और आइसक्रीम खरीदता था, मगर, अब जबकि वे उसके साथ नहीं रहते, गुब्बारे और आइसक्रीम खरीदने की क्या ज़रूरत थी ?

मोहन जब घर पहुँचा तब धन्नो सारे फर्शों को फिर साफ कर रही थी। दिल्ली में धूल इतनी जल्दी और इतनी ज्यादा फर्शों पर जम जाती है कि उन्हें दो बार धोना पड़ता है। धन्नो के बच्चे, हमेशा की तरह बाग में खेल रहे थे, माँ के काम ख़त्म होने का इन्तज़ार करते हुए। उन्होंने गुब्बारों को देखा, मगर वे जानते थे कि वे उनके लिए नहीं हैं। साहब उनके लिए कभी कोई चीज़ लेकर नहीं आए। मोहन ने गुब्बारे और आइसक्रीम के पैकेट धन्नो को दे दिए और टी वी 'ऑन' करते हुए कहा, "ये तुम्हारे बच्चों के लिए हैं।"

एक मिनट बाद धन्नो अपने बच्चों के साथ आई। हर बच्चे के पास एक गुब्बारा था। उसने बच्चों को हुक्म देते हुए कहा, "चलो, साहब के पाँव छुओ।"

बच्चे मोहन के पाँव छूने के बाद फौरन नौ-दो-ग्यारह हो गए। क्या धन्नो को 'सन्देश' मिल गया है, मोहन अनुमान लगा रहा था।

धन्नो का जवाब उसे अगले दिन सुबह ही मिल गया। वह काम के लिए देरी से आई, रसोइये के सामान खरीदने के लिए जाने के बाद दूसरा नौकर अपने क्वार्टर में नहा रहा था। धन्नो आज साफ़ और इस्तरी की हुई सलवार कमीज पहन कर आई थी। उसने आँखों में काजल लगा रखा था। वह मोहन से कुछ कहे बिना, कूल्हे के बल बैठकर, फर्श साफ़ करने लगी। अपना काम करते हुए वह महसूस कर रही थी कि साहब की आँखें उसी पर गड़ी हैं। दो बार जब वह मुड़ी, तब उसने साहब को अपने नितम्ब को घूरते पाया। उसने शर्माते हुए अपना मुँह फेर लिया, और मुँह मोड़कर काम पूरा करने लगी। मोहन को यक़ीन हो गया कि वह राज़ी है।

लेकिन, उसने निश्चय किया कि वह जल्दी नहीं करेगा। किसी जमादारिन को

अपनी प्रेमिका बनाने से पहले सब पहलुओं और ऊँच-नीच पर विचार करना ज़रूरी था। वैसे, इस किस्म की औरतों के साथ प्यार का चक्कर चलाना, अपनी श्रेणी की महिलाओं के साथ प्रेम का चक्कर चलाने से अधिक निरापद और सुरक्षित है। इस चक्कर के बारे में लोगों की कानाफूसी नहीं के बराबर होगी। बिला शक़, दोनों नौकरों को जल्दी ही शक हो जाएगा कि साहब और धन्नो के बीच कोई चक्कर शुरू हो गया है। लेकिन उन दोनों के लिए धन्नो अछूत थी। वे उसे कभी रसोईघर में घुसने भी नहीं देते थे। उनके और धन्नो के बीच कोई शारीरिक सम्पर्क आज तक कभी नहीं हुआ। जब उन्हें धन्नो को झूठन देनी होती थी, तब वे दाल-रोटी या अन्य पदार्थों का बचा-खुचा उसके ही बर्तनों में डाल देते थे। अगर उन्हें किसी चक्कर की भनक लगेगी, तो अपने पड़ोसियों के नौकरों को बताएँगे, और वे नौकर अपने मालिकों को। जहाँ तक धन्नो का सवाल है, वह इस बारे में अपने मरद को कभी कुछ नहीं बताएगी, यह अलग बात है कि उसका मरद धन्नो के रंगढंग देखकर खुद कोई अनुमान लगा ले। लेकिन, यह भी मुमकिन है कि धन्नो की बढ़ी हुई कमाई को देखकर वह चुप रहे। मगर इन परेशानियों के बावजूद, धन्नो के साथ प्रेम का चक्कर चलाने में सबसे बड़ा फ़ायदा यह है कि धन्नो इसके लिए जब चाहो, तब उपलब्ध हो सकेगी। उसकी माँगें भी वाजिब होंगी और वह कभी भी उसकी भावनाओं के साथ नहीं खेलेगी।

धन्नो को प्राप्त करने की संभावना ने उसके दिल और दिमाग को इतना अधिक ग्रस्त कर लिया कि वह हमेशा उसकी आँखों के सामने दिखाई देने लगी, आफिस में क्या, घर में क्या। धन्नो उसकी मनोग्रंथि बन चुकी थी। अब वह हर तफसील के बारे में चौकस हो जाना चाहता था, ताकि उससे कहीं भी चूक न हो पाए। अगले दिन सुबह उसने धन्नो से पूछा कि उसका मरद काम पर कितने बजे जाता है। धन्नो ने बताया, ''वह सुबह ही चला जाता है, साहब ! मैं उसे परांठे और कोई भाजी दोपहर के खाने के बतौर दे देती हूँ। वह शाम को बहुत देर से आता है और जिस दिन उसे तनख्वाह मिलती है, उसके बाद वह कुछ दिन अपने यार-दोस्तों के साथ गुजारता है, और आधी रात से पहले कभी नहीं लौटता।''

''और तुम्हारे बच्चे ? क्या तुम उन्हें हमेशा अपने साथ ही रखती हो, और वे जहाँ-जहाँ तुम काम करती हो, वहाँ-वहाँ अपने साथ ले जाती हो ?''

''नहीं साहब ! कभी-कभी मैं उन्हें दूसरे नौकरों की बीबियों के पास भी छोड़ आती हूँ। वे उन पर निगाह रखती हैं।''

धन्नो समझ गई कि साहब का दिमाग़ क्या सोच रहा है। अपनी तरफ से वह 'ख़ास' दिन का चुनाव उन्हीं पर छोड़ना चाह रही थी। उसे ज्यादा इन्तज़ार नहीं करना पड़ा। दो दिन बाद उसने सुना कि वे रसोइए से कह रहे थे कि वह आई. एन.ए. मार्केट से ताज़ी मछलियाँ लाए। वे उसे समझा रहे थे, ''आई.एन.ए. मार्केट

में जो भी चीज़ मिलती है, और जगहों की बनिस्बत ज्यादा सस्ती और ताज़ी होती हैं। मछलियाँ, केंकड़े, झींगा मछली, भाजियाँ, फल, सब कुछ। मेरी जान-पहचान के सब लोग रोजमर्रा की ज़रूरतों का अपना सब सामान वहीं से खरीदते हैं।'' अगर कोई साइकिल से जाए, तो महारानी मार्केट से आई.एन.ए. मार्केट पहुँचने में एक घंटा लगेगा। आने और सामान खरीदने में दो घंटे और। तीन घंटे तक रसोइया घर से बाहर रहेगा। फिर उन्होंने दूसरे नौकर को बुलाया, और एक क़ागज़ पर कुछ लिखकर, वह काग़ज उसे दिया, और कहा, ''मेरे सिगार ख़त्म हो गये हैं। मैं जो ख़ास सिगार पीता हूँ, वह सिर्फ कनाट सर्कस के एम. आर. स्टोर्स में ही मिलता है। उस सिगार का नाम मैंने कागज़ पर लिख दिया है। तुम ऐसा करो, बस से कनाट सर्कस चले जाओ, और सिगार का एक बॉक्स ले आओ।'' कहकर, उन्होंने उसके हाथ में सौ सौ के कई नोट थमा दिये और कहा, ''रसीद ज़रूर लाना।'' इस तरह, इस नौकर को भी कई घंटे घर से बाहर रहना पड़ेगा।

जब तक दोनों नौकर घर में थे, तब तक धन्नो ने कुछ सोच-समझकर घर से बाहर रहना ही ठीक समझा। अपने क्वार्टर में आकर उसने खूब साबुन मल मलकर दुबारा स्नान किया, और स्नान के बाद बदन को ज़ोर-ज़ोर से रगड़ा। जैसे ही उसने दोनों नौकरों को बँगले से बाहर जाते देखा, वह मैदान साफ़ देखकर बँगले के अन्दर घुस गई।

मोहन उसका इन्तज़ार ही कर रहा था। जैसे ही वह सीढ़ी से ऊपर आई, मोहन अपनी कुर्सी से उठ खड़ा हुआ, और धन्नो को सौम्यता से बैडरूम में लाया, और उसके अन्दर आते ही उसने दरवाजा अन्दर से बन्द कर दिया। उसे पलंग पर बैठा कर, उसने धन्नो के होंठ चूमे और उसके वक्षों को पुचकारा। उसे लगा कि धन्नो के वक्ष उसकी पत्नी के वक्ष की अपेक्षा अधिक पुष्ट थे।

जब मोहन ने अपने हाथ में कंडोम लिया, तब धन्नो ने उसका हाथ पकड़कर उसे ऐसा करने से रोका, और कहा, ''साहब, अपने तीसरे बच्चे के बाद मैंने आपरेशन करवा लिया था। इसलिए, इसकी ज़रूरत नहीं है, साहब!''

मोहन को हर नया स्त्री-शरीर एक नया अनुभव प्रदान करता था, वैसा ही अनुभव जो उसे किसी नए प्राकृतिक दृश्य के अवलोकन से उसे होता था। मूलतः स्त्रियों के शरीरों की बनावट एक-सी ही होती है, लेकिन पुरुष हर स्त्री से विमोहित और मुग्ध होता है, उसकी विशिष्ट मोहिनी से, उसके विशिष्ट जादू से, उसके शरीर की महक से। धन्नो के शरीर से कस्तूरी की महक आती थी, जबकि सोनू के शरीर से सदा फ्रेंच-कोलोन की आया करती थी।

अपनी प्रणय-लीला के अन्त में जब धन्नो के कंठ से एक ऐसी लम्बी गड़गड़ाहट सुनाई दी, जो उस पशु के कंठ से आती है, जिसका कत्ल किया जा रहा हो, तब मोहन को अपनी मर्दानगी पर गर्व अनुभव हुआ।

बाथरूम में दोनों ने एक साथ स्नान किया, और एक साथ ही कपड़े पहने। जब धन्नो जाने लगी, तो मोहन ने उसके हाथों में सौ-सौ के दो नोट पकड़ा दिए। धन्नो ने यह कहते हुए, "इसकी क्या ज़रूरत थी ? मैं तो आपकी बाँदी हूँ, गुलाम हूँ, और हमेशा आपकी सेवा के लिए हाज़िर हूँ," रुपए अपनी चोली में रख लिए।

धन्नो को घर से जाते हुए किसी ने नहीं देखा। उसके जाने के बाद मोहन ने सिगार सुलगाई। सिगार पीते-पीते वह अपने को बहुत हल्का और सन्तुष्ट महसूस कर रहा था। वह सोच रहा था, जिस किस्म की सहचरी के लिए उसने अखबारों में विज्ञापन दिए थे, ठीक उसी किस्म की सहचारी तो धन्नो नहीं है मगर प्रेम का एक पक्ष काम-वासना भी है, और शायद प्रेम का सर्वाधिक महत्वपूर्ण घटक भी। जब भावात्मक और मानसिक साहचर्य उपलब्ध न हो, तब कामवासना उसका स्थान ले सकती है।

धन्नो के साथ उसका मिलन हफ्ते में दो बार हो जाता था। धन्नो आज्ञापालक थी और उसकी हर आवश्यकता की पूर्ति के लिए सदा तत्पर रहती थी। वह उसके शरीर की प्रत्येक रेखा से परिचित हो चला था। वह उसकी एक खास आदत से भी परिचित हो गया था। उसकी दाईं जाँघ पर धूप से झुलसा एक निशान था, जिसे वह मोहन के उसे और उसकी आँखों को चूमने से पहले, अपने हाथ से चूम लेती थी। मगर इस खेल में जो मज़ा उसे पहले आता था, वह अब धीरे-धीरे कम होता जा रहा था। जब वह उसे अपने ऊपर आने को कहता था, तो वह कहती, "नहीं साहब, आप कभी मेरे नीचे नहीं आएँगे। आप मेरे मालिक हैं।" वह फिर और ज्यादा ज़िद नहीं करता था। इन दोनों की अच्छी ट्यूनिंग हो गई थी, और धन्नो बखूबी अपना रोल अदा कर रही थी।

रिवाड़ी से आया पत्र

रविवार को मोहन ने 'टाइम्स ऑफ इंडिया' और 'इंडियन एक्सप्रैस' के 'मैट्रीमोनियल' स्तम्भ में छपे विज्ञापनों को देखना शुरू किया। दोनों समाचारपत्रों में 4 से 6 पृष्ठों में शीर्षकों द्वारा जातियों और व्यवसायों को विभाजित किया गया था। हिन्दुओं को भी 'ब्राह्मण', 'क्षत्रिय' और 'वैश्य' जैसी उप-जातियों में विभाजित किया गया था। सबसे ज्यादा ज़ोर उपजातियों पर था। जैनों को 'दिगम्बर', 'श्वेतांबर' 'स्थानकवासी' उप-जातियों में विभाजित किया गया था। सिखों को जाट, खत्री, अरोड़ा उपजातियों में। ईसाइयों को कैथोलिक, मैथडिस्ट, सीरियन क्रिश्चियन, प्रेसबिटेरियन उप-जातियों में। कुछ मुस्लिमों को सुन्नी, शिया, बोहरा, खोजा, इस्माइली उप-जातियों में। जितना छोटा समुदाय, उतनी ही अधिक उप-जातियाँ। इन विज्ञापनों में सर्वोच्च स्थान दिया गया था अनिवासी भारतीयों–एन.आर.आइ'ज़ को। ये सब इतरा रहे थे स्टर्लिंग, दीनार और डॉलर की (रुपयों में रूपान्तरित) अपनी आमदनी और वेतन पर। इन्हें भी अपने समुदाय और जाति की लड़कियों की ही तलाश थी, जो कुमारी हो तो बेहतर।

वह देखने लगा कि उसे कहाँ फिट किया गया है। उसने किसी से विवाह की पेशकश नहीं की थी, सिर्फ एक सहचरी की अपेक्षा की थी। अन्त में उसे अपना नाम विज्ञापनों के अन्त में 'विविध स्तम्भ' के अन्तर्गत नज़र आया। इस स्तम्भ में सिर्फ उसी का नाम दिया गया था। एकमात्र नाम होने के कारण उसकी ओर सबसे अधिक उम्मीदवारों के आकर्षित होने की सम्भावना थी। साथ ही, कुछ ऐसे लोगों के क्षुब्ध होने की आशा भी, जो इस बात से परेशान और हैरान होंगे कि परम्पराओं में आस्था रखने वाले देश भारत में ऐसे विज्ञापन स्वीकार भी किए जाते हैं, और प्रकाशित भी होते हैं। भारत में विवाह को एक पवित्र संस्कार माना जाता है। मोहन को हैरानी हो रही थी कि यदि आज उसके पिता जीवित होते, तो इस विज्ञापन को पढ़कर क्या सोचते और कहते ! और इसे पढ़कर लाला अचिन्त राम और उनकी मोटी और 'क्रिसमस ट्री' जैसी लगने वाली बीवी, क्या कहेंगे ? और सोनू की इस

अपवित्रता के प्रति क्या प्रतिक्रिया होगी। औरत को एक अस्थायी सहचरी समझने की मनोवृत्ति !

मोहन को आने वाले दिनों में किसी भी प्रतिक्रिया की कोई आशा नहीं थी। लेकिन, वह इस बात से क़तई निराश न था। धन्नो उसके लिए हमेशा उपलब्ध थी। उसने अपने आप से कहा, "बिस्तर पर मौजूद एक औरत, दस काल्पनिक औरतों के बराबर है।"

उसे पहला उत्तर एक अप्रत्याशित स्रोत से प्राप्त हुआ। वह विज्ञापन के अंत में दिए गए बॉक्स-नम्बर की मार्फत नहीं भेजा गया था, बल्कि सीधे उसके नाम और पते पर भेजा गया था। उत्तर एक शब्द तक ही सीमित था, और वह शब्द था—हरामी, बड़े-बड़े अक्षरों में। हालाँकि शब्द 'हरामी' कहीं से काटकर पत्र पर चिपकाया गया था, तो भी पते के अक्षर पढ़कर मोहन जान गया कि लिखावट सोनू की ही है। उसका गुस्सा तेज़ी से बढ़ने लगा। उसने इस उत्तर को बुरी तरह मसल कर, ज़ोर से 'कुतिया' कहते हुए, उसे रद्दी की टोकरी में फेंक दिया।

उसे पहले से ही मालूम होना चाहिए कि सोनू ऐसा कर सकती है। उसे मालूम था कि अखबारों के मैट्रीमोनियल में छपने वाले विज्ञापन पढ़ने का सोनू का शौक बहुत पुराना है। इसलिए वह जानती थी कि इन विज्ञापनों में प्रयुक्त होने वाले संकेताक्षरों के वास्तविक अर्थ क्या होते हैं : H. H. affairs के अर्थ हैं—Household affairs, 'C and D no bar' के अर्थ हुए Caste and dowry no bar' आदि। इन विज्ञापनों को नियमित रूप से पढ़ते हुए, उसे यह भी पता चल गया था कि सब पुरुष गोरी लड़कियों को पसन्द करते हैं। उसने कई बार पुरुषों के अनेक विज्ञापनों के उत्तर (अपने फोटोग्राफ सहित) अपनी सहेलियों के पते देकर भेजे थे। उसे ऐसा करने में बड़ा आनन्द आता था। मोहन ने अपने बारे में जो विवरण दिए थे, उससे उसने फ़ौरन अनुमान लगा लिया होगा कि हो न हो यह उसके पूर्व पति ने ही प्रकाशित कराया है। सैक्स की दुकानदारी करने वाले 'गुंडा' पति ने।

चार दिन बाद, उसे 'टाइम्स ऑफ इंडिया' द्वारा उसके घर के पते पर भेजा गया एक वास्तविक और प्रामाणिक पत्र, प्राप्त हुआ। दो पृष्ठों के इस पत्र के साथ तीस से अधिक उम्र वाली एक महिला का रंगीन फोटोग्राफ भी संलग्न था। चित्र में सिर्फ उसका चेहरा, जूड़े में लिपटे घने, काले बाल, मोटे लेंसों वाला चश्मा, छोटी आँखें, माथे पर बिन्दी, बाँई नाक में हीरे की लौंग, पासपोर्ट के फोटो में गम्भीर मुद्रा। भेजे गए रंगीन चित्र में चूँकि पूरा शरीर नहीं दिखाया गया था, इसलिए यह नहीं कहा जा सकता था कि वह लम्बी है, या नाटी, गोलमटोल है, या इकहरे बदन वाली। सम्भव है कि उसका पत्र पढ़कर, उसके डीलडौल का अनुमान लगाया जा सके, इस उद्देश्य से उसने पत्र पढ़ना आरम्भ किया। पत्र में लिखा था :

प्रिय महोदय,

यह पत्र मैं 'टाइम्स ऑफ इंडिया' के रविवारीय संस्करण में आपका विज्ञापन पढ़कर लिख रही हूँ। विज्ञापन के अनुसार, आपको परीक्षण के तौर पर, एक महिला सहचरी की आवश्यकता है। मैं भी परीक्षण के तौर पर एक पुरुष-सहचर की खोज कर रही हूँ। आप दो बच्चों के ऐसे पिता हैं, जिनका तलाक हो चुका है। मैं भी एक ऐसी तलाकशुदा महिला हूँ, जिसका 11-वर्षीय पुत्र मँसूरी के बोर्डिंग स्कूल में पढ़ता है। मेरी तय की गई शादी कनाडा के एक अनिवासी भारतीय से हुई थी मगर वह एक साल तक ही चल पाई, क्योंकि उससे शादी करने के बाद मुझे पता चला कि उसकी एक पत्नी टोरन्टो में भी है। भारत में धोखा देकर दूसरी शादी करने के जुर्म से बचने के लिए वह अचानक ग़ायब हो गया।

मैंने अंग्रेजी साहित्य में डॉक्टरेट हासिल की है, और एक स्थानीय कालेज में पूर्व-स्नातकों को पढ़ाती हूँ। मैं कालेज के 'प्रोफेसर्स क्वार्टर्स' में एक बेडरूम फ्लैट में रहती हूँ। यदि मैं आपको स्वीकार हुई, तो दो महीने की छुट्टी, जो मैं ले सकती हूँ, लेकर, आपको अपने जीवन का साझीदार बना सकती हूँ। मैं दुबारा विवाह करने की इच्छुक नहीं हूँ, कारण, वह मेरे पुत्र को पसन्द नहीं आएगा। चूँकि मैं उसकी अकेली अभिभावक हूँ, इसलिए मैं वही करना चाहती हूँ, जो सर्वोत्तम हित में हो। आप जो कुछ मुझे देंगे, उससे मैं उसके लिए बेहतर किस्म की शिक्षा की व्यवस्था कर सकूँगी।

आपकी इच्छानुसार मैं अपना एक रंगीन फोटोग्राफ संलग्न कर रही हूँ। यदि आप मुझे बुलाना चाहते हैं, तो यह उचित होगा कि आप भी मुझे अपना एक रंगीन फोटो लौटती डाक से भेजें। आपकी ऊँचाई और डीलडौल का पता उस पूर्णाकार रंगीन फोटो से बेहतर लग जाएगा। मैं छोटी हूँ—पाँच फिट एक इंच की।

यद्यपि मेरे मन में धार्मिक विचारों के सम्बन्ध में कोई पूर्वाग्रह नहीं है, मैं आपको बताना चाहती हूँ कि मैं जन्म से ब्राह्मण हूँ, और हिन्दू संस्कारों में आस्था रखती हूँ। मैं माने लेती हूँ कि आप भी हिन्दू हैं। यदि नहीं, तो कृपया सूचित करें।

मैंने अपने विषय में सब कुछ बता दिया है। यदि आपकी मुझमें रुचि है, तो कृपया अपना टेलीफोन नम्बर और पता भेजें। मैं आपको फोन करके आपसे मिलने के लिए समय और दिन निश्चित कर लूँगी। शायद सबसे अच्छा यह होगा कि हमारी मुलाक़ात आपके घर में हो। इससे मुझे आपके परिवेश और जीवन-शैली की जानकारी प्राप्त हो सकेगी।

मुझे आपके फोन या पत्र की प्रतीक्षा रहेगी। कृपया अपने पत्र के लिफाफे पर 'गोपनीय' अवश्य लिखें, और पता है : लेडी प्रोफेसर्स हॉस्टल, फ्लैट नम्बर दो,

गर्वनमेंट कॉलेज फॉर वूमैन, रिवाड़ी (हरियाणा)।

आपकी,

सरोजिनी भारद्वाज

मोहन ने फोटोग्राफ को ग़ौर से देखकर, पत्र को कई बार पढ़ने के बाद उसे जेब में रख लिया। धन्नो काली ज़रूर थी, मगर इस चश्मेवाली प्रोफेसर से कहीं ज्यादा आकर्षक और दर्शनीय थी। मगर यह भी सच था कि जो कुछ अनपढ़ जमादारिन में नहीं था, वह उसे इस प्रोफेसर महिला में मिल जाएगा। कुछ वह भी जो प्रोफेसर महिला और उसमें समान है। वह इस महिला को अपने साथ क्लब, सिनेमा और रेस्तराँ वगैरह में ले जा सकेगा, बिना किसी अनावश्यक संकोच के। इसके अलावा, यह बात भी महत्वपूर्ण है कि इस महिला के अस्थायी रूप से उसके जीवन में आने के मायने होंगे, उसकी ज़िन्दगी में आने वाली एक और महिला, और हर स्त्री को हमबिस्तर करने का स्वाद अलग ही होगा। यह महिला उसके जीवन में विविधता लेकर आएगी और इसी की उसे फिलहाल तलाश है।

उसने अगले दिन ही महिला प्रोफेसर के सब प्रश्नों का उत्तर देते हुए और अपना पूर्णाकार फोटो संलग्न करते हुए अपना जवाब भेज दिया। अपने इस फोटोग्राफ में वह खुले कॉलर की कमीज और फ़लालैन की पतलून में बड़ा स्फूर्तिमय और बना-ठना लग रहा था। और इस बात को सुनिश्चित करने के लिए कि पत्र उसे जल्दी से जल्दी मिल जाए, उसने उसे 'स्पीड-पोस्ट' से भेजा। अब यह पत्र उसे चौबीस घंटे के अन्दर मिल जाएगा।

अगले ही दिन उस महिला ने उसे रिवाड़ी से फोन किया। बातचीत के दौरान, मुलाकात का दिन अगले शनिवार की शाम का समय तय हुआ। उसने कहा कि वह रिवाड़ी से शाम को दिल्ली जाने वाली बस पर सवार होगी, और वह उसके घर की खोज करके टैक्सी या थ्री-व्हीलर से वहाँ पहुँच जाएगी। उसके बाद कुछ घंटे बिताने के बाद वह रात नौ बजे की बस से वापस चली जाएगी।

शनिवार को ऑफिस में आधे दिन ही काम होता था। शेष समय में वह ठंडी बीयर के एक गिलास, हल्के से लंच और दोपहर के आराम का आनन्द लेगा। बीयर वाक़ई बर्फ़ में ठंडी की हुई थी, लंच सादा मगर ज़ायकेदार था, लेकिन दोपहर का आराम निर्विघ्न सम्पन्न नहीं हुआ, क्योंकि इस नई जोखिम से जुड़े अनेक सन्देहों ने उसे अशान्त कर दिया था। उसे काफी झूठ बोलना पड़ेगा। धन्नो ने उसके जीवन में आकर, एक कोने में अपना अधिकार जमा लिया था। उसे समझाना पड़ेगा और नौकरों को बताना पड़ेगा कि सरोजिनी उसकी दूर की एक रिश्तेदार है, और कुछ समय तक, जब तक उसे रहने की जगह नहीं मिल जाती, उसी के साथ रहेगी।

इस बीच, उसे धन्नो को भी भुगतान करते रहना होगा। समस्या पैसे की नहीं थी। वह जरूरत से ज्यादा कमा रहा था, और उसकी कमाई का काफ़ी बड़ा हिस्सा 'ब्लैक' की कमाई का था और अपनी मौज-मस्ती पर खर्च करने में उसे कोई एतराज नहीं था। 'ब्लैक' की कमाई को सेफ़ में रखने में बिल्कुल भी समझदारी नहीं थी। कौन जाने कब, इन्कमटैक्स वालों की 'रेड' उसके घर पर हो जाए।

वह उठा और जाकर शॉवर का आनन्द लेने लगा। गालों और ओठों पर सुबह से बढ़ आए बालों को दूर करने के लिए दुबारा शेव की और 'ऑफ्टर-शेव' लोशन से चेहरे को भिगोया। 'लैक्टोज' स्पोर्ट्स शर्ट और 'लेडीज' जीन्स शरीर पर धारण की और, अंत में अपनी पत्नी के आदमकद शीशे के सामने खड़े होकर अपने को निहारा। जो शक्ल उसे शीशे में दिखाई दे रही थी, उससे वह परम सन्तुष्ट और सुखी था।

वह बाल्कनी में रखी आर्म-चेयर पर बैठकर बाग के छोटे से हिस्से के आगे स्थित, अपने बँगले की सीमा के पार जा रही बसों की अन्तहीन लाइन को देखने लगा। उसे कारों के भौंपुओं और स्कूटर्स की फट-फट की आवाज़ सुनाई दे रही थी। आज सप्ताहांत था, और सरकारी कार्यालय बंद थे। क्लर्क लोग अपने बीवी-बच्चों के साथ खरीदारी के लिए जा रहे थे। तभी उसने नौकर की मेज़ पर स्कॉच के एक पेग रखने की आवाज़ सुनी। उसने हुक्म दिया, ''दो गिलास रख दो, मुझे एक मेहमान के आने का इन्तज़ार है। और, रसोइए से कुछ पापड़ तलने को बोलो। वे ड्रिंक के साथ काम आएँगे।''

तभी, उसके प्रवेश-द्वार के सामने एक थ्री-व्हीलर आकर रुका। उसने सफेद साड़ी में नाटे कद की चश्मा पहने हुई एक महिला को दरवाजे पर लगे नम्बर की जाँच करते हुए देखा। थ्री वहाँ व्हीलर-ड्राइवर को उसका किराया चुकाने के बाद महिला ने दरवाज़ा खोला। मोहन अपनी कुर्सी से उठकर आगुन्तक महिला से मिलने के लिए नीचे आया। उसके घंटी बजाने से पूर्व ही, मोहन ने दरवाज़ा खोल दिया था, और आगुन्तक महिला का मुस्कराते और हाथ आगे बढ़ाते हुए स्वागत करते हुए कहा, ''मैं मोहन कुमार हूँ।'' महिला ने मुस्कराहटहीन मुद्रा में, उससे हाथ मिलाने से पूर्व, उसके पाँव छूने के बाद कहा, ''मैं सरोजिनी भारद्वाज हूँ।'' उसकी यह शरीर-चेष्टा इतनी विसंगत और अप्रत्याशित थी कि मोहन को हक्का-बक्का हो जाना चाहिए था, लेकिन वह हुआ नहीं। उस सुकुमार-सी महिला को और मौके की नज़ाकत को देखते हुए, उसे यह सही और उपयुक्त ही लगा। जिस समय वे दोनों आमने-सामने खड़े एक दूसरे को देख रहे थे, तब मोहन ने ग़ौर किया कि वह उसके कंधों तक भी नहीं आती थी।

मोहन हरियाणा के छोटे से नगर रिवाड़ी से आई इस छोटी-नाटी महिला प्रोफेसर को लेकर ऊपर आया। बाल्कनी से जुड़े सिटिंग रूम में उसे एक कुर्सी पर बैठने

को कहते हुए उसने कहा, ''कृपया यहाँ बैठिए।'' कुर्सी के पास रखी मेज पर स्कॉच के दो जाम, सोडे की दो बोतलें, और बर्फ का बर्तन रखा था। जाम उसके क्रिस्टल-ग्लास के गिलासों में भरे हुए थे। दोनों में से किसी की भी समझ में नहीं आ रहा था कि शुरुआत कैसे की जाए।

शान्ति को भंग करते हुए महिला प्रोफेसर ने कहा, ''लीजिए, मैं हाजिर हूँ।''

''हाँ, मैं देख रहा हूँ।''

प्रोफेसर ने स्थिति पर काबू पाते हुए, अपना चश्मा उतारा, उसके शीशों को अपनी साड़ी के किनारे से पोंछा और उसे मेज पर रख दिया। ''आपने देख लिया कि मैं चश्मे के साथ और चश्मे के बिना कैसी लगती हूँ। अपने बीते दिनों के बारे में मैं आपको अपने पत्र में लिख ही चुकी हूँ। उसके अलावा, आप और कुछ जानना चाहते हैं, तो कृपया पूछिए।''

मोहन ने उसे इस बार ग़ौर से देखा। वह छोटे क़द की थी, साधारण तौर पर आकर्षक। त्वचा का रंग पुराने हाथी-दांत के रंग जैसा था, बाल गहरे भूरे थे, माथा चौड़ा था, उस पर हीरे की लौंग और बिन्दी थी, होंठों पर हाल ही में लगाई गई लिपस्टिक की थपकी, मोती की नैकलेस, जो उसकी सफेद साड़ी के साथ खिल रही थी। उसे अति-सुन्दरी तो नहीं कहा जा सकता था, मगर वह काफी हद तक दर्शनीय और प्रदर्शनीय भी थी।

आखिरकार, कुछ पूछने की गर्ज से मोहन ने पूछा, ''आपकी शादी में क्या समस्या आ गई थी, और वह इतनी जल्दी टूट कैसे गई ?''

''जैसा कि मैं आपको अपने पत्र में लिख चुकी हूँ, वह कनाडा में रहता था, और उसने एक हिन्दुस्तानी पत्नी के लिए अखबारों में विज्ञापन छपवाया था। मेरे पिता ने उसका उत्तर दिया। वह कनाडा से आया, और उसने मुझे हमारे देहरादून स्थित घर में मुझे देखा। एक हफ्ते के बाद हमारी शादी हो गई। मेरे माता-पिता और मुझे उसके बारे में वही मालूम था, जो उसने हमें बताया था। हमने अपना हनीमून मेरे पिता के खर्चे पर मसूरी में मनाया। पन्द्रह दिनों तक उसने मुझे जी भर कर भोगा। फिर उसने मुझसे कहा कि उसे टोरन्टो में अपना एक ज़रूरी काम पूरा करने के लिए जाना है, और वह एक सप्ताह में वापस आकर मुझे अपने साथ ले जाएगा। मैंने कनाडा का वीसा प्राप्त किया और उसका इन्तज़ार करने लगी। उसने न कोई पत्र लिखा, न वापस आया। इस बीच मैं गर्भवती हो गई। यह जानकर मेरे पिता बहुत ज्यादा नाराज़ हुए और उन्होंने मुझसे कहा कि मैं उसे जेल भिजवा कर ही रहूँगा, क्योंकि उन्हें अपने एक मित्र से ज्ञात हो गया था कि कनाडा में उसके साथ एक गोरी महिला अर्से से उसके साथ रह रही है। मैंने तभी यह फैसला कर लिया कि मैं उस धूर्त के साथ कोई सम्बन्ध नहीं रखूँगी। कुछ महीने के बाद मैंने एक पुत्र को जन्म दिया। वह अब एक बोर्डिंग स्कूल में है। कॉलेज की मेरी नौकरी

पक्की है। आप और कुछ जानना चाहते हैं ? मैं तो आपके बारे में कुछ भी नहीं जानती।''

''मैंने अपने विज्ञापन में अपने बारे में सब कुछ लिख दिया था। अपने तूफ़ानी वैवाहिक जीवन ने मुझे दो बच्चे तो दिए, मगर शान्ति बिल्कुल नहीं दी। इसलिए, हम दोनों तलाक पर राज़ी हुए। अगर आपने मेरा प्रस्ताव स्वीकार कर लिया, तो आपको मेरे बारे में और ज्यादा जानने के लिए मिलेगा। क्या मैं आपको ड्रिंक पेश कर सकता हूँ ?''

''नहीं, शुक्रिया।'' उसने दृढ़ता से उत्तर दिया। ''मैं हरियाणा में रहती हूँ, जहाँ शराब पर पूरी पाबन्दी है। शराब और सिगरेट पीने वाली औरत को वहाँ रंडी समझा जाता है। मैं न शराब पीती हूँ, न सिगरेट। क्या आप रोज़ पीते हैं ?''

''हाँ, मैं धूम्रपान भी करता हूँ। शाम को मुझे दो स्कॉच अवश्य चाहिए। मुझे सिगार पीना भी अच्छा लगता है। रोज़ चार सिगार। आपको कोई एतराज ?''

''यह आपकी अपनी ज़िन्दगी है। मैं आपकी पसंदगियों पर एतराज करने वाली कौन होती हूँ ?''

''आप शाकाहारी होंगी ?'' मोहन ने पूछा।

''जी, लेकिन दूसरे क्या खाते हैं, इस पर मैं कोई एतराज नहीं करती।''

''और अंडे ?''

''अंडे भी बिल्कुल नहीं। मेरा ख्याल है कि इससे मैं आपकी सहचर बनने के अयोग्य नहीं हो जाऊँगी।''

''खाने पीने की आदतों से जीवन पर कोई असर नहीं पड़ता,'' उसने मुस्कराते हुए कहा।

अचानक ख़मोशी छा गई। उसे महिला प्रोफेसर ने ही भंग किया। उसने पूछा, ''क्या मैं आपका घर देख सकती हूँ ? बाहर से तो वह काफ़ी आलीशान लगता है।''

''अवश्य !'' उसने उठते हुए कहा।'' मैं गाइड बनकर आपको अपना घर दिखाऊँगा।'' उसने एक और ड्रिंक तैयार किया और उसका गिलास हाथ में लेकर उसे एक बैडरूम से दूसरे बैडरूम की तरफ ले जाने लगा। उसने वह मास्टर बैडरूम भी दिखाया, जो उसकी और उसकी पत्नी का साझा बैडरूम था। बच्चों का रूम दिखाया। और वह गैस्ट रूम भी जिसमें आप रहेंगी, यदि आपने मेरा प्रस्ताव स्वीकार कर लिया तो !'' सब कमरे एयर-कंडीशंड थे। सब बाथरूमों में मार्बल टाइल्स लगे थे, और वे एकदम साफ़-सुथरे और बेदाग थे। ''नीचे मेरा स्टडी रूम और रिसेप्शन-रूम है। क्या मेरा मामूली सा बसेरा आपकी उम्मीदों की कसौटी पर खरा उतरा ?'' सिटिंग रूम की तरफ जाते हुए उसने कुछ व्यंग्य के साथ कहा।

''बड़े स्टाइल से रहते हैं आप !'' उसने उत्तर दिया ''लेकिन मुझे किसी भी

कमरे में एक भी पुस्तक दिखाई नहीं दी। क्या आप बिल्कुल नहीं पढ़ते ?" उसने पेशेवर ढंग से पूछा।

"जब से कालेज छोड़ा पढ़ाई बन्द हो गई, किताबों को पढ़ने के लिए मेरे पास न समय है, न धैर्य ! मेरे पास ढेर सारे समाचार-पत्र और पत्रिकाएँ आती हैं, लेकिन मैं सिर्फ उनके शीर्षक और उनमें प्रकाशित चित्रों के कैप्शन ही पढ़ पाता हूँ। मुझे सारी खबरें, सूचनाएँ और लोगों के मत टीवी से ही प्राप्त होते हैं। मुझे पूरा विश्वास है कि शिक्षिका के रूप में आपको मेरी यह प्रवृत्ति सही नहीं लगेगी। शायद आप मेरी भी शिक्षिका बन जाएँ।"

उसने मोहन को लालायित दृष्टि से देखा और मुस्कराते हुए अपनी जगह पर बैठ गई।

"क्या मैं आपको एक कोल्ड-ड्रिंक दे सकता हूँ ?"

"जी, यही ठीक है।"

मोहन ने नौकर को आवाज़ दी, और उसके आने पर एक कोका-कोला पापड़ के साथ लाने को कहा।

"आगे क्या ?" उसने वास्तविकता के स्तर पर आते हुए पूछा। "आपको दूसरी महिलाओं से भी प्रस्ताव मिले होंगे !"

"अभी तक सिर्फ आपने ही मेरे विज्ञापन का उत्तर दिया है, और मैं आपके बारे में जुआ खेलने को तैयार हूँ। आप यहाँ सुविधानुसार, कब तक आ सकेंगी ?"

काफी देर तक महिला प्रोफेसर नीचे अपने पाँवों पर निगाहें जमाए बैठी रही। फिर उसने कहा, "आप मेरे साथ सोना भी चाहेंगे।"

मोहन उसके खुलेपन से स्तब्ध रह गया। आधा घंटे पहले, इसी औरत ने आते ही उसके पाँव छुए थे। उसने एकदम जवाब नहीं दिया, फिर कहा, "यह इस अस्थाई संबंध की एक शर्त थी। अगर आपको इस बारे में अपनी कोई शर्त लगानी हो, तो उसे आप इसी वक्त बता सकती हैं।"

उसकी निगाहें अभी तक अपने पाँवों पर जमी थीं। उसने कहा, "ऐसी हालत में मुझे पहले एक डॉक्टर से मिलना पड़ेगा। मैं दुबारा गर्भवती होने की जोखिम नहीं उठाना चाहती। बच्चों का जन्म विवाह की परिणति में होना चाहिए, अस्थायी यौन-संबंधों के रूप में नहीं।"

मोहन ने उत्तर में कुछ नहीं कहा।

महिला प्रोफेसर ने दुबारा बोलने से पहले काफी समय सोचने में लगाया। "मेरे लिए तो यह और भी बड़ा जुआ है। इस जुए से मेरे आत्मसम्मान को भारी ठेस पहुँचेगी। फिर भी मैं उसे खेलना चाहूँगी। मेरी काफ़ी छुट्टियाँ बाक़ी हैं। उनका लाभ उठाने के लिए मुझे कॉलेज को एक महीने का नोटिस देना होगा। अपने लड़के की स्कूल की छुट्टियों के दौरान, मुझे कुछ समय उसके साथ भी बिताना होगा। मैं रिवाड़ी

लौटने के बाद आपको अपने प्रोग्राम के बारे में सूचित करूँगी। इससे पहले मुझे प्रिंसपल से भी बात करनी होगी।''

वह जाने के लिए खड़ी हुई, और पूछने लगी, ''मुझे बस-स्टैंड तक पहुँचाने के लिए कोई टैक्सी या स्कूटर मिल जाएगा क्या ?''

''मेरा शोफ़र आपको वहाँ तक छोड़ देगा। मैं खुद आपके साथ जाता, मगर मुझे अँधेरे में गाड़ी चलाना अच्छा नहीं लगता। कारों की रोशनियों की चकाचौंध से मेरी आँखें काम करना बन्द कर देती हैं। और दिल्ली का ट्रैफिक भी बड़ा अव्यवस्थित है।''

मर्सीडीज प्रवेश-मार्ग पर ही पार्क की हुई थी। मोहन ने उसका पिछला दरवाजा खोला और उसे कार के अन्दर जाने दिया। वह अभी तक यह तय नहीं कर पाया था कि भावी योजनाओं के मद्देनज़र उसे महिला प्रोफेसर को चूमने या उसका आलिंगन करने का अधिकार है या नहीं ? उसके कार में प्रवेश करते समय, अपनी बाँहें उसके कंधे पर रखते हुए कहा, ''आपसे मिलकर बड़ी खुशी हुई। सम्पर्क बनाए रहिए। अगर आपके पास कोई ऐसा फोन नम्बर हो, जहाँ मैं आपको फोन कर सकूँ, तो वह नम्बर मुझे भेज दीजिएगा।''

''टेलीफोन तो नहीं है,'' उसने कहा। ''मैं आपको लिखूँगी। ड्राइवर, गाड़ी इन्टरस्टेट बस टर्मिनल तक ले चलिए।''

चूड़ियों से भरे हाथ के साथ, कार के जाते समय, उसने मोहन का अभिवादन किया।

स्कॉच का अपना शाम का कोटा पूरा करते समय, मोहन महिला प्रोफेसर के साथ कुछ हफ्तों, या शायद महीनों तक का समय बिताने की सम्भावना के बारे में सोचने लगा। उसके दोनों नौकर, जो वह उनसे कहेगा, उसे मानने के लिए तैयार हो जाएँगे–भले ही, वे मन ही मन उसकी बात का विश्वास न करें–कि यह महिला उसकी रिश्तेदार है, उसका तबादला हो चुका है, और कुछ दिन तक उसके साथ तब तक रहेगी, जब तक उसे रहने की जगह नहीं मिल जाती। लेकिन धन्नो को यकीन दिलाना बड़ा मुश्किल होगा। उसे हफ्ते में दो बार उसके साथ रहने की आदत पड़ चुकी है; वह तब आया करती थी, जब दोनों नौकर बाहर गए होते थे। अब घर में एक और स्त्री के चौबीसों घंटे रहने की वजह से, इस प्रोग्प्रम को तब तक टालना पड़ेगा, जब तक वह महिला प्रोफेसर उसके साथ रहेगी। चूँकि वह बँगले के आगे और पीछे के प्रवेश-द्वारों के ताले खुद लगाता है, इसलिए न तो धन्नो को और न दोनों नौकरों को यह मालूम पड़ेगा कि रात को अन्दर क्या होता है। लेकिन, वह यह भी जानता था कि सब औरतों के पास एक ऐसी छठी इन्द्रिय होती है, जो उन्हें अपनी 'सौतों' की उपस्थिति का भान करा देती है। विवाहित स्त्रियों को बिना किसी प्रत्यक्ष सबूत के पता चल जाता है कि उनके पतिदेव परायी औरतों के

साथ प्रेम का चक्कर चला रहे हैं। उधर, विवाहित पुरुष अपने काम-धंधे में इतने अधिक व्यस्त रहते हैं कि उन्हें सालों तक अपनी पत्नियों की बेवफ़ाई का पता तक नहीं चलता।

लेकिन, धन्नो को महिला-प्रोफेसर के आ जाने के बाद, कोई नैतिक अधिकार नहीं है बात की खाल निकालने का, और निराश होने की भी कोई वजह नहीं है। वह खुद अपने मरद के प्रति वफ़ादार नहीं है। इस कारण भी उसे अपना अधिकार जताने का कोई हक़ नहीं है। वह न उसकी बीवी है, न रखैल। वह बस, कभी-कभी, उसकी हमबिस्तर बन जाती है और उसके लिए उसका पर्याप्त मुआवज़ा मिल जाता है। जो हो, इस बारे में ज्यादा सोचविचार करने की कोई ज़रूरत नहीं है। जब कुछ होगा, जैसी परिस्थिति होगी, वैसा किया जाएगा।

रात को सोते समय, उसने कल्पना के पंखों पर सवार होकर, यह देखने और जानने का मीठा प्रयास किया कि बिस्तर पर वह महिला कैसी लगेगी, और उसके साथ कैसे पेश आएगी ? क्या वह खुद उसके बैडरूम में आएगी, या उसे उसके बैडरूम में जाना पड़ेगा ? वह दिखावटी लज्जाशीलता में विश्वास करनेवाली लगती है, और इसलिए शायद अपने पास आने से पहले, बत्तियाँ बुझाने को कहे। यह भी मुमकिन है कि उसके पास आ जाने के बाद भी वह अपने वस्त्र उतारने में आनाकानी करे, और अपना वह रूप दिखाने के लिए जिसके साथ भगवान ने उसे पृथ्वी पर भेजा था, उसे उसकी खुशामद करनी पड़े। मगर स्वयं पर उसे परम विश्वास होने का कारण यह था कि वह बहुत छोटी और कोमल थी, और वह स्वयं डीलडौल में उससे कहीं अधिक लम्बा-चौड़ा और प्रभावशाली था। वह उस पर हावी होकर अपनी इच्छा थोप सकता था। और जब उसे नींद आई, तो उसने अपने सपने में महिला प्रोफेसर को नहीं, नंगधड़ंग धन्नो को देखा, जो कूल्हे पर हाथ रखे, उसे डाँट-फटकार रही थी, अपने साथ बेवफ़ा होने पर।

तीन दिन बाद उसे प्रोफेसर सरोजिनी भारद्वाज का एक पत्र प्राप्त हुआ। पत्र में उसने उसे 'प्रिय मोहनजी' कहकर सम्बोधित किया था। उसने सूचित किया था कि उसने छुट्टी की जो अर्जी दी थी, वह स्वीकृत हो गई है। उसका बेटा अपनी गर्मियों की छुट्टी के कुछ दिन उसके साथ बिताएगा और फिर देहरादून में उसके माता-पिता के पास चला जाएगा, जो उसे बाद में उसके मसूरी के बोर्डिंग-स्कूल में छोड़ आएँगे। अभी आधा अगस्त बीत चुका है, और वह सितम्बर के मध्य तक या उसके कुछ समय बाद उसके पास उसकी सुविधानुसार आ सकेगी। वह रिवाड़ी के अपने फ्लैट को तब तक अपने अधिकार में रखेगी, जब तक उसे पक्के तौर पर यह नहीं पता चल जाता कि उसे दिल्ली में कब तक रहना है। उसने अपने

पत्र का अंत 'सप्रेम, तुम्हारी सरोज' के साथ किया था, और अपने हस्ताक्षर के नीचे पुनःश्च में लिखा था–'कृपया शीघ्रतिशीघ्र अपना उत्तर भेजें। हमारे संबंधों के बारे में अपने किसी भी मित्र से कोई चर्चा न करें।''

उसकी लिखावट काफी मर्दाना, खड़ी और सीधी थी। मोहन आश्चर्य करने लगा कि कहीं ऐसा तो नहीं है कि स्त्रियोचित गुणों के वेश में वह एक हुक्म चलाने वाली और रौब गाँठने वाली स्त्री है, जो उस पर भी ऐसे ही ग़ालिब हो जाएगी जैसे अपने विद्यार्थियों पर होती होगी।

मोहन ने उसी शाम उसके पत्र का उत्तर दे दिया। अपने उत्तर में उसने लिखा कि उसे सितम्बर में अपने व्यापार के सिलसिले में पूरे महीने बाहर रहना पड़ेगा, इसलिए यदि उसे सुविधा हो तो वह एक अक्तूबर को आ सकती है। अगर वह इस तारीख को आ सके तो वह बताए हुए समय पर उसे रेलवे स्टेशन या बस टर्मिनल पर मिल जाएगा। उसने अपने सम्बन्धों की गोपनीयता के बारे में पूरी सावधानी बरतने का आश्वासन दिया। उसने अपने पत्र का अंत इन शब्दों के साथ किया–'प्यार। सदैव तुम्हारा–मोहन।'

अगले हफ्ते के दौरान उसे अनेक स्त्रियों की ओर से कई पत्र प्राप्त हुए, जिनमें इन स्त्रियों ने उसके प्रस्ताव के प्रति रुचि दिखाई थी। ये पत्र दूर-दूर के स्थानों–कोयम्बतूर, गोआ, विशाखापत्तनम, मुम्बई, हैदाराबाद, भुवनेश्वर, कलकत्ता और गुवाहाटी से भेजे गए थे। पाँच विभिन्न जातियों वाले हिन्दू स्त्रियों के, तीन ईसाई स्त्रियों के, एक पारसी स्त्री का तथा एक मुस्लिम स्त्री के थे। जब उसने अपना विज्ञापन प्रकाशित करवाया था, तब उसे किसी भी उत्तर की आशा नहीं थी, और अब दस दिन के अन्दर ही उसे देश के विभिन्न भागों से, विभिन्न समुदायों की दस स्त्रियों के उत्तर प्राप्त हो गए। इनमें से अधिकांश या तो तलाकशुदा थीं, या अपने पतियों से अलग होकर रह रही थीं। उनमें से एक ही अविवाहिता थी। सब पढ़ी-लिखी थीं और कहीं न कहीं काम कर रही थीं, शिक्षिका, नर्स, स्टेनोटाइपिस्ट की हैसियत से। इन्होंने अपने आवेदन के साथ जो फोटोग्राफ्स लगाए थे, उनमें वे सभी काफ़ी आकर्षक लगती थीं। और, सभी ने उत्तर में उसके फोटोग्राफ की माँग भी की थी। उसने सबको एक सा ही उत्तर दिया, और वह यह कि वह अपने व्यापार के सिलसिले में कुछ महीने तक विदेश-यात्रा करेगा, और वापस लौटने के बाद उनसे सम्पर्क करेगा। प्रत्येक को उसने अपने उत्तर के साथ वही फोटोग्राफ भेजा, जो उसने सरोजिनी भारद्वाज को भेजा था। अपने सारे पत्रों को अपने स्टडी-रूम के डैस्क की ड्राअर में रख कर उस पर ताला लगा दिया। अब वह प्रतीक्षा कर रहा था उस नए जीवन की, जिसकी योजना उसने बना रखी थी।

धन्नो के साथ उसके प्रेम-सम्बन्ध अभी तक क़ायम थे लेकिन मिलन की अवधि हफ्ते में दो बार से घटकर एक बार तक रह गई थी। उसका आकर्षण मोहन के लिए धीरे-धीरे कम होता जा रहा था। पहले जैसा उत्तेजन अब नहीं रहा था। आखिरी बार जब उसने धन्नो से कहा कि जल्दी ही उसका एक रिश्तेदार कुछ दिनों के लिए घर में रहेगा और तब वह उससे नहीं मिल पाएगा, तो धन्नो ने उससे दो टूक पूछा, "रिश्तेदार ! मरद या औरत ?"

"औरत है," उसने कमज़ोर-सी आवाज़ में कहा, "मेरी बुआ की बेटी है। उसका तबादला दिल्ली हुआ है। जब तक उसे अपना घर नहीं मिल जाता, वह यहीं रहेगी।"

"कितने दिनों तक रहेगी ?"

"पता नहीं। उम्मीद है, ज्यादा दिनों तक नहीं रहेगी," उसने धन्नों का चुम्बन लेते हुए कहा जिससे उसे यक़ीन हो सके कि वह अभी भी उसे प्यार करता है। "तुम्हारे पैसे तुम्हें बदस्तूर मिलते रहेंगे।"

"मैं तुमसे तुम्हारे पैसों के लिए प्यार नहीं करती," धन्नो ने तमक कर कहा। "तुम्हारी यह रिश्तेदार काम क्या करती है ?"

"प्रोफेसर है। पढ़ाती है। वह तुम्हें परेशान नहीं करेगी।"

लेकिन धन्नो को यक़ीन नहीं हो रहा था। वह जब भी उस रिश्तेदार का ज़िक्र करती, उसकी बातों से लगता, जैसे वह रिश्तेदार उसे अपने 'मालिक' की निगाहों से हमेशा के लिए दूर कर देगी। उसके ऐसा कहते ही मोहन चिढ़ जाता, और गुस्से से उससे कहता, "मेरे किसी रिश्तेदार के बारे में कुछ भी कहने की जरूरत नहीं है।" फिर उसने आगे कभी 'मालिक' के रिश्तेदार के बारे में कुछ भी न कहने की कसम खा ली, अन्दर ही अन्दर।

सरोजिनी से मोहन का पत्र-व्यवहार चलता रहा। उसके लड़के के घर आने से पहले, उसने पहला फोन किया। और दूसरा तब किया, जब वह उसके साथ अपने माता-पिता के घर देहरादून गई थी। अपने आने के बारे में उसने कहा कि वह ट्रेन से आएगी, क्योंकि उसके साथ दो भारी सूटकेस होंगे। एक में उसके कपड़े होंगे, और दूसरे में उसकी किताबें, जिन्हें वह दिल्ली में पढ़ना चाहेगी। उसने मोहन से कहा कि उसे स्टेशन पर आने की ज़रूरत नहीं है, क्योंकि उसकी एक सहयोगी भी ट्रेन से उसके साथ ही उतरेगी। स्टेशन पर रिवाड़ी से दिल्ली आने वाले दूसरे लोग भी होंगे, जो उसे जानते हैं और उसे मोहन के साथ देखकर ताज्जुब करेंगे। वह टैक्सी से उसके घर पहुँच जाएगी। अगर वह उस वक्त ऑफिस में हो तो अपने नौकरों को, जाने से पहले ताकीद करके जाएँ कि वे मुझे अन्दर आने दें, और मेरा

सामान गैस्ट-रूम में रख दें। वह उसके ऑफिस में फोन करके बता देगी कि वह पहुँच गई है।

अपने नए सम्बन्धों को पोशीदा और गोपनीय रखने के मामले में मोहन ने पूरी सतर्कता बरती। उसके घर के टेलीफोन से एक 'आनसरिंग मशीन' जुड़ी थी, जो उसके बच्चों की बातों को रेकार्ड कर लेती थी। उसने अपने नौकरों को ताक़ीद कर रखी थी कि फोन की घंटी बजे तो वह फोन को उठाएँ नहीं। हालाँकि घर में कोई कुत्ता नहीं था, तो भी उसने प्रवेश द्वार पर, जिसे वह हर रात खुद ताला लगाकर बन्द करता था, 'कुत्तों से सावधान' का बहुत बड़ा-सा बोर्ड लगा रखा था। अब उसने उतना ही बड़ा एक और बोर्ड उसके साथ लगा लिया, ''बिना समय लिए मिलने की इजाज़त नहीं।''

एक अक्तूबर की सुबह को मोहन ने गैस्ट-रूम के सब उपकरणों की बारीकी से जाँच की। बल्ब, एयरकंडीशनर, बिस्तर के सिरहाने लगे लैंप, तकिये के कवर वगैरह। बाथरूम में साफ़ धुले तौलिये, साबुन की नई टिकिया, दाँतों का ब्रुश और पेस्ट, कंघा, ब्रुश और कोलोन की शीशी—वे सारी वस्तुएँ, जो एक फाइव-स्टार होटल में उपलब्ध कराई जाती हैं। आफिस जाने से पहले उसने एयरकंडीशनर को चालू कर दिया। हालाँकि अक्तूबर का महीना शुरू हो गया था, तो भी शाम को असह्य गर्मी हो जाने की आशंका रहती है।

मोहन ने पच्चीस हजार रुपए के नोट एक लिफाफे में रखकर और उसे सील करके तकिये पर रख दिए। उसके साथ एक चिट लगी थी, जिस पर लिखा था, ''स्वागत, पूरे आराम के साथ रहिए। कार आपकी सेवा के लिए पेशे-खिदमत है। मैंने शोफर जीवन राम को बोल दिया है। वह आपको, जहाँ भी आप जाना चाहेंगी, ले जाएगा—शॉपिंग करने, सैर करने या अपने मित्रों से मिलने के लिए। शाम के छह बजे वह मुझे आफिस से घर ले आएगा। रसोइए को हिदायत दे दी गई है कि वह आपको, जब आप चाहेंगी आपके लिए लंच ले आएगा, और शाम की चाय भी, अगर आप घर में होंगी तो। अपना सामान, जहाँ आपको रखना है, वहाँ रखवा कर आराम कीजिए। मुझे फोन कर बता दें कि सब कुछ ठीकठाक है।''

सरोजिनी

मोहन के ऑफिस चले जाने के कुछ समय बाद प्रोफेसर सरोजिनी भारद्वाज उसके घर पहुँच गईं। दोनों नौकरों ने उसका सामान गैस्ट रूम में लाकर रख दिया।

नौकरों के जाने के बाद, उसने कमरे का मुआयना किया। फिर उसकी निगाह तकिए पर रखे लिफाफे पर गई। उसने उसे खोला। खोलते ही उसे नोटों की मोटी गड्डी का अहसास हुआ। एक क्षण के लिए उसे अपने ऊपर शर्म आई। उसके बाद उसने सारी रक़म को अपने हैंडबैग में रख लिया। फिर उसने नोट को पढ़ा। उसमें रक़म का कोई ज़िक्र नहीं था। उसने समझौते के अपने भाग का पालन कर दिखाया; इसमें कोई संदेह नहीं कि वह एक शिष्ट और कुलीन इंसान था, अपने वचन का पालन करने वाला। अब उसे समझौते के अपने भाग का पालन करना था।

सरोजिनी ने अपना सामान खोला, वस्त्रों को खाली पड़ी कपड़ों की आलमारी में सजाया। काम करने की मेज पर अपनी पुस्तकों को क़रीने से रखा। जब तक उसने अपना स्नान पूरा किया, सुबह के दस बज चुके थे। टोस्ट के साथ कॉफी पीने के बाद, उसने नौकर से कहा कि वह शॉपिंग के लिए जा रही है, और लंच के समय तक वापस आ जाएगी।

सरोजिनी को नई दिल्ली के शॉपिंग इलाकों की कोई जानकारी नहीं थी, लेकिन उसने इतना ज़रूर सुना था कि सबसे अच्छी साड़ियाँ साउथ एक्सटेंशन के बाज़ार में मिलती हैं। शोफर को उस बाजार का पता था। रिंग रोड पर शोफर को अपनी रफ्तार धीमी करनी पड़ी, क्योंकि बसों, कारों और टू-व्हीलरों से वह रोड ठसाठस भरी थी। इतना ज्यादा ट्रैफिक एक साथ, एक ही रोड पर उसने जीवन में पहली बार देखा। मूलचंद रैडलाइट जंक्शन पर स्टील-ग्रे रंग की एक मनोहारी कार उसकी मर्सीडीज के ठीक सामने रुकी। सरोजिनी उस कार की पिछली सीट पर बेटी महिला को देखे बिना न रह सकी। इसके बाल कृत्रिम रूप से घुँघराले किए हुए थे, ओठों पर लाल रंग की चटकदार लिपस्टिक और गालों पर सुर्खी लगी थी। उसका ब्लाउज बिना आस्तीन का था और गले के परिधान की रेखा वक्षों को छू रही थी। उसकी

बाज़ू में जो आदमी बैठा था, अपनी उंगलियों में सोने की अँगूठियाँ पहने था, और देखने से ही ज़रूरत से ज्यादा अमीर लगता था। उसने औरत को अपनी बाँहों में लेकर उसे अपनी ओर खींचा और कान में कुछ कहा। औरत, अपने नख-शिख-प्रसाधित हाथों को अपने वक्ष के ऊपरी भाग पर रखकर, अपना सर पीछे लाकर ज़ोर से हँसी। 'कुतिया'—बरबस सरोजिनी के मुँह से निकल गया ! लेकिन, रोशनियों के बदलने और कारों के आगे बढ़ने के बाद ही उसे महसूस हुआ कि जिस औरत की वह अभी-अभी निन्दा कर रही थी, उसमें और खुद अपने में क्या फर्क है ? शायद कुछ नहीं। वह खुद छिपकर वही कर रही है, जो कार में बैठी औरत खुले आम कर रही है। फर्क है तो बस इतना कि वह प्रोफेसर सरोजिनी भारद्वाज देखने में उस जैसी नहीं लगती। सुबह से दूसरी बार, उसे खुद अपने ऊपर शर्म आई। लेकिन यह भावना कुछ क्षणों में ही काफूर हो गई, सिर्फ एक हल्का-सा अपराध-बोध शेष रह गया।

मार्केट में बहुत भीड़ थी, लेकिन शोफर उसे एक ऐसी दुकान पर ले गया, जहाँ उसे वह चीज़ पाने में ज्यादा देर नहीं लगी, जिसकी उसे दरकार थी। उसने बिस्कुटी रंग की एक सूती साड़ी खरीदी—बिस्कुटी रंग उस पर बहुत फबता था—और भूरे रंग का एक ड्रैसिंग गाउन। दोनों का बिल हज़ार से कुछ ऊपर आया। खरीदारी के बाद उसके पास पूरे दस हज़ार बचे।

वह लंच के समय तक वापस आ गई। नौकर ने डाइनिंग टेबल पर खाना लगा दिया। खाने में बहुत-सी चीज़ें थीं—ककड़ी का सूप, शाकाहारी पुलाव, दाल और शाकाहारी करी, और अंत में राइस पुडिंग। उसने हर डिश का जायका लिया, मगर खाया बहुत कम। खाने के बाद उसने अपने आपको अपने कमरे में बन्द कर लिया और सोने की कोशिश की।

लेकिन, उसे नींद नहीं आई। उसका मन बहुत अशान्त था, और उसमें विवाद का दौर चल रहा था। कई मिनट तक ऊँघने के बाद वह अचानक उठ खड़ी हुई, यह देखने के लिए कि अब क्या बजा है। उसे लग रहा था, जैसे समय अचानक ठहर गया है। उसने अपने सिरहाने लगे लैम्प को जला दिया, और उसकी रोशनी में पढ़ने लगी। मगर उसका मन इतना अधिक उद्वेलित था कि उसके लिए किसी एक विषय पर अपना ध्यान केन्द्रित करना असम्भव हो गया था। उसने पढ़ना बन्द कर दिया, और सोने की कोशिश करने लगी। उसकी पूरी शाम अशान्त अवस्था में बीती। तभी उसने नौकरों को अपने क्वार्टरों से आते सुना। जब वह चाय पीने के लिए आई, पाँच बजे थे। वह इतनी अशान्त थी कि हर कुछ मिनट बाद, अपनी कलाई पर बँधी घड़ी में वक्त देख लेती थी। जब शाम के छह बजने को आए, तो उसे याद आया, मोहन के आने का समय हो गया है। उसकी बेचैनी और ज्यादा बढ़ गई। वह वापस अपने कमरे में गई और बाथरूम में जाकर स्नान करने लगी। आज वह तीसरी बार स्नान कर रही थी। तीसरी बार स्नान करने के बाद, उसने

अगरबत्ती जलाई और अगरबत्ती-दान अपनी आराध्या देवी सरस्वती की प्रतिमा के सामने रख दिया, और आँखें बन्द करके, हाथ जोड़कर, उनकी आराधना करने लगी। प्रार्थना करने के बाद, उसने आज ही खरीदी बिस्कुटी रंग की साड़ी पहनी, माथे पर नई बिन्दी लगाई, और ओठों पर लाली। अन्त में उसने अपनी गर्दन और सीने पर कोलोन छिड़का। फिर अपना मोती का नैकलेस पहन कर, बाथरूम में दर्पण में अपना मुआयना किया। यह अभी तक अधीर और उत्तेजित थी, और इसी मनःस्थिति में बाहर आकर बाल्कनी में बैठकर मोहन के आने का इन्तज़ार करने लगी।

दिन छोटे होते जा रहे थे। गर्मियों के दिनों की अपेक्षा, दिन अब जल्दी पूरे होते जा रहे थे। साढ़े छह बजे तक झुटपुटा भी खत्म हो गया, और चारों तरफ अँधेरा छा गया। इस अँधेरे में आधा चन्द्रमा और सान्ध्य-तारा अपनी छटा दिखाने लगे। कुछ देर बाद सरोजिनी को कार दरवाजे पर दिखाई दी। ड्राइवर कार से उतरा, दरवाजा खोलने के लिए। उसके खुल जाने पर वह काली मर्सीडीज की रोशनी मन्दी कर, उसे अन्दर लाया। सरोजिनी ने मोहन को ड्राइवर की 'गुड नाइट, सर' के जवाब में कुछ कहते सुना। जब वह ऊपर आया तो उसने मोहन को 'कैसी खुशबू है, भई' और फिर बाल्कनी में आने पर उसे सरोजिनी को देखकर 'हलो !' कहते पाया। फिर उसने पूछा, "सब ठीकठाक है न ! लंच, चाय, बैडरूम ?"

"हेलो !" उसने उठते हुए कहा। "सब ठीक-ठाक हैं। यह सुगन्ध अगर की है, जो मैंने देवी सरस्वती के लिए जलायी थी। मैं हर सुबह उनकी पूजा करती हूँ। आपको इस सुगन्ध से कोई एतराज तो नहीं ?"

"नहीं, कतई नहीं ! बस, मैं उसका अभ्यस्त नहीं हूँ। कृपया बैठ जाइए। तो, आपका सारा दिन कैसे बीता ?"

"मामूली सी शापिंग की। यह साड़ी, जो इस वक्त पहन रही हूँ, खरीदी, आपकी मेहरबानी से," उसने साड़ी का सिरा उसे दिखाते हुए कहा।

"बहुत अच्छी है। और क्या किया ?"

"जो अपना सामान लाई थी, उसे खोलकर, यथास्थान रखा—कपड़ों और किताबों को। लंच लिया। थोड़ी देर पढ़ा। थोड़ी देर सोई। और इस तरह दिन बीत गया।"

इसके बाद उन दोनों के पास कहने-सुनने को कुछ नहीं था। मोहन ने उठते हुए कहा, "अगर आप कुछ मिनटों के लिए क्षमा करें तो, मैं जल्दी से शॉवर ले लूँ, और कपड़े बदल लूँ। आफिस में बहुत पसीना आता है। ज़रूरत से ज्यादा लोगों से हाथ मिलाना पड़ता है। ढेर सारी गन्दी फाइलों को पढ़ना पड़ता है।" उसने अपनी टाई उतारकर, कॉलर को ढीला किया।

इसके बाद उसने 'आनसरिंग मशीन' को सक्रिय किया। बाहर से किसी ने फोन नहीं किया था। शेव किया, शॉवर ली, और 'आफ्टर-शेव लोशन' अपने ऊपर

छिड़का। फिर वह अपनी स्पोर्ट-शर्ट और ढीला पायजामा पहन कर, बाल्कनी पर सरोजिनी के पास आया। नौकर मेज पर उसका स्कॉच का पैग, सोडा और बर्फ के क्यूबों का बर्तन रखकर चला गया। उसने पूछा, ''क्या तुमने कभी ड्रिन्क नहीं किया ?''

''अपका मतलब शराब से है ? एक महीने के लिए बने मेरे पति ने एक बार व्हिस्की पीने को दी थी। मुझे उसका स्वाद बिल्कुल पसन्द नहीं आया, और मैंने सब थूक दी। उसके बाद उसने एक मीठी वाइन दी, जिसे पीने में मुझे कोई एतराज न था, मगर उससे मुझे बिल्कुल भी नशा नहीं हुआ।''

''वह शैरी रही होगी। मेरे पास अच्छे किस्म की 'स्पैनिश ऑलोरोजो' है, जो सिर्फ महिलाओं के लिए ही है। शायद वह तुम्हें पसन्द आ जाए।''

उसने उठकर ड्रिंक कैबिनेट से ओलोरोज़ो की एक बोतल निकाली। एक गिलास में शैरी डाली, और दूसरे गिलास में अपने लिए स्कॉच का एक 'नीट' जाम।

सरोजिनी ने शैरी की एक घूँट लेकर कहा, ''यह ठीक है। उम्मीद है, इससे मुझे नशा नहीं होगा।''

''दो गिलास लेने से कोई नुक़सान नहीं होगा। शैरी में अल्कॉहल नहीं के बराबर होता है,'' उसने कहा।

उनकी बातचीत अस्वाभाविक होती जा रही थी।

''तो और कुछ कहो,'' मोहन ने कहा।

''नहीं आप अपने बारे में कुछ बताइए। मैंने तो आज कोई सुनाने लायक काम किया ही नहीं है,'' सरोजिनी ने उत्तर दिया।

और बस, इसी तरह की बेतरतीब व्यर्थ बातें !

जैसे-जैसे मोहन पीता जा रहा था, सरोजिनी को भी लग रहा था कि वह हवा में तैर रही है। मोहन को लगा कि वह इसलिए पी रही है ताकि जो कुछ घटने वाला है, उसका सामना करने के लिए अपने को तैयार करे। भोजन, जो दोनों के लिए शाकाहारी बना था, के दौरान भी दोनों खामोश रहे। नौकरों ने मेज साफ़ की, रसोई में अपना-अपना खाना खाया, और फिर अपने क्वार्टरों में चले गए। सरोजिनी ने मोहन को उठकर प्रवेश द्वार पर ताला और चेन लगाते और फिर नौकरों के क्वाटरों पर ताला लगाते देखा। यह सब करने के बाद, उसने झाड़ियों पर पेशाब किया, जो सरोजिनी को बड़ा अजीब-सा लगा। वह उठकर अपने बैडरूम में गई, जहाँ उसने अपनी साड़ी, पेटीकोट और ब्लाउज उतार कर, नया रेशमी ड्रैसिंग गाउन पहना। उसके पाँव थोड़े लड़खड़ा रहे थे, और अपने को गिरने से रोकने के लिए वह कुर्सी पर बैठ गई। उसने मोहन को पिछला दरवाजा बन्द करते देखा। फिर वह उसके पास आया, और उसका हाथ अपने हाथ में लेकर पूछने लगा, ''तुम ठीक तो हो न।''

''हाँ। सिर्फ थोड़ी थकान महसूस हो रही है। मुझे वह शैरी नहीं पीनी चाहिए

थी। मुझे शराब पीने की आदत नहीं है। सोने के बाद थकान ग़ायब हो जाएगी,'' उसने खड़े होते हुए कहा।

''चलो, मैं तुम्हें तुम्हारे बैडरूम तक छोड़ दूँ,'' उसने उसके कन्धे को अपनी बाँहों में लेते हुए कहा और उसे उसके बैडरूम तक ले जाने लगा। सरोजिनी ने अपना सिर उसकी चौड़ी छाती पर टिकाते हुए, बुदबुदाकर कहा, ''मेरे साथ नरमी से पेश आना। पिछले ग्यारह वर्षों में किसी पुरुष से मेरा सम्पर्क नहीं हुआ है। मैं डरी हुई हूँ।''

मोहन ने उसे आश्वस्त करने के लिए, उसे अपने गले से लगा लिया और कहा, ''डरने की कोई वजह नहीं है। मैं सैक्स का भूखा नहीं हूँ। तुम्हारी मर्जी नहीं होगी, तो मैं कुछ नहीं करूँगा। बस, मुझे कुछ देर तक अपनी बग़ल में सोने दो। उसके बाद मैं अपने कमरे में वापस चला जाऊँगा।''

सरोजिनी दुबारा आश्वस्त हुई लेकिन उससे लिपटी रही। उसने उसे बिस्तर पर लिटा दिया, और उसके पास आकर लेट गया। उसने अपना मुँह मोहन की छाती में छिपा कर उसकी कमर को जकड़ लिया, और चुपचाप लेटी रही। मोहन ने अपना हाथ उसकी ड्रैसिंग-गाउन के नीचे लाकर उसके कन्धे और गर्दन के पीछे के भाग को सौम्यता से दबाने लगा। उसके बाद उसने रीढ़ की हड्डी और छोटे से नितम्बों को भी दबाना शुरू किया। सरोजिनी के शरीर का तनाव खत्म हो गया था, और अब दोनों आमने-सामने थे। उसने मोहन से कहा, ''टेबिल लैम्प बुझा दो।''

मोहन ने लैम्प को बुझाते हुए कहा, ''क्या तुम मुझे अपना बदन नहीं दिखाना चाहतीं ?''

''उसमें कुछ ज्यादा देखने लायक नहीं है,'' उसने कहा। ''मैं अपनी उम्र की दूसरी औरतों जैसी ही हूँ। पर, उनसे ज्यादा सादी। मेरे वक्ष उन जैसे विकसित नहीं हैं।''

''देखने तो दो,'' उसने गाउन की एक पट्टी को ढीला करते हुए, और अपने हाथ से उसके एक स्तन को दबाते हुए कहा। सचमुच उसके स्तन सोनू, धन्नो तथा अभी तक वह जिन स्त्रियों के साथ सोया है, उनके स्तनों से काफी छोटे थे। मगर, इसी अन्तर ने उसे और अधिक मनोरम और सुखद बना दिया।

मोहन अन्दर ही अन्दर बहुत उल्लसित और शक्तिशाली महसूस कर रहा था। जहाँ वह ऐसे अवसरों पर दूसरी औरतों के साथ अधीर हो जाया करता था, वहाँ सरोजिनी के साथ वह बड़े धैर्य से काम ले रहा था। उसने महसूस कर लिया था कि अब उसकी ओर से कोई एतराज नहीं है। वह भी उत्तेजित हो चुकी थी और उसे प्रोत्साहित कर रही थी। उसे जो आनन्द मिल रहा था, वह उसके लिए अकल्पनीय था।

लेकिन जब उसने अन्त में पश्चाताप करते हुए अपने को कोसना शुरू किया

तो मोहन ने उसे अपने से चिपटा कर सौम्यता के साथ आश्वस्त किया, ''तुम्हें किसी पश्चात्ताप की आवश्यकता नहीं है। तुम एक शरीफ और भली स्त्री हो, ऐसी स्त्री, जिसने आज तक काम-सुख का अनुभव नहीं किया था।''

सरोजिनी मन ही मन जानती थी कि ये शब्द बेमानी हैं, इसके बावजूद उन्हें सुनकर बड़ी राहत महसूस हो रही थी। अपना सर उसकी बाँहों पर टिकाकर वह जल्दी ही सो गई, और हल्के-हल्के खर्राटे भरने लगी। जल्दी ही मोहन भी इसी अवस्था में सो गया। दोनों में से किसी ने बाथरूम में जाने की ज़रूरत नहीं समझी। कई घण्टों के बाद, सबसे पहले आँख सरोजिनी की खुली। उसने मोहन को हिला कर उसे जगाया और कहा, ''अब तुम अपने कमरे में जाओ और बिस्तर की हालत ऐसी कर दो, जैसे लगे तुम घण्टों से उस पर सो रहे थे।''

मोहन लड़खड़ाता हुआ कमरे से बाहर जाने लगा। उसे पता नहीं था कि वक्त कितना हो गया है। उसने नीचे जाकर, नौकरों के क्वार्टर पर लगा ताला खोला और अपने बैडरूम में आकर सो गया। कुछ मिनटों बाद वह गहरी निद्रा में डूब गया।

मोहन सुबह उठने के करीब एक घण्टे बाद जागा। उसने अपने दाँतों पर ब्रुश किया, और सुबह की चाय के लिए अपने ड्रैसिंग गाउन में ही आया। सरोजिनी के पास वह अपनी स्पोर्ट-शर्ट और ढीले पायजामे में सोया था। सरोजिनी तब तक चाय की मेज पर आ चुकी थी, और सुबह का अखबार पढ़ते-पढ़ते चाय की चुस्कियाँ ले रही थी। वह साफ़-सुथरी और तनाव-युक्त दिखाई दे रही थी। मोहन को आशा थी कि वह उसे अस्तव्यस्त देखेगा लेकिन वह बड़ी प्रफुल्लित और चमकदार दिखाई दे रही थी। मोहन को देखकर वह मुस्कराई। मनोवैज्ञानिकों की वह बात याद आ गई कि सैक्स के मामले में औरतें पुरुषों से ज्यादा ताकतवर होती हैं। सरोजिनी ने उसी हुक्माना अन्दाज़ में नौकर से कहा, ''साहब के लिए ताज़ी कॉफी लेकर आओ।'' फिर, अखबार अलग रखते हुए, उससे पूछा, ''कल रात के बाद कैसा महसूस हो रहा है ?''

''बहुत अच्छा ! जैसे एवरेस्ट पर खड़ा हूँ ! और तुम ?''

''जैसे अचानक सातवें स्वर्ग में पहुँच गई हूँ और फिर धमाके के साथ ज़मीन पर आ गई हूँ ! क्या आप लंच के लिए घर आते हैं ?''

''सिर्फ सप्ताहांत और छुट्टियों के दिन,'' उसने जवाब दिया।'' शेष दिनों में मैं अपना लंच आफिस की कैण्टीन से मँगा लेता हूँ, और बाद में आधा घण्टे के लिए सोफे पर सो जाता हूँ। कभी-कभी मुझे बिजनैस में अपने भागीदारों का सत्कार भी करना पड़ता है। तब मैं उन्हें जीमखाना या इण्डिया इन्टरनेशनल सेण्टर ले जाता हूँ। वहाँ कम क़ीमत में काफ़ी अच्छा लंच मिल जाता है। वह सब बिजनैस के खर्चे

में जाता है। घर पर मैं सिर्फ डिनर ही लेता हूँ।''

''डिनर में आपको क्या चाहिए ? मेरी ख़ातिर आप पर सिर्फ शाकाहारी भोजन ही करने की कोई पाबन्दी नहीं होनी चाहिए। मैं रसोइए से मछली या चिकन या जो भी आपको पसन्द हो, बनाने के लिए कह सकती हूँ। मैं तो वही खा लूँगी, जो नौकर लोग अपने लिए बनाते हैं।''

मोहन को उसके घर के प्रबन्धन की जिम्मेवारी अपने सर लेने का फ़ैसला ठीक नहीं लगा। उसने अप्रत्यक्ष रूप से उसे ऐसा न करने के लिए रोकते हुए कहा—''रसोइए को मालूम है कि मुझे क्या चाहिए और वह उसे कहाँ से लाना चाहिए। मैं उसे हर सुबह खाने का सामान खरीदने के लिए पैसे देता हूँ। वह मुझे वह लाकर पूरा हिसाब दे देता है। तुम्हें मेरे और नौकरों के बारे में चिन्ता करने की ज़रूरत नहीं है। तुम बस वही आर्डर करो, जो तुम्हें चाहिए।''

सरोजिनी समझ गई कि उसे उसकी हैसियत बता दी गई है।

दोनों ने नाश्ता साथ-साथ लिया। उसके बाद वह ऑफिस चला गया। उसे आफिस छोड़कर, मर्सीडीज उसके इस्तेमाल के लिए वापस आ गई। उसने सुबह का समय पढ़ने और नौकरों के बारे में जानने में लगाने का फ़ैसला किया। वह रसोइए से बात करने के लिए रसोईघर गई। उस वक्त वह सफ़ाई कर रहा था, इसलिए उसे कुछ देर बाहर रुकना पड़ा। उसे लगा, वह एक घुसपैठिया है, रसोईघर में। पत्नी के साथ अनबन के बावजूद, हक़ीकत यह थी कि मोहन का वैवाहिक जीवन तेरह वर्षों तक जारी रहा। इस दौरान, इस घर की एक मालकिन थी, जिसके हाथ में मोहन के जीवन के प्रबन्धन की बागडोर थी, जो नौकरों पर हुक्म चलाती थी, रसोईघर के काम की देखरेख करती थी, और घर के लिए ज़रूरी चीजों की खरीदारी करती थी। सरोजिनी को मोहन की उसे उसकी हैसियत बता देने की बात सही लगी। वह घर की मालकिन नहीं है। जब रसोइए ने उसे देखकर पूछा, ''आपको कुछ चाहिए क्या ?'' उसने कहा, ''नहीं। मैं सिर्फ तुम्हारा रसोईघर देखने के लिए आई थी, ख़ानसामाजी। आज डिनर पर तुम अपने साहब को क्या दोगे ?''

''मछली, मेमसाहब ! उन्हें एक दिन छोड़कर बारी-बारी से मछली और चिकन चाहिए।'' और यह देखकर कि वह थोड़ी सी 'नर्वस' है, उसने उससे लम्बी बात करनी शुरू कर दी, ताकि वह आराम से बात कर सके। ''साहब को केंकड़ा और झींगा मछली भी पसन्द है। मैं उन्हें आई. एन. ए. मार्केट से लाता हूँ। हालाँकि वह मार्केट यहाँ से काफ़ी दूर है, मगर मैं साहब को हमेशा खुश देखना चाहता हूँ। वे बहुत दयालु मालिक हैं।''

दूसरा नौकर कम बात करने वाला था। उसने सरोजिनी के सवालों के जवाब बड़ी बेरुखी से दिए। उसके बात करने के ढंग से ज़ाहिर था कि बाहरवालों से बात करना बुरा लगता था, इस उज्जड आदमी को। और, जमादारिन तो दोनों नौकरों

से भी ज्यादा अकड़ू लगी। जब वह अपनी झाड़ू, फिनायल की बाल्टी और झाड़न लेकर आई, तब उसने सरोजिनी से कहा, ''नमस्ते, बहनजी !''

सरोजिनी ने उसकी नमस्ते का जवाब देकर, उससे उसका नाम पूछा। उसने बिना सरोजिनी की तरफ देखे अपना नाम 'धन्नो' बता दिया। ''मैं फर्श और बाथरूम साफ़ करती हूँ। मेमसाहबजी ! आपका साहेब से क्या रिश्ता है ?''

उसने वही झूठ बोलकर, जो मोहन ने उसे बोलने को कहा था, ''मैं उनकी चचेरी बहन हूँ।''

''आप क्या करती हैं ?''

''मैं कॉलेज में पढ़ाती हूँ। मेरा तबादला दिल्ली हो गया है, और मैं यहाँ तब तक हूँ, जब तक मुझे अपनी कोई जगह नहीं मिल जाती।''

दोनों औरतों ने एक-दूसरे को ग़ौर से देखा। सरोजिनी ने ग़ौर किया कि अस्पृश्य जमादारिन उससे कहीं ज्यादा मनोरम थी। बड़ी-बड़ी उभरी और बाहर निकलती हुई छातियाँ, पतली कमर और बड़े बड़े कूल्हे। वह काली और पुराने कपड़े पहने हुई थी, मगर सैक्सी थी। धन्नो कॉलेज की अध्यापिका को अपनी सौत के रूप में देख रही थी। वह सैक्सविहीन भले ही हो, मगर उससे ज्यादा अक्लमन्द थी। उसके पास, जो कुछ धन्नो के पास था वह मौजूद था, मगर कम मात्रा में। आदमियों में अन्तर समझने की समझ तो होती नहीं, वे बस, जो सामने दिखाई देता है, उसे ले लेते हैं। अपने को साहब की बहिन बताने वाली यह औरत साहब को हमेशा, हरवक्त उपलब्ध रहेगी। मर्द लोग वफ़ादारी को कोई महत्व नहीं देते। वे एक औरत से जल्दी ही ऊब जाते हैं, और दूसरी औरत पर लाइन मारने लगते हैं, साले हरामी।

सरोजिनी ने सारी सुबह पढ़ने में बिता दी। लंच के बाद वह कई घण्टे सोई। शाम को उसने शोफर को बुलाकर कहा कि वह साहब का ऑफिस देखना चाहती है। ''मैं अन्दर नहीं जाऊँगी, सिर्फ बाहर से उसे देख लूँगी कि वह कैसा लगता है। उसके बाद मुझे किताबों की दुकान पर ले चलना।''

'साहिब का ऑफिस नेहरू प्लेस में है। ऐसे ऑफिस ऊँची-ऊँची इमारतों में होते हैं, और उनमें बहुत से लिफ्ट ऊपर-नीचे आते-जाते रहते हैं। उनका ऑफिस एक ही ब्लॉक की दो मंजिलों पर स्थित है। आपको नीचे से क्या दिखाई देगा ? और जहाँ तक किताबों की दुकान की बात है, मुझे ऐसी किसी दुकान का पता नहीं है। साहब कभी कोई किताब नहीं खरीदते। आप मुझे किताबों की दुकान का पता बताइए, मैं आपको वहाँ ले चलूँगा।''

सरोजिनी को दिल्ली की किसी किताबों की दुकान का पता नहीं मालूम था। लेकिन उसे इतना पता था कि ऐसी कई दुकानें खान मार्केट नाम के इलाक़े में हैं। ''तुम मुझे खान मार्केट ले चलो।'' शोफर की बेरुखी के मद्देनज़र उसने भी रूखेपन से हुक्म दिया।

खान मार्केट उसकी आशा के विपरीत काफ़ी पास निकला। वहाँ कारें ठूँस-ठूँस कर भरी हुई थीं। ड्राइवर ने बाहरी एण्ड संस नाम की किताबों की दुकान के सामने कार रोक दी, और मेमसाहब की रुखाई को याद कर, उतर कर कार का दरवाज़ा खोला। ''मैं पार्किंग की जगह तलाश करता हूँ और बाद में आपके पास तब आऊँगा जब आप इस दुकान और दूसरी दुकानों का मुआयना कर लेंगी।''

सरोजिनी दुकानों की खिड़कियों से सजाई गई किताबों को देखने लगी। दुकानों के अन्दर जाने के स्थान पर वह सारे मार्केट का ही मुआयना करने लगी, यह तय करने के लिए कि वहाँ खरीदने लायक़ और कौन-कौन-सी चीज़ें उपलब्ध हैं। वह एक दुकान से दूसरी दुकान तक जाने लगी, यह देखने के लिए कि वहाँ क्या मिलता है ? वहाँ हर तरह की चीजें मौजूद थीं : किताबों की छह दुकानें, आठ मैगज़ीन स्टॉल, स्त्रियों और पुरुषों के परिधानों की दुकानें, बच्चों के कपड़ो की दुकानें, जूतों की दुकानें, कैमिस्ट, हलवाई, सब्ज़ी-फ़रोश, माँस बेचने वाले, पानवाले, आइसक्रीम बेचने वाले, फूल बेचने वाले, और कई रेस्तरां। सब्जी-फरोशों से उसने आधा किलो 'बेबी कॉर्न्स' खरीदें, जो उसने पहले कभी नहीं देखे थे। मोहन के बाग में फूलों के झाड़ बिल्कुल नहीं थे। फूलों की दुकान से उसने एक दर्जन चटकदार लाल ग्लेडीयोली खरीदे। अपनी आखिरी खरीदारी के रूप में, किताबों की एक दुकान से 'उमर खय्याम' की रुबाइयों के फिज़्जेरल्ड के अनुवाद की एक सचित्र प्रति खरीदी। किसी व्यक्ति को अंग्रेजी कविता का परिचय कराने के लिए यह अनुवाद एक अच्छी प्राइमर सिद्ध हो सकती है।

उसके पास अब काफ़ी सामान था—फूलों का पैकेट, दो प्लास्टिक बैगों में, और हैण्ड-बैग, जो उसके कन्धे पर था। इस सामान के साथ वह बाहरी एण्ड सन्स के आगे अपनी कार की प्रतीक्षा करने लगी। तभी उसे एक नवयुवती की जोशीली आवाज़ में, ''आण्टी सरोज ! आप यहाँ क्या कर रही हैं ? मैं शीतल हूँ, याद आया !'' यह थी एक पुरानी शिष्या, जो अपनी शादी के बाद दिल्ली में रहने लगी थी। ''ओह ! हाई ! मैं यहाँ सैर-सपाटे और शापिंग के लिए कुछ दिनों के लिए हूँ।'' सरोजिनी ने अपने स्वर की घबराहट को कम करने की कोशिश करते हुए कहा।

''आण्टी ! आप हमारे घर जरूर आइए। मेरे पति आपसे मिलकर बहुत खुश होंगे। हमारे साथ लंच या डिनर कीजिएगा। अपना पता और फोन नम्बर दीजिए मुझे।''

सरोजिनी चिन्ता अनुभव करने लगी। बोली, ''इस बार तो मुझे डर है कि मैं तुम्हारे घर नहीं आ सकूँगी, शीतल ! और जिनके साथ मैं ठहरी हूँ, उनका पता और फोन नम्बर भी मुझे मालूम नहीं है। तुम मुझे अपना फोन नम्बर दे दो, मैं तुम्हें फोन कर लूँगी।''

शीतल ने जल्दी से एक काग़ज़ पर अपना फोन नम्बर लिखकर उसे दे दिया।

और बोली, "प्लीज, प्लीज, मुझे फोन करना न भूलिएगा। क्या मैं आपको कहीं छोड़ सकती हूँ ?"

"नहीं, शुक्रिया ! मेरे मेज़बान ने आज शाम के लिए अपनी कार मुझे इस्तेमाल करने के लिए दे दी है।"

तभी, मोहन की मर्सीडीज आ गई। उसके पीछे खड़ी कारों के चालक उसे तेज़ी से आगे बढ़ने के लिए अपने-अपने हॉर्न बजाने लगे। सरोजिनी जल्दी से कार में बैठ गई। जाते-जाते उसने हाथ हिलाकर लड़की को 'गुड बाई' किया। कार के आगे जाते ही उसने राहत की साँस ली।

घर पहुँच कर, सरोजिनी ने नौकर से ग्लेडीयोली को एक कलश में रखने को कहा। और शॉवर के बाद वह नाइट-गाउन में अगरबत्ती जलाने की रस्म पूरी करने लगी। सरस्वती देवी के सामने अगरबत्ती जलाकर उनसे आशीर्वाद माँगा। सरस्वती ज्ञान और शिक्षा की देवी हैं। वह उनके सामने हाथ जोड़कर, गाकर प्रार्थना करने लगी। प्रार्थना इस प्रकार थी–

"शुभ्र श्वेत वस्त्रों में शोभायमान ओ दिव्य देवी,
श्वेत पुष्पों से बनी माला गले में पहने,
एक हाथ में वाद्य यन्त्र, और दूसरे हाथ में वैभवशाली राजदण्ड लिए
कमल पुष्प पर आसीन, ओ दिव्य देवी
मैं तुम्हारा नमन करती हूँ,
तुम्हारा, जो सृजक भी हो, संरक्षक भी, और
ध्वंसक भी,
कारण, तुम ही ज्ञान की देवी हो,
तुम ही ज्ञान की तलवार से मेरे अन्दर व्याप्त अज्ञान को
नष्ट कर सकती हो,
मैं तुम्हारी प्रार्थना करती हूँ, और अपना चढ़ावा चढ़ाती हूँ।"

अपनी आराधना और संरक्षक देवी की कृपालुता और हितकारिता का आराधन कर, वह बाल्कनी में एक कुर्सी पर बैठकर मोहन के ऑफिस से आने की प्रतीक्षा करने लगी। कल शाम की तरह सूरज डूब गया, सांध्य-तारा, चन्द्रमा के प्रकाश में, कल से कम चमक के साथ चमकता रहा। आज उसे बाग में दो चीड़ के पेड़ दिखाई पड़े, जिन पर उसकी निगाह कल नहीं गई थी। उसे मालूम नहीं था कि चीड़ के पेड़ मैदानों में भी उग सकते हैं। मगर ये दोनों तो उतने ही स्वस्थ और विशाल दिखाई दे रहे थे, जैसे शिवालिक में दिखाई देते हैं। वह मोहन से पूछेगी कि वे उसे कहाँ से मिले।

शाम के ठीक साढ़े छह बजे प्रवेश-द्वार का लोहे का दरवाजा खुला, और बिना आवाज़ किए, मर्सीडीज अन्दर आई। सीढ़ियों पर आते-आते मोहन के नथुनों में अगरु की सुगन्ध आई। बाल्कनी पर आते-आते ग्लेडीयोली को कलश में सजे हुए देखा, और खाने की मेज पर एक खुला पार्सल।

"लगता है, आज तुमने शापिंग की," मोहन ने बतौर अभिवादन सरोजिनी से कहा।

"मैं खान मार्केट गई थी, और वहाँ से आपके लिए यह फूल लेकर आई। और थोड़ा-सा 'बेबी कॉर्न' जो आपके डिनर के साथ काम आएगा। मैं आपके लिए कविताओं की एक पुस्तक भी लाई हूँ।"

"कविताओं की पुस्तक ?" आश्चर्य जताते हुए मोहन ने पूछा "स्कूल छोड़ने के बाद मैंने कविता कभी नहीं पढ़ी। उस जमाने की 'जैक एण्ड जिल', 'ट्विंकिल ट्विंकिल लिटिल स्टार' और 'मेरी है ए लैम्ब' जैसी बच्चों को पढ़ाई जाने वाली कविताएँ ही मैंने आज तक पढ़ी हैं। कविता मेरी समझ में बिल्कुल नहीं आती।"

"चिन्ता करने की ज़रूरत नहीं," उसने कहा। "मैं आपको एक कविता के कुछ अंश पढ़कर सुनाऊँगी। अगर वे आपको पसन्द नहीं आएं, तो मैं इस किताब को उसी दुकान वाले को वापस कर दूँगी, जिससे मैंने इसे खरीदा था।"

मोहन ने पार्सल खोला। पुस्तक की जिल्दसाज़ी और चित्र मोहन को पसन्द आए। "किताब बेचने वाले बिकी हुई किताबों को वापस नहीं लेते। और फिर तुमने इस पर यह लिख भी दिया है, "सप्रेम—मोहन को। मैं, यकीन मानो, इसे पढ़ने की कोशिश करूँगा।"

उसने अपने कमरे में पहुँच कर दुबारा शेव किया, शॉवर का आनन्द लिया, और स्पोर्ट्स शर्ट और ढीला पायजामा पहनकर सरोजिनी के पास बाल्कनी पर आ गया और शैरी और स्कॉच की बोतलें ड्रिंक केबिनेट से निकालकर मेज पर रख दीं।

"मुझे एक गिलास से ज्यादा मत दीजिएगा," सरोजिनी ने अनुनय करते हुए कहा। "कल शाम मैं थोड़ी मदहोश हो गई थी। मुझे अपने को मजबूत करने के लिए थोड़ी शक्ति की जरूरत थी। आज मेरे लिए एक गिलास ही काफी होगा।"

मोहन उसके हाथ में शैरी का एक गिलास देकर, और अपने हाथ में स्कॉच का एक गिलास लेकर सरोजिनी के पास बैठ गया।

"आपका आज का दिन कैसा बीता ?" उसने पूछा।

"खराब नहीं। मुझे अमरीका से रेडीमेड कपड़ों का एक बड़ा आर्डर मिला। उससे ढेर सारे डॉलर मिल जाएँगे मुझे।" फिर एक आँख मारते हुए कहा, "तुम मेरे लिए गृहलक्ष्मी साबित हो रही हो।"

"मेरे आने के बाद आपको कुछ आर्थिक लाभ अवश्य हुआ होगा, लेकिन उसकी वजह से मैं गृहलक्ष्मी नहीं बन जाती। गृह के मायने तो जानते हैं न आप ?"

दोनों एक साथ हँसे। सरोजिनी ने रुबाइयों की किताब का एक पृष्ठ खोलते हुए कहा, "इस रुबाई को सुनिए। यह मेरी प्रिय रुबाई है :

"काश ! मैं और मेरा प्रेम आपस में साजिश करके
मौजूदा हालात को पूरी तरह बदल सकते
और इस हालात के टुकड़े-टुकड़े कर सकते
और नए साँचे में ढाल सकते
हम दोनों की इच्छानुसार।"

"कैसी लगीं आपको ये पंक्तियाँ ?"

"बढ़िया ! किसने लिखी हैं ?"

"उमर खय्याम ने फारसी में। उसका अंग्रेजी में अनुवाद स्कॉट फिज़जैरल्ड ने किया है। उसने बहुत सी बहुत सुन्दर रुबाइयाँ मधुशालाओं में प्राप्त आनंद और काल-चक्र पर लिखी हैं।"

"एक शाम के लिए एक रुबाई काफी है," मोहन ने इस चर्चा पर अन्तिम विराम लगाते हुए कहा। "मैं एक से ज्यादा को पचा नहीं पाऊँगा।"

दोनों ने पीना शुरू किया। सरोजिनी से शैरी का दूसरा गिलास लेने के लिए इसरार किया गया। दोनों ने साथ-साथ डिनर लिया। डिनर के बाद, मोहन ने अपना हवाना सिगार सुलगाया। पिछली शाम की अधीरता समाप्त हो चुकी थी। मुँह में सिगार दबाए, मोहन ने नीचे जाकर मुख्य प्रवेश द्वार और झाड़ियों के पास के दरवाजों को बन्द किया, और हमेशा की तरह झाड़ियों पर पेशाब करने का अपना नियमित कृत्य पूरा किया। ऊपर आकर, उसने आधे पिए सिगार को ऐश-ट्रे में मसला, और बाथरूम में जाकर तम्बाकू की गन्ध अपने मुँह से मिटाने के लिए गरारे किए। उसके लौटने पर, सरोजिनी ने अपने हाथ उसकी ओर बढ़ा दिए। वह कुछ देर तक उसका हाथ अपने हाथों में थामे रहा, और फिर उसे ज़ोर से उठाते हुए कहा, "सोने का समय हो गया।"

वह उसके बैडरूम तक उसके साथ-साथ गई। मोहन यह देखकर कि समीकरण चौबीस घण्टों में ही कितनी जल्दी बदल गए हैं, खुश था। पिछली शाम को वह उसका पीछा कर रहा था और वह भयभीत हिरणी की तरह शिकारी के भाले से बचने की कोशिश कर रही थी। और आज वह शिकारिन डायना बनकर सूअर का, पीछा कर रही है।

इस बार वह उससे उस पर रहम करने और ज्यादा ज़ोर न करने का निवेदन नहीं कर रही थी। इसके विपरीत जिस वस्तु से वह कल डर रही थी, आज उसे बड़े प्रेम से देखते हुए स्वीकार कर रही थी। वह उसको अपने गन्तव्य तक पहुँचने

में सहायक बन रही थी। मोहन को आज कल से ज्यादा सुखद लग रहा था। कल उसे जीत का अहसास हुआ था, जबकि आज जीत को आगे बढ़ाने का। उस रात वह इतनी जल्दी गहरी नींद में डूब गया था कि उसे पता भी न चला कि सरोजिनी कब और कैसे अपने कमरे में वापस गई।

पहले कुछ दिन आनन्दपूर्वक बीते। इसके बावजूद मोहन को नौकरों के बीच कुछ कुढ़न और नाराजगी के अहसास का पता लगा। शायद उनके मन में यह विचार घूम रहे होंगे कि अगर वाक़ई प्रोफेसर साहिबा का तबादला दिल्ली हो गया है, तो वे पढ़ाने और नई जगह की तलाश करने क्यों नहीं जातीं ? ड्राइवर जीवन राम से उन्हें मालूम हो गया था कि शाम को वह, बस, मर्सीडीज का इस्तेमाल किताबों की दुकानों, अजायबघरों, कला-प्रदर्शनियों और पुरानी इमारतों को देखने में ही लगाती हैं। धन्नो जो खुले तौर पर उसके खिलाफ़ थी, कहती तो कुछ नहीं थी, मगर पिछले कुछ दिनों से उसने मोहन की तरफ देखना भी बन्द कर दिया था। वह नाराज मुद्रा में फर्श धोने का अपना काम पूरा करती और अपनी झाड़ू, पौंछन और बाल्टी लेकर, बिना मोहन से कुछ बोले चुपचाप चली जाती। वह तब भी खामोश रहती, जब मोहन उसे दो सौ रुपए देता। वह पहले की तरह शुक्रिया भी अदा नहीं करती थी। और एक दिन तो उसने रसोइए से, जब वह उससे अपना चाय का प्याला ले रही थी, कहते सुना था, ''मालूम नहीं, यह औरत मालिक की कौन है ? वह बहन जैसा व्यवहार करती हुई तो नहीं दिखाई देती !'' रसोइए ने उसे यह कहकर झिड़क दिया था, ''तुझे क्या करना है इन बातों से ! तू अपना काम करती रह, और इस बारे में बक-बक मत कर।''

उधर महिला प्रोफसर के प्रति मोहन को जो उत्सुकता और ऊष्मा थी वह भी कम हो रही थी। अब वह शुरुआती दिनों की तरह उसके बैडरूम तक नहीं जाता था। अब वहाँ जाने का इशारा सरोजिनी करती थी, डिनर के अन्त में। तनाव-मुक्त होने के लिए वह अपने हाथ अपने सिर के पीछे कर लेती थी और इस प्रकार अलस भाव से अँगड़ाई लेती ताकि उसका वक्ष और चौड़ा दिखाई दे सके। शैरी के प्रति भी उसका शौक और बढ़ गया था, और वह अब हर शाम उसके तीन से चार गिलास तक ले लेती थी। अपने प्रिय कवि उमर खय्याम की ये पंक्तियाँ, जो उसने शराब की प्रशंसा में लिखी थीं, उसे बढ़ावा देती रहती थीं :

'जागो ! वसंत ऋतु बहार पर है
शीत ऋतु के परिधानों को उतार फेंको
काल के पक्षी के पास अधिक समय नहीं है,
और लो पक्षी के पंख अब उड़ने के लिए तैयार हैं।''

जब सरोजिनी ने यह रुबाई मोहन को सुनाई, तो उसने बड़े भोलेपन से पूछा—"इसके मायने क्या हुए ?"

"इसके सीधे सादे मायने यह हैं कि जो कुछ तुम कर रहे हो, उसके बारे में कोई पश्चात्ताप मत करो। तुम्हें सिर्फ एक ही जिन्दगी जीनी है। उसे पूरी जिओ। काल इतनी तेज़ी से गुज़रता है, जितनी तेज़ी से पक्षी के पंख उसे ले जा सकते हैं।"

"मैं भी इस बात को सही समझता हूँ," मोहन ने कहा। "हम दोनों, मैं और तुम यही तो कर रहे हैं।"

"सही कहा," उसने अपनी उपदेशात्मक शैली में कहा, "वही करो, जो तुम्हारा मन करने को कहता है। दुनिया क्या कहती है, उसे मारो गोली।"

वह रात जैसे अभिसार और प्रेम के लिए ही बनी थी। पूर्णमासी के चाँद ने सारे बाग को दूधिया रोशनी में नहला रखा था। चाँद के किरण पुंज चीड़ के वृक्षों के मध्य से बाग को चमका रहे थे। जब मोहन झाड़ियों पर पेशाब करने लगा, तो सरोजिनी ने चिल्लाकर कहा, "ऐ मिस्टर ! यह क्या कर रहे हैं आप मेरे बाग में ?" मोहन ने भी उतनी ज़ोर से ही चिल्लाकर सरोजिनी की ओर पेशाब करने की मुद्रा बनाते हुए कहा, "मैं यह कह रहा था, समझीं !"

"बेहया !" उसने अपना प्यार जताने के अन्दाज में, बाल्कनी पर आते हुए कहा।

"बेहया तुम ! तुमने मुझे जो कुछ दिखाने को कहा, मैंने दिखा दिया। उसको और करीब से दिखाता हूँ, ताकि तुम उसे अच्छी तरह देख सको।"

वह कुर्सी पर बैठ गया, अपने पाँवों को चौड़ा करते हुए। सरोजिनी ने अपना गाउन उतार दिया, और अपना हाथ मोहन के कन्धे पर रखकर, पीछे की तरफ उसे दिखा सके कि किस प्रकार उसके शरीर का एक छोटा सा भाग, उसके बड़े भाग को अपने अन्दर समा सकता है। इस रात उन दोनों ने बैडरूम में प्रेम नहीं किया, चाँदनी से नहाई बाल्कनी में किया। इस खुले दृश्य को दीवार से कोई भी दर्शक आसानी से देख सकता था। दोनों आज किए गए प्रेम से सर्वाधिक सन्तुष्ट और खुश दिखाई दिए।

सरोजिनी ने उठकर अपना ड्रेसिंग-गाउन पहनते हुए पूछा, "क्या आपने आज से पहले बाल्कनी पर प्रेम किया था ?"

"कभी नहीं ? मैं पागल हूँ क्या ?"

"थोड़े-थोड़े पागल तो हम दोनों ही हैं," सरोजिनी ने हँसते हुए कहा।

उस रात दोनों एक ही पलंग पर निर्वस्त्र सोए। मोहन तब उठा जब उसे मुर्गे की बाँग सुनाई दी। उसने फ़ौरन अपना ड्रेसिंग गाउन पहना और तेज़ी से नीचे भागा। सरोजिनी अपना ड्रेसिंग-गाउन लेकर बाथरूम की तरफ भागी और वहाँ पहुँचकर अन्दर

से चिटकनी लगा दी।

जब दोनों के आपसी सम्बन्ध शुरू हुए थे, तभी सरोजिनी और मोहन दोनों को पता था कि ये सम्बन्ध अस्थाई हैं, और ज्यादा दिनों तक नहीं चलेंगे। बहुत जल्दी दुनिया को, जिसके बारे में उन्होंने मान रखा था कि उसका असितत्व है ही नहीं, इस सम्बन्ध की जानकारी हो जाएगी। मगर उस तरीके से नहीं, जिस प्रकार वह सचमुच हुई थी।

एक नवम्बर को जब सरोज बाथरूम में स्नान कर रही थी, मोहन दस हज़ार का लिफाफा उसके तकिए के नीचे रखकर चला गया। जब दोनों नाश्ते की मेज़ पर मिले, तब उसने सिर्फ 'थैंक्स' कहा। मोहन चुप रहा।

संकट उपस्थित हुआ अगली सुबह। जब मोहन 'हिन्दुस्तान टाइम्स' के पृष्ठ पलट रहा था, तब मृत्यु-संबंधी कॉलम में एक व्यक्ति की मृत्यु की खबर छपी देखकर वह स्तब्ध रह गया।

मोहन को राजनीति में कोई रुचि नहीं थी, और सब अखबार राजनीति की खबरों से ही रँगे रहते थे। वह अखबार में मृत्यु-संबंधी कॉलम अवश्य पढ़ता था, यह जानने के लिए कि उसका कोई परिचित तो नहीं चल बसा। उस दिन, इस कॉलम में एक फोटो के साथ उसके पूर्व श्वसुर लाला अचिन्त राम के देहावसान का समाचार बड़ी प्रमुखता के साथ छपा था। समाचार में कहा गया था : "हमें यह सूचना देते हुए बड़ा दुख हो रहा है कि कल एक नवम्बर की शाम को हमारे पूज्य पिताजी लाला अचिन्त राम का निधन हो गया। उनका अन्तिम संस्कार लोधी रोड स्थित दाह-गृह में 2 नवम्बर की दोपहर 12 बजे होगा। चौथा उठाला माता का मन्दिर फ्रेन्ड्स कॉलोनी ईस्ट में रविवार, 7 नवम्बर को शाम के चार बजे होगा।" 'शोक-संतप्त' शीर्षक नीचे परिवार के सदस्यों के नाम इस क्रम में छपे थे : "शोभा अचिन्त राम—पत्नी, इस नाम के आगे उनके तीन पुत्रों तथा पुत्रवधुओं के नाम थे। उसकी पत्नी को 'सोनू—पुत्री' लिखा था। अन्त में उसके बच्चों के नाम थे—रणजीत और मोहिनी। जो नाम नहीं छपा था, स्वयं उसका नाम था—मोहन कुमार। तत्पश्चात् लाला अचिन्त राम के मालिकाना हक़ वाली चीनी की मिलों और कम्पनियों के नाम थे।

मोहन ने इस समाचार के बारे में सरोजिनी को बताया और कहा, "मैं अभी तक तय नहीं कर पा रहा हूँ कि इस दाह-संस्कार के समय वहाँ उपस्थित रहूँ या नहीं ? यह तो ज़ाहिर है कि वे अब मुझे अपना रिश्तेदार नहीं मानते लेकिन मेरे स्टाफ के कुछ सदस्य शोक-प्रकट करने अवश्य जाएँगे। अब मैं क्या करूँ ?"

"वाक़ई बड़ी दुविधा वाली स्थिति है," सरोजिनी ने कहा। "लेकिन मेरा खयाल है कि आपको दाह-संस्कार के समय अवश्य उपस्थित रहना चाहिए। परिवार के सदस्यों

से दूर रहिएगा, और दाह-क्रिया आरम्भ होते ही चले आइएगा। आपको उस समय भी वहाँ उपस्थित नहीं रहना चाहिए, जब आपकी सास, पत्नी और साले लोग आगन्तुकों का शुक्रिया अदा कर रहे हों।''

मोहन ने सब नौकरों से कहा कि यदि वे शोक-प्रकट करने के लिए वहाँ जाना चाहते हैं, तो जा सकते हैं, प्रोफेसर महिला अपना लंच रेस्तराँ में ले लेंगी।

मोहन ने सरोजिनी की सलाह पर कुछ समय तक सोच-विचार करने के बाद उसे मानने का फैसला किया। उसने अपनी सैक्रेटरी को फोन पर यह सूचना दी। सैक्रेटरी ने भी यह खबर पढ़ी थी और शोक प्रकट किया। मोहन ने उससे कहा, ''ऑफिस आज उनके देहावसान पर शोक व्यक्त करने के लिए आधा दिन बन्द रहेगा।'' सैक्रेटेरी ने कहा, ''जी, मैं सब लोगों को सूचित कर दूँगी।''

साढ़े दस बजे के करीब, वह लोधी रोड के दाह-गृह की ओर रवाना हुआ। रास्ते में ड्राइवर ने उससे पूछा, ''क्या मेमसाहब के पिताजी बीमार थे ?''

''मैं नहीं जानता। मैंने उनकी मौत की खबर आज सुबह के अखबार में पढ़ी थी।''

दाह-गृह के मैदान में काफी लोग जमा थे। कार-पार्क पूरी तरह भरा हुआ था। मोहन ने जीवन राम से कहा, ''तुम मुझे दरवाजे के बाहर छोड़ देना, और कार सड़क पर पार्क कर लेना, क्योंकि मैं ओरों से पहले बाहर आ जाऊँगा। कुछ लोगों ने जिनमें उसके स्टाफ के लोग और दोस्त ही थे, शोक-प्रकट किया। जब अर्थी आती दिखाई दी, तो उसके पीछे कारों का ताँता लग गया। कारों में ज्यादातर कारें परिवार के सदस्यों की ही थीं। जब अर्थी को शव-गाड़ी से उतारा गया, तो वहाँ मौजूद सब लोग भावुक हो उठे। औरतें विधवा शोभा का आलिंगन कर, उसे सान्त्वना प्रदान कर रही थीं—पुरुष भी एक दूसरे को भाव-विह्वल होकर गले लगा रहे थे। सोनू सुबक रही थी। उन सबने मोहन को देखा, मगर उससे बातें करने के लिए कोई नहीं आया। सोनू ने सफेद साड़ी पहन रखी थी और आँखों के आँसू छिपाने के लिए उसने काला चश्मा पहन रखा था। उसके भाइयों ने उसे देखने के लिए अपनी गर्दन मोड़ी और अगले ही क्षण सीधी कर ली। उन्होंने शायद उस पर रहम करके बच्चों को घर पर ही छोड़ दिया था।

लाला अचिन्त राम के शव को जैसे ही ज़मीन पर रखा गया, पण्डितों ने मन्त्र पढ़ने आरम्भ कर दिए। कुछ फुट की दूरी पर कुछ लोग चिता बनाने के लिए लकड़ी काट रहे थे। दाह-स्थल पर कुछ चिताएँ अभी तक धधक रही थीं और कुछ राख का ढेर हो चुकी थीं।

मोहन अलग खड़ा यह दृश्य देख रहा था। अचानक, उसकी पत्नी का सबसे छोटा भाई, जिससे वह सबसे ज्यादा घृणा करता था, और रिश्तेदारों से अलग होकर, उसके सामने खड़ा होकर, व्यंग्यात्मक लहज़े में पूछने लगा, ''क्यों तशरीफ़ लाए हैं

आप ?''

मोहन ने कोई जवाब नहीं दिया।

साला बोलता रहा, ''आपको तक़लीफ़ करने की कोई ज़रूरत नहीं थी। और वह आपकी रिश्ते की बहन कौन है, जिसे अचानक खोज कर आपने अपना सहचर बना लिया है ?''

''अपने काम से काम रखो,'' तमक कर, मोहन ने कहा और अपना मुँह मोड़ लिया। मुखाग्नि देने से पूर्व ही वह दाह-स्थल से चला आया।

उसका दिमाग़ चक्कर खा रहा था। उसे इस बारे में कोई सन्देह नहीं था कि उसके दोनों नौकर उसकी पत्नी से मिलते रहते हैं, और उन्होंने ही उसे साहेब के रिश्ते की बहन के बारे में बताया होगा। और वह इस सूचना को अपने तक महदूद रखने वाली स्त्री नहीं है। वह कल्पना की आँखों से उसे ज़ोर-ज़ोर से चिल्लाते हुए सुन सकता था, ''वह कोई कज़िन-वजिन नहीं है, रण्डी है, वही रण्डी जिसने उसके विज्ञापन का जवाब दिया था, उस आदमी की पार्ट टाइम रखैल बनने के लिए।

'कज़िन' की साहब की बात पर दोनों नौकरों को भी विश्वास नहीं हुआ था। उन्होंने धन्नो से कहा, ''दोनों के बीच कोई रिश्ता-विश्ता नहीं है। वह साहब को उल्लू बना कर उन्हें लूट रही है। साहब बेचारे भोले-भाले हैं न ?''

मोहन-सरोजिनी काण्ड में दूरी पैदा हो चुकी थी। मोहन ने वह शाम इण्टरनेशनल सेण्टर की लाइब्रेरी में पत्र-पत्रिकाओं को पढ़ने में बिताई। बाद में उसने लोधी गार्डन का चक्कर लगाया। पेड़ों और वहाँ की साफ़-सुथरी कब्रों को देखकर भी उसकी उदासी दूर नहीं हुई। जब वह घर लौटा, तब तक अँधेरा हो चुका था। सरोजिनी उसकी प्रतीक्षा कर रही थी, ड्रेसिंग-गाउन में नहीं, सलवार-कमीज में। मोहन ने आज न शॉवर का आनन्द लिया, न अपनी स्पोर्ट्स शर्ट पहनी। वह उसके पास आकर बैठ गया।

सरोजिनी ने उसका हाथ अपने हाथ में लेकर पूछा, ''बताओ, वहाँ क्या हुआ ? आप उदास-हताश दिखाई दे रहे हैं।''

''उदास होने की वजह है,'' उसने कहा। ''मुझे कुछ वक्त दो, सब बातों का तारतम्य बैठाने के लिए। मेरे लिए एक ड्रिंक बनाओ।''

सरोजिनी ने अभी तक उसके लिए कोई ड्रिंक नहीं बनाया था, लेकिन उसे इस बात का अन्दाज़ा था कि उसे कितनी व्हिस्की की ज़रूरत एक ड्रिंक के लिए होती है। उसने एक हाथ में कट-ग्लास टंबलर लिया और दूसरे हाथ में व्हिस्की की बोतल। उसे उसने नीचा करते हुए पूछा, ''कब रुकूँ, बता दीजिएगा।''

''पटियाला पेग में एक चौथाई व्हिस्की होती है। सोड़ा और बर्फ भी लेती आना।'' उसने उसका गिलास तैयार कर, उसे देने के बाद अपने लिए शैरी का पेग तैयार किया, और उससे कहा, ''अब निकाल लो अपने दिल का गुबार !''

उसने बताया कि "उसके एक साले ने उसको कैसी खरी-खोटी सुनाई, और यह भी कि घर के नौकर जानते हैं कि घर में रह रही महिला उसकी कोई रिश्तेदार नहीं है। तुम मेरी बीबी को नहीं जानतीं। वह मुझे हर तरह से नष्ट करने पर तुली है। वह मुझे तबाह करने के लिए किसी भी सीमा तक जा सकती है। अभी तक उसे तुम्हारा नाम नहीं मालूम है, इसलिए कि उसे यहाँ की सब ख़बर देने वाले नौकरों तक को भी तुम्हारा नाम मालूम नहीं है। वे यह भी नहीं जानते कि तुम किस कालेज में पढ़ाती हो। लेकिन वह जल्दी ही इन बातों का पता लगा लेगी। और एक बार उसे पता लगा, तो वह तुम्हारे खिलाफ़ मुकदमा दायर करेगी, तुम्हारे प्रिन्सिपल को लिखेगी, तुम्हारे माता-पिता को लिखेगी, यहाँ तक कि बोर्डिंग स्कूल में रहने वाले तुम्हारे बेटे तक को लिखेगी। वह सब कुछ करने और कहीं भी न रुकने वाली औरत है।"

पहली बार सरोजिनी को अपनी उस मूर्खता का अहसास हुआ, और बड़ी गहराई के साथ हुआ, जो उसने की थी। दोनों एक-दूसरे का हाथ पकड़े चुपचाप बैठे रहे। दोनों ही उस भँवर से आज़ाद होने की, जिसमें वे दोनों अलग-अलग रूप में फँस गए थे, कामना करने लगे। अन्त में, सरोजिनी ने उठते हुए कहा "फिलहाल तो मैं सो जाती हूँ। कल ज़रूर इस चक्रव्यूह से निकलने की किसी राह का पता लग जाएगा।" वह रात उन्होंने एक ही बिस्तर पर गुज़ारी पर रात भर दोनों को न तो नींद आई, और न सैक्स का कोई विचार उनके मन में आया।

नौकरों को यह महसूस हो गया था कि साहब और उनकी महिला-मित्र परेशान हैं। सुबह उन्होंने साहब को अखबार पढ़ते हुए, और उनकी महिला-मित्र को अपने नाखूनों की पॉलिश करते हुए पाया। वे दोनों एक-दूसरे से बातचीत भी नहीं कर रहे थे। उनसे भी कोई बात नहीं कर रहे थे। दाह-गृह पर कुछ न कुछ जरूर घटा है, जिसकी वजह से दोनों इतने उखड़े-उखड़े से दिखाई दे रहे हैं। दोनों नौकरों को इस सारे काण्ड में अपनी-अपनी भूमिकाओं के बारे में भी अप्रसन्नता अनुभव होने लगी। जैसे ही धन्नो फर्श साफ़ करने आई, तब न साहब ने उसकी तरफ देखा, न मेमसाहब ने। दोनों ने उसकी नमस्ते का जवाब नहीं दिया। दोनों ने साथ-साथ नाश्ता किया, और दोनों ने नौकरों से कहा कि वे डिनर के बाद ही घर वापिस लौटेंगे।

जब मोहन के आफिस जाने का समय हुआ, तो सरोजिनी ने बिना उसकी ओर देखे कहा, "यह स्वर्गीय आनंद ज्यादा दिनों तक चलने वाला था भी नहीं। हम लोग अपने ही बनाए हुए मूर्खतापूर्ण स्वर्ग में जी रहे थे। आप मुझे कब तक जाने को कहेंगे !"

"इस तरह की बातें मत करो," मोहन ने जवाब दिया। "मुझे उम्मीद थी कि

तुम कम से कम तीन महीनों तक, जब तुम्हारा कॉलेज खुलेगा, मेरे साथ रहोगी। हो सकता है कि उससे ज्यादा समय तक भी रहो। तुम मुश्किल से मेरे साथ एक महीने ही रही हो।''

''एक महीना, दो दिन और दो रातों तक,'' सरोजिनी ने दिनों के बारे में उसकी भूल को मुस्करा कर सुधारते हुए कहा। ''और आपने मुझे अगले महीने का पूरा 'वेतन' पेशगी दे दिया है। मुझे जाने से पहले बक़ाया राशि का भुगतान आपको करना है।'' उसकी बातों से लगता था कि वह अपने निश्चय पर दृढ़ है। ''आप चाहें, तो मैं एक-दो दिन तक और रुक सकती हूँ। मैं अपने माता-पिता को फोन करके उनसे पूछ लूँगी कि उन्हें मेरी शेष छुट्टियाँ आपके साथ बिताने में कोई एतराज है क्या ? मैं अपने बेटे को मसूरी छोड़कर उनके पास वापस आ जाऊँगी, और बाद में रिवाड़ी लौट जाऊँगी। ठीक रहेगा न ?''

मोहन ने उसका हाथ दबाते हुए जवाब दिया, ''तुम जब तक चाहो, यहाँ रह सकती हो, और जब चाहो, वापस आ सकती हो।''

वह समझ गई कि मोहन क्या चाहता है।

फिर, मोहन ने पूछा, ''तुम कहाँ डिनर लेना पसन्द करोगी ?'' सरोजिनी ने जवाब दिया, ''उस जगह जो आपका प्रिय स्थान हो।'' मोहन ने उम्दा डिनर के मामले में अपने पसन्दीदा स्थानों के नाम उसे बता दिए, जहाँ के रसोइए उसकी पसन्द के फ्रेंच, चाइनीज, इटालियन, थाई और हिन्दुस्तानी व्यंजन तैयार करने में माहिर हैं। ''अब अन्तिम चुनाव तुम पर निर्भर है कि तुम किस किस्म का खाना आज डिनर में पसंद करोगी।''

''किसी ऐसी शान्त जगह चलिए, जहाँ हमें कोई पहचान न सके, और हम बिना किसी रोक-टोक के आपस में बातें कर सकें। मैंने 'लॉ मैरीडियन' के बारे में काफ़ी कुछ सुना है। मैंने यह भी सुना है कि वह पारखी लोगों का महँगा स्थान है। मैं खुद तो वहाँ कभी एक मामूली प्रोफेसर के वेतन से अकेले जाने की हिम्मत कर नहीं पाऊँगी।''

''आइडिया बुरा नहीं है,'' मोहन ने उससे सहमत होते हुए कहा। ''वहाँ कई ऐसे कोने हैं, जहाँ दूसरे लोग आपको देख नहीं सकेंगे। वहाँ कई रेस्तराँ भी हैं, जहाँ किस्म-किस्म के व्यंजन भी मिलते हैं। ड्रिंक्स के बाद तय कर लेंगे कि हमें किस किस्म का खाना खाना है।''

शाम को ऑफिस जाते समय, उसने एक घुमावदार रास्ता पकड़कर सरोजिनी को ब्रिटिश काउंसिल लायब्रेरी छोड़ दिया, जहाँ से वह डिनर के समय अपने साथ उसे ले लेगा।

ऑफिस में सब कर्मचारी उसे सुख-सन्तोष देने के लिए काफ़ी प्रयत्नशील दिखाई दिए। सबको यह भी मालूम था अपनी पत्नी के साथ उसके सम्बन्ध काफ़ी दिनों

से कड़वे हो गए थे, और अन्त में तलाक हो जाने से दोनों एक-दूसरे से अलग हो गए। अपना शोक, बारी-बारी से व्यक्त करने के बाद, सब अपना-अपना काम करने लगे।

ऑफिस छोड़ने से पहले, मोहन ने रु. 20,300/-) की रकम चेक द्वारा निकाली। उसने उसमें से रु. 300/-) अलग निकाल कर रख लिए और, उसके लिफाफे पर लिखा, 'नौकरों के लिए टिप।' दूसरे लिफाफे में उसने रु. 10,000/-) रखे, और उसे सील कर अलग रख लिया। बाकी रु. 10,000/-) उसने अपने बटुए में रखे। फिर, जीवन राम से कनाट सर्कस की एक नामी जौहरी दुकान पर चलने को कहा। उस दुकान से उसने सोने की एक अँगूठी खरीदी, रसीद पर यह लिखवा कर कि यदि वह फिट नहीं हुई, तो रकम वापस कर दी जाएगी। शाम के सात बजे के कुछ मिनट बाद, मर्सीडीज ब्रिटिश काउंसिल लाइब्रेरी के आगे खड़ी थी। सरोज वहाँ उन कुछ किताबों के साथ खड़ी थी, जो उसने कनाट सर्कस की दुकानों से खरीदी थीं। मोहन ने उससे पूछा, ''क्या तुम्हारे पास किताबों की कमी थी कि और किताबें खरीद लीं ?''

सरोजिनी ने उसके पास बैठते हुए कहा, ''जब करने को कोई काम नहीं होता तब मैं किताब खरीद कर अपना मनोरंजन कर लेती हूँ। अगले कुछ महीने में भी मेरे पास कोई काम नहीं होगा, अकेले सोने और खाने के अलावा, तब किताबें तथा और ज्यादा किताबें ही मेरी साथिन होंगी।''

मोहन ने जीवन राम से 'लॉ मैरिडियन' चलने को कहा।

कार कनॉट सर्कस से पीछे आकर जनपद होती हुई इंपीरियल होटल पार कर विंडसर सर्किल का चक्कर लगाती, होटल के प्लेट-ग्लास वाले दरवाजे पर आ खड़ी हुई। नीले रंग की यूनीफार्म पहने दो, लम्बे-चौड़े द्वारपालों ने कार के दरवाजे खोले और मेहमानों का अभिवादन किया। वे दोनों को अपने साथ वाले मार्बल से चमचमाते फर्श की, जो काफ़ी ऊँचाई से लटके कंदील की रोशनी में चमचमा रहे थे, ओर ले गए। स्वागत-कक्ष तक आने के बाद, क्षण भर रुककर चारों ओर बिखरी भव्यता का ज़ायज़ा लिया। उसने विदेशी पर्यटकों, सुन्दर लड़कियों को इश्कवाजी करते और सिपाहियों की वर्दी में बटनयुक्त कोट और हल्की पैन्ट पहने मुस्तैद छोकरों को आते-जाते देखा। कई एलीवेटरों से गुजरते हुए, वे रॉकेट की तेज़ी से चलने वाले एलीवेटर से सत्रहवीं मन्जिल तक पहुँचे और जिस जगह आए, वह देखने से जलाशय लग रहा था। मोहन सरोजिनी को गिटार की धुन पर भारी आवाज में गुनगुनाती काली लड़की के आगे से दो व्यक्तियों को बैठने लायक एक छोटे और आरामदेह स्थान पर ले गया। वहाँ उसने ड्रिंक का आर्डर दिया।

मोहन ने वेटर को बताया, ''महिला शाकाहारी हैं इसलिए इनके लिए शाकाहारी कानपि (डबल रोटी का खाद्य पदार्थ) और आलू के चिप्स लाना।''

वेटर मोहन के लिए एक स्कॉच और सरोजिनी के लिए एक शैरी लेकर आया और दोनों के सामने रख दिया। इसके बाद वह कानपि से भरी चाँदी की तश्तरी लेकर आया। मोहन ने उससे कहा, ''बस, इन्हें मेज पर रखकर तुम जाओ। बाकी हम सब कर लेंगे।'' वेटर समझ गया कि वे अकेले रहना चाहते हैं।

स्कॉच का दूसरा पैग लेने के बाद, मोहन ने अपनी जेब से दो पैकेट निकाले और उसके हाथ में थमा दिए। ''इन्हें अपने हैण्डबैग में रख लो।''

''क्या है इनमें ?'' सरोजिनी ने पूछा।

''तीन सौ रुपए हैं, पहले पैकेट में। एक सौ हर नौकर को दे देना। दूसरे पैकेट में वह है जो मुझे तुम्हें देना बाकी था। अपने समझौते के सिलसिले में।''

''आपको मुझे कुछ नहीं देना है। इसके विपरीत मुझे आपको उस एडवांस की रकम लौटानी है, जो आपने दो दिन पहले मुझे दी थी।''

''हमारे बीच किसी किस्म की सौदेबाजी नहीं होगी,'' उसने सरोजिनी का हाथ अपने हाथ में लेते हुए कहा। ''मैं तुम्हें यक़ीन दिलाना चाहता हूँ कि मैं तुम्हारे शरीर से अधिक तुम्हारी दोस्ती की क़द्र करता हूँ।'' उसने अपनी जेब से नीले मखमली रंग का नन्हा सा बॉक्स निकाला और उसमें से सोने की एक अँगूठी निकालकर उसकी तीसरी उँगली में पहना दी।

वह आश्चर्यचकित रह गई, और बोली, ''एक ओर तो आप मुझसे छुट्टी पाने के लिए बेक़रार हैं, और दूसरी ओर अपने साथ रखना भी चाहते हैं। मैं आपको समझ नहीं पा रही हूँ।''

''इसमें पेचीदगी की कोई बात नहीं है। मेरे साथ तुम्हारे रहने से तुम्हारे कैरियर पर तो असर पड़ेगा ही, तुम्हारी इज्जत पर भी पड़ेगा। मैं ऐसा नहीं होने देना चाहता,'' एक अर्थपूर्ण मुस्कान के साथ उसने कहा। ''अभी भी तुम्हें मुझे 'सेवाओं' के एवज में दो महीनों का 'वेतन' देय है। जब जब तुम उस ऋण को वापस करने के मूड में होगी, तो मैं तुम्हें इसी होटल में बुलाऊँगा। यह होटल मुझे बहुत क़ाफी रिबेट इसलिए देता है, क्योंकि मैं अपने बिजनैस के भागीदारों को यहीं लाता हूँ। हम अपनी छुट्टियाँ यहाँ एक ऐसी जगह बिता सकेंगे, जहाँ हमें कोई पहचान नहीं पाएगा। तुम मुझसे निरन्तर सम्पर्क बनाए रहोगी न !'' उसने बिना अपना मुँह खोले, अपना सर हिलाकर अपनी स्वीकृति दे दी।

मोहन ने अपना तीसरा स्कॉच का पैग पूरा किया, और सरोजिनी ने शैरी का अपना दूसरा। उसने वैटर को अपना क्रेडित कार्ड दिया और बतौर उसकी टिप के दस-दस के दो नोट मेज पर रख दिए।

सरोजिनी ने उठते हुए कहा, ''मुझे तो डिनर के लिए भूख नहीं है, मगर मैं आपके डिनर के वक्त आपके साथ रहूँगी।''

''भूख तो मुझे भी नहीं है,'' उसने जवाब दिया और कहा, ''आओ, वापस

घर चलें।''

जाते समय उसने दस-दस रुपए के दो नोट सिख द्वारपालों को तब दिए, जब उन्होंने उन्हें सैल्यूट किया। सरोजिनी ने उससे कहा, ''आप अपने धन को, बिना कुछ सोचे-विचारे इधर-उधर बेकार खर्च करते रहते हैं।''

''और क्या करूँ, धन को खर्च करने के अलावा ?'' और यह कहने के बाद वह उम्मीद करने लगा, महिला प्रोफेसर के लैक्चर की। मगर वह खामोश रही। उसे अहसास हो रहा था कि उसे उसकी बहुत याद आएगी।

जब वे दोनों घर पहुँचे, तो उन्होंने दोनों नौकरों को अपनी प्रतीक्षा करते पाया। उस वक्त रात के नौ भी नहीं बजे थे। मोहन ने बाद में, बदस्तूर दरवाजे पर ताला और दरवाजों पर सिटकनी लगाई। लेकिन, किसी कारणवश उसने उस रात झाड़ियों पर पेशाब नहीं किया।

सरोजिनी ने पूछा, ''क्या मैं आपके फोन का इस्तेमाल अपने माता-पिता को फोन करने के लिए कर सकती हूँ ?''

''ज़रूर।''

उसने पहले कोड नम्बर और बाद में उनका नम्बर लगाया। फोन उसकी माँ ने उठाया। उसने पूछा, ''क्या मैं कालेज के खुलने से पहले, कुछ हफ्तों के लिए आपके साथ रहने के लिए आ सकती हूँ ?'' उसकी माँ ने यही जवाब दिया होगा, ''बेशक आ सकती है तू ? कब आ रही है ?'' सरोजिनी ने जवाब दिया, ''अभी कुछ ठीक नहीं है। जैसे ही जगह मिल जाएगी, पहली ट्रेन से आ जाऊँगी। मेरा मुन्ना कैसा है ?'' वह काफी देर तक मम्मी का जवाब सुनती रही, और फिर 'गुड नाइट' कहकर फोन रख दिया।

''सब ठीक हैं। कल सुबह मैं देहरादून शताब्दी एक्सप्रेस से अपनी सीट बुक कराने की कोशिश करूँगी। मेरा खयाल है, वह नई दिल्ली से सुबह काफी जल्दी छूटती है। छह के आसपास।''

''चिन्ता मत करो,'' उसने कहा। ''मैं कल ऑफिस के आदमी को भेजकर, तुम्हारे टिकट और रिज़रवेशन का इन्तज़ाम कर दूँगा। सुबह को गाड़ी कितने बजे क्यों न छूटती हो, मैं खुद तुम्हें वक्त से पहले रेलवे स्टेशन ले जाऊँगा।''

''बड़ी मेहरबानी होगी आपकी,'' उसने उत्तर दिया। ''मगर रिजरवेशन वाले मेरा नाम और उम्र पूछेंगे, और यह भी पूछेंगे कि मैं पुरुष हूँ या स्त्री ? आप शायद यह जानकारी अपने स्टाफ के लोगों तक न पहुँचाना चाहेंगे ?''

''यह तो मैंने सोचा ही नहीं था। मैं अपने ट्रैवल एजेन्ट को फोन करके उसे बुकिंग करने को कहूँगा, और बिल घर के पते पर भेजने को। वह कल मुझे बता देगा कि तुम्हारी सीट किस तारीख के लिए रिज़र्व हुई है। साल के इन दिनों में इस सैक्टर पर ज्यादा ट्रैफिक नहीं होना चाहिए।''

सरोजिनी अभी तक काफ़ी सावधान रही थी, मगर न जाने क्यों उसे लगने लगा था कि मोहन के घर में वह अब नहीं रह सकती। अब एक कड़वी सच्चाई का सामना करना पड़ रहा है उसे। वह बड़ी उदास और परित्यक्त सी महसूस कर रही थी। एकमात्र हक़ीक़त जो उसके जीवन में शेष है, वह है—रिवाड़ी की उकताने और थका देने वाली कालेज की दिनचर्या। चेहरे को अपने दोनों हाथों से छिपाकर वह रोने लगी। उसके घुटनों पर अपना पल्लू रखकर वह सिसकती रही। दोनों ही काफ़ी देर तक सुबकते रहे। सरोजिनी ने मोहन के बालों में अपनी उँगलियाँ फेरते हुए कहा, ''हमें बच्चों की तरह सिसकना नहीं चाहिए, और बड़ों की तरह व्यवहार करना चाहिए। आप जानते हैं कि मुझसे आपका वियोग नहीं सहा जाएगा, आप तो ख़ैर, सह लेंगे। दुनिया पुरुषों को तो माफ़ कर देती है, मगर स्त्रियों को नहीं। दुनिया आपसे ईर्ष्या करेगी, और मुझे रण्डी कहकर निन्दा करेगी। मगर, मुझे उसकी परवाह नहीं है। आपके साथ बीता समय एक मधुर सपने की तरह हमेशा याद रहेगा।''

वे दोनों एक साथ उठे। मोहन ने उसका एक प्रगाढ़ आलिंगन लेते हुए भारी आवाज में कहा, ''सरोज ! मैं तुमसे प्रेम करता हूँ।''

''मोहन ! मैं भी आपसे प्रेम करती हूँ, जितना आप कल्पना कर सकते हो, उससे कहीं अधिक !''

आपस के एक महीने पुराने आपसी सम्बन्ध के दौरान, आज पहली बार दोनों ने अपने आपसी रिश्ते के बारे में 'प्रेम' शब्द का प्रयोग किया था। सारी रात जब वे एक-दूसरे की बाँहों में रहे, दोनों में से किसी ने भी निर्वस्त्र होने का प्रयास नहीं किया। 'प्रेम' शब्द ने 'कामुक' शब्द को अपावन बना दिया था।

अगले दिन सुबह, मोहन के ऑफिस जाने के बाद उसने अपने कपड़ों और किताबों को पैक करना शुरू कर दिया। एक नौकर और धन्नो उसकी मदद करने के लिए उत्सुक थे, लेकिन उसने यह बहाना करके कि उसके पास पैक करने के लिए ज्यादा कुछ नहीं है, मना कर दिया। और, यह भी कहा कि लंच के समय तक कोई उसे परेशान न करे। उसने बहुत मामूली लंच लिया, और बाद में जीवन राम से कहा कि वह उसे बिड़ला मन्दिर ले चले। प्रवेश द्वार पर उसने गुलाब की पंखड़ियों के कई गुच्छे खरीदे, मन्दिर के विभिन्न भागों में प्रतिष्ठित हर देवी-देवताओं पर चढ़ाने के लिए। वह काफ़ी समय तक अपनी आराध्या देवी सरस्वती की मूर्ति के आगे काफी देर तक उसकी आराधना करती बैठी रही।

उसने भक्तों की पंक्ति में सम्मिलित होकर कृष्ण मन्दिर के कीर्तन में भी भाग लिया। वह देर तक कृष्ण की मनोरम मूर्ति को देखती रही। श्याम वर्ण के बाँसुरी बजाने वाले श्रीकृष्ण की शरारतें भी उसे प्रिय थीं, और उनका सौम्य, सुकुमार और

दयालु रूप भी। कृष्ण उन्हें इसलिए भी सर्वाधिक प्रिय थे, क्योंकि वे सब हिंदू देवी-देवताओं में मानवों की शारीरिक विवशताओं के प्रति उदार-भाव रखते थे और, अपने उदाहरण द्वारा उन्हें क्षमा कर देते थे। राधा के साथ उनका प्रेम दीर्घकाल तक चला। राधा के अतिरिक्त, उन्होंने गाँव की अनेक विवाहित और अविवाहित स्त्रियों से भी प्रेम किया। लोग यह सब कुछ जानते हुए भी उनकी पूजा करते हैं। "आज मैं इन्हीं श्रीकृष्ण की आराधना करती हूँ, और उनके आशीर्वाद की कामना करती हूँ, मैं, जिसे उसके पति ने बिना किसी अपराध के छोड़ दिया, मैं, जिसने अन्य पुरुष के साथ शरीरिक सम्बन्ध स्थापित करके अपनी वासना पूरी की। कितना बड़ा पाप किया है मैंने !"

मन्दिर में पूजा करने के बाद, जब सरोजिनी मन्दिर से बाहर आई, तो वह अपने को बहुत हल्का महसूस कर रही थी। वह जानती थी कि उसके जीवन का यह अध्याय अब समाप्त हो गया है। भविष्य में वह अपनी नियति का निर्माण स्वयं अपने हाथों से करेगी।

सूर्यास्त होने से पहले, वह मोहन के घर पहुँच गई थी। जीवन राम अपने साहब को ऑफिस से लेने चला गया। घर पहुँचते ही, उसने बाल्कनी पर जाकर जो पहला काम किया, वह था सूर्यास्त को देखना। तभी मोहन ने वहाँ आकर सरोजिनी के सामने, अपनी जेब से एक लिफाफा निकालकर रख दिया और कहा, "तुम्हारा टिकट ! ट्रेवल एजेन्ट ने कल सुबह की शताब्दी गाड़ी से तुम्हारा रिजरवेशन कराया है। इसी वक्त अपने पिता को फोन कर उन्हें सूचित कर दो कि तुम कल सुबह की शताब्दी से रवाना हो रही हो, और वे तुम्हें स्टेशन पर लेने आ जाएँ। मेरी जानकारी के मुताबिक ट्रेन ग्यारह बजे के करीब देहरादून पहुँच जाएगी।"

सरोजिनी ने देहरादून फोन किया, और फोन उठाया स्वयं उसके बेटे ने, जो उसकी आवाज़ सुनकर खुश हो रहा था। उसने कहा, "हलो, बेटा ! मैं कल दोपहर तक तुम्हारे पास पहुँच रही हूँ। अपने नानाजी के साथ तुम भी स्टेशन पर आना। उन्हें मालूम है कि शताब्दी कब देहरादून पहुँचती है।"

फोन रखकर वह मोहन के पास आकर बैठ गई। वह उससे कुछ कहना चाहता था, लेकिन चुप रहा, क्योंकि वह उसकी उस खुशी को खत्म नहीं करना चाहता था, जो उसे अपने बेटे से बात करके हासिल हुई थी। अब वह उस हानि के बारे में सोच रहा था, जो सरोजिनी के जाने के बाद, उसे अनुभव होगी। उधर, सोनू अब ऐसी व्यवस्था कर लेगी, जिसकी वजह से वह अपने बच्चों से कम-से-कम मिले। इतना ही नहीं, वह अपने बच्चों को भी उसके खिलाफ़ कर देगी। जब नौकर ड्रिंक लेकर आया, तो सरोजिनी ने उसे सौ रुपए का नोट दिया और कहा, "मैं कल सुबह ही चली जाऊँगी। रसोईए और जमादारनी को भेज देना।" नौकर उसके पाँव छूकर बोला, "अगर मुझसे अनजाने में कोई ग़लती हो गई हो, तो माफ़ी चाहता हूँ।" सरोजिनी

उसकी बात सुनकर कुछ नहीं बोली। वह जानती थी, सब नौकर मेहमान के जाते वक्त ऐसी ही बातें करते हैं। शुक्रिया का उनका यही तरीका होता है। रसोइए और जमादारनी ने अपनी-अपनी टिप दोनों हाथ जोड़कर, बिना कुछ कहे, स्वीकार कर ली।

सरोजिनी ने अपने टिकट का मुआयना किया। कम्प्यूटर-प्रिन्ट में उसे डॉक्टर एस. भारद्वाज, 37 एफ बताया गया था। उसे देखकर कोई उसकी असली पहचान नहीं कर पाएगा। उसने टिकट अपने हैण्डबैग में रख लिया।

ड्रिंक्स और डिनर के दौरान दोनों के बीच ज्यादा बातचीत नहीं हुई। नौकरों ने सरोजिनी को अलविदा कहा, और अपने-अपने क्वार्टरों में चले गए। मोहन ने बाहर जाकर प्रवेश-द्वार पर ताला लगाया, और दरवाजों पर सिटकनी। उसने झाड़ियों पर पेशब करने के लिए एक अलग कोना निश्चित किया, और उसके बाद आकर सरोजिनी से बोला, "हमें जल्दी सो जाना चाहिए। मैंने चार बजे का अलार्म लगा दिया है। इससे हमें नहाने-धोने और तैयार होने के लिए काफ़ी वक्त मिल जाएगा।"

दोनों साथ-साथ उठे। मोहन ने पूछा, "क्या मैं यह आखिरी रात तुम्हारे साथ बिता सकता हूँ ?"

"जैसी आपकी मर्जी ? मैं आपकी बहुत ज्यादा देनदार हूँ।"

"बिजनैस और सौदे की भाषा मत बोलो।"

वह मोहन का हाथ थामकर उसे पलंग तक ले गई। "जो आप चाहते हैं, वही करूँगी मैं," कहकर वह अपने कपड़े उतारने लगी।

"मैं तो अलार्म के बजने तक सिर्फ सोना चाहता हूँ, तुम्हारी बग़ल में।"

दोनों आलिंगनबद्ध हो गए। उसने देखा कि मोहन के मन में सैक्स की कोई इच्छा नहीं है, उसे सिर्फ उसके शरीर की ऊष्मा की चाह है। हल्की नींद में ऊँघते-ऊँघते हुए भी वे एक-दूसरे से अलग हो जाते, और कभी मुड़कर एक-दूसरे को अपनी बाँहों में ले लेते। अलार्म क्लॉक की कर्णभेदी आवाज़ ने मोहन को जगा दिया, शारीरिक रूप से भी, और मानसिक रूप से भी। जागकर उसने सरोजिनी को देखा, जो जागी हुई भी थी, और ग्रहणशील भी। वे एक-दूसरे से गुथ गए और ज़ोरदार मुक्केबाज़ी करते एक-दूसरे को हिलाते रहे मानो आखिरी बार मिल रहे हों, आखिरी बार अलविदा का समारोह मना रहे हों।

दोनों ने एक साथ शॉवर-स्नान किया। सरोजिनी ने सारे पुराने कपड़े सूटकेस में रख दिए और नए कपड़े पहनकर तैयार दिखाई देने लगी। वह अपने ऊपर काफी संयम रखे हुए थी, और जाने के समय को रोक पाने के लोभ से अपने आपको बड़ी कठिनाई से बचा रही थी। उसने किताबों के भारी सूटकेस को गाड़ी के पीछे रखवा दिया था, सोने से पहले ही। दूसरा सूटकेस मोहन ने उठाकर पीछे की सीट पर रख दिया। प्रवेशद्वार को खोलकर, मोहन कार को खाली पड़ी सड़कों पर, सुबह

की धुँधली रोशनी में चला रहा था। कार की हैडलाइट से कभी-कभी बाइसिकल पर सवार कोई समाचारपत्र-विक्रेता दिखाई पड़ जाता था, अखबारों को लोगों के घर में डालते हुए। कभी-कभी साइकिल पर सवार दूध-विक्रेता भी अपने हैण्डिल बारों पर दूध के डिब्बे रखे दिखाई पड़ जाते। वे इण्डिया गेट पार कर, कनॉट सर्कस से आगे जाने लगे, सुबह की सैर पर निकले और स्वेटर या शाल पहने, लोगों को देखते हुए।

सुबह पूरी तरह हुई भी नहीं थी, मगर रेलवे स्टेशन पर बसों, कारों, साइकिल-सवारों और स्कूटर वालों का ताँता लगा हुआ था। लगातार बज रहे हार्नो, नियोन लाइट्स की चौंधा देने वाली रोशनियों और एक-दूसरे पर चिल्लाते हुए लोगों ने अलग तूफ़ान मचा रखा था। मोहन को गाड़ी पार्क करने के लिए जगह ढूँढने और सरोजिनी के दो सूटकेसों को गाड़ी में चढ़ाने के लिए कुली ढूँढने में काफी वक्त लगा। भीड़ के बीच अपना रास्ता बनाने, ओवरब्रिज पर जाने, और वहाँ से सही प्लेटफार्म पर पहुंचाने में भी वक्त लगा।

मोहन ने सरोजिनी की कोच और उसकी सीट को खोजा। कुली ने दोनों सूटकेसों को रैक पर रखने का दस रुपए और लिया। कोच में कम ही मुसाफिर थे। सरोजिनी की सीट खिड़की के पास ही थी। मोहन सरोजिनी के पास आकर बैठ गया। उसका हाथ अपने हाथ में लेते समय भी मोहन की निगाह अपनी कलाई की घड़ी पर थी। ये शताब्दी गाड़ियाँ ठीक वक्त पर आने के लिए भी 'बदनाम' हैं, और जल्दी से तेज़ भागने के लिए भी। सरोजिनी की आँखों से लगातार आँसू बह रहे थे। मोहन ने उसका मुँह अपने हाथों में ले रखा था, और हाथ से उसके आँसू पौंछता जा रहा था। वह उसे आश्वस्त भी करता जा रहा था, "यह अन्त नहीं है। हम दोनों एक-दूसरे के सम्पर्क में रहेंगे, और जब, जहाँ मुमकिन होगा, मिलते रहेंगे।" मगर उसका आश्वासन खुद उसे ही बड़ा खोखला लग रहा था। सरोजिनी को भी ऐसा ही लग रहा था। जब ट्रेन के छूटने में सिर्फ एक मिनट रह गया, तब वह खड़ा हो गया। सरोजिनी भी खड़ी हो गई। कोच के मुसाफिरों की परवाह किए बिना, दोनों एक-दूसरे को, बड़े भावविभोर होकर चूमने लगे। जैसे ही वह, कम्पार्टमेन्ट से बाहर आया, उसने एक महिला-यात्री को हिसकारते हुए सुना, "बेशरम !"

मोहन सरोजिनी को आखिरी बार देख रहा था। सरोजिनी ने उसे बाद में न कभी लिखा, या फोन किया। मोहन को भी पक्के तौर पर यह मानने में कई दिन लगे कि उसके जीवन का सरोजिनी वाला अध्याय हमेशा के लिए ख़त्म हो गया है।

सरोजिनी के बाद

सरोजिनी भारद्वाज के जाने के बाद कुछ दिनों तक मोहन मानसिक रूप से काफ़ी अस्तव्यस्त रहा। यह एक हक़ीक़त थी कि सरोजिनी उसके जीवन में मौजूद नहीं है; उसे अपने साथ रखने के मामले में उसने कुछ प्रयास अवश्य किए थे, मगर वे पर्याप्त नहीं थे। घर अब पहले से ज्यादा खाली-खाली लगने लगा था। मगर घर के अकेलेपन की अनुभूति के साथ-साथ उसे अब यह अनुभूति भी थी कि घर अब पूरी तरह से फिर उसका है। और यह एक सुखद अनुभूति थी। जब मर्जी हो, टीवी खोलो, जब मर्जी हो उसे बन्द कर दो। अखबारों के सफे उल्टो-पल्टो, और फिर एक कोने में उन्हें फेंक दो। अपने अलावा किसी और से बात करने की कोई ज़रूरत नहीं। जब मन आया, तकिए के पास रखे ट्रान्जिस्टर पर गाने सुनो, जब मन आया, उसे बन्द कर दो, जब नींद आने लगे। पूरी तरह अकेले होने का अपना अलग आनन्द है, जिसके बारे में काफी कुछ कहा जा सकता है।

अब उसने नौकरों के बारे में सोचना बिल्कुल बन्द कर दिया था। वह उन्हें इस बात का अहसास कराना चाहता था कि सरोजिनी के बारे में अफ़वाहें फैलाकर उन्होंने अपनी निष्ठाहीनता का प्रदर्शन किया है। सबसे ज्यादा पश्चात्ताप धन्नो को होना चाहिए। हालाँकि कुछ समय के लिए उसे उन सुविधाओं से विहीन होना पड़ा, सरोजिनी के कारण, लेकिन इस कारण उसे सरोजिनी का अपरोक्ष रूप से अपमान करने का कोई हक़ नहीं था। वह जानता था कि वह किसी ऐसे मौके की तलाश में है, जब वह अकेला हो। तब वह उसके पाँव छूकर उससे अपने किए की क्षमा माँग लेगी, लेकिन वह अपनी ओर से उसे ऐसा कोई अवसर नहीं देगा—कम से कम कुछ दिनों तक तो बिल्कुल नहीं।

उसे शाम का अकेलापन भाने लगा था। गर्म पानी का शॉवर, ऊँट के बालों से बना गरमी देने वाला ड्रेसिंग गाउन और शरतकालीन कँपकँपी लाने वाली ठण्ड को भगाने वाले ऊनी स्लिपर। प्रीमियम स्कॉच और वातावरण को आवृत्त कर देने वाली नीरवता, खामोशी। उसके पास चिन्तन करने और जुगाली करने योग्य काफ़ी

कुछ था। हर शाम वह अमरीका में वहाँ की औरतों के साथ बिताए गए क्षणों की याद करता। उसके अलावा इन अमरीकी औरतों ने अपने देश के युवकों, लैटिनों और स्कैंडिनेवियाई पुरुषों के साथ भी रोमांस किया था, मगर इस बात से उसे कभी भी कोई परेशानी नहीं हुई। सच तो यह है कि यह स्थिति उसके लिए सुविधाजनक थी। इस वजह से वे अमरीकी औरतें बिस्तर पर ज्यादा स्वच्छंद और कल्पनाशील हो जाती थीं, रोमांस का पूरा आनन्द उठाने के उद्देश्य से। जब वह अपने पहले रोमांस की याद करता था, तो यह सोचकर खुद उसे बड़ा अजीब लगता कि उसे पूरी याद है, हर डिटेल के साथ। कैसे उसने उस खास लड़की को पटाया, कैसे उसका आलिंगन किया, और कैसे उससे प्रेम किया। सब कुछ याद है, पूरी तफ़सील के साथ। मज़े की बात यह कि बाद के रोमांसों की, हमबिस्तर होने वाली लड़कियों की यादें फीकी पड़ चुकी हैं। यह शायद इस बात को साबित करता है कि सैक्स का पहला असली सुख पहली बार एक नई लड़की के साथ ही प्राप्त होता है, और उसी लड़की के साथ दुबारा हमबिस्तर होने से उस सुख की तीव्रता कम होने लगती है।

अपने अनेक प्रेम-प्रसंगों से उसने एक और निष्कर्ष भी निकाला। वह यह कि औरतें आदमियों के साथ हमबिस्तर होने को उतनी ही उत्सुक रहती हैं, जितने पुरुष औरतों के साथ। और यह भी कि वे अन्य पुरुषों के साथ भी हमबिस्तर होने की उतनी ही इच्छुक रहती हैं, जितने पुरुष अन्य औरतों के साथ। जिस औरत को आपने 'डेट' किया, उनके साथ हमबिस्तर होने से उसे कोई परेशनी नहीं हुई। उनमें से कुछ उतावली औरतें तो हमबिस्तर होते ही फ़ौरन निर्वस्त्र हो जाती थीं, मगर कुछ शुरू में लजीली और संकोची रहती हैं। सब औरतें एक तरह से एक सी ही होती हैं, भले ही दुबली-पतली हों, या पुष्ट शरीर वाली—उनमें कोई खास फर्क नहीं होता। जैसा कि हिन्दुस्तान में अक्सर कहा जाता है, महारानी हो या महतरानी, इस मामले में उनमें कोई फर्क नहीं होता।

कई शामों को वह उन औरतों के पत्र और फोटोग्राफ, जिन्होंने उसके विज्ञापन के उत्तर दिए थे, अपने सामने रख लेता, और उनके चेहरों का जायज़ा लेता, और उनके शरीरों के बारे में कल्पना करने लगता। और यह कल्पना भी कि वह उनके सामने अपना प्रस्ताव कैसे रखेगा, और उनकी प्रतिक्रियाएँ कैसी होंगी। लेकिन वह किसी औरत को कुछ हफ्तों या महीनों से ज्यादा समय तक अपने साथ नहीं रखेगा। यह सब करने के बाद, सारे पत्र, सारे फोटोग्राफ वापस ड्राअर में रख देता, इस डर से कि कहीं उसके विचार बदल न जाएँ।

उधर, धन्नो इस ताक में थी कि वह कब साहब से अकेले में मिल सके। मोहन को उसकी इन कोशिशों की भनक लग गई थी। वह भी अपनी तरफ से चौकस था कि उसे ऐसा कोई मौका न मिल पाए। वह तभी घर छोड़ देता था, जब दोनों

नौकर अपने कार्यों में व्यस्त रहते थे, और रात को तब आता था, जब नौकर लोग दुबारा अपने कार्यों में व्यस्त हों। पन्द्रह दिन बाद, एक सुबह धन्नो ने साहब को निपट अकेला पाया। दोनों नौकर बाहर गए थे। रसोइया सामान खरीदने गया था, और दूसरा नौकर वापस अपने क्वाटर में गया था। साहब नाश्ते के बाद, सिगार पीते-पीते सुबह के समाचारपत्र पढ़ रहे थे। जब वह मोहन के सामने आकर खड़ी हो गई, तो वह चकित रह गया। तभी, उसने महसूस किया कि कोई उसका पाँव पकड़े हुए है, और उसका सर उसके घुटनों के बीच में है। यह धन्नो थी। वह रो रही थी, और आँसू बहाते हुए विलाप करते हुए कह रही थी, ''मालिक, मुझे मेरी ग़लती के लिए माफ़ कर दीजिए। अगर आपने ऐसा नहीं किया तो मै अपनी जान ले लूँगी।'' मोहन जानता था कि हर बात को बढ़ा-बढ़ा कर कहना इस मुल्क के लोगों की आदत है। लेकिन, वह उसकी धमकियों में नहीं आया। उसने धन्नो को डाँटते और फटकारते हुए कहा, ''तुम मेरी और मेरे मेहमान की बुराई कर रही थीं न ! तरह-तरह की मनगढ़त बातें कर रही थीं।''

''मुझे ऐसा नहीं करना चाहिए था,'' उसने कबूल किया। ''हालाँकि मेरे घर में मेरा मरद है, फिर भी मैंने आपकी मर्जी के मुताबिक आपकी हर तरह से सेवा की। ऐसी हालत में मुझे इस तरह की बातें करने का कोई हक़ नहीं था। मेहरबानी करके, मुझे इस बार माफ़ कर दीजिए। मैं अपने बच्चों की क़सम खाकर कहती हूँ कि आगे से कभी ऐसा नहीं करूँगी। आगे मुझसे ऐसी ग़लती कभी नहीं होगी।''

वह इसी प्रकार माफ़ी माँगती रही। उसका रोना-धोना खत्म ही नहीं होता था। वह कहती रही, ''मेरे सर पर हाथ रखकर वायदा कीजिए, मेरे मालिक, कि आपने मुझे माफ़ कर दिया है। मैं तो आपकी दासी हूँ, और जिन्दगी भर आपकी दासी ही बनी रहूँगी।'' मोहन को इस नाटक से बड़ी परेशानी महसूस हो रही थी, और वह इसे जल्दी से जल्दी ख़त्म करना चाहता था। उसने धन्नो के सर पर हाथ रखते हुए कहा, ''सब ठीक-ठाक हो जाएगा, लेकिन आगे से नौकर लोग तुझे ऐसी हालत में मेरे सामने ने देखें। वे तरह-तरह की बातें करने लगेंगे। और फिर मुझे तुझे नौकरी से निकालना पड़ेगा।''

धन्नो उठ खड़ी हुई, और दुपट्टे में अपनी नाक साफ़ करते हुए और मुड़ते हुए बोली, ''साहब जी ! तब फिर मैं कहाँ जाऊँगी। अगर आपने मुझे नौकरी से निकाल दिया, तो मेरे बच्चे और मैं भूख से मर जाएँगे।''

मोहन का इरादा उसे नौकरी से निकालने का कतई न था; वह सिर्फ उसे रास्ते पर लाना चाहता था। कुछ दिन बाद, खुद उसने धन्नो से कहा, ''मैं कल सुबह दोनों नौकरों को बाहर काम के लिए भेज दूँगा। तब तू फर्श साफ़ करने के बाद रुक सकती है।''

अगले दिन सुबह, धन्नो अपने वक्त से कुछ देर से आई। साहब नौकरों से

कह रहे थे कि शाम को उनके कुछ दोस्त आने वाले हैं और उनके लिए ख़ास खाना बनेगा, डिनर के लिए। मोहन ने आई. एन. ए. मार्केट जाने को कहा, और दूसरे नौकर से एम. आर. स्टोर्स जाकर, चीज़-क्रैकर, ज़ायकेदार, मसालेदार खाद्य और लिकर चाकलेट का बाक्स लाने को कहा। दोनों नौकर अपना काम पूरा करने के बाद अपने-अपने कामों को करने चले गए। मोहन ने दोनों दरवाजों पर अन्दर से सिटकनियाँ लगाईं। ऊपर आने पर उसने धन्नो को फर्श साफ़ करते देखा। वह अपना काम ऐसे करती रही, जैसे उसने साहब को देखा नहीं है। मोहन ने झुककर धन्नो को कमर से पकड़ते हुए, उसे अपने पलंग पर लिटा दिया और, उसकी सलवार-कमीज उतारकर लिपट गया। उसने एक लम्बे अर्से के बाद धन्नो के नग्न शरीर को देखा था, इसलिए वह उसे नया-सा लग रहा था। उधर धन्नो भी आज साहब को ज्यादा-से-ज्यादा सुख देने की उत्सुक थी। वह उससे न रुकने की प्रार्थना करती जा रही थी, और यही सुनने का साहब को इन्तज़ार था। दोनों का पुनर्मिलन कामयाब रहा।

पलंग से उठते हुए और कपड़े पहनते हुए, उसने पूछा, ''साहब ! एक बात बताइए, बिल्कुल सच-सच ! क्या प्रोफेसर मेमसाहब वाक़ई मुझसे बेहतर थीं ? मैं जानती हूँ कि आप उसे इसलिए चाहते थे, क्योंकि वह अंग्रेजी में 'गिटपिट' कर सकती थी, जो मैं नहीं कर सकती।''

सरोजिनी के वापस रिवाड़ी जाने के बाद, कोई ऐसा व्यक्ति नहीं रह गया था, जो मोहन पर लगाम रखकर उसे घर और नित्यक्रिया से बाँधे रह सके। अब उसने उन क्लबों और पार्टियों में जाना शुरू कर दिया, जो दिल्ली के अमीर और समर्थ लोगों की ज़िन्दगी का एक आवश्यक हिस्सा हैं। दिल्ली के पास अपना 'यंग एचीवर्स क्लब' 'यंग मिलियनर्स क्लब' है जो अब के नाम से जाना जाता है। मोहन उसके संस्थापक सदस्यों में से एक था। इस क्लब की ख़ासियत यह थी कि उसका न कोई संविधान था, न कोई कार्यालय था, न पदाधिकारी थे, और न सदस्यों की सूची थी। और चूँकि सिर्फ एक दर्जन लोग ही अपने को उसकी सदस्यता के योग्य मानते थे, और वे सब एक-दूसरे को भलीभाँति जानते थे, इसलिए उनके बीच यह आपसी समझ थी कि हर वह व्यक्ति, जो चालीस साल की उम्र से पहले लखपति हो गया है, उसका हक़ इस क्लब का मेम्बर बनने के लिए अपने आप बन जाता है, और उसका इस क्लब का सदस्य बनने के लिए स्वागत है। ऐसा मेम्बर एक-दूसरे के घरों में की जाने वाली डिनर पार्टियों में भाग लेने योग्य बन जाता है। इस क्लब की स्थापना अमरीका के 'यप्पीज ऑफ द यूनायटेड स्टेट्स ऑफ अमरीका' से प्राप्त की गई थी। वाय. एम. सी. के सभी सदस्य अमरीकी कालेजों की ही देन

थे। ब्रिटिश विश्वविद्यालयों का कोई व्यक्ति सदस्य न था। चूँकि अमरीकी लोग धनोन्मुखी होते हैं, इसलिए इस क्लब के सदस्य भी धनोन्मुखी ही थे। वे आपस में यह नहीं पूछते थे कि धन कैसे कमाया गया। इन सदस्यों की दृष्टि में सबसे अधिक महत्वपूर्ण था—रहने का स्टाइल। आपके पास नयी दिल्ली के आलीशान इलाक़े में बँगला होना चाहिए, और नगर के मध्य से कम-से-कम दूरी पर अपना फार्महाउस हो जो और तो बेहतर। कम-से-कम तीन कारें ज़रूर होनी चाहिए। बॉस के लिए मर्सीडीज बेन्ज या टोयटा, एक मारुति या फियेट मेमसाहब के लिए, और तीसरी कार अतिरिक्त के रूप में। बँगले के मालिक की हैसियत और ज्यादा बढ़ जाती है, अगर श्रेष्ठतम नस्ल के कुत्ते हों। जर्मन शैपर्ड्स भी ठीक हैं, मगर इस नस्ल के कुत्तों को रक्षक कुत्ते माना जाता है। दलमीतीयन्स, रैडशैटर्स, कॉकर स्पेनियल्स, बाक्सर्स और लैब्रोड्रैर भी ठीक है। लेकिन आप विशिष्ट तब बनेंगे, जब सैंट बरनार्ड साहब के पास हो, और मेमसाहब के पास हो नन्हा 'पेके' या 'चिहुआहुआ'।

नगर के चोटी के क्लबों का सदस्य होना भी अलग अहमियत रखता है। सबसे बड़े क्लब का नाम है—गोल्फ क्लब। हालाँकि इस क्लब का सदस्य बनना करीब-करीब नामुमकिन है, तथापि अगर आप सदस्यता का शुल्क विदेशी मुद्रा में दें तो सदस्यता के बीच में आए अवरोध समाप्त हो जाते हैं। मोहन गोल्फ क्लब का सदस्य इसी प्रकार बना था। अब मोहन करीब-करीब हर शाम गोल्फ क्लब जाता है, और वहाँ की बार में नियमित रूप से पीता है, या किसी दिन कोई उसके लिए यह व्यवस्था करता है वहाँ के रेस्तराँ में।

अब वह पत्नीविहीन है। क्लब के सब सदस्यों को सोनू की कमी महसूस होती है। सोने एक आदर्श पत्नी की भूमिका बखूबी निभाती थी, घर में न सही मगर घर के बाहर वह उसी शैली से पेश आती थी और ऐसा ही व्यवहार करती थी जो उसके पति की प्रतिष्ठा के अनुकूल होता था। उसकी पोशाक भी उसकी अन्य कोटि की अभिरुचि को दर्शाती थी। उसे भड़कीले, अलंकृत वस्त्रों जैसे दक्षिण भारत की भारी और बनारस की बनारसी साड़ियाँ में कभी नहीं देखा गया। जो वस्त्र वह पहनती थी, वह उसके गम्भीर और सौम्य दृष्टिकोण को परिलक्षित करता था। अपने कानों में वह लौंग धारण करती थी, और यह लौंग भी उसकी सौम्य रुचि को व्यक्त करती थीं। उसके इत्र और कोलोन अनिवार्य रूप से फ्रैंच ही होते थे। मोहन को अच्छी तरह याद है कि हर हफ्ते वह एक फाइव-स्टार होटल के ब्यूटी-पार्लर में अपने बालों को धुलाने, फेशियल, हेयर ड्रैसिंग, पाँवों और बाँहों के वैक्सिंग और बालों, ओठों तथा ठोड़ियों के बढ़े बालों का सफ़ाया करने के लिए जाया करती थी। उसका बिल महज़ एक हजार रुपए आता था। मोहन की निगाह में वह इस तरह उसके पैसे बर्बाद करती थी, और बदले में हमेशा उसकी नाक में दम किए रहती थी, और बिस्तर का संतोषजनक सुख भी नहीं देती थी।

एक लम्बे अर्से के बाद, मोहन के जीवन में डिनर लेने-देने का दौर शुरू हुआ। उसे अपने यार-दोस्तों को सुनियोजित ढंग से डिनर पर बुला कर, अच्छे शानदार डिनर देने में बड़ी खुशी होती थी। युवा लखपतियों और दूसरे अमीर लोगों में जो विशिष्ट अन्तर है, वह उनके खाने-पिलाने के स्टाइल में अलग नज़र आता है। युवा लखपति डिनर देंगे, तो इस बात का खास खयाल रखेंगे कि स्कॉच प्रीमियम ब्राण्ड की हो, या तो ब्लू या गोल्ड लेबल जॉनीवाकर हो, या रॉयल सैल्यूट हो, या शिवास रीगल हो, या इसी तरह खास किस्म की हो। वाइन विन्टाज फ्रैंच होनी जरूरी है। वोदका ठेठ रूसी होना ज़रूरी है। जिन अंग्रेजी, शैरी स्पेनी, लिकर अंग्रेजी या फ्रैंच। मीनू तैयार करने में भी खास ध्यान रखा जाता था, और कब किस वक्त और कैसे परोसा जाए, इस बारे में बाहर के खान-पान विशेषज्ञों की मदद भी ली जाती थी। चीनी मिट्टी के बर्तनों पर 'स्पोड' या 'रायल डाल्टन' जैसे पुराने और मशहूर नामों से जुड़ा रहना स्टाइल था। छुरी-काँटों का 'स्टर्लिंग सिल्वर' में और 'कट-ग्लास' लालीक ब्राण्ड वाले होने लाज़िमी हैं। वेटरों का यूनीफार्म में होना, और सफेद रंग के ग्लोव्ज पहनना ज़रूरी है। सोनू को इन पार्टियों में शरीक़ होना बहुत अच्छा लगता था, और वह दूसरी मेमसाहबों की तरह चटर-पटर करना, उन राजदूतों से मिलने की बातचीत करना जिनसे वह हाल में मिली थी, या नौकरों के साथ होने वाली मुसीबतों के बारे में बातचीत करना बहुत अच्छा लगता था।

सरोजिनी के जाने के पन्द्रह दिन बाद, उसने दो दम्पतियों को डिनर पर बुलाया था। उन्हें मालूम था कि मोहन अपनी पत्नी से अलग हो चुका है। तो, इस सम्बन्ध में किसी किस्म के तनाव की गुंजाइश नहीं थी। जैसे ही वह आए, मोहन ने पुरुषों से हाथ मिलाया, और उनकी बीबियों के दोनों गालों के चुम्बन लिए। बीबियों को चूमना शिष्टाचार और फैशन के अनुरूप माना जाता है। जब पति देख रहे हों, तो गालों पर, और न देख रहे हों, तो ओठों पर। जस (जसपाल) ने मोहन ने पूछा, "कैसी लग रही है अकेलेपन की जिन्दगी, यार ?"

मोहन ने, जो इन दोनों और दूसरे दोस्तों के लिए 'मो' था, कहा—"कोई शिकवा नहीं, यार ! अब जिन्दगी में बहुत शान्ति है। न कोई तंग करने वाला, न कोई झगड़ा करने वाला। कुछ भी हो, टूटी हुई शादी के अपने फ़ायदे हैं, अपने मज़े हैं।"

"खासतौर पर तब कोई आपके अकेलेपन को दूर करने वाला सहचर मिल जाए।" जस की बीबी सत्ती (सतनाम) ने शरारत भरी आँखें मटकाते हुए कहा।

"तो, तुम भी अफ़वाहें सुनती रहती हो !" मोहन ने कहा।

"दिल्ली छोटा शहर है। यहाँ अफ़वाहें फैलते देर नहीं लगती," मलिक ने (जिसे उसके दोस्त किसी मुँहबोले नाम से नहीं पुकारते थे) कहा, "आमतौर पर, जिनके

बारे में अफ़वाहें उड़ती हैं, उन्हें अमूमन, उनके बारे में सबसे बाद में सुनने को मिलता है।''

''एकदम सच्ची बात है।'' सबने मलिक की बात की ताईद की। बाद में वे दूसरे दोस्तों के लफड़ों की, और अपने काम-धन्धे की बात करने लगे। गन्दे मज़ाक और विद्वेषपूर्ण गप, झूठी निन्दाएँ। पीना और खाना एक साथ चल रहा था। कॉफी और शराब, सिगरेट और चिरुट। बेयरे ने सब प्लेट और गिलास हटा लिए थे। तभी, अचानक सबने धन्नो को देखा, जो डिनर पार्टी के झूठे को ले जाने के लिए एक तरफ़ कर रही थी। सत्ती ने पूछा, ''और यह लेडी कौन है, जो इतनी रात गए आपके पास आई है ?''

''ओह, ये,'' मोहन ने फीके स्वर में कहा। ''ये जमादारनी है। यह इस झूठन को अपने मरद और बच्चों के लिए ले जा रही है। इसका क्वाटर घर के पीछे है।''

जस ने कहा, ''बुरे काम के लिए बुरी नहीं है।''

''यार, यह तो हद हो गई,'' मोहन ने भड़कते हुए कहा ''वह भंगन है और मैं सैक्स का इतना दीवाना नहीं हूँ कि हर एक को बस, बुरी मंशा से ही देखूँ। कहीं तो बस करो।''

आधी रात बीत चुकी थी, जब मेहमान जाने के लिए तैयार हुए तो उन्होंने अँगड़ाई लेते हुए, अपनी बाँहों को फैलाया। 'मो' उनसे विदा लेने के लिए दरवाजे तक आया। पार्टी सफल रही थी।

2.
मोहन कुमार की यादें

मैं, मोहन कुमार

मैं हूँ मोहन कुमार, वही मोहन कुमार, जिसके बारे में आप अभी तक पढ़ते आ रहे थे। मेरे जिस दोस्त खुशवंत सिंह ने मेरे जीवन के बारे में एक उपन्यास लिखने की पेशकश की थी, मुझे अच्छी तरह जानते हैं, मगर बहुत ज्यादा अच्छी तरह नहीं जानते। मैंने उन्हें इस बारे में राज़ी कर लिया कि वह मुझे भी अपने बारे में कुछ कहने दें। मैंने कभी यह सोचा भी नहीं था कि मुझे अपने जीवन में घटी घटनाओं को कागज पर उतारने का प्रयास करना पड़ेगा। लेकिन, अब जब कि मैं बीमार हूँ, और अचानक अकेला भी, मैं कुछ सुकून हासिल करना चाहता हूँ, अपनी यादों से, उन सब औरतों के बारे में सोच कर, जिन्हें मैं जानता हूँ।

मैं अपने माता-पिता की अकेली सन्तान हूँ। मेरी माँ मुझे जन्म देने के बाद ही चल बसी थीं। मैंने कभी उस प्यार को अनुभव नहीं किया, जो बेटे को माँ से मिलता है। हाँ, यह सुना ज़रूर है कि यह प्यार एक अलग और खास किस्म का प्यार होता है। खास तौर पर, ऐसी हालत में जब बेटा उसकी सबसे पहली सन्तान हो। शायद मेरे पिता ने मुझे दूध पिलाने के लिए आगरा से एक धाय बुलाई जिसने मुझे छह महीने तक अपना दूध पिलाया। दो साल तक मेरी मृत माँ की अविवाहित बहन ने मेरी देखभाल की। दो साल के बाद उनका विवाह हो गया और मेरी देखभाल का जिम्मा मेरे पिता के कन्धों पर आ गया।

मेरे पिता नार्थन रेलवे के कार्यालय में सुपरिण्टेण्डेण्ट थे। हम नई दिल्ली स्टेशन बहुत पास स्थित क्लर्कों के क्वार्टस में रहते थे। एक जवान नौकरानी हमारे लिए खाना बनाती थी, और हमारे क्वार्टर की सफाई भी करती थी। दिन भर, जब मेरे पिता घर से बाहर रहते, वह मुझ पर, जब में पड़ोस के बच्चों के साथ खेलता था, निगाह भी रखती थी। कभी-कभी, जब घर में सिर्फ हम दोनों ही होते थे, और मैं उसे बहुत तंग करने लगता था, तब वह अपनी कमीज ऊपर कर, मुझे अपनी छाती चूसने देती थी। उस वक्त मैं काफ़ी छोटा था, लेकिन मेरी याददाश्त काफ़ी तेज है। मुझे अच्छी तरह याद है कि उसकी छातियाँ मुलायम, दृढ और काफ़ी बड़ी थीं गर्मी

के मौसम में पसीने की वजह से वे झिलमिलाने लगती थीं। और उनका स्वाद नमकीन हो जाता था।

जब मैं पाँच साल का था, मेरे पिता ने मेरा दाखिला एक सरकारी प्राइमरी स्कूल में करवा दिया। मेरे अध्यापकों को जल्दी ही यह पता चल गया कि यूँ तो मैं सब विषयों में अच्छा था, लेकिन गणित में मुझे हमेशा पूरे नम्बर मिलते थे। हाई स्कूल में भी गणित, बीजगणित और ज्यामिति में पूरे नम्बरों से पास हुआ था। इस वजह से मैं हमेशा अपनी क्लास में अव्वल आता था। मेरे पिता ने स्कूल का एक विषय संस्कृत लेने को भी कहा था। मैं संस्कृत के पाठों और उसके हिन्दी अनुवादों को रट लेता था, और इस वजह से, अपनी उम्दा याददाश्त की वजह से संस्कृत में भी मुझे पूरे नम्बर मिल जाते थे। हाई स्कूल में सबसे ज्यादा नम्बरों की बदौलत मुझे डी. ए. वी. कालेज के लिए राज्य की ओर से वजीफ़ा प्राप्त हुआ।

कॉलेज में मेरे साथ कुछ उल्लेखनीय नहीं घटा, सिवाय इस बात के कि शैक्षिक क्षेत्र में मैं अच्छा प्रदर्शन करता रहा। जब मैं कॉलेज में दाखिल हुआ था, तब मेरी आयु सिर्फ सोलह साल थी। मगर मेरी ऊँचाई करीब छह फुट थी, और मैं अपने पिता से अधिक ऊँचा दिखाई देता था। संभवतः यह देन मुझे अपनी माँ के जीनों के कारण मिली थी। लेकिन खेलकूद में मेरी रुचि ज्यादा नहीं थी। मेरे एकमात्र व्यायाम थे—सूर्य नमस्कार, और शीर्षासन सहित कुछ योगासन, जो मैं रोज सुबह और शाम को करता था। उनकी वजह से मैं बलवान तो नहीं हुआ, मगर चंगा जरूर रहा। हालाँकि मेरे पिता आर्यसमाजी थे, और मैं खुद आर्यसमाज कॉलेज में पढ़ता था, तथापि मैं धार्मिक नहीं था। कभी-कभी गायत्री मन्त्र का पाठ करने के अलावा, मैं न तो कोई प्रार्थना करता था, न कालेज के मन्दिर में कभी जाता था।

डिग्री परीक्षाओं में मैं विश्वविद्यालय में पहले नम्बर पर आया। मेरे कॉलेज के प्रिन्सिपल ने मुझे सुझाव दिया कि मैं किसी अमरीकी विश्वविद्यालय में छात्रवृत्ति के लिए आवेदन करूँ। उसने अमरीकी दूतावास से फार्म प्राप्त किए, और उन्हें भरने में मेरी मदद की। मुझे छह विश्वविद्यालयों से प्रस्ताव प्राप्त हुए। मेरे प्रिन्सिपल ने मुझे सलाह दी कि प्रिन्सटन विश्वविद्यालय का चुनाव करूँ। आइन्सटाइन इसी विश्वविद्यालय में गणित पढ़ाते थे, और बाद में वहीं रहने लगे थे। दूतावास के एक वरिष्ठ सदस्य ने, जिसने इस विश्वविद्यालय में ही शिक्षा प्राप्त की थी, इस विश्वविद्यालय के कुछ ऐसे प्रोफेसरों के जिन्हें वह जानता था, परिचय-पत्र दिए, और कैम्पस के चित्र भी दिखाए।

सितम्बर, 1970 के अन्त में मैंने एयर-इण्डिया दिल्ली से न्यूयार्क के लिए उड़ान भरी। पालम हवाई अड्डे पर मुझे विदा देने के लिए सिर्फ मेरे पिता ही मौजूद थे। मुझे आज भी वह सलाह याद है, जो उन्होंने उस समय दी थी। उन्होंने कहा था, “पुत्तर ! अमरीका में जो मन चाहे करना मगर दो काम मत करना। एक तो किसी

गोरी औरत से शादी मत करना, और कभी 'बड़ा माँस' (गोमाँस) मत खाना। मुझे इस सलाह से बड़ी परेशानी महसूस हुई, कारण, उस समय तक शादी का खयाल कभी नहीं आया था, और गोमाँस खाने वालों के प्रति मेरे मन में शुरू से ही घृणा थी।

जैसिका ब्राउन

न्यूयार्क से प्रिन्सटन तक का बस का सफ़र एक घण्टे का था। जहाँ भारतीय विश्वविद्यालयों में पुराने विद्यार्थी नए विद्यार्थियों के साथ बदतमीजी से पेश आते हैं, मेरा, वहाँ पहुँचते ही गर्मजोशी से स्वागत हुआ। एक वरिष्ठ विद्यार्थी को कैम्पस के बारे में सब जानकारी मुहय्या कराने को कहा गया था। वह मुझे बस स्टॉप पर ही मिल गया था। उसने मेरे हाथ से मेरा सूटकेस लिया, और होस्टल में मेरा कमरा दिखाया। उसने वे जगहें भी दिखाईं, जहाँ मुझे पेशाब करने और हाथ धोने के लिए और शॉवर-स्नान करने के लिए जाना पड़ेगा। उसने अल्पाहार-गृह भी दिखाया। इसके बाद, उसने मुझे अपने कमरे में लाकर छोड़ दिया, यह बताते हुए कि यदि मुझे किसी मदद की ज़रूरत हो, तो वह मुझे कहाँ मिलेगा।

अपना सूटकेस खोलने से पहले, मैंने गायत्री-मन्त्र का पाठ किया। बाद में शावर लेने के बाद, अपने कपड़े बदले। जिस विद्यार्थी ने मुझे कैम्पस घुमाया था, वह आकर मुझे अल्पाहार-गृह ले गया। वहाँ लड़कों, लड़कियों और शिक्षकों की लम्बी लाइन थी। सब अपने नम्बर का इन्तज़ार कर रहे थे। मेरे गाइड ने कई ऐसे प्रतिष्ठित प्रोफेसरों की ओर इशारा किया, जो लाइन में खड़े थे, उनमें से दो नोबेल-पुरस्कार विजेता थे। वे हमारे पीछे खड़े थे। मुझे मालूम नहीं था कि किस प्रकार का खाना मुझे मिलने वाला था, लेकिन मैं यह जानता था कि अमरीकी गो-माँस खाते हैं, और मैं दूसरे माँसों के बीच गो-माँस की पहचान नहीं कर सकता था, इसलिए मैंने सिर्फ शाकाहरी खाद्य-पदार्थ ही चुने। मैंने चुना—मैश किए आलू-गाजर और सेम की फलियाँ। सभी स्वादहीन थे।

जो मेज मुझे मिली थी, उसके आसपास और भी विद्यार्थी थे। उन्होंने अपना परिचय दिया, और मेरा परिचय प्राप्त किया। चूँकि उन्हें मेरा नाम मोहन कुमार बड़ा लगा, इसलिए उन्होंने मुझे 'मो' कहना शुरू किया। चूँकि मुझे पूरा वजीफा मिला था, इसलिए उन्होंने मान लिया कि मैं बहुत बुद्धिमान हूँ। डिनर के बाद हम नए विद्यार्थियों की एक टोली को, जिसमें लड़कियाँ भी थीं, सारे कैम्पस में घुमाया गया।

कितनी सुन्दर इमारतें थीं। उनमें से कुछ कैम्ब्रिज और आक्सफोर्ड कॉलेजों के, जिनके फोटो मैंने देखे थे, जितनी पुरानी लगती थीं। वे स्टील और प्लेट ग्लास की बनी लगती थीं। कैम्पस, टेनिस कोर्ट, बेसबाल स्टेडियम और फुटबाल के मैदान भी थे, और चारों ओर शाहबलूत, और बीच के ऊँचे-ऊँचे वृक्ष दिखाई दे रहे थे। मैपल वृक्ष की पत्तियाँ ताँबई रंग की होती जा रही थीं। मुझे लगने लगा कि यह जगह मेरी प्रिय जगह होगी।

मैंने पाया कि अमरीकियों का साथ बड़ा सहज और सुखद है। वे खुले मन के, साफ-साफ बोलने वाले और आगे बढ़कर आपसे दोस्ती करने वाले होते हैं। उनमें छल-कपट नहीं होता, और जब कभी वे झूठ बोलते भी हैं, तो इस तरह बोलते हैं कि सुनने वाले की भावनाओं को कोई ठेस न पहुँचे। बड़ी जल्दी मुझे मालूम हो गया कि जिन राष्ट्रों के बारे में मुझे जानकारी है, उनमें सबसे अधिक मौलिकता और कल्पनाशीलता अमरीका में है, किसी अन्य राष्ट्र में नहीं। प्रिन्सटन में मैंने एक छह-मन्जिला इमारत देखी, जिसका डिजाइन एक जापानी वास्तुविद का था। जब उन्हें पता चला कि वह सड़क के काफी निकट स्थित है, तो उन्होंने समूची इमारत के ढाँचे को उठाया और उसे एक नई जगह रख दिया, इस सफ़ाई के साथ कि सारा फर्नीचर और फिटिंग्स वैसे के वैसे ही रहें। छात्रों के एक होस्टल के पास काफ़ी जगह खाली पड़ी थी। उन्होंने सोचा कि अगर इस खाली जगह पर एक वन हो, तो कैसा रहे ! इसमें कौन सी समस्या है ? उन्होंने वहाँ गहरी खुदाई शुरू की और गड्ढे ही गड्ढे खोदकर, अर्द्ध-विकसित देवदारु और चीड़ के वृक्ष वहाँ रोप दिए। और एक महीने के अन्दर हो गया तैयार वन उस खाली स्थान पर। एक और महीना बीत जाने के बाद वहाँ पक्षी घौंसले बनाकर रहने लगे। क्या कोई और ऐसा देश है, जो ऐसे कमाल करके दिखा सके !

प्रिन्सटन विश्वविद्यालय में काफ़ी विषय उपलब्ध थे। चूँकि मेरे मुख्य विषय कम्प्यूटर और व्यापार-प्रबन्धन थे, इसलिए मेरे पास अनेक विकल्प खुले थे। मैंने अतिरिक्त विषयों के रूप में 'अन्तरराष्ट्रीय कारोबार' और 'तुलनात्मक दृष्टि से धर्म' लिये। इन विषयों की पढ़ाई के लिए मुझे सप्ताह में एक बार इन विषयों की कक्षाओं में जाना पड़ता था। शेष समय में मैं अपना पूरा ध्यान अपने मुख्य विषयों पर केन्द्रित कर सकता था।

विश्वविद्यालय में प्रवेश लेने के कुछ महीनों के अन्दर मेरे कई अच्छे मित्र बन गए थे। जैसा कि मैं बता चुका हूँ, खेलों में मेरी अधिक रुचि नहीं थी लेकिन मेरे अमरीकी मित्र मुझे सुधारने के लिए कटिबद्ध थे। उन्होंने मुझे खेलों में भाग लेने के लिए राज़ी कर लिया। अन्ततः मैंने टेनिस का अभ्यास करना आरम्भ कर दिया। पहले ही गेम में जो कुछ हुआ, उसने मेरे जीवन की दिशा को एक बिल्कुल नया मोड़ प्रदान कर दिया।

टेनिस कोर्ट पर लम्बा अभ्यास करने के बाद, मैं दूसरे लड़कों के साथ शॉवर लेने लगा। मैं यह देखकर दंग रह गया कि वे साबुन मलते हुए और बिल्कुल नंग-धड़ंग होकर अपने गुप्तांगों के आकार के बारे में आपस में गन्दी-गन्दी अश्लील बातें कर रहे थे। मैं इससे पहले कभी किसी के सामने नंगा नहीं हुआ था। बड़ी हिचकिचाहट के साथ मैंने चड्ढी निकाली और कमर को टॉवल से बाँधकर शॉवर के नीचे खड़ा हो गया।

''हे, हो ! टॉवल के पीछे क्या छिपा रहे हो तुम ?'' एक लड़के ने चिल्लाते हुए कहा। ''या वहाँ कुछ भी नहीं है तुम्हारे पास कुछ दिखाने के लिए ?'' मैंने डरते-डरते, अपने को उल्टा मोड़ा, ताकि पानी की बूँदें मेरी इज्जत की रक्षा कर सकें।

''बाप रे,'' दूसरा लड़का चिल्लाया। ''इसे देखो ! असली हिन्दू लिंगम।''

अचानक मैं उन सब लोगों के आकर्षण का केन्द्र बन गया। इसमें कोई सन्देह नहीं था कि मेरा गुप्तांग उन सब लड़कों से अधिक बड़ा और मोटा था, किसी भी गोरे या काले लड़के के गुप्तांग की अपेक्षा।

एक तीसरा लड़का चिल्लाया, ''इसको टेप से नाप कर गिनीज बुक ऑफ रेकार्डस को भेजना चाहिए। दुनिया का सबसे बड़ा अजूबा होगा यह।''

मेरे गुप्तांग के आकार की बात अभी तक कैम्पस के लड़कों को ही मालूम थी, लेकिन जल्दी ही यह बात उनकी गर्ल-फ्रैंड्स को भी मालूम हो गई। इस किस्म की शौहरत की न मुझे अपेक्षा थी, न आवश्यकता। लड़कियाँ यह जानने के लिए उत्सुक थीं कि जो कुछ उनके 'बॉय फ्रैंड्स' ने उसके बारे में कहा है, वह सच है या नहीं ?

इस समय तक मैंने लड़कियों के साथ घूमना-फिरना शुरू कर दिया था। यह आम चलन था, कॉलेज की रीत थी मगर गोरी लड़कियों के साथ 'डेटिंग' करते हुए, और उनके साथ घूमते-फिरते हुए मुझे अपने रंग का बोध होने लगता था। तभी, सौभाग्यवश मेरा परिचय जैसिका ब्राउन से हुआ, जो विश्वविद्यालय के दूसरे वर्ष की छात्रा थी, मुझसे एक साल आगे थी, और टेनिस की विश्वविद्यालय की श्रेष्ठतम खिलाड़ी थी। एक शाम, जब मैं अपना गेम पूरा कर चुका था, मैंने उसे कोच के साथ, पास के कोर्ट में, प्रैक्टिस करते देखा। क्या शानदार शरीर-गठन था उसका ! लम्बा बदन, छरहरा और रंग चाकलेटी। विशाल वक्ष, सँकरे कूल्हे, बाहर निकलते नितम्ब, और लम्बे पुष्टकाय पाँव। वह चीते की तरह कोर्ट में दौड़ती थी। मैं मुँह बाये, मन्त्रमुग्ध- सा उसे देखे जा रहा था। जब उसने कोच के साथ खेलना समाप्त किया, तब वह मेरी ओर मुखातिब हुई। पूछने लगी ''मेरे साथ खेलना है ?''

''मैं निपट अनाड़ी हूँ। कुछ दिन पहले से ही खेलना शुरू किया है।''

''कोई बात नहीं,'' उसने मेरा हाथ अपने हाथ में लेकर, मुझे खींचते हुए कहा, ''मैं तुम्हें सिखाऊँगी।''

उसके साथ खेलते हुए, मुझे लग रहा था कि मैं उसके हाथों बेवकूफ़ बन रहा हूँ। वह कोर्ट के ठीक बीचोंबीच खड़े होकर, हल्के से बॉल को कभी इधर, कभी उधर मारती थी, जिसकी वजह से मुझे अनाड़ी खरगोश की तरफ भागना पड़ता था और, इतना भागना पड़ता था कि मैं भागते-भागते थक गया, और हाँफने लगा। "तुम मेरे साथ कई शामों तक इसी तरह खेलोगे, तो तुम्हें खेलना आ जाएगा। बहुत जल्दी आ जाएगा। बड़ी आसानी से आ जाएगा। बड़ा आसान है यह खेल," उसने मुझे आश्वस्त करते हुए कहा।

अपना परिचय देकर, और मेरा परिचय लेकर, उसने मुझसे वायदा किया कि वह शाम कोर्ट पर मुझसे मिला करेगी। अब मैं हर शाम के उन दस मिनटों की आकुलता से प्रतीक्षा करने लगा, जिनमें वह मुझे 'कोच' करती थी। हम दोस्त बन गए। मैं जैसिका को नियमित रूप से 'डेट' करने लगा। हर रोज़, टेनिस कोर्ट पर कोचिंग के, और रात के खाने के बाद, हम दोनों घूमने के लिए निकल जाते। साथ-साथ फिल्म देखते हुए, हम एक-दूसरे का हाथ लिए होते थे। गुड नाइट करने के पूर्व, शुरू में हम एक-दूसरे के गालों को थोड़ा-थोड़ा चूमते, बाद में हमने एक- दूसरे के होंठ चूमने शुरू किए, और अन्त में एक-दूसरे के साथ मुख-चुम्बन तक आ गए। ऐसा करते समय, वह अपने ओठ मेरे मुँह पर फिराती। लेकिन, जब उसने पाया कि उसकी इस पहल के बावजूद मुझमें और आगे जाने की हिम्मत नहीं है, तो उसने स्वयं एक और पहल की। उसने मुझे अपने कमरे में 'ड्रिन्क' के लिए आमन्त्रित किया। उस समय तक मेरे अन्दर, बीयर के एक-दो गिलास लेने की हिम्मत आ गई थी। मैं उसके कमरे में गया। उसने पूरी उत्कण्ठा के साथ, एक 'फ्रेंच किस' के साथ मेरा स्वागत किया। मैंने भी साहस करके कहा, "जैसिका, तुम्हारा शरीर-गठन कितना आकर्षक और लुभावना है। मैंने इतना आकर्षक शरीर-गठन पहले कभी नहीं देखा।"

"मेरा असली शरीर-गठन देखना चाहोगे ?" उसने पूछा, और बिना मेरे उत्तर के उसने अपनी ब्लाउज और स्कर्ट उतार फेंके। मैंने इससे पूर्व, अपनी आँखों के सामने किसी नग्न स्त्री को नहीं देखा था। वह अफ्रीकी होते हुए भी सचमुच सुन्दर और मोहक थी। स्याह रोंएदार काले बाल, चमकदार, कामातुर आँखें और आगे बढ़े वक्ष, काले चूचुक ! कमर से नीचे के उसके शरीर को देखने में मुझे शर्म आ रही थी।

मेरी परेशानी को भाँपते हुए, उसने पूछा, "इससे पहले किसी नग्न स्त्री को नहीं देखा था क्या ?"

"कभी नहीं ! तुम पहली हो।"

"इन्हें उतार दो," उसने मुझे हुक्म देते हुए कहा, और अपने ऊपर-नीचे होते वक्षों के साथ मेरी ओर बढ़ने लगी। मैंने उसके हुक्म को मानते हुए, अपने सब

कपड़े उतार दिए और बिल्कुल नंगा हो गया।

उसने दबी हँसी हँसते हुए कहा, "बाप रे ! यह नायाब तोहफा तुम्हें किसने दिया ? मुझे मालूम था कि काले पुरुषों के पास गोरे पुरुषों से अधिक लम्बे गुप्तांग होते हैं, लेकिन तुमने तो इस मामले में कालों को भी बहुत पीछे छोड़ दिया। क्या हर हिन्दू इस मामले में तुम्हारे जितना खुशकिस्मत होता है ?"

"मैं नहीं जानता," मैंने जवाब दिया। लड़कों को लड़कियों के कमरे में रात के नौ बजे तक ही रहने की इजाज़त थी। अगर कोई लड़का इस समय के बाद भी किसी लड़की के कमरे में पाया जाए तो दोनों को गम्भीर दण्ड मिलता था। लेकिन, हम दोनों को न गम्भीर परिणामों की चिन्ता थी, न दण्ड की। हम दोनों सारी रात एक-दूसरे की बाँहों में पड़े रहे। पूरी तरह नींद के आगोश में आने से पहले, हम दोनों ने चार बार संभोग किया। अगली सुबह जब मैं उसके कमरे से निकलकर अपने कमरे में आया, तो मेरे हाथों में ढेर सारी किताबें थीं, प्रश्नकर्ता को यह बताने के लिए कि मैं एक लड़की के कमरे में सारी रात क्या कर रहा था। और, इस प्रसंग के बारे में उपसंहार के रूप में यही कहना चाहूँगा कि इस प्रकार मुझ बीसवर्षीय मोहन कुमार का कौमार्य-भंग हुआ।

वे दिन, स्वर्ग-सुख की अनुभूति के दिन थे। यह परमानन्द मुझे जैसी ने प्रदान किया था, और जितना ही अधिक मुझे प्राप्त होता था, उससे भी और अधिक पाने की चिर-कामना मेरे मन में बनी ही रहती थी। और, मैं अच्छी तरह जानता हूँ, यही हाल जैसी का भी था। यह एक ऐसा अन्तहीन हनीमून था, जो बिना किसी विवाह के मनाया जा रहा था। क्लासों के खत्म हो जाने के बाद, हम दोनों खुले आम, एक-दूसरे के हाथ में हाथ डाले, एक साथ घूमते थे, दुनिया को यह बताते हुए कि हमारा रिश्ता अटूट है। स्थाई है। सप्ताहांतों में हम दोनों बस से न्यूयार्क जाते, और भारतीय रेस्तराओं में खाना खाते। लौटते समय, हम ट्रेन्टन में, जहाँ जैसिका के माता-पिता रहते थे, कुछ घण्टे उनके साथ बिताते। वे दोनों हाईस्कूल टीचर थे, जो जाति-द्वेष-उन्मूलन के आन्दोलन से जुड़े थे। जैसिका का पुरुष-मित्र काला होता तो उन्हें ज्यादा खुशी होती, लेकिन जब उन्हें मालूम पड़ा कि मेरा रंग भूरा है, और मैं सफेद रंग का नहीं हूँ, तो उन्होंने काफी राहत महसूस की।

जैसिका से मुझे अमरीका के बारे में बहुत कुछ जानने को मिला। घूमते समय या शहर के बाहर के स्थलों की सैर करते समय, उसे यह जानकारी मुझे देने का समय मिलता। उसने मुझे कॉटेज भी दिखाई, जिसमें आइन्सटाइन रहा करते थे। उसने मुझे अमरीकी वृक्षों और पक्षियों के नाम बताए। गिलहरियों और कठफोड़वों की किस्मों के बारे में बताया। जब हम दोनों एक बार में बीयर पी रहे थे, उसने मुझे मार्टिन लूथर किंग, मॉलकम एक्स, काले मुस्लिमों और 'क्लू क्लक्स क्लान' नामक संस्था के बारे में जानकारी दी। जब कभी जाति-विद्वेष की बात आती, तो

वह बहुत उत्तेजित हो जाती थी, और उन तिरस्कारों और यातनाओं के बारे में बताती जो काले लोगों को सहन करने पड़ते हैं। अपने जीवन की एक घटना का उदाहरण उसने इस प्रसंग में दिया। एक बार वह श्वेत अमरीकी लड़के के साथ थी। तभी कुछ श्वेत अमरीकी गुण्डों ने दोनों को एक साथ देखकर लड़के को 'निगर-लवर' (नीग्रो प्रेमी) कह कर उसे मारना शुरू कर दिया। कोई भी गोरा उसकी मदद के लिए नहीं आया। मैंने उसका हाथ थपथपाते हुए उससे कहा, "तुम्हारे हित में सबसे अच्छी बात यही होगी कि तुम अपने साथी के रूप में किसी ऐसे लड़के को चुनो, जो न गोरा हो, न काला।" मगर वह उस वक्त दुनिया से इतनी ज्यादा नाराज थी कि उसने उसके सुझाव की प्रतिक्रिया के रूप में कुछ नहीं कहा।

इस प्रकार बीती मेरी शरद ऋतु अमरीका में। जैसिका और मैं, बर्फ के पिघल जाने के बाद उन रास्तों की सैर करते, जो शरद ऋतु में हिम से आच्छादित था। हमें इस सैर के दौरान, पेड़ों की खाली हो गई शाखाओं पर नन्हीं-नन्हीं हरी पत्तियाँ दिखाई देतीं। हम लाल और भूरे रंग की गिलहरियों को मूँगफलियाँ खिलाते और, कैम्पस लान में हिमपुष्प और गुलचाँदनी और डैफोडिल खिलते देखते।

मेरा खयाल था कि जैसिका के साथ मेरी दोस्ती तब तक कायम रहेगी, जब तक मैं अमरीका में हूँ। मगर, सोच तो यह है कि वह बसन्त ऋतु के आगे उस समय तक ही चल पाई जब चैरी और मग्नोलिया वृक्षों पर फूल आने शुरू हुए थे। अचानक इस रिश्ते में उसकी ओर से खटास आनी शुरू हो गई। वह छोटी-छोटी बातों पर नाराज होने लगी। एक बार जब मैंने उसे नए विद्यार्थियों के साथ अपने मैच, जिसके लिए मैंने उसके और अपने टिकट खरीदे थे, आमन्त्रित किया, तो उसने साफ़ इन्कार कर दिया। जब मैंने उसे बताया कि उसके मना करने से मुझे बड़ी तकलीफ हुई है, तो उसने तमक कर कहा, "तुम पूर्व के लोग अपनी स्त्रियों को हमेशा दासी बनाकर रखना चाहते हो। मैं न तुम्हारी जागीर हूँ, न तुम्हारी बीबी।"

हम एक-दूसरे से दूर होने लगे। कुछ दिनों के बाद हमने 'डेटिंग' भी बन्द कर दी। उसके बाद मैंने उसे एक-दूसरे लड़के के साथ, हाथ में हाथ लिए, एक साथ घूमते देखा। मुझे ऐसा लगा, जैसे किसी ने मेरे दिल में छुरा भौंक दिया हो। अमरीकी ईर्ष्या को मध्यकाल की देन मानकर उसकी अवहेलना करते हैं। अगर किसी एक के साथ सम्बन्ध समाप्त हो गए हैं, तो किसी दूसरे से स्थापित कर लो। और दूसरे के साथ भी सम्बन्ध भंग हो जाएँ तो तीसरे से। प्रिन्सटन में लड़कियों की कमी नहीं है। लम्बी सुन्दर, गोरे रंग और सुनहरे बालों वाली, विशाल वक्षों वाली लड़कियाँ, जिन्हें देखकर आपको लगेगा कि वे अभी अपने स्वेटरों को फाड़कर बाहर निकल आएँगी। या, नाटी यहूदी लड़कियाँ, घुँघराले, काले बालों वाली, जिन्हें देखते ही पता चल जाता है कि वे पूर्व की हैं। या, यूरोप की लड़कियाँ या, मैक्सिको या लेटिन अमरीका की लड़कियाँ। इनमें से कई ऐसी थीं, जो मेरे साथ 'डेट' की उत्सुक

थीं। तो, मैंने जैसिका के बदलते रुख को देखकर उसे 'डेट' की अपनी सूची से निकाल दिया और, ऊधम मचाने को तैयार हो गया, उन सब लड़कियों के खेमे में, जो अपने विश्वविद्यालय में पढ़ती थीं। आने वाली वसन्त ऋतु और ग्रीष्म ऋतु में मैंने कितनी लड़कियों को हमबिस्तर किया, इसकी गिनती करना मुश्किल है। अब तो मैं उनके नाम भी भूल गया हूँ। सिर्फ़ एक ही अनुभव की याद रह गई है, क्योंकि वह वाक़ई विलक्षण अनुभव था।

यास्मीन

यास्मीन से मेरी मुलाक़ात तुलनात्मक धर्मों की क्लास में हुई थी। धर्म और दर्शन से !जुड़े इस विभाग में धर्मों का तुलनात्मक अध्ययन किया जाता था।

मुझे धर्म पर दिए जाने वाले अपने प्रोफेसर ऐश्बी के लैक्चर बहुत भाते थे। उनकी क्लास में विभिन्न विद्या-विशेषों जैसे चिकित्सा, साहित्य, इंजीनियरिंग, आदि के विद्यार्थी आते थे। प्रोफेसर ऐश्बी के तीस के करीब शिष्यों में जो नियमित रूप से आते थे, उनमें से दो ईसाई नन थीं, और तीस से अधिक आयु की एक महिला, जो हमेशा सलवार-कमीज में आती थी। वह काफ़ी गहने पहन कर, और भारी मेकअप करके आती थी। चूँकि वह माथे पर बिन्दी नहीं लगाती थी, इसलिए मैंने अनुमान लगाया कि वह अवश्य मुस्लिम होगी। मैं क्लास में सबसे पीछे बैठता था। हर लैक्चर के बाद बहस-मुबाहसा भी होता था और उसमें विद्यार्थी भी भाग लेते थे। सबसे आगे की पंक्ति में बैठने वाली मुस्लिम महिला सबसे ज्यादा उत्साह से वादविवाद में भाग लेती थी। मैं इस वादविवाद में कभी कोई भाग नहीं लेता था, क्योंकि मुझे किसी भी धर्म का अधिक ज्ञान नहीं था।

प्रोफेसर ऐश्बी हमें विश्व के सभी धर्मों के बारे में बताते थे, जैसे जरदुस्त धर्म, जैन धर्म, बौद्ध धर्म, हिन्दू धर्म, ईसाई धर्म, यहूदी धर्म। जब वे हिन्दू धर्म के बारे में लैक्चर देते, तब मैं ज्यादा ग़ौर से उन्हें सुनता। इसका कारण यह था कि हिन्दू होने पर भी, मुझे अपने धर्म के बारे में ज्यादा जानकारी नहीं थी, सिवाय गायत्री मन्त्र और हिंदू देवी-देवताओं के नामों के। प्रोफेसर ऐश्बी हिंदू धर्म पर तीन लैक्चर देने वाले थे। उन्होंने हमें चारों वेदों, उपनिषदों और भगवद्गीता के बारे में बताया। अन्य धर्मों के बारे में उन्होंने जो कुछ कहा था, उससे स्पष्ट था कि हिंदू धर्म कहता है कि तुम जिस किसी नाम से परमात्मा की पूजा करो, वह उसी एक परमेश्वर की ही पूजा होगी। हिंदुओं का अपना कोई अकेला धार्मिक ग्रन्थ—'जेंद अवेस्ता', 'कुरान', 'बाइबिल', 'तोराह' के समान—नहीं है। तुम किसी भी धर्म का कोई भी धार्मिक ग्रन्थ क्यों न पढ़ लो, सत्य की, परमेश्वर की खोज तभी शुरू होगी, जब तुम उसे

अपने अन्दर खोजना आरम्भ कर दोगे। और, जैसा कि प्रोफेसर ऐश्बी ने कहा, "गीता का निष्काम कर्म का सन्देश आध्यात्मिक दृष्टि से कितना स्फूर्तिदायी है। कर्म करते रहो, बिना किसी फल की आशा किए। गीता में भगवान ने यह वायदा किया है, अपने भक्तों से कि जब जब दुनिया में धर्म का नाश होने लगेगा, तब तब मैं नए-नए अवतारों के रूप में अधर्म का नाश करने के लिए पृथ्वी पर आता रहूँगा। हिन्दू धर्म किसी पैगम्बर या एक भगवान में विश्वास नहीं करता। कोई किसी भी देवी या देवता की पूजा, अपनी आस्था के अनुसार कर सकता है।" लैक्चर के अन्त में मैं अपने धर्म के प्रति इतना अधिक गर्वित हो गया कि अनायास चिल्ला उठा, "मैं हिन्दू हूँ, और मुझे हिन्दू होने का गर्व है !"

मगर, मेरे सारे वर्ग और उल्लास पर पानी फेर दिया, सबसे आगे बैठने वाली महिला ने। जैसे ही प्रोफेसर ऐश्बी ने अपना लैक्चर पूरा किया, वह उठकर कहने लगी, "प्रोफेसर साहब ! हिंदू दर्शन के बारे में आपने जो कुछ कहा, वह ठीक है। लेकिन, मैं यह जानना चाहती हूँ कि हिन्दू बन्दर को, हाथी को भी देवता क्यों मानते हैं, वृक्षों, साँपों और नदियों की पूजा क्यों करते हैं ? वे लिंगम तक की पूजा करते हैं। योनि की पूजा करते हैं।" डैस्क पर मुक्का मारते हुए, वह आगे कहने लगी, "उन्होंने अपने मन्दिरों की दीवारों पर अश्लील मुद्रा में खड़ी हुई स्त्रियों की मूर्तियाँ लगा रखी हैं। वे प्लेग, खसरा और चेचक जैसे रोगों की देवियाँ बनाकर उनकी पूजा करते हैं। उनका सबसे लोकप्रिय आराध्य-देव श्रीकृष्ण है, जो बचपन में चोर था, और चोरी करते हुए पकड़ा जाता था। वह स्नान कर रही युवतियों के वस्त्र चोरी कर लेता था, ताकि उन्हें नग्नावस्था में देख सके। उसकी एक हजार पत्नियाँ थीं, फिर भी वे जिसको सबसे अधिक प्रेम करते थे, वह थी उनकी चाची—राधा। हिन्दू धर्म दुनिया का अकेला धर्म है, जो अपने कुछ अनुयायियों को अछूत मानता है, क्योंकि वे उनकी सेवा करते हैं। हिन्दू धर्म में जीवित मानवों को 'भगवान' माना जाता है। मुझे बताया गया है कि अपने को भगवान मानने वाले ऐसे लोगों की तादाद करीब पाँच सौ है। हिन्दू लोग विश्वास करते हैं कि गंगा नदी में डुबकी लगाने से उनके सारे पाप धुल जाते हैं, और उन्हें आगे पाप करने की छूट मिल जाती है। और, उनकी इस मान्यता का क्या आधार है कि मृत्यु के बाद भी पुनर्जन्म होता है, और उस आदमी को अपने पूर्व-जन्मों के कर्मों का फल इस नए जीवन में भोगना पड़ता है। सम्भव है कि उसका अगला जन्म चूहे, बिल्ली, कुत्ते या साँप के रूप में हो। आज के हिन्दुओं की ऐसी ही मान्यताएँ हैं। वे वेदों, उपनिषदों और गीता के उपदेशों के अनुरूप जीवन नहीं जीते। क्या हमें हिन्दुओं के जीवन के इन पहलुओं पर, जिनके अनुरूप वे आज जीवन बिताते हैं, गौर नहीं करना चाहिए ?"

क्लास में एकदम सन्नाटा छा गया। इस महिला ने इतने बलपूर्वक अपने विचार व्यक्त किए थे कि संतुलित चर्चा के लिए कोई स्थान ही शेष नहीं रहा था।

प्रोफेसर ऐश्बी ने माहौल को दुबारा अकादमिक स्तर पर लाने का प्रयास करते हुए शांत स्वर में कहा, ''इस तरह की बात सभी धर्मों के बारे में कही जा सकती है।'' उन्होंने कहा, ''धर्म के संस्थापकों ने जो सीख दी, और उनके आधार पर जिन धार्मिक ग्रन्थों की रचना हुई उनमें और जिस रूप में उनके मतलब साधारण जन को समझाए जाते हैं, जिस ढंग से उनकी व्याख्या होती है और व्यावहारिक शक्ल क्या होती है, उनमें बहुत बड़ा अन्तर देखने को मिलता है। यहाँ हमारा सरोकार धर्मों के सिद्धान्तों से है, उनके व्यावहारिक रूपों से नहीं। मुस्लिम हिन्दुओं की मूर्तिपूजा की निंदा करते हैं, फिर भी करोड़ों मुसलमान काबा के पत्थर की पूजा करते हैं, और अपने संतों की मजारों की पूजा करते हैं।''

''मैं मुसलमानों के ऐसे व्यवहारों के तर्कसंगत कारण बता सकती हूँ,'' उस महिला ने कहा।

लेकिन, तभी क्लास खत्म हो गई। प्रोफेसर ऐश्बी ने जाते-जाते कहा, ''हम इस चर्चा को अगले सप्ताह जारी रखेंगे।''

मैं गुस्से से भरा हुआ था। जब लड़के तितर-बितर होने लगे, तब मैंने उस महिला के पास जाकर उससे पूछा, ''मैडम ! आप हिन्दुओं से इतनी घृणा क्यों करती हैं ?''

वह सकते में रह गई। बोली, ''मैं हिन्दुओं से घृणा नहीं करती। मैं किसी से घृणा नहीं करती,'' उसने विरोध व्यक्त करते हुए कहा और फिर मुझे इस तरह ऊपर से नीचे तक देखते हुए पूछा, ''क्या तुम भारत के हिन्दू हो ?'' हिन्दुओं की निन्दा करते हुए, शायद उसे यह खयाल नहीं आया होगा कि क्लास का एक छात्र हिन्दू भी हो सकता है, इसलिए उसका स्वर पश्चात्तापी भी था।

''हाँ, मैं हिन्दू ही हूँ,'' मैंने स्पष्टतम शब्दों में कहा, ''और मुझे अपने हिन्दू होने का गर्व भी है। और हिन्दू होते हुए भी मैं बन्दरों, हाथियों, साँपों, लिंगों और योनियों की पूजा नहीं करता। मैं अपने धर्म के मूल सिद्धान्त का वर्णन, एक शब्द में कर सकता हूँ, 'अहिंसा'–किसी मनुष्य या प्राणी का दिल न दुखाओ।''

वह क्षमा माँगने लगी। बोली, ''अगर मेरी बातों से आपकी भावनाओं को ठेस पहुँची है, तो मैं माफ़ी माँगती हूँ। सम्भव है, किसी दिन आप मुझे अपने धर्म की सही समझ दे सकेंगे, और मेरी ग़लतफ़हमियों को दूर कर सकेंगे, जो मेरे मन में भारत और हिन्दू धर्म के बारे में हैं।'' उसने दोस्ती के अन्दाज में अपना हाथ आगे बढ़ाया। मैंने, बिना कोई उत्साह दिखाए, उससे हाथ मिलाया।

उसने कहा, ''मेरा नाम यास्मीन वाँचू है। मैं वज़ीफें पर आज़ाद कश्मीर से आई हूँ।''

''मेरा नाम मोहन कुमार है। मैं दिल्ली से आया हूँ, और मैं 'व्यावसायिक प्रबंधन' और 'कम्प्यूटर साइंस' के प्रशिक्षण के लिए यहाँ हूँ।''

अधिकांश कश्मीरी महिलाओं की भाँति यास्मीन भी सफ़ेद नस्ल के लोगों की भाँति गोरी थी। उसके बाल अखरोटी रंग के थे, आँखें बड़ी-बड़ी और चिंकारा जैसी थीं। वह पहले कभी छरहरी रही होगी, मगर अब मोटापे की तरफ़ बढ़ रही थी, जिसका सबूत थी उसकी दोहरी ठोढ़ी, फूली, मोटी बाँहें और कमर का दोहरापन। पंजाबियों की भाषा में कहा जाए, तो वह 'गोरी-चिट्टी, गोल-मटोल' थी। उससे बात करते हुए, मैंने पहली मुस्लिम और पाकिस्तानी महिला से बात की। मैं उससे जानना चाहता था कि इस बात में कहाँ तक सच्चाई है कि पाकिस्तानी हिन्दुस्तानियों से नफ़रत करते हैं, और मुस्लिम हिन्दुओं से। मुझे उम्मीद थी कि यास्मीन वांचू मुझे सच बता सकेगी। उन दिनों 1972 चल रहा था, और एक साल पहले ही दोनों मुल्कों के बीच लड़ाई हुई थी। लेकिन, मैं खुद पाकिस्तानियों के खिलाफ नहीं था इसलिए उसकी विस्फोटक बातों से बड़ा अचरज हुआ था। मुझे किसी भी किस्म की नफ़रत से नफ़रत है।

अगली क्लास के दिन, उसने मेरे पास आकर कहा, "इतने कठोर और रूखे मत बनो। आओ, मेरे पास बैठो।" मैंने उसे मना करते हुए कहा, "मैडम ! मैं आखिरी पंक्ति में ही बैठता हूँ। मुझे आगे रहना पसन्द नहीं।"

"अगर ऐसा है, तो मैं भी आपके साथ आखिरी पंक्ति में बैठूँगी। और मुझे 'मैडम' कहकर मत बुलाना। 'मैडम' सुनकर मैं बूढ़ी महसूस करने लगती हूँ। मैं यास्मीन हूँ, और अगर आपको बुरा न लगे तो मैं तुम्हें 'मोहन' कहूँगी।"

उन दिनों मेरे पास कोई स्थायी 'डेट' नहीं थी इसलिए मैं यास्मीन को 'डेट' करने लगा। उसे 'डेट' करने के दौरान, मुझे उसके बारे में बहुत सी नई-नई बातों का पता चला। वह इतनी 'हमलावर' किस्म की महिला नहीं थी, जितना मैंने उसके बारे में सोचा था। इस जानकारी के बाद मैं उसकी शराफ़त का नाजायज़ फ़ायदा उठाने लगा, उसे इस्लाम-विरोधी और पाकिस्तान-विरोधी कह-कहकर। तब, उसने अपने बारे में और जानकारी देते हुए मुझे बताया कि, "मेरे माता-पिता श्रीनगर में, जो अब भारत के कब्जे में है, रहते थे। मेरे पुरखे ब्राह्मण पण्डित थे, मगर तब के हालात के मद्देनज़र उन्होनें मुस्लिम बनने में ही खैर समझी। इस्लाम दुनिया का सबसे अच्छा धर्म है। जब तक हिन्दुस्तानी फ़ौज ने श्रीनगर पर कब्जा नहीं किया, तब तक हम कश्मीर में ही रहे, लेकिन उसके बाद हम 'आज़ाद कश्मीर' की राजधानी मुज़फ्फराबाद आ गए। मेरी पैदायश भी वहीं हुई और पढ़ाई भी। जिस आदमी के साथ मेरी शादी हुई, वह भी पहले ब्राह्मण था, और हिन्दुस्तान के कब्ज़े वाले कश्मीर से रिफ्यूजी बनकर यहाँ आया था। हालाँकि हम मुस्लिम हैं, फिर भी निम्न जाति के लोगों के साथ विवाह नहीं करते। मेरे शौहर आज़ाद कश्मीर की सरकार में वज़ीर हैं। मैं भी एसेम्बली की मेम्बर हूँ, और सियासत में दिलचस्पी रखती हूँ। हमारे दो बच्चे हैं।"

मैंने उससे पूछा, ''अमरीका के मुक्त जीवन को देखकर क्या आपको नहीं लगता कि पाकिस्तान के लोगों की किस्मत में वैसी आज़ादी नहीं लिखी है।'' उसने मेरे सवाल का कोई सीधा जवाब नहीं दिया। मेरे बार-बार यही सवाल पूछने की वजह से वह थोड़ा चिढ़ गई और बोली ''मैं अपने ख़ानदान और वतन दोनों को प्यार करती हूँ। हम इस बार की जंग भले ही न जीत पाए हों, लेकिन एक दिन हम कश्मीर को हिन्दुस्तान के शिकंजे से आज़ाद कर लेंगे, और तब हम उस श्रीनगर को वापस लौट जाएँगे, जिसकी तस्वीरें हम अभी तक किताबों में ही देखते आए हैं।''

''और पाकिस्तान का झण्डा दिल्ली के लाल किले पर फहरा सकेंगे,'' मैंने ताना कसते हुए उससे कहा।

''इन्शाअल्लाह।'' उसने मुस्कराते हुए कहा।

''और हम क्या करेंगे, यह जानती हैं आप ? हम एक दिन तुम्हारे तथाकथित आज़ाद कश्मीर को पाकिस्तान के शिकंजों से आज़ाद करके, उसे दुबारा हिन्दुस्तान का हिस्सा बना लेंगे।''

''तुम बेवकूफ लोगों के बहिश्त में रह रहे हो,'' उसने उत्तेजित होते हुए कहा। ''एक बहादुर पाकिस्तानी फ़ौज़ी, तुम्हारे दस हिन्दुओं पर भारी पड़ता है।''

''वह तो पिछली जंग में साबित हो ही चुका है,'' मैंने मज़ाकिया लहज़े में कहा। ''पाकिस्तानी फ़ौज.ने महज़ दस दिन की लड़ाई के बाद ही हथियार डाल दिए थे, और साढ़े पिच्चावने हज़ार पाकिस्तानी बहादुरों ने अपना दब्बूपन दिखाते हुए काफिर हिन्दू और सिख फौजियों के सामने बिना लड़े हार मान ली थी। सारी दुनिया की तवारीख में पूरी फ़ौज़ के इस दब्बूपन के साथ हथियार डालने की कोई मिसाल नहीं मिलती।''

उसने जैसे घिघियाकर कहा, ''अब यह तो बड़ी बेरहमी है। तुम हिन्दुस्तानी लोग एक नम्बर धोखेबाज़ हो। तुमने उन बेचारे बंगालियों को गुमराह करके अपने मुस्लिम भाइयों के साथ गद्दारी करने के लिए उकसाया। और आज हाल यह है कि वे तुमसे नफ़रत करते हैं, और पाकिस्तान के साथ दुबारा दोस्ती करना चाहते हैं। अब अगली पाक-हिन्द जंग में तुम्हें यह सब देखने को मिल जाएगा।''

आपस की इन तीखी बहसों के बावजूद, यास्मीन और मैं अच्छे दोस्त बन गए। उसे मेरी 'डेट' कहना ठीक नहीं होगा, कारण वह मुझसे उम्र में करीब बीस साल बड़ी थी। उसने मुझसे दोस्ती इस वजह से की, क्योंकि उसकी उम्र की कोई स्त्री या पुरुष कैम्पस में नहीं था। हालाँकि मैं उम्र में उससे काफ़ी छोटा था, तो भी सिर्फ हम दोनों ही थे, जो हिन्दुस्तानी में बातचीत कर सकते थे। हम दोनों पड़ोसी

मुल्क के थे। हम दोनों एक साथ कॉफी पीते थे। एक दिन अचानक उसने मुझे बतौर भेंट, सोने का एक पैन दिया। मेरे पास उसे बदले में फौरन देने के लिए कुछ नहीं था, क्योंकि वज़ीफ़े से बची ज्यादातर रक़म और लाइब्रेरी या कैफ्टीरिया में काम करने से मिली रक़म का काफ़ी हिस्सा मैं अपने पिता को भेज देता था। वे रिटायर हो चुके थे, और अपनी पेंशन से किराए के एक मकान में रहते थे। तो भी, यास्मीन को कोई भेंट देने के उद्देश्य से मैंने दुकानों में जाना शुरू किया।

कई हफ़्ते बाद, प्रोफेसर ऐश्बी ने इस्लाम धर्म पर चर्चा की। उन्होंने हम सब को कुछ पुस्तकों की सूची दी, जो इस्लाम धर्म को जानने व समझने में सहायक होंगी। इस सूची में अरबी विद्वानों द्वारा रचित ऐतिहासिक ग्रन्थ, हज़रत मोहम्मद की जीवनियां, कुरान के अनुवाद और मुस्लिम फिरकों और उप-फिरकों के बारे में लिखे गए निबन्धों का उल्लेख था। मेंने उनमें से किसी भी पुस्तक को पढ़ने की ज़रूरत नहीं समझी। मैं उत्सुक था, लैक्चरों के बाद यास्मीन की टिप्पणियों को सुनने का। उसने मुझे बिलकुल निराश नहीं किया।

पहले दो लैक्चरों के दौरान, वह खामोश रही। इन लैक्चरों में प्रोफेसर एश्बी ने मुस्लिम-पूर्व अरब, हज़रत मोहम्मद की जीवनी, कुरान के इलहाम, मक्का से मदीना तक के पलायन, मक्का में उनकी विजयी वापसी, वे हदीस जिनका श्रेय उन्हें दिया जाता है, वह तेज़ी जिससे उनके सनदेश पड़ोस के देशों में फैले, शिया-सुन्नी भेद आदि विषयों पर प्रकाश डाला। जो बातें हमें बताई गईं, वे तथ्यों पर आधारित थीं, मगर बहुत प्रेरक नहीं थीं। जैसे ही उनके लैक्चर पूरे हुए, मेरे पास बैठी यास्मीन अपनी जगह से उठी, और बड़ा लम्बा-चौड़ा भाषण देना शुरू कर दिया। उसने कहा, "प्रोफेसर ऐश्बी ! आपने इस्लाम के बारे में जो कुछ कहा, तथ्यों की दृष्टि से वह बिलकुल सच है। मगर आपने हमें यह नहीं बताया कि इस्लाम आज दुनिया के सभी मुल्कों में सबसे अधिक सनसनीदार मज़हब क्यों है ? इसकी वजह यह है कि यह सबसे ज्यादा आदर्श और सही मज़हबी प्रणाली है। इस्लाम में हर इन्सान को यह बताया गया है कि वह किन नियमों का पालन करे या न करे। अल्लाह ने सिर्फ पैगम्बर मुहम्मद को ही (खुदा उनकी रूह को चैन दे) अपना सन्देश दिया था। मुहम्मद साहब इस दुनिया में आने वाले सबसे आदर्श इन्सान थे। उनका शानदार सन्देश सारी दुनिया में फैला, इसकी कोई वजह ज़रूर रही होगी। उनके इन्तकाल के बाद वह आग की तेज़ी के साथ, प्रशान्त समुद्र तट से अतलांतिक समुद्र तट तक फैलने के अलावा, एशिया और अफ्रीकी महाद्वीपों तक फैलता चला गया। आग को पूजने वाले, यहूदी, ईसाई, बौद्ध और हिन्दू कोई भी धर्म इस्लाम की प्रगति में बाधक नहीं बन पाया। अन्य धर्मों के सबसे ज्यादा लोग अपना धर्म छोड़कर मुसलमान ही क्यों बने ? ये चन्द ऐसे सवाल हैं, जिनके बारे में मैं कहूँगी कि यह क्लास चर्चा करे।"

जब वह अपना भाषण पूरा करने के बाद बैठी, तो उत्तेजनावश हाँफ रही थी।

सब छात्र खामोश रहे, मगर सौम्य स्वभाव का एक यहूदी छात्र, जो हमेशा अपने धर्म की खास टोपी पहनने का आदी था, यास्मीन की चुनौती का उत्तर देने के लिए खड़ा हुआ। ''इसके पहले कि मैं उनके प्रश्नों का उत्तर दूँ, शायद यह महिला मेरे कुछ सवालों का जवाब देने की कृपा करेंगी, ''वह पूछने लगा। ''क्या वे इस बात से इन्कार करेंगी कि इस्लाम ने बहुत सी धारणाएँ और विचार यहूदी धर्म से उधार लिए हैं। उनका स्वागत करने वाला शब्द 'सलाम वालेकुम' हिब्रू भाषा के 'शालोम एलेक' से लिया गया है। उनकी पाँच दैनिक नमाज़ों की प्रथा 'जुडैक' से ली गई है। हम प्रार्थना करने के लिए येरूशलम की ओर मुड़ते हैं, यह विचार भी उन्होंने हम से ही लिया है—फ़र्क इतना है कि वे मक्का की तरफ मुड़ते हैं। और यहूदियों की पुरानी प्रथा की नकल करते हुए वे भी अपने लड़कों की सुन्नत (ख़तना) करते हैं। यहूदी धारणा 'कोशर' से इस्लाम ने 'हराम' और 'हलाल' शब्द सीखे। हम यहूदी लोगों में सूअर का गोश्त खाना इसलिए मना है, क्योंकि वह गन्दा होता है। मुसलमान लोग भी ऐसा ही मानते हैं। हम जानवरों को खाने से पहले उसका खून निकालते हैं। हमारी नक़ल करके मुसलमान भी ऐसा ही करते हैं। वे उन सभी पैगम्बरों का आदर करते हैं जिनका आदर, यहूदी या ईसाई पहले से ही करते चले आ रहे हैं। इस्लाम के पास जो कुछ भी है, वह उसने यहूदी या ईसाई धर्म से ही उधार लिया है।''

यास्मीन यहूदी से जूझने के लिए खड़ी हुई, और कहने लगी, ''जो नई देन इस्लाम ने दुनिया को दी, वे थे हज़रत मुहम्मद (खुदा उनकी रूह को चैन दे) जो उन सब पैगम्बरों से कहीं बड़े और ऊँचे थे, जो अल्लाहताला ने दुनिया में भेजे। दुनिया का हर मुसलमान इस बात को जानता है। मुहम्मद (खुदा उनकी रूह को चैन दे) से आगे और बड़ा हम किसी और नवी को नहीं मानते।''

यहूदी ने यास्मीन के इस दावे को मानने से इन्कार किया। ''मैं जानना चाहता हूँ कि शिया और सुन्नी में भेद क्यों है ? शिया लोग मुहम्मद साहब के दामाद अली को हज़रत मुहम्मद से भी बड़ा मानते हैं। और मुस्लिमों के उन फिरकों और उप-फिरकों की मान्यताओं पर आधारित आगा खान के इस्माइली लोगों, बोहरों, अहमदियों वगैरह को आप कौन-सी जगह देंगे ? उनकी तादाद इतनी ज्यादा है कि उन्हें याद रखना भी मुश्किल है। और इसी सन्दर्भ में मैं चाहूँगा कि मुअज़्ज़िस महिला इस बात पर भी रोशनी डालें कि एक ओर तो इस्लाम औरतों के साथ इन्साफ़ करने की बात करता है, और दूसरी ओर आदमियों को चार-चार बीबियाँ रखने की इजाज़त देता है। और बहुत से मुस्लिम हुक्मरानों ने तो औरतों और हिजड़ों के बड़े-बड़े हरम बना रखे थे। और, एक ओर तो वे 'जेहाद' की बात करते हैं, ओर दूसरी ओर काफ़िरों से ओर आपस में भी लड़ते रहते हैं।''

यह झगड़ा बेमानी बहस की शक्ल अख्तियार करता जा रहा था। प्रोफेसर

एश्बी यह कहकर कि "मुझे लगता है कि एक और ज़ोरदार बहस की ज़रूरत पड़ेगी। इसलिए, मेरी सलाह है कि आप दोनों इस बहस को क्लास के बाहर करें, तो ठीक रहेगा।"

पीरियड के ख़त्म हो जाने के बाद, यास्मीन के चेहरे पर एक साथ जीत और निराशा के चिह्न दिखाई दे रहे थे। मेरे साथ बाहर आते समय, उसने कहा, "देखो ! कैसा चित्त किया, उस यहूदी को !" मैंने इस बात को वहीं का वहीं छोड़कर उससे पूछा, "यास्मीन, तुम इतनी कट्टर क्यों हो ? मुसलमानों से ज्यादा कट्टर लोग दुनिया के किसी धर्म में नहीं हैं। उनके नबी मुहम्मद साहब महानतम धार्मिक नेता थे। मुसलमान भी प्रबुद्ध लोग होते हैं, अल्लाह से डरने वाले और धर्म-परायण और नेक। अगर यहूदी लोग यह मानते हैं कि वे भगवान द्वारा चुने गए विशिष्ट लोग हैं, और मुसलमान भी ऐसा ही मानते हैं कि वे अल्लाह द्वारा चुने गए विशिष्टतम लोग हैं, तो दोनों को अपनी-अपनी मान्यताओं को स्वीकार करने दो। तुम इतनी संकुचित विचारों वाली क्यों हो ?"

यास्मीन हक्की-बक्की रह गई। उसने कहा, "हम लोग कट्टर नहीं हैं। हम अपनी धार्मिक समझ का, उनकी भावना के अनुसार, पालन करते हैं, क्योंकि हम मानते हैं कि वे सिर्फ हमारे लिए ही नहीं, सारी दुनिया के लोगों को भी जानने चाहिए। इस्लाम की खूबियों के बारे में, जब कभी तुम मुझे मौका दोगे, मैं तुम्हें विस्तार से बताऊँगी। इस्लाम की उपेक्षा कर, तुम अपनी जिन्दगी के क़ीमती क्षणों की उपेक्षा कर रहे हो।"

"मैं उसके बारे में न जानकर ही खुश हूँ," मैंने जवाब दिया। "किसी भी धर्म की बात आते ही मैं अपना धीरज खो बैठता हूँ। मैं तो सिर्फ एक ही सच्ची और सही बात जानता हूँ, और वह यह कि किसी भी इन्सान के दिल को मत दुखाओ। और सब बेकार है। मेरी दृष्टि में भगवानों, पैगम्बरों, धार्मिक ग्रंथों, तीर्थयात्राओं और धार्मिक कृत्यों का कोई महत्त्व नहीं है।"

यास्मीन चुप रही।

यास्मीन को प्रिन्सटन में सिर्फ एक हफ्ता और रहना था। उसने जो उपहार मुझे दिया था, उसके बदले में मैं उसके लिए किसी उपयुक्त उपहार का चुनाव नहीं कर पाया था। अन्त में मैंने उसके लिए प्रिन्सटन विश्वविद्यालय के प्रतीक चिह्न से बनी चाँदी की अगूँठी ख़रीद कर अपने पास रखी। एक सुबह, साथ-साथ कॉफी पीते हुए, जब हम दोनों अकेले थे, मैंने जेब से अगूँठी निकाल कर उसकी उँगली में पहना दी। और कहा, "आप तो सिर्फ सोने की ही चीज़ें पहनती और खरीदती हैं, मगर मेरी हैसियत सोने की अँगूठी खरीदने की नहीं थी, इसलिए चाँदी की खरीदी। और

चूँकि उस पर विश्वविद्यालय का प्रतीक अंकित है, इसलिए उसके बारे में कोई पूछताछ भी नहीं करेगा। आप इसे खुद भी खरीद सकती थीं, लेकिन मैं आपको उसे इसलिए दे रहा हूँ, ताकि आपको प्रिन्सटन में एक भारतीय हिन्दू लड़के के साथ बिताए गए क्षणों की याद आती रहे।''

उसने मेरा हाथ अपने हाथ में लेकर उसे चूम लिया।

और ऐसा करते समय वह थोड़ा शर्माई, और हँसती हुई बोली, ''तुम एक अच्छे लड़के हो, मगर काश ! तुम्हारा नाम मोहन कुमार न होकर, मोहम्मद करीम या इससे मिलता-जुलता होता। मैं इतनी कट्टर नहीं हूँ, जितना तुमने समझ रखा है। मैं सिर्फ तुम्हारे भविष्य के बारे में सोच रही थी।''

प्रिन्सटन में अपने अन्तिम सप्ताह के दौरान, हम दोनों रोज मिल लेते थे। हमारी शामें कैम्पस में घूमते और शॉपिंग करते हुए गुज़रती थीं। उसने अपने शौहर और बच्चों के अलावा, मुज़फ्फराबाद स्थित अपने घर और घर वालों के लिए ढेर सारा सामान खरीदा। उसके पास डॉलरों, ट्रैवलर-चैक्स के अलावा नगदी की भी कोई कमी नहीं थी। आखिरी दिन उसने मुझे डिनर के लिए बुलाया। बुलाते समय उसने मुझसे पूछा, ''क्या तुमने कभी कश्मीरी खाना चखा है ? उससे ज्यादा ज़ायकेदार और भारी खाना दुनिया में और कहीं मिलना मुश्किल है। मैं अच्छा खाना बनाती हूँ, और गोश्त के व्यंजनों में तो मुझे महारत हासिल है। कभी तुमने गुश्ताबा चखा है ?''

मैने कबूल किया, ''नहीं।''

''पहले से ही बता दो कि तुम क्या-क्या नहीं खाते,ख' उसने पूछा। ''तुम हिन्दू लोग खाने के मामले में बड़े कट्टर और झक्की होते हो। मैं जानती हूँ कि तुम न गोमाँस खाते हो, न बछड़े का माँस। मगर यक़ीन मानो कि उससे ज्यादा स्वादिष्ट माँस दूसरा नहीं है। तुम में से ज्यादातर शाकाहारी हो, और मछली तो छोड़ो, अण्डा भी नहीं खाते। तुममें से बहुत से लोग प्याज या लहसुन तक भी नहीं खाते। अब बताओ, बिना प्याज और लहसुन के भोजन कैसे ज़ायकेदार बनेगा ?''

मैंने कहा, ''मैं गोमाँस के अलावा सब कुछ खाता हूँ, इसलिए नहीं कि मैं गाय को पवित्र मानता हूँ, बल्कि इसलिए कि मेरा लालन-पालन ऐसे माहौल में हुआ हैं और, मैं आपको यह भी बता दूँ कि सुअर का गोश्त, जिसे तुम मुसलमान लोग छुओगे भी नहीं, बड़ा साफ और ज़ायकेदार होता है। ज्यादातर यूरोपीय अैर अमरीकी सुअर का सुखाया हुआ गोश्त (हैम), सुअर का नमकीन माँस (बेकन) और पार्क, जो सुअर का गोश्त ही है खाते हैं। एक वजह, जिसकी वजह से इस्लाम प्रशान्त महासागर के देशों में कभी फैल नहीं पाएगा, यह है कि वहाँ की सारी अर्थव्यवस्था सुअर पर ही टिकी है। मैं यह भी जानता हूँ कि यहूदियों की भाँति, तुम मुसलमान लोग भी श्रिम्प, केंकड़े और महाचिंगट (लॉबस्टर) नहीं खाते, मगर आपको यह मालूम

नहीं होगा कि अरब और अफ्रीकी समुद्री तटों पर रहने वाली मुस्लिम जातियाँ मछली नहीं खातीं, क्योंकि वे मानते हैं कि मछली समुद्र कीं साँप है।''

''तुम बहुत ज्यादा दलीलें पेश करने में उस्ताद हो,'' उसने मेरे गालों को थपकते हुए कहा। ''कल जल्दी-जल्दी आ जाना और मेरे बनाए हुए कश्मीरी खाने को चखना। मैं तो पीती-पाती हूँ नहीं, लेकिन तुम्हारे लिए कुछ बियर लाकर फ्रिज में रख दूँगी।''

मैं कसम खाकर कह सकता हूँ कि यास्मीन के साथ एक दिलचस्प शाम बिताने के अलावा और कोई बात मेरे मन में उसके पास जाते वक्त नहीं थी। लेकिन, वहाँ जो कुछ हुआ, उसके बारे में मैंने कल्पना तक नहीं की थी। मैं उसके पास लाल रंग के गुलाब के फूलों का एक गुच्छा लेकर गया था। जब मैंने उसके हाथ में वह गुच्छा दिया, तो उसने बड़ी गर्मजोशी से मेरा आलिंगन किया और मेरे हाथ चूम लिए। जहाँ मैंने एक स्पोर्ट्स शर्ट और पैंट पहन रखी थी, वहाँ उसने सुनहरी बार्डर वाली रेशमी शल्वार-कमीज और एक ऐसा सुनहरी नैकलेस पहन रखा था, जिसके तमगे पर कुरान की आयतें खुदी हुई थीं। आभूषणों में सुनहरी चूड़ियाँ और सुनहरी बुन्दे भी थे। भारी मेकअप और फ्रेंच इत्र में सराबोर। फ्रिज में उसने बियर की बोतलों के अलावा, आधा बोतल स्कॉच, एक बड़ा गिलास और पानी की एक सुराही भी रख दी थी और, मेरे आने के बाद, उसने उन्हें बीच की मेज पर सजा दिया था। उसने मुझसे कहा, ''तुम स्कॉच या बियर से शुरुआत करो। मैं शाम की नमाज़ पढ़कर आती हूँ।''

अपने बैडरूम में जाकर, उसने नमाज़ की चटाई फर्श पर फैलाकर, मक्का की ओर सर करते हुए, नमाज़ पढ़नी शुरू की। उधर, मैंने अपने लिए स्कॉच का एक पैग तैयार किया। स्कॉच का घूँट भरते हुए, मैंने उसे आदर में घुटने टेकते देखा। उसे काफ़ी देर तक, घुटने टेकते हुए, अपनी हथेलियों को अपने सर के सामने, ओठों से कुछ बुदबुदाते हुए सुना, जैसे वह कुछ पढ़ रही हो। वह बहुत शान्त और स्वच्छ दिखाई दे रही थी। अन्त में उसने सर इधर-उधर किया, अपने मुँह को अपने हाथों से माँजा, चमकाया, और खड़ी हो गई। चटाई को मोड़कर अपने पलंग के नीचे सरका दिया।

रसोईघर में जाकर उसने पूरा इत्मीनान किया कि गुश्ताबा सही ढंग से पक रहा है या नहीं, और फिर लौ को कम कर दिया, ताकि वह धीरे-धीरे पकता रहे। मेरे पास आकर, उसने पूछा, ''ड्रिन्क ठीक है न ?''

''एकदम ठीक ! आप भी साथ दीजिए न !'' मैंने उससे कहा।

''तोबा ! यह 'हराम' है। तुम मुझे गुनाह के रास्ते पर जाने को कह रहे हो ! हाँ, मैं एक कोक ले लूँगी। फ्रिज से ले आओ न !''

मैंने एक कोक निकाला। और, इससे पहले कि मैं उसे खोल पाऊँ, उसने उसे मेरे हाथ से लेकर, मेज पर रख दिया। फिर वह मेरा हाथ अपने हाथ में लेकर, मेरी

आँखों में आँखें डालकर, लगातार देखती रही, इतनी देर तक कि आखिरकार मुझे ही अपनी आँखें नीची करनी पड़ीं। उसने मुझे उलझन में डाल दिया था। और, तभी अचानक, उसने अपनी बाँहें मेरी गर्दन में डाल दीं और बोली, ''आज हम दोनों साथ-साथ आखिरी शाम बिता रहे हैं। आओ, मुझे प्यार करो ताकि, मुझे यह शाम आजीवन याद रहे।''

यह कहना कि यह सुनकर मैं चकित-स्तब्ध रह गया, कमबयानी होगी। इस आखिरी शाम को मेरे साथ यह घटना होगी, इसकी मैंने कभी प्रत्याशा नहीं की थी। इसके अलावा, यास्मीन के प्रति मेरा यौन-आकर्षण कभी नहीं था। लेकिन उसने मुझे कभी इस बारे में अपना विरोध जताने का मौका तक नहीं दिया। वह मेरा हाथ पकड़ कर बैडरूम तक ले गई। वहाँ उसने अपने सब कपड़े उतार दिए, मगर आभूषण नहीं उतारे। उसकी त्वचा मुलायम मगर पिलपिली थी। उसके वक्ष कुछ लटके हुए थे। जब मैं उसकी काया के दर्शन कर रहा था, तब उसने मेरी कमीज उतार दी, और पैंट भी मेरे बदन से अलग कर दी। और, तब जो कुछ उसे देखने को मिला, उससे उसके मुँह से अनायास 'माशाल्लाह' निकल गया। ''कमाल है ! क्या सभी हिन्दू इस मामले में खुशकिस्मत होते हैं ? शायद यह इनाम उन्हें लिंग की पूजा की वजह से मिलता हो।'' अपने होंठों से मेरे होंठों को पूरे ज़ोर से सटाते हुए, उसने खुद उसका मुआयना किया।

अपनी भोगेच्छा को पूरा करने के बाद, वह काफ़ी थकी और क्लांत दिखाई दी। जब वह बाथरूम से आई, तब उसने अपनी कमीज पहन रखी थी। अब उसका ध्यान गुश्ताबा पर था। उसने मुझसे कहा, ''तुम भी बाथरूम जाकर साफ़-सुथरे हो आओ फिर मैं खाना मेज पर लगाती हूँ। गुश्ताबा अब तक तैयार हो गया होगा। वह ज़रूरत से ज्यादा नहीं पकना चाहिए।''

वह एक ऐसे राजनीतिक नेता की तरह दिखाई दे रही थी, जिसने स्थिति पर पूरा नियन्त्रण पा लिया हो। और मैं ? मैं एक वफादार सेवक की तरह उसके हुक्मों को मान रहा था। लेकिन, उसके हाव-भावों से मुझे लग रहा था कि उसकी वासना अभी पूरी नहीं हुई है। और सचमुच उसने अपनी इच्छा फिर पूरी की। लेकिन, उससे पहले, वह मुज़फ्फराबाद और अपने पति के बारे में बताती रही। ''मेरे पति और मैं दोनों पालिटिक्स में हैं। दोनों ही इतने ज्यादा मशरूफ़ रहते हैं। सुबह से रात तक हमारे यहाँ दरबार सा लगा रहता है। हम दोनों जहाँ भी जाते हैं, लोग हाथों में अर्जियाँ लिए हमें घेर लेते हैं। वाक़ई, बहुत काम करना पड़ता है हम दोनों को। यहाँ आकर मुझे लगा, जैसे मैं छुट्टी मना रही हूँ। काश ! मैं इस छुट्टी को बढ़ा सकती, लेकिन मुझे इतने दिनों तक ही रहने की इज़ाज़त मिली थी। इसलिए मुझे कराची

के लिए पहली उड़ान भरनी ही होगी। कराची से मैं मुज़फ्फराबाद जाऊँगी।''

इस बार अपनी कामवासना पूरी करने के लिए एक बार फिर उसने ही पहल की, 'स्थिति को पूरी तरह अपने काबू में रखते हुए।' वह मुझसे कहती जा रही थी, ''पिछले छह महीनों से मैं प्यासी हूँ।'' और मुझे चूमते हुए बोली, ''आज तू मेरी प्यास को बुझाएगा, ओ कमबख्त काफ़िर ! तू, तू !'' अन्त तक, उसने मुझे कुछ नहीं करने दिया।

बाद में उसने मुझसे पूछा, ''बेहतर होगा, अगर पाकिस्तान और भारत अपने सब मसले इस तरह हल करने की आदत सीख लें, और, बिना किसी लड़ाई झगड़े के।''

''बेशक, यह बेहतर रहेगा। मगर ज़ाहिर है कि तुम चाहोगी कि हमेशा, हर हाल में पहल पाकिस्तान ही करे, वही ऊपर रहे।''

''इसमें क्या शक़ है ! मेरी तरह पाकिस्तान हमेशा ही ऊपर रहेगा, हमेशा ही, हर मालमे में पहल करेगा।''

मैं काफ़ी थक चुका था, और वापस घर जाना चाहता था। लेकिन, वह मुझसे चिपकी रही, और गिड़गिड़ाकर कहने लगी, ''मुझ पर रहम करो ! रात भर मेरे साथ ही रहो। तुम चले जाओगे, तो मुझे लगेगा, जैसे मैं खो गई हूँ। मैं यक़ीन दिलाती हूँ कि मैं तुम्हें और ज्यादा तंग नहीं करूँगी।''

उसका आग्रह देखकर, मैं उसके साथ रात बिताने को तैयार हो गया। और, सुबह को उसके साथ बस स्टैण्ड तक जाने और अलविदा कहने के लिए भी तैयार हो गया। मैंने यह भी सोचा कि इस दौरान, मैं उससे कुछ अटपटे और उसे उलझन में डालने वाले सवाल भी पूछ सकूँगा। ऐसा पहला अटपटा सवाल मैंने उसे पूछा, ''तुम कहती हो कि तुम इस्लामी मूल्यों को सर्वोपरि महत्व देती हो, लेकिन, अभी जो कुछ तुमने किया, उसका मेल-मिलाप इस्लामी मूल्यों से कैसे बैठा पाओगी ?''

वह काफ़ी देर तक खामोश रही और फिर अपनी बड़ी-बड़ी आँखें मेरी आँखों में गड़ाते हुए कहने लगी, ''मैं कबूल करती हूँ कि अभी-अभी जो कुछ मैंने किया, वह गुनाह था, शर्मनाक काम था।''

''जिसकी सज़ा तुम्हें पत्थर मार-मार कर खत्म करने से ही पूरी हो सकती है,'' मैंने कहा।

वह काफी देर तक चुप रही। क्या तुम्हारा ज़मीर तुम्हें माफ़ कर देगा ?''

''इन्सान के बदन की कुछ अपनी कमजोरियाँ हैं'', उसने जवाब दिया।

''तुम ठीक रहती हो लेकिन यह अपने जमीर को समझाने का आसान तरीका है।''

“फिर मुझे क्या करना चाहिए ?”

“यह मैं नहीं जानता। लेकिन तुम्हारे महजब में ऐसा कुछ जरूर होना चाहिए जिससे गुनाह माफ कराये जा सकें, जैसे किसी तीर्थ की यात्रा।”

“यह ठीक हो शायद,” उसने बचते हुए कहा।

“जैसे गंगा माता में डुबकी लगाने से हिन्दुओं के पाप धुल जाते हैं,” मैंने उसे छेड़ा।

“बन्द करो ये बातें !” वह गुस्से से चिल्लाई। “यह तुम्हारे साथ मेरी आखिरी रात है। ऐसी बातों से उसे बरबाद मत करो।”

मेरी दाईं बाँह पर अपना सिर टिकाकर वह मेरे बदन से चिपक गई। फिर बोली, “किसी बात में ज्यादा घुसना तुम्हारे लिए अच्छा नहीं है।”

“क्या मतलब ?”

“यही सब कुछ, मेरे मजहब और ज़मीर के बारे में ये सब सवाल।”

मैंने हँसकर उसे अपने पास खींच लिया और उसे चूम लिया।

जल्दी ही दोनों एक-दूसरे की बाँहों में सो गए।

वह कब जागी, मुझे मालूम नहीं पड़ा। जब मैं जागा, तब वह चटाई पर उकडू बैठ कर सुबह की नमाज़ पढ़ रही थी। वह कब नहाई, और कब उसने कपड़े बदले, मुझे बिलकुल पता नहीं चला। मैंने उसकी नमाज़ में कोई बाधा नहीं डाली, और उसके बाथरूम में जाकर शॉवर के नीचे खड़ा हो गया। मैं अपने साथ कोई सामान नहीं लाया था, इसलिए उसके भीगे टूथब्रुश से अपने दाँतों को ब्रुश किया। जब मैं बाहर आया, तब तक वह नमाज़ पढ़ चुकी थी, और मेज पर नाश्ता लगा रही थी।

मैंने उसे अपनी बाँहों में लेकर उसका प्रगाढ़ आलिंगन किया। जब मैंने उसे मुक्त किया, तो उसे रोते देखा। आँसुओं से नम थीं उसकी आँखें। बिना आपस में कुछ बातचीत किए, हमने टोस्ट और कॉफी ख़त्म की। उसने मुझसे टैक्सी के लिए फोन करने को कहा। फिर अपने उस अपार्टमेन्ट की चाबी दी, जो उसने ‘केयरटेकर’ की हैसियत से रहने के लिए लिया था, यह बताते हुए कि उसके जाने के बाद वह चाबी ‘केयरटेकर’ को दे दे। मैंने उसके सामने न्यूयार्क तक साथ जाने और बाद में कैनेडी हवाई अड्डे पर उसे रुख्सत करने का प्रस्ताव रखा, लेकिन उसने दृढ़ता से मेरे प्रस्ताव को यह कहकर नामंजूर कर दिया कि पाकिस्तानी दूतावास ने किसी को पोर्ट अथारिटी बस टर्मिनल पर मिलने और हवाई अड्डे तक उसे छोड़ने के लिए भेजा है। “अखबारों में मेरे चित्र देखकर और टीवी पर भी दिखाए जाने की वजह से बहुत से पाकिस्तानी मुझे जानते हैं, और वे मुझे जरूर पहचान जाएँगे।” उसने मुझसे कहा, “एक भारतीय हिन्दू का मेरे साथ होना उन्हें अच्छा नहीं लगेगा।”

मैं उसका सूटकेस लेकर नीचे आया। जैसे ही मैंने पटरी के किनारे, उसके तीनों बैगों को रखा, एक टैक्सी वहाँ आ गई। टैक्सी-ड्राइवर ने मुझे उन्हें टैक्सी के 'बूट' में रखने में मेरी मदद की। पीछे की सीट पर बैठते हुए मैंने उसे बताया, ''न्यूयार्क जाने वाली बसों का बस-स्टैण्ड।'' यास्मीन ने मुझे अपना हाथ उसके हाथ में लेने दिया। हम दोनों के पास आपस में बोलने के लिए शब्द शेष नहीं रहे थे।

मैंने टैक्सी-ड्राइवर को उसका किराया अदा किया। पाँच मिनट बाद न्यूयार्क की बस आकर खड़ी हो गई। मैंने यास्मीन के केसों को बस के पीछे के हिस्से में रखा। बाद में मैंने बिना इस बात की परवाह किए कि कौन देख रहा है, उसे बाँहों में लेकर बड़ी गर्मजोशी से उसका गाढ़ा चुम्बन लिया। वह जल्दी से अपनी जगह पर बैठ गई। बस के जाते समय, उसने न मेरी तरफ़ देखकर हाथ हिलाया, न अलविदा किया। मगर, मैंने उसे नीचे झुककर, अपना मुँह अपने हाथों में लेते ज़रूर देखा।

यह आखिरी बार था, जब मैं यास्मीन वांचू को देख रहा था।

लेकिन वह मुझे अक्सर याद आती है। जब कभी मैं किसी मुस्लिम पुरुष या स्त्री से मिलता हूँ, वह फ़ौरन मुझे याद आ जाती है। जब कभी कोई भारत-पाक सम्बन्धों की बात करने लगता है, या कश्मीर की वजह से होने वाले तनाव का ज़िक्र होता है, मुझे यास्मीन वांचू की फ़ौरन याद आ जाती है। हालाँकि यौन-सम्बन्ध स्थापित करने के मामले में पहल उसी ने की थी, उसे हम दोनों में से कोई भावुक रूप से एक-दूसरे के प्रति आकर्षित नहीं था, तो भी उसने ही आपसी यौन-सम्बन्ध क़ायम करने की जोड़-तोड़ की। हम दोनों का संभोग भी ऐसा नहीं था कि उसे स्मरणीय कहा जा सके। तो भी इस सम्बन्ध ने मेरे भारत के स्कूल और कॉलेज के दिनों के मुस्लिम-विरोधी और पाकिस्तान-विरोधी पूर्वाग्रहों को काफी हद तक दूर किया। जब कोई मुस्लिमों के खिलाफ़ कुछ कहता है, तो मुझे उस मुस्लिम महिला की याद आ जाती है, जिसने मेरे साथ प्रेम करने की पहल की थी। जब भी कोई पाकिस्तान के खिलाफ़ कुछ कहता है, तो मैं ज़ोरदार ढंग से उसकी हिमायत में बोलने लगता हूँ, क्योंकि एक पाकिस्तानी महिला ने मुझे अपने साथ प्रेम करने के लिए मजबूर किया था। घावों को प्रेम ने नहीं, लालसा और कामुकता ने बहुत अच्छी तरह से भरा था।

घर-वापसी

प्रिन्सटन में अपना आखिरी साल पूरा करने के बाद, मैं एक साल के लिए और वहाँ रुका, वित्त विषय में अपना उन्नत कोर्स पूरा करने के उद्देश्य से। प्रिन्सटन में बिताए गए छह वर्ष मेरे जीवन के सबसे अधिक सुखदायक और सबसे अधिक फलोत्पादक वर्ष थे। अपनी पढ़ाई में मुझे अच्छी सफलता मिली थी। द्वितीय वर्ष के विद्यार्थी के रूप में मैं अपनी क्लास का एकमात्र छात्र था जिसे 'फ़ी-बेटा-कप्पा' उपाधि पाने का सम्मान प्राप्त हुआ था। और, फाइनल परीक्षा में मैं प्रिन्सटन का अकेला छात्र था, जिसे किसी भी अमरीकी विश्वविद्यालय में सर्वोच्च शैक्षिक उपाधि 'सुम्मा कम लॉड' दिया गया हो। और, इस अवधि के दौरान, मैंने अनेकानेक युवतियों के साथ हमबिस्तर होने का सुख भी पाया था। ये नवयुवतियाँ विभिन्न जातियों और उम्रों की थीं।

विश्वविद्यालय में शिक्षा प्राप्त करने के दौरान, मुझे अनेक बहुराष्ट्रीय कार्पोरेशनों ने ऊँचे वेतन देने वाले प्रस्ताव मेरे पास भेजे थे। लेकिन, मैंने उनमें कोई रुचि नहीं दिखाई। मैंने देश भर के कॉलेजों में लैक्चर दे-देकर, और दूसरे छात्रों की कोचिंग करके ख़ासी रक़म अर्जित कर ली थी। अपने कोर्स के पूरा होने पर मुझे प्रिन्सटन में ही गणित के प्रोफेसर का एक प्रस्ताव प्राप्त हुआ था। तब मेरे लिए 'ग्रीन कार्ड' पाना, और उसके बाद अमरीकी नागरिक होने का दर्जा पाने में कोई कठिनाई नहीं आती। लेकिन, इस स्वतन्त्र और सहज माहौल वाले देश में, जहाँ हर प्रकार की सुख-सुविधाएँ आसानी से उपलब्ध थीं, और जहाँ के निवासियों को अपना मित्र बनाना भी उतना ही आसान था, मुझे कभी ऐसा नहीं लगा कि इस देश के, और इसके निवासियों के साथ अपनेपन की भावना मेरे मन में है। अन्दर से यही लगता था कि मैं एक भारतीय हूँ, भारत मेरा देश है, और वहीं मुझे वह काम करना चाहिए, जो मुझे करना है, किसी अन्य देश में नहीं।

अमरीका में रहते समय, अनेक देशवासियों से, जो अमरीका के विभिन्न भागों में रहते थे, मैं मिला था। इनमें से कई लम्बे अर्से से वहाँ रहते चले आ रहे थे।

इनमें से अधिकांश कैलिफोर्निया के सिख थे, जो बड़े-बड़े फार्मों के मालिक थे और बड़े ठाठ से रहते थे। उनके बाद आने वाले भारतीयों में डॉक्टर, इन्जीनियर, शिक्षक, होटल-मालिक थे, जो खासा कमा रहे थे और शान से रह रहे थे। वे यदि भारत में होते, तो इतनी शान की ज़िन्दगी नहीं बिता सकते थे। और हाल में अमरीका आए लोग भी, जिनमें ज्यादातर फैक्टरियों में काम करने वाले और टैक्सी-ड्राइवर थे, इतने ज्यादा डॉलर कमा लेते थे कि वे अपने घर इतनी राशि भेज सकते थे, जिससे उनके बच्चे अच्छे स्कूलों में पढ़ सकें, और उनकी बीबियाँ गाँव के अपने घर में बड़े आराम के साथ रह सकें। उधर, ये भारतीय अमरीकी, यूरोपीय और लैटिनो औरतों से अपना घरेलू काम भी करवाते थे, और अपने बिस्तर गरम करवाने का काम भी करवाते थे। पूरी सुख-सुविधा के बावजूद उन्हें अपने वतन और हिन्दुस्तानी खाने की याद आती रहती थी। वैसे, अमरीका में रहते हुए भी वे हिन्दुस्तानी खाना खाते थे, हिन्दुस्तानी संगीत सुनते थे, और अक्सर नींद में चिल्लाते थे। सब यही कहा करते थे, ''एक दफ़ा मैंने ढेर सारे डॉलर कमा लिए, तो मैं वापस अपने गाँव चला जाऊँगा।'' मगर, वापस जाता कोई नहीं था।

मेरा हाल उनसे जुदा था। अपनी छुट्टियों के दौरान, मैंने अमरीका में देखने वाले सब स्थान देख लिए थे। नियाग्रा फॉल्स, रौकीज़, सैन फ्रांसिस्को, लॉस एन्जल्स, लास वेगास, ग्रांड कैन्योन, फ्लोरिडा आदि। अमरीका मुझे प्रिय था। मुझे उसके नगर, प्राकृतिक दृश्य प्रिय थे। अमरीका सुन्दर देश था, सुन्दर निवासियों वाला। लेकिन वह मेरा देश नहीं था, और उसके लोग मेरे अपने लोग नहीं थे। मेरे लिए सबसे महत्वपूर्ण मुद्दा यह था कि दुनिया में सिर्फ एक ही व्यक्ति था—मेरे विधुर पिता—जिनके साथ मेरा खून का रिश्ता था। अगर मैं लौटकर उनके पास नहीं जाऊँगा, तो उनका दिल टूट जाएगा।

मैं अपने पिता को हर हफ्ते पत्र लिखता था, और हर महीने उन्हें दो सौ डॉलर भेजता था। वे मेरे द्वारा भेजी गई पूरी रक़म मेरे बैंक खाते में जमा कर देते थे। अपने प्रॉवीडेन्ट फंड की रकम से और जो कुछ उन्होंने बचाया था, उन्होंने डी.डी.ए. का एक फ्लैट खरीद लिया था, और पैंशन की रक़म से अपना जीवन-यापन करते थे। अपना खाना वे खुद बना लेते थे, और अपने एक बैड के फ्लैट में खुद बुहारी लगाते थे, और अपना सारा काम खुद करते थे। उन्होंने हरिद्वार के एक आश्रम में एक कमरे में भी अपनी पूँजी लगाई थी। अपने जीवन के अन्तिम दिन वे हरिद्वार के आश्रम के अपने कमरे में ही बिताना चाहते थे। यह सब जानकारी मुझे उनके पत्रों से मिलती रहती थी। इस जानकारी के अलावा मुझे और कोई जानकारी उनके बारे में नहीं थी कि वे अपना शेष समय कहाँ और कैसे व्यतीत करते थे।

मेरे प्रिन्सटन छोड़ने से पूर्व, मुझे अनेक विदाई पार्टियाँ दी गईं। मेरे अनेक मित्रों ने मुझे यह आश्वासन दिया कि यदि मैं कभी अपना मन बदलूँ, तो मेरे योग्य

कोई न कोई नौकरी हमेशा तैयार मिलेगी। मैंने निश्चय किया कि मैं उन विकल्पों के बारे में सोचूँगा भी नहीं, जब तक कि मैं उन फ़र्ज़ों को पूरा न कर लूँ, जो अपने पिता के प्रति मुझे करने शेष हैं। मैं उनकी वृद्धावस्था में उनसे अलग नहीं रहूँगा।

मैंने भारी मन से अमरीका छोड़ा। कैनेडी हवाई अड्डे पर एक दर्जन से अधिक मेरे मित्र मुझे विदा करने आए थे। उनसे विदा लेते समय, मेरे लिए अपने आँसुओं को रोकना मुश्किल हो गया। जब मैं एयर इण्डिया के विमान पर सवार हुआ, तो परिचारिका ने मेरा टूरिस्ट-क्रास-बोर्डिंग पास देखकर पूछा, "क्या आप प्रिन्सटन से आए मिस्टर मोहन कुमार हैं ?" मैंने स्वीकृति में सिर झुकाया। उसने बिना यह बताए कि उसे कैसे मालूम पड़ा, कहा, "आपकी सीट का ग्रेड बढ़ाकर उसे प्रथम श्रेणी की सीट कर दिया गया है। मेरे पीछे आइए। उसने मेरे हाथ से मेरा सफ़र का बैग अपने हाथ में ले लिया, और हवाई जहाज के आगे के हिस्से में खिड़की वाली सीट दिखाई। मेरी कुछ समझ में नहीं आ रहा था। मैं एयर-इण्डिया के लिए कोई वी. आई. पी. नहीं था कि वह मेरे प्रति इतना सौजन्य-प्रदर्शन करे। मैं एक साधारण विद्यार्थी था, जो अभी-अभी पढ़ाई पूरी करके वापस आया हूँ। मुख्य परिचारिका ने सीट के ग्रेड बढ़ने के रहस्य को यह कहकर हल किया, "सर, आपकी सीट के ग्रेड को बढ़ाने के लिए काउंटर पर अतिरिक्त रक़म आपके एक मित्र ने अदा की थी। उन्होंने आपके लिए कुछ उपहार भी हमें दिए थे, जो इस पार्सल में आपको मिल जाएँगे", उसने वह पार्सल मुझे देते हुए कहा। पार्सल में गुलाब के फूलों का एक गुच्छा था। पार्सल में मदिरा-मिश्रित चाकलेटों के कई डिब्बे थे। चमड़े का एक महँगा बटुआ भी था। एक 'कार्टियर' कलाई पर लगाने जाने वाली महँगी घड़ी थी। 'मोन्ट ब्लैंक' का एक सोने का पैन था। और एक 'जल्दी से जल्दी आओ' कार्ड था, जिस पर उसके सब मित्रों ने हस्ताक्षर किए थे। इस बार मैं अपने आप को रोक नहीं पाया। अपने हाथों में अपना मुँह छिपा कर रोने लगा। तभी हवाई जहाज ने उड़ना शुरू कर दिया। मुझे शहर की गनगचुम्बी इमारतें दिखाई देकर, अँधेरे में लीन होती दिखाई देने लगीं। मैं यह दृश्य देखते हुए सोच रहा था कि क्या अमरीका के अलावा दुनिया में कोई और देश है जिसके लोग अपने मित्रों के प्रति ऐसा सद्भावना-प्रद्रर्शन करने की कल्पना भी कर सकें।

तभी, एयर-होस्टेस ने आकर उससे पूछा, "सर, डिनर से पहले बतौर ड्रिंक क्या लेना पसन्द करेंगे ? स्कॉच ? शैम्पेन ? वाइन ?" वह ड्रिंक की ट्रॉली को गलियारे में ले जा रही थी। और फिर कहा, "मैं गुलाब के फूलों के गुच्छे को एक बर्तन में रख देती हूँ। दिल्ली में उतरने से पहले आप उन्हें ले सकते हैं।"

गुलाब के फूलों के गुच्छे को उसे देते हुए मैंने कहा, "स्कॉच और सोड़ा, प्लीज !"

डिनर बड़ा राजसी किस्म का था। कैविअर, लॉबस्टर मेमने की करी, और पुडिंग की कई किस्में। मैंने 'नमस्ते' पत्रिका के पन्ने पलटने शुरू किए। उसके अन्तिम

पृष्ठों में 'स्काई-शॉप' में बिक्री के बारे में लेख छपे थे। तभी, मुझे ध्यान आया कि मैंने अपने पिता के लिए कुछ नहीं खरीदा है। वे न पीते थे, न धूम्रपान करते थे, न उन्हें इत्रों का शौक था। मैंने सूची में ऊनी स्कार्फ पर निशान लगाया, और जब परिचारिका मेरी मेज़ साफ़ करने आई तो मैंने उससे कहा, "मुझे एक ऊनी स्कार्फ खरीदना है।" उसने पूछा, "कौन-सा रंग ?" मैंने क्षण भर सोच कर कहा, "गहरा भूरा या मारून।"

"हमारे लन्दन पहुँचने से पहले ही आपको मिल जाएगा। कुछ और ? स्कॉच ? सिगरेट ?"

"नहीं, शुक्रिया !"

मैंने अपनी आँखों के ऊपर काला 'आई-मास्क' लगाया, और झपकियाँ लेने की कोशिश करने लगा। हवाई जहाज़ के लन्दन पहुँचने से पहले मुझे नाश्ते के लिए उठाया गया। उसके बाद जहाज लन्दन में उतरा।

यहाँ जहाज में ईंधन डाला जाता था, कर्मी दल के सदस्य बदले जाते थे, और कई यात्री भी चढ़ते-उतरते थे। मैंने चहलकदमी करते हुए, वहाँ के रेस्तराँओं और दुकानों के चक्कर लगाये। मुझे यह देखकर आश्चर्य हुआ कि वहाँ काम करने वाले वेटरों और परिचारकों में काफी बड़ी संख्या भारत, पाकिस्तान और बंगलादेश के स्त्री-पुरुषों की थी। शलवार-कमीज पहने औरतें फर्श और शौचघर साफ कर रही थीं। क्या ये लोग अपने-अपने मुल्कों से यही काम करने के लिए यहाँ आए थे ? गोरे लोगों के बर्तन और उनका गू-पेशाब साफ़ करने के लिए ?

मैंने अपने पिता के लिए ऊन का एक जाकेट खरीदा। इस जाकेट और स्कार्फ से दिल्ली की सर्द और भीगी रातों में उनकी रक्षा हो सकेगी।

लन्दन से दिल्ली तक का साढ़े आठ घण्टे का अपना सफर मैंने या तो ऊँघते और सोते हुए, या भारत के समाचारपत्रों को, जिन्हें मैंने करीब छह सालों से नहीं पढ़ा था, पढ़ते हुए व्यतीत किया। सभी समाचारपत्र समान रूप से नीरस थे, और आपस में लड़ते-झगड़ते और एक-दूसरे पर कीचड़ उछालते रहने के समाचारों से ही भरे थे। उनके द्वारा प्रकाशित सभी चित्र भी लगभग एक से ही थे। उनमें छपने वाली कार्टून-कथाएँ भी एक सी ही थीं, और अमरीकी पत्रों से ली गई थीं। इन समाचारपत्रों का सबसे दिलचस्प भाग था, उनमें छपने वाले 'याद करें' विवरण और 'निधन समाचार' जो बड़ी पुरानी भाषा में लिखे होते थे।

सुबह शुरू होने वाली ही थी, जब हम दिल्ली पहुँचे। एयर-इण्डिया का एक कर्मचारी, मुझे, प्रथम श्रेणी का यात्री होने के कारण, आप्रवास विभाग तक ले गया। जब मैं 'कन्वेयर बेल्ट' द्वारा अपने सामान के आने का इन्तज़ार कर रहा था, तब मैं शीशे के पैनल के पार किसी परिचित व्यक्ति को पहचानने की कोशिश कर रहा था। तभी मैंने अपने पिता को अत्यधिक व्यग्रता के साथ मेरा ध्यान अपनी ओर

आकर्षित करने की कोशिश करते देखा।

मैंने अपने दोनों केस उठाए, और कस्टम तक जाने के लिए 'ग्रीन चैनल' द्वारा वहाँ पहुँचा। मेरे पास कोई ड्यूटी-योग्य वस्तु नहीं थी। फिर भी, एक कस्टम-अधिकारी मुझे अलग ले जाकर पूछने लगा, "क्या मैं आपका पासपोर्ट देख सकता हूँ ?"

मैंने उसे पासपोर्ट दिखाया। उसके पन्ने पलटते हुए, उसने कहा, "आप छह साल तक बाहर रहे, फिर भी ड्यूटी के लायक, अपने मित्रों और रिश्तेदारों को देने योग्य कोई ऐसी चीज़ नहीं लाए, जिस पर हम ड्यूटी वसूल कर सकें।"

"सिवाय मेरे विधुर बूढ़े पिता के, जो बाहर मेरा इन्तज़ार कर रहे हैं, मेरा कोई रिश्तेदार या दोस्त नहीं है। उनके लिए मैंने एक ऊनी स्कार्फ और जाकेट खरीदा है। बाकी सब वस्तुएँ मेरे खुद के इस्तेमाल में आनेवाली हैं।"

कस्टम का वह आदमी चिड़चिड़ा हो गया, क्योंकि पूछताछ करने के बाद वह शायद पछता रहा था। मुझसे उसे एक मामूली सस्ती चीज मामूली सा यंत्र भी नहीं मिला। इतना ही नहीं, मुझ पर ख्वामख्वाह का रौब दिखाने और खुद को आदमी जताने का मौका भी नहीं मिला। इसमें कोई सन्देह नहीं था कि मैं बाहर से भारत आया हूँ। तभी, उसने मेरे साथ आए एयर-इण्डिया के कर्मचारी को देखा। तब वह थोड़ा विनम्र हुआ। उसने मेरे दो सूटकेसों और एक हैण्डवैग पर चाक से निशान लगाते हुए, मुझे बाहर जाने का इशारा किया। मेरे पिता अकेले ही मुझे लेने आए थे। उनके पास गेंदे के फूलों की एक माला थी, जो उन्होंने मेरे गले में डाल दी। मैंने उनके पाँव छुए, और फिर उन्होनें मुझे गले लगा लिया। अन्य यात्रियों के काफी रिश्तेदार उनसे मिलने के लिए आए हुए थे। मैं उनके बीच अपनी ट्रॉली ठेलता हुआ अपने को बहुत भाव-विह्वल अनुभव कर रहा था। बाहर हमलावर किस्म के परेशान करने वाले बहुत से टैक्सी-ड्राइवर जमा थे। उन्होंने हमें घेर लिया। मेरे पिता ने उन्हें एक तरफ करते हुए मुझसे कहा, "मेरे एक मित्र ने अपनी गाड़ी मुझे आज के लिए दी है, ताकि मैं तुम्हें उस कार से घर ला सकूँ।" कुछ मिनट बाद, भूरे रंग की एक मर्सीडीज हमारे सामने आकर खड़ी हो गई। शोफर ने मेरे सूटकेस गाड़ी के पीछे रख दिये। उसे मालूम था कि मेरे पिता कहाँ रहते हैं।

कुछ देर तक पिता जी और मैं खामोश बैठे रहे। इसके बाद मेरे पिता ने मेरा हाथ अपने हाथ में लेते हुए कहा, "आज अगर तुम्हारी माँ होतीं, तो तुम्हें देखकर कितना गर्व महसूस करतीं।" वे आगे कुछ नहीं बोल पाए, लेकिन मैंने उनकी आँखों से निकलने वाले आँसू अपने हाथों पर महसूस किए। मेरी कुछ समझ में नहीं आ रहा था कि मैं क्या कहूँ।

एक लम्बी चुप्पी के बाद उन्होंने मुझसे पूछा, "बेटा, क्या तुम गायत्री मन्त्र का पाठ रोज करते थे ?"

"दो बार करता था, सुबह और शाम को।"

"पाठ करके सुनाओ," उन्होंने आदेश दिया। मैं जानता था कि वे मेरी परीक्षा नहीं ले रहे थे, बल्कि इस बहाने मुझसे देवताओं का आभार व्यक्त करवा रहे थे। मैंने भी उन्हें निराश नहीं किया, और पाठ किया, "ऊँ भूर्भुवः स्व, ऊँ तत्सवितुर्वरेण्यम् भर्गो देवस्य धीमहि धियो योनः प्रयोदयात्।"

मेरे पिता ने पाठ सुनकर खुश होते हुए कहा, "यह मन्त्र प्रकृति के सब तत्वों के देवताओं की प्रशंसा में लिखा गया था। यह मन्त्र दुनिया का सबसे अधिक प्रभावशाली मन्त्र है, पुत्तर ! वह सब पापों और बुराइयों को नष्ट कर देता है।"

"मैं रोज दो बार सूर्य नमस्कार भी करता था," मैंने उन्हें बताया।

"बहुत अच्छा करते थे। वह शरीर को चंगा और रोग-मुक्त रखने के लिए विश्व का सबसे प्रभावी व्यायाम है। गायत्री मन्त्र और सूर्य-नमस्कार से आदमी चंगा भी रहता है, और सुखी भी।...और तुमने किसी गोरी औरत से विवाह नहीं किया न ! तुमने मेरे साथ किया गया वायदा पूरा किया।"

ज़ाहिर था कि मैंने उन लड़कियों के बारे में उन्हें नहीं बताया, जिनके साथ मेरे नाजायज़ सम्बन्ध रहे थे, और कहा, "मैं वैसा ही हूँ, जैसा दिल्ली छोड़ते वक्त था—छड़ा।"

"तुम्हारी शादी का इन्तज़ाम भी जल्दी ही हो जाएगा। मैं तुम्हारे लिए अच्छी दुलहन की खोज में लग जाता हूँ। अच्छा, यह बताओ, तुम सिगरेट और पीने-पिलाने से तो दूर हो न ?"

"मैं सिगरेट नहीं पीता। और, जहाँ तक पीने का सवाल है, मैं खाने के दौरान, बियर या बाइन का एक गिलास ले लेता हूँ। मैंने 'स्कॉच' भी चरखी है, मगर उसे अपने लिए बहुत ज्यादा ताकतवर समझता हूँ।"

"और गोश्त ? मुझे उम्मीद है कि तुमने 'बड़ा माँस' (गोमाँस) का सेवन नहीं किया होगा ?"

"कहना मुश्किल है। पश्चिम में सूपों और 'स्टू' में किन-किन माँसों का इस्तेमाल करते हैं, यह पक्के तौर पर जानना बड़ा मुश्किल होता है। इसलिए मालूम नहीं पड़ पाता कि हम माँस के नाम पर क्या खा रहे हैं—गोमाँस, या मटन या सूअर का माँस।"

"हरे राम, रहे राम !" मेरे पिता ने अलाप सा करते हुए कहा। "अब तुम्हें पश्चात्ताप करना पड़ेगा। हम हरिद्वार जाएँगे, और वहाँ गंगा में स्नान करेंगे। उससे हमारे सब पाप नष्ट हो जाएँगे। तब तुम उस कमरे को भी देख लोगे, जो मैंने एक आश्रम में रिजर्व कराया है। वहाँ से गंगा माता साफ़ दिखाई देती है।"

मैं यास्मीन के बारे में सोचने लगा। जिन स्त्रियों के साथ मैं अमरीका में हमबिस्तर हुआ, उनमें मोटी, अधेड़ और शादीशुदा यास्मीन की याद मुझे सबसे ज्यादा आती है। उसने यह कहकर मेरा मज़ाक उड़ाया था कि हिन्दू लोग गंगा में स्नान करके

अपने पापों से छुट्टी पा लेते हैं। और, खुद उसने एक भारतीय हिन्दू काफ़िर के साथ नाज़ायज़ रिश्ते कायम करने के बाद, मक्का और मदीना की तीर्थयात्रा करके अपने उस 'पाप' से खुद भी मुक्ति पा ली होगी।

जब तक हम अपने पिता के डी.डी.ए. फ्लैट पहुँचे, पूर्वी क्षितिज हल्के भूरे रंग का हो गया था। मेरे पिता ने अपने छोटे से कमरे में, जो खाने के अलावा बैठने-उठने के काम भी आता था, अपनी चारपाई रख दी थी और बैडरूम मेरे लिए खाली कर दिया था। जब मैंने इस व्यवस्था को बदलने को कहा, तो उन्होंने इससे इन्कार कर दिया। उनका कहना था, "पुत्तर ! तुम आधी दुनिया का सफ़र पूरा करके लौटे हो, और इसलिए तुम्हें आराम की ज़रूरत है। बैडरूम तुम्हारे लिए ज्यादा आरामदेह रहेगा, और बैठने-उठने वाला कमरा मेरे सुबह जगने के वक्त के लिहाज़ से भी मेरे लिए सुविधाजनक है। मैं सुबह जल्दी उठ जाता हूँ और फिर मन्दिर जाता हूँ। मैं वापस लौटने पर तुम्हें उठा दिया करूँगा। उसके बाद, हम दोनों एक साथ नाश्ता करेंगे। इस दौरान, और बाद में तुम मुझे अपने अमरीका के तजुरबों और अपनी भावी योजनाओं के बारे में भी बता सकते हो।"

वे बिना अपने कपड़े बदले, चारपाई पर ही लेट गए। मैंने अपने कपड़े बदल रात के कपड़े पहने, और बैडरूम की चारपाई पर पसर गया, और अपनी आँखें बन्द कर लीं। चारपाई पर सोना आरामदेह नहीं लग रहा था। मुझे नरम और मुलायम तकियों के सहारे और वैसे ही बिछौनों पर सोने की आदत पड़ चुकी थी। नम मैट्रेसों की आदी कमर रूखी दरी से दुखने लगी, और सूती तकिया मुझे ठोस लकड़ी के पिण्ड जैसा लग रहा था। माहौल में अचानक परिवर्तन हो जाने और परिवेश में बदलाव आ जाने से मैं रात भर आराम और चैन से सो नहीं पाया।

मैंने अपने पिता को उठते और बाथरूम में जाकर स्नान करते सुना। मैंने उन्हें फ्लैट से बाहर जाते और बाहर से कुण्डी बन्द करते हुए भी सुना। उनके जाने के बाद मैंने आसपास के परिवेश को ध्यान से देखा। बड़ा निराशापूर्ण मंज़र था। मैंने खिड़की से झाँककर बाहर के नज़ारे को देखा। भूरे रंग की बहुमन्जिली इमारतें अनेक अपार्टमेन्टों वाली, और सब एक-सी बदनुमा। आड़ी-तिरछी, संकरी सड़कों, और हाल ही में लगाए गए कमज़ोर पेड़ों से विभाजित। कोने पर स्थित स्कूल-बस-स्टैण्ड पर, भारी छोटे थैलों को अपनी कमरों में लटकाए बच्चों को ले जाती हुई माताएँ। अपनी साइकिलों पर सवार और उकताहट से भरे दूध वाले, घर-घर अखबार बाँटने वाले। मैंने तभी फैसला कर लिया कि हम इस गन्दी, घिनौनी और फटेहाल कॉलोनी में नहीं रहेंगे। मेरे पिता को बेहतर परिवेश में रहने का हक़ है, मुझे बेहतर परिवेश में रहने का हक़ है।

मैं फिर आकर चारपाई पर लेट गया, इस बार अपनी आँखों पर एक रूमाल

रखकर। मेरी आँखों के सामने प्रिन्सटन तथा अमरीका के अन्य स्थानों में बिताए गए दिन घूमने लगे। और, कोई दृश्य ऐसा न था, जिसमें कोई ऐसी औरत न थी, जिसके साथ मैं हमबिस्तर न हुआ होऊँ। इनमें सबसे ज्यादा याद आती थी जैसिका ब्राउन और यास्मीन वांचू की। जैसिका ब्राउन ने मेरे लिए सैक्स का रास्ता खोला था और मुझे उस पर अग्रसर किया था, और यास्मीन वांचू ने बड़ी निर्लज्जता और धृष्टता के साथ मुझे अपना हमबिस्तर किया था। शेष औरतों की याद धूमिल हो गई थी, और मैं अब उन्हें देखूँ तो शायद पहचान भी नहीं पाऊँगा। उन्हें याद करता हूँ तो पाता हूँ कि शेष यौन-सम्बन्ध अल्पकालिक ही थे। सबसे लम्बा सम्बन्ध जैसिका ब्राउन का ही था। कारण, तब तक मैं यह जान और समझ चुका था कि सम्बन्ध जितने ज्यादा होंगे, मैं उतना ही सुरक्षित रहूँगा। मेरा यह निश्चय 'एड्स' के आरंभ होने से पहले का था। ऐसा समय भी आया जब मैं एक साथ दो या तीन लड़कियों को 'डेट' कर रहा था और कोई भी 'डेट' ऐसी न थी जिसके साथ मैं हमबिस्तर न हुआ होऊँ। जैसे ही मुझे लगता कि कोई लड़की इस सम्बन्ध को लेकर भावुक होती जा रही है, वैसे ही मैं उससे सम्बन्ध-विच्छेद कर लेता। ऐसे ही अ-जटिल, अल्पकालिक सम्बन्ध ही मुझे अब याद आ रहे थे। तरबूज जैसे वक्षों वाली लड़की से, मदमाते नितम्बों वाली लड़की, जो मेरे या अपने कमरे में नग्न नितम्बों का प्रदर्शन किया करती थी, ऐसे नितम्बों का, जिन्हें नग्न देखना मुझे सदा से प्रिय रहा है।

मैंने अपने मन में इस 'ब्लू-फिल्मों' जैसे चित्रों को देखते-देखते कब झपकी ले ली, इसका पता मुझे तब लगा, जब मैंने अपने पिता को यह कहते सुना, "पुत्तर ! अब जाने का वक्त हो गया। जब तक तुम नहाओगे और कपड़े बदलोगे, तब तक मैं तुम्हारे लिए आमलेट और चाय तैयार करता हूँ।"

शादी की तैयारी

मैं अब वही करता था, जो मेरे पिता चाहते थे। वे काफ़ी समय तक मुझसे दूर रहे थे, और अब मेरे आने पर वे मुझे अपने स्नेह की बरसात करते हुए से सराबोर और अभिभूत कर देना चाहते थे। मेरी उपलब्धियों पर उन्हें गर्व था, और अपने घनिष्ठ मित्रों से उनका बयान करके, वे अपने गर्व को कई गुना बढ़ाना चाहते थे। वे बूढ़े थे। जहाँ एक ओर मैंने छह साल तक अपनी ज़िन्दगी का भरपूर आनन्द लिया, वहाँ वे यहाँ अकेले किसी-न-किसी तरह जिन्दगी की गाड़ी ढकेलते रहे। इसलिए मैं हर तरह से उन्हें प्रसन्न और सन्तुष्ट रखने की कोशिश करता रहता था। जिस दिन मैं अमरीका से आया था, उसी दिन उन्होंने अपने एक दर्जन मित्रों और रिश्तेदारों को अपने छोटे से घर में आमन्त्रित किया था और ढेर सारे केक और बिस्कुटों के साथ चाय और कॉफी पिलाई थी। उनके इन मित्रों में हिन्दू भी थे, और सिख भी। सिख मित्र अपने दिन की शुरुआत सबसे पास के गुरुद्वारा में शब्द-कीरतन सुनकर करते थे, शाम को लोधी गार्डन्स में मिलकर आज के राजनैतिक नेताओं की बखिया उधेड़ते थे, और दिन का अन्त पास के साईंबाबा मन्दिर में जाकर करते थे। महीने में वे एक बार ज्यादातर गुरुवार को हज़रत निजामुद्दीन औलिया की दरगाह पर जाकर कव्वालियाँ सुनते थे। मुझे इस बात से कोई आश्चर्य नहीं हुआ कि मेरे बाहर रहने की अवधि के दौरान, मेरे पिता धार्मिक हो गए थे। वे काफी बूढ़े हो गए थे, और अधिकांश बूढ़े भारतीयों की भाँति मन्दिर जाने और पूजा करने लगे थे। मैं जानता था कि वे मुझे अपने पूजा-पाठ और मन्दिर जाने के प्रोग्रामों में शामिल होने के लिए जिद नहीं करेंगे, लेकिन हरिद्वार जाने और वहाँ गंगा में डुबकी लगाने की उनकी प्रबल इच्छा का विरोध मैं नहीं कर सका। मैं उनकी इस इच्छा का पालन इसलिए भी करना चाहता था, ताकि देख सकूँ कि दुनिया से रिटायर होने के वाद वे कहाँ रहने वाले हैं।

लेकिन जिस बात से मुझे वाक़ाई हैरत हुई, वह यह थी कि उन्हें मेरी शादी की बहुत ज्यादा जल्दी थी। हैरानी इसलिए ख़ास तौर पर हुई, क्योंकि मैं उसकी

कोई प्रत्याशा नहीं कर रहा था। बिना मुझसे पूछे और मेरी राय लिए, उन्होंने 'हिन्दुस्तान टाइम्स' और 'टाइम्स ऑफ इण्डिया' में विवाह-सम्बन्धी कॉलमों में, मेरे फोटो के साथ मेरी योग्यताओं का बखान करने वाला एक लम्बा विज्ञापन छपवा दिया। विज्ञापन छपवाने वाले का कोई खास कौशल उस विज्ञापन में नहीं झलकता था, सिवाय इस बात पर ज़ोर देने पर कि जिसके बारे में विज्ञापन छपा है, वह 'फी बेटा कप्पा' और 'सम्मा कम लॉड' उपाधियों से विभूषित होने के अलावा 'ग्रीन कार्ड' रखने की हैसियत रखता है। अमरीका में एक बहुराष्ट्रीय कम्पनी द्वारा प्रस्ताव दिए जाने वाले वेतन का—जो कई लाख रुपए आता था—उल्लेख भी था। उन्होंने विज्ञापन के रूप में अपना नाम, पता व फोन नम्बर दिया था, 'बाक्स नम्बर' का सहारा नहीं लिया था, ताकि आवेदनकर्ता सीधे उनसे सम्पर्क कर सकें। मुझे इस के बारे में तब पता चला, जब पहले परिवार के सदस्य, इच्छुक वधु अपने पिता, माता, चचाओं और भाइयों के साथ तशरीफ लाए। मेरे पिता ने उनका इन्टरव्यू जिस शैली में लिया, वह उस शैली से कम न थी जिससे पब्लिक सर्विस कमीशन के चेयरमैन इच्छित पदों के आवेदकों से लेते हैं। लड़की कितनी पढ़ी है ? क्या वह कहीं काम करती है ? उसे कितनी तनख्वाह मिलती है ? परिवार की हैसियत क्या है ? सम्पत्ति-जायदाद की क्या स्थिति है ? परिवार के बारे में क्या कोई सन्दर्भादि दे सकते हैं ? आदि-आदि। बदले में उन्होंने भी मेरे पिता से सवाल पूछे। मैं चुपचाप लड़की को देखता रहा और यह कल्पना करता रहा कि उसके साथ हमबिस्तर होने पर कैसा अनुभव होगा ? कई हफ्ते तक सैक्स से दूर रहने के बाद, मेरे मन में उसका बदसूरत चेहरा दिखाई देने लगा था। मुझे लड़कियों के साथ करीब-करीब रोज़, और कभी-कभी तो दिन में दो बार भी हमबिस्तर होने की आदत पड़ गई थी। मेरे लिए इस बात की कोई अहमियत नहीं रह गई थी कि वह देखने में कैसी लगती है, ज्यादा अहमियत इस बात की थी कि उसके साथ हमबिस्तर होने पर मुझे कैसा अनुभव होगा ! कांजीवरम् साड़ी और सोने के भूषणों से सज्जित उस लड़की ने चुपके से एक लजीली दृष्टि मुझ पर डाली थी लेकिन हम दोनों के बीच कोई बातचीत बिल्कुल नहीं हुई।

परिवार के सदस्यों के जाने के बाद, मैंने नाराज़गी के स्वर में उनसे पूछा, "पापा, यह सब क्या है ? आपने मुझसे, कम से कम पूछ तो लिया होता !"

"क्यों ?" उन्होंने लड़ाका और बेरहम स्वर में कहा। "एक बाप होने के नाते मेरा यह फ़र्ज है कि मैं अपने सामने अपने बेटे को शादीशुदा देखूँ। मैं सिर्फ अपने धर्म का ही पालन कर रहा हूँ। अगर आज तुम्हारी माँ ज़िन्दा होतीं, तो इस काम में मेरी मदद कर रही होतीं। अब यह काम मुझे अकेले करना है।"

लेकिन मैंने उन्हें छोड़ा नहीं और कहा, "पापा ! अगर आपकी कोई लड़की होती, और अपरिचित लोग उसे देखने आते, और बाद में उसके लिए 'हाँ' न कहते, तो आपको कैसा लगता ? विवाह के योग्य लड़कियों को अपरिचित लोगों की 'ना'

सुनना बड़ा अपमानजनक लगता है। मुझे यह बिल्कुल पसन्द नहीं है।''

लेकिन, उन्होंने हार नहीं मानी। और, अन्तिम फैसला सुनाने के अन्दाज में कहा, ''तुम इस मामले को मुझ पर छोड़ दो। अगर कोई लड़की और उसका परिवार सही जँचा, तब मैं तुम्हारी स्वीकृति पूछूँगा। आखिरी फ़ैसला तुम ही करोगे।''

उसके बाद, शायद ही कोई ऐसा दिन बीता हो, जब किसी-न-किसी परिवार के सदस्यों ने हमें चाय या कोक, पैप्सी जैसे सॉफ्ट-ड्रिन्क और उसके बाद इन्टरव्यू के दौर के लिए न बुलाया हो। इस दौरान, मैं एक के बाद एक लड़कियों को देखने की क्रिया का मूक दर्शक बना रहता। मगर मेरी आँखें उन्हें देखने के साथ-साथ अपनी कल्पना के नेत्रों से, अपनी साड़ियों और सलवार-कमीजों के पीछे वे कैसी होंगी, यह भी देखने की कोशिश करता था। वैसे, वे सभी अपने-अपने तरीके से रात के समय हमबिस्तर होने योग्य अवश्य थीं। मेरे पिता अपनी राय एक कागज़ पर दर्ज करते रहते, और बाद में उन्हें फाइल-बन्द कर देते। सरकारी सेवा में होने के कारण, उन्हें हर बात को नोट करने और उसे बाक़ायदा फाइल करने की आदत पड़ चुकी थी।

मैं रोज़ की इन मुलाक़ातों से आज़िज़ आ गया था। मेरा संवेदनशील मन उन लड़कियों के, जिन्हें उनके अभिभावकों से अन्त में यह उत्तर मिलता कि ''हम बाद में आपको सूचित करेंगे,'' बारे में मन ही मन अफ़सोस करता ! और, पिताजी को मेरा उत्तर हर बार यही होता, ''ठीक है, आप ही फैसला कीजिएगा।''

एक दिन मेरे पिता बोले, ''अब तक जिन लड़कियों और उनके अभिभावकों को हमने देखा, वे सभी मध्यवर्गीय परिवारों के थे। तुम्हारा विवाह दिल्ली की सबसे सुन्दर और सबसे ज्यादा अमीर लड़की से होना चाहिए। तुम ऐसी लड़की के ही योग्य हो।''

''आपके हरिद्वार जाने के बारे में क्या हुआ ?'' मैंने विषय को बदलते हुए कहा। ''मुझे अभी भी अपने पापों का प्रायश्चित्त करना है।''

''मैं उस बात को भूला नहीं हूँ,'' उन्होंने जवाब दिया। ''मैंने अपने दोस्त सरदार मेंहगा सिंह से कहा है कि वह एक हफ्ते के लिए अपनी मर्सीडीज बैन्ज दे दे। उसी की कार में मैं तुम्हें एयरपोर्ट से लाया था। वह जितना अमीर है, उतना ही भला भी है।''

जिस दिन हम हरिद्वार के लिए रवाना होने वाले थे, उससे एक दिन पहले एक कार हमारे फ्लैट के आगे रुकी। उसके ड्राइवर ने एक चिट्ठी मेरे पिता को दी। उसे पढ़कर वे बहुत उत्तेजित दिखाई दिए। उन्होंने मुझसे कहा, ''यह चिट्ठी राय बहादुर अचिन्त राम की है। वे दिल्ली के सबसे अमीर पंजाबियों में से एक हैं। चीनी की कई कम्पनियाँ, सिनेमाघर, बँगले और फार्म बनाने योग्य ज़मीनें हैं उनकी। उनकी एक ही लड़की है, जो अभी तक अविवाहित है। उन्होंने हमें चाय के लिए अपने

घर बुलाया है।''

मेरे पिता ने ड्राइवर को एक चिट्ठी दी, जिसमें लिखा था कि वे हरिद्वार से लौटने के फौरन बाद उनसे सम्पर्क करेंगे।

मैंने पहले कभी हरिद्वार नहीं देखा था। मेरे पिता भी हरिद्वार पहली बार बीस से ज्यादा साल पहले, मेरी माँ की अस्थियाँ गंगा में प्रवाहित करने के लिए गए थे। उसके बाद, वे बस द्वारा कई बार हरिद्वार, जहाँ उन्होंने एक आश्रम में अपने लिए एक कमरा किराए पर ले रखा था, गए थे। लेकिन बड़ी मर्सीडीज बैंज में बैठकर हरिद्वार जाना उनके लिए एक नया और अनूठा अनुभव था। हम लोग सुबह जल्दी रवाना हुए। सारे रास्ते, गाज़ियाबाद से मेरठ और रुड़की तक, वे बराबर लाला अचिन्त राम की ही बात करते रहे। अगर यह सम्बन्ध स्थापित हो जाता है, तो यह बहुत अच्छा सम्बन्ध होगा—दिमाग का धन से। दिमाग का योगदान हमारी तरफ़ से होगा, और धन का योगदान उनकी तरफ़ से। उन्होंने अपना मत व्यक्त करते हुए कहा, ''लालाजी या तो तुम्हें किसी लाभदायक धन्धे को शुरू करने में तुम्हारी मदद करेंगे, या जो भी तुम करना चाहोगे, उसे पूरा करने में तुम्हारी मदद करेंगे,'' आदि, आदि।

हम दोपहार से पहले हरिद्वार पहुँच गए, और सीधे आश्रम में पहुँचे। उन्होंने अपना कमरा खुलवाया। कमरे में फर्नीचर के नाम पर एक चारपाई, एक कुर्सी और एक मेज ही थी। छत के बीचोंबीच लगे सीलिंग-फैन को देखकर ऐसा लगता था, मानो अब गिरा, अब गिरा। उससे कुछ दूरी पर एक बिना कवर वाला बल्ब लटक रहा था। शौचालय हिन्दुस्तानी पद्धति का था। बाथरूम में एक नल के अलावा स्टूल पर एक लोटा रखा था। जब मैंने अपने पिता से पूछा, ''क्या आपको और किसी चीज़ की ज़रूरत नहीं पड़ती यहाँ ?'' उन्होंने कहा, ''मैं अपना बिस्तर और साबुन अपने साथ ही लाता हूँ। कीकर की टहनियाँ दाँत साफ़ करने के काम आती हैं।''

उन्होंने आगे कहा, ''शाकाहारी भोजन यहाँ बहुत अच्छा मिलता है। हर शाम कथा-कीर्तन का कार्यक्रम होता है। पण्डित और विद्वान लोग हिन्दू धर्म के धार्मिक ग्रन्थों में बताई गई बातों पर प्रवचन करते हैं, जिन्हें सुनने के लिए देश भर से लोग यहाँ आते हैं। उनके सत्संग के अलावा, हिमालय की ऊँचाई से, गंगोत्री से भगवान शिव की जटाओं से निकलने वाली पवित्र-पावन गंगा मय्या का दर्शन करने का सुअवसर भी सदा मिलता है।''

शाम का भोजन हमने आश्रम में नियमित रूप से रहने वाले उन आश्रमवासियों के साथ किया, जो खाते समय पालथी मारे ज़मीन पर बैठे थे। उन्हें भोजन परोसने वाले लोग सिर्फ पवित्र जनेऊ और एक महीन सी धोतियाँ पहने हुए थे। मैं हाथों से खाने की आदत काफ़ी पहले छोड़ चुका था, इसलिए खाते समय काफी दाल और

भाजी मेरी कमीज पर गिरी। खाना खाकर मेरे पिता शाम का आराम करने लगे। मैं इस बीच शहर की ओर निकल गया, कुछ ऐसा दृश्य देखने के लिए, जो मुझे दिलचस्प लगेगा। उससे मेरा दिल भी यहाँ लगा रहेगा।

हरिद्वार की सारी सड़कें मुख्य मार्ग से इधर-उधर फैलती थीं, और सब गंगा पर जाकर समाप्त हो जाती थीं। जगह-जगह पर मुझे उन पण्डों से अपना बचाव करना पड़ा, जो मेरे पुरखों की, जो कभी हरिद्वार आए होंगे, हरिद्वार-यात्राओं के बारे में महत्वपूर्ण ब्यौरा देने को प्रस्तुत थे, बदले में गौशालाओं, अनाथाश्रमों और मन्दिरों के लिए दान देकर, जिनकी रसीद वे देने को तैयार थे। अन्त में मैं गंगा नदी के तट पर आया, जहाँ से एक पुल पार करने के बाद मैं एक ऐसे छोटे से द्वीप पर पहुँचा, जिसके बीचोंबीच एक भद्दा-सा सफेद रंग का घण्टाघर स्थित था। मैं पुल पर खड़ा होकर, चारों ओर के दृश्य को निहारने लगा। उत्तर की ओर थी पहाड़ियों की एक श्रेणी, जो घने जंगलों से ढकी थी। पूर्व की ओर स्थित थीं छोटी पहाड़ियाँ। दक्षिण की ओर था वह मैदान, जिस पर गंगा बहती थी। पश्चिम की ओर स्थित थी एक पर्वतीय दीवार, जो नगर की चौकसी करती दिखाई देती थी। पुल के नीचे गंगा बड़ी तेज़ी से बहती थी। उसके किनारे पर बसे थे, वस्तु निर्माण की दृष्टि से वर्णन के अयोग्य मन्दिरों का एक अन्तहीन सिलसिला। घाटों पर स्वस्थ, सुन्दर गाएँ घूम रही थीं, उन तीर्थयात्रियों की प्रतीक्षा में जो उन्हें केले दे सकें। कुछ गज़ों के अन्तर पर, अपने चेहरों पर राख लगाए, जलती आग के चारों ओर बैठे, चिलम पीते साधुओं के झुण्ड दिखाई दे रहे थे। नदी में कोई भी पवित्रता नहीं दिखाई दी, सिवा स्वच्छ नीले रंग के पानी के, जो धूप में चमक रहा था।

मैं वापस आश्रम लौटा, अपने पिता को लाने के लिए। वे मेरी ही प्रतीक्षा कर रहे थे। हम चलते-चलते घाट पर आए। हर की पौड़ी घाट पर भारी भीड़ थी। मेरे पिता बोले, "घण्टाघर से बेहतर नज़ारा देखने को मिलेगा। हम पुल पार करके द्वीप पर आए, और घण्टाघर के उस स्थान पर बैठ गए, जहाँ से हर की पौड़ी साफ़ दिखाई देती थी। पश्चिम पर्वतश्रेणी के पार सूर्यास्त हो जाने के बाद, घाट पर, छाया गहराने लगी। परिदृश्य बड़े नाटकीय ढंग से बदल रहा था। तटों पर स्थित मन्दिरों से, तेल से जलने वाले बड़े-बड़े दीप-स्तम्भ हाथों में लेकर, पुरोहित बाहर आते दिखाई दिए। हर की पौड़ी पर उतरते हुए उन्हें देखकर लग रहा था, जैसे कोई शाही, भव्य जुलूस निकल रहा हो। नदी के तट पर आकर उन्होंने दीप स्तम्भों से गंगा की आरती की। आरती के दौरान, दीप-स्तम्भ गंगा का स्पर्श भी कर लेते थे। लय से पढ़ी गई इस आरती में स्वरोच्चार से गंगा मय्या की स्तुति की जा रही थी। तभी, सब मन्दिरों के घण्टे एक साथ बजने लगे। तीर्थयात्री नदी पर पुष्प-वर्षा करने लगे, और दिए नदी में प्रवाहित करने लगे। दिए उठते-गिरते बह रहे थे। नदी पर छाया अँधेरा इन स्पन्दित दियों और दीप-स्तम्भ का प्रकाश अनन्त-असीम प्रतिबिम्ब प्रस्तुत कर रहा

था। मैं मन्त्रमुग्ध सा अपनी आँखों के सामने फैले इस जादुई दृश्य को देख रहा था। मेरे पिता ने अपने ऊपर हाथों को जोड़कर, पवित्र गंगा की स्तुति की—

"ओम ! पावन गंगा माँ, तुम्हारी जय हो !
तुम्हारी जय हो !
जो करे तुम्हारी पूजा,
वही है सच्चा भक्त तुम्हारा !
तुम उसकी सब इच्छाएँ
अवश्य पूरी करती हो !
ओम ! गंगा मय्या ! तुम्हारी जय हो, जय हो, जय हो !"

यह भव्य दृश्य, जिस प्रकार अचानक शुरू हुआ था, उसी प्रकार अचानक समाप्त हो गया। घण्टे बजने बन्द हो गए। पुजारीगण अपने-अपने मन्दिरों में चले गए, अपने-अपने दीप-स्तम्भों के साथ। दिए दीखने बन्द हो गए। मेरे आसपास अनेक बंगाली तीर्थ-यात्री खड़े थे। भावावेश में आकर, मैंने भी उनके साथ ऊँचे स्वर में कहा, "जय गंगा माता ! जय हो तुम्हारी माँ गंगा !"

घाट से जाते हुए मुझे स्वच्छ नीले आकाश में अर्ध-चन्द्र उदय होता हुआ दिखाई दिया। और उसके साथ दिखाई दिया, प्रेमियों का प्रिय शुक्र तारा। दोनों की परछाइयाँ शान्त नदी में प्रतिबिम्बित हो रही थीं। यह जादुई दृश्य रात भर मेरी स्मृति में छाया रहा। इतना ही नहीं, वह मुझे अपने सपनों में बार-बार दिखाई देता रहा।

अगले दिन, मेरे पिता ने सुबह ही सुबह मुझे जगा दिया। उस समय अँधेरा ही था। उन्होंने मुझसे कहा, "उठो ! हर की पौड़ी पर जाते हैं। देर करने से वहाँ बहुत भीड़ हो जाएगी। उसके बाद हम कार से दिल्ली रवाना हो जाएँगे। इसलिए, अपना सारा सामान कार में रख दो।"

मैंने उठकर जल्दी-जल्दी ब्रुश किया, शेव किया, और नल के पानी से अपना मुँह धोया। हालाँकि पानी गंगा का था, तो भी उसे पवित्र नहीं माना जाता था। कम रोशनी में दिखाई देने वाली सड़कों, और घाट की ओर जा रहे स्त्री-पुरुषों की भीड़ को पार करती कार को एक कोने में रोक कर, हम दोनों तेज़ी से घाट की ओर बढ़े। हर की पौड़ी पर भीड़ बढ़ती जा रही थी। हम भीड़ को चीरते हुए आगे बढ़ रहे थे। अपने कपड़े हमने एक पण्डे को, उन पर निगाह रखने के लिए दिए, और सीढ़ियों से नीचे जाने लगे। जब तक हमने नदी के अन्दर प्रवेश किया, तब तक सूरज पूर्वी पहाड़ियों के ऊपर तक आ चुका था। पानी बर्फ जैसा ठंडा था।

लेकिन, उसकी ज़रा भी परवाह न करते हुए, मेरे पिता तब तक अन्दर घुसते चले गए, जब तक पानी उनकी कमर तक नहीं आ गया। मैं भी उनके पीछे-पीछे आगे बढ़ रहा था। उन्होंने अपने प्याले की तरह जुड़े हाथों में कुछ पानी लिया और उसे कुछ शब्द बुदबुदाते हुए, उगते सूर्य को अर्पित किया। इसके बाद उन्होंने जल में कई बार डुबकियाँ लगाईं, और मुझसे भी ऐसा करने को कहा। डुबकियाँ लगाते-लगाते मुझे यास्मीन के उन व्यंग्यपूर्ण उद्गारों की याद आ रही थी, जो उसने धर्म-प्राण हिन्दुओं की इस मान्यता का मज़ाक उड़ाते हुए व्यक्त किए थे–कि हिन्दू लोग गंगा में डुबकी लगाकर मान लेते हैं कि उससे उनके सब पाप धुल गए।

पानी से बाहर निकलकर हमने अपने बदन पोंछे। मेरे पिता ने मुझे आश्वस्त करते हुए कहा, "अब हम दोनों के सब पाप धुल गए। गंगा माता ने हमारे सब पापों को धो दिया है, और अब वे उसे सागर में प्रवाहित कर देंगी।" यह थी उनकी मान्यता। और मैं, तौलिये से अपने बदन को पोंछते हुए गंगा में स्नान करने वाले अन्य भक्तों को देख रहा था, ख़ास तौर पर विशाल वक्षों और उनसे भी अधिक विशाल नितम्बों को, जो उनकी भीगी हुई साड़ियों के पार, साफ़-साफ़ दिखाई दे रहे थे। मैं महसूस कर रहा था कि गंगा जल मेरी कामोत्तेजक और व्यभिचारी प्रवृत्ति को धोने में पूरी तरह असफल रहा।

दिल्ली वापस जाते समय हमने ऐसे कई पुरुष देखे, जो दोनों कंधों पर पानी के घड़े लिए हुए जा रहे थे। मेरे पिता ने मुझे बताया किये लोग हर की पौड़ी से घड़ों में गंगाजल भर कर अपने गाँव जा रहे हैं, और वहाँ गाँव वालों को प्रसाद के रूप में गंगा-जल बाँटेंगे। ऐसी मान्यता है कि ये हंडे ज़मीन से ऊपर रहने चाहिए। अगर उन्होंने ज़मीन छू ली तो गंगाजल की पवित्रता जाती रहेगी। गंगा-जल को अत्यन्त पवित्र माना जाता है। उसकी बूँदें नवजात बच्चे के मुँह में भी डाली जाती हैं, और मरणासन्न व्यक्ति के मुँह में भी। देव-मूर्तियों को प्रतिष्ठित करने से पूर्व, गंगा-जल से स्नान कराया जाता है। बहुत से धनी हिन्दू टैंकरों से रोज गंगा-जल मँगवाते हैं, उससे स्नान करने के लिए।... वे इसी रौ में काफी देर तक बोलते रहे। इसलिए मुझे बीच में ही उन्हें रोकने के लिए मजबूर होना पड़ा। और, इसका फ़ायदा मैंने उन्हें यह साफ़-साफ़ कहने के लिए भी उठा लिया कि 'पापा ! यह ज़रूरी नहीं है कि आप जो कुछ भी कहते या करते हो, उससे मैं सहमत ही हूँ।' लेकिन यह बात मैंने नम्र शब्दों में कही। "पापाजी ! यह भ्रम है। गंगा-जल उतना ही पवित्र और अपवित्र है, जितना यमुना, रावी, नर्मदा, कावेरी, कृष्णा या ब्रह्मपुत्र का जल या थेम्स, राइन, डैन्यूब, वोल्गा, सीन या मिसीसिपी का जल। अब जहाँ पश्चिम की नदियाँ औद्योगिक प्रवाहों के कारण दूषित हैं, वहाँ हमारी नदियाँ मूत्र-पेशाबों, अधजले शवों और कूड़े-कचरे के कारण दूषित हैं। हरिद्वार में गंगा स्वच्छ रहती है क्योंकि यह वहाँ सीधे बर्फ से ढके पर्वतों से आती है। लेकिन अगर आप उसे इलाहाबाद के बाद

वाराणसी, पटना में देखेंगे, तो वह इतनी गन्दी हो जाती है कि आप उसमें अपना पाँव डालने में भी हिचकिचाएँगे। और बंगाल तक पहुँच कर वह हुगली बन जाती है, और गंदी नाली जैसी हो जाती है।''

मेरे पिताजी ने मेरी भर्त्सना करते हुए कहा, ''मत करो इस तरह की बातें ! मैं दूसरी नदियों के बारे में नहीं जानता, मगर इतना जानता हूँ कि वैज्ञानिकों ने गंगा के जल का विश्लेषण करके पाया है कि गंगा जल में स्वास्थ्यकारी अनूठे तत्व हैं। गंगा-जल जैसा शुद्ध जल दुनिया की किसी नदी का नहीं है। हमारे पुरखों ने उसे अकारण ही पवित्र नहीं कहा था। वे इस नदी के किनारों पर स्थित गुफ़ाओं में रहते थे, और वहीं ध्यान करते थे। तुम्हारा पाँव पश्चिम के भौतिकतावाद के दुष्प्रभाव से दूषित हो गया है।''

ऐसे व्यक्ति से, जिसकी सोच बड़ी सीमित थी, बहस करने में कोई लाभ न था। बुढ़ापे में वे धर्मान्ध और कट्टर विचारों के हो गए थे। एक व्यक्ति के रूप में वे बहुत अच्छे थे, दूसरों का ख्याल रखते थे, और मैंने उन्हें कभी किसी आदमी के खिलाफ़ कुछ बोलते या किसी की भावनाओं को ठेस पहुँचाने वाली बात कहते या कुछ करते नहीं देखा था। लेकिन, अब वे धर्मान्ध हो गये थे, अब इस उम्र में उनके सोच को बदलना नामुमकिन था। सफ़र के शेष समय में हम दोनों के बीच कोई और बातचीत नहीं हुई।

मेरे पिता ने रायबहादुर लाला अचिन्त राम को फोन करके, हरिद्वार वापिस आ जाने के बारे में बताया। ''मैं कब आपके पास, आपकी सुविधा के समय आकर, आपसे भेंट करने और अपनी आदरांजलि अर्पित करने आ सकता हूँ, या, आप मेरे गरीबखाने पर तशरीफ़ लाकर मुझे कृतार्थ करेंगे ? हम डी. डी. ए. के एक मामूली फ्लैट में रहते हैं। ''उनका लहज़ा बड़ा जी-हुजूरिया और चापलूसी-भरा था। अचिन्त राम ने अगले दिन हम दोनों को चाय पर बुलाया।

इस बार मेरे पिता ने अपने अमीर सिख दोस्त से उसकी मर्सीडीज नहीं माँगी। बोले—''हम उन्हें अपने बारे में किसी ग़लतफ़हमी में नहीं रखना चाहते। हम टैक्सी से जाएँगे।''

वहाँ जाने के लिए मेरे पिता ने शेरवानी और चूड़ीदार पाजामा धारण किया, और सिर पर भूरे रंग की पगड़ी बाँधी। मैंने प्रिन्सटन टी-शर्ट और नीले रंग के डैनिम्स पहने। मैं जानता था कि मैं अनौपचारिक पोशाक में बेहतर दिखाई देता हूँ। हमने एक टैक्सी ली और टैक्सी-ड्राइवर से पृथ्वीराज रोड चलने को कहा। यह नई दिल्ली के सबसे ज्यादा महँगे रिहायशी इलाक़ों में से था। हमारी टैक्सी एक विशाल दुमंजिला मकान के सामने रुकी। घर एक साफ़-सुथरे गार्डन से घिरा था। एक खुले लॉन

के मध्य में संगमरमर का बना फव्वारा था। गुलदाऊदी के बड़े-बड़े फूलों की बहुत-सी क्यारियाँ भी थीं। एक वर्दीयुक्त सेवक ने हमारे लिए द्वार खोला, और हमें ड्राइंगरूम में ले गया जहाँ बड़े-बड़े सोफ़ा, आरामकुर्सियाँ, अलंकारों से सुसज्जित काले संगमरमर की मेजें, छत से लटकते हुए दो विशाल झाड़-फानूस शोभायमान थे। ड्राइंगरूम में जगह-जगह पर चाँदी के फ्रेम में मढ़े भारत के प्रेसीडेन्ट, प्रधानमंत्री और परिवार के सदस्यों के फोटोग्राफ लगे थे। ड्राइंगरूम में जो कुछ था, हाल ही में उपार्जित दौलत और सामाजिक हैसियत और प्रतिष्ठा का प्रतीक था।

रायबहादुर साहब ने स्वयं अपने अध्ययन-कक्ष से बाहर आकर हमारा स्वागत किया। उन्होंने मेरे पिता का आलिंगन किया। वे दोनों लगभग एक ही आयु के थे। दोनों की ऊँचाई भी लगभग समान थी। मगर मेरे पिता इकहरे बदन के थे, जबकि रायबहादुर साहब तौंदू थे और मोटे लेन्सों का चश्मा लगाते थे। मैंने अपना सर झुकाकर उन्हें नमस्ते की, और उन्होंने अपना हाथ मेरे सर पर रखकर 'बेटा' कहकर मुझे और मेरे पिता को बैठने को कहा। फिर, उन्होंने नौकर को बुलाकर हमारे लिए चाय लाने और परिवार के सब सदस्यों को यह सूचना देने को कहा कि मेहमान आ गए हैं। सबसे पहले उनके तीनों भाई आए और उन्होंने मुझसे और मेरे पिता से हाथ मिलाया। मगर उनके हाथ मिलाने में मुझे गर्मज़ोशी नहीं दिखाई दी। उसके बाद उनकी बीबियों का नम्बर आया। उन तीनों ने ज़रूरत से ज्यादा मेकअप कर रखा था, और ज़रूरत से ज्यादा कपड़े और गहने पहन रखे थे। उन्होंने हाथ जोड़कर हमें नमस्ते की, और सबसे पीछे के सोफे पर बैठ गईं। उनसे आशा की जाती थी कि वे अपने मुँह बंद रखेंगी, और उन्होंने अपने मुँह बन्द रखे भी। उनके बाद आईं अचिन्त राम की पत्नी, बहुत मोटी और आभूषणों से लदी हुई। उनके पीछे थीं उनकी पुत्री, प्रदर्शन-योग्य पोशाक और गहने पहने हुए।

सबने चाय पी, और चाय के साथ केक भी खाए। राय बहादुर साहब मेरे पिता के पास आकर बैठ गये। दोनों बुजुर्ग आपस में बात करने लगे। तीनों बेटे मुझसे बात करने लगे। उन्होंने मुझसे पूछा, मैं भारत में कौन-कौन से स्कूल और कालेज में पढ़ा था, और मैंने विदेश में कितने साल बिताए। मैंने भी उनसे उनके स्कूलों और कालेजों के बारे में पूछा। वे विशिष्ट व्यक्तियों के मनपसन्द मार्डन स्कूल में पढ़े थे, और बाद में अपने पिता के कारोबार में शामिल हो गये। "कालेज से डिग्री पाने में क्या रखा है ?" सबसे बड़े बेटे ने कहा। "वे बिजनेस में ज़रा भी मददगार नहीं होतीं। बिजनैस में काम आता है व्यावहारिक तजुर्बा !" उनसे बातें करने के बाद मुझे लड़की से बात करने का मौका मिल गया। मैंने उससे पूछा कि "क्या वह अपने बड़े भाई की बात से सहमत है ?" उसने खटाक से कहा, "बिल्कुल नहीं ! मैं न किसी बिजनैस का हिस्सा बनना चाहती हूँ, और न किसी आफिस में कोई काम करना चाहती हूँ। मैंने मिरांडा हाउस से अंग्रेजी साहित्य से बी. ए. किया,

लेकिन पापा ने मुझे एम. ए. नहीं करने दिया।"

इस पर उसकी माँ ने बीच में आते हुए कहा, "सोनू हमारी अकेली बेटी है। पुरुष लोग आम तौर पर ऐसी लड़कियों से विवाह नहीं करना चाहते, जो उनसे ज्यादा पढ़ी-लिखी हों। कालेज जाने वाली वह हमारे ख़ानदान की पहली सदस्य है। हमें उस पर बहुत गर्व है।"

सोनू के चेहरे पर एक फ़ीकी हँसी आई। इस बार मैंने उसे बड़े ध्यान से देखा। वह छरहरी और गौरवर्ण की थी और, सूरत शक्ल में अपनी मोटी माँ से बहुत मिलती थी। ज़ाहिर था कि उसे पहली बार अपनी नुमाइश का 'अपमान' सहना पड़ रहा था। अपनी यह नुमायश उसे अच्छी नहीं लग रही थी। वह रूठी और नाराज़ सी लग रही थी, लग रहा था कि हमारे जाने के बाद वह अपने 'अपमान' का बदला अपने माँ-बाप से ज़रूर लेगी।

जब हमारे जाने का समय हुआ, तो सब खड़े हो गए। वहाँ मौजूद सब लोगों में मैं ही सबसे ऊँचा था और, लड़की के सब भाइयों से ज़्यादा आकर्षक भी। परिवार के सब सदस्यों ने हमें पोर्च तक आकर विदा दी। राय बहादुर ने उस टैक्सी को देखा जिसमें हम आए थे, और अपने नौकर से उसका किराया अदा कर देने और उससे अपने शोफर को बुलाने को कहा। जब मेरे पिता ने टैक्सी का किराया खुद देने की मामूली-सी ज़िद की, तो रायबहादुर ने उनका हाथ अपने हाथ में लेते हुए कहा, "नहीं भाई, मैं यह नहीं होने दूँगा। मेरा ड्राइवर मेरी कार में आपको आपके घर तक छोड़ आएगा।" दोनों एक-दूसरे से आलिंगनबद्ध हुए। मैंने रायबहादुर और उनकी पत्नी के चरण छुए। राय बहादुर ने कहा, "जीते रहो, बेटा !" उनकी पत्नी ने कहा, "लम्बी उमर हो, पुत्तर !" मैंने उनके बेटों से हाथ मिलाया, और उनकी बीवियों और सोनू से नमस्ते की। सोनू ने बदले में हाथ जोड़कर नमस्ते की, मगर कहा कुछ नहीं। वह बड़ी अनिश्चित सी दिखाई दे रही थी।

रास्ते में मेरे पिता बड़ी प्रसन्न मुद्रा में थे। "रायबहादुर साहब ने मुझे बताया कि सोनू को उनकी सम्पत्ति में अपने भाइयों के साथ बराबर का हिस्सा मिलेगा। यह राशि कई करोड़ बैठेगी। वे तुम्हें अपना बिजनैस पार्टनर बनाने को भी तैयार हैं। लड़की देखने में बुरी नहीं, ठीक-ठाक है। पढ़ी लिखी भी है। उसे हमारी मामूली सी जीवन-शैली में अपने को एडजस्ट करने में कुछ वक्त ज़रूर लगेगा, मगर तुम जैसा आकर्षक और बेहतर योग्यताओं वाला लड़का कहाँ मिलेगा ? मैंने रायबहादुर साहब को बता दिया है कि मैं इस मामले में आखिरी फ़ैसला बिना तुमसे सलाहकिए नहीं लूँगा। अब आखिरी फ़ैसला तुम्हें दो दिन के अन्दर बता देना है।"

अचिन्त राम के परिवार के बारे में मेरा सोच क्या है ? उनके पास वह सब कुछ है, जो मुझे नए-नए अमीर बने पंजाबी परिवारों के बारे में नापसन्द है। ढेर सारा रुपया, मगर जीवन स्तर कुछ नहीं। उनके बिना किसी स्तर के होने के काफ़ी

सबूत मुझे उनके सिटिंग-रूम में देखने को मिल गए थे। काले रंग का संगमरमर का फ़र्श, सफ़ेद संगमरमर की दीवारें, झाड़फानूस जिन्हें किसी रिहायशी घर की जगह किसी होटल की लॉबी में होना चाहिए था। इतालवी संगमरमर की मेज़ें, प्रभावशाली राजनीतिक नेताओं के चाँदी के फ्रेमों में चढ़े फोटोग्राफ, लेकिन न गाँधी के, न नहेरू के। एक बहुत बड़ा गार्डन होने के बावजूद, अलंकृत कलशों में प्लास्टिक के फूल सजाए गए थे, और बिल्लौरी कटोरों में प्लास्टिक के केले, सेब, अंगूर, चैरी और अनन्नास सजे थे। मुझे तो यह भी शक हुआ था कि झाड़-फानूस भी कट-ग्लास के नहीं, प्लास्टिक के ही बने थे। अचिन्त राय के बालों और झूलती हुई मूँछों पर खिज़ाब लगा था, लेकिन ठीक ढंग से नहीं लगा था, जिसकी वजह से उनकी जड़ों में सफ़ेदी साफ़ दिखाई देती थी। उनकी काली शेरवानी में हीरों से जड़े सोने के बटन लगे थे। उनकी बैंत, जिसका इस्तेमाल वे घर में भी करते थे, आबनूस से बनी थी, और उसका हैंडिल हाथी के दाँत का बना था, और डिजाइन शेर का था। उनकी पत्नी उन जैसी ही मोटी थी और, भारी सोने के गहनों, बुंदों, नैकलेसों, चूड़ियों और अंगूठियों से लैस थी। उसे उम्मीद थी कि उनके बेटे अपने माँ-बाप की बनिस्पत बेहतर रुचि वाले होंगे, मगर वे भी उन जैसे ही निकले। उनकी पोशाक बेशक पश्चिमी थी, लेकिन उनकी लाल, चमकदार टाइयाँ, और उनकी आगे की जेबों से बाहर निकलते लाल रूमाल, उनकी अभिरुचि को दर्शाते थे। तीनों ने जरूरत से ज्यादा इत्र लगा रखा था, उंगलियों पर सोने या प्लेटीनम की अगूठियाँ, जिन पर कीमती पत्थर लगे थे, सोने की चेनों से युक्त घड़ियाँ उनकी शोभा में चार चाँद लगा रहे थे, उनके घटियापन को उजागर कर रहे थे। जब तक वे मेरे सामने थे, लगातार अपनी उँगलियाँ चटकाते रहे। सबसे छोटा भाई मुझे सबसे ज्यादा भौंडा लगा। जब तक वह मुझसे बातें करता रहा ऊँची आवाज़ में बोलता रहा, बार-बार अपने पाँवों को एक-दूसरे के ऊपर करता रहा, अपनी जाँघों को पूरा खोलता और फिर अगले ही क्षण जोड़ता रहा। ऐसे चुलबुले आदमी से कैसे गम्भीरता से बातें की जा सकती हैं ?

अचिन्त राम की बहुएँ लिपी-पुती गुड़ियों की तरह बैठी रहीं। उनके चेहरों पर कभी कोई भाव मुझे नहीं दिखाई दिए। कभी-कभी वे मुझे मुँह फाड़कर जिस भाव से दखती थीं, उससे लगता था कि उन्हें इस बात की जलन हो रही है कि उनकी ननद का रिश्ता एक ऐसे आदमी से होने जा रहा है जो उनके पतियों से ज्यादा अक्लमंद और पढ़ा-लिखा है।

और, वह मर्सीडीज, जो हमें अपने घर लायी ! उसके 'डैशबोर्ड' पर चाँदी के गणपति विराजमान थे, और पास विराजमान थी इत्र की एक बोतल। पीछे के एक खाने में झूल रहा था एक रौंयेदार बौना !

अपने पिता को यह बताने में कोई फ़ायदा नहीं था कि इस अमीर घराने के लोग स्तरीय लोग नहीं हैं। उनकी समझ में कुछ नहीं आएगा। और, सोनू के बारे

में यह मान लेना कि वह भी उस परिवार के अन्य सदस्यों जैसी ही है, उसके प्रति अन्याय होगा। वह हमबिस्तर होने के काफ़ी हद तक काबिल है, और मैं जीने की सही शैली और व्यवहार के बारे में उचित प्रशिक्षण देकर, उसे अच्छे संस्कार और ग़लत संस्कार के बीच अन्तर के बारे में बता सकूँगा, क्रिस्टल, कट-ग्लास और प्लास्टिक में फर्क क्या है, यह उसे समझा सकूँगा।

मैं अपने विवाह के हर पहलू पर विचार करता रहा। मेरी निगाह में प्रेम या सहचारिता से ज्यादा अहमियत और ज़रूरत सैक्स की है। एक लम्बे अर्से से हम अपने को यह मानकर कि स्त्री-पुरुष के सुखद सम्बन्ध का आधार प्रेम है, अपने को बेवकूफ़ बनाते चले आ रहे हैं। प्रेम एक भ्रांतिजनक और चक्कर में डाल देने वाली कल्पना है। मगर कामवासना की कल्पना न भ्रांतिजनक है, न चक्कर में डाल देने वाली, क्योंकि हर इन्सान आसानी से समझ सकता है कि वह क्या है, और उसका उपयोग कैसे होता है। वह हर इन्सान के मन में तब जागती है, जब वह दूसरे लिंग वाले व्यक्ति के प्रति आकर्षित होता है, पुरुष स्त्री के प्रति, और स्त्री पुरुष के प्रति। गाढ़ आलिंगन करने, चुम्बन करने, और दुलारने जैसी क्रियाओं का अन्त दोनों के सम्भोग में ही होता है। कामवासना के बिना प्रेम ज्यादा समय तक ज़िन्दा नहीं रहता, लेकिन कामवासना अनन्त काल तक ज़िन्दा रहती है, और प्रेम और अनुराग और लगाव का यही सच्चा आधार है।

अमरीका में मुझे भरपूर सैक्स मिला, और उसके पीछे दोनों पक्षों की ओर से किसी किस्म के बहुत दिनों तक क़ायम रहने वाले वायदे नहीं किए गए थे। लेकिन, भारत में ऐसे रिश्ते बनाना इतना आसान नहीं है। मुझे वेश्याओं के यहाँ जाना, या कॉल-गर्ल्स के पीछे पड़ना क़तई भी अच्छा नहीं लगता। अगर मैं किसी कामकाजी लड़की को अपने बिस्तर का हिस्सेदार बनाने में कामयाब हो भी जाऊँ, तो उसे इसके लिए ले कहाँ जाऊँगा ? भारतीय छिपाव और एकान्त में यक़ीन नहीं करते। ताक-झाँक करने में माहिर हैं वे। अपने काम से काम रखना उनकी फितरत में नहीं है। शादी के बाद ही किसी औरत के बिस्तर में मिलने की गारन्टी हो सकती है।

मैंने इस बात पर भी गम्भीरता से विचार किया कि एक अमीर आदमी की बेटी से विवाह करके उसे एक बड़े और वैभवशाली घर से एक छोटे से फ्लैट में लाना कहाँ तक समझदारी की बात होगी। उसे खुश रखने के लिए मुझे बेहतर रहने की जगह की तलाश करने के अलावा, उसी स्टाइल में, जिसकी वह आजीवन अभ्यस्त रही है, काफी कमाना होगा। मैं इस मामले में उसके पिता का अहसानमन्द होकर घर-जमाई नहीं होना चाहता था।

मैंने सोनू के बारे में भी सोचा। वह कामचलाऊ रूप से सुन्दर थी, और बिना शक, अपनी उम्र की सब लड़कियों की तरह, शादी का बेसब्री के साथ इन्तज़ार कर रही होगी। वह थोड़ी घमण्डी ज़रूर है, और अक्षत-योनि भी ज़रूर होनी चाहिए,

और यह उम्मीद भी कर रही होगी कि उसका पति भी उसकी तरह सैक्स के मामले में अनुभवहीन ही है। चाय के दौरान वह थोड़ी चिड़चिड़ी दिखाई दी, जैसे नामन्जूर किए जाने की हालत में वह खीज कर, मन ही मन, यह मानकर अपने को दिलासा दे सके कि अगर मैं तुम्हें पसन्द नहीं आई, तो जाओ भट्टी में और तलाश कर लो अपने लिए कोई लड़की। और, अगर मैं 'हाँ' कह देता हूँ, तो वह यह सोच सकती है कि तुमने उससे उसकी सुन्दरता के लिए नहीं, उसके बाप की दौलत और हैसियत की ख़ातिर शादी की।

जहाँ तक मेरे पिता का सवाल था, ज़ाहिर था कि अगर यह शादी हो गई, तो समाज में उनकी हैसियत कई गुना बढ़ जाएगी। लाला अचिन्त राम यह आस लगा रहे होंगे कि अगर उनका जमाई 'अमरीका रिटर्न्ड' और ऊँचे दर्जे की काबलियत वाला होगा, तो बिरादरी में उनकी इज्जत और ज्यादा होने लगेगी, और सब उनके खानदान को बेहतर रुचि वाला ऐसा ख़ानदान मानने लगेंगे, जो बहुत अमीर भी है, और साथ ही परिष्कृत रुचि वाला भी। सबकी उम्मीद मेरे 'हाँ' कहने पर टिकी थी।

अन्त में, जीत हुई मेरी उस कल्पना की, जिसमें मैं अपने को घमण्डी सोनू, छोटी मेमसाब का कौमार्य भंग कर रहा था, और इस कल्पना से फूला नहीं समा रहा हूँ कि मैं जब चाहूँ, उसे हमबिस्तर कर सकूँगा।

अगले दिन शाम को मेरे पिता ने मुझसे पूछा, ''तो, पुत्तर ! क्या तुमने इस मामले के बारे में सोच-विचार कर लिया है ?''

''हाँ, पापा !'' मैंने जवाब दिया, ''मैं तैयार हूँ। लेकिन, मैंने यह भी सोचा है कि इतने अमीर घर की लड़की को अपने छोटे से फ्लैट में लाना ठीक नहीं होगा। अगर आप तैयार हों, जो हम इस फ्लैट को बेचकर, उसकी जगह एक बड़ा फ्लैट एक बेहतर इलाके में खरीद लें। मेरे पास काफी डॉलर जमा हैं। हम उससे मिली रक़म को आपके फ्लैट को बेचने से मिलने वाली रक़म में मिलाकर, इससे बड़ा फ्लैट खरीदने में कामयाब हो सकेंगे। इस नए फ्लैट में तीन बैडरूम होने चाहिए, तीन बाथरूमों के साथ; एक बाथरूम आपके लिए, एक हमारे लिए, और एक मेहमानों के लिए। और अगर मुमकिन हो सके, तो उठने-बैठने और डाइनिंग रूम, नौकर का क्वाटर, गैरेज और एक छोटा-सा गार्डन।''

''मैं खुद इस बारे में कुछ ऐसा ही सोच रहा था,'' उन्होंने कहा, ''लेकिन इस किस्म की जगह काफ़ी महँगी मिलेगी। मैं नहीं समझता कि तुम्हारे डालरों से मिली रक़म, और मेरे फ्लैट के बेचने से मिली रक़म, मिलाकर यह संभव होगा। मैं फ्लैटों का धन्धा करने वाले लोगों से बातचीत शुरू करता हूँ। लेकिन, क्या मैं अब लालाजी को बता दूँ कि तुम्हें लड़की पसन्द है ?''

जवाब में मैंने सर हिलाकर अपनी मंजूरी जताई।

मेरे पिता इस खबर को जल्दी-से-जल्दी अचिन्त राम को सुनाने को बेताब

दिखाई दिए। लेकिन तभी, उन्होंने ऐसा करने से अपने को रोक लिया। उन्होंने मुझे बताया कि सबसे पहले गुरुद्वारा बँगला साहिब जाएँगे, ताकि उन्हें सिख गुरुओं का आशीर्वाद मिल सके। बाद में वे, इस बारे में किसी से भी बात करने से पूर्व, साईं बाबा के मन्दिर जाएँगे। जब कई घण्टे बाद वे वापस लौटे, तब उनके हाथ में दोनों मन्दिरों से मिले प्रसाद थे, जिन्हें खाने का आदेश उन्होंने मुझे दिया। इसके बाद उन्होंने लाला अचिन्त राम को फोन करके बताया कि "रायबहादुरजी ! मेरा बेटा और मैं, दोनों इस बात पर राज़ी हैं कि सोनू और मोहन की जोड़ी बहुत सुखी जोड़ी साबित होगी। आपको, और भाभी जी को, हमारी ओर से हज़ारों-लाखों बधाइयाँ।

राय बहादुरजी ने बात अपनी पत्नी को बताई। वे फोन पर आईं। मेरे पिता ने उन्हीं शब्दों का प्रयोग किया, जो वे रायबहादुरजी से बातें करते समय प्रयोग कर चुके थे। हाँ, उन्होंने यह और जोड़ दिया, "भाभीजी ! हम एक नए घर की तलाश कर रहे हैं, जहाँ आप जैसे इज्ज़तदार और धनी लोगों की पुत्री आराम से रह सके। हमारा छोटा फ्लैट उसके योग्य नहीं है। हमें उम्मीद है कि हम जल्दी ही ऐसा फ्लैट खोज लेंगे।"

'भाभीजी" ने फोन दुवारा अपने पति को दे दिया। मेरे पिता ने उन्हें यकीन दिलाया कि उनके पास ऐसा घर खरीदने लायक रक़म मौजूद है। मगर, यदि उन्हें कुछ मदद की ज़रूरत हुई, तो रायबहादुर साहब के अलावा और कहाँ जाएँगे ? लेकिन, फिलहाल हालात उनके काबू में हैं। वे प्रापर्टी डीलरों से सम्पर्क बनाए हुए हैं, ताकि उन्हें अच्छे से अच्छा मकान जल्दी-से-जल्दी मिल सके।...फिर उन्होंने अपना हाथ फोन के 'माउथपीस' पर रखकर कहा, "वे अपनी बीबी से कुछ पूछ रहे हैं।" और जब वे दुबारा लाइन पर आए, और मेरे पिता ने कहा, "ओह ! शगुन ! देखिए जी, आप अपने ज्योतिषी जी से सलाह-मशविरा करके कोई शुभ मुहुर्त निकाल लीजिए, और हमें उसके बारे में बता दीजिएगा। हमें सोनू के लिए सामान खरीदने के लिए एक हफ्ते से दस दिन लग जाएँगे। शायद हमें किसी ज्योतिषी से मोहन और सोनू दोनों की कुण्डलियाँ दिखा लेनी चाहिए। वैसे, मुझे पूरा यकीन है कि वे मिल जाएँगी।"

मैं अचानक एक जानी-पहचानी दुनिया से दूसरी अनजानी दुनिया में पहुँच गया। यह जानी-पहचानी दुनिया थी ऐसे लोगों की, जहाँ स्त्री और पुरुष अपनी मर्जी के मुताबिक हमबिस्तर होते थे। और, दूसरी अनजानी दुनिया थी ज्योतिषियों, हाथ देखकर भविष्य बताने वालों और शगुन निकालने वालों की—जहाँ स्त्री और पुरुष बिना इन भविष्यवक्ताओं से सलाह-मशविरा किए, अपने-अपने वस्त्र नहीं उतार सकते। मैंने फिलहाल, अपने पिता की इच्छानुसार चलने का ही फैसला किया। शायद, मुझे ऐसा नहीं करना चाहिए था, मगर मैं जीवन में मन-मुटाव, झगड़े और ग़ैरज़रूरी पेचीदगियाँ पैदा नहीं होने देना चाहता था। मैंरे पिता और रायबहादुर जैसा चाहें, वैसा करें, मुझे इस बात का सन्तोष था कि सोनू मेरे बिस्तर की अच्छी साथिन बन

सकती थी। मेरे लिए इस बात की कोई अहमियत नहीं थी कि शादी कैसे होती है।

नए घर की तलाश जितनी मुश्किल साबित हो रही थी, उसका मुझे गुमान न था। दिल्ली में घर-जायदाद की क़ीमतें आसमान छूने वाली हो गई हैं, इसकी मैंने कल्पना तक नहीं की थी। मेरे पिता सच कहते थे। उनके फ्लैट को बेचने, और मेरे पास के सब डालरों की रक़म को मिलाकर भी हम वह घर नहीं खरीद सकते थे, जिसे खरीदने का मन्सूबा हमने बनाया था। इसके अलावा, एक और समस्या भी थी। खरीदे हुए घर की आधी से ज्यादा क़ीमत समझौते के क़ागजों में दिखाई नहीं जाती थी। और, 'काला धन' न मेरे पिता के पास था, न मेरे। लाला अचिन्त राय ने हमें सारी कोशिशें करने दीं। वे उस दिन का, बड़ी होशियारी के साथ, इन्तज़ार कर रहे थे, जब मेरे पिता कोशिश करते हुए पूरी तरह से निराश होकर, अन्त में उनसे कहेंगे कि "जी, हम अपनी कोशिशों में कामयाब नहीं हो पाए। और अब आपकी बेटी को कुछ सालों तक हमारे छोटे फ्लैट में रहने पर ही सन्तोष करना पड़ेगा, तब तक, जब तक हम नया, बेहतर घर नहीं खरीद लेते।" तब, कहीं जाकर, लाला जी हरक़त में आए, और उन्होंने महारानी बाग़ में अपनी बेटी और मेरे नाम से तीन बैडरूम वाला एक फ्लैट खरीदा। इस बार फिर, मैंने अपने पिता को इस सौदे को मंजूर करने की हामी करने को राज़ी कर लिया। वैसे, ईमानदारी की बात यह है कि मुझे भी उस छोटे से फ्लैट से निजात पाने में बड़ी राहत महसूस हुई।

एक बार फिर एक ज्योतिषी की राय ली गई, हिन्दू और सिख मन्दिरों में प्रार्थनाएँ की गईं, और तब कहीं जाकर नई जगह जाने का मुहुर्त तय हुआ। मुहुर्त के चुने हुए दिन, हमने दिन के शुरू होते ही, मजदूरों को अपना फर्नीचर व सामान ट्रकों में रखने में मदद की। मेरे पिता अपने पुराने घर में सामान का पैकिंग करवाते रहे। उधर, मैं नए घर में आए फर्नीचर और दीगर सामान को यथास्थान रखवाता रहा। हमारे इस नए घर की पुरानी मालकिन एक विधवा थी, और उसने हमें वहाँ दरियों, सोफों, मेजों व कुर्सियों को उनकी सही जगहों पर रखने में हमारी मदद की। जब तक मेरे पिता आखिरी ट्रक के साथ बाकी सब छोटे-मोटे सामान को लेकर नए घर में आए, तब तक वह रहने के काबिल घर की शक्ल अख्तियार कर चुका था। उनके साथ एक सिख ग्रन्थी और हिन्दू पुरोहित भी थे। दाढ़ी वाले ग्रन्थी ने कई 'अरदास' पढ़े और हिन्दू पुरोहित ने कुछ संस्कृत श्लोक। बाद में हमने वहाँ मौजूद सभी लोगों में हलवा वितरित किया, मजदूरों और ट्रक ड्राईवर समेत।

नए घर में आराम से रहने से पहले, हमें तरह-तरह की छोटी-मोटी समस्याओं का सामना करना पड़ा। टेलीफोन नम्बर पुराने नम्बर से नए नम्बर में बदला जाने वाला था। पानी और बिजली के बिल हमारे नए नम्बर पर बदले जाने वाले थे। और, इसी तरह की दीगर परेशानियाँ। मेरे पिता को इन समस्याओं से निपटना आता

था। उन्होंने लाइन्समैन और मीटर पढ़ने वाले जैसे सब लोगों को उनके तयशुदा दस्तूर से ज्यादा रक़म देकर, अपना काम करा लिया।

शगुन के लिए दिन और समय तय किया गया। हम, मेरे पिता और मैं, पहले से तयशुदा वक्त पर, रायबहादुर अचिन्त राम के निवास-स्थान पर, उनके घर के सब सदस्यों के लिए उपहार लेकर जाने वाले थे। सोनू और मैं आपस में अँगूठियों की अदला-बदली करने वाले थे। इस समारोह के पश्चात् मुझे उसके घर जाने का अधिकार मिल जाएगा। विवाह की तिथि बाद में, आपसी सहमति से तय की जाएगी। तब यह भी तय हो जाएगा कि दूल्हे के साथ कितने लोग आएँगे, और कौन-कौन विवाह के स्वागत-समारोह पर आमन्त्रित किए जाएँगे।

जब मैं शगुन के लिए अपने पिता के साथ सोनू के घर गया, तो वहाँ मुझे एक अलग सोनू के दर्शन हुए। यह सोनू बड़ी चमकदार और प्रफुल्ल थी। ऐसा लगता था, जैसे उसने अपने जीवन के सबसे मुश्किल इम्तहान को अच्छे नम्बरों से पास कर लिया है। मेरे पिता रायबहादुर साहब के लिए एक सूट का कपड़ा, उनकी पत्नी के लिए एक साड़ी, सोनू के सल्वार-कमीज के लिए कई मीटर रेशम, और मेरी माँ द्वारा पहना गया एक नैकलेस, और उनके बेटों के लिए सूट के कपड़े लेकर गये। मैं अपनी जेब में सोनू के लिए सोने की अँगूठी ले गया था। सोनू ने मुँहफट होकर मुझसे पूछा, ''क्या मुझसे हाथ नहीं मिलाओगे ?'' मैंने उससे हाथ मिलाकर, उसको अपनी बाँहों में लेकर, उसका आलिंगन भी किया। वह शर्मा गई। उसकी माँ ने कहा, ''कितनी सुन्दर जोड़ी है, तुम दोनों की ! सौ साल जीओ, पूतों फलों, सात पुत्रों की माँ बनो !''

सोनू का मुँह लाल हो गया। वह बोली, ''बस करो, माँ ! आजकल दो से ज्यादा बच्चे पैदा करने की इजाज़त नहीं है।''

बड़ा हार्दिक और स्नेहपूर्ण मिलन था। सोनू और मैं एक ही सोफे पर बैठे। मैंने अपनी जेब से सोने की वह अँगूठी निकाली, जो मैं अपने साथ लाया था, और उसे उसकी तीसरी उँगली में पहना दिया। मेरे पिता ने उसके गले में सोने का नैकलेस पहनाया। उसकी माँ ने उसे हीरा-युक्त अँगूठी प्रदान की। उसने वह अँगूठी मेरी बाँयें हाथ की उँगली में पहना दी। उपहारों की अदला-बदली हुई, मेरे पिता को सूट का कपड़ा दिया गया, और मुझे सोने की घड़ी दी गई। मेरे पिता ने उन्हें वे सब उपहार दिए, जो वे लाए थे। आलिंगनों के एक और दौर के बाद, सबने चाय पी। सोनू ने अपने हाथों से मेरे और मेरे पिता के कप भरे। उसने मेरे पिता को 'पिताजी', और मुझे 'मोहनजी' कहकर सम्बोधित किया। मुझसे उसने कहा, ''मुझे आपसे आपके अमरीकी कॉलेज के दिनों के बारे में जानना-सुनना है।'' मैंने उसे कहा, ''आज शाम हम दोनों एक साथ कहीं घूमने जाएँगे। तब मैं सुना दूँगा।'' तब, उसकी माँ ने कहा, ''पुत्तर ! तुम यहाँ भी आकर, सोनू से बात कर सकते हो। मगर अभी हम तुम

दोनों को एक साथ बाहर जाने की इज़ाजत नहीं दे सकते। लोग ऐसी-वैसी बातें करना शुरू कर देंगे।''

इस समारोह के बाद, हम रायबहादुर की टोयोटा कार में अपने घर वापस आए। मेरे पिता अभी तक सपनों की दुनिया में खोए हुए थे। कहने लगे, ''बड़े किस्मत वाले हैं हम लोग ! इस सम्बन्ध ने तुम्हारा भविष्य सुनिश्चित कर दिया।'' मैंने उन्हें उनके सपनों की दुनिया से नीचे ज़मीन पर लाते हुए कहा, ''पापा ! मैं सोनू की दौलत के सहारे जीना नहीं चाहता। आपके कहने पर ही मैंने इस घर की उनकी खैरात को स्वीकार किया, लेकिन अब मैं आगे उनसे कुछ न माँगूगा, न लूँगा। अपने ससुर के और ज्यादा अहसान मुझे नहीं चाहिए। मैं घर-जमाई नहीं बनना चाहता। मैं अपना खुद का बिजनैस शुरू करूँगा, और अपनी कमाई से अपना और अपने परिवार का पेट पालूँगा।''

मेरे भविष्य की चिन्ता रायबहादुर के मन में भी थी। जब मैं अगले दिन सोनू के साथ कुछ समय बिताने के इरादे से उनके घर पहुँचा, तो वे मुझे अपने साथ अपने गार्डन में लाकर बोले, ''पुत्तरा, तुम्हारी आगे की योजनाएँ क्या हैं ?''

मैंने उन्हें बताया कि ''मेरा इरादा किसी घाटे वाली चालू कम्पनी को खरीद कर उसे बेहतर ढंग से चलाने या अपना कोई बिजनैस शुरू करने का है।'' उन्होंने पूछा, ''किस तरह का बिजनैस ? मेरे पास कई सुचारू रूप से चल रही कम्पनियाँ हैं। उनमें से तुम किसी एक का चुनाव कर सकते हो, वह तुम्हें ऑफिस और स्टाफ के साथ मिल जायेंगी।''

''पिताजी ! अगर आप बुरा न मानें, तो मैं अर्ज़ करना चाहूँगा कि मैं अपनी पसन्द का बिजनैस शुरू करना चाहता हूँ। आयात-निर्यात, मशीनरी या कार के हिस्सों का निर्माण। मैं कम्प्यूटर विशेषज्ञ हूँ, और उसके अलावा हिसाब-किताब और स्टाफ के कामकाज पर भी निगाह रख सकता हूँ। मैं किसी भी कामकाज की व्यवस्था कर सकता हूँ।''

वे मेरे आत्मविश्वास से प्रभावित दिखाई दिए। तो भी, उन्हीं की सहायता से मैंने कुछ ऊँचे समाज की महिलाओं से सम्पर्क किया, जो सिले-सिलाये वस्त्रों का आयात छोटे स्तर पर कर रही थीं। उन्हें इस काम से फ़ायदा कम और सरदर्द ज्यादा होता था। वे अपना सब साजो-सामान, जो ज्यादातर कबाड़ था, और अपनी 'गुडविल', जो उनके कबाड़ से भी ज्यादा घटिया थी, मुझे खुशी-खुशी बेचने को तैयार हो गईं। उसके साथ-साथ उन्होंने अपने ग्राहकों की पूरी सूची भी मुझे थमा दी। मैंने उनसे बिक्री का समझौता कर लिया और, रायबहादुर साहब के ज़रिए ही मैंने नेहरू प्लेस की एक बहुमन्जिली इमारत में दो तल्ले किराए पर ले लिए। मैंने अखबारों में क्लर्कों और एकाउटैण्टों की भर्ती के लिए इश्तहार दिए, और सभी उम्मीदवारों से खुद इन्टरव्यू किया। मैंने उनके लिए जो तनख्वाहें तय कीं, वे दूसरी कम्पनियों की बनिस्पत ज्यादा

थीं। मैंने अपनी फर्म को रजिस्टर्ड करवाया और स्टेशनरी छपवाई। इस काम में काफ़ी मुश्किलें भी आईं, एक सरकारी विभाग से दूसरे विभाग की दौड़-भाग के दौरान। इस दौड़-भाग में मुझे टैक्सियों पर इतना ज्यादा खर्च करना पड़ा कि मुझे लगा कि एक कार में पैसा लगाना ज्यादा किफ़ायती होगा। लिहाज़ा, मैंने एक पुरानी फियेट खरीद ली। धीरे-धीरे, मैंने अपने धन्धे के सब गुर सीख लिए। सबसे बड़ा गुर जो मैंने सीखा, यह था कि जब कोई किसी भी तरह हल न होनेवाली समस्या दरपेश हो, तो रिश्वत-रूपी चिकनाई का इस्तेमाल करें, सब बन्द रास्ते फौरन खुल जाएँगे।

इस दौरान, मैंने अचिन्त राम जी के घर जाने का नियम-सा बना लिया था। उन्हें अपनी प्रगति की रपट देता। इस बीच, सोनू ने अभी से मेरा सर खाना शुरू कर दिया था। वह जब भी मिलती, एक ही बात कहती, "तो आपने मुझसे मिलने के लिए कुछ मिनट निकाल ही लिए न !" मैं उसे यह कहकर दिलासा देता कि मैं जो कुछ कर रहा हूँ, दिन-रात जूझता रहता हूँ, अपनी और उसकी ज़िन्दगी को आरामदेह बनाने की लिए।" मैं तुम्हें अपनी ससुराल में भी उतने ही आराम से, पीहर जैसी सुख-सुविधाओं के साथ रखना चाहता हूँ।" मगर, वह नहले पर दहला लगाते हुए कहती, "पैसा ही सब कुछ नहीं है !" मगर, जो उम्मीदें उसने मुझसे लगा रखी थीं—कई कारें, कई नौकर, जेवर वगैरह—उनके मद्देनज़र उसकी यह बात मूर्खतापूर्ण लगती थी। लेकिन, यह बात मैंने उससे कभी कही नहीं।

मेरा बिजनैस बड़ी तेज़ी से बढ़ता जा रहा था। अच्छी क्वालिटी के तैयार कपड़ों के निर्यात के अलावा आधे-कीमती स्टोनों, चमड़े से बने सामान, अचार और बासमती चावल का निर्यात भी शुरू कर दिया था। मैं आयात कुछ भी नहीं करता था, और निर्यात से अपने देश के लिए विदेशी-मुद्रा कमा रहा था। रायबहादुर साहब ने मुझे दिल्ली के चोटी के क्लबों की सदस्यता दिलाने में भी मेरी मदद की। ये क्लब थे—गोल्फ़ क्लब, जीमखाना और इण्डिया इन्टरनेशनल सेन्टर। वे यह भी चाहते थे कि मैं दिल्ली के रोटरी क्लब का मेम्बर भी बन जाऊँ। कहने लगे, "इससे तुम्हें अपने बिजनैस के अपने सम्पर्कों को बनाने और बढ़ाने में बड़ी मदद मिलेगी। सब रोटेरियन अपने-अपने क्षेत्रों के चोटी के नेता हैं। उद्योगपति, डॉक्टर, इन्जीनियर, प्रोफेसर आदि—दिल्ली की सोसाइटी के सर्वश्रेष्ठ लोग। तुमने एक उद्योग-उपक्रमी के रूप में अपने पाँव जमा लिए हैं, इसलिए तुम्हें रोटरी क्लब की मेम्बरशिप आसानी से मिल जाएगी। अगर तुम चाहो तो मैं दक्षिण दिल्ली रोटरी के प्रेज़िडेंट से बात करूँ। कभी मैं भी प्रेज़िडेंट था।"

मैंने उन्हें सीधा जवाब नहीं दिया, सिर्फ इतना कहा, "अभी मुझे अपने बिजनैस को और बढ़ाने दीजिए।" मगर हक़ीक़त यह थी कि मुझे रोटरी क्लब, या लायन्स क्लब के मेम्बर बनने में कोई दिलचस्पी नहीं थी। मुझे अमरीका में रोटरी क्लब के मेम्बरों की कई लंच मीटिंगों को देखने का मौका मिला था। मैंने रोटेरियनों को एकदम

बचकाना और उबा देने वाली हरकतें करते पाया। सब काम ऐसे होता था, जैसे कोई रस्म-अदायगी हो रही हो। गले में एक तमगा पहने चेयरमैन ने एक घण्टी बजाई, जो इस बात का संकेत था कि मीटिंग शुरू हो गई है। इसके बाद सब मेम्बरों ने स्वादहीन भोजन किया। इसके बाद, चेयरमैन ने नए मेम्बरों का स्वागत किया। हर मेम्बर के सदस्य घोषित हो जाने पर, ज़ोरदार तालियाँ बजीं। उस सप्ताह अपना जन्मदिवस मानने वाले मेम्बरों के नाम सुनाए गए। फिर तालियाँ। समारोह के हीरो का नाम भी सुनाया गया। इन्हें हीरो इसलिए घोषित किया गया, क्योंकि उन्होंने सब लंच-मीटिंगों में शरीक रहने का कमाल कर दिखाया था। अन्त में मेहमान-वक्ता को अपना भाषण पढ़ने के लिए कहा गया। पन्द्रह-बीस मिनट तक चलने वाले इस भाषण के दौरान वह स्वादहीन भोजन, जो उन्होंने ग्रहण किया था, हज़्म होना शुरू हो जाता है, और कब्ज के नियमित शिकार लोग इस बीच अपने पेट में बनी हवाएं निकाल देते हैं अहंकार के शिकार ये लोग अपने को आदर्श नागरिक मानते हैं, और रक्त-दान-शिविरों को आयोजित करके, मुफ्त नेत्र-शल्यक्रिया कैम्प आयोजित करके, पार्कों-सड़कों के किनारे बैंच बिछाने और दान देने-दिलवाने जैसे कार्यों का आयोजन करते रहते हैं। मैं भी शहर के उबाऊ लोगों की मदद से हर हफ्ते ऐसे आयोजन कर सकता हूँ।

मुझे अमरीका से लौटे मुश्किल से एक साल भी नहीं हुआ होगा कि मैंने एक सफल हो रहे बिजनैसमैन के पास जो कुछ होना चाहिए था, वह या तो पा लिया था, या पाता जा रहा था। बस, सिर्फ एक बात की कमी थी। वह बात थी--औरत का साथ और सैक्स। मैं शादी करने के लिए तैयार था। मेरे पिता इस वजह से अधीर-अशान्त होने लगे थे। रायबहादुर और उनकी पत्नी भी अपनी बेटी की शादी की तारीख जल्दी-से-जल्दी निश्चित करने के लिए बेताब थे। सोनू की माँ ने तो साफ़ ऐलान भी कर दिया था कि ''सगाई के बाद इतने दिनों तक इंतज़ार करना ठीक नहीं है, और सोनू की सगाई को तो सात महीने से ज्यादा हो गए हैं।''

आपस में सलाह-मशविरा शुरू हुआ। हिन्दू पंचांग के सहारे शुभ दिन तय किया गया। दोनों तरफ से मनोहारी रंग-बिरंगे कार्ड, जिन पर श्री गणेश की मूर्ति की उभरी नक्काशी थी, छपने शुरू हो गए। मेरे पिता के मित्रों की तादाद इनी-गिनी थी, लेकिन इस खबर के बाद कि उनका बेटा रायबहादुर अचिन्त राम की बेटी के साथ विवाह कर रहा है, अचानक उनके भूले-बिसरे मित्रों और रिश्तेदारों को अचानक उनकी याद आ गई। नतीजतन वर-पक्ष की ओर से बरात में जाने वाले लोगों की संख्या एक सौ के करीब पहुँच गई, और, राय बहादुर के लिए तो यह अपनी दौलत और मन्त्रियों, गवर्नरों, जजों, ऊँचे पदों पर आसीन अधिकारियों आदि के साथ अपने निकट सम्बन्धों, और दिल्ली के एक हज़ार से ज्यादा विशिष्ट लोगों के बीच होने की नुमाइश करने का एक सुनहरा मौका था। मैं सोनू के घर, एक सफ़ेद घोड़ी पर,

जिसका आधा बदन सुनहरे कपड़े से ढका था, सवार होकर पहुँचा। मेरा चेहरा चमेली के फूलों से बनी लड़ियों से छिपा था। सामने पीतल का एक बैण्ड हिन्दी फिल्मों की ताज़ी धुनें बजाता हुआ चल रहा था। पीछे एक दर्जन के करीब काफी मोटे स्त्री-पुरुष भाँगड़ा नृत्य करते हुए चल रहे थे। उन्हीं के बीच थे—गुलाबी रंग की पगड़ी पहने मेरे बूढ़े पिता। वे भीड़ पर, मुट्ठी भर सिक्के भी फेंकते जाते थे। सड़के के बच्चे लोगों की टाँगों के बीच से निकल कर, उन सिक्कों को इकट्ठा कर रहे थे। दर्जनों लोग अपने सिरों पर रोशनी के हण्डे उठाए इस वर-यात्रा के दोनों ओर चल रहे थे। और कोई मौक़ा होता, तो मैं धन-दौलत की इस भद्दी नुमायश को देखने से पहले वहाँ से भाग खड़ा होता, मगर इस मौके पर मुझे बार-बार अपने को याद दिलाना पड़ता था कि इस बेतुकी नुमायश का मुख्य पात्र मैं ही हूँ।

रायबहादुर का शानदार निवास-स्थान लाल, पीले रंगों के बल्बों की रोशनी से जगमग था। दीवारों पर, विशाल गार्डन में झाड़ीदार स्थानों पर भी रोशनियाँ लगाई गई थीं। बँगले से लेकर सड़क तक जाने वाला मार्ग रोशनी से जगमग था। एक प्लेटफार्म पर दो शहनाईवादक और तबलची विवाह के अवसर पर बजाई जाने वाली धुनें बजा रहे थे। जैसे ही हमारी बारात दरवाजे पर पहुँची, शहनाई का बजना रुक गया। सेना के बैण्ड ने अपनी धुन बजानी शुरू कर दी। हमारे चारों ओर, कन्धों पर बन्दूक रखे, सुरक्षा-गार्ड चौकस हो गए। ज़ाहिर था कि गवर्नर और मन्त्रगण आ गए थे। मैं अपने घोड़े से उतरा। मुझे आगे धकेला जाने लगा, ताकि ससुराल बाले मेरा स्वागत कर सकें। मैंने सोनू के गले में एक माला पहनाई; उसने भी मेरे गले में माला पहनाई। रायबहादुर मुझे लॉन तक लाए, जहाँ उन्होंने मुझे अपने असंख्य मेहमानों से मिलाया। मैं उनकी बधाइयाँ स्वीकार करता और उन सबसे हाथ मिलाता रहा। शुभ घड़ी आने वाली थी। मुझे एक छोटे, वर्गाकार गड्ढे के पास ले जाया गया। गड्ढे में पवित्र अग्नि जल रही थी। सोनू और मैं साथ-साथ बैठे। दोनों पक्षों के अपने-अपने पुरोहित थे। दोनों एक-दूसरे के सामने बैठकर हमारी पहचान और परिचय एक-दूसरे को देने लगे। सोनू के पण्डित ने श्लोक बोलने शुरू किए। बीच-बीच में वह हम दोनों से मुट्ठी भर चावल हाथ में लेकर, तिल और धूप के साथ, हर कुछ मिनटों के बाद आग में डालने को कहते। हमारे हर बारे ऐसा करने पर वे कहते—'स्वाहा'। यह सिलसिला करीब आधा घण्टे तक चला। उसके बाद उसने हमें सात बार एक साथ अग्नि की परिक्रमा करने को कहा। इस परिक्रमा के बाद हम दोनों अपने-अपने स्थानों पर बैठ गए। कई बार और 'स्वाहा' का क्रम चला। अन्त में उसने सोनू का हाथ मेरे हाथ में देते हुए, हम दोनों को पति-पत्नी घोषित दिया।

रायबहादुर ने दहेज का सामान सबके सामने रखा। दहेज में ढेर सारी कीमती बनारसी और कांजीवरम् साड़ियाँ, सोने की चूड़ियाँ, हीरे का नैकलेस, हीरों के कान के 'स्टड' और नाक का पिन। और, इन सब उपहारों को मात दे रही थी, बिल्कुल

नई मर्सीडीज कार, फूलों से आच्छादित और सजी हुई, जिसमें बैठाकर मैं वधू को अपने घर लाऊँगा। रायबहादुर ने वरिष्ठतम केन्द्रीय मन्त्री से, जो इस विवाह में उपस्थित थे, निवेदन किया कि वे कार की चाबियाँ मुझे अपने कर-कमलों से प्रदान करें। दौलत का इतना चकाचौंध करने वाला प्रदर्शन मैं अपने जीवन में पहली बार देख रहा था।

जब लॉन में उपस्थित सभी व्यक्तियों ने वैभवशाली डिनर का आनन्द ले लिया, तब वह घड़ी भी आ गई, जब मुझे सोनू को अपनी मर्सीडीज कार में उसके नए घर ले जाना था। उससे पूर्व, रोने, चिल्लाने और सिसकियों की आवाजें सुनाई दीं। सोनू के माँ-बाप रो रहे थे, बिलख रहे थे, अपनी एकमात्र पुत्री को विदा करते हुए। अपनी अकेली बहन को विदा करते हुए, उसके तीनों भाई भी रो रहे थे। सोनू आगे की सीट पर मेरे पास बैठी। मेरे पिता पीछे की सीट पर बैठे। महारानी बाग तक के सफ़र में सब खामोश रहे। मेरे पिता ने बारात के साथ जाने से पहले, फ्लैट को रंगबिरंगी रोशनियों, झालरों और बन्दनवारों से सजा दिया था। घर में किसी महिला के न होने की वजह से उन्होंने मेरे बैडरूम को भी खूब सजा दिया था, सीलिंग फैन से गैंदे के फूलों की मालाएं लटका कर। कुछ देर तक हम तीनों बाहर के कमरे में बैठे रहे। आपस में कुछ कहने के लिए हमारे पास कुछ था भी नहीं। आखिरकार, मेरे पिता ने उठते हुए हम दोनों से कहा, ''तुम दोनों काफ़ी थक गए होगे। कम-से-कम, मैं तो थक गया हूँ, भई ! मैं अब सोने जाता हूँ। तुम भी, अपनी मर्जी के मुताबिक आराम करो।'' हम दोनों भी उठे। मेरे पिता ने हम दोनों के सिर पर हाथ रखकर, आशीर्वाद की मुद्रा में कहा, ''भगवान तुम दोनों को सदा-सदा के लिए सुखी रखे।''

सोनू और मैं कुछ देर तक हाथ में हाथ लिए बैठे रहे। वह अपने को सर्वथा नए और अपरिचित माहौल में पाकर, कुछ घबराई हुई और चकित थी। और, आगे जो कुछ आने और होने वाला है, उसके प्रति आशंकित भी। उसने आने वाली इस रात–सुहागरात–के बारे में काफ़ी कुछ सुन रखा था। उसने बाद में मुझे बताया कि उसकी कई सहेलियों ने उसे 'आगाह' कर दिया था कि कौमार्य-भंग की क्रिया लड़की के लिए बड़ी कष्टदायक और खूनभरी होती है। लेकिन बाद में यही कर्म लड़की के लिए बड़ा सुखदायक बन जाता है, इतना सुखदायक कि वह चाहने लगती है कि यही कर्म उसके साथ बार-बार हो। लेकिन सोनू इस प्रथम दीक्षा या प्रवेशन या संस्कार से, जो भी उसे मान लें, बेहद डरी हुई थी, उसी तरह जैसे कुछ लोग डॉक्टर की सुई से डरते हैं।

मैं उसे अपने बैडरूम तक लाया। ''अपने सब जेवरात उतार दो, और कोई आरामदेह वस्त्र पहन लो,'' मैंने उससे कहा।

वह ड्रैसिंग रूम के दर्पण के सामने खड़े होकर, अपने ज़ेवरात उतारने लगी। सोनू का टीका, ईयरिंग, सोने की चूड़ियाँ और नैकलेस। उसने हाथी दाँत की चूड़ियाँ नहीं उतारीं, जिनसे उसकी आगे की बाँहें भरी हुई थीं। नववधू को उन्हें कम से

कम पन्द्रह दिनों तक पहनना पड़ता है। बाथरूम में जाकर उसने अपनी साड़ी बदलकर, पारदर्शी ड्रैसिंग गाउन पहना। मैं उसकी आशंकापूर्ण अधीरता को समझ रहा था। उसे दिलासा देने के इरादे से मैंने उससे कहा, ''तुम बहुत सुन्दर हो।'' उसने अपने वक्षों और पाँवों को देखते हुए कहा, ''सच कह रहे हो ? आज तक, मेरी माँ के अलावा, किसी और ने मुझे सुन्दर नहीं कहा।''

''मैं कह रहा हूँ न ! वह तुम्हारे लिए काफ़ी होना चाहिए।''

मैं शेरवानी और चूड़ीदार पाजामा पहने हुए ही उसके पास बैठा था। मैंने उसे हाथ से उठाकर अपनी गोद में बिठा लिया। ''तुम मुझे चोट तो नहीं पहुँचाओगे !'' उसने पूछा।

मैंने उसकी गर्दन का चुम्बन लेते हुए कहा, ''पहली बार में मामूली-सी चोट तो महसूस होती ही है।''

''क्या तुम इस काम को कुछ दिनों तक टाल नहीं सकते ? मैं अभी तक इसके लिए तैयार नहीं हूँ।''

''जैसी तुम्हारी मर्जी। कोई जल्दी नहीं है। सारी ज़िन्दगी पड़ी है। लेकिन, तुम मुझे अपने को चूमने तो दोगी न ! और, थोड़ी देर तक अपने साथ सोने भी दो।''

उसने अपना चेहरा मेरी ओर किया, और मेरी नाक को चूमा। ''इस तरह नहीं !'' कहते हुए, मैंने उसका सिर बिस्तर पर रखकर उसके होठों को अपने होठों से चूमा। चुम्बन लेते समय उसने अपने होठों को ज़ोर से जकड़ लिया। मैंने अपनी बाँहें उसकी बाँहों में डालकर, उसे अपनी ओर खींचा। उसने अपने शरीर को सख्त और बेलोच कर लिया। मैं उसकी कमर की तब तक मालिश करता रहा, जब तक उसका शरीर शिथिल नहीं हो गया मगर जैसे ही मैंने अपना हाथ उसकी छाती पर रखा, वह फिर अकड़ गई, और रुखाई से अपने हाथ से मेरे हाथों को ढीला करने लगी। ''आज रात के लिए इतना ही काफ़ी है,'' उसने हठधर्मी के साथ, अपना आखिरी फ़ैसला सुनाते हुए कहा। ''अब तुम अपने पलंग पर सोओ, और मैं अपने पलंग पर सोती हूँ। मैं अभी तक किसी के साथ नहीं सोई हूँ।''

वह उठकर अपने पलंग पर लेट गई। मैंने बाथरूम में जाकर अपने दाँतों को ब्रुश किया, और ड्रेसिंग गाउन पहनने लगा। मैं कामातुर था, और उसका कौमार्य भंग करने को बेहद उत्सुक था। सुहाग रात आखिर इसीलिए होती है। मगर, अब यह काम एक-दो दिनों के लिए टल गया। मैं लाइट ऑफ करके, जैसिका तथा उन दूसरी लड़कियों को याद करने लगा, जिन्हें मैंने भोगा था। और, सबसे ज्यादा याद कर रहा था मोटी यास्मीन वांचू को जिसने कभी मेरे बदन के साथ धमाचौकड़ी की थी।

शिवालिक में हनीमून

अपनी शादी के अगले दिन ही, हम दोनों अपना हनीमून मनाने दस दिनों के लिए रवाना हुए। रायबहादुर साहब ने शिमला के मार्ग में पड़ने वाले शिवालिक पहाड़ियों पर स्थित टिम्बर ट्रेल हाइट्स नाम के एक नए होटल की सिफारिश की थी। वहाँ उन्होंने कई बार कई हफ्ते गुज़ारे थे, और उसका मालिक रमेशकुमार गर्ग और उसकी बीबी स्वर्ण गर्ग उनके अच्छे दोस्त बन गए थे। गर्ग एक बड़ा हिम्मती और उद्यमी आदमी था। उसने एक होटल कालका-शिमला के मुख्य मार्ग पर बनाया था, और दूसरा घाटी के पार एक पहाड़ी पर स्थित था, और दोनों को केबिल कार से जोड़ता था। उद्घाटन के दिन से ही उससे अच्छी कमाई होने लगी थी, और उसके कमरों और रेस्तराँओं में हमेशा भीड़ रहती थी, चंडीगढ़, पटियाला, अम्बाला और पंजाब-हरियाणा व हिमाचल के शहरों से आए सैलानियों से भरे रहते थे। टिम्बर ट्रेल हाइट्स अपेक्षाकृत शान्त था। वह बन्सार गाँव के निकट कौशल्या घाटी के उस पार 5000 फीट की ऊँचाई पर स्थित था। यह होटल हनीमून मनाने वाले जोड़ों का मनपसन्द होटल बन गया था। सूर्यास्त के बाद, वहाँ होटल के कर्मचारियों के अलावा और कोई नहीं आता जाता था। हम दोनों के लिए एक ख़ास वैवाहिक दो कमरों का सूट रिजर्व था।

हम सुबह दस बजे के करीब रवाना हुए। रास्ते में हमने सोनू के माता-पिता का अभिवादन कर, उनका आशीर्वाद लिया। एक घण्टे में हम शेरशाह सूरी मार्ग पर, दिल्ली से बाहर आ गए। मुख्य मार्ग पर, ट्रकों, बसों, ऑयल टैन्करों, ट्रैक्टरों और मन्द गति से चलने वाली बैलगाड़ियों की ठेलमठेल थी। पर, हमें कोई जल्दी नहीं थी। सोनू ने कैसेट-प्लेयर पर हिन्दी फिल्मों के गाने लगा दिए, और गुनगुनाने लगी। वह बिना सुर-ताल के गुनगुना रही थी, मगर खुश नज़र आती थी।

सोनीपत, पानीपत पार कर, हमने करनाल के आसपास एक उपमार्ग पकड़ा, और एक झील के किनारे स्थित, हल्के भोजन के लिए एक रेस्तराँ में रुके। वहाँ सोनू की बाँहों में हाथीदाँत की चूड़ियाँ, और माथे पर सोने का गोल आभूषण झूलते

देखकर सबने यह जान लिया कि हम दोनों की अभी-अभी शादी हुई है। वेटर हम दोनों की ओर ज्यादा ध्यान देने लगे। जब हम जाने लगे तो मैनेजर ने सोनू को फूलों का गुच्छा भेंट में दिया। हमने आगे बढ़ना शुरू किया, और पिन्जौर गार्डन्स को पार करते हुए अम्बाला, कालका होते हुए, शिमला जाने वाले रास्ते पर आये। इस सड़क पर चार मील दूर जाकर हम टिम्बर ट्रेल हाइट्स पहुँच जाएँगे। कार-पार्क पूरा भरा था। लेकिन, प्रवेश-स्थान के पास की एक जगह हमारे लिए निःशुल्क छोड़ दी गई थी। जैसे ही हम कार से उतरे, काफी हलचल दिखाई दी। एक सिपाही भागा-भागा मालिक को हमारे आने के बारे में बताने को गया। जब वह वापस लौटा, तब उसके साथ कई पोर्टर थे, जो हमारा सामान ले जाने लगे। गर्ग और स्वर्ण हमारे स्वागत के लिए पोर्च पर खड़े थे। श्रीमती गर्ग के पास एक थाली थी, जिसमें चार दिए रखे थे, और थोड़ा कुमकुम था। उसने थाली में रखे दियों से हमारी आरती की, और हम दोनों के माथों पर कुमकुम लगाया। इस दृश्य को देखने के लिए वहाँ एक भीड़ जमा हो गई। रायबहादुर लाला अचिन्त राम के दामाद होने की वजह से ही हमें इतना सम्मान और सुविधाएँ प्राप्त हो रही थीं, लेकिन मैं इस कारण थोड़ा बेचैन था।

गर्ग-दम्पति हमें नीचे लाए, अपने निजी एपार्टमेन्ट में। वहाँ एक बड़े हाल में एक जल-प्रपात से पानी एक दीवार से नीचे जा रहा था। छत पर बड़े झाड़ फानूस टँगे थे, हॉल के बीच में आराम-कुर्सियों के एक घेरे के बीचोंबीच, बर्फ के एक डोल में शैम्पेन की एक बोतल रखी थी। गर्ग ने कहा, ''आपका सुइट दूसरी तरफ है। मगर वहाँ जाने से पहले आपको एक-एक गिलास लेना होगा। वहाँ आप सूर्यास्त से पहले पहुँच जाएँगे। उम्मीद है कि यहाँ का सूर्यास्त आपको पसन्द आएगा।''

उन्होंने शैम्पेन की बोतल खुद अपने हाथों से खोली। बोतल का कॉर्क बड़े ज़ोर की आवाज के साथ खुला। गर्ग ने झागभरी शैम्पेन चार वाइन गिलासों में डाली। मुझे शैम्पेन कोई ख़ास अच्छी नहीं लगती थी। सोनू ने उसे कभी चखा भी नहीं था। स्वर्ण ने इस बहाने से कि वह शराब नहीं पीती, अपने आपको अलग कर लिया। मैंने अपना गिलास तो पिया ही, सोनू के अपने गिलास को छू भर लेने के बाद, उसका गिलास भी ख़त्म कर दिया, सौजन्यता दर्शाते हुए। गर्ग ने अपना गिलास पूरा किया। उनकी पत्नी शर्बत के अपने गिलास पर नज़र रखते हुए मुस्कराती रही।

दोनों हमें केबिल कार के पास ले गए। हमारे सूटकेस उसमें पहले से ही रखे हुए थे। जब तक केबिल कार उस पार नहीं पहुँच गई, वे हमारी ओर मुस्कराते रहे। केबिल कार का सफर डरावना भी था, और हैरतअंगेज़ भी। हमें अपने नीचे दिखाई दे रही थी कौशल्या की चाँदी जैसी हल्की धार। घाटी के दूसरे ओर थे–सीढ़ीदार मक्का और चावल के खेत और छोटे-छोटे झोंपड़े। दस मिनट के अन्दर हमने इस

खाई को पार कर लिया। जहाँ हमें उतरना था, वहाँ मैनेजर ने हमारा स्वागत फूलों के गुच्छे से किया, और हमें अपने सुइट तक ले गया। यहाँ एक बैडरूम था, और उससे जुड़ा हुआ उठने-बैठने का एक कमरा। बीच में रखी एक मेज पर सेब, नाशपाती, केले और आम जैसे फलों की बास्केट। 'ब्लैक लैबल' स्कॉच की एक बोतल भी। मैनेजर ने फ्रिज खोलकर हमें दिखाया। उसमें थीं, व्हिस्की, जिन, लिकर की छोटी-छोटी बोतलें, आलू के चिप्स और सूखे मेवों के पैकेट। उसने पूछा, ''सब ठीकठाक है न, सर ! अगर मेरे लायक़ कोई सेवा हो, या आपको कोई शिकायत हो, तो मेहरबानी करके मुझे बुला भेजिए। अगर आपको डिनर अपने कमरे में ही चाहिए, तो कमरे के बैरे को बता दीजिएगा। डिनर सात बजे शुरू होता है। बार हमेशा खुली रहती है।'' उसने हम दोनों को कई बार झुक-झुक कर सलाम किया, और फिर इजाज़त लेकर चला गया।

मैनेजर के अपने पीछे दरवाजा बन्द करते ही, मैंने सोनू को अपनी बाँहों में ले लिया, और उसके ओठ चूमे। दुलार की इस आकस्मिकता ने उसे हक्का-बक्का तो किया, मगर इस बार वह कल शाम की तरह अकड़ी नहीं। इसके बजाय, वह पीछे हटकर, और मेरे चेहरे पर एक भरपूर निगाह डालकर बोली, ''जानते हो, मैं क्या सोच रही हूँ ? यह कि तुम पूरे न सही, थोड़े गुण्डे जरूर हो !''

''वह तो मैं हूँ !'' मैंने जवाब दिया, ''और मुझ जैसे गुण्डे के साथ शादी करके, तुम भी गुण्डी हो गई हो।''

''गुण्डी जैसा कोई लफ्ज है ही नहीं। सिर्फ पुरुष जाति के लोग ही बेशर्म और लंपट और व्याभिचारी होते हैं,'' उसने एक बच्चे की तरह अपनी बात को पुख़्ता करने की कोशिश करते हुए कहा। मैं ज़ोर से हँसा। ''सामान खोलने से पहले, यहाँ की पहाड़ियों और होटल के गार्डन से दिखाई देने वाला नज़ारा देख लिया जाए,'' उसने सुझाव दिया।

हम आसपास के सब दृश्यों को देखने लगे। गाँव के बाजार में कुछ दुकानें थीं। बाजार से परे किसानों के झोंपड़े थे। वहाँ से नीचे के मैदानों का विराट दृश्य दिखाई देता था। अपने पाँवों के नीचे फैले दृश्यपटल को देखते हुए, हमें लग रहा था, जैसे हम पृथ्वी की छत पर खडे हैं, और नीचे की पहाड़ियाँ और घाटियाँ हमसे बहुत-बहुत नीचे हैं। मानसून अभी ख़त्म हुआ था, और उसने चीड़, देवदार और बुरुश के जंगलों को नहला-धुला कर, साफ़ और चमकीला बना दिया है। पर्वत की छायाएँ जुदा-जुदा हरे और नीले रंग की थीं। जहाँ-तहाँ पर्वतों के ढलानों पर छाई धुन्ध वृक्षों के बीच फँसे मकड़ी के सूक्ष्म जालों की तरह दिखाई दे रही थी। पश्चिमी क्षितिज पर अस्त हो रहे सूरज की किरणें सफेद बादलों को लाल, गुलाबी और सुनहरी रंगों में रँग रही थीं। हम उस स्थान पर, जहाँ से यह सारा दृश्य दिखाई दे रहा था, कुछ देर तक बैठे रहे। बाल-चन्द्र गहरे नीले आकाश में इधर-उधर चक्कर लगा रहा

था। हवा एकदम ताज़ा और साफ़ थी। जब तक कीड़ों ने हवा में चक्कर लगाना शुरू नहीं किया, तब तक वातावरण में स्पन्दनशील मौन छाया रहा। "है न, सुन्दर नज़ारा।" मैंने सोनू से, उसके कन्धों के चारों ओर अपनी बाँहें पसारते हुए कहा।

"डैडी का शुक्रिया अदा करो," उसने जवाब में कहा, "इस जगह का आइडिया उन्होंने ही सुझाया था।"

जब तक धुँधलका अँधेरे में नहीं बदल गया, तब तक हम वहीं घूमते रहे। अँधेरा होते ही पीला सा चाँद हमारी दुनिया को रोशनी देने लगा। जहाँ तक नज़र जाती थी, अनन्त तारे विशाल आकाश में टिमटिमाते हुए दिखाई देने लगे। होटल का जेनेरेटर 'फट, फट, फट' आवाज़ करने लगा। उसकी वजह से सारे होटल में रोशनी हो गई, और जो दृश्य हम देख रहे थे, वह भी अचानक ग़ायब हो गया। ठण्ड भी बढ़ने लगी। हम वापस अपने कमरे में आ गए। बिजली का एक रेडिएटर लाल होकर चमक रहा था। कमरा गरम था। "आओ, ड्रिंक करें !" मैंने उसे सुझाया मैंने सोचा, मेरा सुझाव सुनकर वह पहले से सहज हो जाएगी, और मेरा इशारा समझ कर, वह करने को तैयार जाएगी, जो मेरे मन में था।

लेकिन, उसने दृढ़ता से कहा, "मैं पीती नहीं। मिस्टर गर्ग ने मुझे कुछ पीने को दिया था, वह खराब लेमोनेड जैसा था। मेरा मन तो उसे थूकने का था।"

"तुम कैम्पैरी और सोडा लो। वह कड़वा ज़रूर लगेगा तुम्हें, मगर उसमें अलकोहल नहीं के बराबर होगा। मुझे यक़ीन है कि वह तुम्हें ज़रूर पसन्द आएगा। और, पसन्द न आए, तो मोरी में फेंक देना।"

वह चुप रही। इससे मैंने माना कि वह उसे लेने के लिए तैयार है।

मैंने फ्रिज से कैम्पैरी की छोटी सी बोतल निकाली, और सोडा की बोतल भी। अपने लिए मैंने स्कॉच का एक पेग बनाया, क्योंकि सर्द बीयर पीने के लिए मौसम भी सर्द था। उसे तेज़ लाल रंग की कैम्पैरी का एक गिलास उसे पकड़ा दिया। "एक घूँट भरो, और बताओ, तुम्हें कैसा लगा।"

एक घूँट भर कर, उसने कहा, "स्वाद शरबत जैसा लगता है। तीखे शरबत जैसा।" लेकिन, मैं नशे में धुत्त नहीं होना चाहती। आपको यक़ीन है कि इस चीज़ में कोई नशा नहीं है ?"

"अगर तुम्हें मेरी बात पर यक़ीन नहीं होता, तो मत लो इसे। मैं बस इतना जानता हूँ कि जो अलकोहल पसन्द नहीं करते, वे दूसरों के साथ कुछ न कुछ पीने के लिए कैम्पैरी को लेते हैं।"

हम दोनों साथ-साथ पीने लगे। वह कैम्पैरी पी रही थी, और मैं स्कॉच और सोडा। मैंने एक हाथ से उसे अपनी ओर खींचा, और दोनों हाथों को उसके चेहरे के पीछे लाकर उसे गर्मजोशी के साथ चूमा। "भगवान के लिए अपना मुँह खोलो, ताकि मैं अपनी जीभ से मालूम कर सकूँ कि तुम्हारे मुँह के अन्दर क्या है !"

उसने मेरे हुक्म को माना, मगर बिना किसी उत्साह के। मैं उसे बार-बार चूमना चाहता था, उसने इस बार मेरे द्वारा शुरू की गई इस शुरुआत का माकूल जवाब दिया, कोई विरोध न दिखाकर, और मौन सहयोग देकर। मैंने उसके ब्लाउज के नीचे हाथ डाला। शुरू में तो एक क्षण के लिए उसका बदन अकड़ा, लेकिन बाद में उसने मुझे अपने वक्षों को दुलारने दिया। मैं यह तय नहीं कर पा रहा था कि जो शुरुआत मैंने की है, उसे इसी वक्त पूरा कर लिया जाए, या उसे अधूरा छोड़कर, बाद में उसे पूरा किया जाए। होटल का बैरा डिनर का आर्डर लेने आता ही होगा। और, हम दोनों अभी तक उन्हीं कपड़ों में थे, जिनमें हम घूमने के लिए बाहर गए थे। आखिर में मैंने फैसला किया कि डिनर पूरा होने तक इन्तजार किया जाए। मुझे पूरा यकीन था कि इस बार वह 'ना' नहीं कहेगी।

''क्या डिनर यहीं करें ?'' मैंने उससे पूछा।

मेरे आलिंगन से मुक्त होते हुए, उसने जवाब दिया, ''डाइनिंग रूम में चलते हैं, और वहाँ की रौनक़ देखते हैं। वहाँ सब लोगों के होने से काफ़ी चहल-पहल होगी। अगर हमने यहाँ खाया तो खाने की खुशबू सारी रात इस कमरे में रहेगी।''

डाइनिंग रूम में सौ के करीब लोग थे। उनमें कई विवाहित जोड़े भी थे। हमने बिना मुस्कराए और अभिवादन किए, सबको देखा। सोनू ने मेनू को पढ़ने के बाद कहा, ''मेरे लिए चिकन बिरयानी,'' और मुझसे पूछा, ''आपके लिए क्या ?''

''मुझे भी वही। थोड़ी दाल के साथ।''

आर्डर लेने के बाद, वेटर ने मुझसे पूछा, ''साहब, आपको कौन-सा ड्रिंक चाहिए ?'' और उसने पेय पदार्थों की लिस्ट मुझे थमा दी।

मैंने सोनू से पूछा, ''एक और कैम्पैरी चलेगी ? या, थोड़ी ठण्डी की गई सफेद वाइन को चखना चाहोगी ? ग्रोवर की सफेद वाइन बुरी नहीं है, फ्रैंच वाइन जैसी ही है, कैलिफोर्नियन से बेहतर। इसमें अलकोह नहीं के बराबर होता है। चखकर देखो,'' मैंने उसे सुझाव देते हुए कहा।

उसने रज़ामन्दी में अपना सर हिलाते हुए कहा, ''जो आपको पसन्द है, वही ले लूँगी मैं। अगर मुझे अच्छी नहीं लगी, तो आपको ख़त्म करनी पड़ेगी।''

मैंने सफेद वाइन का आर्डर दिया। वेटर ने मेज़ पर मोमबत्ती जला दी। जब वह लौटा, तो उसके हाथ में ग्रोवर की सफेद वाइन की एक बोतल थी। उसने दो गिलास हमारे सामने रख दिए। उसने थोड़ी-सी वाइन मेरे गिलास में उँडेली। मैंने उसका स्वाद लेते हुए कहा, ''ठीक है।'' उसने हम दोनों के गिलास भर दिए।

मैंने सोनू से कहा, ''पहले गिलास को अपने दोनों हाथों में लो, और फिर वाइन की महक लो।'' फिर मैंने उसे खुद करके भी दिखाया। उसने जो कुछ मैंने किया था, उसकी नकल करने के बाद, वाइन का एक घूँट लिया, और फिर बोली, ''बुरी नहीं है। आप मुझे शराबी बनाकर ही छोड़ेंगे। देखो, सब लोग मुझे ही देख

रहे हैं। हिन्दुस्तानी बीवी, और शराब पी रही है ! क्या हो गया है हिन्दुस्तानियों को !''

''भाड़ में जाएँ वे सब !''

खाना बहुत ज़ायकेदार था। ठण्डी की गई वाइन के साथ बिरयानी का मेल अच्छा रहा। डिनर के बाद, डायनिंग रूम खाली होने लगा। हमने अपने सुइट जाने का फ़ैसला किया। मैंने वेटर से कहा कि वह आधी रह गई बोतल को कल के डिनर के लिए अलग रखे। वाइन के दो छोटे-छोटे गिलासों के बाद ही सोनू चंचल हो गई थी। वह मेरा हाथ अपने हाथों में लेकर, ऊपर की सीढ़ियाँ पार कर, कमरे में पहुँची। कुछ देर तक हम टीवी देखते रहे। फिर, सोनू ने उठते हुए कहा, ''मेरा नहाने को मन कर रहा है। थोड़ा नशा भी महसूस हो रहा हैं बाथरूम में नहाने के लिए गर्म पानी तो है न !''

जब वह नहा कर आई, तब वह नाइटी में थी। उसे तरोताजा देखकर, मैं भी बाथरूम गया। वहाँ मैंने शेव करके गर्म पानी से स्नान किया, और नाइट-गाउन पहने हुए लौटा। सोनू टी.वी. बन्द करके, अपने सर पर कम्बल ओढ़ कर, अपने पलंग पर लेटी थी। मैं भी अपने सर पर उसी कम्बल को ओढ़कर पलंग में घुस गया। सोनू ने सरककर मेरे लिए जगह तो छोड़ दी, पर दृढ़ स्वर में यह भी कहा, ''मुझे इतना ज्यादा तंग मत करो। मैं अभी तैयार नहीं हूँ।'',

''मगर डिनर से पहले तो तैयार दिखाई देती थीं। अब क्या हो गया ?''

''मूड चला गया। मुझे वक्त दो।''

मैं उसके पंलग से उठकर अपने पलंग पर चला गया। सोनू ने अनुनय करते हुए कहा, ''इतने नाराज़ मत हो। जब मैं तैयार हूँगी, तब आपको बता दूँगी।''

मैं नाराज था, निराश था, अधीर था। मैंने सोने की कोशिश की। लम्बा, थका देने वाला था आज का दिन। 200 मील के सफ़र ने थका दिया था मुझे। लेकिन नींद आने का नाम ही नहीं ले रही थी।

आधी रात के करीब, जब मैं आधी नींद में था, बिजली के तड़पने और गरज ने मुझे जगा दिया। होटल की इमारत काँपने लगी। बादलों की गड़गड़ाहट और गर्जन लगातार बढ़ता ही जा रहा था। जब मानसून जाने को होता है, तब उसका क़हर और प्रकोप और बढ़ जाता है। और तभी, इतनी ज़ोर से बारिश होने लगी कि टिन की नालीदार छत की चादर पर बारिश के चकनाचूर कर देने वाले बेरहम हमले की आवाज़ के सिवाय कुछ सुनाई नहीं दे रहा था।

सोनू इस ज़बर्दस्त शोरगुल की वजह से जाग गई थी और मेरे तकिए के पास खड़ी थी। कह रही थी, ''मुझे बहुत डर लग रहा है। क्या मैं आपके पलंग पर आ सकती हूँ ?''

मैंने अपने पलंग पर उसके लिए जगह बना दी। वह एक डरे हुए बच्चे की तरह मुझसे चिपक गई थी। हर बार जब बिजली कड़कती थी और बादल गरजते

थे, वह मुझसे और प्रगाढ़ता के साथ एक हो जाती थी। मैं उसे इसी स्थिति में रखते हुए, शान्त और खुश रखने की कोशिश कर रहा था। हम एक-दूसरे का चुम्बन भी ले रहे थे, और अब वह चुम्बन देते समय मुझे अपनी जीभ उसके मुँह में ज्यादा से ज्यादा गहराई में जाने दे रही थी। वह मुझे अपनी छातियों से खेलने भी दे रही थी। अब वह पूरी तरह से उत्तेजित हो गई थी। लेकिन, इससे पहले कि मैं उसके ऊपर आ सकूँ, वह चरम सीमा पर पहुँच कर स्खलित हो गई। अब वह जड़ हो गई थी।

एक घण्टे के बाद, हम दोनों ने फिर एक-दूसरे को चूमना शुरू किया। फिर, मैंने उसकी छातियों से खेलना और उन्हें दुलारना शुरू किया। मैंने उसे चेतावनी देते हुए कहा, ''इस बार धोखेबाजी नहीं। तुम्हारी एक तरफा कार्यवाही नहीं चलेगी।''

''ठीक है,'' उसने फुसफुसाते हुए कहा, ''लेकिन बहुत धीरे-से, बहुत धीरे-से।''

मैंने सब काम धीरे-धीरे ही किया। मैं जान गया था कि वह अक्षत-योनि थी, कुमारी थी। जैसे ही मैंने उसके अन्दर प्रवेश करना चाहा, मेरी हर हरकत पर वह खिंचाव, तनाव और ऐंठन महसूस करती थी। महीनों तक ब्रह्मचर्य-पालन करने के बाद, मेरे अन्दर वीर्य का जो भण्डार मेरे हो गया था, वह पूरा का पूरा मैंने उसके अन्दर धकेल दिया।

सोनू काफ़ी देर तक रिरियाती रही। फिर अचानक बोली, ''तुम आदमी नहीं, जानवर हो ! आओ, देखो ! क्या हाल कर दिया है तुमने मेरा।'' उसने टेबुल-लैम्प जलाया। सफेद चादर पर जगह-जगह खून छितराता दिखाई दे रहा था। ''सुबह जब कमरे की सफ़ाई करने वाला आदमी आएगा, तो क्या सोचेगा ?'' वह मुझसे पूछ रही थी।

''इन लोगों को सफेद चादरों की ऐसी हालत होते देखने की आदत होगी।'' मैंने जवाब में कहा। 'यह एक हनीमून सुइट है, और अपनी अक्षत योनियों के भंग होने पर स्त्रियाँ ऐसे ही दारुण अनुभवों से गुज़रती हैं। चिन्ता मत करो, मैं अभी चादर को टब में रख देता हूँ, सारे दाग़ चले जाएँगे।''

हम दोनों ने उठकर चादर को पलंग से खींचा, और उसे गर्म पानी की बाल्टी में रख दिया। बाद मैं मुझे भी नहाना पड़ा।

''अब हम पूरी और अच्छी तरह शादीशुदा कहे और माने जा सकते हैं। हमारा विवाह पूर्णता को प्राप्त हो चुका है। उसका समापन हो गया।'' मैंने ऐलान किया।

''मुझे लहुलहान करने वाली नृशंस पूर्णता ! तुम्हें ही मुबारक हो ऐसा खूनी समापन !'' सोनू ने झल्लाते और गुर्राते हुए कहा। ''मेरा सारा बदन अभी तक दुख रहा है। बड़ी पीड़ा हो रही है !''

अब हम दोनों के पास एक साथ, एक ही चादर पर सोने के अलावा और कोई विकल्प नहीं था। सोनू जल्दी ही गहरी नींद में सो गई। जब हम दोनों जागे, तब तक बादल छँट चुके थे, और सूरज अपनी पूरी प्रखरता के साथ चमक रहा था। वर्षा से नहाए-धुले सारे गार्डन में गुलदाऊदी अपने पूरे निखार के साथ खिल रही थी।

हमने नाश्ता अपने कमरे में ही मँगवाया। नहाने और बाहर जाने के कपड़े पहनकर होटल से चीड़ के जंगल तक जाने का प्रोग्राम बनाया। सोनू ने शिकायती लहज़े में कहा, ''मेरा सारा बदन अकड़ गया है, और बुरी तरह दुख रहा है। मैं ज्यादा दूर तक नहीं चल सकूँगी। यह सब आपकी मेहरबानी है।''

शाम तक उसके बदन की सूजन और तकलीफ़ ग़ायब हो गयी। और, जिस वजह से यह सारा बखेड़ा हुआ था, उसकी याद भी मिट गई थी। अब वह बार-बार उसी आनन्द को पाने के लिए बेकरार थी। उसने सूजन और तकलीफ़ देने वाले स्थानों पर वैसलीन लगाई, और उससे राहत भी मिली और पूरा सुख भी। तीसरे दिन, आलम यह था कि भोगेच्छा की उसकी प्रबल प्यास उसे हर दोपहर के अलावा हर रात भी उसे सताने लगी थी। चौथे दिन, उसकी यह प्यास उसे सुबह ही सुबह जगा देती थी। तब उसे दूर करने के बाद लंच के बाद भी वह यह प्यास मिटाकर, दोपहर को आराम करती थी। सायंकालीन मदिरापान के बाद फिर यह प्यास जाग जाती थी, तृप्त होने के लिए। और, सोने से पहले इस भोगेच्छा की तृप्ति होना तो बेहद आवश्यक था। वह कभी थकती हुई दिखाई नहीं देती थी। अब वह यह भी जान गई थी कि मुझे कैसे उत्तेजित किया जाए ! जब वह स्नान के बाद बाहर आती थी, तो ऐसी 'हाफ-शर्ट' पहने होती थी, जिसके आरपार उसकी छातियों को और उसके आधे ढके हुए नितम्बों को साफ़-साफ़ देखा जा सकता था। अब वह आदमकद दर्पण में अपने बालों को ज़ोरदार ढंग से इस तरह ब्रश करती थी कि उसकी कँपकँपाती हुई छातियाँ साफ़ देखी जा सकती थीं। जब वह अपने बदन के बीच के हिस्से पर कोलोन छिड़कती थी, वह इस तरह अपना वह हिस्सा मोड़ती थी कि उसके आधे नितम्ब पूरी तरह देखे जा सकते थे। उसने यह जान लिया था कि इस तरह कामोत्तेजक तरीकों से उसे अन्त में यौन-सुख प्राप्त होता है, निश्चित रूप से। जब उसे अपनी प्यास बुझानी होती थी, तो आकर मेरे सामने खड़े होकर, सीधे मेरे शरीर के उस भाग को, जहाँ से टाँगें शुरू होती हैं, चाव से देखते हुए, कहती थी, ''मैं जानती हूँ कि तुम्हारे मन में क्या है ? आओ, पूरा कर लें वह काम, जो तुम करना चाहते हो।''

'पाँचवे दिन तो वह अपनी पूरी लय में थी। उस दिन पूर्णमासी थी, और सारे

पर्वत पूर्णिमा की रोशनी में नहाये हुए थे। वह खिड़की खोलकर, कौशल्या की घाटी का, आगे झुककर, पर्यवेक्षण करने लगी। उसकी मकड़ी के तार की तरह बारीक कुरती उसके गोल-गोल नितम्बों का खुला प्रदर्शन कर रही थी। उसने मुझे अपने पास बुलाते हुए कहा, ''मोहन आओ, देखो, कितना सुन्दर और मनमोहन नज़ारा है।''

मैं अपना सर, उसके कन्धों पर झुकाते हुए, उसके पीछे खड़ा हो गया। उसने अपनी कमर, ज़ोरदार तरीके से, मेरे साथ भिड़ा दी। वह काफ़ी देर तक सामने का नज़ारा देखती रही। मैंने अपने ऊपर काफ़ी संयम रखते हुए उसे याद दिलाया कि इस नायाब नज़ारे को देखने का आनन्द बिस्तर पर जाने के बाद कई गुना और बढ़ जाएगा। उसने अपने आपको मेरी बाँहों की जकड़ से आज़ाद करते हुए कहा, ''आओ, पूर्णिमा के चाँद को हम दोनों को प्रेम करते हुए देखने दो। वह अपनी कुरती उतार कर, दरी पर इस तरह लेट गई ताकि पूर्णिमा का चाँद उसके शरीर के साथ अठखेलियाँ कर सके। मैं उसके ऊपर आ गया। हमने अपनी प्रेम लीला की अवधि को यथासम्भव बढ़ाने का पूरा प्रयास किया। जब यह समाप्त हुई, तब चाँद ने खिड़की से हमारी लीला को देखना बन्द कर दिया था। तभी, अचानक ठण्डी हवा बहने लगी, जिसके असर से हमाारा बैडरूम बर्फ की तरह ठण्डा हो गया। हम दोनों एक-दूसरे को गरमी पहुँचाने के उद्देश्य से एक ही पलंग पर लेटे रहे।

अगली सुबह सोनू को बहुत ज्यादा ठण्ड लग चुकी थी, और गल-शोथ भी था। वह बोल तक नहीं पाती थी। मैंने गर्ग को फोन करके पूछा कि क्या उनके होटल में कोई डाक्टर है ? उन्होंने कहा कि उन्होंने कालका से डॉक्टर को बुलवाया है, और जब तक वह आए, तब तक वे हम दोनों को नीचे के होटल में ला रहे हैं।

हमने अपना सारा सामान अपने-अपने सूटकेसों में भरना शुरू किया। सोनू ने होटल द्वारा दिए गए कम्बल से अपने को लपेट रखा था। हम लोग केबिल कार से नीचे के होटल में आए। स्वर्ण सोनू को गैस्ट रूम में ले आई। उसकी आँखों से लगातार पानी बह रहा था। डॉक्टर ने उसका तापमान लेकर कहा कि उसे हल्का बुख़ार है। उसने एक चम्मच से सोनू का मुँह खोल कर, उसके गले का मुआयना कर उससे कहा कि '' स्ट्रैप्टोकोक्कल इन्फैक्शन है। मैं कुछ एन्टीबायोटिक्स दवाएँ लिखे देता हूँ। आपको पूरा आराम करना होगा।''

सोनू ने अपना सर ज़ोर से हिलाया, और एक पर्चे पर लिखा, ''मैं फ़ौरन घर जाना चाहती हूँ।''

मैंने डॉक्टर से पूछा, क्या ऐसी हालत में उसे कार द्वारा दिल्ली ले जाना ठीक होगा ? डॉक्टर ने जवाब दिया, ''मैं इसकी सलाह नहीं देता। लेकिन, अगर मैडम ज़िद ही कर रही हैं, तो आप उन्हें ले जा सकते हैं। लेकिन कार के दरवाजे बन्द

रहने चाहिए, और उनका सारा बदन कम्बलों से लिपटा होना चाहिए। मैं इन्हें थोड़ी एस्परीन देता हूँ। उससे उनके गले की तकलीफ़ कम हो जाएगी, और नींद भी आ जाएगी।''

पोर्टरों ने हमारे सूटकेस कार में रखे। स्वर्ण ने अपना ऊनी कम्बल और तकिया सोनू को दिए। सोनू ने गरम पानी के साथ कई एस्परीन गटक लीं, और पीछे की सीट पर लेट गई। मैंने काउण्टर पर अपने बिल की रक़म अदा करनी चाही। इस पर गर्ग साहब ने मेरा हाथ पकड़कर मुझसे कहा, ''मुझे इस तरह से शर्मिन्दा न करें। मैं अपना हिसाब रायबहादुर साहब से निपटा लूँगा। दिल्ली पहुँचते ही, राय बहादुर से मुझे फोन करवा दें, ताकि मुझे पता लग जाए कि आप दोनों सकुशल घर पहुँच गए।''

मैं कार से कालका पहुँचा। वहाँ मैंने पैट्रोल भरवाया, और स्पीड कण्ट्रोलर को कार से अलग करवा दिया। मैं रास्ते में, बिना कहीं रुके, चार घण्टे से कुछ समय बाद दिल्ली पहुँच गया। गर्ग ने फोन करके रायबहादुर और उनकी पत्नी को हमारे वापस आने के बारे में बता दिया था। इसलिए वे दोनों गार्डन में हमारा इन्तज़ार कर रहे थे। मुझे देखकर, दोनों में से कोई स्वागत के लिए मुस्कराया नहीं। उल्टे, मेरी सासुजी ने बड़े चुभते हुए शब्दों में मुझसे कहा, ''पहली बार तुम हमारी सोनू के साथ बाहर गए, और उसे बीमार हालत में वापस लाए।'' रायबहादुर कुछ बोले तो नहीं, लेकिन उनके हाव-भाव से साफ़ था कि उन दोनों की निगाह में मैं गुनहगार हूँ। मैं सोनू के साथ उसके बैडरूम में तब तक रहा, जब तक कि उनके फैमिली डॉक्टर नहीं आ गए। उन्होंने सोनू का तापमान देखा, और मेरी तरफ अनिष्टकारी निगाह डालकर कहा, ''तेज़ बुखार है !''

''इन्हें गल-शोथ था,'' मैंने डाक्टर को बताया। ''होटल के डॉक्टर ने कहा था कि वह इनके लिए कुछ एन्टीबायोटिक्स लिख रहा है।''

डॉक्टर ने फिर मुझे ऐसे देखा, जैसे कि सोनू के साथ जो कुछ हुआ, उसकी सारी जिम्मेवारी मुझ पर है। उसने सोनू के गले का मुआयना करके कहा, ''बेटा ! चिन्ता करने की कोई वजह नहीं है। दो-चार दिन में मैं तुम्हारे बुखार और खराब गले की मुसीबत को दूर कर दूँगा। तुम्हें पूरे आराम की ज़रूरत है, क्योंकि तुम काफ़ी थकी-माँदी हो, और तुम्हारी पिछले दिनों अच्छी देखभाल नहीं की गई।'' यह कहकर उस डॉक्टर ने फिर मुझे उसी निगाह से देखा, जिसके साथ वह अब तक मुझे देखता आ रहा था।

सोनू का चेहरा काफी उत्तेजित था। मैंने उसके माथे पर हाथ रखा। वह काफ़ी गरम था। मैंने उससे पूछा, ''सोनू, क्या तुम चाहोगी कि मैं कुछ दिनों के लिए यहाँ तुम्हारे साथ रहूँ ?''

उसने ज़ोर से अपना सर हिलाकर मना कर दिया और, बड़ी मुश्किल से ये

शब्द अपने मुँह से निकाले, "घर आओ, अपने पापा के साथ रहने के लिए।"

मैंने जान लिया कि यहाँ मेरी ज़रूरत नहीं है। भारी मन से मैं कार से घर लौटा। मेरे पिता को मुझे समय से पहले, और वह भी सोनू के बिना वापस आया देखकर, बड़ा ताज्जुब हुआ। मैंने उन्हें सब कुछ बता दिया। और, यह कहकर उन्हें दिलासा दिया, "जैसे ही उसकी तवीयत में सुधार होगा, वह यहाँ आ जाएगी।" जवाब में उन्होंने कहा, "वह बड़ी नाजुक है। अमीर घर में बड़ी हुई है, इसलिए होटल का खाना उसे माफ़िक नहीं आया होगा। और, कमज़ोर होने के कारण ठण्ड बर्दाश्त नहीं कर पाई होगी।"

मैं अपने साथ स्कॉच की आधी खाली बोतल लाया था। मैंने अपने पिता से कहा, "पिताजी ! मैं इस वक्त बहुत थका हुआ हूँ, और जिस ढंगग से सोनू के माता-पिता मेरे साथ पेश आए, उससे काफ़ी अशान्त भी हूँ। उनका खयाल है कि सोनू की बीमारी और गले की तक़लीफ के लिए मैं जिम्मेवार हूँ। इसलिए आप बुरा तो नहीं मानेंगे, अगर मैं आपके सामने थोड़ी-सी व्हिस्की ले लूँ ?"

"हाँ, हाँ, ज़रूर," उन्होंने कहा, "और उन्होंने क्या कहा, इस बारे में ज्यादा मत सोचो। हो सकता है कि सोनू की तबियत खराब हो जाने से वे भी उतने ही परेशान हैं, जितने तुम हो।"

मैंने व्हिस्की के कई जाम लिए। 'नीट' लेने पड़े, क्योंकि घर में सोडा नहीं था। मैंने रसोइये से एक आमलेट बनाने को कहा, और ब्रैड की एक स्लाइस के साथ उसे खाकर, अपने बैडरूम में सोने चला गया।

मैं बेहद बैचेन और क्षुब्ध था। मान लो, आज सोनू मर जाती है। तब क्या उसके माता-पिता उसकी मौत के लिए मुझे जिम्मेवार ठहराएँगे ? उनके आज के व्यवहार को देखकर, मुझे लगता है कि उनके लिए ऐसा करना नामुमकिन नहीं है। लेकिन, फिलहाल तो उसके मरने का कोई ख़तरा है नहीं, उसे महज़ बुखार आया था, और गला सूज गया था। शायद कुछ दिनों बाद, उसके मासिक धर्म की तारीख आने वाली हो। बहुत-सी लड़कियाँ इन दिनों बहुत अस्तव्यस्त हो जाती हैं लेकिन, अपने ही इस तर्क पर यक़ीन करने के बावजूद, मैं शान्ति से सो नहीं पाया। बीच में उठ जाता, तो सोचने लगता।

ऑफिस में स्टाफ के लोगों को मेरे इतनी जल्दी आने की कोई आशा नहीं थी। इसलिए, मेरा अचानक आ जाना उन्हें अप्रत्याशित लगा। मेरी गैर-मौजूदगी में पॉलिन जोन्स इस बारे में पूरी चौकस रहती थी कि सब लोग वक्त से आएँ, और जाने से पहले अपना सारा काम पूरा करके ही जाएँ। मेरी प्राइवेट सैक्रेटरी होने की वजह से वह मेरे सबसे ज्यादा करीब थी, और मैं उस पर पूरा भरोसा करता था।

मैंने उसे बताया कि मेरे जल्दी आ जाने की वजह क्या है। उसने मेरी बातें सुनकर कहा, "मैं उम्मीद करती हूँ कि स्थिति गम्भीर नहीं है।" वह सच्ची हमदर्दी के साथ बोल रही थी। मैंने उसे आश्वस्त करते हुए हुए, "नहीं, स्थिति गम्भीर नहीं है।"

मैंने सब फाइलें देखीं, मिलने वाले आर्डरों की, जिन आर्डरों पर कार्यवाही हो गई है, उनकी, और इस बीच हुए खर्च की और आमदनी की। सब विभाग अपना काम ठीक-ठाक कर रहे थे। ग्यारह बजे मैं कार से सोनू के माता-पिता के घर गया यह जानने के लिए कि अब सोनू कैसी है। मैं उसके कमरे में गया। वह कम्बल में लिपटी एक आरामकुर्सी पर बैठी थी। उसका बुखार दूर हो गया था, शायद उन दवाओं की वजह से जो उसे दी गईं थीं। उसके गले में अभी भी सूजन थी, मगर उसके बावजूद वह थोड़ा कुछ बोल सकती थी। मैंने उसे प्रसन्न करने के इरादे से उसे उन दिनों की याद दिलाई, जो हम दोनों ने टिम्बर ट्रेल हाइट्स में बिताये थे। "वे मेरे जीवन के सबसे सुखी पाँच दिन थे," मैंने कहा।

वह मुस्कराई।

"ठीक होते ही, जल्दी से जल्दी अपने घर आ जाना," मैंने उससे कहा।

उसने फिर हिलाकर अपनी स्वीकृति जताई।

तभी उसकी माँ आ गई, और मेरे नमस्कार को नज़रअन्दाज करते हुए, सोनू से पूछने लगी, "अब कैसा लग रहा है, बेटा !"

"वह अब पहले से बेहतर है," मैंने उन्हें बताया। "बुखार चला गया है, और अब यह कुछ बोल भी सकती है।"

मेरी सास मुझे पूरी तरह नज़रअन्दाज करते हुए, अपनी बेटी से ही एकालाप करती रही। मैंने ऑफिस वापस जाने का फैसला किया। मैंने सोनू से कहा, "मैं कल किसी भी वक्त आऊँगा।" उसने एक बार फिर 'हाँ' जताते हुए अपना सर हिलाया। मैंने जाते समय अपनी सास को नमस्ते नहीं की। उस मोटी के प्रति मेरा दृष्टिकोण बिल्कुल बदल गया था।

मैं हर सुबह सोनू से मिलने जाता था। उसका बुखार चला गया था, और गला भी ठीक हो गया था। मगर उसे मासिक धर्म नहीं हुआ था, जिसकी वजह से वह अप्रसन्न थी।

"तुमने गर्म-निरोधक उपाय क्यों नहीं अपनाए थे ?"

"तुमने ऐसा करने के लिए मुझे कहा ही नहीं था, इसलिए मैंने अपनी ओर से कुछ नहीं किया। अगर तुम गर्भवती नहीं होना चाहती थीं, तो तुम्हें खुद इस बारे में एहतियाती कार्रवाई करनी चाहिए थी। अगर तुम बच्चा नहीं चाहतीं, तो गर्भपात करा सकती हो। शुरू-शुरू में इसके लिए एक मामूली सा-आपरेशन काफ़ी होता है।

मेरी बात सुनकर उसने अपना मुँह मोड़ लिया। मैंने ग़ौर किया कि इन पाँच दिनों में उसके वक्ष ज्यादा बड़े हो गए थे। इन पाँच दिनों में जिस प्रकार उन्होंने खुलकर सैक्स का खेल खेला था, उसके नतीजतन उसका बदन भर गया था। तभी, उसकी माँ आ गई। वह अभी तक पहले की ही तरह बदमिज़ाज़ दिखाई दे रही थी। वह मुझसे बोली, "तुम्हें ज्यादा धीरज से काम लेना चाहिए था। वह बेचारी इक्कीस साल की बच्ची है। बच्चे पैदा करने के लिए काफ़ी वक्त पड़ा है।"

मैंने कोई जवाब नहीं दिया। सिर्फ़ इस बात पर गौर किया कि माँ-बेटी देखने और व्यवहार में आपस में कितनी ज्यादा मिलती हैं। हालाँकि दोनों की उम्रों में तीस साल का अन्तर था, तो भी सोनू का चेहरा और भरा हो जाए, और नितम्बों और पेट ज्यादा फूल जाए, तो माँ-बेटी एक जैसी या जुड़वाँ दिखाई देने लगेंगी।

मेरे ससुराल वालों को मेरे खिलाफ़ शिकायत करने का एक और मौका मिल गया था। तो भी, मैंने रोज सोनू से मिलने का नियम-सा बना लिया। या तो मैं दोपहर में जाता या ऑफिस के बाद घर लौटने से पहले। मेरे पिता सोनू से मिलना चाहते थे, लेकिन मैं कोई न कोई बहाना करके इस ढंग से टाल देता था, ताकि उन्हें यह न लगे कि इस बारे में उनकी पूरी तरह उपेक्षा की जा रही है।

दस दिन बाद, सोनू बिस्तर से उठकर, घूमने-फिरने लगी। लेकिन, जब-जब मैं उससे घर जाने की बात करता, वह कोई न कोई बहना करके इस बात को टाल देती थी। एक दिन वह तबियत ठीक न होने का बहाना करती, और दूसरे दिन कोई दूसरा। और हर बार, वह यह कहना न भूलती, "तुम सारे दिन बाहर रहते हो, वहाँ मेरी देखभाल कौन करेगा ? वह बूढ़ा ? माँ कहती हैं कि जब तक बच्चा पैदा नहीं हो जाता, तब तक मैं घर पर ही रहूँ।"

मुझे उसका मेरे पिता को 'वह बूढ़ा' कहना बिल्कुल अच्छा नहीं लगा। उसके इस व्यवहार के बारे में मैंने मज़ाक में कहा, "यह बड़ी अजीबोगरीब शादी है ! पाँच दिन के हनीमून के बाद ही दुल्हन अपने पति के घर जाने को मना कर रही है ! क्या मैंने तुम्हासे बलात्कार किया है, या तुम्हारे साथ बुरा व्यवहार किया है ? क्या तुम मुझसे आगे प्रेम नहीं करोगी ? जब तक हम दोनों साथ थे, तुमने उस साथ के हर क्षण का आनन्द लिया।"

उसके पास मेरे सवालों का कोई जवाब नहीं था। वह बोली, "मम्मी कहती हैं कि गर्भवती स्त्रियों को सैक्स से बचना चाहिए, नहीं तो गर्भस्राव होता है।"

उसकी दलील सुनकर, मैं इतना अधिक हताश हुआ कि पूरे एक सप्ताह तक मैं उससे मिलने नहीं गया। न ही फोन किया यह जानने के लिए कि उसके हालचाल कैसे हैं। विवाह के बारे में कहा जाता है कि वह जीवन भर का सम्बन्ध होता है। लेकिन, यहाँ तो शुरुआत ही खराब हुई है। मैंने तय किया कि मैं उसके धौंसपने का हिम्मत से मुकाबला करूँगा। ज़रूरत हुई तो मैं अदालत में उसके खिलाफ़ वैवाहिक

अधिकारों की वापसी का मुकदमा दायर करूँगा। मगर, सौभाग्य से रायबहादुर और उनके परिवार के सदस्यों को सद्‌बुद्धि आ गई कि वह जो कुछ कर रहे हैं, ग़लत कर रहे हैं। सोनू ने मुझे फोन करके शिकायत की, ''तुम पिछले एक हफ्ते से ज्यादा समय हो जाने पर भी मुझसे मिलने नहीं आए। क्या तुम मुझसे नाराज़ हो ?''

''हाँ, मैं नाराज हूँ,'' मैंने मुँहफट होकर उससे कहा, ''और तुम्हारे अलावा तुम्हारे माता-पिता से भी नाराज़ हूँ, बहुत ज्यादा नाराज़ ! उन्हें कोई अधिकार नहीं है तुम्हें अपने वैध पति से अलग रखने का। उनकी हरकतों से लगता है, जैसे मैंने उनकी बेटी को गर्भवती बनाकर कोई संगीन जुर्म किया है।''

उसने निवेदन सा करते हुए कहा, ''ऐसी बातें मत करो, प्लीज ! मैं जब तुम चाहोगे, तुम्हारे पास आ जाऊँगी। मैं सिर्फ यही चाहती हूँ कि जब तुम ऑफिस में होगे, तब मैं अपने माता-पिता के घर में रहूँ।''

''मैं ऑफिस के बाद तुम्हें अपने साथ लेकर ही घर लौटना चाहूँगा। ठीक छह बजे अपने सब सामान के साथ तैयार रहना।''

ठीक छह बजे मैंने उसे अपना इन्तज़ार करते पाया। उसके पास उसके दो सूटकेस थे। वहाँ न उसके माता-पिता थे, न उसके भाई। उसका नौकर दोनों सूटकेसों को कार में रखकर चला गया। हमें विदा करने या नमस्ते करने कोई नहीं आया।

मैंने उसका हाथ लेकर कहा, ''याद रखो, अब तुम पर मेरा हक़ है, तुम्हारे माता-पिता का नहीं। तुम उनसे मिलने मेरी इज़ाज़त से ही जाओगी, और जब मैं कहूँगा, वापस आओगी।'' मुझे महसूस हो रहा था कि इस स्थिति से शक्ति और दृढ़ता से काम लेने पर ही निपटा जा सकता है।

घर में मेरे पिता ने उसका स्वागत किया। उन्होंने रसोइये से सोनू के लिए खास खाना बनाने को कहा। उन्हें किसी ने बताया था कि गर्भवती महिलाओं को मसालेदार खाने की चाह होती है। उसने बहुत कम खाया, और मितली की शिकायत करके बाथरूम में चली गई। 'गर्भावस्था की बीमारी,' मेरे पिता ने घोषणा की, ''कुछ हफ्तों में दूर हो जाएगी।''

उस रात मैं सोनू के साथ काफ़ी शराफ़त के साथ पेश आया। उसने मुझे अपनी बग़ल में सोने दिया, उस स्थिति में, जहाँ उसका सिर मेरी बाँहों पर था। मेरे गुप्तांग को अपने हाथ से छूते हुए उसने कहा, ''इससे पूर्व कि मैं इस को अपने साथ और ज्यादा खिलबाड़ करने दूँ, मुझे अपने स्त्री-रोग विशेषज्ञ से सलाह करनी पड़ेगी।'' मैंने उसके साथ कोई ज़ोर-ज़बर्दस्ती नहीं की। सारी रात हम एक ही बिस्तर पर सोए, बिना सैक्स के।

सुबह को मैंने उसे अपने पिता के घर के दरवाज़े पर छोड़ते हुए, उसे याद दिलाया, ''छह बजे शाम।''

अगले छह महीने तक, हमारे वैवाहिक जीवन का यही क्रम चलता रहा। उसके स्त्री-रोग विशेषज्ञ ने उसे सलाह दी थी कि कुछ महीनों तक सैक्स में कोई हर्ज नहीं है, मगर उसमें तीव्रता और आक्रामकता नहीं होनी चाहिए, ताकि भ्रूण को कोई नुक़सान न हो। अब जो कुछ होता था, धीरे-धीरे और आराम के साथ। हनीमून के पाँच दिनों में जो कुछ हुआ था, उसकी तुलना में उसे बड़ा सभ्य और निर्जीव माना जाएगा। मैं ओजस्वी और परिपूर्ण सैक्स का हिमायती हूँ। लेकिन, इस नई परिस्थिति में मुझे सौम्य और बेजान सैक्स का ही सहारा लेना पड़ता था। वह भी पूरी सावधानी के साथ। उधर, सोनू दिन-ब-दिन मोटी होती जा रही थी। उसके वक्ष सूजते जा रहे थे और पेट घड़े की तरह होता जा रहा था। वह पूरी तरह अनाकर्षक हो गई थी, और मेरी आँखों ने अब दूसरी स्त्रियों को ग़ौर से देखना शुरू कर दिया था। किसी ने एक बार मुझे बताया था, और शायद सही बताया था कि जब किसी की पत्नी गर्भवती होती है, तब उसकी व्यभिचारी और पराई औरतों की ताक-झाँक करने की सहज वृत्तियाँ अपने चरम पर होती हैं। लेकिन, मैंने पूरा संयम रखकर अपने साथ ऐसा नहीं होने दिया।

आठवें महीने के बाद, सोनू ने मेरी इज़ाज़त से, पूरी तरह अपने माता-पिता के घर में रहना शुरू कर दिया। वहाँ उनका अपना स्त्री-रोग विशेषज्ञ रोज़ उसकी जाँच कर सकता था। और, जिस नर्सिंग-होम में उसकी डिलीवरी होने वाली थी, वह उसके माता-पिता के बँगले के पास ही था। वह पहली बार बच्चे को जन्म दे रही थी, जिसमें गर्भवती स्त्रियों को ज्यादा मुश्किलों का सामना करना पड़ता है, इसलिए भी उसके माता-पिता किसी तरह की कोई भी जोखिम नहीं लेना चाहते थे।

सोनू की गर्भावस्था के नवें महीने में, एक रात टेलीफोन की लगातार बज रही घण्टी ने मुझे जगा दिया। सोनू को उसकी असह्य वेदना के कारण नर्सिंग होम ले जाया गया है। मैंने यह सूचना अपने पिता को दी, और उस नर्सिंग होम की ओर रवाना हो गया। जब मैं वहाँ पहुँचा, तब उसके पिता वेटिंग-रूम में थे, और उसकी माँ प्रसूति-गृह में उसके साथ। रायबहादुर ने मेरे नमस्ते को न सुना, न देखा, और एक घण्टे तक, जब हम दोनों एक साथ रहे, दोनों के बीच कोई बातचीत नहीं हुई। वेटिंग-रूम में अन्य परिवारों के लोग भी थे, जो आपस में खूब बातचीत कर रहे थे, चहचहा रहे थे, और ऑपरेशन रूम में आती-जाती नर्सों से पूछताछ कर रहे थे। एक घण्टे के बाद, एक नर्स ने आपरेशन-रूम से बाहर आकर आवाज़ लगाई—"मिस्टर मोहन कुमार !" मैं फ़ौरन खड़ा हो गया। राय बहादुर भी खड़े हो गए। नर्स ने मुझसे कहा, "बधाई हो, मिस्टर कुमार ! आप एक पुत्र के पिता हो गए !"

सोनू के पिता ने पूछा, "कैसी है वह—मेरी बेटी ?"

"सही-सलामत है," नर्स ने उत्तर दिया, "बस हमें थोड़ा-सा क्लोरोफार्म सुँघाना

पड़ा था। नार्मल डिलीवरी हुई है। आठ पौंड का है बच्चा ! बड़ा और स्वस्थ। वह बड़ा होकर अपने पिता के सामान लम्बा-चौड़ा बनेगा। आप दोनों को आधा घण्टे के बाद देख सकेंगे। तब तक बच्चे को नहला-धुला लिया जाएगा।''

हमने आधा घण्टे तक इन्तज़ार किया। उसके बाद नर्स हमें सोनू के प्राइवेट रूम में ले गई। सोनू काफी थकी हुई और पीली लग रही थी। उसकी छाती से चिपटा था एक गोल-मटोल, शिकनदार गोश्त का टुकड़ा सा, जो आपे से बाहर होकर अपनी माँ के चुचुकों की खोज कर रहा था। सोनू ने उसे बच्चे के मुँह में दे दिया। मैंने सोनू के माथे पर हाथ रखकर उसे चूमा और पूछा, ''बहुत ज्यादा मुश्किल तो नहीं हुई ?''

''बहुत ज्यादा नहीं। मगर वेदना असह्य थी। मुझे खुशी है, सब कुछ हो गया। कैसा लगता है, तुम्हारा बेटा ?''

''अभी कुछ कहा नहीं जा सकता। मगर बहुत नाराज़ दिखाई देता है, और भूखा भी।''

मैं सोनू और उसके माता-पिता के साथ करीब आधा घण्टा रहा। इस वक्त के बीतने के बाद नर्स ने हमसे जाने को कहा। जब तक मैं घर पहुँचा, सुबह होने वाली थी।

मेरे पिता मेरा इन्तज़ार कर रहे थे। मैंने उन्हें अपने बेटे के जन्म की ख़बर सुनाई। उन्हें बेहद खुशी हुई। बोले, ''हमारा वंश चलता रहेगा। मुबारक ! लाख-लाख बधाइयाँ। जब तुम अगली बार वहाँ उसे देखने जाओगे, तो मैं भी तुम्हारे साथ जाऊँगा। मुझे अपने पोते को देखना है।...उसका कोई अच्छा-सा नाम सोचना पड़ेगा।''

ऑफिस में मैंने स्टॉफ के सब लोगों के लिए मिठाई, लड्डू, गुलाब जामुन, रसगुल्ले मँगवाए।

मेरी जोसफ़

जिन दिनों सोनू घर में नहीं थी, उन दिनों में मैंने एक महत्वपूर्ण फ़ैसला किया। हमारे घर के पास जो प्रापर्टी डीलर था उससे मैंने ऊँचे वर्गों के रिहायशी इदलाकों में अपने मौजूदा घर से बेहतर और बड़े ऐसे घर की खोज करने को कहा, जिसमें एक गार्डन भी हो। मेरी फर्म को अच्छा मुनाफ़ा हो रहा था और मैं लाला अचिन्त राम द्वारा उपहार में दिए गए घर को जल्दी से जल्दी छोड़ने को उत्सुक था। उन्हें अपनी औक़ात बताने के लिए मैं उस घर से, जो उन्होंने अपनी बेटी को दिया था, बड़ा और बेहतर घर खरीदना चाहता था। बेशक, मेरा नया घर उसके पिता की शानदार हवेली की टक्कर का तो नहीं होगा, लेकिन अपने इस नए घर के जरिए मैं सोनू को यह जता देना चाहता था कि मेरे साथ शादी करके उसके रुतबे में कोई खास कमी नहीं आई है। इस नए घर को खरीदने में मुझे कोई दिक्कत पेश नहीं आई, हालाँकि मेरे पास कोई काला धन नहीं था, तथापि मकान की क़ीमत की कुछ राशि रुपयों में देने के अलावा, उसकी बाकी राशि मैं डॉलरों में, जिन्हें खरीदने वालों की कमी नहीं थी, भी अदा कर सकता था।

अपने इस फ़ैसले के बारे में मैंने किसी को नहीं बताया, अपने पिता तक को नहीं। मैं उसे खरीद कर, सोनू और अपने नवजात बेटे को बतौर उपहार के देना चाहता था। एक हफ्ते के बाद, दलाल ने मुझे नई दिल्ली का एक नक्शा दिखाया, जिसमें उस किस्म के इलाकों को दिखाया गया था, जिनमें मुझे अपने घर की दरकार थी। और, उनकी अनुमानित क़ीमतों का भी ज़िक्र किया गया था। मैंने महारानी बाग के एक ऐसे घर को पसन्द किया, जो उस फ्लैट के काफ़ी करीब था, जहाँ मैं फिलहाल रह रहा था। यह एक दुमंजला बँगला था, जिसमें आगे एक लॉन था, पीछे एक साधारण आँगन था, दो गैरेज थे, पहली मंजिल पर तीन कमरे, और एक बड़ी खुली छत। नीचे की मंजिल पर दो बैडरूम, एक बड़ा स्वागत-कक्ष, एक अध्ययन-कक्ष और रसोईघर। पीछे के भाग में नौकरों के क्वाटर थे। उसे देखते ही वह मुझे भा गया, और मैंने उसे खरीदने का फ़ैसला कर लिया। बँगले के मालिक

दम्पति, पूरी रक़म मिल जाने पर, उसे फ़ौरन बेचने को तैयार थे। मैंने कम्पनी के वकील से फ़ौरन बिक्री का एग्रीमेन्ट तैयार करने को कहा, और रक़म का कुछ हिस्सा मालिक को पेशगी दे दिया।

जब समझौते की सारी शर्तें पूरी हो गईं, तब मैंने इस नई जगह के बारे में अपने पिता को बताया। वे थोड़े निराश और थोड़े डरे हुए से दिखाई दिए, और कहने लगे, ''क्या यह घर तुम्हें काफ़ी जगह वाला नहीं लगता ?'' उन्होंने अपने जीवन का काफी बड़ा हिस्सा सरकारी फ्लैटों में गुज़ारा था, और वे सारे घर उन्हें जरूरत से ज्यादा आरामदेह लगे थे। मैंने उन्हें आश्वस्त करते हुए कहा, ''आप उसे देखेंगे तो फ़ौरन पसन्द कर लेंगे। उसके लिए आपको एक नाम सोचना है।''

मेरे बेटे के जन्म के अगले दिन ही मैं उन्हें वह घर दिखाने ले गया। घर उन्हें देखते ही पसन्द आ गया। उन्होंने मेरे बेटे का नाम भी चुन लिया था—रणजीत कुमार। नए घर का नाम उसी के नाम पर 'रणजीत विला' रखा गया।

आज मैं इसी घर में रहता हूँ। उसी स्टाइल के साथ, जिसकी उम्मीद एक युवा लखपति से की जाती है। इसे सुरुचिपूर्ण ढंग से सजाने के लिए महँगे इंटीरियर डैकोरेटर्स की सेवाएँ लीं। एक भोलेभाले और मेहनती बावर्ची को मैंने रसोइए के रूप में नौकर रखा। अब तक जो आदमी हमारा रसोइया था, उसका मददगार, बेयरा और मशालची हो गया। हमारे आने से पहले जो औरत वहाँ घर की साफ़-सफ़ाई का काम करती थी, और वहीं के क्वार्टर में रहती थी, उसी को मैंने रहने दिया। एक पार्टटाइम माली गार्डन की देखभाल के लिए रखा। एक शोफ़र को भी नौकर रखा, क्योंकि दिल्ली में खुद गाड़ी चलाना मुझे बड़ा थकाऊ और उबाऊ काम लगता था।

मैं अपने नए घर में अपनी बीवी और बेटे को जल्दी से जल्दी लाने के लिए बेक़रार था। यह घर मैंने उन दोनों के लिए ही खरीदा था। सोनू के स्त्री-रोग विशेषज्ञ ने मुझसे कहा था, ''जहाँ तक मेरा सवाल है, मैं तो उसको ज़रूरी सलाह देने के लिए हर वक्त तैयार हूँ। लेकिन अगर सोनू नर्वस महसूस करती है, तो आप उसकी मदद और सेवा कराने के लिए एक नाइट-नर्स को किराये पर रख सकते हैं। वह बच्चे पर भी निगाह रखेगी, ताकि उसकी माँ चैन से सो सकेगी, और उसे तभी उठाया जाएगा, जब बच्चे को दूध पिलाना हो।''

तो राय बहादुर ने मुझसे सलाह-मशविरा करने की कोई जरूरत नहीं समझी थी। उन्होंने डॉक्टर से कहा था, ''कुछ दिनों तक सोनू हमारे साथ रहेगी। जब तक बच्चे को छाती के दूध की ज़रूरत होगी, तब तक हम बच्चा और जच्चा की चौबीस घण्टे की देखभाल के लिए दो नर्सों को रख लेंगे।''

तो, यह बात थी। जब मैं ऑफिस में था, तब सोनू और बच्चा सीधे राय बहादुर के घर पहुँच गए थे। दो नर्सों के साथ। मुझे इस बात का पता तब चला, जब उन दोनों को देखने के लिए नर्सिंग होम गया था। अब हम दोनों के बीच एक अधोलिखित रस्साकसी शुरू हो गई थी। मैं उस शाम राय बहादुर के घर नहीं गया।

अगले दिन सुबह जब मैं सोनू से मिला, तो मैंने उससे शिकायत की, ''तुमने मुझे यह बताने की क़तई जरूरत नहीं समझी कि तुम वापस अपने मायके चली गई हो। मुझे इस बात का पता नर्सिंग-होम जाने पर लगा। नर्सिंग-होम के लोग क्या सोचते होंगे, हमारे रिश्ते के बारे में ?

''आपको वहाँ जाने से पहले, उन्हें फोन कर लेना चाहिए था। उन्हें दूसरी जच्चा के लिए कमरे की ज़रूरत थी। इसलिए मुझे नर्सिंग-होम छोड़ना पड़ा।''

''तुम वापस घर कब आ रही हो ?''

''मुझे यहाँ कुछ दिन और रहने दीजिए। मुझे हर चार घण्टे के बाद इस शरारती बच्चे को दूध पिलाना पड़ता है। अगर कुछ मिनट की भी देरी हो जाए, तो आसमान सर पर उठा लेता है। यहाँ मेरी मदद और सेवा करने के लिए माँ भी हैं, और दो नर्स भी। माँ कहती थीं कि हम उसके लिए एक अच्छा सा नाम सोचेंगे।''

''हमने नाम सोच लिया है। मेरे पिता ने चुना है यह नाम—रणजीत कुमार मोहन। मुझे अच्छा लगा नाम। मेरे परदादा का भी यही नाम था।''

''तो आपने बिना मेरी राय जाने, अपने पिता को बच्चे का नाम चुनने दिया। शायद आप भूल गए हैं कि मैं इस बच्चे की माँ हूँ।''

जब-जब हम आपस में बात करते थे, तब-तब बात विवाद का रूप ले लेती थी। मैंने तय कर लिया था कि हमारे बेटे के नाम के बारे में उसे अपनी मनमानी नहीं करने दूँगा। ''उसका नाम 'रणजीत मोहन कुमार' ही होगा। और, उसी के नाम पर मैंने अपने घर का नाम 'रणजीत विला' रखा है। यह नाम तुम, जब भी घर आने का फैसला करोगी, उस घर के दरवाजे पर लगा देखोगी।'' मैंने उसे यह नहीं बताया कि मैंने नया घर खरीदा है, उसे यही मान लेने दिया कि अपने पुराने घर को यह नया नाम दिया है।

मैंने उसे उसके माता-पिता के घर में पन्द्रह दिन और रहने दिया। इसके बाद मेरा धैर्य जवाब दे गया। मैंने उसे एक शाम फोन करके कहा, ''अब तुम्हें अपने घर आना होगा।'' मैंने एक बैडरूम तुम्हारी नर्सों के लिए खाली कर दिया है। वे वहाँ, जब तक तुम्हें उनकी ज़रूरत होगी, रह सकती हैं। तुम्हारे माता-पिता, मेरे ऑफिस जाने के बाद, तुम्हें देखने के लिए रोज आ सकते हैं। अगर तुम चाहो, तो हफ्ते का आखिरी दिन उनके घर में बिता सकती हो।''

उसे मालूम था कि इस बार उसे वही करना होगा, जो मैं चाहता हूँ। उसने अपने माता-पिता से बात की। अनमने भाव से वे उसे भेजने के लिए तैयार हो गए।

लेकिन आने वाले शनिवार को नहीं, क्योंकि शनि देव का दिवस अशुभ दिन होता है। रविवार को ज्यादा अच्छा रहेगा। मैं अगले रविवार की सुबह को उसके माता-पिता के घर पहुँच गया। उसने छोटे बच्चे की ज़रूरतों का जुड़ा काफी सामान जमा कर लिया था। बच्चे के बिछौने, मुलायम कम्बल, बच्चों की नेपकिन, टेलकम पाउडर, ग्राइप-वाटर की बोतलें, और एक बहुत बड़ा खिलौना-भालू। चूँकि इतने सामान और लोगों के लिए, मेरी कार नाकाफ़ी थी, इसलिए एक नर्स को सारे सामान के साथ रायबहादुर की कार में बैठाया गया। आगे की सीट पर सोनू मेरे पास बैठी, और बड़ी नर्स, बच्चे को अपनी गाद में बैठाये, पीछे की सीट पर। मैंने रायबहादुर के ड्राइवर से कहा, ''तुम मेरे पीछे-पीछे आओ।''

''साहब ! मैं आपके घर कई बार गया हूँ।''

''मेरे पीछे-पीछे आओ,'' मैंने उससे दुबारा कहा, ''अब उस घर नहीं जाना है।''

''हम कहाँ जा रहे हैं ?'' सोनू ने पूछा।

''तुम्हारे नए घर में। मैंने इसे बतौर 'सरप्राइज' रखा था, तुम्हारे लिए।''

अपने नए घर के बाहर आकर मैंने कार रोकी, और पीतल की नेम प्लेट की ओर इशारा करते हुए कहा, ''देखो रणजीत बिला।''

मुझे लग रहा था कि वह अपने नए और बड़े घर को, जिसका नाम उसके बेटे के नाम पर रखा गया था, देखकर खुश होगी। मगर मैंने उसके चेहरे पर खुशी की जगह उदासी, नाराजगी और रूठन देखी, जो उसके चेहरे पर पूरी तरह फैली थी। ''बिना मेरी राय जाने, बिना मुझे बताए,'' उसने बड़बड़ाते हुए कहा। मैं जानता था कि अगर उस वक्त नर्स वहाँ न होती, तो मुझे गुस्से में और ज्यादा जली-कटी सुनाती। नर्स की प्रतिक्रिया ने भी उसे शान्त रखने मे मदद की। सोनू के साथ घर का कोना-कोना दिखाकर, नर्स ने भाव-विह्वल होकर मुझसे कहा, ''मिस्टर मोहन ! कितना सुन्दर और शानदार घर है आपका ! वाह, वाह !'' खासतौर पर बच्चे के बैडरूम, रेशमी बिछौने के कवर, जर्मनी से आयातित मुलायम पंखों के बने बड़े-बड़े तकिए, फाइव-स्टार होटल की श्रेणी के बाथरूम और झूला-पलंग देखकर वह आश्चर्यचकित थी।

मेरे पिता ने सबका हार्दिक स्वागत किया। उन्होंने सोनू और बच्चे के माथे पर कुमकुम लगाया। सौ-सौ रुपए के दो नोटों को उनके सरों पर फेरा, और फिर उनके हाथों में थमा दिए। जब नौकर लोग आए, तो मैंने उनका परिचय बारी-बारी से सोनू से करवाया। उन्होंने उसके पाँव छुए, और कहा, ''मैम साब ! आपको बहुत-बहुत मुबारिक हो,'' रसोइये ने अपने बंगाली-हिन्दी लहज़े में कहा। बैयरे को वह पहले से जानती थी। जमादारनी ने अपना परिचय खुद दिया, अपने को फर्शों और बाथरूम साफ़ करने वाली जमादारनी के रूप में। लेकिन, घर की मालकिन अन्दर

से जलती हुई, अन्दर ही अन्दर कुछ सोच रही थी, ''तो इन लोगों को भी नौकर रख लिया, बिना घर की मालकिन से पूछे और सलाह-मशविरा किए।'' उसने सबके जाने के बाद, हम दोनों के बिल्कुल अकेले रह जाने के बाद, ज़हर से बुझे हुए स्वर में कहा। ''मेरा काम तो बस, जो भी खाना मिले, उसे खा लेना, जब साहब का हुक्म हुआ, उनके साथ सो जाना, और बच्चे की धाय बने रहना ही रह गया है।''

मैं भड़क उठा। ''क्या कोई ऐसा काम भी है, जो मैं तुम्हें खुश देखने के लिए कर सकता हूँ ? मैंने जो कुछ किया है, तुम्हें सुखी देखने के लिए। इसके बदले में मुझे क्या मिल रहा है ? हर काम के लिए मेरी नुक्ताचीनी की जा रही है।''

मैं आगबबूला होता हुआ कमरे से बाहर निकल आया। मुझे उम्मीद थी कि मेरे इस रवैये को देखते हुए, उसे यह अहसास होगा कि उससे इस मामले में बहुत ज्यादती हो गई है। उसने एक-एक करके घर के सब कमरों का मुआयना किया। उसने रसोईघर में जाकर रसोइए से पूछा कि उसने लंच और रात के खाने के लिए क्या बनाया था ? नीचे आकर उसने स्वागत-कक्ष का मुआयना किया। मैंने उसे ड्रिंक-केबिनेट को खोलने और उसके अन्दर रखे कट-ग्लासों की जाँच करते सुना। अन्त में वह स्टडी-रूम में आई, जहाँ मैंने उसे ऐसा जताया, जैसे मैं ज़रूरी काम कर रहा हूँ। उसने माफ़ी माँगने के लहज़े में मुझसे कहा, ''घर में सब कुछ ठीक-ठाक सही जगह पर रखा है। आप मेरे बिना भी घर की अच्छे ढंग से देखभाल कर सकते हो। मुझे माफ़ करें।''

''ख़ैर, मुझे इस बात की ख़ुशी है कि यह जगह तुम्हें पसन्द आई।''

''तुम्हारी नर्सों के खाने-पीने के बारे में क्या किया जाए ?''

''उनसे पूछ लो, उन्हें कैसा खाना पसन्द है, और फिर रसोइए को जाकर बता दो। वह बना दिया करेगा।''

उसने नर्सों से ऊपर आकर, अपना परिचय मुझे देने को कहा। पहली और बड़ी नर्स ने मुझसे कहा, ''सर, मेरा नाम मेरी जोसफ है। मैं तमिलनाडु की हूँ, और रोमन कैथलिक हूँ।'' वह श्याम वर्ण की गोल-मटोल और तीसेक साल की महिला थी। उसकी भरी-पूरी छातियों के बीच एक सुनहरा क्रॉस पड़ा था। छोटी नर्स ने अपना परिचय देते हुए कहा, ''मैं सारा मैथ्यू हूँ, सर ! केरल के कोट्टयम शहर की। वह मेरी जैसी गोलमटोल नहीं थी, और साँवली थी। वह सीरियन क्रिश्चियन थी। मैंने दोनों को उनका कमरा, जो मेरे स्टडी रूम के पास था, दिखाया। उसमें दो बिस्तरे लगे हुए थे। वे दोनों बारी-बारी से अपनी ड्यूटी करेंगी। केरल की नर्स ने कहा, ''मेरी अपनी ड्यूटी रात को करेगी और मेरी ड्यूटी दिन की होगी।'' मैंने उन दोनों से कहा, ''जिस तरह का खाना तुम दोनों खाना चाहती हो, वह रसोइए को बता देना। वह बना देगा।'' मेरी ने कहा, ''सर, जिस तरह का खाना आप लोग खाते हैं, वही हमें भी चलेगा। कभी-कभी हम इडली-डोसा भी, खुद बनाकर खा सकते हैं।''

कुछ ही दिनों में ज़िन्दगी एक ख़ास ढर्रे के मुताबिक चलने लगी। सोनू और बच्चा ऊपर के एक बैडरूम में सोते थे। उसी कमरे में केरल की नर्स एक आराम कुर्सी में सोती थी। बच्चे का हर चार घटे बाद ज़ोर-ज़ोर से चिल्लाना उसके लिए अलार्म का काम करता था। मैंने नीचे के अध्ययन कक्ष को अपना बैडरूम बना लिया। तमिलनाडू से आई नर्स उसके पास के बैडरूम में सोती थी। केरल की नर्स की बनिस्पत वह ज्यादा बातें करती थी। उसने मुझे बताया कि वह शादी शुदा है और उसका एक बच्चा भी है। अपने वैवाहिक जीवन के बारे में वह बताने लगी कि ''मेरा शौहर बस पीता ही रहता है, चौबीसों घण्टे। जब मैं उसे शराब पीने से मना करती हूँ, तो मुझे मारता है। मेरी कमाई से बस बच्चे का और मेरा खर्चा चलता है। क्या करें, सर ? मैंने जब नर्सिंग को कोर्स किया, तो अपने शौहर से कहा, ''तुम घर पर ही रहो, और बच्चे की देखभाल करो। मैं दिल्ली में काम करूँगी, और जो कुछ बचाऊँगी, तुम्हें भेजती रहूँगी।'' यह सब मुझे बताते हुए, वह काफ़ी खुश नज़र आई। कहने लगी, ''सर, एक ही ज़िन्दगी तो है मेरे पास ! उसे एक शराबी शौहर पर क्यों बरवाद किया जाए ? आप भी मानेंगे यह, सर !''

मैं उसकी बात से राज़ी था।

सोनू मुझे अपने पास फटकने भी नहीं देती थी। वह कहती थी, ''डॉक्टर ने कहा है जब तक बच्चा दूध पीना नहीं छोड़ देता, तब तक सैक्स से पूरी तरह परहेज करना होगा। छह महीने के बाद मैं उसे बोतल से दूध पिलाना शुरू कर दूँगी और फैरेक्स जैसा ठोस पदार्थ भी। तब सोचेंगे कि आगे क्या करना है !''

उधर, छह महीने तो मुझे भी हो गए थे सैक्स से परहेज़ करते हुए। अब इसके बाद भी छह महीने तक सैक्स से दूर रहना मेरे जैसे कामुक आदमी के लिए करीब-करीब नामुमकिन हो जाएगा।

एक शाम मैंने ज़रूरत से ज्यादा स्कॉच ले ली। इस दौरान, सोनू अपने बच्चे की सेहत की ख़ातिर शराब को हाथ नहीं लगाती थी। मेरे पिता सूरज ढलने से पहले खाना खाकर, अपने कमरे में जाकर सो जाते थे। मैं नौकरों के अपने क्वार्टर में जाने का इन्तज़ार करता, ताकि उनके द्वारा रात को इस्तेमाल करने वाले पीछे के प्रवेश द्वार को आगे से बन्द कर सकूँ। डिनर के बाद, मैं थोड़ी देर तक गार्डन में टलहता रहा, और फिर आगे के प्रवेश-द्वार को बन्द करके, अपने स्टडी-रूम में, जिसे मैं बैडरूम की तरह इस्तेमाल करता था, आया। मेरी जोसेफ़ मुझे 'गुडनाइट' कहने के लिए आई। मालूम नहीं, मुझे उस वक्त अचानक क्या हो गया, मैं उसे बाँहों में जकड़ कर, उसे पागलों की तरह चूमने लगा। उसने कोई विरोध नहीं जताया। सिर्फ, इतना कहा, ''सर ! कोई अचानक आ गया तो क्या कहेगा ?'' मैंने अध्ययन-कक्ष को अन्दर से बन्द किया और उसे अपने बिस्तर पर ढकेल दिया। वह पूरी तरह तैयार थी। उसने अपनी सफ़ेद स्कर्ट को ऊपर किया, जाँघिया उतार दिया। मैंने उसका

ब्लाउज फाड़ डाला, और एक भूखे आदमी की तरह उसकी छातियों से पिल गया। उसने अपनी जाँघों को फैला दिया, और मुझे अपने अन्दर प्रवेश करने दिया। मेरे गुप्तांग को देखकर, वह उत्तेजित होकर कहने लगी, "अई, अई यो, सर ?" मुझे यह देखकर बहुत अच्छा लगा। वह मेरे हर हमले का गर्मजोशी से स्वागत कर रही थी। हम दोनों एक साथ स्खलित हुए।

"हमें एहतियात से काम करना चाहिए था," उसने उठकर अपनी पोशाक को ठीक करते हुए कहा, "अगर मुझे गर्भ रह गया, तो मेरे लिए अच्छा नहीं होगा, सर ! मैं कैथलिक हूँ। हमारे समाज में न तलाक को अच्छा माना जाता है, न हरामी बच्चे को। अगर, इस बार, ईसा मसीह ने मुझे माफ़ कर दिया, तो मैं भविष्य में गर्भ-निरोधक गोलियों का इस्तेमाल करूँगी। सर, जीने के लिए हमारे पास एक ही जिन्दगी है।"

क्या मैं अपराध-भावना से ग्रस्त था ? नहीं। मैंने मेरी जोसेफ के साथ जो कुछ किया, वह मेरी निगाह में बिल्कुल उचित था, ठीक उसी तरह, जिस तरह मेरी जोसेफ़ अपने जार-कर्म को उचित मान रही थी। जीने के लिए हमारे पास एक ही ज़िन्दगी है। सैक्स की अपनी अहमियत है। जब उसकी उपेक्षा की जाती है, तो वह और ज्यादा महत्वपूर्ण बन जाता है। शारीरिक ज़रूरतें नैतिक धारणाओं और धार्मिक दृष्टि से वर्जित कर्मों से ज्यादा ज़रूरी और महत्वपूर्ण बन जाती हैं।

ईसा मसीह ने मेरी जोसेफ को उसके पाप-कर्म के लिए माफ कर दिया। दो दिन बाद उसका मासिक-धर्म हुआ। छह दिन बाद, उसने गर्भ-निरोधक गोलियाँ लेनी शुरू कर दीं। उसके बाद, हर रात, मोहन को उसके मुँह से यही वाक्य सुनने को मिलता, "अई, अई, यो, सर !" और हर रात, वह अपने नितम्ब मेरी ओर धकेलती, जिससे मुझे यकीन हो जाता कि वह इसका भरपूर आनन्द ले रही है।

मगर हम दोनों का यह आनन्ददायक खेल ज्यादा दिनों तक नहीं चल पाया। मुझे पहले से ज्यादा प्रसन्न और बेफिक्र देखकर, सोनू की उत्सुकता जागी। उसके पास मेरे विश्वासघात का कोई पक्का सबूत न था। दोनों नर्सों में केरल की नर्स ज्यादा कमसिन और आकर्षक थी, और वह सारी रात सोनू के कमरे में बिताती थी। तमिलनाडु की नर्स मोटी और बेडौल थी। उसकी छातियों के बीच डोलता हुआ सुनहरी 'क्रास' इस बात का गवाह था कि वह धर्मप्राण ईसाई थी, और अपने पति के सिवाय किसी और के साथ यौन सम्बन्ध नहीं रखेगी। लेकिन औरतों के पास उनकी छठी ज्ञानेन्द्रिय होती है, जो उन्हें उनकी सुरक्षा के प्रति आने वाले किसी भी ख़तरे के बारे में आगाह करती रहती है। सोनू को शक हुआ कि उसकी छत के नीचे ही कोई काण्ड हो रहा है। वह कोई ख़तरा मोल नहीं लेना चाहती थी। पन्द्रह दिन बाद, उसने मुझे बताया कि उसे दिन में किसी नर्स की कोई ज़रूरत नहीं है। उसने अपनी माँ से बातें करके एक आया का इन्तज़ाम कर लिया है, और वह दिन

भर बच्चे की देखभाल करेगी। मेरी जोसेफ की सेवाएँ समाप्त कर दी गईं। जाने से पहले उसने मुझे अपना विजिटिंग कार्ड दिया, जिसमें उसके नर्सिंग होम का नाम और फोन नम्बर था। कार्ड देते वक्त उसने कहा, ''सर, जब कभी आपको मेरी ज़रूरत हो, आप मुझे फोन कर दीजिएगा, और मैं आ जाऊँगी। किसी भी होटल में या आपके किसी दोस्त के घर कहीं भी। मुझे आपसे कोई रक़म नहीं चाहिए, मुझे सिर्फ आप चाहिए।''

मैंने उसका कार्ड अपने बटुए में रख लिया।

दिन में आने वाली नर्स की छुट्टी करने के बाद भी मेरे प्रति सोनू का रवैया बिल्कुल नहीं बदला। मेरी यह समझ में नहीं आ रहा था कि उसे हो क्या गया है। मैं जो कुछ भी करता, उसमें दोष निकालना उसकी आदत में शुमार हो गया था। हर शाम उसके पास कोई न कोई मुद्दा तैयार रहता, और फिर दोनों तरफ से तू-तू मैं-मैं शुरू हो जाती, जिसका अन्त गाली-गलौज़ में ही होता। मैं नए झगड़े की शुरुआत को टेकने की मन्शा से टीवी खोल देता, और ड्रिंक तथा डिनर के वक्त तक चालू रखता। उसके बाद हम दोनों अपने-अपने बिस्तरों में सोने चले जाते। ऐसे माहौल में सैक्स के बारे में सोचने या कुछ करने का खयाल न उसके मन में आता, न मेरे मन में। तब मैं मेरी जोसफ के बारे में सोचने लगता। वह सुन्दर तो न थी, मगर हमेशा तैयार रहती थी। इस कारण वह सुखद और अनुकूल लगती थी। मैं उसके साथ स्थाई रिश्ता क़ायम करने के मामले में पहल करने में हिचकिचा रहा था लेकिन, वह नहीं हिचक रही थी। एक शाम को पालिन जोन्स ने मुझे बाहर से एक फोन को मुझे देते हुए कहा, ''सर आपके बच्चे की नर्स आपसे बात करना चाहती है। उम्मीद करती हूँ, बच्चा सही सलामत है।''

''उसका फोन मुझे दो,'' मैंने जवाब में कहा।

फोन मेरी जोसेफ का था। वह कह रही थी, ''सर, आपको फोन करने के लिए माफ़ी चाहती हूँ। मैं बच्चे की सेहत के बारे में जानना चाहती थी। कैसा है मेरा छोटा बाबा ?''

''मज़े में है। क्या तुम इस नम्बर पर रहोगी, अगर मैं शाम को फोन करूँ तो !''

''हाँ, सर ! आपके लिए मैं हमेशा हर वक्त कहीं भी मौजूद हूँ।''

मेरी जोसेफ के बारे में यही बात मुझे पसन्द थी। मैंने अशोक होटल को फोन बम्बई के अपने एक बिजनैस पार्टनर के नाम से अगले दिन के लिए एक रूम बुक करने को कहा। अशोक होटल में बहुत से ऐसे फ़ायदे थे, जो दिल्ली के दूसरे होटलों में नहीं थे। उस पर सरकार का मालिकाना हक़ था और वह दिल्ली का सबसे बड़ा होटल था। वह व्यक्तित्वहीन भी था। और उसके बारे में सबसे अधिक महत्वपूर्ण बात यह थी कि सिर्फ तीसरी मंजिल पर जाने वाला एक लिफ्ट भी था। अपनी

पार्किंग जगह भी थी, 'पैटिसरी' के अलावा। तीसरी मंजिल पर रहने वाले यात्रियों को प्रवेश-हॉल में जाने, स्वागत-कक्ष में जाने, कैशियर के काउण्टर और पूछ-ताछ की खिड़की पर जाने की कोई ज़रूरत नहीं होती थी। इन जगहों में ऐसे लोगों से टकराने का बड़ा डर रहता था, जो आपको होटलों में पहचान न लें, और मनमाने निर्णय पर पहुँच जाएँ। तीसरी मंजिल परिचित लोगों की निगाहों से बचने के लिए यह बहाना करने को तैयार रहना होता कि आप ताज़ी ब्रैड, पेस्ट्री या केक्स लेने आए हो, और दुकानों के आसपास घूमने के बाद लिफ्ट पर आ जाएँ। तीसरी मंजिल के वेटर जानते हैं कि बम्बई, कलकत्ता और मद्रास से दिल्ली आने वाले बिजनैसमैन, दिल्ली मौज-मजे के लिए आते हैं। ये वेटर अपनी ड्यूटी के दौरान खामोश रहते हैं, वहाँ ठहरने वाले लोगों से कोई सवाल नहीं पूछते। वे सिर्फ आशा करते हैं मोटी टिप की।

मैंने मेरी जोसेफ से अपनी डायरैक्ट लाइन पर फोन किया, और उससे कहा, ''कल शाम मुझे अशोक होटल में रुम नम्बर 300, तीसरा माला पर मिलना। अपनी नर्स की यूनीफार्फ में नहीं। और मेरे बारे में किसी से पूछना भी नहीं। सीधे दरवाजे पर 'टक, टक' करना।

''ज़रूर, ज़रूर, सर ! ओके।''

अगले दिन मैंने साढ़े चार बजे ऑफिस से बाहर आकर शोफर से कहा कि कल सुबह तक मुझे उसकी कोई ज़रूरत नहीं पड़ेगी। 'पैटीसरी' से मैंने कुछ चिकन पैटिस और एक चाकलेट केक खरीदी। छोटे लिफ्ट के ज़रिए मैं तीसरी मंजिल पर पहुँचा। 300 नम्बर का रूम खुला पड़ा था, और उसकी चाबी 'की-होल' में लगी थी। मैं उसे अपनी जेब में रखकर अन्दर गया। एक बैडरूम का आरामदेह कमरा था। स्कॉच की एक बोतल दो गिलासों के साथ मेज पर रखी थी, फलों की बास्केट और फूलों के गुलदस्तों के साथ। फ्रिज में सोडा की बोतलें रखी थीं। मैंने स्कॉच-सोडा के साथ एक ड्रिंक बनाया। कमरे का बेहरा ऑडर लेने आया। मैंने उससे कहा, ''अगर किसी चीज की ज़रूरत हुई, तो मैं तुम्हें फोन करूँगा। बाहर, 'डोण्ट डिस्टर्ब' का नोटिस दरवाजे पर लगा दो, और उसे खुला छोड़ देना।''

उसने मुझे पहले कभी नहीं देखा था, मगर वहाँ के तौर-तरीकों से वाकिफ़ था। वह चला गया। कुछ मिनट बाद, दरवाजे पर हल्की-सी दस्तक सुनाई दी। मेरी जोसेफ़ अन्दर आई। वह मुस्कराते हुए बोली, 'दरवाजे पर लगा बोर्ड' डोण्ट डिस्टर्ब' कह रहा है। उम्मीद है मैं आपको 'डिस्टर्ब' नहीं कर रही हूँ।'' उसने सुनहरे बार्डर वाली सफेद सूती साड़ी पहन रखी थी। यूनीफार्म की बनिस्पत वह उस पर ज्यादा अच्छी लग रही थी। आजकल की लड़कियों की तरह उसने 'बैकलैस, स्टीव-लैस ब्लाउज पहन रखा था। उदर पर आकर्षक बटन लगा रखा था।

''दरवाजा बन्द करके अन्दर से सिटकनी लगा दो। यह नोटिस दूसरे के लिए

है, तुम्हारे लिए नहीं।''

''मैं जानती हूँ, सर ! बेवकूफ नहीं हूँ।''

उसने मेरे गले को अपनी बाँहों में लेकर, हल्के से मेरे होठों को चूमा। फिर बोली, ''सर, मुझे आपकी याद हमेशा आती रहती है। मैं हमेशा अपने से कहती रहती हूँ, सर मुझे कभी फोन नहीं करेंगे। अपनी मेमसाहब और इतने बड़े बिजनैस में व्यस्त रहने की वजह से एक मामूली नर्स की याद क्यों आने लगी ? उस नर्स के साथ जिसको उन्होंने एक बार, दो बार, चार, पाँच बार भोगा है।''

हम दोनों एक सोफा पर बैठ गए। मैंने उससे पूछा, ''यह कमरा पसन्द आया !''

''बहुत ही अच्छा है,'' उसने कहा। वहाँ तो हम रात के अँधेरे में मिलते थे और मैं आपको देख भी नहीं पाती थी। और, मुझे हमेशा यह डर लगा रहता था कि अचानक कोई आ न जाए। यहाँ हम दिन के उजाले में सब कुछ देख सकते हैं, बिना किसी के अचानक आ जाने के डर से। है न !''

मैंने उसे अपनी बाँहों में लेकर, बड़ी गर्मजोशी के साथ उसका चुम्बन लिया, और हम सोफे से उठकर बिस्तर पर आए। उसने सबसे पहले सोने के नैकलेस को उतारते हुए, आदरपूर्वक उसे चूम कर उसमें लगे क्रॉस को चूमा। इसके बाद उसने अपनी साड़ी उतारी, और तह करके कुर्सी पर रख दी। जब उसने अपना ब्लाउज उतारा, तब उसकी छातियाँ बाहर आकर गिरीं। उसने शर्माते हुए उन्हें देखा। मैंने उसके पेटीकोट की गाँठ खोली। वह फर्श पर आकर गिरा। वह अपनी जाँघों को हाथों से छिपाने की कोशिश करते हुए खीस निकालने लगी। उसकी जाँघें रेशमी थीं। ''सर, अब आप भी। मेरी तरह !'' उसने गुजारिश की।

मैं अपने सब कपड़े निकाल कर, उसके पास आकर लेट गया। मैंने अपने होंठ उसके होंठों से सटा दिए। और ऐसा करते-करते, मैं उसकी जाँघों को थपथपाने लगा। वह असह्य खुशी के साथ 'ओह ! ओह ! ओह !' करने लगी। और कहने लगी, ''अब आप ही बताइए, सर, कि ऐसे आनन्ददायक अनुभव को पाप कैसे कहा जा सकता है ?'' उसने अन्दर से मेरे हाथ बाहर निकाल लिए, और अपनी भारी और मुलायम टाँगों को ऊँचा और चौड़ा कर लिया। मैंने उस पर सवार होकर, उसके अन्दर प्रवेश किया, और ओठों से ओठ मिला दिए। वह जितनी मैंने उसके बारे में कल्पना की थी, उससे ज्यादा जोशीली निकली। इतने डील-डौल वाली वह औरत मेरी गदन में अपनी नाखून गड़ा रही थी, मेरे होंठों को काट रही थी, और अपने पाँव फैलाए हुए ही ढह गई।

जब उसे थोड़ा होश आया, तब वह कहने लगी, ''आज के तजुर्बे के साथ तो मुझे ऐसा लगा, जैसे मैं स्वर्ग में पहुँच गई हूँ। और आपको कैसा लगा, सर ?''

''बहुत अच्छा लगा,'' मैंने उसके सवाल के जवाब में कहा। आओ, अब अपने-अपने कपड़े पहने लें। क्या आर्डर करूँ मैं, हम दोनों के लिए ?''

"मेरे लिए कॉफी, सर !"

हम दोनों ने अपने शरीरों की सफ़ाई की। उसके बेडौल और काले शरीर को देखकर मेरी समझ में नहीं आ रहा था, कि मैं क्यों उसके साथ प्रेम करने को मजबूर हुआ ? लेकिन, यह बात भी सच थी कि ऐसा करते समय प्रति क्षण मुझे सुखानुभूति अनुभव हुई। मैं अपने कपड़े पहनने के बाद, उसे अपने कपड़े पहनते हुए देखता रहा। सबसे पहले अपने गले में नैकलेस पहना, और क्रॉस को एक बार फिर चूमा। उसके बाद उसने अपना ब्लाउज पहना, फिर पेटीकोट, और अन्त में, बड़ी तेज़ी के साथ–अपनी साड़ी। उसके कपड़े पहनने के बाद, मैंने रूम के बैहरे को दो कॉफी और एक प्लेट बिस्कुट लाने को कहा।

मेरी जोसेफ अब फिर बातचीत करने के मूड में आ गई। वह अपने गाँव, वैवाहिक जीवन, पति, अपने भाई, अपने बेटे, डाक्टरों और दूसरी नर्सों आदि के बारे में सब कुछ बताना चाहती थी। लेकिन, जब उसने महसूस किया कि मैं उसकी बातों में कोई दिलचस्पी नहीं ले रहा हूँ, तो वह यह कहते हुए अपने आप चुप हो गई, "मैं बहुत ज्यादा बोलती हूँ, सर ! सब लोग मुझे बातूनी कहते हैं। मैं अब अपनी जबान बन्द रखूँगी, और बस आप जो कुछ कहेंगे, वह सुनूँगी।"

"मैं ज्यादा बात नहीं करता," मैंने उसे बताया। उसे लगा, जैसे मैंने ऐसा कहकर उसे फटकार लगाई है। तभी बैयरा कॉफी और चाय लेकर आया। मैंने उसे अपना क्रैडिट कार्ड दिया और कहा, उसकी रसीद खजांची से लेकर आए। कुछ मिनट के बाद, वह रसीद लेकर मेरे दस्तखत लेने आया। दो घण्टे मेरी जोसेफ के साथ बिताने के लिए दो हज़ार से ज्यादा खर्च हो गए। मैंने बैयरा को सौ रुपए की टिप दी।

"आओ, अब चलें," मैंने उससे कहा, और केक और पेस्ट्री के दो बाक्स उसे देते हुए कहा, "यह मैंने तुम्हारे लिए खरीदे थे।"

"ओह। बहुत-बहुत शुक्रिया, सर ! काहे को तकलीफ़ की आपने ? यहाँ सब कुछ बहुत खर्चीला है ? फाइव-स्टार होटल का किराया ! और, ऊपरी खर्च !" उसने अपनी बाँहें मेरे गले में डालते हुए और अपनी आँखें मेरी आँखों में डालते हुए कहा, "सर, आप दुबारा मुझसे मिलेंगे न जल्दी। अगली बार होटल के आधे किराए की रक़म मैं अदा करूँगी।"

"नासमझों जैसी बात मत करो। यह रक़म मेरे बूते की है, मगर तुम्हारे बूते की नहीं। और, मुझे उतना ही आनन्द आया, जितना मेरे खयाल से तुम्हें आया होगा।"

उसकी आँखें इतनी विनयपूर्ण थीं कि आगे की मुलाक़ातों के लिए मुझे कुछ निश्चय लेने पर मजबूर होना पड़ा। भले ही अशोक होटल में न सही, किसी दूसरे होटल में। मैंने उससे मुझसे पहले छोटी लिफ्ट से जाने को कहा, और अपनी कार का नम्बर उसे देकर, मेरी कार का इन्तज़ार करने को कहा। कुछ मिनट बाद मैं

छोटी लिफ्ट से नीचे आकर अपनी कार में बैठा और, उसे देखकर कार में आने को कहा। उसके कार में आने पर मैंने उसे पूछा, ''होटल में कैसे आईं थीं तुम ?''

''थ्री-व्हीलर से। टैक्सी से आने का बूता नहीं था मेरा !''

''तुम्हारे थ्री-व्हीलर के पैसे मैं देता हूँ। लौटते समय मैं तुम्हें तुम्हारे घर छोड़ दिया करूँगा।''

मैंने उसे उस जगह छोड़ दिया जहाँ से उसके नर्सिंग होम को जाने वाली सड़क शुरू होती थी। कार से बाहर आते समय, उसने मुझसे पूछा, ''आप मुझे कब फोन करेंगे, सर !'' ''जल्दी ही,'' मैंने उसे जवाब दिया। ''लेकिन आगे से तुम मुझे मेरे ऑफिस में फोन मत करना। बेकार में ऑफिस के लोग शक करने लगेंगे।''

मैं रोज के वक्त के बाद घर पहुँचा। सोनू ने मुझे कार से अकेले उतरते हुए देखकर पूछा, ''बिना शोफर के अकेले इतनी देर तक कहाँ घूमते रहे ?''

''मैं ड्रिंक के लिए क्लब चला गया था। मुझे देर होगी, इसलिए मैंने उसे जाने को कह दिया था।''

मेरी साँस में व्हिस्की की गन्ध ने मुझे सोनू के मुझसे कोई और सवाल पूछने से बचा दिया। मैं बेबी को देखने गया। उसने मेरे हाथों में अपने नन्हे-नन्हे हाथ दिए, और अपनी बड़ी-बड़ी आँखों से सारी दुनिया को उनमें समेटने की कोशिश करते हुए, गलगलाने लगा। वह मुझे पहचानने लगा था, और अपने दोनों पाँवों को मिलाकर, अपने छोटे-छोटे पाँवों से अपने खटोले को पीटपीट कर, अपनी खुशी ज़ाहिर करने लगा। मैंने उसकी ठोड़ी के नीचे के हिस्से पर गुदगुदी की, जिसका जवाब उसने अपनी दाँतरहित मुस्कराहट, और 'गग...गग...गग' कहकर दिया। टी.वी. के बाद, यह बेबी ही मुझे सोनू से झगड़ने से बचा लेता था।

कैसे मौत हुई हमारी शादी की

सोनू और मैं एक-दूसरे से अलग होते जा रहे थे। उसे हमेशा मेरी गलितयाँ निकालने और बात-बेबात मेरे सुई चुभोने की आदत पड़ गई थी। हम दोनों के बीच यौन-सम्बन्ध तो करीब-करीब ख़त्म ही हो गए थे। घर में मैं हमेशा उससे दूर ही रहने की कोशिश करता था, और हमेशा उसकी उपेक्षा करता था, ख़ास तौर पर, जब वह मुझसे झगड़ा करने पर उतारू दिखाई देती थी। इससे उसकी नाराज़गी का पारा और ऊँचा हो जाता था। तो, अब उसने चौबीसों घण्टे परेशान करने के लिए मेरे पिता को चुना।

मेरे पिता भगवान से डरने वाले और अपने को कोई अहमियत न देने वाले सीधे-सादे इन्सान थे। मैंने उन्हें कभी किसी के खिलाफ़ तेज आवाज में बोलते नहीं सुना था। वह हमेशा अपने काम से काम रखनेवाले आदमी थे। वह हर सुबह गुरुद्वारा जाते थे, और हर शाम साईं बाबा के मन्दिर में। वह खाना अपने कमरे में ही खाते थे और बाकी समय धार्मिक पुस्तकों को पढ़ने में लगाते थे। उनकी प्रिय पुस्तकें थीं–उपनिषद् और जिद्दू कृष्णमूर्ति की पुस्तकें। या, साईं बाबा, स्वामी चिन्मयानन्द आदि के प्रवचनों के टेप सुनते थे। वे घर के उस हिस्से में, जहाँ वे रहते थे, दो बार सुबह को मेरे पास आते थे, मुझसे बातें कने के लिए, और आधा घण्टा बेबी रणजीत के साथ खेलने के लिए। घर में रणजीत सबसे ज्यादा उनसे ही हिला हुआ था। जैसे ही रणजीत को उनके आने की आहट सुनाई देती, वह ज़ोर-ज़ोर से दादा, दादा, दादा, चिल्लाने लगता। वह उन्हें देखते ही अपनी बाँहें फैला लेता, इस उम्मीद में कि वे मुझे उठाकर अपनी बाँहों में ले लेंगे। और उनके उसे गोदी में ले लेने के बाद, वह अपने नन्हें-नन्हें हाथों से प्यार से चुमकारता, तमाचा लगाता, और उनका चश्मा उनकी नाक से उतार लेता। उनकी मूँछों को खींचता। मेरे पिता को उसकी इस छेड़छाड़ में खूब मज़ा आता, और वे उसे प्यार में फटकारते : "बेटा, तू मेरे चश्मे को तोड़ डालेगा। फिर तू नया चश्मा खरीदेगा, मेरे लिए ?"

जब रणजीत ने घुटनों-घुटनों चलना शुरू किया, तो वह घुटने-घुटने चलकर,

दादा को देखकर जल्दी से उनके पास दौड़ता हुआ आता, और बैठे हुए अपने दादा को उठने को कहता। उनके उठते ही रणजीत कुछ देर तक उनके आलिंगन में बँधा रहता, उनका चश्मा कान से उतारता, और उनकी मूँछें खींचने लगता। वह अपना थूक अपने मुँह में जमा करता और फिर अपने दादा के मुँह पर थूक के बुलबुले बना कर डालता। मेरे पिता को उसकी यह शरारत भी अच्छी लगती, और वे 'मेरा नन्हा मुन्ना' कहकर उसे और ज्यादा प्यार करते। और प्यार से ही पूछते, "तू बड़ा होकर क्या बनेगा, बेटा ?" रणजीत उसके इस सवाल के जवाब में 'दादा, दादा, कहते हुए प्यार से उनके मुँह पर ज़ोर से चाँटा जड़ देता।

सोनू को इन दोनों की यह नज़दीकी बिल्कुल नहीं भाती थी। वह मेरे पिता से कहती, "पिताजी, आप इसे बिगाड़ देंगे ! आपको देखकर वह उत्तेजित होता है, और फिर आसानी से नहीं सोता।"

लेकिन मेरे पिता उसकी बातों से नाराज़ नहीं होते थे। कई बार जब रणजीत और उसके दादा एक-दूसरे में मशगूल होते, तो सोनू, ज़ोर से चिल्लाते हुए कहती, "बहुत हो गया ! आया, बच्चे को फ़ौरन सुलाओ। बहुत देर हो गई उसे जागते-जागते !" तब, जैसे ही आया बच्चे को उसके दादा की गोदी से हटाने की कोशिश करती, रणजीत उससे लड़ने लगता, और ज़ोर-ज़ोर से चिल्लाने लगता। तब सोनू खुद तेजी से भागते हुए आती, और रणजीत को बड़े रूखे और अशिष्ट ढंग से उठाती और आया को दे देती। रणजीत का रोना-धोना और चिल्लाना कई गुना और बढ़ जाता, और वह आया को ज़ोर-ज़ोर से मारने लगता। वह सुबकते-सुबकते 'दादा दादा' तब तक कहता रहता, जब तक वह थककर सो नहीं जाता था। मेरे पिता तब चुपचाप अपने कमरे में चले जाते।

यह दृश्य देखकर मुझे बहुत-बहुत गुस्सा आता लेकिन, मैं अपना मुँह बन्द रखता।

और तब सोनू का भाषण शुरू हो जाता। "घर में अनुशासन नाम की कोई चीज भी होनी ज़रूरी है। बच्चे को वक्त पर खाना, वक्त पर सोना सिखाने की ज़रूरत है। मैं दूसरों की खुशी के लिए उसे बिगड़ते हुए नहीं देख सकती।"

ऐसे मौकों पर या तो मैं टी.वी. देखने लगता, या स्कॉच पीना शुरू कर देता। हमारी बहुत-सी शामें इसी तरह बीती हैं।

मेरे पिता भाँप गए थे कि सोनू नहीं चाहती कि वह इस घर में रहें। एक दिन उन्होंने मुझसे कहा, "पुत्तर ! मैं कुछ दिनों के लिए आश्रम जाना चाहता हूँ। आजकल मौसम भी ठीक है, न ज्यादा ठण्ड है, न ज्यादा गर्मी। मैं कुछ दिनों तक आत्मलीन होकर रहना चाहता हूँ। क्या तुम बस में मेरे लिए एक सीट बुक करा सकते हो ?"

"पिताजी ! मैं आपको अपनी गाड़ी से खुद हरिद्वार लेकर जाऊँगा। मुझे भी

छुट्टी की ज़रूरत है। गंगा के दर्शन कर, मेरी अन्तरात्मा का उन्नयन होने लगता है।

जब मैंने सोनू को अपने पिता के हरिद्वार जाने के फैसले के बारे में बताया तो खेद या पश्चात्ताप व्यक्त करने के स्थान पर, उसने कहा, "बेबी के लिए यह अच्छा रहेगा। ज्यादा लाड़-प्यार से वह जनाना बन जाएगा। उसे आगे चलकर अपने पाँवों पर खड़ा होना है।"

मैंने अपने पिता को हरिद्वार ले जाने के लिए पूर्णमासी का दिन तय किया। पूर्णमासी शनिवार को आती थी, जब मेरा ऑफिस आधे दिन बन्द रहता है। जब मैं दोपहर को घर पहुँचा तब अपने पिता को सामान सहित जाने के लिए तैयार पाया। बेबी रणजीत उस वक्त सोया था। मेरे पिता उसे देर तक देखते रहे। वह अपने आँसुओं को रोक नहीं पा रहे थे। जाते समय, मैंने उन्हें एक प्रार्थना बुदबुदाते हुए सुना। उनके जाते समय, सोनू ने उनके पाँव छूने की भंगिमा अख्तियार की। चार घण्टे के सफ़र के बाद हम हरिद्वार पहुँच गए।

हम हरिद्वार की हर की पौड़ी पर सूर्यास्त के बाद होने वाली आरती ज़रूर देखना चाहते थे। हमने अपना सामान आश्रम के अपने कमरे में रखा, और सब बाजारों से गुजरते हुए, गंगा तट पर पहुँच गए। मार्च का महीना था। पहाड़ियों के ढलान जंगलों की पूरी लाली किरमिजी रंग में दैदीप्यमान हो रही थी। जैसे ही पश्चिमी पर्वत-श्रेणी के पीछे सूर्यास्त हुआ, पूर्णमासी का चाँद उगता हुआ दिखाई दिया। मैंने वही दृश्य देखा, जो मैं कुछ समय पहले हरिद्वार में बिताई गई शाम को देखा था। वही दीपाधारों से की गई विराट आरती, घने अँधेरे में तैर रहे दीप, मन्दिरों के घण्टों के एक साथ बजने पर उत्पन्न घोष, अनेकानेक कण्ठों द्वारा श्लोकों का सामूहिक गायन। मुझे यह अनुभूति हुई कि हरिद्वार में सूर्यास्त के अवसर पर गंगा-तट पर देखा यह अनुपम दृश्य मुझे सारे विश्व में कहीं भी देखने को नहीं मिलेगा।

उस रात मुझे अपने मन में गहरी शान्ति अनुभव हुई, ऐसी शान्ति जिसे मैंने कभी अनुभव नहीं किया था। सोनू के साथ आए दिन होने वाले झगड़े न जाने कहाँ गायब हो गए थे। अल्प काल के लिए मेरी ज़िन्दगी में आई स्त्रियाँ भी एक भूली याद बन गई थीं। यहाँ तक कि वह मेरी जोसेफ, जिसके साथ मैंने पिछले कई महीनों तक विभिन्न होटलों में ऐयाशी की थी, न जाने कहाँ अन्तर्धान हो गई थी। इस गहरी शान्ति में मुझे बस यही लग रहा था कि गंगा ने मुझे आलिंगनबद्ध कर रखा है।

सुबह को मुझे मेरे पिता ने जगाया। वे अपने हाथ में गरम चाय का प्याला लिए खड़े थे। चाय के बाद हम गंगा-घाट पर गए जहाँ हम दोनों ने गंगा-स्नान किया। उस समय मैंने गंगा-स्नान कर रहीं स्त्रियों को कामुक दृष्टि से नहीं देखा। मुझ जैसे लंपट व्यक्ति में अचानक ऐसा परिवर्तन कैसे आया, इसका कारण मैं नहीं बता पाऊँगा।

अपने पिता के कमरे में वापस आकर, मैंने उनसे देर तक बातें कीं। मैंने उन्हें बताया कि मैं हर पूर्णमासी पर, उनसे मिलने आया करूँगा। इसके अलावा, वे जब कभी चाहेंगे मैं उनसे मिलने के लिए हाजिर हो जाऊँगा, कम से कम महीने में एक बार तो ज़रूर ही। वे जब भी चाहेंगे, मैं अपनी कार उन्हें लाने के लिए फौरन भेज दूँगा, जो उन्हें वापस हरिद्वार भी छोड़ जाएगी। मैं बार-बार अपने प्रस्ताव के बारे में पक्का वायदा करने की इल्तिजा करता रहा, लेकिन वे बार-बार 'हाँ' या 'ना' कहने से यह कहकर कतराते रहे, 'देखूँगा', 'सोचूँगा'।

लौटते समय, मैं आराम से कार चलाते हुए दिल्ली की ओर रवाना हुआ। बड़े शहरों के भीड़भाड़ भरे बाजारों से गुज़रता हुआ, गंगा-नहर के किनारे बसे गाँवों में पकी और लहलहाती गेहूँ की फसल को, जो काटी जाने वाली थी, निहारता हुआ, मैं अन्त में शाम तक दिल्ली-स्थित अपने घर पहुँच गया।

जब मैं घर पहुँचा, तब रणजीत सोया हुआ था। जैसे ही वह उठा, मुझे चाय पीते देखकर, वह मुस्कराने लगा। मुझे देखकर उसे हमेशा खुशी होती थी। लेकिन तभी उसने इधर-उधर देखना शुरू कर दिया। वह अपने दादा को खोज रहा था। जब उसने 'दादा' कहा, तो उसका सवाल उसकी मूक आँखों में झाँक रहा था। वह 'दादा, दादा' कहता हुआ, घुटनों के बल चलता सोफे के चारों ओर चक्कर लगाने लगा। वह अपने दादा के साथ 'लुका-छिपी' का खेल खेला करता था। जब वह अपने दादा को पाने में नाकामयाब रहा, तो मेरे सामने आक़र, अपनी सवाल-भरी भरपूर आँखों से देखता रहा, 'दादा, दादा' कहते हुए। मैंने उसे उठाकर अपनी छाती से चिपका लिया, और उसे बताया, "दादा हरिद्वार गए हैं। जल्दी ही वापस आएँगे।"

सोनू हम दोनों को सुन देख रही थी। उसने मुझसे पूछा, "क्या वे इतनी जल्दी वापस आ जाएँगे ?"

"मैं नहीं जानता कि वे अब कभी भी वापस आएँगे ? उन्हें महसूस होने लगा था कि इस घर में उनकी क़तई ज़रूरत नहीं है।"

"तुम हर बात के लिए मुझे ही क्यों जिम्मेवार मानते हो ?" उसने चीखते हुए कहा। "वे अपनी मर्जी से गए थे। मैंने उन्हें जाने को नहीं कहा था।"

मैंने टी.वी. ऑन किया, और नौकर से स्कॉच का एक पैग लाने को कहा।

मैंने हर पूर्णमासी अपने पिता के साथ हरिद्वार में बिताने का जो इरादा किया था, उस पर मैं अटल रहा। हर बार मैं उनसे अनुरोध करता कि वे मेरे साथ कुछ दिनों के लिए दिल्ली चलें, अपने पोते के साथ चन्द दिन बिताने के लिए। उन दोनों में कितनी घनष्ठिता हो गई थी, इसका अनुमान बिना उन्हें एक साथ खेलते और मौज मनाते देखकर, नहीं लगाया जा सकता। एक पोते और उसके दादा के बीच

स्नेह और लगाव के रिश्ते कितने तात्विक और टिकाऊ होते हैं, यह बताकर नहीं, अनुभव करके ही जाना जा सकता है। सोनू भी इस व्यवस्था से रजामन्द हो गई कि 'वह बूढ़ा' अपने पोते के साथ महीने में चार-पाँच दिन बिता ले। मेरे पिता जब भी आते, अपने साथ आश्रम का प्रसाद, गंगाजल की बोतल, और रणजीत के लिए खिलौने ज़रूर लाते।

उधर, सोनू को मुझसे कई हिसाब चुकाने थे। वह पहले से सोची-समझी योजना के मुताबिक, इस बात पर तुली थी कि मुझे शाम की अपनी 'ड्रिंक' का मज़ा न लेने दिया जाए। एक शाम मैं स्कॉच का एक पैग अपने लिए, और एक सोनू के लिए तैयार कर रहा था। कई महीने पहले रणजीत का दूध छुड़ाने के बाद, उसने शैरी या कभी-कभी स्कॉच पीना शुरू कर दिया था। उसने मुझसे पूछा—"मुझसे शादी करने के पहले, कितनी औरतों के साथ सोए थे ?"

मैं समझ गया, वह लड़ने-झगड़ने के लिए तैयार थी। मैंने टाल-मटोली करने के अन्दाज में जवाब दिया, "मुझे सही संख्या याद नहीं मगर थोड़ी ही होंगी।"

"और आप अपनी भारतीय पत्नी से आशा कर रहे होंगे कि वह अक्षत-योनि और कुमारी हो। हर हिन्दुस्तानी पुरुष को अपने लिए एक नियम चाहिए, और अपनी पत्नी के लिए दूसरा।"

मैंने उसकी बात का खण्डन नहीं किया लेकिन, मेरी खामोशी के बावजूद, उसकी पूछताछ जारी रही। उसका पहला सवाल था, "सबसे पहली कौन थी।"

पहले यह बहाना करके कि मुझे उसका नाम याद नहीं है, बाद में मैंने कहा, "शायद उसका नाम जैसिका ब्राउन था। मुझे ठीक याद नहीं है।"

"तुम्हें ठीक याद नहीं है, यही कह रहे हो न तुम ? कोई व्यक्ति कभी भी उस व्यक्ति को नहीं भूलता, जिसके साथ वह पहली बार सोया या सोई हो ! कौन थी यह जैसिका नाम की औरत ?"

"अश्वेत अमरीकी। वह विश्वविद्यालय की स्त्रियों की टेनिस टीम की कप्तान थी।"

"अश्वेत ! तुम्हारा मतलब है, हब्शी ? निगर ?"

"पढ़े-लिखे अमरीकी 'निगर' शब्द को बड़ा अभद्र मानते हैं। उसके स्थान पर वे 'काला' या 'अफ्रीकन-अमरीकन' कहना बेहतर समझते हैं।"

"नुक्ता यह नहीं है," उसने झल्लाते हुए कहा। "मैं जानती हूँ कि 'निगर' लोगों को उनके मुँह पर 'निगर' नहीं कहा जाता। उनके पीठ पीछे श्वेत लोग उन्हें 'निगर' ही कहते हैं। मगर तुमने इस काम के लिए एक काली औरत को ही क्यों चुना ?"

"क्यों ? यह मुझे याद नहीं। मुझे श्वेत लड़कियों के साथ बैठने-उठने में शर्म आती थी। वे लोग मुझे घूरते थे। मगर काली लड़की के साथ बात करना, घूमना

उन्हें स्वाभाविक लगता था, क्योंकि वे मुझे भी काला ही मानते थे। और, उनका मानना सही था। मैं काला था ही।''

''इस जैसिका नाम की औरत के साथ कितनी बार सोए थे तुम ?''

''मुझे मालूम नहीं। थोड़ी बार, शायद। यह चक्कर ज्यादा दिन नहीं चला। जैसे ही उसने एक श्वेत लड़के के साथ घूमना-फिरना शुरू किया, यह भी खत्म हो गया।''

''और कौन-कौन ?''

''बस, अब बन्द करो अपनी यह पूछताछ खुदा के वास्ते ! इन सब चक्करों को ख़त्म हुए अर्सा हो गया। वे सब कभी के खत्म भी हो चुके ओर जो खत्म हो गया है, उसके बारे में पूछताछ से क्या फ़ायदा,'' मैंने नाराज़ होते हुए कहा। ''क्या मिल रहा है तुम्हें मेरी शामों को इस तरह की बहसों से बर्बाद करके ?''

मैंने एक और पैग की शुरुआत कर, टी.वी. ऑन कर दिया।

लेकिन उसे मुझसे और पूछताछ भी करनी थी। जैसे मैं कभी-कभी आफिस से देर से क्यों लौटता हूँ, और ऐसे मौकों पर मेरे मुँह से व्हिस्की की गन्ध क्यों आती है ? मैं जानता था कि वह जल्दी ही यह पूछताछ भी शुरू कर देगी और ऐसी पूछताछों का सिलसिला अब हर शाम को चलेगा। मुझे इस बात का अहसास था कि मेरी जोसेफ के साथ मेरी मुलाकातें ज्यादा दिनों तक चलने वाली नहीं हैं। होटल के कमरों में उससे मिलना ख़तरे से खाली नहीं था। कोई न कोई एक दिन मुझे पहचान लेगा, और फिर मुझसे तरह-तरह के सवाल पूछे जाएँगे। या, उसके कारण उसने अभी तक अपने नर्सिंग होम में या प्राइवेट नर्स की हैसियत से सैकड़ों मरीजों की देखभाल की होगी। मैं इस बारे में अपने को खुशकिस्मत ही मानूँगा कि इस गुपचुप मुलाकातों का सिलसिला उसी ने ख़त्म किया। उसने मेरे ऑफिस में मेरे अपने डायरेक्ट नम्बर पर मुझे बताया कि उसे जल्दी ही अपने गाँव लौटना होगा, क्योंकि उसका शौहर बहुत बीमार है। बहुत ज्यादा शराब पीने से होने वाले सिरोसिस रोग से, जिसके हो जाने का अन्देशा मुझे बहुत पहले से था। मेरे अलावा मेरे लड़के की देखभाल करने वाला और कोई नहीं है, सर ! मैं बाद में आपको चिट्ठी लिखकर सब कुछ बताऊँगी।''

इस फोन के बाद मेरी जोसेफ के साथ कोई सम्पर्क नहीं हुआ। उसने सिर्फ एक बार और मुझे चिट्ठी लिखी थी, जिसमें उसने मुझे यह लिखा था कि उसके शौहर की मौत हो गई है और वह गाँव के हैल्थ क्लिनिक की वरिष्ठ मेट्रन हो गई है। उसने मुझे प्रभु ईसा मसीह का आशीर्वाद भेजा था।

सोनू को और मुझे भी यह अहसास होता जा रहा था कि हमारा वैवाहिक

जीवन सुचारु रूप से नहीं चल रहा है। हमें सबसे ज्यादा चिन्ता इस बात की थी कि लोग क्या कहेंगे। जो वैवाहिक जीवन सुचारु रूप में चलता रहता है, उसके बारे में कोई परेशान नहीं होता, मगर जिस वैवाहिक जीवन की गाड़ी पटरी से उतर जाती है, उसके बारे में सब ज़रूरत से ज्यादा दिलचस्पी लेने लगते हैं। मैं कभी-कभी ड्रिंक के लिए जीमखाना या गोल्फ क्लब जाता था, तो मेरे दोस्त और उनकी बीबियां मुझसे एक सवाल सबसे पहले पूछते थे, ''सोनू को क्या तुम परदे में रखते हो ? अपने साथ क्यों नहीं लाते ?'' बड़े छिपे मक़सद से पूछे जाते थे, ये सवाल !

मैंने सोनू को उनके बारे में बताया।

वह कहने लगी, ''मैं क्या करूँ ? तुम मुझे अपने साथ चलने को कहते ही नहीं। हम तीन क्लबों के मेम्बर हैं। हर साल उनका शुल्क भरते हैं। तुम ऑफिस से सीधे इन क्लबों में अकेले चले जाते हो। करीब तीन साल से मैं इन क्लबों में एक बार भी नहीं गई हूँ।''

एक अप्रिय बहस हम दोनों के बीच शुरू न हो जाए, इसलिए मैंने उससे कहा, ''आगे से मैं शोफर से पहले तुम्हें 'पिक अप' करने को कहूँगा। बाद में वह मुझे ऑफिस से ले लिया करेगा। मैं मानता हूँ कि हम क्लब में और ज्यादा बार एक साथ दिखाई देने चाहिए।''

''घर को छोड़कर, हम कहीं भी एक साथ दिखाई नहीं देते,'' उसने कहा।

इसके बाद से हमने एक साथ, हफ्ते में कम-से-कम दो बार जीमखाना या गोल्फ क्लब जाना शुरू किया ! हम वहाँ दोस्तों के साथ ड्रिंक करते बातें करतें हुए एक या एक से अधिक घण्टा वहाँ बिताते। कभी-कभी हम उनके साथ, ख़ास रातों पर, विदेशी भोजन भी करते। उस दिन घर वापस लौटते समय उसने मुझे कुरेदना शुरू किया। पूछने लगी, ''तुम्हें वह चोपड़ा की बीबी—क्या नाम है उसका—आकर्षक लगती है ?''

''मृणाल। बस ठीक है। वैसे है काफी ज़िन्दादिल ?''

''तुम पार्टी में बस सिर्फ एक ही खास स्त्री को ही देखते रहते हो। अच्छी आदत नहीं है यह ! बस, पार्टी में सिर्फ एक इन्सान को ही देखते रहना !''

''अरे भई, वह मेरे से अगली सीट पर ही बैठी थी। कोई और चारा नहीं था मेरे पास ! मेरे पास वाली दूसरी सीट पर बैठी थी वह मोटी औरत—क्या नाम है उसका—जिसके पास किसी भी विषय पर कुछ भी कहने के लिए कुछ भी नहीं था।''

''वह शीला गोयल थी। मुझे तो वह बेहद दिलचस्प लगी। हिन्दी फिल्मों के बारे में, हल्के शास्त्रीय संगीत के बारे में, सब विषयों की बहुत जानकारी है उसे। और सुना है, उसकी आवाज़ बहुत मीठी है।''

''आपको ही मुबारिक हो वह। मुझे न हिन्दी फिल्मों में दिलचस्पी है, न पक्के

राग में। इस दुनिया में बहुत कुछ हो रहा है। हमें उन सब बातों के बारे में जानने, और उन्हें समझ कर, खुद अपनी राय बनाने की कोशिश करनी चाहिए। वह जो तुम्हारी गोयल है, उसे कुछ पता नहीं है कि उसके आसपास की दुनिया में क्या हो रहा है। जब मैंने उससे पूछा कि हाल ही में हुए चुनावों के बारे में दिल्ली में उसकी क्या राय है, तो उसने इस विषय को वहीं का वहीं ख़त्म करते हुए कहा, 'मुझे पालिटिक्स में कोई दिलचस्पी नहीं है। खेलकूद में भी उसकी कोई दिलचस्पी नहीं है।' सच तो यह है कि उसकी किसी भी बात में क़तई कोई दिलचस्पी नहीं है।''

बस, फिर क्या था ! हो गया शुरू गाली-गलौज का मुकाबला। मैं मृणाल चोपड़ा की हिमायत कर रहा था, और वह शीला की। यही सीन हर बार तब दोहराया जब जब हम किसी पार्टी से वापस घर आते, थोड़ी-सी शराब अपने-अपने पेटों में डालने के बाद। और जैसे-जैसे वक्त बीतता जाता, एक साल के बाद दूसरा साल आता, हालात बद से बदतर होते जाते। कभी-कभी तो वह मुझसे सड़क के बीचोंबीच कार रोकने को कहती, कार से बाहर आकर यह चिल्लाते हुए पैदल चलना शुरू कर देती, ''मैं एक रण्डीबाज के साथ नहीं रह सकती।'' शुरू-शुरू में तो मैं कार को सड़क के एक तरफ पार्क कर उसके आने का इन्तज़ार करता लेकिन बाद में मैंने उसके आने-न-आने के बारे में सोचना तक बन्द कर दिया, और सीधा अकेला घर आ जाता, और वह चलते-चलते या टैक्सी लेकर घर वापस आती।

आमतौर पर ऐसा माना जाता है कि बच्चे विवाह-बन्धन को और ज्यादा पुख़्ता करने में मददगार होते हैं। इसमें तनिक भी सन्देह नहीं है कि बच्चों के मानसिक स्थायित्व के लिए आवश्यक सुरक्षा की भावना को उनके मन में जन्म देने और उसे पनपने देने में माता और पिता दोनों के योगदान की ज़रूरत होती है। मगर, मेरा अपना अनुभव है कि यह मानना ग़लत है कि इससे पति-पत्नी के बीच के तनाव कम हो जाते हैं। इसके विपरीत, हमारे पुत्र के जन्म के पश्चात्, आपसी सामंजस्य के स्थान पर असामंजस्य और अनबन में वृद्धि ही हुई। मैं इस बात को मानता हूँ कि उसके जन्म की कोई योजना नहीं बनाई थी, और उसका जन्म संयोगवश तब हुआ, जब हम विवाह के बाद के प्रारम्भिक दिनों में दोनों एक-दूसरे के शरीरों की छान-बीन कर रहे थे, और गर्भ-निरोधक उपायों का प्रयोग न करने की मूर्खता कर बैठे थे। मगर हम दोनों के बीच जो मनोमालिन्य और विद्वेष है, वह हमारे बेटे ने नहीं दिया। हम दोनों ही उसके प्रति समर्पित थे, उसे बेहद प्यार करते थे, और उसको लेकर कभी-कभी बात का बतंगड़ भी बना देते थे। मगर, छुटपन से ही वह हम दोनों के लड़ाई-झगड़ों से छुटकारा पाने के लिए, और शान्ति और आराम पाने के लिए अपने दादा के पास चला जाता था। इसी वजह से सोनू मेरे पिता के खिलाफ़ हुई थी। उसने ऐसे हालात पैदा कर दिए कि मेरे पिता को लगने लगा कि वे अपने बेटे के घर में रहते हुए भी अवांछनीय हो गए हैं। और चूँकि वे अपने आत्मसम्मान

को बड़ी अहमियत देते थे, इसलिए वे हरिद्वार के एक आश्रम के अपने कमरे में स्थाई रूप से रहने लगे। नन्हा रणजीत उनके घर में न रहने की वजह से बहुत परेशान था, और अपनी माँ के स्थान पर, अपनी आया के साथ अपना ज्यादा वक्त बिताने लगा। सोनू को आया के साथ अपने बेटे का ज्यादा लगाव भी नहीं भाया और वह ''यह आया सुस्त है,'' ''यह आया चोर है'', ''यह आया रणजीत को बिगाड़ रही है,'' जैसे बहानों से आयाओं को निकालने लगी। बेचारा रणजीत को आयाओं के आए दिन के इन बदलावों की वजह से मेरी शरण में आया। वह खोया-खोया-सा, शाम को मेरे आने का इन्तज़ार करता, और मुझे आया देखकर, मेरे से चिपक जाता, और तब तक मुझे नहीं छोड़ता था जब तक कि उसके खाना खाकर सोने का वक्त नहीं हो जाता। मगर सोने से पहले वह मुझसे कहानियाँ ज़रूर सुनता था, और कहानियाँ सुनते-सुनते ही उसे नींद आ जाती थी। रणजीत की इस नई पसन्दगी से सोनू को मुझसे और ज्यादा नफ़रत करने का एक और बहाना मिल गया। उसे यह बिल्कुल अच्छा नहीं लगता था कि रणजीत उसे बिल्कुल नहीं चाहता, मगर मुझसे इतनी जल्दी, इतना ज्यादा हिल गया है। उसे यह पूरा यक़ीन हो गया था कि इस 'शरारत' के लिए मैं ही जिम्मेवार हूँ और अपने बेटे को अपनी माँ के खिलाफ़ कर रहा हूँ। जब रणजीत किसी दिन रोज के समय से ज्यादा समय तक कहानी सुनता रहता, तो वह चिल्लाकर मुझसे कहती, ''अब मेहरबानी कीजिए आप ? उस पर रहम कीजिए। उसे सुबह उठकर स्कूल भी जाना है।''

सैक्स ने भी एक कर्मकाण्ड का रूप ले लिया था। पूरी कर्तव्यपरायणता के साथ किया यह संस्कार महीने में एक या दो बार सम्पन्न किया जाता था। हालाँकि महीने में एक या दो बार की नियमितता भी कभी-कभी अनियमित हो जाती थी। यह अनियमितता मैं जानबूझ कर इसलिए करता था, ताकि सोनू को यह शक न हो जाए कि कहीं कोई और विकल्प नहीं खोज लिया है। मगर, हक़ीक़त यह थी कि ऐसे विकल्प मैंने खोज भी लिए थे। मगर ऐसी मुलाक़ातों में हमेशा यह डर बना ही रहता था कि कहीं किसी ने मुझे पहचान तो नहीं लिया है। नतीजतन, इन मुलाक़ातों का वह सुख नहीं मिल पाता था, जो क्वाँरेपन के दिनों में मिला करता था। इस गतिरोध से निजात पाने का एक ही रास्ता मुझे दिखाई देता था, और वह था—सोनू से सम्बन्ध-विच्छेद करना और बाद में उसे तलाक देना। यही एक रास्ता मुझे वह आज़ादी दिला सकता था, जो मैं खोता जा रहा हूँ। यह विचार पहली बार मेरे मन में सोनू के साथ एक गन्दे और घिनौने झगड़े के बाद आया था, मगर मैं उसे अभी तक जबान पर नहीं लाया था।

असल में, इसका सुझाव सोनू ने ही दिया था। उसने कहा था, ''ऐसा कब तक चलता रहेगा ? अगर हम इस तरह एक-दूसरे को दुखी करते रहेंगे, तो बेहतर यही होगा कि हम अलग-अलग रहने लगें।'' जंगली उसने मेरी प्रतिक्रिया जाननी

चाही थी, मगर तब मैं चुप रहा था। मगर जब उसने इसी बात को कुछ दिन बाद दोहराया, तो मैंने उसकी पेशकश से सहमति जताते हुए कहा, "हाँ ! हम दोनों को अलग हो ही जाना चाहिए। मैं भी इस वैवाहिक सुख से आजिज़ आ गया हूँ।" वह यह सुन कर भौंचक्की रह गई और, एक मनहूस खामोशी में खो गई। इस तरह की घटनाएँ, जिनका अन्त हमेशा इसी किस्म की मनहूस खामोशी में ही होता था। एक ढाँचा-सा बन गया था हमारी इन लड़ाइयों का। कई दिनों तक हम एक-दूसरे से बात तक नहीं करते थे। बाद में, किसी एक रात को वह अपना हाथ बिस्तर पर मेरी ओर फैलाती, और मैं मुड़कर उसकी तरफ मुख़ातिब होता, और बिना कोई चाह या लगाव जताए, वह अपने पाँव चौड़े करती, और मैं उस पर सवार हो जाता। चूँकि मेरी तरफ से न कोई आग्रह होता था, न कोई जल्दबाज़ी, इसलिए मैं जब तक चाहूँ तब तक अपने को रोके रह सकता था, हर रात यह कल्पना करते हुए कि मेरे सामने लेटी हुई यह स्त्री मेरी पत्नी सोनू नहीं, या तो जैसिका है, या यास्मीन है, या मेरी जोसेफ है, या...

जिन्दगी एक अन्तहीन डरावनी ऊब बनती जा रही थी। मेरा चेहरा देखकर ही कोई भी यह बिना बताए जान सकता था कि मैं किस क़दर क्लांत और ऊबा हुआ और परेशानहाल इन्सान हूँ। ज़िन्दगी बहुत ज्यादा रंगीन,...दिलचस्प...और उत्तेजक हो सकती है, मगर...इस बिन्दु पर आकर रुक जाता था मेरा सोच कि क्या अर्थ है इस मुर्दा जिन्दगी की लाश को बिला वजह ढोते रहने का। जिन क्लबों और पार्टियों में हम जाते थे, वे सब बेमानी और बेमज़ा लगने लगी थीं। हमेशा एक ही किस्म के लोग, एक ही किस्म की शराब पीने वाले, एक ही किस्म की दूसरों के बारे में हलकी बात, और बुराइयाँ करने की आदत। सबके सब ज्यादा से ज्यादा पैसा कमाने के दुष्चर्क में फँसे, भौतिक सुखों को भोगने और सामाजिक प्रतिष्ठा पाने की अंधी होड़ में लगे। हम सब, जो इस अंधी दौड़ में शामिल हैं, अपने जीवन के सबसे अच्छे दिन इन तुच्छ और घिसीपिटी बातों में बर्बाद कर देते हैं। हम इस हसीन दुनिया से जो कुछ ले रहे हैं, वह हमें इससे भी कई गुना बेहतर तोहफे दे सकती है, जैसे अच्छे प्राकृतिक दृश्य, अच्छे लोग, अच्छी कलाकृतियाँ, और अच्छी शिल्पकारी, आँखों और मन को सुकून देने वाली। सुन्दर संगीत, फूलों की सुगन्ध, झुलसी ज़मीन पर वर्षा की पहली बूँदों के पड़ने से उत्पन्न सौरभ। स्वादिष्ट भोजन, स्वाद को गुदगुदाने वाली मदिरा, अच्छी तरह सिंके और चुने हुए अखरोट व बादाम और उसके साथ प्रीमियम व्हिस्की, अवोकेडो नाशपाती, और उसके साथ ठण्डी की गई 'पाउले फसे' पेय पदार्थ, क्रीमयुक्त मशरूम की चटनी के साथ जंगली चावल, बढ़िया 'बरोलो' या 'बर्गंडी', 'ड्रामबुई' 'कान्त्रो', 'नारंगी 'कुराकाऊ'–'ग्राण्ड पारनियर' या कागनैक की चुस्कियाँ। और इस शानदार मज़ेदार भोज के बाद एक हवाना सिगार। लेकिन मेरी निगाह में इन दिलकश दृश्यों, आवाज़ों, सुगन्धों और वादों से अधिक प्रभावी

बोध है स्पर्श-बोध। रेशम और मखमली स्पर्श-अनुभूति से ज्यादा जानदार है उस महिला-शरीर के स्पर्श की अनुभूति, जो उसे धारण किए हुए है। वह शरीर जो अन्तिम रूप में मुझे उत्तेजित और रोमांचित करता है। चूमने-योग्य वासनामय और आवेशपूर्ण होंठ। प्यार से दुलारने और स्पर्श-सुख पाने और चूमने चूसने के लिए गोल व सुदृढ़ और स्थिर वक्ष। सहलाने के लिए गोल-मटोल नितम्ब और रेशम से भी मुलायम जाँघें। बहुत से लोग इन पूर्व-तैयारियों को अश्लील, भौंडी और कमीनी हरकतें मानते हैं लेकिन, मेरे लिए यह सब कर्म जीवन को जीने योग्य बनाते हैं—शेष कर्म हाशिये में डालने योग्य हैं, निरर्थक हैं।

धीरे-धीरे मैं उन अवसरों पर, जब सोनू बदमिजाज़ हो जाती, अपने को शाान्त और संयमित रहना सीखता जा रहा था। जब वह मेरी गलतियाँ निकालना या तंग करना शुरू करती थी, तब मैं खामोश रहता था। इससे उसे बड़ी परेशानी होती थी। अब उसे लगने लगा था कि मैं उसके हाथों से निकलता जा रहा हूँ। उसे यह भी डर होने लगा था कि यदि वह अलग रहने और तलाक की बात करेगी, तो मैं उसकी झूठी धौंस में नहीं आऊँगा, इसलिए अब उसने ऐसी धौंस देना बन्द कर दिया था। अब उसने एक नया शगूफ़ा छेड़ना शुरू कर दिया था। मालूम नहीं, यह उसका अपना आइडिया था, या उसकी माँ ने उसे सुझाया था, वह कहती रहती थी कि रणजीत पर हम दोनों जरूरत से ज्यादा तवोज्जो देने लगे हैं और बिना कुछ और बताये, उसने गर्भ-निरोधक उपायों का प्रयोग बन्द कर दिया था। नतीजतन जल्दी ही उसे गर्भ रह गया। अब वह दूसरे बच्चे को जन्म देने के लिए तैयार थी। अब उसने फिर अपना रौद्र रूप दिखाना शुरू कर दिया। गर्भवती होने के छह महीने बाद वह पीहर चली गई, कारण उसका। प्रिय स्त्री-रोग विशेषज्ञ और नर्सिंग होम उसके और करीब हो सकें। मैं ऑफिस से घर लौटने से पहले, बिला नागा, उसे देखने जाता था। उसके माता-पिता और भाइयों ने मेरे साथ शराफ़त से बात करने और पेश आने का अपना पुराना रवैया कायम रखा। उनकी दृष्टि में मैं अपनी पढ़ाई की डींग मारने वाला और अपने को बड़ा तीरन्दाज समझने वाला नया अमीर था। वे इस सच्चाई को मानने को भी तैयार नहीं दिखाई देते थे कि मैं अब उन पर किसी भी रूप में आश्रित नहीं हूँ और अपने पाँवों पर खड़ा हूँ, और कामयाबी की मन्जिलों को पार करता जा रहा हूँ और, इस सच्चाई को भी मानने को तैयार नहीं थे कि मैं यंग मिलिनियर्स क्लब जैसे विशिष्टतम क्लब के संस्थापकों में से एक हूँ—सोनू का कोई भी भाई विशिष्टता की इस ऊँचाई तक नहीं पहुँच पाया था।

हमारी बेटी का जन्म रणजीत के जन्म के छह साल बाद हुआ। चूँकि मेरे पिता उन दिनों हरिद्वार में रहते थे, इसलिए मैंने लड़की का नाम चुनने की जिम्मेवारी

सोनू पर छोड़ दी। उसने और उसके माता-पिता ने उसका नाम 'मोहिनी' तय किया। शायद उन्होंने ऐसा तय करते समय मेरे 'मोहन' नाम को ज़हन में रखा हो। रणजीत अपनी छोटी-सी बहिन को देखकर बहुत खुश और रोमांचित था। मेरे पिता ने भी यह खबर सुनकर खुशी ज़ाहिर की। उन्होंने मुझे अपने पत्र में लिखा कि जैसे ही मोहिनी अपने घर आ जाएगी वे उसे देखने आएँगे। ज़ाहिर था कि वे भी अचिन्त राम के घर जाने में उतनी ही परेशानी महसूस करते थे, जितना मैं करता था।

सोनू मोहिनी के पैदा होने के एक महीने बाद ही अपने माता-पिता के घर से अपने घर आई। इस बार उसके पास एक आया के अलावा, रात की ड्यूटी करने वाली एक नर्स ही थी। मेरे पिता हरिद्वार से बच्ची को आशीर्वाद देने आए, और एक हफ्ते से कुछ दिन ज्यादा तक हमारे साथ रहे। अब तक उन्हें सोनू के शत्रुतापूर्ण रुख का अहसास भली भाँति हो गया था इसलिए वे सोनू से दूर ही रहते थे। लेकिन रणजीत उन्हें कभी अकेला नहीं रहने देता था। जैसे ही वह स्कूल से घर आता, सीधा अपने दादा के कमरे में पहुँच जाता था, लुका-छिपी का खेल खेलने के लिए। और, हालाँकि वह अब तक छह साल का हो चुका था, फिर भी उनकी गोद में बैठकर उन्हें कहानियाँ सुनाने को कहता था। जब उसके खाने का वक्त होता, तो सोनू चिल्लाती हुई उसे खाना खाने के लिए बुलाने को आती। वह भी चीख कर कहता, "मैं दादा के साथ खाऊँगा।" सोनू उससे ज्यादा तेज़ी से चिल्लाती हुई कहती, "हर्गिज नहीं ! फ़ौरन इधर आ, नहीं तो ऐसी ज़ोर से चाँटा मारूँगी कि याद करता रह जाएगा।" ऐसा नज़ारा रोज देखने को मिलता। मेरे पिता अपने कमरे में अकेले खाते। उधर, सिसकता, रूठा और कुढ़ता हुआ रणजीत हंगामा करता रहता, और उसकी माँ और नौकर उसे ज़बर्दस्ती खाना खिलाते।

हर शाम जब मैं ऑफिस से घर लौटता, तो मुझे सोनू की यह शिकायत सुनने को मिलती, "यह बूढ़ा जब तक यहाँ रहेगा, मैं इस घर को अनुशासित नहीं कर पाऊँगी।" मैं चुप रहता, अपने इस दृढ़ संकल्प के मद्देनज़र कि मैं सोनू को मेरे पिता और मेरे बीच बिल्कुल नहीं आने दूँगा। मेरे पिता के हरिद्वार वापस जाने के बाद भी, मैं हर पूर्णमासी को उनसे मिलने जाता था, और दो-चार दिन उनके साथ रहता भी था। जब वे कभी दिल्ली आने को तैयार होते, तो मैं उन्हें लाने के लिए शोफर के साथ गाड़ी भेज देता।

और, इसी तरह, पाँच साल और बीत गए। लेकिन, हम एक-दूसरे के करीब नहीं आ सके। मैं अपने बच्चों से प्यार करता था और उनकी ख़ातिर, शादी की गाड़ी को किसी-न-किसी तरह से आगे ठेलता चला जा रहा था। शायद, सोनू भी ऐसा ही कर रही थी। मोहिनी मेरा सबसे बड़ा सहारा बन गई थी। शाम को घर

लौटते समय, मुझे इन्तज़ार रहता था मोहिनी बिटिया के दौड़ते हुए मेरे पास आने और कार में बैठकर सैर करने का। मैं खुद कार चलाक, उसे पड़ोस की सैर करवाता। लेकिन, यह देखकर सोनू का चिड़चिड़ापन और ज्यादा बढ़ जाता। बच्चे कैसे उस आदमी को चाहते हैं, जिसे वह नहीं चाहती। मैं दिल ही दिल में जानता था कि मैं प्यार से खाली इस जीवन को बहुत दिनों तक नहीं जी पाऊँगा। लेकिन, मेरे इस जीवन का अन्त क्या होगा, इसकी कोई कल्पना मैं नहीं कर पाता था।

एक सुबह, मुझे अपनी डाक में हिन्दी में लिखा हुआ एक पोस्ट-कार्ड मिला। यह मेरे पिता के आश्रम से आया था, और दो दिन पहले लिखा गया था। इसमें लिखा था, ''हमें आपको यह सूचना देते हुए गहरा शोक हो रहा है कि आज प्रातःकाल आपके पूज्य पिताजी बैकुण्ठ सिधार गए। सुबह को हर की पौड़ी को गंगा-स्नान के लिए जाते समय भले-चंगे और स्वस्थ थे। स्नान के बाद आश्रम में आने के बाद उन्होंने छाती में दर्द की शिकायत की और चाय की माँग की। जब वे चाय पी रहे थे, तब कप अचानक उनके हाथ से गिर पड़ा, और वे चल बसे। चूँकि हमें आपका टेलीफोन नम्बर नहीं मिल पाया, इसलिए हम आपको फोन नहीं कर पाए, और अब यह कार्ड आपको भेज रहे हैं। चूँकि हम उनका शव बहुत देर तक नहीं रख सकते थे, इसलिए आर्य समाज के रीति-रिवाज के अनुसार हमने उनका अन्तिम संस्कार कर दिया। उनकी अस्थियाँ एक अस्थि कलश में रख दी गई हैं, और आपके आने पर वे गंगा में प्रवाहित करने के लिए आपको सौंप दी जाएँगी।''

मैं सन्न रह गया। कई मिनट तक मैं अपना सर, अपने हाथों में लिए खामोश बैठा रहा। आसपास ऐसा कोई न था, जिसके साथ मैं अपना दुख बाँट सकूँ। मैंने अपनी सैक्रेटरी से जीवनराम को पैट्रोल-टैंक में पैट्रोल फौरन भरवाने को कहा, क्योंकि मुझे फौरन हरिद्वार के लिए रवाना होना है। मैंने सैक्रेटरी से कहा, ''मेरे पिता की हालत अच्छी नहीं है।'' मैंने घर पर भी फोन करके बताया कि मैं दो दिन तक नहीं लौटूँगा।

आधा घण्टे बाद, मैं हरिद्वार के लिए रवाना हुआ, उसी हरिद्वार के लिए जहाँ मैं इस कार को खुद ड्राइव करके, अपने पिता को कई बार हरिद्वार ले गया था और वापस लाया था। जब हमने गाज़ियाबाद पार किया, तो जीवनराम ने मुझसे पूछा, ''साहब ! शर्मा मैमसाब बता रही थीं कि पिताजी की सेहत ठीक नहीं है। घबराने की तो कोई बात नहीं न, साब ?''

''अब सब कुछ ख़त्म हो गया है। वे दो दिन पहले ही चल बसे थे। मैं उनकी अस्थियाँ लेने जा रहा हूँ।''

''हरे राम ! हरे राम ! बड़ी पवित्र आत्मा थी उनकी ! मैंने उनको किसी की बुराई करते या किसी से नाराज़ होते कभी नहीं सुना। उन्हें स्वर्ग में भगवान के कमल रूपी चरणों के निकट स्थान मिलेगा।''

एक बार फिर मैंने अपना चेहरा अपने हाथों में लिया। बरबस मेरी आँखों में आँसू आ गए, और मैं सुबकने लगा। जीवनराम ने यह सब देख-सुन कर मुझे सांत्वना देते हुए कहा, "साहब ! धीरज धरो। मौत कब आ जाएगी, इसका कोई भरोसा नहीं। आदमी को उसके लिए तैयार रहना चाहिए। सब कुछ भगवान के हाथ में है, और जो कुछ भी होता है, उसी की मर्जी से होता है। हिम्मत से काम लीजिए। भगवान आपको दिलासा देकर सुख-चैन प्रदान करेंगे।"

हर मौत के बाद, लोग ऐसे ही घिसे-पिटे, बेमानी शब्द बोले जाते हैं, तो भी उनसे शोक-संतप्त को कुछ दिलासा तो मिलती ही है।

जब हमने आश्रम में प्रवेश किया, तब सूरज ढल रहा था। मुझे मेरे पिता के कमरे में ले जाया गया। उस चारपाई के बीचोबीच रखा था अस्थि-कलश। इसी चारपाई पर वे दो दिन पहले सोए थे। कलश को चारों ओर से गेंदे के फूलों से लपेटा गया था। मैंने उसे अपने हाथ में ले लिया। अगले क्षण, मैंने अपने को रोते हुए और यह कहते हुए सुना, "हाय, पिताजी ! आप कहाँ चले गए, मुझे यहाँ अकेला और बेसहारा छोड़कर। आपने मुझे यह मौक़ा भी नहीं दिया कि आपके अन्तिम समय में आपके साथ रहूँ।" आश्रमवासी मुझे दिलासा देने के लिए, मेरे चारों ओर खड़े थे। जीवनराम ने मुझे जी भर कर रोने दिया। अन्त में, मेरा शोक धीरे-धीरे कम होने लगा। मैंने अपने आँसू पौंछे, अस्थि-कलश अपनी बाँहों में लिया, और जीवन राम से कार को हर की पौड़ी तक ले जाने को कहा। "पिताजी अपने बेटे के साथ आरती का भव्य दृश्य देखेंगे। कल में अस्थि-कलश को गंगा में प्रवाहित करूँगा।"

मैं आरती के आरम्भ होने से मिनटों पहले घण्टाघर पहुँच गया। जैसे ही सामने के तट पर दीपदानों को झुला-झुलाकर, एक साथ लयबद्ध तरीके से घण्टों को बजाकर, श्लोकों के लयबद्ध गायन से गंगा मैया की आरती की जाने लगी, मैं हाथ में अस्थि-कलश लेकर, घुटनों-घुटनों पानी में उसे सर से लेकर जल के स्तर तक लाकर झुलाने लगा। जितनी बार में अस्थि-कलश को झुलाता था, उतनी ही बार मेरा मन शान्ति, और शान्ति, और अधिक शान्ति अनुभव करता था। ऐसी पूर्ण शान्ति मैंने इससे पहले कभी अनुभव नहीं की थी। मैं घाट पर अँधेरा और गहरा होने तक, दियों और फूलों की पंखुड़ियों को बहते देखता रहा। यदि मैं थोड़ी देर तक और बैठा रहता, तो दियों को बुझते हुए भी देख सकता था। उससे मैं उदास-हताश न होता। कुछ देर के बाद मैं वापस आकर कार में बैठा। अस्थि-कलश अभी तक मेरी बाँहों में था। आकर मैंने वह भोजन नहीं किया जो मेरे सामने परोसा गया था। सारी रात मैं अस्थि-कलश को अपनी बाँहों में लिए रहा। नींद आती थी, और फिर भंग हो जाती थी, और मुझे अपने पिता की याद आने लगती थी। और, उन क्षणों में मुझे यह प्रगाढ़ अनुभूति होती कि वे मरने के बाद भी, मेरे उतने ही निकट हैं, जितने तब थे जब वे जीवित थे।

अगले दिन, मैं सुबह ही सुबह हर की पौड़ी से करीब एक फर्लांग की दूरी पर वापस घाट पर पहुँचा। तभी मुझे पण्डों ने घेर लिया। वे अस्थि-कलश के प्रवाह के समय उपस्थित रहकर, पूजा और प्रार्थना करने में अपनी फीस लेकर मेरी सहायता करने के इच्छुक थे। उन्होंने मुझसे पूछा, मैं कहाँ से आया हूँ, और किसकी अस्थियाँ लेकर आया हूँ। तभी एक पण्डे ने दूसरे पण्डों को पीछे धकेलते हुए कहा, ''मैं आपका पारिवारिक पण्डा हूँ। मैं जानता हूँ कि आपके पिता आश्रम में रहते थे।'' उसने मेरे परिवार के दूर के कई रिश्तेदारों के नाम गिनाए, और मुझे नदी के किनारे ले गया। वहाँ वह अस्थि-कलश को एक स्थान पर रखकर उसके सामने बैठ गया और मुझसे अपने सामने बैठने को कहा। अस्थि-कलश को हम दोनों के बीच रखकर वह संस्कृत मन्त्र पढ़ने लगा। मन्त्र-पाठ के बीचोंबीच रुक कर, उसने हाथ फैला कर अपनी दक्षिणा माँगी।

''क्यां दूँ,'' मैंने पूछा।

''जो आपको ठीक लगे। मैं जानता हूँ कि आप अमीर आदमी हैं, अपने पिता की अकेली सन्तान हैं।''

मैंने उसे सौ रुपए का एक नोट दिया। यह रक़म जितनी उसने आशा की थी, कहीं ज्यादा थी। उसने और ज्यादा जोश और उमंग से, श्लोकों का पाठ करना शुरू किया। लेकिन, जब उसने अस्थि-कलश को नदी में प्रवाहित करने के इरादे से उसकी ओर हाथ बढ़ाया, तो मैंने उसका हाथ कलश से हटाते हुए दृढ़ स्वर में कहा, ''अस्थियों को नदी में मैं बहाऊँगा। कोई और इस कलश को हाथ नहीं लगाएगा।''

उसने मुझे ऐसा करने दिया। मैंने घुटनों-घुटनों पानी तक नदी के अन्दर जाकर, अस्थियों को गंगा में प्रवाहित कर दिया। उस समय सूरज पहाड़ियों की पूर्वी श्रेणियों से उदय हो रहा था।

लेकिन, अभी कुछ और कर्म करने बाकी थे। एक नाई को बुलाया गया। मुझे कूल्हे के सहारे बैठने को कहा गया, और नई कैंची से मेरे बाल काटने लगा। जब बाल पूरे कट गए, तो उसने उस्तरे से ढूँठों को बिल्कुल साफ़ कर दिया। मेरा सर अब अण्डे जैसा गंजा दिखाई देने लगा। अब मेरे गंजे सिर को देखते ही सबको मालूम हो जाएगा कि मेरे पिता नहीं रहे।

आश्रम में वापस आकर, मैं आश्रम के डायरेक्टर से मिला, अपने पिता पर हुए आश्रम के खर्चे का भुगतान करने के लिए। उसने मेरे सामने कागज की एक चिट रख दी। उसमें पूरे खर्चों का हिसाब था : 50 मौत का प्रमाण-पत्र हासिल करने में, 150 रु., लकड़ी, घी और धूप खरीदने में खर्च हुए, 50 पूजा कराने में रु. 50, पीतल का अस्थि-कलश खरीदने में। जोड़ रु. 300। फिर, उसने कहा, ''अगर आप अपने पिता का सारा सामान ले जाना चाहें तो हम इस कमरे को किसी और व्यक्ति

को किराए पर दे देंगे,'' उसने भावहीन मुद्रा में कहा। किस किस्म का इन्सान था वह ? मुझे उस पोस्टकार्ड की याद आई, जो उसने मेरे पिता की मृत्यु के बाद मुझे भेजा था। वह एक टेलीग्राम भी भेज सकता था—लेकिन टेलीग्राम पर क्यों खर्च किया जाए, एक मामूली किरायेदार के लिए ? बहुत से अकेले वृद्ध लोग आश्रम में थे, मेरे पिता की तरह।

मैंने आश्रम के डायरेक्टर को खर्च की रक़म देकर कहा कि मैं अपने पिता के कमरे को अपने लिए, उसी दर पर, जो मेरे पिता दिया करते थे, रखना चाहूँगा। उनके सामान को उसी हालत में, जिसमें वह अब है, रखा जाए। कमरे पर ताला लगा रहेगा, उसकी चाबी मैं अपने पास रखना चाहूँगा। आश्रम के प्रबन्धकों को मेरी इस शर्त को मानने में कोई एतराज न था। उनकी दिलचस्पी सिर्फ उस कमरे का किराया लेने में थी। डायरेक्टर ने वह चाबी लाकर मुझे दे दी।

हरिद्वार में इतने गंजे हैं कि कोई गंजा अजूबा नहीं लगता। हर रोज वहाँ अनेकों लोग अपने मृत माता-पिताओं की अस्थियों के साथ आते हैं, उन्हें गंगा में प्रवाहित करने के लिए। उन पण्डों के, जो इस अवसर पर उपयुक्त मन्त्र पढ़ते हैं, धन्धे के अलावा, दो और धन्धे भी इस संस्कार से जुड़े हैं। पहला ऐसा धन्धा है, मृत व्यक्तियों के दाँतों के सोने या चाँदी के भरावों को अस्थि से अलग करने का। यह काम करते हैं बच्चे, जो कमर तक पानी में खड़े रहते हैं। उनके हाथों में शीशे होते हैं, जिनके पानी में प्रतिबिम्ब से वे कीमती सोने या चाँदी के भरावों की चमक को देखकर, वे अपने पाँवों से उस भस्म की जगह का पता लगाते हैं, और गोता लगाकर उसे उठा लेते हैं। इस धन्धे में वे पण्डों से मिले होते हैं, जो कमाई में उनके भागीदार होते हैं। पण्डे लोग अस्थियों को नदी तट के निकटतम स्थान में प्रवाहित करते हैं, ताकि बच्चों को उन्हें खोजने में आसानी हो। इसी वजह से मैंने अस्थि कलश पण्डे को नहीं दिया था, और खुद काफी दूर जाकर उसे प्रवाहित किया, ताकि कोई उसकी टोह न कर पाए। यदि मेरे पिता ने अपने दाँतों में सोने या चाँदी का भराव किया होगा, तो वह अब गंगा माता को समर्पित हो गया। एक और धन्धा, जो हरिद्वार में खूब चलता है, वह है टोपियाँ बनाने का। जब किसी की चाँद पर उस्तरा फिर जाता है, तो उसे शीशे में अपनी जो शक्ल दिखाई देती है, उसे दूसरों की निगाहों से बचाने के लिए वह अपने लिए टोपी खरीदता है। गंजा बनने से पहले मेरे सिर पर घने काले बाल थे, जो जुल्फों के अन्त में घुँघराले हो जाते थे। जिन स्त्रियों से मैंने प्रेम किया, उन सब ने मेरे घुँघराले बालों की बेहद तारीफ़ करते हुए कहा कि अपने बालों की वजह से ही मैं जवाँमर्द और सुदर्शन दिखाई देता हूँ। बालों के पहले जैसी उम्दा हालत में लाने के लिए कई महीने लगने वाले थे, इसलिए मैं अपने लिए टोपी खरीदने के लिए टोपियों की एक दुकान पर रुका। तरह-तरह की टोपियों का मुआयना करने के बाद मैंने अपने लिए जो टोपी चुनी, वह फ्राँसीसी बैरेट शैली की

थी। उसे पहनने से मेरा कपाल पूरा ढक जाता था, और वह मेरे सिर को गर्म भी रखता था।

मैंने एक और रात अपने पिता के कमरे में बिताई और उन्हीं की चारपाई पर सोया। अगले दिन सुबह मैंने अपने वापसी सफ़र के लिए तैयारी शुरू की। अपने पिता के निधन पर जो वेदना मुझे हुई थी, वह अब सोनू के प्रति नाराजगी में बदलती जा रही थी, मेरे पिता के प्रति अपने कमीने और घटिया किस्म के व्यवहार के लिए। मेरे अन्दर उसके लिए कोई क्षमा-भाव बाकी नहीं रहा था। मैंने अब यह पक्का इरादा कर लिया था कि मैं अब वही करूँगा, जो मेरे मन में होगा।

जैसे ही मैं अपने घर में घुसा, सोनू ने मुझसे पूछा, ''कहाँ थे आप इतने दिन ? जाने से पहले यह बताने तक की तकलीफ़ नहीं की कि वापस कब तक लौटेंगे। तुम्हारे लिए तो जैसे हम लोग हैं ही नहीं।''

''मैं हरिद्वार गया था,'' मैंने जवाब दिया। ''मुझे एक पोस्टकार्ड से खबर मिली कि मेरे पिता की मृत्यु हो गई है, और उनका दाह-संस्कार भी हो गया है। मैं उनकी अस्थियाँ गंगा में बहाने के लिए गया था,'' मैंने अपनी टोपी उतारते हुए कहा।

''ओह ! मुझे बड़ा अफ़सोस है। वाकई बड़ा अफ़सोस है।''

''आपको क्यों अफ़सोस होना चाहिए ? उन्हें इस घर से बाहर तो आप ही ने निकाला था,'' क्रोधोन्मत्त होते हुए मैंने कहा। ''अब वे आपको कभी परेशान नहीं करेंगे।''

''यह निहायत ही घिनौना और निष्ठुर इल्ज़ाम है मेरे खिलाफ़। तुम मुझ पर यह झूठा और गन्दा इल्ज़ाम लगाकर मुझे एक हत्यारी बना रहे हो,'' वह चीखती-चिल्लाती और सुबकियाँ भरती अपने कमरे में चली गई। मैं एक आरामकुर्सी पर ढह गया और चिल्लाने लगा। रणजीत और मोहिनी यह सब देख रहे थे। वे मुझसे सटकर पूछने लगे, ''पापा, क्या हुआ है ? मम्मी इतनी नाराज़ क्यों हैं ?'' रणजीत ने पूछा।

''मेरे पिताजी, तुम्हारे दादा मर गए हैं। तुम अब उन्हें कभी नहीं देखोगे।''

''क्यों ? वे कहाँ गए हैं ?'' उसने पूछा।

''वे बैकुण्ठ चले गए हैं।''

''बैकुण्ठ कहाँ है ?''

''दूर, बहुत दूर,'' मैंने जवाब दिया। ''कोई बैकुण्ठ से वापस नहीं आता।''

''मैं उनसे मिलने के लिए बैकुण्ठ जाऊँगा,'' रणजीत ने अड़ियलपने से कहा। उस बेचारे को क्या मालूम था कि मौत आदमी का अन्तिम विश्राम है। मोहिनी तो सिर्फ पाँच साल की ही थी, और उसकी कुछ समझ में नहीं आ रहा था कि उसके पापा क्या कह रहे हैं। वे दोनों मेरी छाती में दुबक कर मेरी गोद में बैठ गए और फिर कुछ नहीं बोले।

मैंने सोनू को फोन पर अपनी माँ को यह खबर सुनाते सुना। उसने मेरे ऑफिस की विमला शर्मा को ऑफिस के स्टाफ को यह बताने को कहा कि वे कल से पहले फोन न करें। ऑफिस आदरणीय दिवंगत की याद में कल बन्द रहेगा।

बाद में उसी शाम को रायबहादुर अचिन्त राम, उनकी पत्नी उनके बेटे, उनकी पत्नियाँ और उनके घरेलू नौकर, सांत्वना देने के लिए आए। मैंने उसी समय स्कॉच और सोड़ा पीना शुरू किया था। सबने एक-एक करके मुझे गले लगाया और दिलासा प्रदान करने वाली बातें कीं। ''बहुत अफ़सोस हुआ।'' उनके नौकरों ने हमारे नौकरों को 'बहुत अफ़सोस हुआ' कहकर उन्हें दिलासा दिया। सब हमारे चारों ओर फर्श पर बैठे। सब लोग आपस में 'मौत को कौन टाल सकता है ?' जैसी बातें कर रहे थे। रायबहादुर ने मुझसे कहा, ''आपके ड्राइवर ने हमें बताया कि आपके पूज्य पिताजी अपने अन्त समय से पूर्व भले-चंगे थे, और उनका अन्त भी शान्तिपूर्वक चाय पीते-पीते ही हुआ। इस असार संसार से विदा होने की कितनी उत्तम विधि थी। ऐसी यादगार मृत्यु पुण्यात्माओं को ही नसीब होती है, और वे सही अर्थों में पुण्यात्मा थे, और इसी रूप में बैकुण्ठवासी हुए। भगवान उनकी आत्मा को शान्ति प्रदान करे।'' मैंने स्वीकृति में अपना सिर झुकाया और, इसके बाद व्हिस्की के गिलास की एक चुस्की ली।

रायबहादुर ने मुझसे पूछा, '' 'चौथा' और 'उठाला' कब करना चाहिए ? हम 'हिन्दुस्तान टाइम्स' के मृत्यु-सम्बन्धी कॉलम में इसकी घोषण करवा देते हैं, और कीर्तन के लिए माता का मन्दिर में कोई समय बुक कर लेते हैं।''

''तिथियों और समय के बारे में आप ही फैसला कर लें। मैं इन धार्मिक संस्कारों के बारे में कुछ भी नहीं जानता,'' कहकर मैंने एक और चुस्की ली व्हिस्की के पैग की।

परिवार के लोग मेरे साथ एक घण्टे तक रहे। जब वे गए तब मैं स्कॉच के अपने तीसरे गिलास को पूरा करने वाला था। मैं जानता था कि उनकी निगाह में यह कृत्य शोक के समय में सही नहीं था, लेकिन मुझे इसकी रत्ती भर भी फ्रिक नहीं थी कि वे क्या कहते हैं। शोक मुझे हुआ था, और शोक के प्रतिकार का नुस्खा भी मेरा था। सोनू के सबसे छोटे भाई ने विदा लेते समय मुझसे हाथ मिलाते वक्त, जो कहा वह वाक़ई उसकी दुष्ट प्रकृति को ही जाहिर करता था। उसने कहा था, ''बॉस ! अपने शोक को डुबाने के लिए इससे बेहतर नुस्खा नहीं हो सकता।''

अगले तीन दिनों तक मेरे घर में कोई भोजन नहीं बनके। सारा भोजन अचिन्द राम के घर से आता था। रिवाज के मुताबिक, जिस घर में कोई मौत हुई हो, वहाँ आग भी नहीं जलनी चाहिए। 'हिन्दुस्तान टाइम्स' में एक घोषणा छपी, जिसमें हरिद्वार में मेरे पिताजी के देहावसान का उल्लेख था। और, माता का मन्दिर में 'चौथा-उठाला' संस्कारों का भी। 'Grief-stricken' कालम में अचिन्त राम परिवार को प्रमुखता दी

गई थी और उनके सामने मेरा, सोनू और बच्चों के नाम थे।

सुबह से लेकर रात तक, संवेदना दिखाने वाले व्यक्तियों का ताँता लगा रहा। मेरे आफिस के स्टॉफ के लोग, मित्र और अचिन्त राम के मित्र और रिश्तेदार आते-जाते रहे। वक्त की बरबादी करने वाले रिवाज हम हिन्दुस्तानियों ने बना रखे हैं। हालाँकि इन दिनों में मैं ऑफिस नहीं गया, लेकिन मैंने विमला शर्मा को हिदायत दे रखी थी कि स्टॉफ के सब लोग समय पर आएँ और जाएँ, अपना सब काम पूरा करें, और हर बात की रपट मुझे बराबर मिलनी चाहिए। और, वह हर शाम आने वाली सब चिट्ठियाँ लेकर आए, और मेरे स्टडी-रूम में मुझसे सब पत्रों के जवाबों का डिक्टेशन ले।

लोगों के आने-जाने का सिलसिला माता का मन्दिर में प्रार्थना-सभा के हो जाने के बाद अचानक बन्द हो गया। मेरे घर में उदासी छाई रही। बच्चे और नौकर आपस में इस तरह बातें करते, जैसे एक-दूसरे को राज़ की बात बता रहे हों। सोनू और मेरे बीच पहले जैसा फ़ासला बना हुआ था। एक विद्वेषपूर्ण आमना-सामना देर-सबेर होने की वाला है। उसे मेरी इस बात से गहरा धक्का लगा था कि उसने मेरे पिता को घर से निकाला था। मगर वह उन लोगों में से नहीं थी, जो इस बात को यह मानकर भूल जाए कि मैंने वह बात तब कही थी, जब मैं अपने पिता को सदा के लिए खोने के गहरे शोक में डूबा हुआ था। एक न एक दिन वह मेरी इस बात को ज़ोरदार तरीके से उछालेगी, और अपने सब गुब्बार निकाल कर ही चैन से बैठेगी। और मैं भी इस किस्म का आदमी नहीं था, जो शान्ति बनाए रखने की ख़ातिर उससे माफ़ी माँग लूँ। दोनों तरफ से मोर्चाबन्दी की जा रही थी, हथियार जमा किए जा रहे थे, काँटे की लड़ाई की ख़ातिर। सोनू को युद्ध छेड़ने के लिए सही मौके का इन्तज़ार था।

हम दोनों ने आपस में बातचीत करना कभी का बन्द कर रखा था। मैंने ऑफिस के बाद क्लब में जाना शुरू कर दिया था। वहाँ से मैं काफी देर से लौटता। तब तक सोनू और बच्चे खाना खाकर सो जाते थे। मैं अकेला खाना खाता और अपने बैडरूम में सोने के स्थान पर नीचे की मंजिल के स्टडी-रूम में सो जाता। मेरी सुबह की चाय मुझे इस कमरे में ही मिल जाती। सुबह को रणजीत और मोहिनी मेरे पास आ जाते और काफी समय मेरे साथ बिताते। मैं उनसे बातें करते वक्त अखबार पढ़ता रहता और सिगार पीता रहता। सोनू को सुबह ही सुबह मुझसे सवाल पूछने का मौका न मिले, इसलिए मैंने नाश्ता लेना भी बन्द कर दिया था। हम दोनों खुले संघर्ष का इन्तज़ार कर रहे थे।

सोनू इस खुले संघर्ष को टाल रही थी। जब मेरे पिता के निधन की तिथि और संघर्ष को समाप्त हुए एक महीना बीत गया, तब उसने मुझे चाय देने वाले नौकर के हाथ एक नोट भेजा, जिसमें लिखा था, ''मैं तुमसे आज ही कुछ बात करना

चाहती हूँ। कृपया समय पर आ जाना''—सोनू।''

मैं अब खुले संघर्ष के दिन को ज्यादा दिनों तक नहीं टाल सकता था। मैं ठीक समय पर घर आ गया, अपनी किलेबन्दी में पूर्णतया सुरक्षित अनुभव करता हुआ, किसी भी हालत में एक इंच भी पीछे न हटने के निश्चय के साथ-साथ बदमिज़ाज न होने का संकल्प लिए।

मैं ऊपर जाकर अपनी हमेशा की कुर्सी पर बैठ गया। सोनू अपने बैडरूम से आई और आया से बच्चों को गार्डन में खेलने के लिए कहा।

मेरे ऊपर पहला वार करते हुए उसने पूछा, ''क्या अपनी पत्नी के साथ सभ्यता से पेश आने का यही तरीका है ?''

मैंने अपने सिर पर आए नए-नए बालों पर अपना हाथ फेरा, मगर उसके सवाल का कोई जवाब नहीं दिया।

''मेरे दम और साहस से नफ़रत करते हो ?'' उसने दूसरा वार किया।

''मैं किसी के भी दम साहब से नफ़रत नहीं करता।'' मैंने शान्त स्वर में कहा।

''तुमने मुझ पर यह इल्ज़ाम क्यों लगाया कि मैंने तुम्हारे पिता को घर से निकाला ? जवाब दो। तुम अच्छी तरह जानते हो कि तुम्हारे इस इल्ज़ाम में कोई दम नहीं है। वे अपनी मर्जी से गए। फिर भी तुमने मुझ पर यह झूठा इल्ज़ाम लगाया सिर्फ इसलिए कि तुम मेरी भावनाओं को ठेस पहुँचाना चाहते थे, दुख देना चाहते थे, दर्द देना चाहते थे। बताओ, यह सच है कि नहीं ?''

''सही नहीं है !'' अत्यधिक सतर्क शब्दों में मैंने कहा, ''तुम इस बात से इन्कार नहीं कर सकतीं कि तुम मेरे पिता को अनादर की दृष्टि से देखती थीं, उन्हें 'बूढ़ा' कहकर। तुम्हारे तौर तरीकों से साफ़ ज़ाहिर होता था कि तुम उन्हें परिवार का एक माननीय सदस्य न मानकर, एक अवांछित व्यक्ति मानती थीं। उनकी भी अपनी प्रतिष्ठा थी, और उस प्रतिष्ठा को बनाए रखने के लिए उन्होंने यही ठीक समझा कि वह इस घर में न रहें। मैं तुम्हें यह जानते हुए भी कि वे इस दुनिया में मेरे एकमात्र सम्बन्धी थे, मुझे उनसे अलग कर दिया, कैसे माफ़ कर सकता हूँ ?''

''जहाँ तक तुम्हारा सम्बन्ध है, मैं तो कोई सही काम कर ही नहीं सकती। मैं जो कुछ करूँगी, ग़लत ही करूँगी।''

''मैंने यह नहीं कहा। तुम अपने शब्द मेरे मुँह में डाल रही हो।''

''तुम समझते हो कि मैं एक कुतिया हूँ। तुम चाहते हो कि मैं तुम्हारे रास्ते से हट जाऊँ, ताकि तुम्हें दूसरी औरतों के साथ व्यभिचार करने की पूरी आज़ादी मिल जाए।'' उसने चुभने वाली तेज़ आवाज में कहा।

''चुप रहो।''

''मैं चुप नहीं रहूँगी। मैं इस मामले को अभी का अभी हमेशा के लिए ख़त्म कर देना चाहती हूँ।''

"जो तुम्हारा मन हो, वह करो," मैंने जवाब दिया। मुझे कुछ और नहीं कहना है।" वह कुछ क्षणों तक त्यौरियाँ चढ़ाकर मुझे तरेरती रही, और फिर झुँझलाती हुई अपने बैडरूम में चली गई। मैं नीचे जाकर अपने स्टडी-रूम में पहुँचा, और बैयरे को स्कॉच का पैग और डिनर लाने को कहा। मैं इस बात से सन्तुष्ट था कि वाक-युद्ध के पहले दौर में जीत मुझे हासिल हुई।

युद्ध का दूसरा दौर अगले दिन हुआ।

पहला वार सोनू ने ही किया। उसने कहा, "मैं इस मामले पर हर पहलू से विचार कर चुकी हूँ। मेरे खयाल से हमें अलग-अलग रहना शुरू कर देना चाहिए।"

"अगर तुम्हारी यही मर्जी है, तो ठीक है, तुम वही करो, जो तुम्हारी मर्जी है। अगर तुम चाहती हो कि मैं तुमसे अलग रहूँ, तो मैं जितनी जल्दी मुमकिन होगा, अलग रहने लगूँगा। अगर तुम अपने माता-पिता के पास वापस जाना चाहती हो, तो ऐसा कर सकती हो।"

"बड़े बेताब लगते हो मुझसे छुटकारा पाने के लिए।"

"सुझाव तुम्हारा था, मेरा नहीं।"

यह तक़रार आधा घण्टे तक चलती रही और उसी तरह ख़त्म भी हुई। अन्त में उसे ही अपने बैडरूम में वापस जाना पड़ा। मैं अपने अध्ययन-कक्ष में चला गया, अपेक्षाकृत अधिक शान्ति में, अपने पैग और डिनर के लिए।

मेरा मानना था कि दूसरे दौर में भी जीत मेरी ही हुई।

हम दोनों अगले पन्द्रह दिनों से कुछ दिन और ज्यादा समय तक अपनी-अपनी किलाबन्दी में सुरक्षित रहे। शीत-युद्ध दिन-ब-दिन और अधिक गहन और तीव्र होता जा रहा था। एक शनिवार को, जब मेरे पास ऑफिस जाने का कोई बहाना नहीं था, और मैं शान्ति से टेलीविजन देख रहा था, सोनू अचानक दनदनाती हुई कमरे के अन्दर आई, और टेलीविजन बन्द करने के बाद मेरे सामने मुझे देखते हुई खड़ी हो गई। उसका चेहरा गुस्से से तमतमा रहा था। वह बोली, "कब तक ऐसा चलता रहेगा ? कब तक ? कब तक तुम मेरे साथ ऐसा बर्ताव करते रहोगे, जैसे कि मैं कूड़ा-कर्कट हूँ ? वह...वह मृणाल...रण्डी...अच्छी देखभाल करती है न, तुम्हारी। करती है न ! तो फिर क्या ज़रूरत है किसी बीबी की ?"

"भगवान के वास्ते चुप हो जाओ, और मुझे शान्ति से टेलीविजन देखने दो।" मैंने जैसे ही टी.वी. स्विच पर हाथ रखा, उसने हाथ के पीछे के हिस्से पर उसे ज़ोर से दबाकर मुझे ऐसा करने से रोक दिया, और चीखती हुई बोली, "ऐसा कुछ नहीं करने दूँगी मैं तुम्हें ! मुझे तुम्हें सिखाना है कि एक शरीफ़ आदमी को अपनी पत्नी के साथ कैसे पेश आना चाहिए, घिनौने लंपट !"

अब मैं अपना आपा खो बैठा और मैंने उसके गाल पर तमाचा जड़ दिया। इससे पहले मैंने कभी भी किसी के साथ हिंसा का सहारा नहीं लिया था। वह भौंचक्की रह गई। उसने दाँत भींचकर, फुफकारते हुए कहा, ''तुमने मुझ पर हाथ चलाने की हिम्मत की ! मैं तुम्हें ऐसा सबक सिखाऊँगी, जो तुम्हें जिन्दगी भर याद रहेगा।'' वह प्रचण्ड रोष और अपने अपमान की वजह से काँप रही थी।

तुरन्त मैंने जान लिया कि मैं तीसरा दौर हार गया हूँ, और प्रधानता की लड़ाई भी।

और, उसी दिन उसने पुलिस में मेरे खिलाफ़ रपट की, और इस तरह बड़े प्रभावशाली ढंग से खत्म कर दिया, अपने उग्र, अशान्त और अस्तव्यस्त लगभग तेरह वर्षों के वैवाहिक-सम्बन्ध को।

जब मैं पुलिस स्टेशन से घर वापस आया, तब वह बच्चों के साथ, अपने माँ-बाप के घर जा चुकी थी। मैंने न उसके घर जाने की कोशिश और परवाह की, न उसे फोन करने की। वह खुद एक महीने बाद लौट आई। मैंने उसकी उपेक्षा की। जब मैंने बच्चों को गले लगाया और चूमा, तो उसने कहा, ''तुम्हें कोई हक़ नहीं है। तुम्हें इनकी और मेरी क्या परवाह है ? परवाह होती तो हमें लेने आते। क्यों नहीं आए ?'' मैंने उसकी आँखों में आँखें डालते हुए कहा, ''हाँ, मैं नहीं आया। मैं बच्चों को प्यार करता हूँ, मगर तुम्हारे बिना ज्यादा सुखी महसूस करता हूँ।''

''मैं यह जानती हूँ, हरामी !'' उसने चिल्लाते हुए कहा। ''लेकिन अगर तुम इस घर में रण्डियों को लाने की आज़ादी चाहते हो, तो तुम बच्चों को अपने साथ नहीं रख सकते।''

हालात बहुत मुश्किल थे, लेकिन कुछ और महीनों के लड़ाई-झगड़े के बाद, मैंने हार मान ली। मैंने उससे कहा कि मुझे तलाक चाहिए। बच्चों को वह अपने साथ रख सकती है। दो दिनों के बाद, वह बच्चों और तीन सूटकेस लेकर अपनी कार से चली गई।

मौली गोम्स

सोनू के अपने बच्चों के साथ चले जाने के बाद, मैं अकेलेपन के अलावा यह भी महसूस कर रहा था कि मैं अपनी ज़िन्दगी की दिशा भूलता जा रहा हूँ। अपने जीवन में आए अकेलेपन को दूर करने के लिए मैंने निश्चय किया कि समाचार-पत्रों में वेतन लेकर काम करने वाली महिला-साथी के लिए विज्ञापन दिया जाय। यह निश्चय ग़ैरमामूली तो था, लेकिन मुझे इस बात की खुशी है कि उसका नतीजा काफी सुखदायी साबित हुआ। कारण, उसकी वजह से मेरी जिन्दगी में अनेक आह्लादपूर्ण क्षण आए। मेरे मित्र, इस कहानी के लेखक मेरी पहली सहचर सरोजिनी भारद्वाज के बारे में लिख ही चुके हैं। उन्होंने जो कुछ लिखा, पूरी ईमानदारी और सचाई के साथ लिखा है और वही लिखा है, जो मैंने उन्हें बताया था। उससे ज्यादा तो मैं भी नहीं जानता।

सरोजिनी के बाद, सिार्फ धन्नो रह गई थी। लेकिन, उसे मैं अपनी सहचरी नहीं कह सकता। उसने मेरी सेवा की, और जब भी मुझे उसकी ज़रूरत होती थी, तब की। लेकिन, हम दोनों के बीच, एक-दो शब्दों से ज्यादा का आदान-प्रदान कभी नहीं हुआ। जब मैदान खाली होता, तब मैं उससे कहता था—'चलो, आओ। और वह मेरे बिस्तर में एक निरीह मेमने की तरह चली आती, अपनी सलवार-कमीज उतारकर। अपनी भोगेच्छा पूरी करके, मैं उसके शरीर से उतर जाता। अन्त में, वह कहती, "बस साहब ! आपने पूरा मज़ा ले लिया।" साफ-सफ़ाई करने के बाद, अपने पैसे लेकर, पीछे के दरवाजे से बाहर चली जाती। जब तक धन्नो रही, मैंने किसी और औरत की सेवाओं की ज़रूरत नहीं समझी, और उसकी सेवाओं को समाप्त करने की मेरे पास कोई वजह नहीं थी। लेकिन वह एक अप्रत्याशित ढंग से मेरी ज़िन्दगी से अलग हुई।

एक शाम जब मैं अपने ऑफिस से लौटा, तो मैंने अपने गार्डन में दो महिला पुलिसकर्मियों और एक पुरुष सब-इन्सपैक्टर को बैठे पाया। उन्होंने अपने बैठने के लिए नौकर से कुर्सियों मँगाई थीं। उनके सामने जमीन पर बैठी थी एक औरत, जिसका

सिर उसके घुटनों के बीच फँसा था। मुझे देखकर सब पुलिसकर्मी खड़े हो गए। नौकर मेरे लिए एक कुर्सी ले आया। मैंने उनसे पूछा, " यह क्या मामला है ?" सब-इन्सपैक्टर ने मुझे बताया, "सर, पुलिस चौकी पर हमें दो घरों से, जहाँ यह औरत काम करती थी, शिकायत मिली थी कि वहाँ चोरियाँ हुईं। हमने उसके क्वार्टर पर छापा डाला, और वहाँ से चोरी का बहुत-सा माल बरामद किया !" उसने उस औरत से कहा, "खड़ी हो जा, और अपना चेहरा साहब को दिखा।"

औरत ने खड़े होकर अपना चेहरा मुझे दिखाया।

धन्नो थी, वह औरत।

"सर, यह औरत आपके घर में भी फर्श साफ़ करती थी। क्या आप इसे जानते हैं ?"

"हाँ, वह जमादारनी है और हमारे घर में फर्श और बाथरूम साफ़ करने के लिए दो बार आती है। इसका नाम धन्नो है।"

"क्या आपके घर से भी कोई सामान चोरी हुआ है ?" ईश्वरी नाम की एक महिला पुलिस-कर्मी ने एक बैग खोला, "जिनकी पहचान दो शिकायतकर्ताओं ने नहीं की थी। महिला पुलिसकर्मी ने फ्रैंच-परफ्यूम की बोतलें, नेल-पालिश, सोने के ईयर-रिंग का जोड़ा, महिलाओं के जूतों के दो जोड़े, दो साड़ियाँ, रेशमी-सलवार-कमीज का जोड़ा, और एक कार्टियर सोने का पैन। यह पैन मेरा ही था, जो मैं कहीं रखकर भूल गया हूँगा, और मैंने उसे फ़ौरन पहचान लिया। बाकी सब सामान सोनू का था। उसने यह सब चीजें इतनी तादाद में जमा कर रखी थीं कि स्वयं उसे ही, उनके खो जाने पर मालूम नहीं रहता था।

मैंने अपने सामने फैले सारे सामान का मुआयना किया, और साफ़-साफ़ कहा, "सब-इन्सपैक्टर साहब ! मुझे नहीं लगता कि इनमें से कोई चीज हमारे घर की है। और, जहाँ तक मैं औरत के बारे में जानता हूँ, इसका चरित्र साफ-सुथरा है, वह ईमानदार है, और अपना काम ठीक ढंग से करती है। मुझे इसके खिलाफ़ कोई शिकायत नहीं है।..."

"यह औरत न तो चरित्र से साफ़-सुथरी है, न ईमानदार है," महिला पुलिसकर्मी ने मेरी बात काटते हुए कहा। "हमें ऐसी कई शिकायतें भी मिली हैं, जिनसे पता लगता है कि यह औरत इस इलाक़े में धन्धा भी करती थी। हमें इसके क्वार्टर से काफी मात्रा में नगदी मिली है, जो इसने अपने ट्रंक में छिपा रखी थी।"

"धन्धा ? यह धन्धा क्या है ?" मैंने बड़े भोलेपन से उससे पूछा।

"बिजनैस ?" महिला पुलिसकर्मी ने समझाया। "चोर होने के अलावा यह औरत रण्डी भी है।"

"मुझे इस बारे में कोई जानकारी नहीं है," मैंने उत्तर दिया। "जैसा कि मैं आप सबको बता चुका हूँ, इसने हमारे घर से कोई सामान नहीं लिया, और यह

मेहनती औरत है। अगर आप चाहें, तो मैं इस बारे में उसके अच्छे चरित्र और ईमानदारी का प्रमाण-पत्र दे सकता हूँ। मेरा सुझाव है कि हमारे घर के सामान की चोरी करने का जो इल्ज़ाम आपने लगाया है, उसे रद्द कर दें।''

धन्नो फूट-फूट कर रोने लगी, और मेरे पाँव छूते हुए बोली, ''साहब, आप मुझे पुलिस से बचाइए। अगर इन लोगों ने मुझे जेल में बन्द कर दिया, तो मेरे बच्चे भूखों मर जाएँगे। उन्हें मेरे सिवाय देखने वाला कोई नहीं है, साब !''

सब-इन्सपैक्टर ने गुर्राते हुए उससे कहा, ''यह सब तुझे दूसरों के घर में चोरी करने और रण्डी बनने से पहले सोच लेना चाहिए था।''

मैंने धन्नो के सिर पर हाथ रख कर उसे आश्वस्त किया, ''तुम्हारे बच्चों का खाना मेरे रसोइए बनाएँगे। तुम उनकी फिक्र छोड़ दो। अगर तुम्हें बचाने के लिए किसी वकील की ज़रूरत पड़ी, तो अपने पति से मुझे मिलने को बोलना। अगर मैजिस्ट्रेट तुम्हारे चरित्र के बारे में किसी इज्जतदार आदमी की गवाही चाहे, तो तुम उसे मेरा नाम बता सकती हो।''

पुलिस धन्नो को अपनी गाड़ी में बैठाकर ले गई। तब आखिरी बार मैंने उसे देखा। कुछ दिनों तक उसके बच्चे हमारी रसोई में खाना खाने के लिए आते रहे, बाद में वे न जाने कहाँ गायब हो गए। उनका बाप इस सदमे को, कि उसकी बीवी चोर थी और पैसे की ख़ातिर उसे भी धोखा देती थी, सहन नहीं कर पाया, और लोगों के तानों से तंग आकर वह इलाका छोड़ कर चला गया।

कोई मेरे पास धन्नो की तरफ से यह सन्देश लेकर नहीं आया कि उसे किसी वकील की ज़रूरत है, और मैं उसके लिए वकील का इन्तज़ाम कर दूँ। उसे चोरी के इल्जाम से बचाने के लिए कोई आगे नहीं आया। पुलिस ने उस पर वेश्यावृत्ति का इल्ज़ाम नहीं लगाया। चोरी का इल्ज़ाम साबित हो जाने की वजह से उसे एक साल की सज़ा हुई। वह मेरे पास कभी नहीं आई। मुझे अपने सोने के पैन के जाने का मलाल था। मुझे पूरा यक़ीन है कि उसे सब-इन्सपैक्टर ने अपने पास रख लिया होगा और, सोनू का सामान महिला पुलिसकर्मियों ने आपस में बाँट लिया होगा। मुझे रु. 15,000 खर्च करके अपने लिए वैसा ही एक नया पैन खरीदना पड़ा।

एक बार फिर सारे घर की पूरी जिम्मेवारी मेरे पर आ गई थी। मेरे रसोइए ने फर्श और बाथरूम साफ़ करने के लिए एक कानी, विधवा जमादारनी ढूँढ निकाली, जो आजकल फर्श और बाथरूम साफ़ करने का काम करती है। अब मुझे नए सिरे से एक अस्थाई सहचरी की ज़रूरत महसूस होने लगी। मैंने उन सब चिट्ठियों के बण्डल में से उन पत्रों और फोटोग्राफ्स को निकाला जो मेरे विज्ञापन के प्रकाशन के बाद मुझे प्राप्त हुए थे। उन पत्रों और फोटोग्राफ्स का मुआयना करते हुए, मैं

अपने आप से पूछ रहा था—इन महिला आवेदनकर्त्ताओं में से अपने योग्य अस्थाई सहचरी का चुनाव करते समय उनकी किन विशेषताओं को खोज रहा हूँ ? विशेषताओं में सर्वोपरि स्थान, बिला शक सैक्स का था। मेरे लिए अब हर रोज़ एक औरत काफ़ी नहीं थी। यूँ तो उन सभी औरतों ने जिन्होंने मेरे विज्ञापन के उत्तर में अपने फोटो व विवरण भेजे थे, अपनी-अपनी शैली से मुझे रिझाने की पूरी कोशिश की है, लेकिन मैं वरीयता देना चाहूँगा ऐसी औरत को जो कामातुरता दे सके और ले भी सके। और, यह लेने-देने का क्रम खुलेआम होना जरूरी है—खिलती धूप में भी, चाँदनी में भी, और सितारों की रोशनी में भी। और क्या ? हाँ, उस औरत का खुशमिजाज होना भी अनिवार्य है। न खीज, रूठन और कुढ़न। न सिर खाना, न तंग करना, न गलतियाँ निकालना। अपनी ओर से मैं भी खुशमिजाज रहूँगा, न उसका सिर खाना, न रूठना। और उसे मुझ पर मालिकाना हक़ जताने की कोशिश भूल कर भी नहीं करनी होगी। और, एक महत्वपूर्ण आवश्यकता यह है कि उसे जीवन की उम्दा बातों से लगाव होना चाहिए, जैसे उम्दा भोजन, उम्दा शराब, उम्दा संगीत और उम्दा किस्म का कला-प्रेम। और चूँकि मैं स्वयं पढ़ने का शौकीन नहीं हूँ, इसलिए मैं ऐसी महिला-साथी को पसन्द करूँगा, जिसकी पुस्तकों में अधिक रुचि न हो।

सब फोटोग्राफों को बारीकी से देखने के बाद मैंने गोआ की एक लड़की को चुना। उसे चुनने में उसका दूसरा पत्र, जो उसने मेरा फोटोग्राफ पाने के बाद लिखा था, बहुत ज्यादा मददगार बना। वस्तुतः उसने मुझे स्वयं को वरीयता देने में भी मदद की। पत्र था :

''हाई, हैन्डसम !

मैं हूँ—मौली गोम्स, जो दुबारा हाज़िर है। तुम मुझसे मेरे बारे में और ज्यादा जानना चाहते थे न ! तो सुनो। मैं एक प्रशिक्षित नर्स हूँ। भौतिक-चिकित्सा मेरी स्पैशिलिटी है। मैं ऐसे लोगों का, जो आंशिक फ़ालिज या अंग-युक्त रोगों से पीड़ित हो, मैं मालिश का प्रयोग कर उन्हें स्वस्थ करने की कोशिश करती हूँ। टूरिंग-मौसम में पंचतारा होटलों में मेरी माँग बढ़ जाती है। मेरा विवाह एक बार एक विदेशी से हुआ था। वह बिल्कुल बेकार आदमी निकला। उसकी एक ही माँग रहती थी—हर रोज़ मालिश। तो, मैंने कुछ दिनों के बाद उसकी छुट्टी कर दी। ज़िन्दगी इतनी बहुमूल्य है कि उसे एक बेकार के आदमी पर ज़ाया करना कहाँ की अक्लमन्दी है ? मानते हैं न आप भी इस बात को। मैं कोंकणी, अंग्रेजी और पौर्चुग़ीज बखूबी बोल सकती हूँ। हिन्दी मेरी कोई ख़ास अच्छी नहीं है। हालाँकि मैं कैथोलिक हूँ, मगर धर्म के मामले में कोई 'हैंगअप्स' नहीं है। मैं चर्च जाती जरूर हूँ, मगर अपने रिश्तेदारों और माता-पिता को खुश रखने के लिए। मैं उनसे कहती रहती हूँ कि हर धर्म की एक ही सीख है—अच्छे बनो, ईमानदार बनो। तो लोग अपने को ईसाई, हिन्दू, मुस्लिम या पारसी होने का इतना शोर क्यों मचाते हैं ? मैं अच्छी रसोइया भी हूँ। मसालेदार

गोअन करी, मछली, प्रॉन लॉबस्टर बना सकती हूँ। मुझे संगीत और नृत्य दोनों का शौक है। हमेशा खुश रहती हूँ। मेरा साथ आपकी दोस्ती बड़ी दिलचस्प और दिलकश साबित होगी। कुछ और पूछना है मेरे बारे में ? पूछने से हिचकिचाना मत।''

तुम्हारी प्रेमाकुल,
मौली

उसका फोटोग्राफ देखकर, उसके शरीरिक गठन के बारे में जो धारणा मैंने बनायी, उसके मुताबिक वह नाटी, काले रंग की और गठीली होनी चाहिए। उसकी मुस्कान विस्तीर्ण थी, और मोती जैसे सफ़ेद दाँतों को दिखा रही थी। उसके काले, घुँघराले बालों में, एक चमकीला, सिन्दूरी रंग का जवाकुसुम का फूल लगा था।

यह क्यों नहीं ? मैंने अपने आपसे पूछा और उसके पत्र के उत्तर में मौली गोम्स को आने का निमंत्रण भेजा, और उसके साथ संलग्न किया गोआ-दिल्ली-गोआ का एक वापसी, खुला टिकट, इस सुझाव के साथ कि जैसे ही उसका टूरिस्ट-सेशन समाप्त हो, वह मेरे निमंत्रण का लाभ उठा सकती है। जनवरी के अन्त तक गोआ का यूरोप, अमरीका और आस्ट्रेलिया का टूरिस्ट ट्रैफिक कम होने लगता है। तब गोरी चमड़ी वालों के लिए गोआ का मौसम दमघोंटू और ज़ालिम बन जाता है। जनवरी खत्म होने वाली थी। शरद ऋतु का स्थान बसन्त ने ले लिया था। दिल्ली जितनी रंगीन और दर्शनीय इन दिनों होती है, और किसी ऋतु में नहीं होती। मेरे लिए भी यह आदर्श मौसम था, एक सहज, जटिलता-रहित प्रेम-सम्बन्ध स्थापित करने का।

उधर मौली ने भी अपनी ओर से बेकार वक्त बर्बाद नहीं किया। मेरे पत्र भेजने के तीन दिन बाद ही, टेलीग्राम से उसका उत्तर आ गया—''1 फरवरी को इंडियन एयरलाइन्स की फ्लाइट नम्बर 804 से रवाना हो रही हूँ। हवाई अड्डे पर मिलना। लव। मौली।''

मैंने अपने नौकरों को बताया कि गोआ से एक लेडी-डॉक्टर कुछ हफ्ते मेरे साथ रहने के लिए आ रही है। उसे हिन्दुस्तानी नहीं आती। जब मैं ऑफिस में रहूँगा, तब उन्हें उसकी देखभाल करनी होगी, और उसकी ज़रूरतों को पूरा करना होगा। और बाहर के नौकरों से उसके बारे में उल्टी-सीधी बातें करने की कोई ज़रूरत नहीं है। अब तक उन्हें यह अहसास हो गया था कि उनके जवान मालिक की भी अपनी कुछ ख़ास मजबूरियाँ हैं, और उन्हें उसके बारे में एक दयापूर्ण रुख अपनाना होगा। उन्होंने सरोजिनी के बारे में जिस लापरवाह तरीके से दूसरों से बातचीत की थीं, उसका उन्हें अफसोस हो गया था। मैंने गैस्ट-रूम में सफाई करवाई, और बफ रंग के एक लिफाफे में दस हजार के नोट रखकर लिफाफे को मेहमान के तकिये के नीचे रख दिया। कमरे के बाहर ताला लगाकर, और सारी व्यवस्था से संतुष्ट होकर, मैं अपने मेहमान को घर में लाने के लिए हवाई-अड्डे की ओर रवाना हुआ।

गोआ की फ्लाइट वक्त पर आई थी। मैंने मुसाफिरों को प्रवेश-द्वार से बाहर आते, और हैंड-ट्रॉलियाँ अपने हाथों में लेकर लगेज-कन्वेयर-बैल्ट के इर्दगिर्द अपनी जगह बनाते देखा। मुझे मौली गोम्स को पहचानने में कोई परेशानी नहीं हुई। वह देखने में बिल्कुल वैसी ही थी, जैसी अपने फोटोग्राफ में लगती थी। नाटी, गठीली, तगड़ी। उसकी त्वचा दालचीनी के रंग की थी। उसने लाल टी-शर्ट और नीले रंग की डैनिम पहन रखी थी। कन्धे पर एक बड़ा स्लिंग-बैग लटका था। वह मुझे नहीं पहचान पायी। मैंने भी इस डर से उसकी तरफ हाथ नहीं लहराये कि शायद मैं गलत होऊँ।

कन्वेयर-बैल्ट हिलने लगी। सूटकेस पर सूटकेस, होल्डऑल्स और लकड़ी की क्रेटें, एक के बाद एक करके आने लगीं। उन्हें पहचान कर उनके मालिक लपक कर ले लेते। मैंने मौली को दो सूटकेस उठाते और उन्हें अपनी ट्रॉली में रखते देखा। जैसे ही उसने अपने एयर-टिकट हवाई अड्डे के कर्मचारी को सौंपे, मैंने आगे बढ़कर ट्रॉली उसके हाथ से ले ली। ''हाय ! तुम,'' कहकर उसने उच्च स्वर में मुझे सम्बोधित किया, ''मुझे डर लग रहा था कि मालूम नहीं तुम आओगे या नहीं। कहाँ जाना है मुझे ?''

''अब फिक्र करना छोड़ो। तुम अब सुरक्षित हाथों में हो,'' मैंने उससे हाथ मिलाते हुए कहा। ''मोहन कुमार—तुम्हारी खिदमत के लिए हाज़िर है।'' उसकी पकड़ काफी मजबूत थी, जैसी कि पेशेवर मालिश करनेवाली की होनी चाहिए।

''तुम्हारे सिवाय और कौन हो सकता था ? तुम वैसे ही दिखायी देते हो, जैसे अपनी फोटो में दिखाई देते हो, फर्क सिर्फ इतना है कि असल में तुम ज्यादा हैंडसम और ज्यादा लम्बे हो।''

''शुक्रिया।''

मैं ट्रॉली को ढकेलता हुआ, टैक्सी-ड्राइवरों के, जो हाथ में उन लोगों के, जिन्हें उन्हें ले जाना था, नामों के प्लेकार्ड लिए खड़े थे, जत्थे को चीरता हुआ, पार्किंग-लौट में खड़ी अपनी कार तक आया। मैंने उसके सूटकेस कार के पीछे की सामान की पेटी में रखे, आगे का दरवाजा उसके बैठने के लिए खोला, खिड़की के शीशे नीचे किए, और ड्राइवर की सीट पर बैठ गया।

''मेरा चुम्बन नहीं लोगे ?'' उसने पूछा।

''क्यों नहीं ?'' मैंने झुककर उसके होठों का चुम्बन लिया और उसके गाल को थपकते हुए कहा, ''उसके लिए बहुत वक्त मिलेगा।''

''बाप रे, कितनी सर्दी हैं यहाँ ?'' उसने शीशों को एक साथ बन्द करते हुए कहा, ''गोआ से यहाँ आकर ऐसा लगता है, जैसे मैं उत्तर ध्रुव में आ गई हूँ।''

मैंने भी अपनी तरफ के शीशे एक साथ बन्द कर दिए। बाहर के दृश्य का जायज़ा लेते हुए उसने कहा, ''वैसे यह जगह गोआ से ज्यादा हरी-भरी है। गोआ

में तो सिर्फ भूरे रंग की चट्टानें हैं, बड़े-बड़े जंगली काजू, ताड़ और नारियल के पेड़ हैं, बस ! घास का नाम नहीं। यहाँ तो, जितना मैंने सोचा था, उससे ज्यादा पेड़ हैं, और झाड़ियाँ ही झाड़ियाँ।'' तभी मुझे एक तरंग आई, और मैंने 'वैस्ट एंड' से होकर जाने वाला घुमावदार रास्ता पकड़ा। वहाँ सड़क के दोनों ओर फैली फूलों की क़तार देखकर वह हाँफने लगी और बोली, ''सुन्दर ! बेहद सुन्दर ! मैं जानती थी कि यह शहर मुझे पसन्द आएगा। तुम्हारे गार्डन में फूल हैं ?''

''ज्यादा नहीं,'' मैंने जवाब दिया। ''झाड़ियों से घिरा एक लॉन है। चीड़ के दो पेड़ हैं। मुझे अपने गार्डन की देखभाल के लिए ज्यादा वक्त नहीं मिलता। एक माली हर हफ्ते आता है और घास काट कर लॉन को पानी दे देता है।

हम दिल्ली-मथुरा रोड पर आ गये थे। इस दुहरे हाईवे में एक ओर तीन-तीन गाड़ियाँ, बहुत से फट-फट करने वाले थ्री-व्हीलर कारों की लाइन में अन्दर आते और बाहर जाते हुए, ट्रैफिक-सिग्नलों पर लम्बे विराम, वातावरण को घना-भूरा पैट्रोल का धुआँ। ''पागलपन है यह तो। इस शोरगुल और गन्दे माहौल में कैसे रह सकता है कोई ?'' अचानक उसे इस शहर से नफ़रत होने लगी और, सही थी उसकी नफ़रत।

''हम लोग इसके आदी हो गए हैं। दिल्ली के कुछ इलाके तो इससे भी ज्यादा गन्दे और खराब हैं,'' मैंने कहा। आश्रम क्रॉसिंग पर मैं महारानी बाग की ओर मुड़ा। यहाँ शोर कम था, कारें भी कम थीं और बड़े-बड़े बंगले थे। अपने घर की ओर मुड़ते हुए मैंने उससे कहा, ''नौकरों के लिए तुम डॉक्टर गोम्स हो, और उनके सामने चुम्बन, लाड़-प्यार या आलिंगन बिलकुल नहीं।''

मुझे सैल्यूट करते हुए उसने कहा, ''ओ. के. बॉस ! आगे से मैं गोआ की एक इज्जतदार लेडी डॉक्टर हूँ। दुनिया के सबसे बड़े 'हम्बग' हो तुम, बॉस !''

''वह तो मैं हूँ,'' मैंने उत्तर में कहा। ऐसी सजधज वाली और बातूनी लड़की अच्छी लगती जा रही थी मुझे।

नौकर हमारा इन्तज़ार कर रहे थे। मुझे देखते ही उन्होंने रणजीत विला का लोहे का दरवाज़ा खोला, कार को अन्दर आने देने के लिए। मैंने अपने रसोइये और बेयरा का परिचय मौली से करवाया। उसने दोनों से हाथ मिलाकर अमरीकियों के नाक से बोलने के 'यांकी' अन्दाज़ में कहा, ''मुझे तुमसे मिलकर बड़ी खुशी हुई।'' वे उसके सूटकेस गैस्ट रूम में ले गए। मौली मेरे साथ-साथ ऊपर की मंजिल पर आई। इस मंजिल की पूरी सैर करने के बाद, मैं उसे उसके कमरे तक ले गया। वहाँ बिजली का एक हीटर लाल रोशनी में चमक रहा था। कमरा गर्म था। उसके बिस्तर पर ज्यादा कम्बल रखे थे।

''तुम अपना सामान खोल कर यथास्थान रख दो। फिर आराम करो। अगर नहाना हो तो गरम पानी को खोल कर नहा सकती हो। मैं ऑफिस का काम देखने जाता हूँ। बार साढ़े-छह बजे खुलेगी।''

मैंने अपने स्टडी-रूम में जाकर विमला शर्मा को फोन किया, शाम के ऑफिस के हालचाल जानने के लिए। वह जानने के बाद, मैंने उससे कहा कि आज शाम वह कोई पत्र न भेजे। मैं कल आकर उन्हें देखूँगा।

मैंने बैठने के कमरे में आग जलवाई। मोटे लट्ठे और 'रौक' कोयला उस पर रखे थे, आग के ऊपर। ड्रिंक्स को सही जगह सजा दिया गया। मैंने स्टीरियो पर 'स्ट्रॉस' नृत्य संगीत की धुनों को लगाया। उससे ज्यादा रोमांटिक धुन की मैं कल्पना नहीं कर सकता था।

यह देखने के लिए कि मौली क्या कर रही है, मैं उसके कमरे की ओर गया। उसके कमरे का दरवाजा बंद था। जैसे ही सीढ़ी से नीचे आकर, दुबारा अपने बैठने के कमरे में पहुँचा, मैंने उसे गाते सुना। और वह गा भी क्या रही थी एक हिन्दी फिल्म का यह गाना :

"जब जब बहार आई
और फूल मुस्कराए
मुझे तुम याद आए !"

गाना बहुत मधुर था, लेकिन उसके गाने का तरीका निहायत खराब। लेकिन चूँकि उसे गाते समय आनन्द आ रहा था, इसलिए मैं भी अपने को प्रसन्नचित्त और स्नेहिल महसूस कर रहा था। ठीक साढ़े छह बजे वह उठने-बैठने के कमरे में आई। उसने सुनहरी पीले रंग का ब्लाउज और भूरे रंग की लम्बी स्कर्ट पहन रखी थी। गले में मोती का नैकलेस, कानों में मोती का दुहरा बटन, और दाएँ टखने में चारों ओर सोने की एक बारीक चेन। चह दो बोतल और काजू का एक पैकेट लिए हुए थी। दोनों बोतलें मुझे देते हुए उसने कहा, "यह तुम्हारे लिए है। गोआ की सबसे अच्छी फेनी। घर में मेरे पिता द्वारा तैयार की हुई। एक काजू, एक नारियल। तुम्हें फेनी पसन्द है ?"

"मैंने कभी चखी नहीं। मगर सुनते हैं, आग की तरह भयंकर होती है।"

"थोड़ी लेकर देखो। एकदम ख़ालिस है। कोई मिलावट नहीं। और इन काजुओं को भूनना पड़ेगा। बस, यही दो चीज़ें बनती हैं गोआ में। इसलिए मैं ये दोनों ही लाई हूँ।"

"शुक्रिया ! अब ड्रिंक हो जाए। स्कॉच, बीयर, जिन, शैरी या वाइन ?"

"तुम्हारे पास सब हैं ? देख रही हूँ कि तुम अमीर, बहुत अमीर हो। और मेरे तकिये के नीचे वह नोट कैसे हैं ?"

"अमीर तो नहीं हूँ मैं, मगर खाने-पीने लायक़ कमा लेता हूँ। वे नोट मेरे तुम्हारे बीच हुए क़रार की पेशगी है।"

"यह कहकर तुम इस रिश्ते को बिजनैस की शक्ल दे रहे हो। मैं यहाँ रोमांस के लिए आई हूँ, जो मुझे ज़िन्दगी भर नहीं मिला। पैसे के लिए नहीं।"

''दोनों मिलेगा तुम्हें–रोमांस भी, पैसा भी,'' मैंने उसके गाल पर झटका देते हुए कहा, ''तो, पीना क्या है ?''

''वही, जो तुम पियोगे।''

मैंने सोडा मिली व्हिस्की के दो बड़े पैग बनाए और एक उसे थमा दिया। वह अँगीठी के पास की आरामकुर्सी पर बैठ गई।

''अब बताओ, तुम काम क्या करती हो ?'' मैंने पूछा।

''वह मैं अपने पत्र में बता चुकी हूँ। मैं पेशेवर मालिश करने वाली हूँ। टूरिस्ट सीज़न में मैं एक दिन में एक दर्जन के करीब मालिश कर लेती हूँ। मेरी फीस, फी मालिश डेढ़ सौ रुपए है। टिप भी काफ़ी मिल जाती है। घर चलाने लायक कमा लेती हूँ।''

''मालिश सिर्फ औरतों की ही करती हो, या पुरुषों की भी।''

''ज्यादातर औरतों की ही। कभी-कभी बूढ़ों की भी। जवान लोगों की मालिश करने से बचती हूँ। वे कुछ और सोच लेते हैं, और फिर मालिश के अलावा कुछ और की भी माँग करने लगते हैं। मैं उन्हें यह कहकर चलता कर देती हूँ, 'मिस्टर, यह बैंकॉक या टोकियो नहीं है, जहाँ की मालिश करनेवालियाँ मालिश के बाद वह कुछ भी देने को तैयार रहती हैं, जिसकी तुम्हें दरकार है। हाँ, बूढ़ों की मालिश करने में मुझे कोई परहेज नहीं है। यकीन करोगे तुम, अगर मैं कहूँ कि ये बूढ़े मरियल लोग मुझसे बार-बार मालिश करवाते हैं, और उसके एवज में मोटी टिप खुशी-खुशी देते हैं।''

''मेरे साथ ऐसी कोई समस्या कभी नहीं आएगी।''

''उम्मीद करती हूँ, नहीं आएगी। नहीं तो अगली फ्लाइट से मैं वापस गोआ चली जाऊँगी।''

उसे देखकर मुझे बार-बार जैसिका ब्राउन की याद आ जाती थी। वह भी बिन्दास थी। कभी कोई 'हैंग-अप' नहीं।

'डाक्टर गोम्स' के सम्मान में मेरे रसोइये ने प्रॉन-करी और बढ़िया चावल बनाए थे। मैंने ग्रोवर की नई 'व्हाइट-हाउस' की एक बोतल मौली के लिए खोली। हमने डिनर अँगीठी के पास ही लिया। डिनर के बाद, मौली ने रसोइए को शाबासी देते हुए कहा, ''मान गए ! घर के गोआनी खाने से कहीं बेहतर था, तुम्हारा बनाया हुआ खाना। मज़ा आ गया। शुक्रिया।'' रसोइए ने वाक़ई बहुत ही लज़ीज़ खाना बनाया था। कारमेल फिसी के बाद कॉफी और कॉगनेक का आनन्द लिया। बेयरे ने प्लेटों को साफ़ किया। नौकरों के अपने क्वाटरों में चले जाने के बाद, मैंने पिछले दरवाजे को बंद किया, उस पर सिटकनी लगा दी। फिर लॉन में जाकर झाड़ियों में मूतने की रस्म अदा की। ठंड इतनी ज्यादा थी कि मैं काँप रहा था। जल्दी से अन्दर जाकर अँगीठी के पास अपने हाथ तापने लगा। दो लट्ठों को आग में रखकर, अँगीठी के

और सामने आकर, गर्म होने की कोशिश करने लगा।

''डिनर के बाद क्या प्रोग्राम रहता है तुम्हारा ?''

''सोने से पहले, आमतौर पर एक सिगार पीता हूँ। मगर आज ऐसा करने का मूड नहीं है।''

''यहाँ मुझे बैडरूम से ज्यादा आराम महसूस हो रहा है, मैं ज्यादा ज़िन्दादिल और खुशी भी महसूस कर रही हूँ। क्या खयाल है, जब तक यहाँ आग जलती रहती है, यहीं बैठते हैं।''

''जैसी तुम्हारी मर्जी। आग तो काफी देर तक जलती रहेगी।''

हम दोनों के पास बातें करने के लिए और कुछ नहीं रह गया था।

मौली अचानक आरामकुर्सी से उठी और मेरे पास आयी। बिना कुछ बोले, उसने अपना ब्लाउज ऊपर तक ले जाकर उतारा, और अपनी ब्रा को भी खोल दिया। दो मदहोश कर देने वाले गोलमटोल वक्ष, और उनके काले चुचुक बाहर निकल आए। उसने अपनी बाँहें मेरे कंधों पर टिका दीं, और अपना मुँह आगे कर दिया। मैंने उसके होंठों से अपने होंठ मिला दिए। और औरतों का विश्वास जीतने के लिए मुझे अपनी ओर से प्रयास करना पड़ता था लेकिन मौली के बारे में मुझे कोई प्रयास नहीं करना पड़ा। इस कारण, मैं अब इस खेल में एक निष्क्रिय का रोल निभा रहा था। हम दोनों क़ालीन पर साथ-साथ लेट रहे थे, और एक-दूसरे से लाड़-प्यार में लीन थे। और, ऐसा करते-करते, उसने एक अनुभवी मालिश करने वाली विशेषज्ञ की भाँति मेरे शरीर के सब अंगों की मालिश शुरू कर दी, एक-एक करके। कानों से शुरू करके, वह मेरे अँगूठों और कमर पर आई, और वहाँ से आगे बढ़ते हुए मेरे पेट, कटि, जाँघों, पैरों की उँगलियों और पिंडलियों पर पहुँची। जब उसने मेरे कंधों को अपने अँगूठों से दबाना शुरू किया, तो मैंने उससे कहा, ''अगर तुम मेरे शरीर के सब अंगों को इसी तरह दबाती, मरोड़ती और ऐंठती रहीं, तो मैं धीरे-धीरे सो जाऊँगा, गहरी नींद में।'' उसने उत्तर दिया, ''डार्लिंग, मैं वही चाहती हूँ। तुम्हारे गहरी नींद में सो जाने पर मुझे प्रेम के इस खेल को अपने आप पूरा करने का नायाब मौका मिल जाएगा।''

सच कह रही थी वह। उसके बिना कोई प्रयास किए काम-क्रिया शुरू हो गई।

वह कालीन पर दोनों हाथ ज़ोर-ज़ोर से मारती रही और तीव्रता के साथ चिल्लाती रही, ''ओह ! ओह ! परमानंद है यह ! स्वर्ग सुख है...''

हम दोनों एक साथ स्खलित हुए। उसके बाद, मेरी गर्दन पर उसकी जकड़ कम हो गई। अब वह पूरी तरह से थक चुकी थी। जब मादा और नर पूरी तल्लीनता और तन्मयता के साथ सम्भोग करते हैं, तब उस क्रिया से प्राप्त होने वाला सुख परम होता है और तृप्ति का मुकाबला किसी और क्रिया से नहीं किया जा सकता।

हम काफ़ी देर तक एक साथ लेटे रहे। अचानक उसने कहा, ''मज़ा आया न !''

"हाँ, सम्भोग का इससे ज्यादा मज़ा मैंने आज तक नहीं लिया था।" मैंने पूरी सच्चाई और ईमानदारी के साथ कहा, "तुम वाक़ई एक कलाकार हो। तुम्हें सैक्स में प्रवीणता दिखाने और उसकी विशेषज्ञा बनने के लिए 'सुम्मा-कम-लॉड' उपाधि मिलनी चाहिए।"

"क्या है यह उपाधि ? क्या मतलब है इसका ? मुझे तो ठीक नहीं लगती।"

मैंने उसके अर्थ उसे बताए।

"और तुम्हें ! अमरीका में कितने 'सुम्मा-कम' मिलते थे ?"

"सिर्फ एक। कम्प्यूटर-साइंस में। औरतों के सुख के अतिरिक्त लाभों के अलावा।"

"वहाँ की कितनी औरतों के साथ सम्बन्ध रहे तुम्हारे ?"

"थोड़ी ही औरतों से। और तुम्हारे ? काफ़ी पुरुषों से रहे होंगे ?"

"बहुत नहीं। सिर्फ थोड़े से पुरुषों से ही। हमारा कैथोलिक समाज सैक्स के मामले में बहुत कट्टर है। फाइव-स्टार होटलों में काम करने के दौरान, मैं कभी-कभी विदेशियों के साथ सैक्स-सम्बन्ध करने के लिए राज़ी हो जाती हूँ। मुझे इन सम्बन्धों में कोई ख़ास आनन्द महसूस नहीं हुआ। शुरू-शुरू में जब वह अपनी सैक्स-कामना पूरी करके मेरे हाथ में चन्द डॉलर थमा देते थे, तो मुझे बहुत बुरा लगता था। मगर बाद में सब नार्मल हो गया। मुझे यह अहसास होना बन्द हो गया कि मैं वेश्या हूँ। मगर उस ख़ास आनंद की समानता आज के सैक्स-अनुभव के साथ नहीं की जा सकती। तुम कंडोम का इस्तेमाल क्यों नहीं करते ?"

"करता हूँ। लेकिन आज करना भूल गया। सॉरी।"

"और अगर मैं गर्भवती हो गई तो ! वैसे, तुम्हारे बच्चे की माँ बनने में मुझे कोई उज्र न होगा। लेकिन गोआ के लोग क्या कहेंगे ? वे मुझे कुलटा कहेंगे। मेरे गिरजाघर का पादरी भी मुझे इसके लिए कभी माफ़ नहीं करेगा। और तुम तो मुझसे शादी करने से रहे !"

"तुम अपने को 'डूश' क्यों नहीं कर लेतीं ?"

"चिन्ता मत करो," उसने मेरे गालों को थपथपाते हुए कहा, "मैंने गोलियाँ ले रखी हैं, और जब तक तुम्हारे साथ हूँ, लेती रहूँगी। मुझे कंडोम के साथ मज़ा नहीं आता।"

मैं बार-बार अँगीठी में लट्ठे डालता रहता था। हमने सारी रात क़ालीन पर ही गुज़ारी। रात में हमने तीन बार प्रेम किया।

सुबह जब मौली ने मुझे जगाया, तब सूरज पूरा उग आया था। "कोई पीछे के दरवाजे को भड़भड़ा रहा है," उसने अपने कपड़े सँभालते हुए कहा।

"नौकर होंगे, बाप रे ! बहुत ज्यादा सो गया मैं।" जैसे ही वह अपने बैडरूम की तरफ़ भागी, वैसे ही मैं अपना ड्रैसिंग-गाउन पहन कर, पीछे का दरवाजा खोलने

के लिए तेजी से नीचे की ओर चला। नौकरों को अन्दर आने के लिए दरवाजा खोलते हुए मैंने कहा, "कल रात मैं देर से सोया। मुझे मेरी सुबह की चाय मेरे बैडरूम में देना, और मेमसाहब को उनके कमरे में।"

जल्दी-जल्दी ऊपर पहुँच कर, मैंने अपने बिस्तर को थोड़ा अस्त-व्यस्त किया जिससे लगे कि रात को मैं वहाँ सोया था। बाद में मैंने मौली के दरवाजे पर ज़ोर से दस्तक देकर, उससे ऊँची आवाज में पूछा, "सुबह की चाय यहीं कमरे में चाहिए या मेरे साथ ?"

"मैं एक सैकेंड में आती हूँ," उसने जवाब दिया। जब वह बाहर निकली, तो उसका चेहरा धुला-साफ़ लगता था, और वह जोश से भरी और चुस्त दिखाई देती थी। वह गाते-गाते कह रही थी, "ओह ! व्हॉट ए लवली मार्निंग ! ओ, व्हाट लवली डे।" वह बैयरे और रसोइये से बात करते हुए भी काफ़ी स्फूर्तिवान दिखाई दे रही थी। मेरी ओर शरारत भरी जोशीली मुस्कराहट के साथ देखते हुए, उसने मुझसे पूछा, "कैसे हैं आप ? मज़े से सोए ?"

"सोए या..." बाकी के शब्द, जो काफ़ी अश्लील थे, मेरे मुँह से सुनकर उसने एक स्कूल-मास्टर की शैली में, अपना हाथ मुँह पर रखते हुए मुझे झिड़कने के अन्दाज़ में कहा, "बुरी बात ! बुरी बात ! कल की यादगार शाम के लिए, शुक्रिया, मैडम ! —ऐसा कहो। आज का क्या प्रोग्राम है ?"

"मैं तो एक घंटे के अन्दर ऑफिस जाने के लिए तैयार हो जाऊँगा। ड्राइवर वापस यहाँ आ जाएगा। उसका नाम जीवनराम है। वह तुम्हें शहर के या बाहर के दर्शनीय स्थान दिखाने ले जाएगा। शॉपिंग सेंटर, ऐतिहासिक स्मारक, अजायबघर, पिक्चर गैलरियाँ, जहाँ तुम जाना चाहो। छह बजे के करीब वह मुझे ऑफिस से लेने आएगा।"

"मगर मैं तो कुछ और ही सोच रही थी। मैं तुम्हारे रसोइए के साथ डिनर के लिए सामान खरीदने जाना चाहती थी। आज शाम मैं तुम्हारे लिए खाना बनाऊँगी।"

मेरा दिन ऑफिस में गुज़रा ज़रूर, मगर मेरा मन आफिस के काम में नहीं था। बार-बार मुझे मौली गोम्स के साथ बिताए गए नशीले क्षण याद आ जाते थे, और मन में घूमने लगते थे। जब मेरे स्टाफ के लोग मुझसे कुछ पूछने या बताने के लिए आते, तो मैं जम्हाइयाँ लेने लगता था। लंच के समय मैंने सूप और एक सैंडविच का आर्डर दिया। लंच के बाद मैंने विमला शर्मा से कहा, "जब तक मैं न कहूँ, मुझे न फोन करना, न किसी को मेरे पास मिलने के लिए भेजना।" उसके बाद मैं सोफे पर पाँव फैलाकर सो गया और जल्दी ही गाढ़ी नींद में खो गया। तीन घंटे की नींद के बाद, मैंने अपने हाथ-मुँह धोए और चाय का आर्डर दिया। अब मैं अपने आप को चुस्त और तरोताज़ा महसूस कर रहा था। आई हुई चिट्ठियों को

पढ़ा और डिक्टेट किए गए पत्रों पर अपने दस्तख़त किए। छह बजे तक मेरा डैस्क साफ़ था, और मैं खुद घर जाने को तैयार था।

मौली ऊपर थी। ऊपर जाते-जाते, मैंने अपने स्टीरियो पर तेज़ संगीत की आवाज सुनी। इस तेज़ संगीत को ताल दे रही थी मौली रूपी 'कंट्राल्टो' (स्त्रीमंद्रक) अपनी पूरी लय के साथ। एक प्रकार का ऑपेरा था। यह संगीत मेरे किसी कैसेट का नहीं था। मेरा संगीत-प्रेम अभी ऑपरा के संगीत-नाटक की सीमा तक नहीं पहुँचा था। मौली ने मेरे ऊपर आने की आवाज सुनी, संगीत की तेज आवाज को कम किया, और सीढ़ी के ऊपर आकर मेरा अभिवादन किया और सिर नीचा झुकाकर कहा, ''घर-आगमन पर आपका स्वागत है, मिस्टर कुमार ! उम्मीद है, ऑफिस में आपका दिन मज़े से बीता होगा।'' और एक बार और झुककर बड़ी शालीनता के साथ पूछा, ''मेरी नई रूपसज्जा आपको कैसी लग रही है ? मैंने इसे सुबह खरीदा।''

वह सलवार-कमीज में थी। कन्धों पर लाल दुपट्टा था, और माथे पर लाल बिन्दी। ''मैंने सोचा, गोआ की एक काली कैथोलिक मेमसाहब दिखने की बजाय, जब तक मैं श्री मोहन कुमार के साथ हूँ, क्यों न मैं एक पंजाबी हिन्दू श्रीमती जैसी दीखूँ !''

''तुम इस पोशाक में बहुत अच्छी दिखाई दे रही हो। मुझे उम्मीद है, तुम जो भी पोशाक पहनोगी, उसमें अच्छी ही दिखाई दोगी,'' मैंने जवाब में कहा, ''तुम्हारी फिगर बड़ी मोहक और लाजवाब है।''

''ओह, शुक्रिया, सर,'' उसने फिर झुककर, शालीनता के साथ कहा, ''आपका रसोइया मुझे आई. एन. ए. मार्केट नाम की एक जगह ले गया था। वहाँ दुनिया भर का सामान मौजूद था। हमने दुनिया भर की मछलियाँ, रोहू, सामन, पौमफ्रेट, हिल्सा देखीं। और चिंगट, महाचिंगट, झींगा मछली भी। आखिर में मैंने केंकड़े को पसन्द किया। और मैंने उसे अपने कोमल हाथों से, गोअन स्टाइल में बनाया है। उम्मीद है, पसन्द आएगा आपको।''

मैंने अपना कोट, कपड़े और टाई उतारी, और एक ऊनी ड्रैसिंग गाउन और स्लीपर पहन कर बैयरे को उठने-बैठने के कमरे में अंगीठी जलाने और ड्रिंक लाने को कहा।

''शॉपिंग और कुकिंग के अलावा और क्या किया ?''

''सोई—तीन घंटे, शायद चार घंटे तक। बाप रे ! कल तो तुमने, भई मेरे सारे अंजर-पंजर ढीले कर दिए !''

मुझे उसके मुँह से यह सुनकर खुशी हुई। ''मेरा भी यही हाल था,'' मैंने कहा। मैंने ऑफिस के सोफे पर सारी शाम सोते हुए बिताई।

''इससे एक सबक सीखो, डियर सर ! दुनिया भर के और कामों की तरह इसमें भी अति करना ठीक नहीं है। इसके अलावा, मुझे इस बात की खुशी है

कि तुमने मुझे गर्भवती नहीं किया। इसलिए, मेरा सुझाव है कि अगले चार दिनों तक तुम्हें सैक्स से छुट्टी लेनी होगी। और, ज़िद की, तो सब गड़बड़ हो सकता है। पूरा आनन्द भी नहीं आएगा।''

उसकी यह बात सुनकर मैंने राहत महसूस की। मैं खुद यह नहीं जानता था कि मैं पहले दिन जैसा तूफ़ानी प्रदर्शन हर दिन कर पाऊँगा। ''ठीक है'' मैंने जवाब में कहा, ''चार दिनों तक सैक्स से मजबूरी में छुट्टी। इससे तुम्हें अपने मासिक धर्म के 'शाप' से मुक्ति मिल जाएगी और मैं इन चार दिनों में अपने वीर्य-भंडार की भराई कर सकूँगा। इसके बाद मैं अपनी प्रेम-लीला को नियंत्रित ढंग से कर सकूँगा। न बहुत ज्यादा, न बहुत कम।''

मौली ने खाना सचमुच असाधारण और तारीफ़ के लायक ही बनाया था। सूप उतना ही चरपरा और गर्म था, जितना उसे होना चाहिए था। केंकड़ा उतना ही रसीला था, जितना उसे होना चाहिए था। कैरामेल कस्टर्ड उस कस्टर्ड से ज्यादा स्वादिष्ट था, जो मैंने अमरीका और इंग्लैंड में खाया था। अंग्रेजों के ज़माने का यह आदर्श 'डेजर्ट' था। मैंने इतने लज़ीज़ खाने के लिए उसकी तारीफ करते हुए कहा, ''हर फ़न में उस्ताद लगती हो तुम ?''

''हर फन में उस्ताद से असल में क्या मतलब है आपका ? हम यहाँ सिर्फ खाने की बात कर रहे हैं,'' उसने हँसते हुए कहा।

''हर फ़न से मेरा मतलब हर फ़न से ही है। और फ़नों की सूची में वह फ़न भी आ जाता है, जिसका ज़िक्र इस वक्त नहीं किया जा सकता।''

''मैं बुद्धू नहीं हूँ। अपने कपड़े अपने आप सीं सकती हूँ। फ्यूज़ को ठीक कर सकती हूँ। अपनी सीमित आमदनी में अपना गुज़ारा करने की वजह से मुझे सब काम अपने हाथों से ही करने पड़ते हैं।''

हम देर तक अँगीठी के पास बैठे रहे। वह गोआ की अपनी ज़िन्दगी, अपने माँ-बाप, भाइयों, भतीजों-भानजों, सबके बारे में हँसी-खुशी के साथ बताती रही। उसके सब रिश्तेदारों के नाम पुर्तगाली थे—डिसूजा, डिमैलो, मिरान्डा, अल्मीडा आदि। इन नामों से ऐसा लगता है, जैसे गोआ के सब लोग पुर्तगाली कैथोलिक हैं। मगर जैसा कि उसने बताया, ''सच तो यह है कि गोआ में हिन्दुओं की संख्या हमसे कहीं ज्यादा है और वे हमसे कहीं ज्यादा अमीर भी हैं। सलगाँवकर, चौघुले, डैम्पो एक दर्जन के करीब करोड़पति सब हिन्दू हैं। अमीर ही नहीं, बहुत, बहुत, बहुत ज्यादा अमीर। उनके घर भी बहुत ज्यादा बड़े हैं। लेकिन उनके पास न कोई स्टाइल है, न क्लास, न फन। हमारी मौजभरी ज़िन्दगी है। हम कैथेलिक ज़िन्दगी का मज़ा लेते हैं, पीते हैं, खाते हैं, गाते हैं, नाचते हैं। वे लोग सिर्फ तुलसी के पौधे की पूजा करते हैं और छुट्टियों के दिन मंगेश के मन्दिर में जाकर पूजा करते हैं। हालाँकि वे संख्या में हमसे ज्यादा हैं, तथापि हमारे मुख्य गिरजाघरों की संख्या उनके मन्दिरों से कहीं अधिक

है। ईसाई लोग मिस्सा में नियमित रूप से भाग लेते है, जबकि हिन्दू पूजा में इतने नियमित रूप से भाग नहीं लेते हैं। हम हिन्दुओं को अपने से नीचा मानते हैं, और उनके साथ रोटी-बेटी का रिश्ता नहीं रखते।''

''तो तुम मुझे अपने से नीचा मानती हो, और मेरे साथ कभी विवाह नहीं करोगी, क्योंकि मैं हिन्दू हूँ।''

''नासमझी की बातें मत करो। मैं तुम्हारी बात नहीं कर रही थी। तुम अलग हो।'' उसने आगे झुककर मेरी नाक का चुम्बन लेते हुए कहा।

चूंकि मौली प्रेम-योग्य नहीं रह गई थी, और अब हमें बातें करके ही अपना वक्त काटना था, इसलिए मैंने उससे यूँही पूछा, ''तुम्हारा नाम गोआनी और पुर्तगाली कम, ब्रितानी ज्यादा लगता है। ऐसा क्यों है ?''

''यह एक छोटा नाम है, और मुझे तब दिया गया था, जब मैं आयरिश नन्स द्वारा चलाई जा रही नर्सरी क्लासों में जाने लगी थी। मेरे जन्म के बाद जो नाम मुझे दिया गया था, वह एक गज़ लम्बा था—मारिया मैनुएला फ्रानसैस्का जोस द पायदादा फिलोमिना गोम्स। एक साँस मे ंउसे बोलने की कोशिश करोगे, तो तुम्हारी साँस फूलने लगेगी। मौली नाम छोटा भी है, और अच्छा भी। मुझे यह नाम पसन्द है और तुम्हारे नाम के साथ मेल भी खा जाएगा, अगर तुम मुझे ईमानदार बनाने पर तुल जाओ तो। सेनोरा मौली मोहन कुमार। क्या ख़्याल है ?''

मैं इस प्रकार के सोच से बचना चाहता था। मैं मौली के प्रेम में पागल था, लेकिन हमारा सम्बन्ध काम पर आधारित था। और कामुकता तब अपने पागलपन के दौर को छोड़ देती है, जब दोनों भागीदार वैवाहिक बन्धन में बँधने का फैसला कर लेते हैं। मौली को मेरी बेचैनी का अहसास हो गया था, इसलिए उसने हल्के से हँसते हुए कहा, ''चिन्ता मत करो, डियर ! अपना नाम गोम्स से कुमार करने में मेरी कोई दिलचस्पी नहीं है।''

थोड़े अन्तराल और स्कॉच की एक चुस्की के बाद मैंने हिम्मत करके उससे वह सवाल पूछ ही लिया, जिसे मैं बहुत पहले पूछ लेना चाहता था : ''जब तुमने अपना कौमार्य खोया, तब तुम्हारी आयु कितनी थी ?''

वह, पहले की तरह ही, क़ालीन पर मेरे पाँव के पास बैठी थी। मेरा सवाल सुनने के बाद अपना मुँह उठाकर मुझे देखा। अपनी बड़ी-बड़ी आँखों से मुझे भेदते हुए खटाक से मुझसे पूछा, ''यह क्यों जानना चाहते हो तुम ? अगर तुम पहले मुझे यह बताओ कि तुम्हारा कुमारत्व कैसे भंग हुआ, तब उसके बाद मैं बताऊँगी कि मैंने अपना कौमार्य कैसे खोया ?''

''ठीक है,'' मैंने कहा, ''मुझे अपने सैक्स अनुभवों को सुनाने के बारे में कोई समस्या नहीं है, और उसे सुनने के बाद, तुम अपना गुस्सा त्याग कर अपने अनुभवों के बारे में बता सको, तो बेहतर होगा।''

बातचीत का माहौल तब और खुशनुमा हो गया, जब हम दोनों अपने-अपने प्रारंभिक सैक्स-जीवन के बारे में सुनने-सुनाने के लिए तैयार हो गए। मैंने उसे जैसिका ब्राउन के बारे में बताया लेकिन, उसके बारे में बताने के बीच में ही मौली ने टोक कर पूछा, "वह देखने में कैसी थी ?"

"त्वचा का रंग तुम्हारे जैसा, कॉफी और क्रीम के रंग से मिलता-जुलता। मगर वह तुमसे बड़ी थी। कसरती बदन था। टैनिस चैम्पियन थी। खुशमिजाज और उत्साहपूर्ण थी।"

मौली ने फिर मुझे टोक कर पूछा, "पहल किसने की थी ? तुमने या उसने ?"

"उसने, काफ़ी दिनों से हम रोज़ मिलते थे, साथ सैर पर जाते थे, और चूमा-चाटी भी होती थी। एक शाम उसने मुझे अपने कमरे में एक साथ पीने का न्यौता दिया। ड्रिंक के दौरान, जब मैंने उसकी 'फिगर' की तारीफ़ की, तो उसने मुझसे पूछा, पूरी फिगर देखना चाहते हो ? और इससे पहले कि मैं 'हाँ' कहूँ, उसने सब कपड़े उतार दिए और पूरी नग्न हो गयी। उसने मुड़कर अपने शरीर का पिछला भाग भी दिखा दिया। इससे पहले मैंने किसी नग्न लड़की को नहीं देखा था। मैंने उसे अपनी बाँहों में लेने की कोशिश की, मगर उसने मुझे पीछे धकेल दिया। और कहा, 'जब तक तुम अपना शरीर नहीं दिखा देते तब तक तुम मुझे नहीं छू सकते। मैंने अपने सब कपड़े उतार दिए।

"क्या तुमने प्रेम किया ?" मौली ने पूछा।

"हाँ।"

"कितनी बार ?"

"सारी रात। उस समय मेरी उम्र बीस साल थी, और वह मुझसे एक साल बड़ी थी। मगर, मैंने तुम्हें काफ़ी-कुछ बता दिया। अब तुम्हें अपने पहले अनुभव के बारे में बताना है।"

"ओह ! ठीक है," उसने नरम होते हुए कहा। "उस समय मेरी आयु चौदह साल थी, और मैं स्कूल में पढ़ती थी। वैसे, तब तक मुझे लड़के और लड़की के गुप्तांगों के अन्तर की जानकारी हो चुकी थी। मेरे कई कज़िन लड़के थे, और बचपन में भी, खेलते वक्त, हम अपने गुप्तांगों को एक-दूसरे को दिखाते रहते थे। लड़के भी ऐसा करने में बड़ी शान समझते थे। उन्हें यह दिखाने में बड़ा घमंड होता था, किसका पेशाब कितनी दूर तक जाता था।

"उन दिनों मैं एक निहायत ही गन्दे विचारों वाली लड़की थी, और हमेशा इस इन्तज़ार में रहती थी कि मुझे भी ऐसा ही अनुभव हो ! मगर, मेरे साथ ऐसा अनुभव किसी लड़के के साथ नहीं हुआ, बल्कि मुझे ऐसा अनुभव कराने का श्रेय गया मेरे अपने मामा, मेरी माँ के छोटे भाई को। वह मुझसे बीस साल बड़ा था। जानवर कहीं का ! उसने मुझ बेकसूर लड़की की मासूमियत का फ़ायदा उठाया।"

वह हँसी, मगर यह हँसी बड़ी उदास हँसी थी। ''खैर, यह घटना तब घटी, जब वह मेरे माता-पिता से मिलने आया था। उस वक्त मैं अपनी स्कूल यूनीफार्म में थी। जो फ्रॉक मैंने पहना हुआ था, वह मेरे घुटनों के ऊपर तक खत्म हो जाता था। पहले उसने, हमेशा की तरह मेरा चुम्बन लिया, हमेशा की तरह गालों पर नहीं, बल्कि होंठों पर। फिर उसने सोफ़ा पर बैठकर, मुझे खींचकर अपनी गोद में बैठा लिया, और मेरी गर्दन और कानों को चूमने लगा। फिर उसने मेरी छातियों के साथ अपने हाथ से खेलने के बाद, फिर उसे ज़ोर से मसलना शुरू किया। अब वह हाँफ रहा था। मैं जान गई कि वह मेरे साथ बुरा काम करना चाहता था। और मुझे उसे उसी वक्त रोक देना चाहिए था। मगर उस वक्त तक मैं खुद काफी उत्तेजित हो चुकी थी, और मैंने उसे रोकने की कोई कोशिश नहीं की। उसने मुझे सोफ़ा पर लिटा दिया और मेरे फ्रॉक को ऊपर किया, और मेरी पैन्टीज को बड़े रूखेपन से नीचे कर दिया।

''अपनी पैंट के बटनों को खोलने में जल्दी के कारण उसने अपना अनाड़ीपन दिखाया, पर अन्त में इसमें कामयाब हो गया, उससे मुझे बड़ी तकलीफ हुई, और मैं कष्ट के मारे चिल्लाने लगी। उसने मुझसे यह वायदा करा लिया कि वह इस बारे में अपने माता-पिता को कुछ नहीं बताएगी, और अगर मैंने ऐसा नहीं किया, तो वे उसे और मुझे दोनों को जान से मार डालेंगे। और, मैंने अपने वायदे के मुताबिक उन्हें नहीं बताया। मैं तब एक गन्दी लड़की थी, जैसा कि मैं तुम्हें पहले ही बता चुकी हूँ। मैंने अपने इस पाप का ज़िक्र चर्च में पादरी के सामने भी नहीं किया। असल में, किसी को भी नहीं बताया। तुम पहले आदमी हो, जिसे मैंने बताया है।''

''तुम्हें सम्भोग के दौरान, ऐसे हालात में मज़ा तो क़तई नहीं आया होगा,'' मैंने उससे कहा, और पूछा, ''अब अपने पहले ऐसे किसी सैक्स-अनुभव के बारे में बताओ, जिसमें तुम्हें सचमुच आनन्द आया था।''

''आज की शाम के लिए बहुत हो गया,'' उसने जवाब दिया। ''मैं अपने ऐसे अनुभव के बारे में तब बताऊँगी, जब तुम दूसरी औरतों के साथ अपने सैक्स-अनुभव के बारे में बताओगे। तब मैं तुम्हें अपने जीवन में आए पुरुषों के बारे में बताऊँगी।''

अंगीठी ठंडी हो गई थी। मैं नीचे मूतने के लिए हस्बमामूल गार्डन में गया। मैंने ग़ौर किया कि मेरा पेशाब अभी भी काफ़ी दूर तक जा सकता था। मैं दरवाजा बन्द कर ऊपर आया। मौली ने अपनी दोनों बाँहें अपने सिर के ऊपर फैला रखी थीं, और अपना मुँह पूरा खोले अँगड़ाई ले रही थी। मैंने उसकी कोखों में गुदगुदी करते हुए, उसे ज़मीन से उठाते हुए, फहरा दिया। वह खुशी में कुलबुलाई और हवा में पाँव मारने लगी। मैं उसे हाथ में उठाए हुए ही, उसके कमरे में ले गया, और वहाँ उसे उसके बिस्तर पर रख दिया। फिर उसके होंठों को चूमते हुए कहा, 'गुड नाइट। मजे में सोना, और अपना दरवाजा खुला रखना। हो सकता है, मेरा मन बदल

जाए। और मैं भी अपना दरवाज़ा खुला रखूँगा। कौन जाने, तुम्हें यहाँ अँधेरे में डर लगने लगे, और तुम मेरे साथ लिपटकर सोना चाहो।''

उस रात हम दोनों अपने-अपने बिस्तरों पर सोए। मैं सुबह अपने ठीक समय पर जागा, और ठीक समय पर नौकरों को अन्दर आने दिया। उस दिन मैंने सुबह की चाय अकेले ही पी, चूँकि मौली को बिस्तर पर चाय लेने की आदत नहीं थी। उसके बाद मैंने अखबार पढ़े। जब मैं आफिस की फाइलों में मशगूल था, तभी मौली मेरे पास आई और यह अनुमान लगा कर कि मैं अपने काम में विघ्न नहीं चाहता, वह वापस अपने कमरे में चली गई।

मुझे यह देखकर बड़ा अजीब लग रहा था कि मुझे सैक्स की ज़रूरत नहीं थी, तो भी मैं चाहता था कि मौली मेरे पास या सामने रहे। मैं यह जानता था कि देर-अबेर, लोग हमारे बारे में गपशप करने लगेंगे। मौली चूँकि अपने घर से काफ़ी दूर थी, इसलिए उसे ऐसा कोई डर न था। दिल्ली अफवाहें फैलाने वालों का मुख्य स्थान है और जल्दी ही लोग मेरी नई दोस्त को लेकर, तरह-तरह के अनुमान लगाने लगेंगे और उनमें सबसे पहले होंगे, मेरे अफवाह-प्रेमी दोस्त। यह सब जानते हुए भी मैंने फैसला किया कि मैं उन लोगों की उपेक्षा करते हुए, मौली को अपने साथ जहाँ मेरा मन होगा, ले जाऊँगा। आखिर यह मेरी ज़िन्दगी है, और मैं ही उसका मालिक हूँ। औरों को मेरी ज़िन्दगी से क्या वास्ता ?

कोई न कोई बहाना करके, मैं अपने निश्चित समय से एक घंटा पहले, अपने आफिस के लिए रवाना हुआ। मैंने जीवन राम को शाम की छुट्टी दी, और अपने समय से पहले घर पहुँच गया, मौली को दिल्ली की सैर कराने के लिए। पहली शाम को उसने मुझसे पूछा, ''आज तुम जल्दी आ गए आफिस से।''

''मैंने सोचा, आज तुम्हें दिल्ली के पार्कों की सैर करा दूँ। इन दिनों वे पूरी बहार पर होंगे—फूलों की वजह से। कुछ दिन बाद, यह बहार ख़त्म हो जाएगी।''

वह अपने भूरे रंग की स्कर्ट और भ्रमण के काम आने वाले जूते पहन कर तैयार हो गई। मैंने उस सैर के लिए इंडिया गेट से राजपथ होते हुए, राष्ट्रपति भवन तक का क्षेत्र तय किया। और वहाँ से रिंग रोड तक, बग़ल के रास्ते से बुद्ध-जयन्ती पार्क तक। कार पार्क में बहुत-सी कारें और स्कूटर खड़े थे। जैसे ही हमने गार्डन में प्रवेश किया, रास्ते के दोनों ओर खिल रहे, चमकदार लाल सैल्विया फूलों ने हमारा स्वागत किया। उनके अलावा बैंगनी रंग के फूलों की क्यारियाँ भी थीं। मुझे फूलों के बारे में ज्यादा जानकारी न पहले थी, न अब है। लेकिन, मुझे बुद्ध-जयन्ती पार्क जाना अच्छा लगता है, क्योंकि वहाँ ऊँचे-नीचे कई लॉन हैं, जहाँ हर क्यारी में एक ही किस्म के फूलों के झुंड दिखाई देते हैं। इसी पार्क में वहाँ आने वाले प्रतिष्ठित और सम्माननीय व्यक्तियों द्वारा लगाए गए वृक्षों को भी देखा जा सकता है, मय एक फलक के, जिसमें प्रतिष्ठित व्यक्ति के नाम और लगाने की तिथि अंकित थी।

हम हाथ में हाथ लिए, पत्तियों से भरे मार्ग पर चलते-चलते रिज के एक सिरे से दूसरे सिरे तक चलते रहे, लपट के रंग के वृक्षों से गुजरते हुए। लपट के रंग के वृक्षों को देखना एक अनुपम दृश्य है, देवताओं के देखने योग्य।

मौली को फूलों और वृक्षों के बारे में मुझसे ज्यादा जानकारी थी, और अपने इस ज्ञान को प्रदर्शित करने में उसे गर्व हो रहा था। एक घंटे तक घूमने के बाद, वह बोली, ''मैं अब थक गई हूँ। मुझे मासिक-धर्म के दिनों में इतना घूमना उचित नहीं है। मैं अन्दर से बहुत गन्दा और उदास महसूस कर रही हूँ। मैं अपना पैड भी बदलना चाहती हूँ।'' हम पार्क के रेस्तराँ में गए। वहाँ मौली ने बाथरूम में जाकर सेनीटरी पैड बदला। जब तक वह वापस आई, वेटर ने चाय मेज पर लगा दी थी। मैंने समोसा और पेटिस की प्लेटों का आर्डर भी दे रखा था ! मैं जानता था कि उसे भूख अच्छी लगती है।

मैंने सिर्फ एक समोसा कुतरते हुए खाया। बाकी समोसे और पेटिस मौली ने साफ़ किए। सूरज रिज के पार डूब चुका था, और उसने लॉनों और फूलों की क्यारियों पर गहरी छायाएँ छोड़ दी थीं। ठंड भी बढ़ रही थी, और लोग धीरे-धीरे करके पार्क के बाहर जाने लगे थे। बिल अदा करके मैंने मौली से कहा, ''आओ, चलें।''

हम अपनी कार की ओर बढ़े। मौली ने पूछा, ''क्या दिल्ली के दूसरे पार्क भी ऐसे ही हैं ?'' कार को घर की ओर ले जाने वाली सड़क पकड़ते हुए मैंने कहा, ''इतने बड़े तो नहीं है, लेकिन सुन्दर ऐसे ही हैं। मैं कल तुम्हें लोधी गार्डन ले चलूँगा।''

अगले दिन भी, मैं अपने निश्चित समय से एक घंटा पहले ऑफिस पहुँचा। इस बार मैं मौली को लोधी गार्डन ले गया। मैंने कार को इंडिया इंटरनेशनल सेन्टर के प्रवेश द्वार के बगल की सड़क से प्रवेश कराया। फाटक के सामने एक पुरानी मस्जिद स्थित थी, जिसका गुबंद एक युवती के वक्ष के आकार का था जिसकी चुचुक मध्य में स्थित थी। बाहुनिया पुष्पित हो रही थी, कोरिजिया अपनी पपड़ियाँ बिखेर रहे थे। इस बार मैंने सौम्य शब्दों में कहा, ''मौली, यहाँ मेरा हाथ पकड़कर मत चलना। यहाँ ऐसे लोग मिल सकते हैं जो मुझे जानते हैं, और वह यह जानने को उत्सुक होंगे कि मेरी महिला-मित्र कौन है।'

''ठीक है, बॉस ! तुम्हारा हाथ नहीं पकड़ूँगी मैं। एक उचित फ़ासला बनाए रखूँगी।''

हम पार्क से गुज़रते हुए मोहम्मद शाह तुग़लक की मजार तक पहुँचे, और वहाँ से ग्रीन हाउस जाकर मुड़े, सिकन्दर लोधी के किलेबन्दी से सुरक्षित मकबरे को देखने के लिए, और वहाँ से इंडिया इन्टरनेशनल सेन्टर, चाय पीने के लिए। बीच में हम कुछ मिनटों के लिए लिली के तालाब के किनारे रुके। वहाँ नीले रंग की छह लिलियाँ सपाट भूरी पत्तियों के बीच खिल रही थीं। सेन्टर पर आने वाला हर

व्यक्ति पहले लिलियों के प्रति आदर अवश्य व्यक्त करता है। एक व्यक्ति, जिसने खुले आम तालाब में पेशाब करने की धृष्टता की थी, फ़ौरन सेन्टर से निकाल दिया गया था, और उसकी सदस्यता तुरन्त समाप्त कर दी गयी थी।

मैंने चाय और केक्स का आर्डर दिया और, दो सीटों वाली टेबिल पर बैठ गया। जगह भरने लगी। कुछ लोगों ने मुझे पहचान कर, मेरी ओर हाथ हिलाकर मेरा अभिवादन किया। एक परिचित हमारी टेबुल के पास आकर मुझसे कहने लगा, "कहाँ रहते हो भई ! अर्से से मिले नहीं।" वह बात मुझसे कर रहा था और देख मौली को रहा था। वह मुझसे यह जानने की कि मैं इतने दिनों से उसे क्यों नहीं मिला, यह जानने को ज्यादा उत्सुक था कि मौली कौन है ? इसलिए मैंने परिचय कराते हुए कहा, "ये हैं डॉक्टर गोम्स ! कुछ दिनों के लिए दिल्ली आई हैं।"

"आपसे मिलकर बड़ी खुशी हुई," मौली ने उससे हाथ मिलाते हुए कहा।

"खुशी तो मुझे सबसे ज्यादा हो रही है," उस ताक-झाँक करने वाले बदमाश ने कहा, "आप कहाँ से आई हैं ?"

इससे पहले कि मौली कुछ बोले, मैंने दखल देते हुए कहा, "डाक्टर गोम्स बम्बई से आई हैं। अपने दोस्तों के साथ दिल्ली में रह रही हैं।" लेकिन, वह बदमाश अभी भी जाने को तैयार न था, इसलिए मैंने कड़ाई के साथ उससे कहा, "अच्छा, फिर कभी मिलेंगे।" और, मौली की तरफ़ मुख़ातिब हुआ। वह इशारा समझ गया, और अपनी मेज पर वापिस चला गया।

कार में वापस आकर, मौली ने मुझसे कहा, "तुमसे ज्यादा निर्लज्जता के साथ सफेद झूठ बोलने वाला आदमी मैंने आज तक नहीं देखा। डॉक्टर गोम्स अपने दोस्तों के साथ दिल्ली में कुछ दिनों के लिए ठहरी हैं। वाह, क्या बात है। जबकि हक़ीक़त यह है कि मैं बेचारी मौली, गोआ की एक मालिश करने वाली, मोहन कुमार के साथ ठहरी हूँ, उस मोहन कुमार के साथ जिसे हर दो दिन बाद एक नई लड़की चाहिए।

"दिन नहीं, महीनों कहो," मैंने आगे झुककर उसके कानों का चुम्बन लेते हुए। "और तुम्हें शायद कई सालों तक। मैं तो अर्से से तुम जैसी औरत की ही खोज करता आ रहा हूँ।"

"लाख लाख शुक्रिया।"

उसने कार स्टीरियो चालू कर दिया। मेरे पास पाश्चात्य और पूर्वी दोनों संगीत शैलियों के कैसेट थे। उसने ऊँचे स्वर में बीथोवन के 'एम्परर कन्सेर्टो' का कैसेट लगा दिया। हमेशा बातूनी रहने वाली मौली इस बार कुछ बोलने के बजाय चुपचाप कैसेट सुन रही थी, शायद इस बारे में सोचने के लिए कि वह यहाँ आकर कैसे चक्कर में पड़ गई है। मैंने उसके सोच में कोई बाधा नहीं डाली। शायद मैंने उसके बारे में झूठ बोलकर उसकी भावनाओं को ठेस पहुँचाई थी। लेकिन, परिस्थितिवश

मैं ऐसा करने के लिए मजबूर था। मैं बाद में अपनी सफाई देकर उससे सुलह कर लूँगा।

जब हम घर पहुँचे तो वह मुझसे आगे जाकर भागती हुई रसोईघर में गई, यह जानने के लिए कि डिनर की तैयारियाँ कहाँ तक हो चुकी हैं। रसोइये की टूटी-फूटी बंगाली-अंग्रेजी और उसकी उससे भी ज्यादा खराब हिन्दी के बावजूद, एक-दूसरे की बात को समझने-समझाने में किसी-न-किसी तरह कामयाब हो ही रहे थे। वह अपनी एंग्लो-इंडियन मेमसाहबों की हिन्दी फिल्मों जैसी शैली में बेयरे से भी बातचीत करने में कुछ हद तक कामयाब हो रही थी। सिर्फ दो दिनों में उन दोनों के दिल जीतने में भी सफल हो गई थी और—मेरा दिल भी।

जब वह मेरे पास आई, तब मैं अँगीठी के पास बैठा था। मैंने पैग तैयार किए और उसे एक बार फिर बातूनी होने का मौका देते हुए, उससे पूछा, ''लोधी गार्डन कैसा लगा ?''

''बहुत सुन्दर ! गोआ में ऐसा सुन्दर कोई गार्डन नहीं है। पार्क भी नहीं है। सिर्फ हैं—पुराने पुर्तगाली किले और मुख्य गिरजाघर, उसने अपना मुँह मरोड़ते हुए कहा, ''लेकिन हमारे पास सुन्दर समुद्र-तट हैं, कई दर्जन। और एक साफ़-सुथरा उष्ण समुद्र। इस उष्ण सूरज की रोशनी में, रेत में पूरी तरह सिक्त होकर, आराम से लेटा जा सकता है। विदेशी पर्यटक गोआ के समुद्र की इसी विशेषता के कारण काफ़ी तादाद में गोआ आते हैं। चूँकि गोआ की रंग में भंग डालने वाली पुलिस इन पर्यटकों को पूरी तरह नग्न होकर समुद्र-तट पर नहीं सोने देती, इसलिए वे अपने होटल के लॉन में पूरी तरह नग्न होकर पेट के बल लेट कर अपनी पीठ को उसी तरह सेंकने देते हैं, जैसे हम रोटी को सेंकते हैं। और चूँकि उनकी खुली सफेद त्वचा सूरज की बहुत ज्यादा रोशनी सहन नहीं कर पाती, इसलिए वे तरह-तरह के लोशन अपनी पीठ पर लगाते हैं, ताकि उनकी त्वचा बिना जले, सिर्फ भूरी हो सके। बाद में उनकी त्वचाओं को देखकर ही पता चल जाता है कि किसने किस मात्रा में सूर्य-स्नान किया। उन्हें देखकर यह भी पता चल जाता है कि किसने अपने पूरे शरीर को भूरा बनाने में सफलता प्राप्त की, और किसने आंशिक रूप में। आंशिक रूप से सफल होने वालों में वे महिलाएँ शामिल होती हैं, जो सूर्य-स्नान करते समय अपने स्तनों और योनि को ढके रहती हैं, और इस प्रकार उनके शरीर के ये दोनों अंग पीले रह जाते हैं, और उनका पूरा शरीर ज़ेबराओं के शरीरों के समान हो जाता है,'' उसने हँसते हुए कहा। ''पूरी धूप घरों में तो आती नहीं, सिर्फ गार्डन में ही आती है। तुम्हें भी सूर्य-स्नान करना चाहिए, वह सेहत के लिए बहुत फ़ायदेमंद होता है।''

''मेरे घर में ऊपर एक सपाट छत है। उसके चारों ओर कम ऊँचाई वाली दीवारें हैं। कभी-कभी मैं छत पर सूर्य-नमस्कार करता हूँ। जाड़ों में मैं वहाँ कैनवैस की कुर्सी पर बैठकर एक-दो घंटे बिताता हूँ।''

"इतना काफ़ी नहीं है," उसने दृढ़ स्वर में कहा, "मोटी मैट्रेस और एक तकिया भी होना चाहिए। दीवारों को ऊँचा करवाओं और बाहर एक ताला लगाओ। तब तुम पूरी तरह नग्न हो जाओगे और सूरज की किरणें तुम्हारे सारे शरीर का चुम्बन लेती रहेंगी।"

मुझे उसका यह सुझाव बड़ा अच्छा लगा। मैंने तभी एक बढ़ई को बुलाकर खुली छत पर, अन्दर की ओर खुलने वाला एक ताला लगवाने का फ़ैसला कर लिया। और एक मैट्रेस की जगह मैंने रैक्ज़ीन की बनी दो मैट्रेस नौकरों से खुली छत पर रखने का फ़ैसला भी किया। मेरी कल्पना अब लगाम होकर यह तय करने में लग गई कि मैं और मौली छत पर क्या-क्या कर सकेंगे। इस सम्भावित कल्पना ने मुझे बड़ा आनंदित और प्रोत्साहित किया, और एक मुस्कराहट मेरे चेहरे पर अपने आप आ गई।

"मुस्करा क्यों रहे हो ?" मौली ने मुझसे पूछा।

"क्या—कुछ नहीं," मैंने जवाब दिया।

"तुम्हारे मन में जरूर गंदे खयाल आ रहे हैं। मैं तुम्हारे चेहरे को देखकर ही बता सकती हूँ, शरारती कहीं के !"

"जाने दो," मैंने हँसते हुए कहा और विषय को बदलते हुए पूछा, "इंडिया इंटरनेशनल सैंटर के बारे में तुम्हारा क्या खयाल है ? सब उसके सदस्य बनने के लिए लालायित रहते हैं। अच्छी लाइब्रेरी, अच्छे रेस्तरां, वाजिब दरों पर रहने के लिए वाजिब जगह। हर शाम वहाँ कोई न कोई अच्छा कार्यक्रम होता ही रहता है—नृत्य, संगीत, भाषण, विदेशी फिल्में जैसे कार्यक्रम। मैं ऐसे बहुत से रिटायर लोगों को जानता हूँ, जो अपना सारा दिन सैंटर में ही बिताते हैं।"

"ऐसी जगहों में जाने में कोई मज़ा नहीं, जहाँ सब एक-दूसरे को जानते हैं। वे लोग हमेशा यह जानने की फिराक़ में रहते हैं कि दूसरा सदस्य किसको अपने साथ लाया है, जैसा तुम्हारा वह भेदिया दोस्त जो कल मिला था।"

"यह बात तो सब क्लबों पर लागू होती है। किसी नए व्यक्ति को देखकर सबका कौतूहल जग जाता है। अगली बार मैं तुम्हें एक 'पब' में ले जाऊँगा। बड़ी छोटी और आरामदेह जगह है। मदहोश शराबियों को इस बात का होश कहाँ होता है कि कौन वहाँ आया, कौन गया। वे अपने आप में ही इतने मस्त रहते हैं कि उन्हें दूसरों के बारे में सोचने का वक्त ही नहीं होता।"

मौली यह सुनकर कुछ हल्की और तुष्ट दिखायी दी। उसने स्टीरियो-सिस्टम में नृत्य-संगीत की एक डिस्क लगा दी। टैंगो नृत्य की धुन थी। उसने अपनी बाँहें मेरी ओर बढ़ाते हुए कहा, "यह मेरा मनपसन्द टैंगो है—'ईर्ष्या'।"

"मुझे नाचने का ज्यादा तजुरबा नहीं है, और मेरे अनाड़ी पाँव धुन पर ठीक से नहीं थिरकते। तुम्हें मुझे सिखाना पड़ेगा।"

मैंने उठकर अपनी बाँयी बाँह उसके कंधे पर रखी, ताकि वह मुझे नाचने का सही तरीका बता सके। प्रैक्टिस के दौरान, मेरे पांव उसके पैरों की उँगलियों पर पड़े। उसने मुझे कुर्सी पर धकेल दिया और अपने आप नाचने लगी, मुड़ते हुए, बलदार बनते हुए, छोटे और लम्बे क़दम उठाते हुए, तब तक, जब तक संगीत ख़त्म नहीं हो गया।

"मेरा ख़याल था कि तुम हरफ़न मौला हो," उसने अपनी कुर्सी पर एकाएक गिरते हुए कहा, "लेकिन नाच के मामले में तुम निपट अनाड़ी हो। मैं तुम्हें कुछ स्टैप्स लेना सिखाऊँगी। वाल्ज़, फॉक्सट्रॉट, तेज़ क़दम उठाना, और उस तरह के पुरानी शैली के कदम उठाना। उनके बाद तुम रॉक एंड रॉल, ट्विस्ट जैसी नयी शैलियों में नाच सकोगे। तुम्हारी अमरीकी महिला-मित्रों में से किसी ने नाचने की ट्रेनिंग नहीं दी?"

"अमरीकी कैम्पसों में ऐसी कोई व्यवस्था नहीं है। जिन्हें नाचने का शौक होता है, वे सब नृत्य सिखाने वाली जगहों पर जाते हैं।"

"नाच तो हम गोआनी लोगों के खून में है। नाचना और गाना वहाँ सबको आता है। कभी क्रिसमस या कार्नीवल के दिनों में वहाँ आकर देखो। शराबखाने भरे रहते हैं उन दिनों। फैनी शराब जुआरी नदी की तरह बहती है। प्रेमी जोड़े समुद्र-तटों पर आपस में प्यार करते हुए सारी रात गुज़ार देते हैं। ...दुनिया में गोआ की कोई मिसाल नहीं।"

उसकी खोई हुई खुशी और ज़िन्दादिली वापस आ गई थी। सारे डिनर के दौरान वह चहचहाती रही। डिनर के बाद हम अँगीठी के सामने बैठे। मैं अपनी आरामकुर्सी पर और वह क़ालीन पर अपना सिर मेरे पाँवों के बीच में रखकर। इस दौरान हम दोनों पूरी ईमानदारी और निष्कपटता के साथ एक-दूसरे को अपने सैक्स अनुभव सुनाते रहे। उसके प्रायः सभी अनुभव गोरे लोगों से जुड़े थे—हैल्थ-क्लबों या उनके कमरों में उनकी मालिश करने के बाद।

"गोआनी लोगों के साथ सोना मेरे लिए बड़ा महँगा साबित होता। अव्वल तो उसका पता सब गोआनियों को फौरन लग जाता और मुझे कुलटा मान लिया जाता। विदेशियों के साथ ऐसा कोई ख़तरा नहीं है। और हालाँकि वे मुझे फीस की रक़म देते थे, लेकिन मुझे कभी ऐसा नहीं लगता था, जैसे मैं वेश्यावृत्ति कर रही हूँ, क्योंकि शुरू में लेन-देन की कोई बात नहीं होती थी। मालिश करवाने के बाद वे मुझे जो टिप देते थे, वह सैकड़ों में नहीं, हज़ारों में होती थी। इस खासी रक़म को छोड़ना बेवकूफी होती। मगर मेरा मोटो है—गोरों के साथ मौज-मजा करो, मगर शादी किसी गोअन से ही करो। तुमने कभी सैक्स के लिए किसी औरत को रक़म दी?"

"कभी नहीं," मैंने जवाब दिया। "इसके बरखिलाफ़ ऐसी कुछ औरतों ने,

जिनके साथ मैं सोया, क़ीमती तोहफे दिए।''

''मैं तो कहती हूँ कि इस मामले में तुम वाक़ई खुशकिस्मत हो। असल में, तुम्हें तो एक पेशेवर गिगोलो (सह-नर्तक) होना चाहिए था। मुझे पूरी उम्मीद है कि जिस आकार का लिंग तुम्हारे पास है, तुम कामुक औरतों को संतुष्ट करके ख़ासी ऊपरी कमाई कर सकते हो,'' उसने हँसते हुए कहा, ''और मुझे यह नियामत निःशुल्क मिल रही है, तुम उलटा मुझे अच्छी ख़ासी रक़म दे रहे हो। ओह, लेकिन तुम मुझे सैक्स के लिए कुछ थोड़े ही दे रहे हो। तुमने तो आज तक सैक्स के लिए किसी को कोई भुगतान नहीं किया। सही कह रही हूँ न, मैं ?''

वह मेरी टाँग खींच रही थी, मगर मुझे इसमें मज़ा आ रहा था। असल में मुझे उस शाम की हर बात में मज़ा आ रहा था। और यही हाल मौली का भी था। एक दूसरे के काम से थोड़ा नाराज़ होते हुए भी, हम एक-दूसरे की आत्म-स्वीकृतियों के और अधिक निकट आ गए थे और हमें आशा थी कि धीरे-धीरे हम एक-दूसरे के और भी निकट आएँगे।

जब तक अँगीठी ठंडी नहीं हो गई, मैं उसके बालों से खेलता रहा। आग के बुझ जाने के बाद मैंने उठते हुए उससे कहा, ''मैं जानता हूँ कि प्रेम करने के लिए यह समय उपयुक्त नहीं है, तथापि क्या हम दोनों को एक-दूसरे को गरम रखने के लिए साथ-साथ नहीं सो सकते ? रातें पहले जैसी ठंडी और सर्द होती जा रही हैं।''

''मैं भी यही सोच रही थी,'' उसने जवाब दिया। ''मगर कोई छलावा नहीं। कौन से बैड पर ?''

''मेरा बैड बेहतर होगा। मैं सुबह को नौकरों को अन्दर लाने के लिए जल्दी उठ जाता हूँ। मैं तुम्हें उठाकर तुम्हारे बैड पर लाकर वापस जा सकता हूँ। तुम देर तक सो सकोगी।''

उसने स्वीकृति में अपना सिर हिलाया।

मैंने नीचे जाकर गार्डन में अपनी नित्यक्रिया पूरी की, और सब दरवाजे बन्द किए। जब मैं वापस लौटा, तब मौली मेरे बैड पर लेटी थी। मैंने अपने दाँत ब्रश किए, रात के वस्त्र पहने और उसके पास लेट गया। मैंने उसे अपनी बाँहों में लेकर, उसके दोनों वक्षों को अपने हाथों में लिया। वह मेरी बाँहों में और निकट आते हुए बोली, ''बस यहीं तक, और आगे नहीं।''

सारी रात हम दोनों ने एक-दूसरे की बाँहों में गुज़ारी, अपने-अपने शरीरों की गर्मी से एक-दूसरे को ज्यादा गर्मी प्रदान करते हुए। जब दो शरीर एकरूप और समकक्ष हो जाते हैं, तब वे दोनों इस प्रकार के शारीरिक संपर्क से अपना ही आनंद उठा सकते हैं, जितना वे एक-दूसरे के साथ सम्भोग करके। जब मैं सुबह उठा, तो वह गहरी नींद में सो रही थी। मैंने रसोई में जाकर केतली को गैस पर रखा, और अपनी आलमारी से गरम पानी की दो रबर की बोतलें निकालकर और उन्हें गरम

पानी से भर उन्हें उसके बैड पर रख दिया, ताकि उसका ठंडापन दूर हो जाए। कुछ मिनट बाद मैंने उसे अपने हाथों से ऊपर उठाया और उसे उसके गर्म बैड पर लिटाते हुए, उसे कम्बल से ढक दिया। वह कुछ क्षणों के लिए बुदबुदायी, परेशान दिखाई दी और फिर मुड़कर अपने सपनों के लोक में पहुँच गई। मैंने नीचे जाकर सब दरवाजे खोले और नौकरों के आने के पहले अपने बैड में वापस चला गया।

उठने के बाद, मैंने सुबह की चाय पी, अखबार पढ़े, स्नान किया, और आफिस जाने के लिए तैयार हुआ। अपना नाश्ता मैंने अकेले लिया। जब मैं सिगार पी रहा था, तब मौली अपने बैडरूम से, आँखें मलते हुए और बाँहें सिर के ऊपर करते हुए, और जम्हाई लेते हुए बोली, ''बाप रे ! क्या वक्त हो गया ?''

मैंने अपनी घड़ी पर एक निगाह डालते हुए कहा, ''साढ़े आठ बजे हैं। मैं थोड़ी देर में आफिस के लिए रवाना हो जाऊँगा। आज शनिवार है, आधा दिन ही काम होगा। इसलिए, मैं लंच घर पर ही करूँगा। शाम को मैं तुम्हें शॉपिंग के लिए बाहर ले चलूँगा। शापिंग के दौरान, अगर तुम चाहो तो तुम कुछ और सलवार-कमीज खरीद सकती हो, मेरे साथ बाहर जाते समय पहनने के लिए कुछ साड़ियाँ भी।''

''यक़ीन मानो, मैं सच कह रही हूँ कि मैंने साड़ी कभी नहीं पहनी है। मुझे साड़ी पहनना आता ही नहीं। इसके अलावा मुझे साड़ी बड़ी भौंडी पोशाक लगती है। एक कामकाजी महिला को, जिसे भीड़भरी बसों में चढ़ना-उतरना पड़ता है, स्कूटरों या साइकिलों पर सवार होना पड़ता है, मसाज पार्लर में काम करना पड़ता है, पूरे बदन को ढकने वाला वस्त्र पहनना, आरामदायक नहीं होगा। सलवार कमीज़ ज्यादा व्यावहारिक है, स्कर्ट से बेहतर है, और जीन्स से ज्यादा सुरूप और चुस्त है।''

''ठीक है। मैं तुम्हें उन दुकानों पर ले चलूँगा, जहाँ तैयार सलवार-कमीज़ मिलते हैं।''

उस दोपहर आफिस छोड़ने से पहले, मैंने अपने नाम का एक चेक भुनवाया। कारण, मैं औरतों की पोशाक खरीदने के लिए अपने क्रेडिट कार्ड का इस्तेमाल नहीं करना चाहता था। मैं लंच के वक्त तक घर पहुँच गया। आज फिर मौली खाना बनाने में लगी थी। मीनू को देखते ही पता चल जाता था कि उसका बनानेवाला कितना समझदार है। हलका भी, ज़ायकेदार भी। क्लैम चाउडर, पॉमफ्रेट मछली, और मायनाज़ का सूप। डेज़र्ट नहीं।

दो घंटे बाद हम अपने शॉपिंग अभियान पर निकले। पहले साउथ एक्सटेंशन, फिर जनपथ और अन्त में विभिन्न राज्यों के एम्पोरियम, अपनी पोशाकों और दस्तकारी (जो असली कहकर बेची जाती थी) की सलवार-कमीज की चार जोड़ियों के अलावा मौली ने और सामान भी खरीदा, जैसे ब्लाउज पीसेज़ और कॉस्मैटिक्स। मैंने एम. आर.स्टोर्स से हवाना सिगार के दो बॉक्स। काफी खर्चा हुआ। चाय पीने हम गेलार्ड गये। सैंडविच और गरमा-गरम पकौड़ों के बीच उसने अपना हाथ मेरे हाथ पर रखते

हुए पूछा, ''क्या तुम अपनी सभी महिला-मित्रों के साथ इतनी ही उदारता से पेश आते हो।''

''अगर वे मेरे साथ उदारता से पेश आती हैं, तो मैं भी उनके साथ इसी उदारता के साथ पेश आता हूँ। अभी तक तुम उदारता की रानी रही हो, इसलिए मुझे तुमसे कोई गिला-शिकवा नहीं है।''

उसने मेरी बात पर कुछ क्षण खामोश रह कर ग़ौर किया। बाद में वह सेंडविच और पकौड़ों पर ऐसे टूटी कि सब चट कर दिए। फिर बोली, ''मैं सिगरेट पीना चाहती हूँ। तुम्हारे पास सिगरेट हैं ?''

''कई सालों से मैं सिगार ही पीता हूँ। वे मुझे बेहतर लगते हैं। मैं एक पैकेट मँगवाता हूँ। कौन-सी ?''

''कोई भी—गोल्डफ्लैक, चारमीनार। मुझे सब सिगरेट एक से स्वाद वाली लगती हैं। वैसे मैं तभी सिगरेट पीती हूँ, जब थकी हुई होती हूँ।''

मैंने वेटर को बीस रुपए का नोट दिया, और बाहर की दुकान से सिगरेट का पैकेट लाने को कहा। उसने सिगरेट जलायी, उसका धुँआ अन्दर खींचा, और बाहर निकाला। ''मासिक-धर्म के दिनों में मैं जल्दी थक जाती हूँ, धुएँ को नाक में आने से रोकने के लिए, हाथ से उसे भगाते हुए जीती हूँ। दो दिन तक मेरे अन्दर से खून ऐसे निकलता है, जैसे हलाल किए सूअर के बदन से। तीसरे दिन तकलीफ और खून कम हो जाता है। कल तक मैं भली-चंगी हो जाऊँगी, और आपकी सेवा के लिए प्रस्तुत रहूँगी,'' उसने अपनी एक आँख दबाते हुए कहा यह समझने के लिए कि मैं समझ जाऊँ।

जब तक हम रेस्तराँ से बाहर निकले, तब तक कनाट सर्कस भूरे रंग के धुँधलके में नहाने लगा था। ट्रैफिक के शोरगुल को दबा रहा था हजारों टुइयाँ तोतों और मैनाओं के चहकने का शोर जो अब पेड़ों में आराम करने के लिए जा रहे थे। हमेशा की तरह महारानी बाग जाने वाली सड़क पर ट्रैफिक जबर्दस्त था। बम्पर-टू-बम्पर। हमें घर पहुँचने में करीब चालीस मिनट लगे।

उठने-बैठने के कमरे में लट्ठों को जलाने से अँगीठी जल रही थी। ड्रिंक्स मेज पर आ चुके थे। घंटों की शॉपिंग की वजह से मैं भी थकान महसूस कर रहा था। गरम शॉवर लेने के बाद मैंने अपना ऊनी ड्रैसिंग गाउन पहना और पाँवों में स्लीपर। मौली ने भी यही किया। जब वह बाहर आई तो काफी तरोताजा और प्रसन्नचित्त दिखाई दे रही थी। उसने अपनी शॉपिंग के पार्सल कालीन पर फैलाते हुए सलवार-कमीज की जोड़ियों को अलग करते हुए मुझसे पूछा, ''इनमें से तुम्हें सबसे अच्छा कौन-सा लगता है ?''

''मुझे तो ये सभी अच्छे लगते हैं।''

उसने एक-एक कमीज को लेकर अपनी छाती पर रखकर, इधर-उधर देखकर

अन्दाज लगाना चाहा कि वह उस पर कैसी फबती है। उसने बार-बार ऐसा किया, और फिर सावधानी से उनकी तहें करके उन्हें अपने कमरे में ले गई। इस बीच मैंने उसके लिए एक ड्रिंक तैयार किया। लौटने पर उसने स्टीरियो पर चाइकोवस्की वाल्ज संगीत नृत्य का नम्बर लगाया और फिर बोली, ''थकान की वजह से नाचना मुश्किल है, लेकिन शराब के साथ संगीत का मज़ा कई गुना बढ़ जाता है।''

हम पीते रहे, संगीत सुनते रहे, और बातें करते रहे। डिनर हमने अँगीठी के पास बैठकर ही लिया।

''क्या आज भी हम एक साथ सो सकते हैं ?'' उसने पूछा, ''मैं अभी तक साफ-सुथरा महसूस नहीं कर रही हूँ। कल सुबह तक मैं ठीक-ठाक हो जाऊँगी। सब गन्दगी भी चली जाएगी। अच्छा, यह बताओ, मासिक-धर्म के इस अभिशाप के दायरे में औरतें ही क्यों आती हैं, पुरुष क्यों नहीं ? यह तो बड़ा अन्याय है।''

''ऐसा क्यों होता है, मैं नहीं जानता। मगर मुझे बताया गया है कि पुरुषों को यद्यपि माहवारी नहीं होती, तथापि पचास साल की उम्र के बाद उन्हें रजोनिवृत्ति होती है। इस उम्र में कुछ पुरुषों के व्यवहार में विचित्र परिवर्तन आ जाते हैं। रंडीबाजी में उनकी दिलचस्पी अचानक पैदा हो जाती है, वे जवान लड़कियों को बुरी नज़र से देखने लगते हैं, अश्लील बातें करने लगते हैं, और कभी-कभी सबके सामने नंगे तक हो जाते हैं। कुछ धार्मिक वृत्ति के हो जाते हैं, और पूजा-पाठ और तीर्थयात्राओं में अपना वक्त बरबाद करने लगते हैं।

''हाँ, यह सच है,'' मौली ने अपनी सहमति जताते हुए कहा, ''स्त्रियों को कम-से-कम यह तो मालूम पड़ जाता है कि जब माहवारी नहीं होती है, तब वे बच्चे को जन्म नहीं दे सकतीं। तब सैक्स के प्रति उनकी रुचि भी कम हो जाती है। लेकिन पुरुष पहले से ज्यादा कामुक और मुँहफट हो जाते हैं। अपने लिंग को खड़ा करने में असमर्थ होने पर भी वे स्त्रियों से सम्भोग करने की असफल कोशिश करते हैं। क्या तुमने कभी पचास से ऊपर के किसी पुरुष को कामोत्तेजना में फड़फड़ाते हुए देखा है ! उससे ज्यादा शोचनीय और दयनीय दृश्य की कल्पना नहीं की जा सकती ? कितने घृण्य लगते हैं वे ? कितनी विरक्ति पैदा होती है उनके प्रति जब वे इस मामले में अपने को बेवकूफ बनाते दिखाई देते हैं ? बड़ा अफसोस होता है, उन्हें ऐसी हालत में देखकर ! ये लोग बूढ़े हो जाने पर भी अपने लिंग को आराम से नहीं बैठने देते।'' उसने ज़ोरदार अट्टहास किया और बोली, ''अब सोया जाए। उम्मीद है, तुम्हारे बैड पर। मगर कुछ ऐसा-वैसा बिल्कुल नहीं होगा। सिर्फ आलिंगन और लाड-प्यार, और फिर नींद।''

तो, वही हुआ जो पिछली रात को हुआ था। हम एक-दूसरे से लिपट कर सोये। बैड से गरम पानी की बोतलें फेंक दीं, और अपने-अपने शरीरों की गर्मी से

गरम होते हुए सोए।

अगला दिन इतवार था। आफिस जाने की चिन्ता से मुक्त मैं हमेशा से ज्यादा समय तक सोया। मैं मौली को उठाकर उसके कमरे में ले गया, और वहाँ उसे उसके बैड पर लिटा कर उससे कहा, ''जब तक सोना चाहो, सोओ। आज इतवार है। नाश्ता देर से होगा, और लंच पहले। सुविधानुसार आराम से आ सकती हो।''

उसने बुदबुदा कर कुछ कहा, जो मैं सुन नहीं पाया, और वापस चला गया।

मैंने दरवाजे खोले, और दरवाज़े पर पड़े रविवार के अखबारों के ढेर को उठाया, और वापस अपने कमरे में पहुँचा। इलैक्ट्रिक रेडिएटर चालू करके मैं अपने बिस्तर पर आकर अखबार पढ़ने लगा। बेयरा चाय लेकर आया। आधा घंटे के अन्दर मैंने छहों अखबार मय उनके रंगीन संस्करणों के पढ़ डाले। पढ़ने को ज्यादा कुछ था ही नहीं उनमें। मैंने छत पर जाकर वहाँ की नई व्यवस्था का मुआयना किया। एक दूसरे से सटी हुई दो रैक्ज़ीन मैट्रेस दिखाई दीं। ओस से भीगी हुई थीं वे। मैंने छत का चक्कर लगाया। मेरी छत पड़ोस की छतों से ऊँची थी। मैं अपने पड़ोसियों को देख सकता था, मगर वे मुझे नहीं देख सकते थे। आसपास जहाँ भी नजर जाती थी, टी.वी. डिश एंटीना ही दिखाई देते थे। अच्छा ख़ासा जंगल था उनका। सुबह की इस ठंड में चक्कर लगाते हुए, मुझे याद आया कि कई दिनों से मैंने सूर्य-नमस्कार नहीं किया है। मैं उगते हुए सूरज की ओर मुखातिब होते हुए सूर्य नमस्कार करने लगा। उस के बाद मुझे बहुत अच्छा लगा।

स्नान करने के बाद, मैंने स्पोर्ट-शर्ट और ढीली-ढाली स्लैक्स पहनीं और ठंडी से बचने के लिए एक मोटा स्वैटर भी पहना। दस बजे के बाद, मौली आती दिखाई दी। वह स्नान करके आ रही थी और काफी चुस्त, प्रसन्न और तरोताज़ा दिखाई दे रही थी। कल उसने जो सलवार-कमीज खरीदे थे, उनमें से एक उसने पहन रखा था। वह मुझे दिखाते हुए उसने मुझसे पूछा, ''कैसी लगती हूँ इसमें मैं ?''

''बहुत अच्छी।'' मैंने कहा। ''ऐसा करो एक शाल लपेट लो। मौसम बहुत ज्यादा ख़राब है। उसे पहन कर तुम ठंड लगने से बची रहोगी।''

वह वापस गई और जब लौटी तो हाथ से बने ऊनी स्कॉर्फ को जो उसके वक्ष को भी पूरा नहीं ढक पा रहा था, पहने हुए थी। हम इलैक्ट्रिक रेडिएटर के सामने बैठे थे। मैंने अपनी सिगार जलाई, और उसने अपनी सिगरेट।

''ऐसा लगता है, दिन भर तेज़ धूप रहेगी। दोनों मैट्रेस छत पर हैं, और मेरे पास त्वचा पर लगाने के लिए जड़ी-बूटियों से बना एक तेल है। उसे लगा कर हम शाम तक सूर्य-स्नान कर सकते हैं, सूरज के डूबने तक।''

''बहुत ही अच्छा रहेगा,'' उसने जवाब दिया।

हमने हल्का 'ब्रंच' लिया—मीठा-खट्टा गरम चाइनीज़ सूप और सूअर के माँस की सैंडविच। नौकरों ने मेज़ साफ़ की, और अपने क्वाटरों को चले गए।

मैंने उसका हाथ पकड़कर उसे ऊपर ले जाते हुए कहा, "आओ, चल कर सूर्य-स्नान का बन्दोबस्त देख लो।" छत पर सूरज चमक रहा था, और काफ़ी गर्मी थी। गरमी की वजह से मैट्रेसो पर लगी ओस सूख गई थी। जड़ी-बूटी से बने तेल की बोतल सूरज में रखे-रखे गरम हो गयी थी। मौली ने सारी छत का मुआयना कर यह सुनिश्चित किया कि हमारे पड़ोसी हमें देख नहीं सकते थे।

मौली ने मुझे हुक्म देने और पेशेवर बनने के अन्दाज में कहा, "अपना हल्का ड्रैसिंग गाउन पहन लो। मैं अपने मालिश करने वाले कपड़े पहन लेती हूँ।"

हमने सूरज के और गरम होने तक के समय का इन्तजार किया। जब हम दोनों ऊपर गए, तब तक सूरज सिर पर आ चुका था। हवा भी नहीं चल रही थी। मौली ने कहा, "सूर्य-स्नान के लिए आदर्श मौसम है आज। अपना ड्रेसिंग गाउन उतारो और पेट के बल लेट जाओ।"

मैंने उसके आदेश का पालन किया। उसने अपनी सूती नाइटी उतार कर ज़मीन पर रख दी। अब उसके शरीर पर उसके टखने के चारों ओर लिपटी सोने की चेन के अलावा कुछ नहीं था। अब वह मेरी पीठ पर ऐसे सवार हो गई, जैसे घोड़े पर सवार हुआ जाता है। वह दोनों हाथों से मेरी रीढ़ की हड्डी को ऊपर से नीचे तक गूँथने लगी। एक बार नहीं, बार बार। उसने अपने अँगूठों से मेरे कन्धे के फलक को पहले दबाना और बाद में मरोड़ना शुरू किया। इससे उस भाग का सारा तनाव खँगाला जाकर साफ़ होने लगा। फिर उसने हल्का गर्म जड़ी-बूटियों से बना तेल अपनी हथेलियों में भरकर उसे मेरी पीठ पर पोतना शुरू किया। और इस क्रिया को रीढ़ की हड्डी से लेकर गर्दन तक और उससे आगे मेरी खोपड़ी के अन्त तक और फिर कानों से लेकर कन्धों तक और वहाँ से वापस रीढ़ की हड्डी तक किया। फिर उठ कर मेरी पीठ पर दो बार खड़ी होकर नीचे आई मेरे पाँवों के सामने। उसने और ज्यादा तेल अपनी हथेलियों में भरकर, मेरे नितंबों और उनके बीच के भाग पर पोता और फिर गुदा द्वार का हल्के से चक्कर लगा कर, मेरी जाँघों, पाँवों, टखनों और नीचे तक की पैरों की उँगलियों तक की पूरे आधा घंटे तक मालिश की। यह सारा अनुभव बड़ा सुखदायक था। मेरे शरीर का एक-एक अंग उसकी स्नेही उंगलियों की सेवा पाने के लिए तरस रहा था। उसने अब मेरे ऊपर खड़ी होकर उल्टा होने का आदेश दिया।

मैं उलटा होकर अपनी पीठ के बल लेट गया। वहाँ से मुझे अस्पष्ट रूप से उसकी जाँघों और उनके पीछे क्या छिपा है, का आभास-मात्र हुआ। वह मेरे पेट पर बैठ गई। वह मेरे चुचुकों पर हाथ फेरने लगी। इससे पूर्व, मुझे कभी यह अहसास नहीं हुआ था कि पुरुषों के चुचुक भी स्त्रियों के चुचुकों की भाँति संवेदनशील हो

सकते हैं। उसने मेरी छाती पर तेल मला और मेरे धड़ पर कई बार मालिश की। एक बार फिर उसने अपने बैठने के ढंग में तबदीली की, उसके नितम्ब मेरे चेहरे के ऊपर आ गए। इसके बाद उसने अपने हाथों में काफ़ी मात्रा में तेल लेकर मेरी अंडग्रंथि के नीचे और मेरी अंदरूनी जाँघों पर और टखनों और पाँवों तक के भागों पर चुआना और मलना आरम्भ किया।

यह मालिश एक घंटे तक होती रही। इससे प्राप्त सुखानुभव को मैं अब तक के अपने सर्वाधिक सुख और सान्त्वना प्रदान करने वाले अनुभवों में से एक कह सकता हूँ, और सम्भोग से तुलना करते हुए उसके बारे में यह कह सकता हूँ कि वह सम्भोग से भी अधिक आनन्ददायी था। मालिश की समाप्ति पर उसने तेल से सने अपने हाथ अपने पास के वस्त्रों से पौंछे और अपनी मैट्रेस पर, मुँह नीचा करके लेट गई। इस बार मैं उसके पास लम्बे-लम्बे डग भरते हुए गया। हालाँकि इसके पहले मैंने कभी किसी की मालिश नहीं की थी, फिर भी मैंने उसके मालिश करने की शैली की नक़ल करते हुए उसकी मालिश की, गर्दन से पैरों की उँगलियों तक। पहले पीछे से, और फिर आगे से। उस समय मुझे स्वर्ग-सुख की अनुभूति हो रही थी। मैं काफी देर तक इसी स्थिति में रहा, और इतने समय तक हम दोनों पूरी तरह खामोश रहे। फिर मैंने उससे पेट के बल लेटने को कहा। मैं इस आसन में अपने को उसकी जाँघों के बीच ले आया, और उसके नितम्बों पर मालिश करने लगा। अब याद करता हूँ, तो उस अनुभूति की दुबारा याद आ जाती है। मुझे अनुभव हुआ कि स्त्री के नितम्ब पुरुष को उसके होंठों, वक्षों और योनि से अधिक उत्तेजित करते हैं। और मौली के नितम्ब बड़े मोहक ढंग से गोल थे और पुष्ट भी थे। मैं उन्हें देखकर अपने को रोक नहीं पा रहा था, जैसे ही मैंने ऐसा किया, उसने परम आनन्दानुभूति की लम्बी और गहरी साँस ली हम दोनों ही इस चरम आनन्दानुभूति को अधिक से अधिक समय तक टिकाऊ रहने की कोशिश करते रहे।

उत्तर भारत के मापदंडों के अनुरूप मौली को सुन्दर और प्रियदर्शनी नहीं माना जा सकता। वह नाटी थी, उसकी त्वचा काले रंग की थी। मेरे पीठ-पीछे मेरे मित्रों की बीवियाँ आपस में एक दूसरे से पूछा करती थीं, "क्या देखा उसने उस लड़की में ? वह एक बहुत अमीर और सुदर्शन युवक है, उसे एक से एक सुन्दर और पढ़ी-लिखी लड़की आसानी से मिल सकती थीं।" लेकिन, उनके पति खींसे निपोरते हुए कहते थे, "अगर कोई लड़की बिस्तर पर अधिक प्रभावशाली और बेहतर दिलकश साबित होती है, तो आदमी लड़की की सुन्दरता और ऊँची शिक्षा को ज्यादा तवाज्जो नहीं देता।" और जवाब में फुनफुनाते वे हुए कहतीं, "जैसे शादी में लड़की का बिस्तर में प्रभावशाली होना सबसे महत्वपूर्ण है। बिस्तर पर स्त्री प्रभावशाली हो सकती है, बशर्ते कि उसका पति जानता हो कि उसे अपनी ओर से क्या करना है ?" और इसी किस्म की तूमतड़क बातें।

मैं इस बारे में कोई भी अनुमान लगाने में असमर्थ था कि मौली मेरे साथ दीर्घकालीन वचनबद्धता के तहत लम्बे समय तक मेरे साथ रहने को तैयार होगी। उसकी बातों से साफ़ ज़ाहिर था कि उसे गोआ की बहुत याद आती रहती है और मैं उससे यह पूछने की स्थिति में भी नहीं था कि वह कब तक यहाँ रहेगी क्योंकि उससे उसे यह लग सकता है कि मैं उससे पीछा छुड़ाना चाहता हूँ, जो सरासर ग़लत था। उसके साथ समय बिताना मुझे खासतौर पर बहुत अच्छा लगता था, कारण जितनी स्त्रियों के साथ मैंने अपना समय बिताया है, उनमें उसका नम्बर सबसे पहले आता था। मगर ऐसा कब तक चलेगा ? मैं इस बात से वाक़िफ था कि वह हर हफ्ते अपनी माँ को एक चिट्ठी लिखती थी, जो असल में परिवार के सब सदस्यों के लिए ही होती थी। उसके पास कोई चिट्ठी नहीं आती थी, क्योंकि उसने आते समय यहाँ का कोई पता अपने घरवालों को नहीं देने की समझदारी दिखाई थी। एक शाम मैंने उससे पूछा भी था कि गोआ से दिल्ली आते समय उसने अपने घर वालों से क्या कहा था ?

उसने बताया, ''मैंने उनसे कहा था कि मैं मालिश द्वारा एक ऐसी बुढ़िया का इलाज करने जा रही हूँ, जो आंशिक पक्षाघात से पीड़ित है। अभी पक्के तौर पर यह नहीं कहा जा सकता कि इस इलाज में कितना वक्त लगेगा, और बुढ़िया को कब तक मेरी सेवाओं की आवश्यकता होगी। शायद आप मुझे बता सकें। मैं जानती हूँ कि तुम मुझसे कभी शादी नहीं करोगे, और मैं खुद भी तुमसे शादी करना नहीं चाहती। यह शादी कभी नहीं चल पाएगी। इसलिए, मैं तब तक तुम्हारे पास रहूँगी, जब तक तुम चाहोगे। इस समय को बहुत ज्यादा लम्बा भी मत करना, क्योंकि इससे हम दोनों के लिए समस्याएँ पैदा हो जाएँगी। और बहुत छोटा भी मत करना, क्योंकि उससे हम दोनों की भावनाओं को आघात पहुँच सकता है।''

कोई व्यक्ति इससे ज्यादा सच्चा, ईमानदार और वास्तविक नहीं हो सकता। मैं उसकी स्पष्टवादिता से अत्यधिक प्रभावित हुआ और आभार-स्वरूप मैंने उसका एक चुम्बन लिया और कहा, ''मौली, तुमसे ज्यादा सच्ची और ईमानदार लड़की मेरे जीवन में अभी तक नहीं आई है। मुझे लगता है, मैं तुमसे प्रेम करने लगा हूँ।''

''यह प्रेम-व्रेम की बेकार की बातें छोड़ो,'' उसने मेरी बात को काटते हुए कहा। मैं उसकी अप्रत्याशित प्रचंड उग्रता को देखकर चकित था। वह कहती रही, ''हक़ीकत यह है कि तुम्हें मेरे साथ सम्भोग करने में आनन्द आता है। मगर जल्दी ही तुम उससे और मुझसे दोनों से ऊब जाओगे। मिस्टर, सैक्स के लिए मेरी भूख अतृप्य है। तुम कब तक इस मामले में मेरी होड़ कर पाओगे ? हाँ या ना !'' कहकर उसने बड़ी ज़िन्दादिली के साथ अट्टहास किया।

''नहीं,'' मैंने उत्तर दिया, ''तुम उम्र में मुझसे छोटी ज़रूर हो मौली गोम्स ! लेकिन जहाँ तक कामुकता का सवाल है, वहाँ तक मैं तुम्हारे साथ क़यामत के दिन

तक तुमसे होड़ करते रहने के लिए तैयार हूँ।''

''आमीन !''

मौली मेरे पास तीन महीने तक रही। लेकिन, उसके रहने से मेरी उलझनें बढ़ती जा रही थीं। मेरे कई दोस्त मुझे पूछ चुके थे कि यह बात कहाँ तक सच है कि मैं एक गोआनी लेडी डॉक्टर से विवाह करने जा रहा हूँ। मैं इस अफवाह का ज़ोरदार खंडन करते हुए उन्हें बताता, ''वह एक पक्षाघात-पीडित एक ऐसे मरीज का इलाज कर रही है, जिसे रोज उसकी सेवाओं की जरूरत होती है।'' वे मुझसे पूछते, ''मगर तुम्हारा परिचय उसके साथ कैसे हुआ ?'' मुझे इस तरह की पूछताछ अच्छी नहीं लगती थी। मौली को भी लगने लगा था कि गोआ के उसके रिश्तेदार और मित्र आश्चर्य कर रहे होंगे कि उसे गोआ वापस आने में इतनी देर क्यों लग रही है ? उसकी इतनी लम्बी ग़ैर-मौजूदगी का असर उसके गोआ के फाइव-स्टार होटलों के सम्पर्कों पर भी पड़ रहा था। उसने एक बार मुझसे कहा था, ''अगर मैं यहाँ ज्यादा दिनों तक रही तो होटल वाले किसी और मालिश करने वाली की तलाश कर लेंगे, और मैं बेकार हो जाऊँगी। तब घर का कामकाज कैसे चलेगा ?''

मैंने फ़ैसला उसी पर छोड़ दिया। अन्त में, उसी ने गोआ की फ्लाइट के टिकट खरीदने की तारीख तय की।

मैंने अपना विरोध व्यक्त करते हुए कहा, ''मौली ! क्या तुम वाक़ई चली जाओगी, और इतनी जल्दी !''

''मैं सोचती हूँ, मुझे जाना ही चाहिए। और मैं इतनी जल्दी भी नहीं जा रही हूँ, जितना तुम सोचते हो। मुझे यहाँ रहते हुए तीन महीने से भी ज्यादा का समय हो गया है मिस्टर कुमार ! हर अच्छी चीज और घटना का, एक न एक दिन अन्त होता ही है, जैसे ज़िन्दगी का होता है।''

हालाँकि विदेशी पर्यटकों के लिए सीज़न ख़त्म हो रहा था, लेकिन भारतीय पर्यटकों ने उन सस्ती दरों का लाभ उठाना शुरू कर दिया था, जो होटल वाले इस सीजन में उन्हें देते हैं। मेरे ट्रेवल एजेंट ने मौली के लिए एक सप्ताह के बाद की गोआ के लिए एक सीट एक्जीक्यूटिव क्लास में बुक की। फ्लाइट सुबह के साढ़े ग्यारह बजे की थी, जो मौली और मेरे दोनों के लिए उपयुक्त था। जब मैंने उसे उसका टिकट पकड़ाया, तो वह मुझसे लिपट गई। हमने इस शेष एक सप्ताह का पूरा लाभ उठाने का निश्चय किया। हर दिन जी भर कर प्रेम किया। बिस्तर में और अधिक समय एक साथ बिताने के एक-एक क्षण का 'सदुपयोग' करने की अपनी मंशा ज़ाहिर करते हुए, उसने मुझसे कहा, ''मैं इस एक सप्ताह में तुम्हें उस राशि का, जो तुम मुझ पर व्यय कर रहे हो, भरपूर सुख दूँगी।'' मैंने उसे आश्वस्त करते

हुए कहा, ''तुम्हें भोगने की हर बार की क़ीमत एक लाख है। बेशक़ीमती रहे हैं वे सब क्षण !''

''वाक़ई ! तब तो मुझे तुमसे कम से कम अस्सी लाख लेने चाहिए। मैंने अपनी प्राइवेट डायरी में पूरा हिसाब रखा है, और मैं तुम्हें यक़ीन दिलाती हूँ कि मैं तुमसे तयशुदा रक़म से एक पैसा भी ज्यादा नहीं लूँगी। क्योंकि मुझे तुमसे इतने दिनों में जो कुछ मिला, उतना आज तक मेरे जीवन में आए किसी पुरुष से नहीं मिला। मेरे गर्भाशय में तुम्हारा ढेर सारा वीर्य गया है। मगर वह सब बेकार गया। एक भी शिशु नहीं जन्मा।''

जिस दिन वह जाने वाली थी, उस दिन भी हमने सुबह का समय प्रगाढ़ प्रेम करने में व्यतीत किया। मैं उसे अपनी कार में हवाई अड्डे तक ले गया। जैसे ही उसकी फ्लाइट की पुकार हुई, मैंने उसका आलिंगन करते हुए एक आवेशपूर्ण चुम्बन किया, अन्तिम विदाई के रूप में, और कहा, ''मौली, वायदा करो, तुम मुझे पत्र लिखती रहोगी। हमें जब तक सम्भव हो, एक-दूसरे से सम्पर्क बनाए रहना चाहिए।''

उसने कोई वायदा नहीं किया। सिर्फ मेरी तरफ़ हवा में हाथ हिलाया, और 'सिक्योरिटी चैक' की लाइन में खो गई।

मौली ने मुझे कभी कोई पत्र नहीं लिखा। जो पत्र मैंने उसे लिखे, उनका भी कोई जवाब नहीं आया।

सुशान्तिका

मौली के बिना मेरा जीवन अस्तव्यस्त हो गया था। उसे दुबारा पटरी पर लाने में मुझे काफ़ी समय लगा। अलग होने की पीड़ा अलग हो जाने वाले व्यक्ति की अपेक्षा उस व्यक्ति को अधिक होती है जो अलग हुआ है, उसकी अपेक्षा जो अलग होकर चला गया है। यह बात मेरे मामले में और ज्यादा मौजूँ थी, क्योंकि मौली ने मेरे जीवन के खालीपन को लबालब भर दिया था। जो अकेलापन वह छोड़ कर गई थी, उसे सहना मेरे लिए अत्यन्त मर्मभेदक और पीड़ादायक सिद्ध हो रहा था। कई बार मेरे मन में यह विचार भी आया कि गोआ की फ्लाइट लेकर, गोआ के सब होटलों में उसकी तलाश करूँ। यह नामुमकिन काम नहीं था लेकिन, मैंने ऐसा नहीं किया। अब मेरे पास उसे देने के लिए कुछ नहीं था, और मुझे गोआ में देखकर उसे परेशानी ही होगी। उसके परिवार वाले लोग और मित्र मुझे देखकर इसी नतीजे पर पहुँचेंगे कि उसका दिल्ली जाना किसी व्यावसायिक कारणों से नहीं था बल्कि अन्य ऐसे कारणों से था, जो उन्हें ग्राह्य नहीं होंगे। और मुझे उसकी यह बात भी याद थी जो उसने छत पर कही थी, सैक्स के उस अनुभव के बारे में, जिसे मैं अपने जीवन का अद्वितीय सैक्स अनुभव मानता हूँ—"इस अनुभव को दोहराना मत।" यह थे उसके शब्द। वह मुझसे शायद इस कारण भी नहीं मिलना चाहेगी कि वह ऐसा करके निराश होने का कोई जोखिम नहीं उठाना चाहेगी। धीरे-धीरे मैंने अपनी इस दुविधा का समाधान अपने को यह समझाकर कर लिया कि मुझे मौली से किसी भी हालत में मिलने की कोई कोशिश नहीं करनी चाहिए। धीरे-धीरे उसकी याद धूमिल होती चली गई और मेरे मन में रह गई सिर्फ़ एक मीठी कसक।

सोनू से तलाक मिलने के बाद, मुझे लगा था कि मैं सोनू की चिन्ता से मुक्त होकर, मनचाहा जीवन जीने के लिए पूरी तरह से आजाद हूँ। लेकिन मुझे इस बात का अहसास काफ़ी बाद में हुआ कि मुझसे अलग हो जाने के बाद भी, सोनू के

मन में बदले की आग अभी तक धधक रही थी। मैं जब भी जीमखाना या गोल्फ-क्लब जाता, तब मुझे यह गहरा अहसास होने लगा कि मेरे मित्रों और उनकी बीवियाँ मुझे दूसरी निगाहों से देखने लगे हैं। वे मुझे ऐसे घूरते थे, जैसे वे मुझे पहली बार देख रहे हैं। पुरुष मित्र मेरे खिलाफ़ ऐसी घटिया और ईर्ष्यालु फब्तियाँ कसते थे, जिनका ध्येय मुझे जानबूझकर भड़काना और उत्तेजित करना होता था। एक बार एक साहब ने मेरी पीठ पर धौल जमाते हुए फर्माया, ''यार मोहन, तुम तो बड़े छिपे रुस्तम निकले ! सुना है कि तुम सैक्स के अखाड़े के तीसमार खाँ और मुहम्मद अली हो।'' मैंने यह सुनकर बात को हँसी में टालने की कोशिश की। एक दूसरी शाम को एक महिला-सदस्य ने, मेरे ड्रिंक के दौरान पूछा, ''मोहन जी ! सुनने में आया है कि आप दुबारा शादी करने की योजना बना रहे हैं ? क्या यह सच है ?''

''मैंने तो अभी तक इस बारे में कुछ सुना नहीं है,'' मैंने मुँहतोड़ जवाब देते हुए कहा, ''अगर आपने सुना है तो शायद सच ही होगा।'' यह सुनकर वह थोड़ा घबरायी, मगर फिर अपने को सँभाल कर बोली, ''माफ़ कीजिए अगर मैंने कोई ग़लत बात कह दी हो तो। मगर सबके मुँह से मैंने यही सुना है कि आप दक्षिण की किसी लेडी डॉक्टर से शादी करने वाले हैं।''

मैं समझ गया कि वह मौली का ही ज़िक्र कर रही थी। मैंने उसकी बात को काटते हुए कहा, ''आपकी बड़ी मेहरबानी होगी, अगर आप मेरा परिचय दक्षिण की इस लेडी-डाक्टर से करा दें। तब मैं उससे शादी करने से पहले, उसके बारे में कोई जानकारी हासिल कर सकूँगा।

मेरी बदमिज़ाज़ पूर्व-पत्नी मेरे निजी जीवन को सार्वजनिक बनाने का कोई भी मौका खोने का कोई भी अवसर नहीं छोड़ रही थी। दिल्ली की अफ़वाहों में गहरी दिलचस्पी रखने वाले उच्च वर्ग के लोगों को मेरे बारे में सही-ग़लत सूचनाएँ प्रदान करते रहने का काम वह बड़ी मुस्तैदी से कर रही थी। मैं क्लबों में अपनी थकावट दूर करने और अपने को हल्का करने की मंशा से जाया करता था। अब मैं वहाँ से ज्यादा तनावूपर्ण मुद्रा में आने लगा। वहाँ की व्हिस्की मज़ा देने की बजाय अन्दर खटास पैदा करने लगी थी। सोनू मुझे एक आदत से मजबूर रंडीबाज की कुख्याति दिलाने में कामयाब होती जा रही थी। आलाँकि मैंने कई जवान औरतों को अपने को कौतूहल और काम-वासना से मिश्रित निगाहों से ताकते हुए देखा था, मगर मैं मन ही मन जानता था कि उनमें किसी में भी, मेरे साथ पहल करने की ज़रा भी हिम्मत नहीं है। और उसके माता-पिता की निगाहों में मैं महज़ एक लफंगा था, एक लोफ़र, जो हमेशा बदनाम औरतों के साथ घूमता रहता है। मेरी परेशानी की वजह यह थी कि इन अफ़वाहों की वजह से मेरे व्यक्तित्व की सामान्य मानवीय प्रतिष्ठा और गरिमा को नुकसान पहुँच रहा था। मैं जो कुछ कर रहा था, वह मेरी दृष्टि में कतई अपवित्र नहीं था, लेकिन जिस तरह के अश्लील इशारे मेरे खिलाफ़ किए

जाने लगे थे, उससे मेरी 'शौहरत' एक गन्दे और उन्मादग्रस्त सैक्स-दीवाने की बनती जा रही थी। धीरे-धीरे मैंने क्लबों और पार्टियों में जाना बिल्कुल बन्द कर दिया। मैं घर पर ही रहता और संगीत या टी.वी. से मन बहलाता। मैं एक ऐसे दयनीय अभागेपन का अभिशाप झेल रहा था, जिसे कोई प्यार नहीं करता। कुछ समय के लिए मुझे अपना एकाकीपन अच्छा भी लगने लगा था।

मुझे इस बारे में भी सन्देह होने लगा था कि अल्पकालिक प्रेयसियों से सम्बन्ध स्थापित करने का मेरा प्रयोग शायद सही नहीं था। उसकी कामयाबी के आसार तब बनते, जब सोनू मुझे अपने दिमाग से पूरी तरह बाहर कर देती और मुझे सताना बन्द कर देती। लेकिन अगर सोनू के स्थान पर कोई और होता, स्त्री या पुरुष, तो वह भी मुझे उतना ही तंग कर सकती या सकता था जितना सोनू कर रही है। क्योंकि सोनू की तरह उसे भी इस बात की रंजिश होती, कि मैं क्यों मज़ा मार रहा हूँ। मगर सवाल यह है कि अगर मैं पारम्परिक ढंग से किसी एक का चुनाव इस प्रकार से करता, जिस प्रकार मैंने अखबारों में विज्ञान देकर, उसका जवाब देने वाली स्त्रियों का अल्पकालिक चुनाव करके किया, तो क्या पारम्परिक ढंग से चुनी गई स्त्री के माता-पिता, भाई-बहन, पूर्व-पति इस तथ्य को आसानी से पचा लेते कि वह एक तलाकशुदा पुरुष के साथ बिना उससे विवाह किए रह रही है। वे भी ज़रूर विघ्न-बाधाएँ डालते। मुझे इस बन्द गली के पार जाना था, और मैंने वही किया, जो मुझे इस समय सही लगा, क्योंकि मुझे सेक्स की हर रोज जरूरत थी। वेश्यालयों में जाना या कॉल-गर्ल्स की सेवाएँ प्राप्त करने का विचार भी मेरे मन में कभी नहीं आया, क्योंकि मैं थोड़े समय के लिए चुनी गई प्रेयसी पर, जब तक वह मेरे साथ रहे, एकाधिकार चाहता था। एक बार उसके हमेशा के लिए जाने के बाद मेरा उसे यह सुझाव देने का कि वह क्या करे, क्या न करे, कोई हक़ नहीं बनता था।

मुझे अब यह भी लग रहा था कि जिस प्रकार के अस्थायी सम्बन्ध मैं अपनी काम-चलाऊ प्रेयसी के साथ रखने का इच्छुक था, उसी ने मुझे समाज से बहिष्कृत होने में सहायता की। मैं पुनः समाज में प्रतिष्ठित और मान्य होना चाहता था, मगर वह मौजूदा सामाजिक ढाँचे में मुमकिन नहीं दिखाई दे रही थी, क्योंकि मौजूदा समाज ऐसी व्यवस्था को मान्य नहीं करता, जिसमें मैं ऐसी अकेली और मेरे साथ अस्थायी रूप से सम्बन्ध स्थापित करने की इच्छुक महिला, इस प्रकार के कामचलाऊ सम्बन्ध क़ायम कर सकें।

जब तक मौली मेरे साथ रही, तब तक मैंने हर महीने हरिद्वार जाने का जो संकल्प किया था, वह पूरा नहीं हो सका। मुझे अपनी मासिक हरिद्वार-यात्रा न कर पाना अच्छा नहीं लगा था, क्योंकि गंगा बड़े रहस्यमय ढंग से मेरी आध्यात्मिक मान्यता को संपोषित करती रहती है। मेरे पिता की मृत्यु गंगा के किनारे ही हुई थी, और डुबकी लगाना उनकी धार्मिक दिनचर्या का एक अंग बन गया था। उन्हें इसमें मन्दिरों

और गुरुद्वारा में जाने से अधिक सन्तोष मिलता था। गंगा के प्रति आदर-भाव, मुझे उनसे विरासत में ही मिला था। इस बीच हरिद्वार के आश्रम के सचिव का एक कार्ड मुझे मिला, जिसमें मुझे पूछा गया था कि मेरे हर पूर्णिमा पर हरिद्वार जाने के संकल्प का क्या हुआ, क्योंकि मैंने कई महीने से गंगा के दर्शन नहीं किए थे। इस पत्र ने अगली पूर्णिमा को हरिद्वार जाने के मेरे निश्चय की याद मुझे दिला दी। मैंने अपनी डायरी देखने के बाद उसे पत्र लिखा कि मैं अगली पूर्णिमा पर वहाँ उपस्थित रहूँगा।

कॉकटेल पार्टियों के दौरान, मैंने अपने अनेक मित्रों को हरिद्वार की सूर्यास्त के समय होने वाली आरती के बारे में बताया था। मैंने कहा था, "अगर आप जीवित हिन्दुत्व की अनुभूति करना चाहते हैं, तो वह आपको न हिन्दुओं के धार्मिक ग्रन्थों से प्राप्त होगा, न मन्दिरों के दर्शन से, वह आपको प्राप्त होगा, हरिद्वार में सूर्यास्त पर होने वाली गंगा की आराधना में की जाने वाली आरती में। उनमें से अनेकों ने मेरे साथ हरिद्वार जाकर उस आरती को स्वयं देखने की इच्छा व्यक्त की थी। उनमें अनेक विदेशी भी थे, जिनके लिए 'भारत-दर्शन' के अर्थ होते थे, आगरा, जयपुर, वाराणसी, खजुराहो और दक्षिण भारत के मन्दिरों के दर्शन। सब ऐतिहासिक अवशेष, जिनमें जीवित लोगों का कोई स्थान न था। दूतावासों की ऐसी ही एक कॉकटेल पार्टी में, जब मैं अपने प्रिय विषय—हरिद्वार की आरती—के बारे में मेरी बातों को बड़े ध्यान से सुनते पाया। वह थी पच्चीस-तीस की आयु की काले वर्ण की एक थोड़ी छरहरी युवती। मैंने उसे पहले कभी ऐसी कॉकटेल पार्टियों में नहीं देखा था, और उसे देखकर यह अनुमान लगाना कठिन था कि वह भारतीय थी, पाकिस्तानी या बंगलादेशी थी। मगर बाद में मुझे मालूम पड़ा कि वह इन तीनों में से कोई नहीं थी, वह थी श्रीलंकावासी। उसने अपना परिचय मुझसे कराते हुए कहा, "हलो, मैं सुशांतिका गुणतिलके हूँ, श्रीलंका हाई कमीशन से। आपने गंगा की पूजा समारोह के बारे में जो कुछ बताया, उसे सुनकर हरिद्वार के प्रति मेरी जिज्ञासा जागृत हुई है। मैं यह जानना चाहती थी कि हरिद्वार कैसे पहुँचा जा सकता है, और क्या वहाँ एक रात रुकने की कोई व्यवस्था है ?"

हम उन लोगों के बीच में से निकलकर पास में रखी दो कुर्सियों पर बैठ गये। मैंने उसे बताया कि हरिद्वार पहुँचने के लिए उसे कौन-सा मार्ग अपनाना होगा, बीच में कौन-कौन-से शहर आएँगे, और यह कि कार से साढ़े तीन घंटे का सफ़र है। वहाँ रहने के लिए काफ़ी बंगले हैं, और सरकारी टूरिज्म होटल भी हैं। मगर, इन सबमें सबसे ज्यादा आरामदेह है—'भारत हैवी इलैक्ट्रीकल्स' का अतिथि-गृह, जो हरिद्वार से कुछ मील पहले आता है। हरिद्वार एक पवित्र नगर है, और वहाँ पूरी शराबबन्दी है। शराब पर भी, गो माँस पर भी। लेकिन चूंकि 'भेल' अतिथि-ग्रह' हरिद्वार नगरपालिका की सीमाओं से बाहर पड़ता है, इसलिए वहाँ यह पाबन्दियाँ

लागू नहीं होतीं। मुझे बताया गया है कि अतिथि-गृह के पास एक अच्छा रसोइया है। मैं आपको सलाह दूँगा कि आप जाने से काफी पहले अपने लिए एक कमरा बुक करा लें, दो दिनों के लिए, पूर्णिमा के आसपास के दिनों में। आपको वहाँ रहने की जगह मिलने में कोई दिक्कत नहीं होगी। अगर आपके पति 'मेला' के जनरल मैनेजर को एक पत्र लिख देंगे, तो मुझे पूरी आशा है कि वे आप दोनों को अपना मेहमान बनाकर गौरवान्वित अनुभव करेंगे।''

''मैं विवाहित नहीं हूँ,'' उसने कहा। मैं हाई कमीशन में सैक्रेटरी नंबर दो हूँ, बस ! लेकिन मैं कोशिश करूँगी कि हाई कमिश्नर की प्राइवेट सैक्रेटरी 'भारत हैवी इलैक्ट्रीक्लस' के जनरल मैनेजर से संपर्क करें।''

''मैं आपको एक सलाह और दूँगा। वहाँ बिना किसी गाइड की मदद के घूमना-फिरना ठीक न होगा। वहाँ आपको बेशुमार भिखारी, पुरोहित, पंडे, ज्योतिषी और साधु हर जगह मिलेंगे। इन साधुओं में कई तो अपने शरीर पर भभूत के अलावा कोई वस्त्र धारण नहीं करते। अकेली स्त्री का घाटों के आसपास आना-जाना आपके लिए ठीक न होगा।''

''ऐसा गाइड मुझे कहाँ मिलेगा ?''

''मुझे आपको हरिद्वार दिखाने में बड़ी खुशी होगी। मैं वहाँ हर पूर्णमासी को जाने की कोशिश करता हूँ। वहाँ एक आश्रम में मेरा अपना एक कमरा है। बदकिस्मती से, आश्रम में महिलाओं के रहने की इज़ाज़त नहीं है। मैंने अपने रसोइये और बैयरे को अगली पूर्णमासी पर साथ ले जाने का वायदा किया है। हम आपको भी अपने साथ ले जा सकते हैं।''

''कार की कोई समस्या नहीं होगी। मेरे पास शौफर कार सहित है। हमारी कार बराबर आपका पीछा करती रहेगी। क्या आपकी पत्नी भी आपके साथ होंगी ?''

''मैं तलाशुदा हूँ। अगर आपको मेरे साथ कोई एतराज है, तो मैं आपके लिए कोई गाइड ढूँढ दूँगा।''

उसने मुस्कराते हुए उत्तर दिया, ''आप शारीशुदा हैं या तलाकशुदा, इससे मेरा कोई सरोकार नहीं है। मुझे आपके और आपके नौकरों के साथ जाने में कोई परेशानी नहीं होगी। मैं आपसे कैसे संपर्क करूँ ? मुझे तो आपका नाम भी याद नहीं रहा।''

मैंने अपनी जेब से एक कार्ड निकाल कर उसे पकड़ा दिया। उसने अपने हैंडबैग से अपना कार्ड निकालकर मुझे देते हुए कहा, ''मेरा नाम बहुत लम्बा और आसानी से उसका उच्चारण नहीं किया जा सकता, इसलिए मेरे मित्र और परिचित मुझे 'सुई' कहकर पुकारते हैं। लेकिन मैं ईसाई नहीं हूँ, बौद्ध हूँ।''

''मैं आज तक किसी बौद्ध से नहीं मिला। मुझे आशा है, आप मुझे कभी अपने धर्म और लोगों के बारे बताएँगी।''

पूर्णमासी दस दिन बाद थी। मैं इस दुविधा में था कि सुई को, जो भी वह

थी, फोन करूँ और उसके प्राइवेट सैक्रेटरी को फोन कर, उसे यह बताऊँ कि मैं उसे क्यों और किस मक़सद से फोन कर रहा हूँ, और उसके बाद वह मुझे सुई से फोन करने देगी। मैंने स्वयं फोन न करके विमला शर्मा को फोन करके सुई को फोन करने को कहा। उसने मुझे अगले दिन फोन करके बताया कि उसका कमरा 'भेल' अतिथि गृह में सुरक्षित हो गया है। मैंने उसे यात्रा का विवरण दिया। और कहा कि वह सुबह ग्यारह बजे तक मेरे महारानी बाग स्थित बँगले में आ जाए। मेरे साथ रास्ते में खाने-पीने का सब सामान पैक किया हुआ होगा। हम उसके 'अतिथि-गृह' तक साढ़े तीन बजे तक पहुँच जाएँगे। मैं आश्रम पहुँचूँगा, और साढ़े पाँच बजे के करीब अपनी कार से उसे लाने के लिए भेजूँगा, और उसे डिनर के समय तक अतिथि-गृह पहुँचा देगी। अगर उसे 'हर की पौड़ी' में स्नान करना है, तो वह अगले दिन कर सकती है। वह वापस दिल्ली इच्छानुसार समय पर जा सकती है। मैंने उससे सिर्फ जरूरी बातें ही कीं, और इधर-उधर की कोई बात नहीं की।

ठीक ग्यारह बजे, सुशांतिका की बड़ी जापानी टोयोटा कार, नीले रंग की, राजनयिकों के नम्बर वाली, रणजीत विला के सामने आकर खड़ी हो गई। जीवनराम ने लोहे का दरवाजा खोला, और टोयोटा को अंदर आने दिया। हम सब अपने सामान के साथ जाने के लिए तैयार थे। मैंने अपनी कानी जमादारनी से, हमारे आने तक पूरी देखभाल करते रहने को कहा। ''जब तक हम नहीं आते, किसी को अन्दर आने मत देना, और दरवाजे की घंटे बजे दरवाजा मत खोलना।''

जीवन राम और दोनों नौकरी मेरी कार में आगे रहे। उनके पीछे सुई की कार थी, जिसमें मैं उसके साथ बैठा था। जीवन राम को मैंने पहले ही हिदायत दे दी थी कि वह एक बजे के करीब किसी अच्छे स्टाप पर रुक जाए, ताकि वहाँ सब लंच ले सकें।

रास्ते में हम दोनों बातें करने लगे। मैंने उससे पूछा कि उसने शादी क्यों नहीं की। इससे पूर्व मैंने बातों ही बातों में उसकी काफी तारीफ़ कर दी थी—वह कितनी आकर्षक है, बुद्धिमान और समझदार है, और उसके इन्हीं गुणों की वजह से वह श्री लंकाई दूतावास में सेवारत हुई। उसने मेरी तारीफ़ों को बड़ी शालीनता के साथ स्वीकार कर, उनके लिए शुक्रिया अदा किया। फिर मेरे प्रश्न का उत्तर देते हुए बोली, ''मुझे खुद नहीं मालूम कि अभी तक मेरा विवाह क्यों नहीं हो पाया। शायद उपयुक्त व्यक्ति अभी तक मेरे जीवन में नहीं आया।'' उसने कंधे उचकाते हुए कहा।

''क्या कोई ऐसा पुरुष भी तुम्हारे जीवन में नहीं आया, जिसके प्रति तुमने गम्भीरता से सोचा हो कि वह तुम्हारा आदर्श जीवन-साथी हो सकता है ?'' मैंने थोड़ा आश्चर्य व्यक्त करते हुए पूछा। ''हाँ, मेरा एक ब्वाय फ्रेंड था जो, एक बाग़ान मालिक का बेटा था। वह अच्छा जीवन जीने, पीने और नाचने का शौकीन था। कोलम्बों में ऐसे बहुत से नवयुवक मिल जाएँगे। लेकिन, मैं अच्छी तरह जानती थी कि मैं

इस किस्म की ज़िन्दगी नहीं जी पाऊँगी। तब मैंने राजनयिक-सेवा में जाने और उसके लिए आवश्यक योग्यताएँ पाने की कोशिशें शुरू कीं। और मेरे इस निर्णय ने मेरे लिए भविष्य का मार्ग निर्धारित कर दिया। सबसे पहली बार मुझे दिल्ली भेजा गया। दो साल बाद मुझे वापस कोलम्बो भेज दिया जाएगा या किसी और राजदूतावास में भेज दिया जाएगा, शायद लंदन या पेरिस या न्यूयार्क, कहीं भी। हम लोगों की ज़िन्दगी में एक जगह रह पाना लिखा ही नहीं है। आज यहाँ, कल वहाँ। जिस दिन, मैं विवाह करूँगी, मैं इस काम को छोड़ दूँगी अपना घर बसा कर। अब अपनी सुनाइए। सुना है कि आप काफ़ी रसिया किस्म के आदमी हैं। और साथ ही अमीर भी हैं।''

''मेरे बारे में यह गपोड़ बातें कहाँ से सुनी आपने ?'' मैंने उससे पूछा।

''बस, इसी बात को लेकर कि मेरा विवाह असफल रहा, मैं एक दिलफैंक दीवाना इश्कबाज नहीं हो गया। मेरा जन्म निम्न-मध्यमवर्गीय परिवार में हुआ था। 'कुछ नहीं' से शुरू करके, आज मेरे पास जो भी है, वह मैंने अपनी मेहनत-मशक्कत से कमाया है।''

उसने अपना क्षीणकाय हाथ मेरे हाथ पर रखते हुए कहा, 'मेहरबानी करके मेरी बात को गम्भीरता से न लें। मैं तो बस आपको चिढ़ा रही थी। मैं आपके बारे में बहुत-सी अच्छी बातें भी जानती हूँ। जैसे, आप प्रिन्सटन में थे और अपनी अन्तिम परीक्षा में 'सुम्मा कम लॉड' उपाधि अर्जित करने वाले अकेले विद्यार्थी थे। सही न !''

''हाँ, सही है। लेकिन, मेरे बारे में इतनी सारी जानकारी तुम्हें कहाँ से मिली ?''

''मुझे अपनी ओर से कुछ नहीं करना पड़ा। राजदूतावास की पार्टियों में जो भी भारतीय मुझे मिला, वह आपको जानता है और आपका आदर करता है।''

''जानकर बड़ी खुशी हुई। अभी तक तो मैंने अपने असफल विवाह के बारे में गन्दी, घिनौनी अश्लील झूठी बातें ही सुनी हैं।''

''ईर्ष्या ! जो लोग आपके बारे में गन्दी, अश्लील बातें करते हैं, ईर्ष्यावश ही कहते हैं,'' उसने कहा, ''एक ऐसे स्वरूपवान युवक के, जिसने एक निर्धन परिवार में जन्म लेकर अमरीका के एक नामी और प्रतिष्ठित विश्वविद्यालय में सर्वोच्च उपाधि प्राप्त कर, चालीस वर्ष की आयु से पहले, मिलियन रुपए से अधिक की कमाई करने का अद्वितीय करिश्मा कर दिखाया हो, उसे लोगों की ईर्ष्या और वैर का सामना तो करना ही पड़ता है। मैं ऐसे घटिया लोगों की बेसिर-पैर की बातों की परवाह नहीं करती।'' कहकर उसने अपना क्षीणकाय हाथ मेरे हाथों पर रख दिया। तब मैंने ग़ौर किया कि उसकी कलाइयाँ कितनी कमज़ोर थीं। वह देखने में छरहरी लगती थी, वास्तव में उससे भी ज्यादा छरहरी थी। उसके गालों की हड्डियाँ निकली हुई थीं, बारीक काले होंठ, साधारण वक्ष और नितम्ब और भी छोटे। उसका सिर मुश्किल से मेरी ठोड़ी तक आता था। लेकिन आँखों में एक चमक थी, जो उसके बोलने पर और भी बढ़ जाती थी। अत्यधिक प्राणवान् होने के अतिरिक्त वह अत्यधिक

बुद्धिमान भी थी।

जीवन राम ने अपनी गाड़ी मुख्य सड़क से कुछ दूरी पर स्थित आम के एक वृक्ष के नीचे खड़ी की। यह स्थान गंगा की नहर के निकट स्थित था। कार से बाहर आने पर मैंने देखा कि सूरज ठीक हमारे ऊपर था। गर्मी असहनीय थी। नहर के ऊपर से आई हल्की-सी ताज़ी हवा गेहूँ के खेतों की ओर बह रही थी। कुछ दूरी पर एक गाँव दिखाई देता था, पर वहाँ रहने वाला न कोई आदमी दिखाई दे रहा था, न कोई जानवर। हम सब अपने-अपने लिए कोई-न-कोई आरामदेह जगह तलाश कर, वहाँ बैठ गए। जीवन राम ने वह डलिया सबके सामने रख दी, जो वह अपने साथ लाया था। उसमें तरह-तरह के सैंडविचों के अलावा, ठंडी की गयी बीयर के डिब्बे थे। उसने एक डिब्बा मुझसे लेते हुए कहा, ''मैं आमतौर पर दिन में ड्रिंक नहीं करती, लेकिन मैं इस वक्त बहुत थकान और प्यास महसूस कर रही हूँ।'' उसने बीयर को पूरा खत्म करने के बाद कहा, ''मजा आ गया। गरम और सूखे दिन में ठंडी बीयर पीना कितनी ताज़गी देता है।''

हम दोनों सैंडविच खाते रहे। जीवन राम और दोनों नौकर नहर के किनारे जाकर पराँठे और आलू की भुजिया खाने लगे।

''क्या तुम बौद्ध धर्म का पूरा पालन करती हो ?'' मैंने उससे पूछा।

''मैं नहीं जानती, बौद्ध धर्म के पालन से तुम्हारी मंशा क्या है ?'' उसने मुझसे पूछा। ''मैं मन्दिर बहुत कम जाती हूँ, और पूजा-आराधना भी ज्यादा नहीं करती। फिर भी मैं बौद्ध हूँ, क्योंकि मैंने बुद्ध के जिन प्रवचनों का अध्ययन किया है, वे मुझे अच्छे लगते हैं। मुझे वे दूसरे धर्मों के संस्थापकों के उपदेशों से अधिक बोधपूर्ण लगते हैं। दुनिया के हर धर्म में बौद्ध-धर्म से कुछ न कुछ अवश्य लिया है। और मुझे यह भी विश्वास है कि ऐसे लोगों की संख्या काफ़ी है, जो बौद्ध न होते हुए भी बुद्ध का आदर करते हैं।''

''जब मैं प्रिन्सटन में था, तब तुलनात्मक धर्मों की क्लास में था,'' मैंने उसे अपने पन्द्रह साल पहले के दिनों की याद दिलाते हुए कहा। ''हमारे प्रोफेसर ने हमें बताया था कि बुद्ध ने अपने प्रवचनों में 'दुख' पर बहुत ज़ोर दिया है। सर्वत्र व्याप्त बताया है दुख को। बुद्ध का मानना था कि कामनाओं पर नियंत्रण रख कर, दुख को नष्ट किया जाता है। खाने, जीवन के हर भौतिक सुखों को भोगने, सैक्स से बचने पर दुख से भी बचा जा सकता है। मुझे यह विधि स्वीकार्य नहीं है। हिंदू धर्म की सबसे बड़ी विशेषता यह है कि यह दुख में नहीं सुख को प्रधानता देता है। शुभ और सौभाग्यदायी है—हिन्दू धर्म ! हमारी संस्कारी-विधियों में पीने, नाचने, जुआ खेलने, प्रेम करने और मौज करने आदि का कोई निषेध नहीं है। मैं उसका समर्थन करता हूँ, उपवास करने, पश्चाताप करने आदि का नहीं।''

''आप मौज-मजा करने और भौतिक सुखों में लिप्त होने को धर्म मानते हैं ?''

इससे पूर्व कि मैं उसके प्रश्न का उत्तर देता, जीवन राम डलिया के सामान को अन्दर रखने के लिए आया। हरिद्वार का सिर्फ एक घंटे का सफ़र बाकी था।

"हम अपनी इस बातचीत को फिर कभी जारी रखेंगे।" मैंने उठते हुए और अपनी पतलून से गर्द को झाड़ते हुए कहा। उसने ऊपर उठने को सहारे के लिए मेरे आगे दोनों हाथ कर दिए। वह खुद भी खड़ी हो सकती थी। लेकिन मुझसे सहारा माँगना शायद दोस्ती करने की निशानी थी। मैंने उससे और आगे जाकर उसके शरीर के पिछले भाग की धूल और उसकी साड़ी में अटक गए घास के तिनकों को भी झाड़ दिया। उसने मुस्कान के साथ कहा, "धन्यवाद !" हम दोनों उसकी कार में बैठ गए और 'भेल' के अतिथि-गृह की ओर बढ़ती हुई जीवनराम की कार का पीछा करने लगे।

अथिति-गृह का परिचारक वी.आई.पी. मेहमान के आगमन की प्रतीक्षा ही कर रहा था। वह उसकी राजनयिकों के नंबर वाली बड़ी आकार की कार से बहुत प्रभावित दिखाई दिया, मगर कार से उतरती मामूली और दक्षिण के किसी कालेज की लड़की जैसी लगने वाली स्त्री को देखकर वह प्रभाव कम होता दिखाई दिया। लेकिन मेहमान ने जिस अफ़सराना लहजे में उससे कहा, "ड्राइवर ! मेरा बैग उठाकर मेरे उस कमरे में रख दो, जो मुझे दिया गया है।" तो वह अपनी औक़ात के मुताबिक काम करने लगा। फिर उसने परिचारक से कहा, "क्या मुझे चाय मिलेगी ?"

मैं सुई के कमरे को देखने नहीं गया। मैंने सिर्फ उससे हाथ मिलाया और कहा, "मेरा ड्राइवर तुम्हें लेने के लिए साढ़े पाँच बजे आएगा। करीब दो घंटे बाद। मुझे आश्रम से ले लेना और हम पहले घाटों की सैर करेंगे और सूर्यास्त होने पर आरती देखेंगे।"

उसने अपने अकेले रह जाने के बारे में कोई विरोध नहीं जताया।

आश्रम पहुँच कर, मैंने अपना कमरा खुलवाया, और अन्दर की सफ़ाई करवाई। मुझे बहुत ज्यादा चीनी वाली चाय दी गई, पीतल के एक गिलास में। मैंने लोटे से स्नान किया और नए कपड़े पहनकर सुई के आने का इन्तज़ार करने लगा। जीवनराम ठीक साढ़े पाँच बजे सुई को ले आया। सुई का ड्राइवर भी उसकी कार में था। सूई ने मुझे बताया, "इसने मेरे साथ आने और गंगा-माता के दर्शन करने की इच्छा जताई। वह सुबह भी गंगा में स्नान करने के लिए आने वाला है। उम्मीद है कि आपको इसमें कोई एतराज नहीं होगा।" सुई के कंधों पर कैमरा लटका था।

"जितने ज्यादा गंगा-भक्त होंगे, उतना ही अच्छा रहेगा।"

सब लोग मेरी कार में बैठ गये। कार 'हर की पौड़ी' के सबसे नज़दीक के स्थान की ओर चली। मैं सबका गाइड और संरक्षक बना हुआ था। मैंने तंग करने वाले सब भिखारियों, पंडों और चंदा माँगने वालों को दूर से ही भगा दिया। मुख्य घाट पर पहुँचने से पहले, नौकर लोग हमसे थोड़ी दूर पहले ही थम गए, ताकि उनके

और हमारे बीच एक फासला बना रहे। रास्ते में सुई अपने कैमरे से फटाफट फोटो खींचती जा रही थी—मन्दिरों के, साधुओं के, पंडों के, गायों के, नदी के, तीर्थयात्रियों के, प्राकृतिक दृश्यों के। अपनी इस व्यस्तता की वजह से, वह मुझसे बात नहीं कर रही थी। उसके इस व्यवहार से मुझे ऐसा लगा, जैसे उसे मेरी कोई परवाह नहीं है।

मुझे क्षुब्ध देखकर, उसने अपना कैमरा अपने बैग में वापस रख लिया। और जैसे अपनी सफ़ाई देती हुई बोली, "ये फोटो मुझे गंगा और हरिद्वार की तीर्थयात्रा की याद दिलाते रहेंगे। मैं आपके भी कुछ ऐसे फोटो लेना चाहती हूँ, जिसमें गंगा पृष्ठभूमि में हो।" मैंने उसकी इस बात का कोई जवाब नहीं दिया।

सूरज पहाड़ियों की पश्चिमी श्रेणियों के पीछे चला गया था। अब हमारे लिए घंटा घर के पास, एक ऐसे स्थान की तलाश करनी थी, जहाँ से 'हर की पौड़ी' के सीधे दर्शन हो सकें। भीड़ से बचने के लिए मैंने उसके कंधों पर हाथ रख लिए, और 'माफ कीजिए, माफ़ कीजिए' करता हुआ, सबसे आगे की लाइन में अपना स्थान बनाने के लिए लगातार आगे बढ़ता रहा। ऐसे स्थानों पर 'साहिबी अंग्रेजी' दूसरों पर रौब ज़माने और अपनी मर्जी चलाने में बहुत काम आती है। प्रकाश और ध्वनि का भव्य प्रदर्शन आरम्भ हुआ। इस सारे प्रदर्शन के दौरान जब तक दीप-स्तम्भों का लहराना, घंटों का बजना और श्लोकों का पाठ चालू रहा, तब तक मैं अपनी भीड़ से बचाव करने वाली अपनी बाँह उसके कंधों पर रखे रहा। उसके व्यवहार से ऐसा नहीं लगा, जैसे उसे इसमें एतराज हो, इसके विपरीत उसने अपना सिर मेरी छाती पर टिका दिया। और जब आरती समाप्त हो गई तो उसने मेरी आँखों में आँखें डालते हुए बुदबुदा कर कहा, "बड़ा सम्मोहक है यह नज़ारा ! आपने इसे देखने के लिए मुझे अपने साथ आने का मौका दिया, इसके लिए मैं आपकी चिर-कृतज्ञ रहूँगी।"

भीड़ अब तितर-बितर होने लगी थी। हम गंगा के निकट कुछ समय तक रहे, और बाद में घाट पर चांदनी और हवा के शीतल झोंकों का आनन्द लेते हुए, चहलक़दमी करते रहे। कार तक पहुँचने से पहले हम रोशनी में जगमग बाज़ार में होकर गुज़रे। कार में अपनी सीट पर बैठते हुए, सुई ने मुझसे पूछा, "अब क्या ?"

"मैं अब आश्रम जाऊँगा, जहाँ महिलाओं का जाना मना है और आप अपने 'अतिथि-गृह' में। इस पवित्र नगरी में शराब-सेवन नहीं।"

"लेकिन अतिथि-गृह में दोनों की इजाज़त है। आपने मुझसे कहा था कि अतिथि-गृह पाबन्दी की सीमा के बाहर है। मेरे पास स्कॉच की एक बोतल और कुछ सोड़ा है। क्या आप मेरे साथ शरीक होना चाहेंगे ?"

"किसी और दिन के लिए रखो," मैंने कहा, "मैं कल सुबह बहुत जल्दी उठ कर, गंगा में अपने पिता की स्मृति में एक डुबकी लगाना चाहूँगा। वे जब भी हरिद्वार

आते थे, गंगा में डुबकी लगाकर, अपने पापों को इस प्रकार धोने में विश्वास करते थे। मुझे तो अपने और भी ज्यादा पापों को गंगा से धुलवाना है।''

''क्या मैं इस दृश्य को देखने के लिए उस वक्त मौजूद नहीं रह सकती ? मैं शायद गंगा में डुबकी लगा सकूँ, मगर इस दृश्य को अवश्य देखना चाहूँगी।'' उसने कहा।

''ज़रूर आइए ! अगर आप कल सुबह पाँच बजे आश्रम आ सकें, तो मैं तुम्हें अपने साथ ले जाऊँगा। लेकिन इस दृश्य का फोटो नहीं !''

मैं और मेरे नौकर आश्रम में उतर गए। जीवनराम सुई और उसके ड्राइवर को कार में बैठाकर 'भेल' अतिथि-गृह ले गया। मुझे सुई के न्यौते को रूखेपन से नामंजूर करते हुए बहुत बुरा लगा था। मैंने उसे यह नहीं बताया था कि मेरे पास आश्रम के अपने कमरे में स्कॉच और सोड़ा दोनों है—नशाबंदी के बावजूद !

अगले दिन सुबह ही सुबह, वह मुझे अपने साथ ले जाने के लिए आ गई। सुबह हुई ही थी, और उसकी रोशनी में आकाश भी हल्के-हल्के रोशन हो रहा था। उसने सलवार-कमीज पहन रखी थी, गले में कपड़ों का एक बैग था। बोली, ''मैंने भी सोचा कि जब यहाँ आई ही हूँ तो क्यों न पवित्र गंगा को अपने पापों को धोने का मौका दूँ ! मैं गंगा की पूजा करने वालों में से नहीं हूँ, फिर भी इसके बावजूद शायद वह मेरे पाप धो सकें।'' उसने हँसते हुए कहा।

हम 'हर की पौड़ी' के जुदा-जुदा भागों में खड़े थे। मैंने सुई को, अपनी सलवार उतारते और उसके स्थान पर एक बड़ा तौलिया अपनी कमर पर लपेटते और बाद में अपनी कमीज उतारते देखा। लेकिन उसकी 'ब्रा' अभी भी अपनी जगह मौजूद थी। उसके आसपास स्नान कर रहीं, स्त्रियों ने तो अपनी 'ब्रा' भी उतार रखी थी। वह उन सब स्त्रियों में सबसे छोटी थी। मैंने उस तरफ़ देखना बन्द कर दिया। तभी, मुझे याद आया कि मेरे पिता सूर्योपासना करते समय उसे अर्घ्य दिया करते थे, और कई बार गंगा में डुबकियाँ लगाते समय उन लोगों के नाम लिया करते थे जिन्हें याद करते हुए वे डुबकियाँ लगाते थे। अब जबकि मैं उनके ही नक्शे-क़दम पर चलने का प्रयास कर रहा था, मैं याद करने वाले व्यक्तियों में सिर्फ जैसिका, यास्मीन, सरोजिनी, मौली, मेरे पिता और मेरे दोनों बच्चों, सिर्फ इन्हीं सात को कर सका था। सूर्य की दो बार उपासना करने के बाद, मैंने सात बार इन्हीं लोगों के लिए एक-एक बार डुबकी लगाई। यह सारा अनुभव बड़ा स्फूर्तिदायक था। मैंने मुड़कर देखना चाहा के सू क्या कर रही थी। वह पेटीकोट पहन कर, अपने वक्षों को छिपाने के लिए अपने कंधों के चारों ओर बड़ा तौलिया लपेटे हुई थी। ज़ाहिर था कि उसने हिम्मत करके अपनी 'ब्रा' निकाल कर ही स्नान किया था। अब वह दूसरे तोलियों

से अपने 'ब्रा' विहिन वक्षों को पौंछ रही थी। बाद में उसने 'ब्रा' पहना। इतनी स्त्रियों के बीच वह अपने को सुरक्षित महसूस कर रही थी, कारण वहाँ मौजूद सभी स्त्रियाँ पूरी नग्न, अर्ध-नग्न या आंशिक रूप से नग्न थीं।

अन्त में उसने सिंहली शैली में साड़ी पहनी। हम अपनी-अपनी कारों के पास पहुँचे। मुझे मालूम नहीं था कि दिल्ली लौटने के बारे में उसके मन में क्या था ? जब मैंने उससे पूछा, तो उसने कहा, ''मैंने दो रातों के लिए कमरा बुक किया था। मैं सोच रही हूँ कि बाकी समय में यहाँ जो कुछ देखने योग्य है, वह देख लूँ, और बाद में आपके साथ ही लौट जाऊँ।''

''गर्मी इतनी ज्यादा है कि कुछ देखना-दिखाना मुमकिन नहीं है,'' मैंने कहा। ''इसलिए तुम्हारे लिए बेहतर यही होगा कि तुम सारा दिन अपने एयरकंडीशंड कमरे में ही बिताओ। मेरे पास तो सिर्फ एक फैन ही है, जो गर्म हवा ही देता है। शाम को हम दुबारा घाटों पर आएँगे। इस बार बिना कैमरे के। और अगर तुम्हें असुविधा न हो तो मैं शाम को तुम्हारे पास ड्रिंक के लिए आ जाऊँ।''

इसके बाद हम अपनी-अपनी कारों में बैठ गए।

मैंने अपने नौकरों को कुछ रक़म दी, ताकि वे दोनों सुई के ड्राइवर को अपने साथ एक फिल्म, जाो किसी धार्मिक कहानी पर आधारित थी, देख आएँ। और लौटते समय किसी ढाबे में खाना भी खा लें। सूर्यास्त के बाद, मैं अपनी कार लेकर 'भेल' के अतिथि-गृह' पहुँचा, वहाँ परिचारक मुझे सुई के कमरे तक ले गया। उसने मेज पर स्कॉच, सोड़ा और बर्फ का एक डोल रख दिया। वह सिगरेट पी रही थी। रास्ते में और नहर के किनारे उसने एक बार भी सिगरेट नहीं पी थी। शायद वह अपने अशान्त मन को शान्त करने के इरादे से ऐसा कर रही थी। अपनी कुर्सी से उठकर उसने मेरे से हाथ मिलाने के स्थान पर मेरा स्वागत मेरे दोनों गालों पर चुम्बन लेकर किया। ''यह है मेरा शुक्रिया, मुझे अपने साथ लाने का। यह एक यादगार अनुभव था। मैं उसे आजीवन नहीं भूल पाऊँगी।''

फिर उसने अपनी सिगरेट को ऐश-ट्रे में मसलते हुए कहा, ''पैग बना कर, मुझे हर्षित करें। मैं दाँत साफ़ करके और सिगरेट की बदबू दूर करके अभी आती हूँ।''

उसने बाथरूम में काफ़ी वक्त लगाया। पता नहीं, उसके मन में क्या था, लेकिन बतौर एहतियात मैंने अन्दर से सिटकनी लगा दी। मैंने व्हिस्की के पैग तैयार किए और उसके आने का इन्तज़ार करने लगा।

''तो क्या किया आपने सारे दिन ?'' उसने बाहर से आते हुए मुझसे पूछा।

''ज्यादा कुछ नहीं,'' मैंने जवाब दिया। बहुत ज्यादा गर्मी होने की वजह से बाहर जाना बेकार था। बस, अखबार, पत्र-पत्रिकाएँ पढ़ता रहा, खाया और ऊँघता-झपकियाँ लेता रहा। और बस हो गया सारा दिन ख़त्म ! और तुम ?''

“मैंने ड्राइवर से हरिद्वार दिखाने के अलावा, गंगा के उच्चतर फैलाव वाले क्षेत्रों को दिखाने को कहा। मगर उसे रास्ते मालूम नहीं थे, इसलिए हम लौट आए। मैंने बाज़ार की सैर भी की, खरीदने लायक कोई सामान खरीदने के लिए। मगर सब बेकार की वस्तुएँ थीं और दुकानदारों को यक़ीन नहीं हो रहा था कि मैं हिन्दुस्तानी नहीं समझती। मुझे अपनी ओर इशारा करके उन्हें बताना पड़ता था कि मैं श्रीलंका की हूँ।” यह सुनकर वे सब यही कहते, ‘ओह ! लंका ! रावण की नगरी।’ ज्यादातर हिन्दुस्तानी मेरे देश के बारे में बस इतना ही जानते हैं।”

“मुझे भी तो सिर्फ़ इतना ही मालूम है ! और हाँ, मैं यह भी जानता हूँ कि श्रीलंका के तमिल अपने ‘ईल्म’ के लिए लड़ रहे हैं, और हम हिन्दुस्तानियों को बुरा बताते हैं यह मानकर कि हम उनकी मदद कर रहे हैं।...मेरी समझ में नहीं आता कि अलग-अलग मुल्कों के लोग आपस में लड़ते क्यों हैं ? क्या तुम भी हमसे घृणा करती हो ?”

“नहीं,” उसने जवाब दिया। बुद्ध ने कहा था कि घृणा उसी को मारती है, जो औरों से घृणा करता है। मैं आपको घृणा नहीं करती। आप मुझसे घृणा नहीं करते। ऐसा ही होना चाहिए।” उसने मेरा हाथ अपने हाथ में लेकर अपने होंठों पर लगाया। इसके प्रत्युत्तर में मैंने उसका दुबला-पतला हाथ अपने होंठों पर लगाकर उसे चूम लिया।

“यह तो भारत-श्रीलंका-शांति समझौता जैसा हो गया,” उसने हल्के से हँसते हुए कहा।

मैंने अपना हाथ नहीं छुड़ाया। उसने भी अपना हाथ अलग करने की कोई कोशिश नहीं की। कुछ देर बाद, उसने कहा, “मिस्टर कुमार ! मैंने सुना है कि औरतों को अपने वश में कर लेने की कला में माहिर हैं।”

“क्या तुम भी ऐसा ही सोचती हो ?”

“देखिए, इस बारे में मैं पक्के तौर पर कुछ नहीं कह सकती। आप एक सुदर्शन पुरुष हैं, और खुद भी स्त्रियों को रिझाने और उन्हें आत्म-समर्पण कराने को बाध्य करने के गुर जानते हैं।”

“तुमने अभी तक मुझे नहीं बताया कि क्या तुम भी मुझ पर रीझ गई हो ?”

“यह अनुमान तो आपको उसी समय कर लेना चाहिए था, जब मैंने आपके माध्यम से हरिद्वार के दर्शन करने की पेशकश की थी। मगर, मुझे यह संदेह है कि मुझ जैसी लड़की पर रीझ सकेंगे। मैं बेहद काली हूँ, दुबली-पतली हूँ और देखने में भी बेहद मामूली हूँ। ज्यादातर हिन्दुस्तानी मेरे जैसी लड़की से अलग रहना ही अच्छा समझते हैं।”

“मैंने, जितना तुम जानती हो, उससे कहीं ज्यादा तुम्हें देख लिया है। जब तुम सलवार-कमीज उतार कर साड़ी पहनने में लगी थीं। तुम्हारा शरीर हर लिहाज़

से लघु भले ही हो, लेकिन उसका गठन बहुत संतुलित हैं। संक्षेप में आदर्श शरीर-गठन। सब कुछ एक लघु सुन्दर प्रतिमा के मसान। कहीं बेतुकापन या भोंडापन नहीं।''

''शुक्रिया। मेरा ख़याल था कि आपने पवित्र गंगा की शरण में इस मनोकामना को लेकर गए थे कि गंगा आपको अत्यधिक कामुकता और लंपटता के विचारों से मुक्त कर देगी।''

''और लंपटता की दिशा में बढ़ाए गए एक नये दुःसाहसिक प्रयास में कामयाब होने का आशीर्वाद प्राप्त करने के लिए भी।''

उसने ह्विस्की का अपना गिलास अलग रख दिया, और मेरी गोदी में बैठकर अपनी बाँहें मेरी गर्दन में डालकर मुझे चूमने लगी। हम इसी स्थिति में कुछ और मिनटों तक रहें। हर्षातिरेक में वह अपनी उँगलियाँ मेरे सिर में फिराने लगी। फिर वह मेरा हाथ पकड़कर मुझे अपने बिस्तर तक ले गई। जो कुछ वह कर रही थी, पहले से सोची-विचारी योजना के अनुसार कर रही थी, इसमें मुझे कोई शक नहीं रह गया था।

जब मैंने उसकी मनोकामना पूरी कर दी, तो वह खुशी के मारे छटपटाने लगी। जब उसकी खुशी चरमावस्था को पहुँचने लगी, तो उसने मुझसे पूछा, ''आप कंडोम का इस्तेमाल क्यों नहीं करते ?''

''करता हूँ। लेकिन, इस सफ़र के दौरान उसके प्रयोग करने की अपेक्षा नहीं थी मुझमें !''

''तब भगवान के वास्ते, अब यहीं ही रुक जाओ। मैं गर्भवती नहीं होना चाहती। मैं जानती हूँ, इससे आपका आनंद अधूरा रह जाएगा, लेकिन इस बार मेरी ख़ातिर।''

बाथरूम में नहाने-धोने के बाद, वह उसी अवस्था में बाहर आकर, मेरे पास लेट गई। फिर बोली अब हमें अपने कपड़े पहन लेने चाहिए। मैं डिनर यहीं भेजने का आर्डर दे देती हूँ।''

हमने अपनी रोजमर्रा की पोशाकें पहन लीं। उसने फोन करके बेयरे को कमरे में ही दो डिनर लाने का आर्डर दिया।

डिनर का इन्तज़ार करते हुए, मैंने इस अवधि में सू के बारे में और कुछ जानने की कोशिश की। मैंने उससे पूछा, ''मैं तुम्हारे बारे में बहुत कम जानता हूँ, अैर सिर्फ इतना ही जानता हूँ कि तुम एक राजनयिक हो। इससे यह मानना पड़ता है कि तुम चतुर हो और बन्धन-मुक्त विचारों की भी।''

''मैं एक बड़े परिवार में जन्मी। चाय-बागानों के मालिक के परिवार में। मैं एक होशियार लड़की थी। नागरिक-सेवा-संघ की परीक्षा में उत्तीर्ण होकर, मैंने राजनयिक सेवा में कार्य करने का निश्चय किया। जहाँ तक बंधन-मुक्त विचारों की बात है, हाँ मैं कबूल करती हूँ कि सैक्स के बारे में मेरे विचार काफ़ी स्वतंत्र हैं। अगर कोई युवक मुझे पसन्द करता है, और मैं उसे पसन्द करती हूँ, तो उसके साथ हम-बिस्तर

होने में मुझे कोई संकोच नहीं होता। उसमें क्या बुराई है ? है क्या ?''

''क़तई नहीं है'', मैंने जवाब दिया। ''जब दो व्यक्ति एक-दूसरे के करीब आना चाहते हैं, तब उनकी पहली प्राथमिकता सैक्स को लेकर होनी ज़रूरी है। तुम्हारे कौमार्य-भंग की घटना कब और कैसे घटी ?''

अब यह तो तुम ज़रूरत से ज्यादा ताक-झाँक कर रहे हो, मेरे जीवन में। मगर मैं बताती हूँ इस घटना के बारे में। मैं तब सोलह साल की थी। उस घटना को रोमांटिक कहना ठीक नहीं होगा। उस घटना के लिए जिम्मेवार थे—मेरे चचा, मेरे पिता के छोटे भाई। ज्यादातर लड़कियों की ज़िन्दगी में उनके करीबी रिश्तेदार ही ऐसी घटनाओं के लिए जिम्मेवार होते है, वे लोग जिन पर आमतौर पर लड़कियाँ भरोसा करती हैं। शुरू-शुरू में मेरे चचा का मुझसे लाड़-प्यार बड़ा भोलाभाला-सा लगा। चुम्बन लेना छाती से लगाना आलिंगन करना। इस किस्म का लाड़-प्यार। बाद में उनकी हिम्मत बढ़ी और उन्होंने मुझे उत्तेजित करने के लिए मेरे वक्षों और नितम्बों को सहलाना और उनके साथ खेलना शुरू किया। मैं सचमुच आपे से बाहर होने लगी। मेरी यह हालत देखकर उन्होंने मुझे फर्श पर लेटा दिया, और गुथ गए। मैं इस घटना का ज़िक्र अपने माता-पिता से करना चाहती थी, लेकिन यह सोचकर चुप रही, क्योंकि उस घटना में मेरा भी हाथ था, मैं उसकी भागीदार थी। लेकिन मैंने अपने चचा से इस घटना का बदला दूसरे रूप में लिया, उनके चौदह साल के पुत्र, अपने चचेरे भाई को फुसलाने और उसका चरित्र बिगाड़ कर। वह लड़का मुझ पर ऐसा लट्टू हुआ कि मुझे प्रेम-पत्र और कविताएँ भेजने लगा। मैंने उसे बिल्कुल नहीं रोका। बाद में उसने मुझसे विवाह करने की इच्छा व्यक्त की। इतना ही नहीं, उसने जाकर अपने माता-पिता से भी कहा कि वह मुझसे विवाह करना चाहता है। उसके पिता ने फ़ौरन उसे कोलम्बो से हटाकर, शहर से दूर एक बोर्डिंग-स्कूल में दाखिल करा दिया। किसी भी लड़की के लिए किसी भी पुरुष को फुसलाना बड़ा आसान है। मैं जानती हूँ, और मैं जिस पुरुष को भी चाहूँ, फुसला सकती हूँ। वजह यह है कि पुरुष सदा किसी भी लड़की को भोगने के लिए तैयार रहते हैं। तुम्हें भी फुसलाया न !''

''हमने एक-दूसरे को फुसलाया।'' मैंने प्रतिकार करते हुए कहा, फिर मैंने उसे मौली के बारे में बताया कि उसका शील-भंग भी उसके ही करीबी रिश्तेदार उसके मामा ने किया था। उसकी आयु 14 वर्ष ही थी। ''यह देखकर बड़ा आश्चर्य होता है कि ज्यादातर कुमारी लड़कियों का शीलभंग खुद उन्हीं के बुजुर्ग रिश्तेदारों या उनके माता-पिता के मित्रों द्वारा ही होता है।'' सुई ने कहा, ''यह बात किशोरों के बारे में भी सच है। उन्हें फुसला कर, उनका चरित्र बिगाड़ने का काम ज्यादातर उनकी उनसे ज्यादा उम्रवाली चाचियाँ जैसी रिश्तेदार या नौकरानियाँ ही करती हैं। जब युवा लोगों में काम-वासना अत्यधिक हो जाती है, और वे खुद उस पर काबू नहीं पा

सकते तब कोई न कोई अनुभवी बुजुर्ग उन्हें ग़लत रास्ता दिखाने के लिए उनके जीवन में कहीं से आ ही जाता है।''

''और तुम्हें सैक्स का कितना अनुभव है ?'' बड़ी ही ढीठता के साथ मैंने उससे यह प्रश्न पूछ ही लिया। ''कितने पुरुषों ने आपको भोगा है ? या यह कहा जाए कि कितने पुरुषों को तुमने भोगने का मौका दिया ?''

''कुछ ही लड़कों को मैंने ऐसा मौका दिया। कई वर्षों तक एक पुरुष-मित्र मेरा स्थायी मित्र बना रहा। मैं उसके बारे में आपको बता चुकी हूँ। उससे अलग होने में न मुझे खेद हुआ, न उसे। अलग होने की वजह यह थी कि हममें से कोई भी एक-दूसरे से शादी करने को तैयार नहीं था। और आपके अनुभवों की कहानी क्या है ?''

''बीस साल की आयु तक मुझे लड़कियों के संग-साथ का कोई अनुभव नहीं था। मुझे सैक्स में प्रवृत्त करने का 'श्रेय' जाता है, प्रिंसटन विश्वविद्यालय की एक काली लड़की को। इस अनुभव के बाद, मुझे अनेकानेक अनुभव हुए। सैक्स मानव-जीवन को मिला प्रकृति का सर्वोत्तम वरदान है। उसमें जितनी विविधता के रंग आयें उतना ही वह सबरंग और वैविध्यपूर्ण आनन्द प्रदान करता है। क्या तुम मेरे कथन से सहमत हो ?''

''हूँ भी और नहीं भी। मेरे ख्याल से एक रात में शुरू और खत्म हुए प्रेम को एक रंगवाला प्रेम माना जाएगा। एक ही व्यक्ति के साथ प्रेम जब तक काफ़ी समय पुराना न हो जाए, तब तक उसे पूर्ण, सम्पन्न और सन्तोषदायक नहीं माना जा सकता। और यह सन्तोष कब समाप्त हो जाता है, और उसका उत्तेजन कब ख़त्म हो जाता है। इसका आभास प्रेमी और प्रेमिका दोनों को हो जाता है। तब प्रेमी और प्रेमिका दोनों को बिना किसी गिले-शिकवे के उस प्रेम को अलविदा कह देना चाहिए और एक-दूसरे को नया प्रेमी या प्रेमिका के साथ नए सम्बन्ध स्थापित कर लेने चाहिए। मुझे आशा है कि मैं जब तक दिल्ली में हूँ, आप मुझसे कभी-कभी मिलते रहेंगे।''

''मुझे भी यही आशा है। अभी तो हमारे प्रेम की शुरुआत ही हुई है। मगर पूरे आनन्द का उपभोग नहीं कर पाए, क्योंकि तुम्हारे मन में कई डर थे—मिलन के समय के किसी के आने की वजह का किसी और विघ्न-बाधा का या गर्भवती होने का।''

''मुझे अफसोस है।'' और मेरा हाथ पकड़ते हुए उसने मुझे आश्वस्त किया कि ''अगली बार आपको पूरा सन्तोष प्राप्त होगा।''

अगले दिन हम हरिद्वार से निकले हम दोनों एक साथ नौकरों से पहले मेरी ही कार से जा सकते थे, और जुदा-जुदा वक्तों पर भी, लेकिन हमने एक साथ सबके जाने का फ़ैसला किया। मैं उसकी कार में सवार हुआ और सब नौकर मेरी कार

में। रास्ते में वह कभी-कभी बिना कुछ बोले, अपना हाथ मेरी ओर बढ़ा देती थी, और मैं अपने हाथ में उसकी उँगलियों को अपनी उँगलियों के जोड़ से जकड़ कर उन्हें दबा देता था। यमुना पार करने के बाद महारानी बाग और वहाँ स्थित मेरे घर के बीच के स्थान के याद रह जाने वाले दृश्यों को ध्यान से देखती जा रही थी। उसकी कार मेरे घर के सामने जाकर रुकी। वह अन्दर नहीं आना चाहती थी, "मुझे ऑफिस के लिए देर हो जाएगी। मुझे जल्दी से घर जाकर, अपने कपड़े बदल कर, फ़ौरन आफिस पहुँचना है। मुझे कभी हाई कमीशन के आफिस में या मेरे घर फोन न करना, क्योंकि सब कॉल मानीटर की जाती हैं। अगर आपके आफिस में आपकी डायरेक्ट लाइन है, तब मैं आपसे खुद संपर्क करूँगी। मैं आपके घर भी फोन नहीं करूँगी, क्योंकि आपके नौकर मेरी आवाज़ सुन कर मुझे पहचान जाएँगे।"

मैंने उसे आफिस का अपना डायरेक्ट नम्बर दे दिया। उसने अगले दिन ही मुझे फोन किया, "हाँ जी ! पहचाने, मैं कौन हूँ ?"

"सू-कुछ ! लम्बा, ज़बान पर आसानी से न चढ़ने वाले नाम वाली। फरमाइए, मेरे योग्य कोई सेवा ?"

"अगले शनिवार को क्या कर रहे हैं आप ? उस दिन हमारी छुट्टी है।"

"उस दिन मुझे श्रीलंका के हाई कमीशन की एक महिला के साथ लंच की तारीख है। शनिवार को मेरा ऑफिस आधे दिन काम करता है। उस दिन मैंने सब नौकरों को आधे दिन की छुट्टी दे दी है। मैं डेढ़ बजे घर पहुँच जाऊँगा।"

"ओ. के. अपनी श्रीलंका की महिला का डेढ़ बजे इन्तज़ार करना।"

शनिवार की सुबह को कुछ ठंडा बनाना और फ्रिज में रख देना, क्योंकि मैं काफी देर से घर आऊँगा। जीवनराम को पूरे दिन की छुट्टी दे दी। जब मैं दोपहर को घर पहुँचा तो घर में श्मशान जैसी शान्ति थी। मैंने बैडरूम का एयर-कंडीशनर चालू किया, फ्रिज में रखी खाने की चीजों का मुआयना किया : मछली, आलू, ककड़ी और सलाद। और बीयर के कई डिब्बे।

सुई ठीक समय पर पहुँच गई। वह अपनी राजनयिकों को दी जाने वाली कार की बजाय टैक्सी में आई थी। बाल्कनी से मैंने टैक्सी को रणजीत विला के सामने रुकते देखा। मैंने सुई को टैक्सी-ड्राइवर को किराया देते देखा। बाद में उसने तेज़ धूप से बचने के लिए सिर के ऊपर छाता खोला। वह आराम से विला के अन्दर आ रही थी। उसके घंटी बजाने से पहले ही, मैंने दरवाजा खोल कर उसे अन्दर आने दिया। उने छाता बन्द करते हुए कहा, "कहिए जी ! ग़जब की गर्मी है ! मैं पसीने से तरबतर हूँ। आपके ठंडे घर में आकर, मुझे बहुत राहत मिलेगी।"

मैंने उठने-बैठने के कमरे में ए. सी. चालू कर दिया था। मैं उसका हाथ पकड़ते हुए उसे ठंडे कमरे में लाया। ए. सी. के अलावा सीलिंग फेन भी पूरी स्पीड पर चालू था। वह एक आरामकुर्सी पर धंस गई, और अपने हाथ अपने सिर के पीछे

लाकर, मुझसे बोली, "ज़रा मुझे ठंडा होने दो।"

"बीयर का एक गिलास ?" मैंने पूछा।

"तब तो मज़ा आ जाएगा !"

मैंने ठंडी की गई बीयर के दो डिब्बे निकाले। उनसे मैंने बीयर के दो बड़े पैग तैयार किए। अपने क्रिस्टल गिलासों में। उने क्रिस्टल गिलास के नाम पढ़े—'लालिक ट्रैस चिक' और बोली, "मिस्टर कुमार ! आपकी पसन्दगियाँ और रुचियाँ बड़ी उत्कृष्ट हैं।

"हाँ, मैडम ! यह सब उन लोगों की संगत का नतीजा है, जिनके साथ मैं ज्यादा उठता-बैठता हूँ।"

"चापलूसी करना कोई आपसे सीखे," उसने तेज़ स्वर में कहा, "मैं शर्त लगा कर कह सकती हूँ कि इन्हीं शब्दों का प्रयोग आप उन सभी स्त्रियों की चापलूसी करते हुए करते हैं, उन कामनाओं के साथ, जिनके बारे में आप भी जानते हैं और मैं भी।"

"कामनाएँ सिर्फ मेरे अकेले की ही नहीं होतीं," मैंने विरोध जताते हुए कहा। "पारस्परिक मर्जी से तयशुदा कामनाओं के साथ।"

"सच है, आपकी बात ! मक्खी खुद फँसने के लिए मकड़ी के जाल में जाती है।"

हम दोनों ने बीयर ख़त्म की। मैंने पूछा, "कुछ खाना चाहोगी ? रसोईया फ्रिज में तैयार ठंडा सलाद और मछली की मायनाज चटनी छोड़ कर गया है।"

"पहला काम पहले। लंच की कम से कम मुझे तो जल्दी नहीं है।"

कहकर वह उठी। मैं उसका हाथ पकड़कर अपने बैडरूम में ले गया। वह बोली, "मैं पसीने से नहाई हुई हूँ। मैं यह कपड़े निकालकर सबसे पहले शावर लेना चाहती हूँ।"

"ख्याल बुरा नहीं है। मैं भी आता हूँ, तुम्हारे साथ।"

हम दोनों ने अपने-अपने कपड़े उतारे, और बाथरूम में साथ-साथ गए। मैंने शावर को चालू किया, और सुगन्धित साबुन उसके सारे शरीर पर मलना शुरू किया।

वह इतनी ऊँची नहीं थी कि मेरी गर्दन पर साबुन लगा सके। इसलिए वह मेरे शरीर के आगे-पीछे के उन भागों पर ही साबुन लगा सकी, जहाँ तक उसका हाथ जा सकता था। अति संवेदनशील और सुन्दर रहा वह अनुभव। हम दोनों ने एक-दूसरे को रगड़-रगड़कर पोंछा और साफ़ किया। और तौलियों को फर्श पर फेंककर, बैडरूम में गए और बिस्तर पर लेट गए।

अचानक वह बोली, "मैं आपको श्रीलंका का जादू का एक खेल दिखाती हूँ। फ्रिज से बर्फ के कुछ क्यूब लाओ।"

मुझे मालूम नहीं, उसके मन में क्या था। फिर भी, मैं आइस-क्यूबों की एक

तश्तरी लेकर आया, और उसके सामने रख दिया। उसने एक रूमाल में कुछ क्यूब बाँधें और मुझसे कहा कि मैं उसके वक्षों पर रगड़ूँ। मैंने ऐसा किया और पाया कि उसके वक्ष दृढ़ होते जा रहे हैं।

"मैं जानती हूँ कि तुम पुरुष लोग सुदृढ़ वक्ष और चुचुकों की माँग करते हैं," उसने कहा।

इसके बाद हम दोनों सम्भोग में रत हो गए।

हम दोनों पर जैसे पागलपन का दौर चढ़ गया। अन्त में वह पूरी तरह थककर बोली, "इतना सम्पूर्ण व सुखद सम्भोग मैंने अपने जीवन में पहली बार किया है। और आपको क्या कहना है, इस बारे में ?"

"बहुत ज्यादा सुखदायी," मैंने जवाब में कहा। मैं उन सब स्त्रियों के प्रति बेवफा नहीं होना चाहता था, जिन्होंने मुझे उतना ही सुख प्रदान किया था। ख़ास तौर पर, उसकी पूर्ववर्ती मौली गोम्स के प्रति। "बहुत ज्यादा सुखदायी" मैंने फिर कहा। शायद वह समझ गयी थी कि वह मेरे जीवन का सबसे अधिक सुखद सम्भोग नहीं था।

हमने भावी मिलनों के लिए कार्यक्रम निर्धारित किया। और, उसके लिए कोडवर्ड चुना 'आपरेशन कोलम्बो'। वह कुछ अपवादों को छोड़कर, प्रत्येक शनिवार को, जो मेरे लिए आधी छुट्टी का, और उसके लिए पूरी छुट्टी का दिन होता था। मैं उस दिन अपने नौकरों को आधे दिन की छुट्टी दे देता था, और यह बहाना करके कि शायद मेरा दुपहर का विश्राम लम्बा चले, वह पाँच बजे से पहले न आए। सप्ताह के मध्य में वह मुझे मेरी डायरेक्ट लाइन पर फोन करके सिर्फ यही पूछती, "आपरेशन कोलम्बो के लिए ओके ?" और मैं जवाब देता, "ओके।" जब तक मैं घर पहुँचता, नौकर लोग चले गए होते थे। मैं इन्तजार करता किसी टैक्सी का, जो मेरे पास के घर के आगे रुकेगी। उसमें से उतरेगी छोटे आकार की एक महिला, जो अपना छाता खोलकर, रणजीत विला में प्रवेश करेगी। और उसका अभिवादन 'कहिए जी' से होगा। जो अकेली तब्दीली हमारे आगे के कार्यक्रम में कभी-कभी होती थी, वह यह होती थी कि बिस्तर पर जाने से पहले ठंडी बीयर ली जाए या ठंडा अल्पाहार, लिया जाए या बाद में। हम दोनों एक साथ नग्न होकर, शॉवर से स्नान करते और एक-दूसरे के बदन रगड़कर, अपने-अपने शरीरों को सुखाते। फिर बाद में उसके हल्के से शरीर को अपनी बाँहों में लेता और बिस्तर पर सुला कर, उसके पास लेट जाता। सम्भोग से पूर्व, हम लगभग एक घंटे तक आपस में लाड़-प्यार करते और तब वह मुझसे कहती, "आओ ! मैं तैयार हूँ।" हम दोनों एक साथ ही स्खलित होते। बाद में हम दोनों अपने गन्दे शरीरों को स्वच्छ करने के लिए साथ-साथ नग्नावस्था में स्नान करते

और साथ-साथ ही अपने कपड़े पहनते। एक चुरुट पीने के बाद मैं उसे अपनी कार से 'शान्ति निकेतन' के प्रवेश-द्वार के निकट फूल-विक्रेता की दुकान के पास कार रोककर उसे उस फ्लैट तक जाते देखता, जहाँ वह हाई कमीशन द्वारा किराए पर लिए गए फ्लैट में रहती थी। वह अपनी छतरी के साथ धीरे-धीरे मेरी आँखों से ओझल हो जाती। उसने मुझे कभी अपने फ्लैट में आने का न्यौता नहीं दिया।

कभी-कभी हम किसी राजनयिक स्वागत-समारोहों में एक-दूसरे को दिखाई दे जाते थे। जब हम दोनों का परिचय कराया जाता तो हम सबको ऐसा ही दिखाते, जैसे हम एक-दूसरे को नहीं जानते। ये हैं मिस सू शुणातिल्लके श्रीलंका हाई कमीशन से। और आप हैं, मिस्टर कुमार, एक व्यापारी। वह मेरा अभिवादन 'नमस्ते' से करती, और बाद में यह कहना भी नहीं भूलती, "मिस्टर कुमार, आपसे मिलकर बड़ी खुशी हुई।" और यदि आपस में हाथ मिलाने का मौका आ जाता, तो हम हाथ मिलाते समय ऐसे ढंग से एक-दूसरे का हाथ दबाते जिससे कोई यह अनुमान नहीं लगा सकता था कि हम एक-दूसरे को, और बेहतर ढंग से जानते हैं। इसे आश्चर्यजनक ही माना जाएगा कि हमारी दो वर्ष तक चली घनिष्ठता एक बार भी चर्चा या अफवाहें उड़ाने का विषय नहीं बनी। और इस बात का पूरा श्रेय सू को जाना चाहिए। मेरे अधिकांश मित्र यह मानने लगे थे कि मैं एक लंबे अन्तराल के बाद, सही रास्ते पर आ गया हूँ। इससे मुझे इस फार्मूले का ज्ञान हुआ कि अगर आप दूसरों से यौन-सम्बन्ध स्थापित करते हुए पकड़े जाते हैं, तो आप गुंडे हैं, लम्पट हैं, और अच्छे लोगों के साथ रहने के काबिल नहीं हैं, लेकिन अगर किसी को आपके लम्पट और व्यभिचारी होने का पता नहीं लगता, तो आप सम्माननीय नागरिक हैं। सू के साथ दो वर्ष तक यौन-सम्बन्ध रखने के बावजूद समाज में मेरी छवि एक यौनोन्मत्त व्यक्ति से बदलकर एक अत्यन्त महत्वपूर्ण प्रतिष्ठित नागरिक के रूप में परिवर्तित हो गई थी। अब मैं लोगों की निगाह में पैसा खर्च करके नारी-शरीर खरीदने वाला आदमी नहीं रह गया था।

एक और आश्चर्यजनक बात भी मैंने महसूस की। और वह यह कि सुई और मेरे बीच इन दो वर्षों में एक-दूसरे के सामीप्य और एक-दूसरे के शरीर को इस सामीप्य से मिलने वाले सुख को हम दोनों में से किसी ने भी 'प्रेम' का नाम कभी नहीं दिया। इस मिलन को ब्रह्मांडीय सम्मिलन माना जा सकता है। हमारे शरीर एक-दूसरे से मूक वार्ता करते लगते थे—लाड़ व प्यार से भरे मूक शब्द, जो एक-दूसरे से कहते लगते थे—तू कितना था कितनी प्रिय है। लेकिन, इसके बावजूद दोनों मन ही मन में जानते थे कि यह सम्मिलन स्थायी नहीं है, यह आत्मीय रिश्ता एक न एक दिन ज़रूर समाप्त हो जाएगा।

और यह अन्त, जितनी में आशा करता रहा था, उससे कहीं पहले आ गया। सुई की दिल्ली में पोस्टिंग का तीसरा वर्ष खत्म होने जा रहा था। मगर उसका अगला

पोस्टिंग कब और कहाँ होगा, इस बारे में, उसे लगता था कि कोलम्बो स्थित उसके उच्चाधिकारी बिल्कुल भूल गए लगते थे। लेकिन, वास्तव में ऐसा नहीं था। उसे आर्डर मिला कि उसका तबादला न्यूयार्क हो गया है। उसे दिल्ली में एक और महीने तक रहने को कहा गया था। उसके बाद, उसे एक और महीने के लिए कोलम्बो में रहने के लिए कहा गया था, ताकि उसे न्यूयार्क में क्या करना है, इस बारे में समुचित आदेश और प्रशिक्षण दिए जा सकें। यह बात मुझे बताते हुए उसने कहा, "मैं अगले शनिवार को नहीं आ सकूँगी।"

"तब हम क्या करेंगे ?" मैंने कातर शब्दों में पूछा।

"हम जब सम्भव है, एक-दूसरे से प्रेम करते रहेंगे," उसने शान्त स्वर में कहा। तुम्हारे साथ बहुत अच्छा समय बीता। हम दोनों जानते थे कि यह समय हमेशा नहीं रहेगा। हमें कोई पछतावा नहीं होना चाहिए।"

जो तीन सप्ताह हमारे पास शेष थे, उनका हमने सर्वोत्तम उपयोग किया। हमारे यौन-सम्बन्ध अधिक गहन और तीव्र होने लगे। अन्तिम सप्ताह के काल को हमने, जानबूझकर इतना ज्यादा खींचा, जैसे यह अनन्तकाल तक चलेगा। जब उसके जाने का समय आया, तो मैंने उसे मोती का नैकलेस और सोने की एक अँगूठी दी, जिसमें नीले रंग का रत्न जड़ा हुआ था। उसने मुझे नैकलेस को उसके गले में पहनाने और अँगूठी को उसकी तीसरी उंगली में पहनाने को कहा। उसकी आँखें सजल हो गईं। मैंने अपने होंठों से उन बूँदों का चुम्बन लिया।

"तुम मुझे लिखती रहोगी न ! मुझे भूलोगी तो नहीं ?" मैंने कातर शब्दों में कहा।

"बेशक लिखती रहूँगी। जब भी वक्त मिला, ज़रूर लिखूँगी। और न्यूयार्क से जब भी मुमकिन हुआ, फोन भी करती रहूँगी। यह बताने के लिए कि सब कुछ कैसा चल रहा है। आप भी, सुविधानुसार मुझे लिखते रहना, फोन करते रहना।"

जब मैंने उसे शान्तिनगर के मोड़ पर छोड़ा, तो विदा लेते समय उसके अन्तिम शब्द थे—"ऑपरेशन कोलम्बो ! पूरी तरह से सफल !"

सदा सुखी रहे वह ! उम्र दराज़ हो उसकी।

कोलम्बो पहुँचते ही सुई ने मुझे फोन किया, और उस दिन भी जब वह न्यूयार्क के लिए रवाना होने वाली थी। और न्यूयार्क से भी उस दिन जब उसने नए अपार्टमेंट में रहना शुरू किया था। मैंने उसे न्यूयार्क फोन नहीं किया। इस डर से कि शायद वहाँ भी उसे प्राप्त होने वाले फोनों को, यहाँ की तरह मानीटर किया जाता है। हम दोनों हर सप्ताह एक-दूसरे को पत्र लिखते रहते थे। इन पत्रों में हम उन शब्दों का प्रयोग करते थे, जो हम दिल्ली में प्रेम करते समय कभी नहीं करते थे। यह सिलसिला

अगले कुछ महीनों तक चला। उसके पत्र पाने पर में से अपने इतना जयादा करीब पाता था, जितनी वह दिल्ली में मुझसे कुछ किलोमीटर की दूरी पर रहने पर भी नहीं लगी थी। लेकिन बाद में उसके पत्रों और फोनों की अवधि धीरे-धीरे कम होने लगी। हर बार उसके पास बहाने होते थे, काम ज़रूरत से ज्यादा है, उसे अक्सर आदेश पाने और खुलासा देने के लिए वाशिंगटन जाना पड़ता है। छह महीने बाद, उसने मुझे सूचित किया कि उसकी राजनय-सेवा में कार्य करने वाले श्रीलंका के ही अपने एक सहयोगी से, जो वाशिंगटन में सेवारत है मँगनी हो गई है, और वह उससे शीघ्र ही विवाह करेगी। अन्त में उसने निवेदन किया कि वह आगे से उसे न फोन करे, न पत्र लिखे। अन्त में उसने मुझे आश्वस्त किया कि उसके दिल के एक कोने में मेरे प्रेम की याद सदा सुरक्षित रहेगी, और वह मुझे आज भी उतना ही प्यार करती है, जितना मिलन के पहले करती थी।

यह कहना तो ग़लतबयानी होगी कि उसका यह पत्र पाकर मैं बरबाद हो गया, या वीरान हो गया, लेकिन मैं कहीं गहरे में काफ़ी उदास अवश्य हुआ। अन्ततः मैंने अपने आपको यह समझा कर, एक स्त्री को खो देने से मेरा सर्वनाश नहीं हो गया है। जब तक ज़िन्दगी है, तब तक आशा है। अभी भी मेरी आयु पचास से कम थी, और अभी भी शेष जीवन मेरे सामने पड़ा है।

धीरे-धीरे निष्क्रियता के निकट की एक विचित्र शिथिलता से अभिभूत होता जा रहा था मैं। मेरा मन कुछ न करने को करता रहता था। अपने काम में मेरी दिलचस्पी कम होती जा रही थी। फिर भी काम तो चल ही रहा था। अब हरिद्वार जाने की भी मेरी कोई इच्छा नहीं रही थी। कारण, जिन दो व्यक्तियों—मेरे पिता और सुई—के कारण हरिद्वार में मेरी रुचि क़ायम थी, वे दोनों ही मेरे जीवन में नहीं रहे थे। मैंने आश्रम के सचिव को सूचित किया कि भविष्य में मुझे अपने कमरे की ज़रूरत नहीं होगी, इसलिए वे मेरा कमरा किसी और को किराए पर दे सकते हैं। अपने पत्र के साथ मैंने कमरे की चाबी भी भेज दी।

अपने बच्चों को अधिकाधिक देखने और उनसे मिलने की इच्छा अब मेरे मन में दुबारा जागने लगी। वे अब, पहले की तरह, मुझे देखकर या बातें करके भावुक और सहृदय नहीं होते थे। ज़ाहिर था कि सोनू ने उनके मन में मेरे खिलाफ़ इतना ज्यादा ज़हर भर दिया था कि वे मुझे अपना घोर शत्रु मानने लगे थे। मैं एक निहायत ही खराब, दुश्चरित्र और उनकी माँ और उसके बच्चों की ज़िन्दगी खराब करने वाला दुष्ट आदमी हूँ, जिसके बारे में सोचना या उसका नाम लेना भी एक पाप है। उन्हें जब भी मैं चाहूँ, मेरे पास आने की इजाज़त थी, मगर जब भी मैं उनसे मिलता या बात करता, तब मुझे फ़ौरन आभास हो जाता था कि उन्हें मेरे पास आना अच्छा नहीं लगता था, और वे जितनी जल्दी हो सके, वापस अपनी माँ के पास जाने के इच्छुक रहते थे। जब मैं उन्हें क़ीमती तोहफ़े देता, तब वे बिना खुशी जताए, स्वीकार

करते। जब मैं उनसे उनकी पढ़ाई और इम्तहानों के नतीजों के बारे में पूछता, तब उनका एक सा ही संक्षिप्त उत्तर होता, ''ठीक है।'' रणजीत की गणित के विषय में उतनी कुशाग्रता नहीं थी, जो बाल्यकाल में मेरे मन में थी। यह अक्सर गणित, ज्यामिति और बीज़गणित में फेल होता था। मोहिनी मेरे प्रति ज्यादा स्नेहपूर्ण दिखाई देती, लेकिन उसका प्रदर्शन करने में इस कारण से डरती थी कि कहीं उसका भाई यह बात अपनी माँ को न बता दे। एक बार मैंने रणजीत से पूछा था कि ''वह बड़ा होकर क्या बनना पसन्द करेगा ?'' तो उसने जवाब दिया, ''मुझे मालूम नहीं। कुछ भी बन जाऊँगा।'' मैंने उससे कहा, ''मेरा एक बिजनैस अच्छा चल रहा है। क्या तुम उसे अपने हाथ में लेना चाहोगे ?'' उसने जवाब दिया, ''अगर मुझे अपना बिजनैस करना होगा, तो मैं खुद अपना बिजनैस शुरू करूँगा।'' जब मैंने उसे बताया कि मेरा घर उसके नाम रजिस्टर्ड है, और मेरे बाद उसके नाम हो जाएगा, तो उसने चारों ओर नफ़रत भरी निगाह डाली। ''डैडी, आप मुझे क्या देने वाले हैं ?'' मोहिनी ने मुझसे पूछा, ''वही, जो तुम्हारे भाई को मिलेगा—मेरी कम्पनी में बराबर के शेयर, नग़द और आभूषण, तुम्हारे विवाह के अवसर पर। अगर तुम्हें घर चाहिए, तो मैं तुम्हारे बीस साल की होने से पहले तुम्हारे लिए खरीद दूँगा।'' वह सन्तुष्ट दिखाई दी। ''क्या अब हम घर जाएँ। हम मम्मी को यह सब बताएँगे।'' मैं जानता था कि वे जल्दी जाने के लिए उत्सुक थे। मैंने उन्हें जाने दिया।

किसी अन्य स्त्री को अपनी उप-पत्नी या गृह-स्वामिनी बनाकर घर में लाने का विचार अब मैंने त्याग दिया था। मैंने अपनी विज्ञापन के उत्तर में भेजे गए। 6-7 आवेदनों के पत्रों और फोटो पर फिर निगाह डाली, और बाद में उन सबको फाड़ दिया।

मैं अब नियमित रूप से सूर्य-नमस्कार भी नहीं करता था। मेरी तोंद निकलनी शुरू हो गई थी, और बाल भी पके जैसे दिखाई देने शुरू हुए थे। मैं रोज गायत्री-मंत्र पढ़ना भी कभी-कभी भूल जाता था। मेरी हालत उस पतवारहीन नाव की सी होती जा रही थी, जो एक अंतहीन सागर में बिना किसी ध्येय या मंजिल के इधर-उधर डगमगा रही हो।

अकेलेपन और अशांति के अहसास से पार पाने के उद्देश्य से मैंने अपने जीवनानुभवों को टेपबद्ध रिकार्डिंग करना शुरू किया। आपने अभी तक जो कुछ मेरे बारे में पढ़ा, वह इसी रिकार्डिंग पर आधारित था। पूरी तरह से वैसा नहीं, जैसा मैंने रिकार्ड किया था, क्योंकि मैं लेखक नहीं हूँ, और मैंने अपने लेखक-मित्र खुशवंत सिंह को यह अधिकार दिया था कि वह उसमें काम-चलाऊ संशोधन कर सकते हैं। उन्होंने अपनी इच्छानुसार जो किया, वही आपने पढ़ा। जहाँ तक मेरा प्रश्न है मैं इस बात से संतुष्ट हूँ कि यह उन चंद स्त्रियों की, जिन्हें मैंने अपने ढंग से प्यार किया, कहानी है। बस, इतना ही।

3.
मोहन कुमार के आखिरी दिन

बम्बई की एक बाई

अपनी प्रौढ़ता में जिस सबसे कठिन और महत्वपूर्ण समस्या से जूझना पड़ रहा था, वह थी उसकी काम-प्रेरक शक्ति में कमी और कामभावना-हीनता। इस कमी और हीनता का आभास उसे सुशांतिका गुणातिलके के साथ चले प्रेम-प्रसंग के एक साल बाद हुआ। उसने पाया कि पुराने प्रेम-प्रसंगों के चरम उत्तेजक क्षणों की बार-बार कल्पना करने के बाद भी उसे अपने अंगों में कोई हरकत महसूस नहीं होती थी। उसने 'प्लेब्वाय' और 'डेबोनायर' के नग्न स्त्रियों के चित्र बार-बार देखकर उनको अपने स्वप्न-जगत में अपने साथ जोड़कर भी, जो कल्पनाएँ की, वे भी उत्तेजना प्रदान करने में असमर्थ रहीं। कोई भी प्रतिक्रिया नहीं हुई। उसे यह निष्क्रियता अच्छी नहीं लग रही थी। सैक्स उसके जीवन का सबसे महत्वपूर्ण और उसकी सब क्रियाओं को संचालित करने वाली सबसे प्रेरक शक्ति थी, और अब वह ही उसके जीवन से लुप्त होती दिखाई दे रही थी। अब वह किस आशा और कामना के साथ जिए ? फिर भी, इस कमी की पूर्ति के लिए उसने अपना ध्यान अपने कामकाज और बिजनैस पर अधिक देना आरम्भ किया। वह अपने मित्रों से भी अधिक मिलने लगा।

लेकिन, फिर भी अपनी उस शक्तिविहीनता-नपुंसकता की यथार्थता से समझौता कर लेना उसके अन्तर्मन को गवारा नहीं हो रहा था। अभी तो वह पचास साल का भी नहीं हुआ था। उसने भरपूर काम-जीवन बिताया था, और अब उसी जीवन को सैक्स-विहीन होते देखकर, वह मन ही मन छटपटाता रहता था। अपनी इस खोई यौन-भावना को दुबारा पाने के लिए उसने हैल्थ-क्लबों में जाकर तरह-तरह की मालिशों का सहारा लिया, केरल, आयुर्वेदिक, स्वीडीश और पहलवानों द्वारा करवाई जाने वाली साधारण मालिश। उन सबसे उसकी अपनी सेहत बेहतर तो हुई, मगर इन सब विधियों में से कोई भी उसकी काम-लिप्सा पहले जैसी स्थिति में नहीं ला पाई।

अपने बिजनैस के सिलसिले में कुमार को बम्बई आना पड़ा। वह हमेशा गेटवे ऑफ इंडिया के निकट स्थित ताजमहल होटल में ही ठहरा करता था, और इस बार भी वहीं ठहरा। बिजनैस में अपने सहयोगियों से मिलने के बाद वह शाम को वापस

होटल आया। वह लॉबी में बैठ कर, होटल के मेहमानों और उनसे मिलने के लिए आने वाले लोगों को देखता रहा। ख़ास तौर पर लड़कियों को, जो अपनी चुस्त साड़ियों का टाइटफिटिंग जीन्स में अपने विशाल वक्षों और कुलबुलाते नितम्बों में कितनी आकर्षक और मोहक दिखाई दे रही थीं !

अपने कमरे में आकर उसने अपनी स्कॉच की बोतल खोली और कमरे के बेयरे को बर्फ क्यूब का एक डोल, सोड़ा की दो बोतलें और हल्का नाश्ता लाने को कहा। बेयरे ने 'रूम सर्विस' को फोन किया। कुछ मिनट बाद एक दूसरा बेयरा आर्डर की हुई चीज़ों को लेकर आया, और उन्हें मेज पर सजा दिया। फिर उसने मोहन के हस्ताक्षर के लिए बिल-फोल्डर खोला। मोहन ने बिल-फोल्डर में सौ रुपए का नोट बतौर टिप रख दिया। बेयरे ने कई बार झुक कर उसका शुक्रिया अदा किया। रूम वेटर यह सब कुछ देख रहा था। उसने मोहन के पास आकर पूछा, ''कुछ और चाहिए सर ?'' मोहन ने मना कर दिया।

मोहन ने शाम को अपना व्हिस्की के तीन बड़े पेगों का कोटा पूरा किया, और कानपियों की प्लेट भी साफ़ कर डाली। उसने काफ़ी खा लिया था, और इसलिए वह डिनर के लिए नीचे नहीं गया। उसने रूम वेटर के लिए घंटी बजाई। जब उसने मेज साफ़ की, तो मोहन ने उसे भी टिप में सौ रुपए दिए। शुक्रिया अदा कर, उसने झुककर पूछा, ''और कोई सेवा या फ़रमाइश, सर ?'' इस बार, मोहन ने बिना कुछ और ज्यादा सोचे कहा, ''क्या तुम किसी औरत को ला सकते हो ?''

''ज़रूर सर ! किस रेट की ?''

''पाँच सौ से एक हज़ार तक की। वह जवान और सुन्दर होनी चाहिए।''

कुछ मिनट बाद, वेटर बीसेक साल की एक औरत को लेकर आ गया। औरत ने जो देखने में वेश्या नहीं लगती थी, लम्बी, भूरे रंग की स्कर्ट और काफ़ी नीचे कटी ब्लाउज पहन रखी थी। उसके बाल साफ़ और छोटे थे। वेटर दोनों को अकेला छोड़कर चला गया। मोहन ने उसे बैठने को कहा। वह बैड पर बैठ गई, और बोली, ''रकम पहले।''

''कितनी ?''

''वेटर ने एक बार का एक हजार तय किया था। आप चाहें, तो ज्यादा दे सकते हैं।''

कुमार ने अपने बटुए से एक हज़ार रुपए निकाले और उसे दे दिए। उसने सब नोट गिने और बाद में अपने हैंडबैग में रख लिए। और कहने लगी, ''जब तैयार हो जाओ, बता देना।''

''अपने सब कपड़े उतारो, और मुझे देखने दो तुम बिना कपड़ों के कैसी लगती हो ?''

उसने फ़ौरन हुक्म के मुताबिक अपनी स्कर्ट और ब्लाऊज उतारे। मोहन एकदम

उत्तेजित हो गया। इससे उसे बड़ी खुशी हुई। उस एक क्षण में, वे सारी चिन्ताएँ, कुंठाएँ और निराशाएँ, जिन्होंने उसे ग्रस्त कर रखा था, अचानक ग़ायब हो गईं। वह अब पहले जैसा उन्मुक्त हो गया। उसने फ़ौरन अपने कपड़े उतार दिए।

उसकी अंगलीला में आवेश और वासना क़तई न थी। लेकिन वह संतुष्ट था, कारण उसे विश्वास हो गया था कि वह नामर्द नहीं हुआ है।

औरत ने अपने सब अंगों को बाथरूम में जाकर साफ़ किया और अपने पुराने कपड़े पहने। कुमार ने उसे सौ रुपए ऊपर से दिए। उसने कहा, ''अगर आप चाहें, तो मैं कल भी आ सकती हूँ। मगर मेरे आने का ज़िक्र रूम के वेटर से या किसी और से मत करना। वह अपना हिस्सा लेता है, और दलाल अपना कमीशन ले लेता है। मुझे तो मेरी कमाई का आधा हिस्सा ही मिलता है।''

''कल शाम को फिर आ जाना। इसी वक्त पर। तुम्हारा नाम क्या है ?''

''नाम-वाम कुछ नहीं। मैं कल इसी वक्त आ जाऊँगी, बड़े प्रवेश द्वार से। उस वक्त दूसरा वेटर ड्यूटी पर होगा। वह मुझे नहीं जानता। अपना दरवाज़ा खुला रखना।''

बिना नाम वाली औरत अगले दिन शाम को फिर आई, अपने वायदे के मुताबिक। इस बार उसने एक साड़ी पहन रखी थी, माथे पर बिन्दी और बालों में सिन्दूर था वह मध्यवर्ग की एक प्रतिष्ठित गृहिणी लग रही थी। उसके दलाल और रूम के वेटर दोनों को यही मालूम था कि आज उसका 'धन्धे' का नहीं छुट्टी का दिन है। उसे आज जो आमदनी होगी, वह पूरी तरह उसी की होगी। इस बार उसने मोहन से पेशगी रक़म भी नहीं माँगी। इस बार उसका 'प्रदर्शन' भी पेशेवर नहीं था, वह पहले की तरह भाव शून्य भी नहीं थी। और पहले की तरह उसका रुख 'जल्दी से ज्यादा जल्दी करने' का भी नहीं था। उसका लाड़-प्यार असली था, और व्यवहार बहुत सौम्य। जब मोहन ने उसे उसकी फीस 1000/- दी और 100/- बतौर टिप, तब उसने नोटों को गिना नहीं, और मोहन के होंठों का चुम्बन करके उसे स्वीकार किया।

उसने पूछा, ''आप 'एफएल' (कंडोम) इस्तेमाल नहीं करते ?''

''कभी-कभी करता हूँ। लेकिन मुझे उम्मीद न थी कि बम्बई में उसे किसी स्त्री से प्रेम करने का मौक़ा मिलेगा,'' उसने जवाब दिया।

''आपको करना चाहिए। उससे आदमी सुरक्षित रहता है।''

''तो, तुम अपना नाम नहीं बताना चाहतीं ! अगली बार मैं बंबई आया, तो तुम्हें किस नाम से किसी को तुम्हें बुलवाने को कहूँगा !''

''नाम नहीं। मैं शादीशुदा हूँ, और मेरे बच्चे भी हैं। मुझे यह 'धन्धा' इसलिए करना पड़ा क्योंकि मेरा पति ज्यादा नहीं कमाता। जो वेटर मुझे लाया था, उसी को बोलोगे, तो वह समझ जाएगा कि किस बाई को बुलाना है।''

मोहन को एक और चुम्बन देकर, वह चुपके से कमरे के बाहर चली गई।

मोहन कुमार को दिल्ली वापस जाते समय इस बात का पूरा भरोसा हो गया था कि वह अभी तक वही पुराना मोहन कुमार है, वैसा ही समर्थ, शक्तिशाली बिस्तर पर वैसा ही प्रभावशाली है।

जीवन के प्रति एक नई उमंग और उत्साहशीलता मिल गई थी मोहनकुमार को। हालाँकि सैक्स ने उसके जीवन में दुबारा प्राथमिकता हासिल नहीं की थी, तथापि उसे इस बात का पूरा विश्वास था कि ज़रूरत पड़ने पर उसे निराशा का मुँह नहीं देखना पड़ेगा। वह हर दूसरी शाम को अपने दोस्तों के साथ शराब पीता और डिनर लेता। सप्ताह में दो बार वह ऐसी पार्टियाँ अपने घर पर भी रखता, जहाँ दिल्ली में मिलने वाली श्रेष्ठतम शराब और डिनर का आनन्द उठाते थे उसके दोस्त। महीनों तक नाराज और चिड़चिड़े रहने वाले, मोहनकुमार को देखने के बाद, उसमें अचानक आए नए जोश और नई प्रफुल्लता को देखकर उसके मित्र हैरान थे, उसमें आए इस परिवर्तन से। उसके घर में आयोजित एक ऐसी ही पार्टी में उसके एक मित्र की तरुण पत्नी ने उससे पूछा, ''क्या हुआ जनाब ? कोई लॉटरी जीती है क्या ? या, बिजनैस में करोड़ों का फ़ायदा हुआ क्या ? या कोई नई प्रेयसी मिल गई ?''

''इस सब कुछ से भी ज्यादा।'' मोहन ने बड़े रहस्यमय अन्दाज में कहा, ''मुझे अपना खोया हुआ पौरुष दुबारा मिल गया है।''

''जाइए भी'', उसने ताना मारते हुए कहा, ''जहाँ तक आपके पौरुष की बात है, इस मामले में आप पौरुष के आदर्श माने जाते हैं। सरकार जैसे गायों को गर्भवती बनाने के लिए 'सरकारी सांड' रखती है, वही काम अगर मैंने सही सुना है तो, आप दिल्ली की औरतों के लिए कर रहे हैं। आप तो हमेशा औरतों के 'हीरो' रहे हैं। उसमें नई बात क्या है ? मगर आज जो आपमें पहले कभी नहीं देखी गई ज़िन्दादिली और स्फूर्ति की वजह समझ में नहीं आ रही है !''

मोहन ने आगे कुछ नहीं कहा। उसके दोस्त उसे निशाना मानकर देर तक हँसी-मज़ाक हो-हल्ला करते रहे। मगर उसने किसी बात का बुरा नहीं माना।

एक जानलेवा बीमारी

मोहन को बम्बई से दिल्ली आने के छह महीने बाद, उसका स्वास्थ्य धीरे-धीरे बिगड़ने लगा। तब तक वह कभी एक दिन के लिए भी बीमार नहीं हुआ था। नियमित रूप से सूर्य-नमस्कार करते रहने के कारण उसकी आँखें हमेशा साफ़ रहती थीं। उसे कभी भी कब्ज़ जो अधिकांश रोगों की जड़ है, कभी नहीं हुआ था। उसे सर्दी-जुकाम जहाँ तक उसे याद है, कभी नहीं हुआ था। एकाध बार जब हुआ था, तब दो दिन से ज्यादा समय तक नहीं रहा था। उसकी दृष्टि नार्मल थी, और उसे कभी चश्मे की ज़रूरत नहीं पड़ी। श्रवण-शक्ति भी नार्मल थी। उसके बत्तीसों दाँत भी सही-सलामत थे। वह हर छह महीने अपने डैंटिस्ट के पास जाता था, यह सुनिश्चित करने के लिए कि उसके मसूड़े अच्छी हालत में है, और उसके दाँतों में छेद आदि तो नहीं हो गए हैं। वह कभी उन बीमारियों का भी शिकार नहीं हुआ था, जो समय-समय पर दिल्लीवासियों को रोगी बना जाती है, जैसे—मलेरिया, डैंगू, टायफाइड, मोलरा। उसने न कभी कफ़ की शिकायत की, न साँस लेने में तकलीफ़ की। कभी कुछ नहीं। उसे कभी अस्पताल में बतौर रोगी दाखिल होने की ज़रूरत नहीं पड़ी थी, कई बार जब वह अस्पताल गया था, तो अपने बीमार मित्रों को देखने के लिए।

लेकिन जब पहली बार उसकी उम्दा सेहत ने उसका साथ छोड़ा।

शुरुआत हुई पेट की गड़बड़ी से। उसने सोचा, एक-दो दिन में ठीक हो जाएगी, यह मामूली गड़बड़ी। लेकिन, वह तो जाने का नाम ही नहीं ले रही थी। उसने उस पर काबू पाने के लिए इसबगोल का, जिसके बारे में कहा जाता है कि वह कब्ज को तो दूर करता ही है, दस्त की बीमारी को भी काबू में रखता है। जब उसके सेवन से उसे कोई फ़ायदा नहीं हुआ, तो उसने एलोपैथी का सहारा लिया। एलोपैथ की दवाओं से दस्त की बीमारी का अन्त हुआ, मगर चंद दिनों के लिए ही। उसके बाद, पेट की गड़बड़ी फिर शुरू हो गई। हालात ऐसे हो गए कि वह दिन में 6-7 बार टट्टी जाने लगा। उसका वजन भी तेज़ी से घटता जा रहा था। उसने सोचा, शायद उसने कोई ऐसी चीज़ खा ली है जिसे उसका पेट पचा नहीं पाया। या, शायद

उसकी आँतों में कीटाणु प्रवेश कर गए हैं। वह एलोपैथिक दवाएँ लेता रहा, और पन्द्रह बीस दिन बाद ऐसा लगा, जैसे उसने अपने रोग पर काबू पा लिया है। तकलीफ़ की वजह जो भी रही हो, वह अब नहीं रही। अब वह बड़ी राहत महसूस करने लगा।

मगर यह राहत अल्पकालिक थी। दस्त की बीमारी के बाद, बुखार ने उस पर हमला कर दिया। चूँकि उसे कभी बुखार नहीं आया था, इसलिए घर में थर्मामीटर नहीं था। थर्मामीटर होता, तो वह जान सकता था कि उसे कितना ज्वर है। एक सुबह विमला शर्मा ने ऑफिस में उससे कहा, ''मिस्टर कुमार, आपको देखकर लगता है कि आपकी तबियत बहुत खराब है। आपका चेहरा तमतमा रहा है।'' उसने हिम्मत करके उसके माथे पर हाथ रखा, और पाया कि उसे तेज़ बुखार है। उसने मोहन से कहा, ''आपको बहुत तेज़ बुखार है, मिस्टर कुमार ! क्या मैं डॉक्टर को बुलाऊ ?'' उसने सिर हिलाकर कहा, ''नहीं, मुझे इस डॉक्टर की नहीं, एक थर्मामीटर की ज़रूरत है।'' वह नेहरू प्लेस जा कर, एक कैमिस्ट से एक थर्मामीटर खरीद लाई। उसने पहले उसे नल के पानी से धोया, और फिर उसे ज़ोर से हिलाकर, मर्करी स्तर की जाँच की और फिर उसे मोहन के मुँह में लगा दिया। इस दौरान वह अपनी घड़ी से मिनटों व सैकिंडों का हिसाब लगाती रही, और जैसे ही दो मिनट पूरे हुए, उसने थर्मामीटर मोहन के मुँह से निकाल दिया, और रीडिंग देखने के बाद कहा, ''एक सौ ढाई डिग्री।'' उसका स्वर काफी गंभीर था। ''आपको इस समय आफिस की बजाय अपने घर में होना चाहिए था। आपको फ़ौरन किसी डॉक्टर की भी जरूरत है।''

मोहन उसकी सलाह सुनकर फ़ौरन घर चला गया। घर पहुँच कर, उसने थोड़ी एस्पीरिन ली, जो वह शराब के बाद के 'हैंगओवर' को दूर करने के लिए हमेशा घर में रखता था। गरम चाय के दो कप लिए और बिस्तर पर लेट गया। उसका सारा शरीर पसीने से तरबतर था। बुखार नार्मल पर आ गया। उसने अपनी शाम के कोटे की ह्रिस्की ली, मगर उस वक्त उसे उसका स्वाद बेमज़ा लगा। उसने टमाटर का सूप और टोस्ट के लिए सिकी हुई सेम। मगर, उसमें भी उसे बिल्कुल मजा नहीं आया। उसके नौकर परेशान दिखाई दिए। उन्होंने उसे कहा, ''साहब ! आपकी तबियत ठीक नहीं है। हममें से एक कोई रात को बंगले में आपकी सेवा के लिए रहेगा। हम आपको इस हालत में अकेला नहीं छोड़ सकते।'' मोहन ने सिर हिलाकर उनका सुझाव मान लिया।

उसने सोने से पहले, दो एस्परीन और लीं। उसका ख्याल था कि उसकी वजह से उसे फौरन नींद आ जाएगी, और उसका बुखार भी नहीं रहेगा। बुखार तो चला गया, मगर उसकी जगह कफ़ ने ले ली सूखे कफ़ ने। यह पीड़ादायक कफ़ उसके पेट को भी मरोड़ता और ऐंठता रहा। और सुबह होते ही, बुखार ने भी फिर उसे

आ दबोचा। उसने खुद अपना तापमान लिया। वह थोड़ा कम होकर 100 डिग्री पर आ गया। मगर उसे लग रहा था कि जैसे जैसे दिन बढ़ता रहेगा, तापमान भी बढ़ता रहेगा। और, ऐसा ही हुआ। तापमान बढ़ता गया।

ग्यारह बजे के करीब विमला शर्मा, जो आफिस के सारे काम का संचालन करती है, और मोहन के मिजाज और सेहत के बारे में भी हमेशा फिक्रमंद रहती थी, आई, यह जानने के लिए कि मोहन की तबियत कैसी है। उसने आते ही मोहन के माथे पर अपना हाथ रखा, ऐलान कर डाला, ''आपको अभी भी बहुत ज्यादा बुखार है।'' उसने थर्मामीटर से उसका तापमान देखा–वह 102.5 डिग्री था। उतना ही जितना कल था। उसने मोहन को हुक्म देने के अन्दाज में कहा, ''मिस्टर मोहन, अगर आप अपने लिए किसी डॉक्टर को नहीं बुलाते हैं, तो मुझे बुलाना पड़ेगा।''

''मैं किसी डॉक्टर को नहीं जानता। मुझे आज तक कभी किसी डॉक्टर की ज़रूरत नहीं पड़ी। ऑफिस कैसा चल रहा है ?''

''आप ऑफिस की चिन्ता अपने दिमाग से फिलहाल निकाल दीजिए, मिस्टर कुमार ! उसकी चिन्ता मैं कर लूँगी। मुझे कर्मचारियों के वेतनों के चैकों पर और जवाबों पर आपके हस्ताक्षरों की जरूरत पड़ेगी। अगर आप किसी डॉक्टर को नहीं जानते, तो मेरा सुझाव है कि आप अपने इलाज की जिम्मेवारी डॉक्टर मल्होत्रा के हाथों में सौंप दें। वे युवक हैं, और वाशिंगटन में उनकी प्रैक्टिस काफ़ी विशाल थी। वे अब दिल्ली आ गए हैं, और यहाँ भी उनकी प्रैक्टिस काफ़ी विशाल है। उन्होंने यहाँ एक फैन्सी अस्पताल खोला है, जो नवीनतम यंत्रों और विधियों आदि से युक्त है। उनके नीचे जो डाक्टर काम करते है, वे भी अत्यन्त गुणी, योग्य और अनुभवी है। आप उन्हें अपना इलाज करने का मौका दीजिए, और इस काम में देरी क़तई मत कीजिए।''

''आप उन्हें फोन लगाइए।''

विमला ने टेलीफोन डायरेक्टरी में डॉक्टर मल्होत्रा का नम्बर देखना शुरू किया। कुछ समय बाद उनका नम्बर मालूम करने में कामयाब हो गई, और फोन मोहन के हाथ में दे दिया। मोहन कुमार ने उनसे पूछा, ''डॉक्टर, क्या आप अपने मरीजों के घर जाकर भी उन्हें देखते हैं ?'' डॉक्टर मल्होत्रा ने कहा, ''आम तौर पर नहीं। मैं अपने क्लीनिक में उनसे मिलना, और उनके रोग का निदान करना बेहतर समझता हूँ, क्योंकि वहाँ हमें हर किस्म की जाँच करने की सुविधाएँ आसानी से उपलब्ध हो जाती हैं। लेकिन अगर आप वाक़ई मैं यहाँ आने में असमर्थ हैं, तो मैं जरूर आपके घर आकर, शाम के छह बजे, आपके रोग का निदान कर लूँगा। तब तक मैं अपने गोल्फ की प्रैक्टिस भी कर लूँगा, अपना खेल पूरा करने के बाद।''

''क्या आप गोल्फ क्लब के मैम्बर हैं ? मैं भी हूँ, हालाँकि मैं ज्यादा गोल्फ नहीं खेलता। लेकिन बार में हमने एक-दूसरे को ज़रूर देखा होगा।'' मोहन ने यह

कहकर यह सोचा कि अपनी गोल्फ क्लब की सदस्यता की ज़िक्र करके उसने डाक्टर मल्होत्रा को यह जता दिया कि वह कोई 'ऐरा-ग़ैरा' आदमी नहीं है, और दिल्ली के उच्च वर्ग का ही एक सदस्य है। डॉक्टर मल्होत्रा साढ़े छह बजे के करीब उसके घर आने के लिए राज़ी हो गए। विमला ने उससे पूछा कि "क्या वह भी उस समय मौजूद रह सकती है ?"

"ज़रूर। अगर तुम्हें मेरे अन्दर की सब गन्दी बातें जानने में दिलचस्पी है तो !"

विमला छह बजे आ गई। डॉक्टर मल्होत्रा आधा घंटे बाद आए। विमला उन्हें अपने साथ लेकर मोहन कुमार के पास ले गई। उसने अपना परिचय "मैं मिस्टर कुमार की सैक्रेटरी हूँ। मिसेज कुमार आजकल अपने माता-पिता के घर में है, और फिलहाल मिस्टर कुमार के दो नौकरों और ड्राइवर के अलावा और कोई ऐसा नहीं है, जो उनकी देखभाल कर सके।"

डॉक्टर एक फुर्तीले युवक थे, जो अंग्रेजी लहजे में बोलते थे। डॉक्टर पर और रौब डालने के उद्देश्य से कुमार ने उन्हें बताया कि "वह प्रिन्सटन विश्वविद्यालय में था, और जार्जटाइन विश्वविद्यालय में पढ़ा चुका है। आप तो उस समय बच्चे रहे होंगे," उसने डॉक्टर मल्होत्रा की तरुणाई को रेखांकित करते हुए कहा।

"मगर आप भी, आपकी आयु को ध्यान में रखते हुए, काफ़ी जवान दिखाई देते हैं," डॉक्टर ने कुमार के पास की एक कुर्सी पर बैठते हुए कहा। "पहले हम आपकी अब तक की मैडिकल हिस्ट्री पर एक नज़र डालते हैं।"

"मेरी 'मैडिकल हिस्ट्री' तो कोरा कागज़ है। मैं अपने जीवन में कभी बीमार नहीं रहा। बस, कुछ महीने पहले मुझे दस्त आने शुरू हुए थे, फिर बुखार आने लगा, और अब यह सूखा कफ़।"

डॉक्टर ने कुमार का तापमान लिया, उसकी नब्ज टटोली, और अपने स्टैथकोप से उसकी छाती का निरीक्षण किया। फिर उदर और उरु-मूलों को थपथपाया। जीभ और आँखों का भी मुआयना किया। और फिर कहा, "मिस्टर कुमार ! मैं अपने क्लीनिक में आपका पूरा चैकअप करना चाहूँगा। उसमें सुबह के कई घंटे लग जाएँगे। तब हमारे सामने पूरी तस्वीर आ सकेगी, और हम जान सकेंगे कि असल में खराबी कहाँ है ! आप कब आ सकेंगे ? अगर आप चाहें तो मैं अपना एम्बूलैन्स आपके घर भेज दूँ, ताकि आप उसमें आ सकें।"

"मैं अभी भी अपने पाँवों पर खड़ा होकर सीधा चल सकता हूँ," मोहन ने एक फीकी मुस्कराहट के साथ कहा। "मैं अपनी कार में आ जाऊँगा। कल सुबह नौ बजे।"

"नौ बजे ठीक रहेगा। मैं आपका इन्तज़ार करूँगा।"

जब डॉक्टर ने विदा के लिए हाथ कुमार के आगे बढ़ाया, तो कुमार ने पूछा,

''डाक्टर आपकी फीस ?''

''उसके बारे में चिन्ता मत कीजिए। मैं पूरे टैस्ट करने के बाद, आपको पूरा बिल भेज दूँगा। कल आपका इन्तज़ार करूँगा। हँसते रहिए। खुश रहिए।''

विमला शर्मा डॉक्टर को छोड़ने के लिए उसकी कार तक गई। बाद में कुमार के पास आकर उसने उसे 'गुडनाइट' कहा। एक बार फिर अपनी हथेली कुमार के माथे पर रखी, और उँगली को चूमते हुए कहा, ''जल्दी ठीक हो जाइएगा। और दोनों नौकरों और जीवनराम की ओर मुड़ कर उनसे कहा, ''साहब का पूरा ख्याल रखना। बेशकीमती है, उनकी ज़िन्दगी !''

जीवनराम ने तीनों की ओर से कहा, ''वे हमारे माई-बाप हैं, मेम साहब ! वे हमारे अन्नदाता हैं। भगवान हमारी उम्र उन्हें दे।''

कुमार बहुत प्रभावित हुआ इन उद्‌गारों से !

अगले दिन कुमार तीनों नौकरों के साथ डॉक्टर मल्होत्रा के क्लीनिक-सह-अस्पताल में पहुँचा। तीनों को बाहर इन्तज़ार करने को कहा गया। अब कुमार क्लीनिक के डाक्टरों और स्टाफ नर्सिंग के जिम्मे था। सबसे पहले उससे एक लम्बा फार्म भरने को कहा गया। उसमें उसने अपनी आयु, माता-पिता के नाम, विवाहित हैं या अविवाहित, बच्चे कितने हैं, और बीमारियों का विवरण, जिनसे वह अब तक ग्रस्त था। उसने आखिरी कॉलम के सामने लिखा, ''पिछले दो महीने में हुई बीमारी के अलावा, आज तक कोई भी बीमारी नहीं। इसके बाद विभिन्न विशेषज्ञों ने उस पर तरह-तरह की जाँच करने के बाद, उनके परिणामों को दर्ज किया। उसकी आँखों, कानों, नाक और मुँह की जाँच की। उसके पेशी-गठन की अनुक्रियाओं की जाँच कर उन्हें नोट किया गया। इसके बाद उसकी खोपड़ी का 'कैट स्कैन (CAT SCAN) किया गया। इसके बाद, उसके खून और पेशाब का परीक्षण किया। फिर एलैक्ट्रोकार्डियोग्राम तथा कुछ और परीक्षण और जाँच। इन सब परीक्षणों में दो घंटे लगे और अन्त में डॉक्टर मल्होत्रा के साथ कॉफी।

कॉफी के बाद, डॉक्टर मल्होत्रा ने उससे कहा, ''अभी तक तो हमें आपके अन्दर किसी खराबी के लक्षण नहीं मिले हैं, लेकिन खून और पेशाब के नतीजों के बाद ही यकीन से मैं कुछ कह सकूँगा। उसमें एक-दो दिन लग जाएगा। तब तक, आपको अपने बुखार को नियंत्रण में रखना होगा। एस्प्रीन लेते रहिए, और बर्फ जैसे ठंडे पानी से स्पंज करते रहिए।

डॉक्टर उसकी कार तक उसके साथ आए। और उसे विदा करते हुए बोले, ''मैं एक-दो दिन बाद आपसे सम्पर्क करूँगा। बहुत चिन्ता करने की ज़रूरत नहीं है।''

तीन दिन बाद, डॉक्टर ने उसे फोन करके उससे कहा, ''मैं शाम को आपको देखने आ रहा हूँ। शायद ड्रिंक पर बातें हों। मैं आपसे अकेले में बात करना चाहूँगा।''

डॉक्टर शाम को गोल्फ का अपना खेल पूरा करने के बाद आए। उनके हाथ

में काफी मोटी फाइल थी। वे एक आरामकुर्सी पर बैठ गए। मोहन ड्रैसिंग गाउन में था। उसे अभी तक बुखार आता था। कफ़ अभी भी था। इसके अलावा, वह सारे बदन में खुजली महसूस करने लगा था, और अभी भी अपने शरीर को लगातार खुजा रहा था। डॉक्टर ने पैग बनाए। एक उसे दिया, और एक अपने को। वे सीधे ही मुद्दे पर आकर कहने लगे, ''सब परीक्षण आपके अन्दर किसी खराबी का कोई संकेत नहीं देते, मिस्टर कुमार, खून के परीक्षण के नतीजे को छोड़ कर। मुझे आपके खून की एक बार और जाँच करनी होगी। अपने सन्तोष के लिए। आपका सैक्स-जीवन काफी व्यस्त रहा लगता है। है न ?''

''उसके बारे में मुझे कोई शिकायत नहीं है'', मोहन ने उत्तर दिया, ''प्रिन्सटन में कई लड़कियाँ मेरे सैक्स-जीवन में आईं। विवाहित भी अविवाहित भी। कुछ यहाँ आकर।''

''क्या आपने हर बार कंडोम का इस्तेमाल किया था ?''

''नहीं ! अधिकांश ने गर्भ-निरोध गोली का प्रयोग कर रखा था। शादी के बाद मैंने ज़रूर उनका इस्तेमाल किया। मेरी पहली सन्तान एक लड़का था। जब तक हमें दूसरे बच्चे की ज़रूरत नहीं हुई, मैं उसका इस्तेमाल करता रहा।''

''मेरी जानकारी के मुताबिक कुछ साल पहले, आपका वैवाहिक जीवन समाप्त हो गया था। क्या उसके बाद भी दूसरी स्त्रियों से आपके सम्बन्ध क़ायम रहे ?''

''कुछ के साथ,'' मोहन ने ईमानदारी के साथ उत्तर दिया। ''कुछ के साथ अर्ध-स्थायी आधार पर। जब वे गर्भ-निरोधक गोली का प्रयोग नहीं करती थीं, तब मैं कंडोम का प्रयोग करता था। एक ने अपनी नसबन्दी करा रखी थी, इसलिए मुझे कुछ भी नहीं करना पड़ा।''

''क्या आपने उनमें से किसी के साथ अप्राकृतिक मैथुन भी किया था ?''

''नहीं। मैं पारम्परिक और सीधी सम्भोग-विधि में विश्वास करता हूँ, अप्राकृतिक मैथुन में नहीं।''

''क्या आपने कभी 'मुख-सैक्स' का सहारा भी लिया था ?''

''तभी, जब मेरा लिंग दुबारा मैथुन करते समय दृढ़ नहीं होता था, और मेरी भागीदार दुबारा सम्भोग करना चाहती थी। तब मैं अपने लिंग को उसके मुख में दे देता था, ताकि वह पुनः दृढ़ हो सके। वह एक-दो मिनट तक ऐसा करती थी। लेकिन मतली आ जाए, उस सीमा तक मैं नहीं जाता था। मगर आप यह सब कुछ मुझसे क्यों पूछ रहे हैं ? मगर, मेरे कहने का यह मतलब आप न निकाल लें कि मैं यह नहीं चाहता कि आप इस तरह के सवाल मुझसे पूछे।''

''यह सब जानकारी हासिल करना मेरे लिए बहुत महत्वपूर्ण है, मिस्टर कुमार ! आपने आखिरी बार कब मैथुन किया था ?''

''छह महीने से अधिक बम्बई में एक होटल में।''

''क्या आप उस औरत को जानते थे ? क्या आपने कंडोम का इस्तेमाल किया था ?''

''मुझे नहीं मालूम वह कौन थी ? उसने मुझे अपना नाम बताने से इन्कार किया था। मेरे कमरे का वेटर उसे लाया था, निःसन्देह किसी दलाल की मार्फत। मुझे उसे अच्छी खासी रकम देनी पड़ी। मेरे पास उस वक्त कंडोम नहीं था, क्योंकि मुझे आशा नहीं थी कि बंबई में मेरे मन में सैक्स की ज़रूरत महसूस होगी। एक कारण यह भी था कि वह देखने में स्वस्थ और साफ़-सुथरी लगती थी। डॉक्टर, आप असल में मुझे अंत में किस किस्म की खबर देने वाले हैं ? क्या मुझे सूजाक, आतशक जैसा कोई रतिरोग हो गया है ?''

''आजकल इन दोनों रोगों का आसानी से इलाज किया जा सकता है। मैं आपको साफ़-साफ़ बता देना चाहता हूँ कि आपके खून की जाँच से हमें पता चलता है कि आप एच. आई. वी. पोजिटिव हैं। जैसाकि मैंने आपसे अभी-अभी कहा, मैं आपके खून के दूसरे नमूने पर परीक्षण करने वाला हूँ। उससे मुझे पूरा यक़ीन हो जाएगा।''

मोहन का दिल डूबने लगा। ''एच.आई.वी. का कोई इलाज नहीं है, मैंने सुना है। मैं कितने दिन जिऊँगा ?''

डॉक्टर ने मोहन के हाथ को थपथपाते हुए उसे दुबारा आश्वस्त किया, ''हम एच.आई.वी. पर नियंत्रण पा सकते हैं। उसे अनेक वर्षों तक 'एड्स' के रूप में विकसित होने को भी रोक सकते हैं। आपको इस बारे में चिन्ता नहीं करनी चाहिए कि आप कितने सालों तक जी सकते हैं। मैं आपको आश्वस्त करना चाहता हूँ कि आप बड़े आराम के साथ अगले दस-बीस वर्ष तक जिएँगे। लेकिन, आगे से सैक्स बिल्कुल नहीं। इससे आप के ज़रिए दूसरों को भी एच.आई.वी. हो सकता है। और यदि फिर भी आपको किसी के साथ यौन-सम्बन्ध रखने ही हैं, तो कंडोम का अनिवार्य रूप से उपयोग अवश्य करें। और सबसे अधिक महत्वपूर्ण बात यह है कि इस स्थिति के बारे में सोच-विचार क़तई न करें। आपका बुखार चला जाएगा, खुजली भी बन्द हो जाएगी। यदि आप इस वायरस (विषाणु) को नियंत्रण में रखने में सफल हो गए, तो आपका स्वास्थ्य जल्दी ही पहले जैसा हो जाएगा। मैं इस बारे में आपकी मदद करूँगा।''

''डॉक्टर, सबको इस बात का पता चल जाएगा कि मुझे एच.आई.वी. पोजिटिव है। लोग मुझसे दूर भागेंगे। मैं कैसे कर पाऊँगा, इस दुनिया का सामना ? मेरे बच्चे मेरे बारे में क्या सोचेंगे ?''

''किसी को पता नहीं लगेगा। अभी तक सिर्फ मैं जानता हूँ कि आप एक एच.आई.वी. केस हूँ। मेरी प्रयोगशाला का कोई कर्मचारी नहीं जानता कि उन्होंने किसके खून में मूल वाइरस की पहचान की है। और, जहाँ तक मेरा प्रश्न है, मैं

अपने पेशे की शपथ के अनुसार अपने रोगियों के लक्षणों की जानकारी किसी भी व्यक्ति को नहीं दे सकता। जब तक आप खुद अपना मुँह नहीं खोलते, किसी को इस बात का कभी पता नहीं चलेगा। वह आपके और मेरे बीच सीमित रहेगा। जैसा कि मैंने कहा, इसके बारे में बेकार चिन्ता करने की कोई ज़रूरत नहीं है। आपको आशा, जिन्दादिली और प्रसन्नता के साथ इस स्थिति का सामना करना है।''

डॉक्टर चले गये। मोहन को उदासी, निराशा और मनहूसियत के अँधेरे ने घेर लिया। कोई भी ऐसा नहीं था, जिसके पास वह सांत्वाना व दिलासा के लिए जा सके। जो कुछ हुआ, उसके लिए वह सिवाय अपने आप के, किसी और को दोषी नहीं मान सकता था। लेकिन अपने को दोष देने से किसी का कोई भी भला नहीं होगा। और मोहन को आत्म-ग्लानि की दलदल में डोलना और गोते लगाना कभी नहीं आया। उससे आदमी का दुख कई गुना बढ़ जाता है। लेकिन, आघात असहनीय था। उसने कमरे का दरवाजा बंद कर लिया। अपने लिए स्कॉच का एक पैग बनाया, और आराम कुर्सी पर आराम करने लगा। उसने अपनी पैंट के बटन खोले और अपने लिंग को बाहर निकाला। कुछ देर तक उसे देखता रहा, और याद करता रहा, स्वर्ग-सुख के वे अनुपम क्षण जिनकी अनुभूति कराने में वह सहायक हुआ था। लेकिन आज... उसने सोचना बंद करके बटन बंद करके एक पैग और तैयार किया और अपने मन को समझाया कि वह अकारण किसी को दोष न दें। उसने कुछ और पैग बनाए, और नशे की हालत में ही सो गया। नींद में भी उसे बेसिरपैर के सपने आते रहे।

जैसा कि डॉक्टर ने कहा था, बुखार ने मोहन का पीछा जल्दी ही छोड़ दिया। उसका कफ़ और खुजाने की आदत भी जल्दी ही चली गईं। उसके खून के दूसरे परीक्षण ने अन्तिम रूप से यह सिद्ध कर दिया कि वह एच.आई.वी. वायरस (विषाणु) से संक्रमित है। इस वायरस को काबू में रखने के लिए, लगातार अपना इलाज कराने की सलाह डॉक्टर ने दी थी। ऊपर से वह कुछ अच्छा हो जाने पर स्वस्थ और पहले जैसा ही दिखाई देने लगा था, लेकिन अन्दर ही अन्दर वह महसूस करता था उसके मन और शरीर दोनों को जंग लग गया है। उसके नौकर, स्टाफ के लोग और मित्र उसे बधाई देते कि उसने कितनी जल्दी स्वास्थ्य-लाभ कर लिया है। जब कोई उससे पूछता कि उसे क्या हुआ था, तो वह टाल-मटोल करते हुए कहता, ''मेरा बुखार एक नए किस्म का वाइरल ज्वर था, जो अपने आप आता है, और अपने आप चला जाता है। डॉक्टर भी अभी तक उसके बारे में ज्यादा कुछ नहीं जान पाए हैं।

इस बात की सम्भावना कि उसका अन्त बड़ा कष्टदायी, विकट और भयंकर होगा, उसे हमेशा विचलित किए रहती थी। कभी-कभी तो वह इस विकराल प्रत्याशा का ध्यान करते-करते, रात भर सो भी नहीं पाता था। जब उसने इस बात का जिक्र डॉक्टर मल्होत्रा से किया तो वे उसे हल्के से झिड़कते हुए बोले, ''आप एक समझदार

व्यक्ति हैं, मिस्टर कुमार आप भली, भाँति इस सच्चाई से वाकिफ़ हैं कि मौत हर इन्सान को आती है, और कोई उससे बच नहीं पाया है। हम डॉक्टर यही कोशिश करते रहते हैं कि जीवन से मृत्यु तक की यात्रा दुखदाई न हो। अगर आपको नींद नहीं आती है, तो सोने से पहले आप एक स्लीपिंग पिल ले सकते हैं। एक कम्पोज लेकर आपको नींद आ जाएगी। अगर बीच में नींद भंग हो जाए, तो दूसरी ले सकते हैं, मगर दो से ज्यादा कभी नहीं।''

मोहन को कभी अनिद्रा रोग नहीं हुआ था। लेकिन अब वह नींद की गोली लिए बिना सो नहीं पाता था। कभी-कभी उसे आधी रात के बीच में भी गोली लेनी पड़ती थी, और इस दूसरी गोली की वजह से वह सुबह उठने पर वह काफ़ी देर तक मदहोशी की हालत में रहता था। अब तक डॉक्टर मल्होत्रा उसके घनिष्ठ मित्र बन चुके थे। उनके अलावा और कोई नहीं जानता था कि मोहन कुमार एच. आई. वी. विषाणु से संक्रमित हैं। वह अब उनसे अपनी कोई बात, अपना कोई भेद नहीं छिपाता था। एक दिन उसने डॉक्टर से पूछा था कि क्या वह अपनी वसीयत बनवा सकता है ? डॉक्टर ने उसे जो सलाह दी थी, वह बिल्कुल सही और तर्कयुक्त थी। उन्होंने कहा था, ''पचास वर्ष से अधिक आयु वाले हर व्यक्ति को अपनी वसीयत वकील से बनवाकर अपने पास रख लेनी चाहिए। उन लोगों के लिए तो ऐसा करना और भी ज़रूरी है, जिनके पास जीवन-जायदाद तथा अन्य संपत्ति हो। जिनके बारे में आगे चलकर झगड़े हो सकते हों। या, उन लोगों के लिए भी, जो अपने प्रियजनों या सेवकों को कुछ रक़म अपनी वसीयत में छोड़ना चाहते हैं।

मोहन ने अपने कानूनी सलाहकारों से उचित सलाह लेकर अपनी आखिरी वसीयत और इच्छापत्र तैयार करवाए। इसके अनुसार, इन व्यक्तियों को 50,000 रुपये प्रति व्यक्ति को, जिन्होंने उसकी तन-मन से सेवा की, दिए जाने वाले थे : उसका रसोइया, उसका बेयरा, ड्राइवर जीवन राम और विमला शर्मा। अपने निवास-स्थान 'रणजीत विला' को उसने बराबर दो हिस्सों में अपने पुत्र और पुत्री को दिया। यह वे आपस में बैठकर तय कर सकते थे कि विला के किस भाग में उन्हें रहना है। यदि वे उसमें रहना नहीं चाहते तो वे उसे बेच सकते हैं, और बेचने से जो रक़म प्राप्त होगी, उसे बराबर-बराबर बाँट सकते हैं उसकी मौजूदा कीमत दो करोड़ से अधिक थी। जो जेवरात उसके पिता ने सोनू को दिए थे, वे मोहिनी को दिए जाने का प्रावधान वसीयत में था। उसने अपनी कम्पनी भी अपने दोनों बच्चों में बराबर-बराबर की मात्रा में विभाजित की। अपनी कार उसने जीवनराम को दी, उसकी अन्य नौकरों की बनिस्पत अधिक समय तक वफ़ादारी पूर्ण सेवा के लिए। उसका वकील उसे रजिस्ट्रार के कार्यालय में ले गया, जहाँ इस वसीयत की रजिस्ट्री की गई। उसकी एक प्रति डॉक्टर मल्होत्रा को दी गई, उनके पास सुरक्षित रखने के लिए।

यह सब कुछ करने के बाद, मोहन अपने को बहुत हल्का महसूस कर रहा था। उसने उन सभी व्यक्तियों के प्रति, जिनका वह किसी न किसी रूप में अहसानमंद और आभारी था, अपने पार्थिव व भावात्मक ऋण चुकता कर दिए थे। अब जैसे ही डॉक्टर मल्होत्रा उसे इस भयानक रोग से मुक्ति दिला देंगे, वैसे ही वह शान्ति से और बाइज्जत मर सकेगा, ताकि उसके बच्चों को इस कलंक के भार को ढोते हुए न जीना पड़े कि उनके पिता एक मैथुनिक रोग के शिकार थे।

मोहन कुमार की मृत्यु

डॉक्टर मल्होत्रा द्वारा एक भयानक फैसला सुनाए जाने के करीब दो साल तक मोहन ने एक अपेक्षाकृत स्वस्थ और बाहर से दिखाई देने वाली नार्मल ज़िन्दगी बिताई। इस दौरान वह जानबूझकर सैक्स से दूर रहा। शुरू में उसके लिए ऐसा कर पाना बड़ा मुश्किल था, लेकिन धीरे-धीरे वह सैक्स-रहित जीवन जीने का अभ्यस्त हो गया। अब उसे कामुक विचार न तो उसके आफिस में कार्य करते समय आते थे, न घर पर। वह अपने दैनिक जीवन में अपने मित्रों के बीच काम-रहित सामाजिक जीवन बिताता था, और रात को आराम से सोता। कभी-कभी किसी कारणवश उसे नींद न आती, तो वह स्लीपिंग पिल भी ले लेता। 'एड्स' रूपी महारोग के निवारण के लिए दुनिया भर के डाक्टर क्या कर रहे हैं कैसे उसके संपूर्ण उन्मूलन के लिए प्रयत्नशील हैं, और इस दिशा में, विशेष रूप से भारत में इस महामारी के बारे क्या-कुछ हो रहा है, इस बारे में जानकारी हासिल करते रहना, मोहन के जीवन का एक ध्येय बन चुका था। वह अब अपने भोजन के प्रति अधिक सावधान रहने लगा था, और नियमित रूप से व्यायाम भी करता था। अपने इलाज और उपचार, दवाइयों आदि के बारे में वह निरन्तर डॉक्टर मल्होत्रा से सम्पर्क बनाए रहता।

तब, उसी वर्ष, अक्तूबर में मौसम में बदलाव आया और उसे ठंड लग गई। वह ठंड उग्र और प्रचंड ठंड में तब्दील हो गई। जब उससे मुक्त होने का कोई उपाय उसे न सूझा, तो उसने डॉक्टर मल्होत्रा से परामर्श किया। डॉक्टर मल्होत्रा ने उसकी पूरी जाँच करने के बाद उसके फेफड़े में तपैदिक के लक्षण पाए। उन्होंने बड़े सौम्य ढंग से मोहन को 'मौत की यह सज़ा' के बारे में बताया। उन्होंने कहा, ''मुझे डर है कि आपको 'एड्स' हो गया है। मैं इसके शुरुआती हमले से आपको बचाता रहूँगा, लेकिन मुझे अफ़सोस है कि इसका संपूर्ण इलाज करना मेरे लिए मुमकिन नहीं है।''

मोहन कुमार ने बड़ी हिम्मत के साथ मौत के इस फ़ैसले को सुना। अगले सप्ताह में उसने सुबह से शाम तक का पूरा समय 'गायत्री-मंत्र' के निरन्तर पाठ में लगाया। उसने इस दौरान भगवद्गीता भी पूरी पढ़ डाली। गीता की यह प्रति

उसे अपने पिता के आश्रम के कमरे में मिली थी। गीता के अधिकांश भाग का भावार्थ और तात्पर्य तो उसकी समझ में बखूबी आ गया, लेकिन मृत्यु के बारे में जो कुछ कहा गया है, उसने उसे काफी उलझा दिया। ‘‘मृत्यु जैसी कोई चीज़ है ही नहीं’’, भगवान कृष्ण कहते हैं, ‘‘मनुष्य के भीतर जो अमरता है, उसकी मौत कभी नहीं होती। उसके रूप विभिन्न हो जाते हैं जिस प्रकार कोई व्यक्ति अपने फटे-पुराने वस्त्रों को त्यागकर, नए वस्त्र धारण कर लेता है, उसी प्रकार अपने नश्वर चोले को त्याग कर, नए रूप (चोले) में पुनर्जन्म ले लेता है।’’ और भगवान ने यह भी सच ही कहा था कि ‘‘जो पैदा हुआ है, उसका अन्त भी अवश्य होगा।’’ लेकिन, ऐसा कोई प्रमाण उपलब्ध न था, जिससे मोहन जान सकता कि जो भगवान कृष्ण के इस कथन की पुष्टि कर सके कि ‘‘जो पैदा हुआ है, उसका अन्त भी अवश्य होगा।’’ मोहन यह तो जानता था कि मरणासन्न व्यक्ति के लिए इस कथन से उत्पन्न विचार भी काफ़ी आकर्षक है। लेकिन, वह इस कथन की सच्चाई को पूरी तरह से समझ नहीं पा रहा था। वह जल्दी ही मर जाएगा, यह बात उसकी समझ में नहीं आ रही थी, कि उसका दुबारा जन्म भी होगा। यह सम्भावना उसकी समझ से बाहर थी।

मोहन ने नींद की गोलियाँ लेनी बन्द कर दी थीं, और उन्हें भावी आवश्यकता के लिए जमा करता जा रहा था। जब कभी उसे नींद नहीं आती थी, तब वही गायत्री मंत्र का पाठ आरम्भ कर देता, और तब तक यह पाठ करता रहता, जब तक उसे नींद आनी शुरू हो जाती। एक रात उसने जो खाँसना शुरू किया, तो खाँसी बन्द होने का नाम ही नहीं लेती थी। बलगम ने उसके गले को अवरुद्ध कर दिया था। उसने बाथरूम जाकर उस अवरुद्ध बलगम को थूका। अब उसे अपनी नियति की स्पष्ट धारणा हो गई। वह अपने बिस्तर पर वापस लौटा, और उसने सोने की वे तीस गोलियाँ, जो उसने जमा की थीं, अपने सामने रखीं। एक क्षण के लिए उसके मन में यह विचार कौंधा कि उसकी आत्महत्या में अन्तर्निहित परिणाम लोगों को उसके किस तात्पर्य को जताएँगे ? लोग क्या कहेंगे ? क्या सोचेंगे ? उसे इन सब बातों की कोई परवाह नहीं थी, जब तक कि वे लोग उसकी मौत को ‘एड्स’ की बीमारी से नहीं जोड़ते। मगर, वे ऐसा नहीं कर पाएँगे, उसने यह निष्कर्ष निकाला, कारण डॉक्टर मल्होत्रा ही उसके इस राज़ से वाकिफ़ थे, और उसे विश्वास था कि वे इस बारे में अपनी ज़बान नहीं खोलेंगे। वह अपने बच्चों के बारे में सोचने लगा। वे इस खबर को सुनकर क्या सोचेंगे ? मगर शायद वे, बिना उसके साथ-साथ अपने सरोकार से ज्यादा खुशी हों। वैसे भी, उनके लिए उसका कोई अर्थ या सार्थकता शेष नहीं रह जाती थी। उसके मन में जो एकमात्र आकृति सर्वाधिक सुस्पष्ट थी, वह थी अपने पिता की, हरिद्वार में जाकर और गंगा के आश्रम में सन्तुष्ट और सुखी अपने पिता की और वह उनकी इसी छवि से, चिपट गया, उससे कभी अलग न

होने के इरादे से। और एक गहरी उदासी उसके अन्तर्मन में व्याप्त हो गई, और उसकी आँखों से आँसू बहने शुरू हो गए।

अब उसने दृढ़ प्रतिज्ञ होकर, पहली काम्पोज (नींद लाने वाली गोली ली और पानी के साथ उसे हलक में उतारा। और एक बार गायत्री मंत्र का पाठ किया। उसने दूसरी बार भी ऐसा ही किया। और तीसरी बार भी, और तीसों गोलियाँ उसने गायत्री मंत्र के उच्चारण के साथ गले में पानी के साथ उतारीं। और फिर उसने तकिए पर अपना सिर रखा, और अपनी आँखें बन्द कर लीं।

●●●